KB248811

김남천 전집 II

김남천 전집 Ⅱ

【수필 · 칼럼 · 좌담회
회고 · 정론 · 서평 · 기타】

정호웅 · 손정수 엮음

도서출판 박이정

『김남천 전집』 I · II를 펴내며

오랜 작업 끝에 여기 『김남천 전집』 I . II를 펴낸다.

김남천(1911－ ?)은 임화와 함께 1930, 40년대 평단을 주도했던, 끊임없는 모색과 자기갱신을 통해 인상비평을 맴돌던 한국 비평을 이론적 차원으로 끌어올린 일급의 비평가이며, 문학의 실천성 문제를 작가의 세계관 · 인물 · 성격 · 전형 · 묘사 등등의 중요 의미항과 관련지워 이해하고 체계적으로 이론화함으로써, 카프문학의 맹점 가운데 하나인 현장적 구호주의를 크게 넘어서서 리얼리즘론의 정립을 가능케 했던 진정한 이론가로 한국 현대문학사의 앞머리에 우뚝 솟아 있는 인물이다. 당연하게도 한국 현대문학사를 제대로 이해하고자 하는 사람이라면 누구도 김남천을 지나칠 수 없다.

여기에 그치지 않는다. 김남천의 비평 문학은 한국 현대문학사의 이해 차원에만 국한되는 낡은 문학이 아니다. 김남천의 비평 문학은 아직도 해결되지 않은 중요 논점들을 안고 지금의 한국 문학에 관여하고 있는 현재의 문학이다. 김남천 비평 문학의 현재성은 앞으로도 오랫동안 지속될 것임에 틀림없다. 그러므로 김남천 비평 문학은 또한 미래의 문학이기도 하다.

김남천의 비평 옆에는 수필이 나란히 놓여 있다. 비평가 · 소설가로 알려져 왔지만 김남천은 뛰어난 수필가이기도 하였다. 섬세하면서도 남성적인 문체가 특징적인 그의 수필은 한갓 여기로 쓰여진 잡문이 아니다. 그것은 그의 소설 · 비평과 함께 글로써 자신을 실현하고자 했던 한 성실하고 열정적인 정신의 삶을 구성하는 세 요소 가운데 하나였다.

김남천은 역사와 대결하여 역사를 넘어서고자 하는 혁명적 열정으로 격동의 이십 세기 전반을 살았다. 같은 길을 걸었던 사람들 대부분이 그러했듯이 그 또한 비정한 역사 전개의 폭력성에 압살 당해 망각과 배제의 어둠 속에 묻히고 말았다. 그의 글도, 심지어는 이름조차도 그랬다.

남다른 안목으로 김남천을 주목하여 캄캄한 어둠 속에서 그 아름다운 정신을 되살리려 노력한 선각의 연구자들이 몇 분 있었다. 그분들을 좇아 김남천이 젊은 국문학도들의 새로운 화두로 떠오른 것은 1980년대 중반이다. 김남천을 다룬 논문들이 쏟아지기 시작했고 이를 따라 김남천의 글들이 속속 발굴되었다. 김남천의 비평과 수필을 묶은 방대한 자료집도 나왔다.

그 자료집들은 그러나 여러모로 부실하다. 많은 글이 빠져 있으며, 무엇보다도 정확하지 않다. 오랫동안 도서관 구석에 방치된 채로 허술하게 보관되어 왔기 때문에 많이 훼손되어 제대로 읽어내기가 어려웠기 때문일 것이다.

우리가 펴내는 『김남천 전집 I · II』가 기존 자료집의 여러 문제점을 완전히 해결한 결정판이라고 말할 수는 없다. 제목과 발표지가 알려져 있지만 찾아내지 못한 글도 몇 편 있으며, 원본의 완전 훼손으로 읽어내지 못한 부분도 몇 군데 있다. 아직도 알려지지 않은 채 캄캄한 어둠 속에 묻힌 글들도 있을 것이다. 앞으로 힘써 메워 나가도록 하겠다.

2000년 신춘

정호웅 · 손정수

▲ 1938년의 김남천

▲ 1939년의 김남천

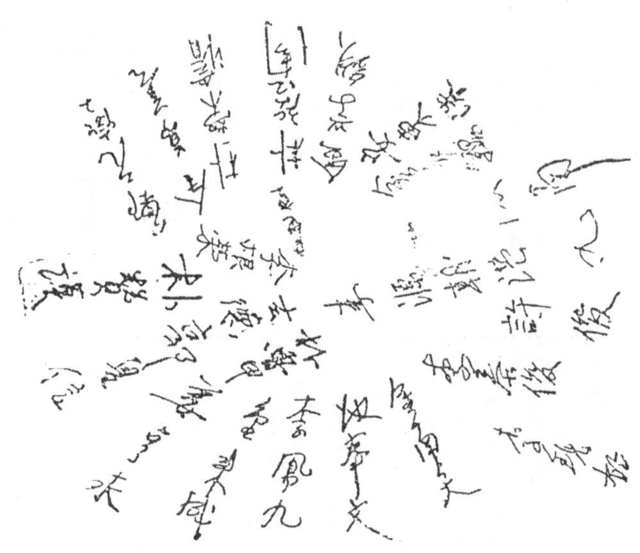

▲ 좌담회 「해방 후에 조선문학」에 참가한 〈조선문학가동맹 소설부〉 문인들의 친필 서명(1946 · 4)

孝石과 나

金 南 天

故李孝石

昭和十六年 正月에 나는 故鄕가까운 어느 시골温泉에서 孝石의 편지를 받었다。몸이 불편해서 朱乙서 靜養을 하든中 夫人이 갑자기 편치않다는 기별이와서 시방 平壤으로 돌아왔는데 病名이 腹膜炎이어서 救하기 힘들것같다는 총망중에 쓴 편지였다。

그뒤 夫人의病을 간호하면서 쓴 간단한 엽서를 한장 더 받고는 이내 訃告였다。그 엽서에는、내가 夫人의 病患도 病患이려니와 孝石의 건강이 염려된다고 쓴데 對해서、夫人의 病은 거진 絶望狀態여서 인제 奇蹟이나 나타나기를 기다린다는것과 自己의 건강은 충분히 회복이 되었다는것等이 적히어 있었다。訃告는 시골집에서 받어서 自動車便으로 温泉에있는 나에게 廻送이 된것으로 發靷날자가 얼마간 지낸뒤였다。몹시 추운 날이었던것 같다。夫人은 數年前에 잠간동안 한번밖에 뵈온적이 없어서 뚜렸한 印象은 없고 그저 퍽 건강하였든것만 같이 생자되었다。그런 잘게로 訃告를 받아 들고도 나는、내가 안해를 잃은것이 역시 平壤이오 이렇게 치운嚴冬이었든것을 생각하며、夫人을 잃고 아이들을 직히고 앉었을 孝石의 모양만을 자꾸 구슬으게 눈앞에 그리었었다。訃告뒤에 吊慰에 對한 謝意를 박은 印刷物이 오고 그것과 前後해서 그의 엽서를 역시 눈속에 파묻힌 温泉의 客舍에서 받었다。

進捗되지 않는 原稿뭉텡이를 안은채 二月한달을 더 그곳에서 鬱鬱히 보내다가 나는 三月初에 故鄕을 떠나서 서울로 돌아오는 길에 平壤에 들렸다。三月初사흘、(이날이 孝石을 마즈막으로 본 날이 되고 말었다)마침 中學을 나오는 내아우의 卒業式날이어서 인찌감치 아침을 먹어치우고 나는 바람이 거세게 내려부는 萬壽臺로 孝石의 집을 찾었다。

▲ 수필 「효석과 나」(1942.6)

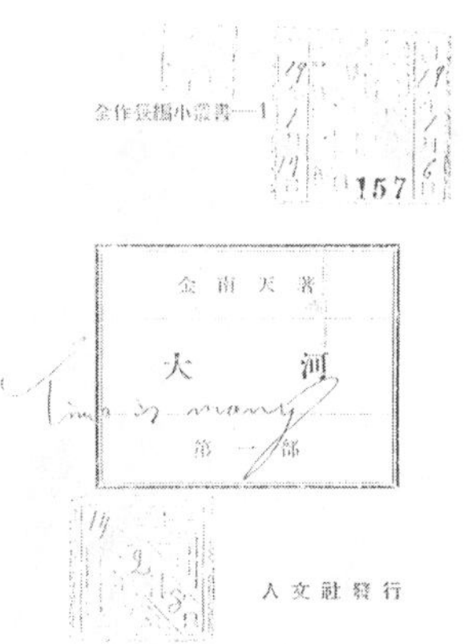

▲ 김남천 생전에 간행된 작품집 『대하』, 『사랑의 수족관』, 『맥』,
『삼일운동』의 표지

▲ 작품집 『소년행』의 표지

김남천 전집Ⅱ－ 수필 · 칼럼 · 좌담회 · 회고 · 정론 · 서평 · 기타

【수필】

【칼럼】

【회고 · 추모사 · 정론】

【서평】

【좌담】

【기타】

【일러두기】

1. 이 전집은 수집 가능한 김남천의 모든 평론과 수필을 수록하였다.
2. 수록 순서는 발표 순서에 따랐다.
3. 발표 당시의 것을 수록 원본으로 하였다.
4. 독자들이 읽기 쉽도록 현대 표기법으로 고쳤다.
5. 본문은 한글 표기를 원칙으로 하고 필요한 경우 한자를 괄호 속에 병기하였다.
6. 표준어를 기준 삼되 표준어에 없는 방언이나 속어는 그대로 살렸다. 글의 느낌을 살리기 위해 표준어로 고치지 않는 것이 좋다고 판단된 경우에도 방언이나 속어를 그대로 살렸다.
7. 부호로 나타낸 장음 표시 및 외래어에 붙인 여러 가지 부호는 없앴다.
8. 대화나 인용은 “ ”로, 강조는 ‘ ’로, 책 이름은 『 』로, 작품이나 평론 이름은 「 」로 표시했다.
9. ○○○는 인쇄 상태가 나빠 판독이 불가능한 글자를 수대로 표시한 것이며, ×××는 발표 당시 검열 등의 이유로 삭제된 것을 글자 수대로 표시한 것이다.
10. 김남천의 필명인 파붕(巴朋) 또는 파붕생(巴朋生)의 이름으로 발표된 글의 경우, 목록의 비고란에 ‘*’ 표로 밝혔다.
11. 필요한 경우 각주를 달아 설명하였다.

수 필

어린 두 딸에게[1)]

아무 것도 알지 못하는 너희들을 향하여 이런 붓을 들게 된 아빠의 마음을 너희들이 알게 되려면 아마 적어도 십 년 내지 십 오 년 이상은 걸릴 것이다.

십 년 십 오 년 후에야 너희들이 볼 수 있고 또 이해할 수 있을 이 글을 너의 아빠가 이렇게 이르게 쓰게 될 줄은 물론 나도 생각지 않았었고 내가 너의 엄마를 사랑하는 모든 사람이 예상하지도 못했던 일이었다.

그것은 너무도 큰 괴변이었고 또 너무도 커다란 역참(逆慘)이었던 때문이다. 아무리 철이 없고 엄마 아빠를 분간조차 못하는 너희들이라도 이 괴변

---

*이 글은 『우리들』(1934)에 소설로 발표된 것이다. 김남천은 이 글을 사실을 그대로 적은 것으로 읽는 주변에 대하여 '소설 아닌 소설'이라 하여 소설임을 강조하기도 하였다. 그러나 이 글의 내용이 김남천의 상처(喪妻) 체험과 정확하게 일치한다는 사실을 생각하면 '소설적 수필'이라 볼 수도 있을 것이다. 이 점을 고려하여 다른 수필과 함께 수록하였다. 처음 게재된 잡지를 구할 수 없어 '서상경 편, 『조선문인서간집』, 창문사, 1936'에 실린 것을 옮겼다.

과 그리고 역참을 생각할 수 있다면 너희들의 단풍잎 같은 두 손은 스스로 맺히는 이슬방울을 따기 위하여 볼편과 두 눈을 한없이 문대기고 있을 것이라고 나는 생각한다.

사실 스물 세 살이라는 짧은 세상을 살고 스물 네 살이 잡히자마자 나와 어린 너희들을 버리고 사색(思索)과 감각(感覺)하기를 영원히 끊어버리고만 이 사실을 너희들이 이해하게 되는 날이 온다면 그때는 아마 이 붓을 잡고 있는 너의 아빠의 슬픔과 모든 사정도 한가지로 이해하는 때가 될 것이다.

그러나 이것이 십 년 후이랴! 십 오 년 후이랴! 물론 이 글을 너희들이 볼 수나 있게 되려면은 십 년도 안 걸릴는지 모른다. 그러나 너희들이 이 글을 완전히 이해하게 되려면은 십 년이 걸릴는지 이십 년이 걸릴는지 알 수 없는 일이다. 이 글을 이해하기 위하여는 너희들은 비상한 정서(情緖)의 힘을 갖지 않으면 안될는지도 모른다. 이 글을 이해하기 위하여는 혹시는 너희들은 비상히 날카로운 이해의 힘을 갖지 않으면 안될는지도 모른다. 또한 혹은 너희들이 커서 있을 때와는 완전히 달라져 있을 풍속과 「비상시 풍경」의 모든 것을 한가지로 이해하기 위하여 학구적인 역사적 연구가 필요할는지도 알 수 없는 일이다.

그러나 혹은 그 때에는 이미 완전히 과거의 것이 되어버린 낡고 완고한 나의 사상을 이해하는 대신 조소와 경멸을 가지고 너희들이 이 글을 보게 될는지도 알 수 없는 일이다.

그러나 이러한 모든 것은 새로운 시대에 살고 있을 너희들의 마음보에 속하는 일이며 너희들이 나의 사상을 여하히 평가하고 이해한다고 하여도 그것은 너희들의 자유에 속하는 일이다.

오직 나는 낡고 완고해진 아빠의 사상과 엄마의 교훈과 우리 두 사람의 너희들에게 대한 사랑을 정당하게 너희들이 소화하는 데 의하여 그것이 조금이라도 너희들을 생각과 완성에로 이끄는 정신적인 영양(營養)이 될 수 있을는지도 모른다는 생각 밑에서 이 글을 쓰고 있는 것이다.

그럼에도 불구하고 너의 아빠가 지금 이 붓을 드는 가장 큰 이유는 장차 올 십 년 내지 이십 년의 미래에 너희들을 내 무릎 앞에 앉히고 십 년 내지 이십 년 전에 어떠한 슬픈 일이 있었으며 또한 너희들의 엄마가 너희들에게 주지 못하고 그대로 돌아간 많은 교훈과 사랑에 대하여 내가 너희들에게 이해할 수 있을 만큼 이야기할 기회가 올 것이냐 못 올 것이냐 하는 의문 때문이다.

너희들이 이 글을 보게 될는지 물론 그것도 의문에 속하는 일이지마는 그러나 너희들이 어떤 기회에 너의 엄마와 아빠의 지나온 길을 알려고 하는 진지한 태도가 생길 때에 그리고 엄마와 아빠의 너희들에 대한 사랑을 너희들이 성장해 가는 과정에서 한 개의 중요한 토대로 하려는 그러한 따뜻하고 굳은 마음이 생길 때에 몇십 년 전에 쓴 이 글이 너희들의 눈에 발견될 것을 나는 생각하고 있다.

너희들이 자라서 한 사람 앞을 당할만한 어른으로 성장해 있을 때까지 너의 아빠가 살아있을는지 이것도 또한 의문에 속하는 일이다. 나의 훌륭치 못한 지금의 건강으로 미루어서 아마 너희들이 크도록 내가 살아있고 싶다는 나의 희망은 물거품으로 돌아갈는지도 알 수 없는 일이다.

설혹 이러한 모든 불행을 생각지 말고 너희들을 내 무릎 앞에 앉히고 내가 너희 엄마에 대하여 이야기할 기회가 온다고 하여도 지금 내가 하고자 하는 말을 그대로 전할 수는 도저히 없을 것이며 너의 엄마에 대한 지금의 너의 생각도 한없이 변하여지리라고 나는 생각하지 않을 수 없다. 이리하여 나는 지금 너희들을 향하여 뜻하지 아니하였던 이 붓을 들게 된 것이다.

너희들은 지금으로부터 두 달 전 단 하나의 너의 엄마를 영구히 잃어버리고 말았다. 너희들 중의 큰 아해는 두 돌을 지나서 네 살 째 잡히었고 작은 아해는 이 세상에 나온 지 불과 열흘이 못되어서 네가 양육되고 생장하는데 반드시 있어야 할 젖과 품을 잃어버리고 만 것이다. 엄마가 누군지 엄마가 살았는지도 분간치 못하는 너희들이다.

큰 아해는 퍽 전부터 우리들의 구차한 생활에 장애가 된다고 하여서 너희들의 외할머니 너희들의 엄마가 그이의 품에서 자라난 너희들의 엄마의 엄마-의 품속에서 자라나고 있었다.

벌써 3, 4개월을 아빠와 엄마를 떠나서 자라나던 큰 아해는 엄마 든 사진첩을 펼치고 「엄마 어느 거냐?」하면 바로 짚을 때도 있고 혹은 딴 여인의 얼굴 위에 통통하고 짧은 손가락을 짚고 우리를 쳐다볼 때도 있었다.

「이년아! 너의 엄마는 이거다.」

나는 너의 손가락을 엄마의 얼굴 위에다 짚으며 「똑똑히 봐! 이게야 이게야」하는 것이었다.

어느 때인가 아직 너의 엄마가 세상에 살았고 너희들 중에 작은 것이 우리들 속에 생겨나오기 퍽 전의 일이다. 시골서 큰 아해를 데리고 올라오신 외할머니는 방이 작아서 같이 주무시지 못하고 어린것만을 남기고 딴 곳으로 가셨다. 그리하여 나와 너의 엄마는 너를 가운데 눕히고 자려고 하였었다. 잘 때가 가까워오니 여태껏 재롱을 하며 방안의 이 모퉁이 저 모퉁이를 장난질하며 다니던 아해가 몹시 쓸쓸해 하는 낯으로 나와 너의 엄마를 번갈아 보더니 그대로 엄마의 품에 안기어 잠이 들었다. 너의 엄마의 두 젖을 꼭 쥐고 이따금 움찔움찔 놀래면서 우리들 짬에 끼어 자고 있었다. 그런데 밤중이 되어서 무엇에 놀래기나 하는 듯이 얼핏 눈을 뜨더니 벌떡 일어나 앉으며 두리번두리번하고 누구를 찾는다. 잠깐동안 두 어깨가 들먹들먹하고 동그래진 두 눈에 눈물이 어리더니 드디어 「엄마-」하고 운다.

「엄마 예 있다.」

너의 엄마는 아해를 품안에 끌면서 「내가 엄마다」하였다. 그러나 그는 그냥 울기만 한다. 그리고는 방의 구석구석을 찾으며 「엄마 엄마」한다.

「이런 변이 있나 많지도 않은 딸 하나를 못 길러 이 변이로구만!」

엄마는 너를 안아 자리 속으로 끌어오면서 잠옷자락으로 눈물을 빽-문질렀다.

「그만 일에 울거야 뭐인가 그 애가 그래 할머니를 따르는 게 큰 잘못인가!」

나는 자리 속에서 물끄러미 너의 모녀의 하는 모양을 바라보고 있다가 그대로 홱 돌아누웠다.

「큰 잘못이라나 누가! 그래 딸이 엄마 품을 모르고 울며 지랄이니 그건 옳은 일인가!」

「어서 떠들지 마라! 아해 우는데 어른까지 떠들고 있나 밤중에」

이것이 아마 큰 아해가 엄마의 품에 안겨본 마지막이며 울었든지 웃었든지 너의 엄마가 큰딸의 얼굴을 볼 수 있는 마지막이었다.

큰 아해가 제 엄마의 젖을 쥐고도 저의 엄마의 품인 줄을 몰랐거늘 핏덩어리 같은 작은애는 말할 여지도 없다. 지금 그는 겨우 울 줄이나 알고 젖 빨 줄이나 안다. 그리고 알고서인지 모르고서인지 물끄러미 천장을 쳐다보다가는 버륵버륵 웃기나 한다.

나는 여태 부모의 사랑이라든가 아해들에 대한 어버이의 사랑이라든가 그런 것에 대하여 참마음으로 생각해 본 적은 없었다.

그래서 아해를 안고 눈물방울을 흘리는 너의 엄마를 꾸지람하며 젊은것이 창피하게 굴지 말라고 야단을 한 적도 있었다.

그러나 지금 엄마를 완전히 잃어버리고 만 어린 너희들의 생각을 하고 또한 엄마를 잃지 않았기 때문에 행복된 많은 사람들을 생각하면 어린 너희들의 장래에 일종의 쓸쓸함을 느끼게 되며 때때로는 너희들의 앞길을 밝혀 줄 단 하나의 큰 광명을 잃은 것 같이도 생각된다.

이렇게 말하면 세상 동무들이나 혹은 너희들까지도 나의 이런 완고하고 어리석은 감정을 비웃을는지 알 수 없는 일이다. 나 자신도 제3자로서 이런 경우를 보았을 때에는 역시 조소로써 그들을 대하였을 것이다.

물론 세상에 어려서 자기의 엄마를 잃은 아해들은 수없이 많은 것이 사실이고 처를 잃었다든가 또는 엄마를 잃었다는 일도 결코 드문 일이 아니고 매일같이 듣고 볼 수 있는 일이기 때문이다. 그러나 나의 어린것들이여! 세상에 수없이 많은 일이라고 하여서 이것은 결코 작은 일이고 또한 세상에 허구한 일이라고 하여서 반드시 그것은 큰 일이라고는 말할 수 없는 것이다.

수필 6

두 돌이 지난 것과 나서 열흘도 안 되는 너희들이 단 하나의 엄마를 잃었다는 일 그리고 세상에 생겨서 건전한 감정과 이지를 채 가지기도 전에 그리고 자기가 가지고 있던 천품과 개성을 싹조차 못 돋히고 그리고 또한 자기 몸을 가르듯이 이 세상에 내어놓은 어린 두 딸을 그대로 버리고 스물 세 살이라는 짧은 인생을 등지고 자기를 사랑하는 모든 사람을 떠나서 땅속으로 돌아가고 말았다는 이 일은 세상에 수없이 많은 일임에 불구하고 결코 작은 일도 또한 부끄러움을 가지고 생각한 일도 아니다.

그러므로 세상의 모든 사람이 너의 엄마의 죽음에 대하여 아무 것도 생각함이 없고 그리고 너의 엄마를 사랑하던 모든 사람이 너의 엄마에 대한 이야기를 완전히 잊어버리게 된 뒤에도 오직 너희들에게는 일찍이 엄마를 잃었다는 사실이 이 세상에서 비할 수 없을만한 큰 슬픔으로 비추어질 것을 나는 생각하고 있다.

그리하여 너희들은 인생의 첫걸음에 인생의 수많은 적막의 저윽이 큰 부분을 맛보면서 '네부스키'의 탄탄대로 아닌 '형자의 소로' 위에로 나선 것이다.

그러나 나의 사랑스런 어린것들이여! 너희들에게 비할 수 없을만한 이 커다란 불행은 그러나 동시에 세상에 무엇을 주고도 바꿀 수 없을만한 커다란 행복임을 잊어서는 아니 된다.

이 불행 탓에 그리고 이 슬픔 탓에 너희들은 인생에 대한 심오한 적막 앞에 부딪치게 될 것이며 이것은 너희들이 인생의 깊은 밑을 생각하고 또한 이것을 생활해가는 데 둘도 없는 탄력 있는 토대가 될 것이다. 이것은 너희들이 반드시 걸어나가야 할 이 인생의 행로 위에서 너희들이 부닥치고 그리고 그것을 뚫고 나가야 할 수많은 장애물 앞에 세워질 때 너희들로 하여금 조금도 두려움 없는 「돌격」의 마음을 가지게 하는 가능성을 줄 것이다.

불행을 불행으로만 돌려보내서는 아니 된다. 적막을 적막으로만 돌려보내서는 아니 된다. 불행한 탓에 또한 행복된 나의 어린것들이여! 너희들은 적막한 탓에 적막을 알고 적막을 안 때문에 인생을 생활할 줄 아는 그러기 때문에 또한 적막을 정복할 수 있는 너희들이 되지 않으면 아니 된다.

*

너희들의 엄마와 아빠가 함께 생활을 영위하게 되기까지는 실로 수많은 형자의 길을 밟고 왔었다. 처음 서로 보게 된 지금으로부터 십 년전 엄마와 아빠가 다같이 열 다섯 살 되는 중등학교 2학년 때로부터 아빠가 잔잔하고 명랑한 너의 엄마의 가슴속에 비로소 젊은 피의 교란을 일으켰던 열 일곱 살까지 싹트던 어린 사랑의 시절에 대하여는 말치 않더라도 완전한 형태로 너의 엄마가 나를 그리고 너의 엄마를 내가 생각하지 않을 수 없게 된 때부터 기억을 들추어본다고 하드라도 우리들의 앞길에는 말할 수없이 많은 가시가 앞을 막고 있었다. 그리하여 우리가 걸어나온 발자취를 보면 그것은 혹은 구렁에도 빠져보았고 또는 너무도 큰 바위를 뚫고 나갈 바이 없어 그것을 바라보며 한종일 한숨짓고 해가 질 무렵에야 드디어 그것을 피하여 딴길로 헤매어 나온 적도 있었고 다리도 배도 없는 강물을 건너기 위하여는 종아리를 걷고 깊은 물 속에 들어서는 만용스러운 행로를 취한 적도 없지 않았었다. 또는 혹은 너무도 예상치 않았던 커다란 곤봉에 머리를 부딪치고 잠시 어떻게 우리들의 나아갈 방향을 잡을 길이 없어 깊은 밀림 속에서 서로서로 자취를 잃고 들리지 않는 목소리로 고함치면서 헤매인 때도 없지 않았었다.

이러는 동안에 너의 엄마와 아빠는 인생을 알기 시작하였다. 눈 녹는 언덕을 넘다가 가시덤불에 걸려서 넘어지고 무릎에 흐르는 피를 씻노라고 헌뜻 보는 눈에 죽은 가지에서 피어 터지는 새 움을 발견하고는 그것이 봄인 줄을 알았었다. 이백 도라고 녹일 듯이 내려쪼이는 폭양을 피하여 신작로 옆에 선 백양목 그늘에서 땀을 그을 때 굴뚝 있고 양철로 지붕한 바라크 속에서 몰려오는 홍수물의 아우성을 들을 때에는 시절이 바야흐로 여름임을 알았었다. 혹은 때때론 비단결 같은 벽공에서 비행기의 우르르 소리를 들으며 홀로이 넓은 광야를 거닐다가 서리에 젖어 있는 들국화를 꺾어들고 때의 이미 가을이 지나갔음을 안 적도 없지 않았었다.

나의 어린것들이여! 이리하여 구름 한 점 없는 코발트색의 창공과 붉은 땅을 희게 줄그은 일직선의 라인 위에서 가을 하늘 속에 떠오르는 볼을 향하여 명쾌한 웃음을 던지던 너의 엄마는 어린 비둘기 같은 가슴속에 인생의 적막을 안게 되고 드디어 이것은 인생의 가장 깊은 곳을 향하여 쏘아지는 힘있는 화살로 되었던 것이다.

실로 수다한 곤란과 수많은 탄압 속에서 너의 엄마로 하여금 나를 따르게 하고 또한 나로 하여금 너의 엄마를 따르게 한 단 하나의 힘있는 닻줄은 두 사람이 한가지 사람의 생활의 가장 진실한 곳을 탐구하려는 진집한 태도에서 생겨났었던 것이다. 그것이 얼마만한 족적(足蹟)을 사회에 남겼다는 것은 여기서 평가할 필요도 없거니와(왜냐하면 사실 우리들의 생활이 이 사회에 기여한 바는 그의 의도의 선량함에도 불구하고 아무 것도 없다고 말함이 과언이 아니기 때문이다.) 그러나 우리들이 우리들의 개인적인 생활을 공적인 생활에 종속시키려고 수많은 노력을 다하였다는 것 그리고 그 사이에 있는 모순을 없이하기 위하여 싸운 적도 운 적도 웃은 적도 많다는 것을 너희들에게 말하지 않으면 안될 것이다. 너의 엄마는 이 세상을 떠나는 날까지 이 생활의 위대한 고민 속에서 살고 있었다. 이것은 너의 엄마에게 있어서나 나에게 있어서나 또는 나와 너의 엄마와 한가지 이 시대의 청년의 모든 사람에게 있어서나 어느 정도까지 숙명적인 것 같이도 생각된다.

그러나 완전히 새로운 시대에 살고 있을 나의 어린것들이여! 이 「모순의 고민」은 결코 단순한 경멸과 조소로써 침뱉어 버릴 만큼 쓸데없는 물건은 아닌 것이다. 이 고민을 극복하려는 노력에 의하여 너의 엄마와 아빠의 사상은 전진하였던 것이고 이 고민을 붉은 심장을 가지고 대하는 도수에 따라서 인간생활의 껍질이 아니라 그 속에 들어박힌 본질의 가운데에 너의 엄마와 아빠는 점점 가까이 갈 수가 있었던 것이다. 우리들 이 세대의 고민하는 청년들이 이 고민을 전연 모르고 지나간다든가 또는 그의 표면만을 건드리고 지나가 버린다면 그것은 인생을 「생활」하였다고 말할 수 없을 것이다.

귀여운 나의 어린것들이여! 너희들의 엄마는 이 고민을 회피하고 달아날 만치 비겁한 인간이 아니었고 그 고민이 온몸덩어리를 적실 때에도 언제나 이것과 싸우며 이것이 담긴 술잔을 힘껏 마시고 있었다.

*

그것은 너의 엄마가 나와 완전히 서로서로의 가슴을 헤치고 그 속에 든 심장이 무엇을 말하고 있음을 이야기한지 얼마도 안되어서의 일이었다. 사실 열 다섯에 서로 얼굴을 대하고 열 일곱에 편지를 썼던 너희들의 두 어버이는 그 후 몇 해를 지낸 뒤 너희들의 엄마가 평양서 여학교를 졸업하고 서울에서 일년을 지냈었고, 그리고 너희들의 아빠는 일년을 뒤서서 평양서 동경을 향하여 건너가던 열 아홉살 되는 해 봄에야 비로소 얼굴을 대하고 마주 이야기할 기회를 얻었던 것이다. 한없이 건방졌던 중학교의 졸업생과, 불길 같은 자존심에 타고 있던 이 시대의 젊은 여학생은 그러나 불과 한 시간의 짧은 회담에서 단 한 가지 그들이 진실한 인간생활의 본질을 탐구하기 위하여는 그들의 열정을 불과 같이 일으킬 수도, 또한 그것을 억제할 수도 있다는 공통된 정신에 의하여 훌륭한 결합점을 발견하였던 것이다. 수많은 애매(曖昧)와 회의(懷疑) 속에서 그리고 자존심과 자존심의 격렬한 충돌 속에서 우리들에게 길을 보여주고 심장을 서로 논하게 한 것은 오직 이 고귀한 공통점에 의하여서이었다.

이리하여 우리들 사이에 완전한 사상의 교환이 날을 따라 더욱 깊어가서 몇 날이 지난 뒤- 그러나 그것은 실로 우리들의 오랫동안의 모색의 시대에 비하면 얼마도 안 되는 짧은 시일이 흘러간 뒤였다. 우리들의 사랑의 앞길에는 그 당시의 우리들의 힘으로써는 비상한 수단 아닌 평범한 교섭을 가지고는 도저히 움직일 수 없을만한 커다란 바윗돌이 가로막혔다.

지금은 어린 나의 두 딸이여! 너희들이 이 글을 보고있을 그 시대의 변하여진 사회적 환경을 가지고는 이때 너희들의 엄마와 아빠가 당하고 있던 이 장애물과 이것을 격퇴하기 위하여 얼마나 큰 힘이 필요하였는가 하는 모든 사정은 지극히 몽롱하게 밖에 이해하기 어려울 것이다. 그것은 이때 이 시대에 살고있던 너의 아빠와 엄마의 마음에도 지극히 불합리하게 생각되었던 때문이다.

이 장애물 커다란 바윗돌이란 너의 아빠와 엄마가 성과 본이 다-같다는 이유에 의하여 너의 엄마의 머리와 온-몸을 그리고 우리들의 사랑을 완전히 부숴 없애겠다는 가정의 탄압을 가지고 설명할 수 있을 것이다.

방학 때에 고향에 돌아간 너의 엄마는 감금의 위협을 받고 있었다. 그리하여 너의 엄마는 칼날 같은 냉정한 이성을 가지고 나에게 절교를 선언하였다.

나의 어린것들이여! 아빠에게 절교를 선언하던 너의 엄마의 가슴도 물론 그 사람아닌 우리들에게는 상상할 여지조차 안 주겠지만은 그 선언을 받아 쥔 너의 아빠의 마음도 결코 심상스러운 것은 아니었다. 너희들이 용이하게 생각할 수 있음과 같이 너의 아빠는 한없이 격분하였다. 그때에 내가 보낸 편지는 지금 여기에 남아있지 아니하지만(생각컨댄 내가 너의 엄마에게 보낸 모든 편지가 너의 엄마에 의하여 간직되어 있음에도 불구하고 이 짧은 시기의 것만은 찾을 수 없음은 아마도 그 편지를 부모의 보는 눈앞에서 찢어버렸던가 혹은 그 후에 그 편지가 주는 너무나 심한 고통의 탓에 드디어 그것을 소각하여 버린 것이라고 보아진다.) 그 내용은 지극히 격렬하였다. 사실 나로서는 가장 참기 힘든 모욕을 당한 것이라고 생각할 수밖에 없었던 것이다.

「역사의 바퀴를 후퇴에로 이끌려는 가장 반동적인 봉건적 잔재의 최후의 발악 밑에 머리를 수그리고 굴복하는 것」이라고 나는 그 편지에 썼었다.

그리고 나는 그때에 너의 엄마를 「여태껏 가지고 있는 소부르주아적 근성을 그대로 발로한 일화견주의(日和見主義-너희들이 살고있을 새로운 세대에도 내가 가장 큰 영예를 느끼면서 사용한 이 문구는 없어지지 않을 것이다.) 에 사로잡힌 가장 악한 동물」이라고 아마도 한 것이다.

이렇게 붓으로 쓸 수 있는 갖은 욕설을 나열하여 보내고 나는 가슴이 좀 시원하여지는 것을 느끼는 동시에 한편으론 마음의 공허와 걷잡을 수 없는 적막을 어떻게 할 수도 없었다.

아름다운 나의 고향의 강물을 멍하니 바라보면서 내가 그가 절교하여야 할 이론적인 근거를 긁어모아 솜같이 피어오르는 적막한 정서를 압박하기에 한나절을 보냈었다.

사실 의학상으로 보아 혈통결혼이 좋지 않다는 증명은 넉넉히 얻을 수 있겠지마는 대체 성이 같고 본이 같다는 것이(수효가 적은 성과도 달라서 우리의 성은 이 세상에 가장 흔히 볼 수 있는 것이었다.) 도덕상에 어그러진담은 무엇일 것이냐! 더구나 사촌끼리의 결혼을 인정하는 법률이 조선에서는 동성동본간의 결혼까지를 금지한다는 것 다시 말하면 당연히 타파하여야 할 봉건적인 잔재까지를 옹호하고 있다는 것은 무엇을 말하고 있는 것이냐!

비상한 이해의 힘을 가져야 할 나의 어린것들이여 여기서 우리는 원망을 개인적인 곳에로 돌려보내서는 아니 된다. 너희들의 외할아버지나 외할머니에게 그리고 너희들의 친조부모에게 이 원한을 돌려보내서는 아니 된다. 너희들이 이 사정을 완전히 이해하기 위하여는 단순한 법률적 해석이라든가 내지는 풍속과 관습에 대한 연구로만은 얻을 수 없을 것이니 이것은 오직 과학적인 정치적 시각에 섬에 따라서만 가능할 것이라고 나는 생각한다. 이렇게 하여서만 너희들은 이 사건의 책임을 정당하게 돌려보낼 수가 있을 것이다.

어쨌든 이 사건이 가져다 준 결과대로 너의 엄마와 내가 완전히 절교를 하고 말았다면 모든 것은 보다 간단하게 되었을는지도 모른다. 너희들도 아마 나의 딸로서 이 세상에 나오지는 않았을 것이고 너희들의 엄마의 죽음도 이렇게 이르게 쇄도(殺到)하지는 않았을 것이다. 그러나 지금 너희들에게 이 글을 쓰고있는 이 마당에서 이런 공허한 소리를 하고 있은들 무슨 소용이 있겠느냐!

절교는 일개 년 밖에는 더 계속되지 못하였다! 그리고 이 일년간은 우리들에게 '정서의 힘을 이지로나 자존심으로나 혹은 이성의 힘으로' 억제하는 것이 얼마나 힘든 것임을 전 몸뚱이를 가지고 느끼게 하였음에 불과하였다.

이 1년 동안 너의 엄마는 운 적도 많았을 것이다. 쓸쓸해한 적도 많았을 것이다. 수많은 유혹과는 억센 반항을 가지고 싸우기도 하였을 것이다. 하루 스물 네 시간의 대부분을 냉정하게 생각으로 보내기도 하였으리라! 너의 아빠를 의심도 하고 미워도 하고 욕도 하고 원망한 때도 없지 않았으리라 그러나 너의 엄마의 심장에는 결코 피가 식어 있은 것도 아니었고 너의 엄마의 머리는 정당한 것과 정당치 못한 것을 분간할 수 없을 만치 흐려져 있던 것도 아니었다.

…(이하 13행 략)…

이 동안에 너희들의 큰 것이 이 세상에 생겨날 것이 우리들에게 약속되었다. 이 새로운 생명의 불행은 이때로부터 시작된 것인지도 모른다. 우리들은 그때에 불과 스물 한 살씩이었다. 열 달이 지난 후에는 우리들은 싫든지 좋든지 아빠와 엄마가 되지 않으면 안된다. -엄마와 나는 암담하기 짝이 없었다. -대체 우리들의 생활력조차 갖지 못하는 것들이 아해까지 낳으면 어떻게 살아나간단 말인가! 그리고 아해 있기 때문에 모든 일에 얼마나 지장이 생길 것이냐!

그러나 이렇듯이 몹쓸 아빠를 한없이 원망할 나의 어린것들이여! 생겨나는 생명을 저주할 권리는 한가지 인간인 우리에게는 아무에게도 부여되어 있지는 않았던 것이다.

너희들은 엄마와 아빠를 무책임한 철부지들이었다고 원망할는지 모른다. 나는 그 원망을 달게받을 것이다. 너희들은 우리들 속에 태어난 탓에 뱃속에서부터 적지않은 고통을 받았었다. 모든 것이 마음대로 안될 때엔 뱃속에 든 아해를 꾸짖은 적도 없지 않았었기 때문이다.

그러나 너희들의 엄마의 용기는 조금도 떨리지 않았다. 가정과의 최후의 결렬을 「반역의 여행」(너의 엄마가 가정과 충돌하고 고향으로부터 서울을 향하여 올라가던 여행을 이렇게 불렀었고 이것은 드디어 너의 엄마와 아빠가 같이 여행한 최초이고 또한 최후의 것이 되고 말았다.)으로 수행한 너의 엄마는 서울에 머물기로 결정된 너의 아빠와 그해 오월 달이 오기 전에 동대문 밖에 방을 얻고 돌구방살이 같은 생활을 시작하였다. 너희들 중에 큰 아해는 이러는 동안 엄마 뱃속에서 점점 커갔다.

생활은 구차하였다. 여러 가지 관계로 너의 아빠와 엄마는 함께 산보해본 적도 없었다. 그러나 이 시기는 가장 아리따운 윤택 있는 색채로써 길지 않은 너의 엄마의 역사를 물들였던 것임에 틀림은 없다.

나의 어린것들이여! 그러나 우리에겐 이러한 가정 내의 단란을 맛보는 것은 지극히 적당치 않았었던지 드디어 우리들의 생활은 시작된 지 몇 달이 못되어서 8월 12일이란 가장 증오할 날에 의하여 단절되고 말았다.

그리하여 그해 시월(十月)엔 장차 몇 달 몇 해라고 한정할 수 없는 장구한 시일동안 너의 아빠는 모든 사랑하는 사람 그리고 사바세계의 일절과 몰교섭한 생활을 서대문 밖에서 지내야 한다는 결과를 얻고 말았다. 아빠는 피의자로부터 피고가 되어 예심에 회부된 것이다.

이 새에 일어났을 모든 일에 대한 기록을 나는 생략하기로 한다. 그리고 나를 빼앗기고 혼자 남은 너희들의 엄마에 대하여서도 여기서는 오직 너희들의 비상한 상상력에 맡기기로 한다. 생활비의 들어올 곳은 막연하였다는 것 그리고 너의 엄마는 연령관계(너의 엄마는 약제사였는데 나이가 어려서 면허증이 아직 나오지를 않았었다.)로 아직 취직하여 있지 못하였다는 것 아해는 세상에 나올 날을 두 달로 세면서 뱃속에서 꿈틀거리고 있었다는 것, 그리고 너희들의 엄마는 친정에도 시가에도 가서 있을 형편이 못되었다는 것-이것만을 간단 간단히 추려서 생각하여 본다고 하여도 그때에 너의 엄마의 가슴이 어떠하였는가를 손쉽게 생각할 수 있을 것이다.

오랜 시일동안 그 속에서 살면서도 내가 눈물을 흘려본 적은 한 번도 없었다. 그러나 나의 귀여운 어린것들이여!

만일 내가 그때의 딱한 너의 엄마의 형편을 생각하고 그러면서도 한숨과 눈물을 억제하면서 나를 격려하고 있던 너의 엄마의 신경을 편지 위에서 읽으면서 두 눈으로 흘러내리는 눈물을 참을 수가 없었다면 오! 귀여운 나의 어린것들이여! 너희들은 나의 사나이답지 않음을 비웃었을 것이다!

너희들의 엄마는 드디어 혼자서 아해를 낳았다. 12월 21일! 이날 너희들 중의 큰 것이 비로소 첫울음을 친 것이다.

그 후에 나에게 온 편지와 그리고 그 때에 쓴 엄마 자신의 수기를 보면은 그날 오후에 너희 외할머니가 시골서 올라오셨다는 것을 알 수 있을 것이다.

그러나 내가 첫 아해의 탄생을 안 것은 그 해를 넘어서 정월달이 다-가서였다. 한달 후에야 나는 비로소 너희들 중의 큰 것이 우리들과 함께 거친 인생의 길을 생활하려고 우리들 속에 생겨나왔다는 것을 알았다는 것이다. 나는 편지를 받아들고 우선 안심하였다. 사실 그때까지 나는 대체 어찌나 되었는지를 앞길이 망연하여 궁금하기가 짝이 없었던 것이다.

"나와 어린 아해(딸)는 모두 건강하오 아해는 꼭 당신 닮았소."

나는 잠깐 새로 난 어린 아해의 얼굴을 상상하여 보는 것이었다. 그리고 나를 꼭 닮았다는 너의 엄마의 글이 하도 우스워서 혼자 빙그레 웃었던 것이다. 이 웃음이 아마 새 생명을 향하여 웃어진 첫 웃음일 것이다.

나의 어린것들이여! 그 다음부터의 너의 엄마의 생활에는 새로운 장애물이면서 또한 너의 엄마와 함께 싸워나갈 생활의 적은 병사가 하나 더 참가하게 되지 않을 수 없었다.

사실 어린 아해를 잔등에 업은 그 후부터의 너의 엄마는 살아가야 한다는 불길 같은 열정과 옥중에 있는 남편을 위하는 가장 진실한 열정의 화신(化身)이었다고 말하여도 과언이 아닐 것이다.

나는 너희들의 엄마가 이 동안 얼마나 고통을 받았는지 그리고 잔등에 업힌 어린것과 울 속에 있는 남편을 위하여 그가 얼마나 위대한 사랑을 가지고 행동하였는지 통틀어 너의 엄마가 얼마나 굴할 줄을 모르는 위대한 생활의 용사였는지 그것에 대하여 조금치도 과장한 서술을 가지고 싶지는 아니

하다. 그러나 내가 아무리 있는 그대로의 너의 엄마의 생활을 묘사한다고 하여도 너희들은 나를 가리켜 '그것은 죽은 사람이니' 혹은 '그는 자기가 편애하였던 까닭에' 객관적인 정당한 평가를 내릴 수는 없다고 할는지도 모른다. 이러한 모든 불순한 생각으로부터 지금은 없는 너희들의 엄마 그리고 나의 단 하나의 처의 위대하였던 생활의 기록을 지키기 위하여 나는 그것에 관한 일체의 서술을 여기서 오직 강경한 이지의 소유자가 되어야 할 나의 어린 두 딸, 너희들의 조금도 편벽 없을 상상력에 맡기고 말 것이다.

그러나 나는 너희들에게 내가 너희들 중에 큰 것을 처음 보던 때의 잊을 수 없는 광경에 대하여 간단한 기록이라도 가지지 않을 수 없다.

그것은 가을이 짙어가던 어떤 날의 정오였다. 미결감의 감방은 점심 먹은 그릇을 치우노라고 엄중한 감시에도 불구하고 벌 둥지를 쑤신 듯이 웅성거리고 있었다.

나도 아홉 구(九)자 박힌 주먹만한 밥덩어리에 부추김치를 놓아서 뱃속에 쓸어넣고 나서 한잔씩 돌아가는 더운물로 목을 축이고 마루판장을 쓰는 동무의 꽁무니에 손수건을 찌르노라고 날카로운 신경을 집중하고 있었다. 나는 간수의 눈과 마루 쓰는 동무의 두 눈초리를 피하면서 깨닫지 못하게 손수건을 찌르노라고 갖은 야릇한 자태를 다-부리고 있었다. 그때에 나는 중앙에서 우리의 감방번호와 나의 호수를 부르는 간수의 소리에 마치 나의 장난이 발각되기나 한 때같이 전신을 소스라쳤다.

"엑키! 고학구주-상고 꾸러안저!"

나를 멍-하니 보면서 벙긋벙긋 웃고있던 간도 친구 하나가 나를 찌르며 웃었다. 나는 그가 찌르는 바람에 방 쓸던 동무 잔등에 엎어질 듯 하면서 겨우 꼬부라졌던 몸을 일으켰다.

그러나 나를 부르는 간수의 목소리가 면회담당이고 너희들의 엄마가 열흘에 한번씩 면회할 조건을 얻었던 후였으므로 누구나 그것이 나에게 있어서 지극히 반가워할 호출이었다는 것을 생각게 하였다.

"이번 나가면 말큰한 손목이래두 한번 쥐어보구 오우"

이런 농의 말이 끝나기도 전에 나는 쇠 열던 방을 뛰어 복도로 나가서 그 앞에 놓인 삿갓을 썼다. 가슴은 잠깐동안 두근두근하였다. 그러나 나는 늘 맑은 태양을 쪼이며 복도를 걸어나갈 때와 같이 그때에도 마음속으로 중학 시대 외었던 시라-의 시의 한 구를 웅얼거리는 것이었다. -이 땅이 아직도 아름답구나 사람된 것도 또한 둘 없는 기쁨이로세-

나는 뜰을 건너 면회하는 방으로 들어갔다. 어두컴컴한 비둘기장 같은 네모난 방에서 혼자 눈앞에 내려온 창문이 올라가기를 기다렸다. 한참 있더니 대합실에서 너의 엄마를 부르는 소리가 난다. 나는 귀를 기울였다. 너의 엄마의 대답하는 소리가 나고 그 다음 한참동안 간수와의 대화가 들려왔다. 너의 엄마의 말소리는 똑똑히 들리지 않았으나 간수의 목소리는 하나도 놓치지 않고 들을 수 있었다.

"글쎄 예심판사는 인정상 그렇게 말했는지 알 수 없지만 감옥법에 의해서 행동하는 우리는 14세 이하의 아동에게는 면회를 허가할 수가 없습니다."

너의 엄마는 한참 잠잠하고 있더니 좀 목소리를 높여서 다시 요구를 주장하여 본다.

"글쎄 요게 같이 들어간다면 무슨 이야길 할 겁니까 그러니 별로 면회랄 것도 없지 않아요? 잠깐만 비공식으로……애가 이렇게 크도록 제 아빠를 보지도 못했기에 말입니다."

그러나 간수는 강경하였다.

"한 사람을 허하면 누구는 해주고 누구는 안 해줍니까 그러니까 결국 규칙은 무시되고 말지요."

너의 엄마는 다시 말하지 않았다. 그리고 안았던 아이를 누구에게 맡기는 소리가 간간이 들리더니 4, 5인의 사람들에 끼어서 면회하는 방으로 들어온다. 방안에 들어온 너의 엄마는 "대체 나의 남편의 얼굴은 어느 방에서 쑥 나타날 것인가" 하는 듯이 우리들이 들어있는 곳을 두리번두리번 하였다. 나는 그 모양을 문틈으로 내다보며 목구멍에 침이 마르는 것을 느꼈다. 면회는 간단하게 끝났다. 자주 면회가 있었으므로 그렇게 긴 시간은 필요치 않았으나 간수는 우리들을 내버려두고 다른 사람을 먼저 다-끝마치고 맨-마지막에야 우리들의 문을 닫았다.

"만일 그렇게 아해를 보여주고 싶거든 나가서 면회가 끝나고 사람들이 다-가도록 기다리슈."

간수는 비공식으로 어린 아해와의 대면을 허락한 것이다.

너의 엄마의 기뻐하는 얼굴이 그의 '고맙습니다'하는 말소리로 상상할 수 있었다.

나의 가슴도 뛰었다. 벌써 열 달이 되었으니 아해가 얼마나 컸을까? 튼튼하게 생겼는가? 나같이 생겼다더니 그것은 사실인가? 혹 '아빠!'하고 나에게 안기려고 하다가 간수에게 제지나 받지 아니할까?-길지 않은 시간동안 나의 머리는 착잡한 생각으로 꽉 차있었다. 그리고 머리 속은 벙벙하니 뒤섞였다.

창문이 다시 올라갔다. 나의 앞에 엄마 품에 안긴 아해가 나를 쳐다보고 있었다.

나는 아무 말도 아니하고 울타리에 다리를 걸치고 꼽풀꼽풀 뛰어오르는 어린것의 재롱을 멍하니 바라보고 있었다.

"너의 아버지다. 안녕하슈-하고 악수해라!"

엄마는 아해의 손을 잡아서 나에게 내밀었다. 나는 언뜻 그 손을 잡으려고 하였다가 감옥의 규칙을 생각하고 그대로 묵묵히 서 있었다. 한참동안 물끄러미 어린것의 재롱을 보고 섰다가 나는 아버지다운 위엄을 가지고서

"됐다! 이젠 가라! 엄마에게 너무 성화시키면 안돼!"하고 같이 말귀를 알아듣는 것과 말하듯이 훈계를 한 것이다. 그때에 나는 '내가 아빠가 되었구나' 하는 것을 참마음으로 느끼면서 어쩐지 갑자기 늙은 것 같은 마음이 들었다. 그리고 어린 딸에게 처음 한 말이 하도 부자연스러워서 혼자 돌아오면서 고소를 금치 못하였다. 나는 속으로 이렇게 중얼거렸다.

"어서 커라! 어서 커라!"

*

나의 어린것들이여! 지금은 너희들 중의 작은 것이 이 세상에 생겨나올 때의 이야기를 하지 않으면 아니 될 순서에 도달하였다.

작은 것이 우리들 속에 생겨난 것은 너의 아빠가 보석이 되어서 세상에 나온 지 1년이 훨씬 넘어서 금년 1월 초 여드렛날 오전이었다. (내가 보석이 되어서 나온 것은 큰 아해의 첫돌을 이틀 앞둔 날, 첫 겨울밤이 부슬비로 깊어가던 12월 19일 날이었다. 그때 너의 엄마는 어떤 약국에서 일을 보고 있었다. 남편과 아해와 생활을 위한 불같은 열성에 너의 엄마와 반목하였던 모든 사람이 다시 그의 주위에 돌아오고 있던 때였다. 그래서 큰 아해의 첫돌 잡는 것을 보는 겸 사위의 보석 출옥을 맞으려고 상경하셨던 너의 외할머니가 비를 맞으며 너의 엄마와 그의 많은 친구들과 함께 감옥문을 나서는 나를 맞아주었다. 그후 너희들 중의 작은 것이 다시 우리들 속에 생겨날 것이 약속되었을 때 우리 세 가족은 서울에서 평양으로 왔었다.

너희들의 엄마의 앓는 소리를 바람에 나불녀오듯이 먼-곳에서 듣는 듯하였다. 그것은 끊어졌다간 다시 들려오곤 한다. 그것이 갑자기 귀밑에서 '아이고 배야-'하고 외치는 소리로 들렸을 때 비로소 나는 곤하게 들었던 잠을 깨고 벌떡 일어나 앉았다. 나는 배를 쥐고 진통을 참느라고 전 몸뚱이를 떨고 있는 너의 엄마를 보고 전신에 소름이 끼치듯이 정신이 퍼쩍 들었다.

"몇 시간이나 됐어?"

"네시부텀-"

간신히 대답하고 그는 다시 전신에 몰려오는 아픔을 참지 못하여 다물었던 입술을 열면서

"아이고-"

한다. 나는 시계를 보았다. 여섯 시다.

두 시간 동안 내 옆에서 앓는 것을 나는 모르고 자고 있던 것이다. 나는

될수록 침착하여지려고 하였다. 같이 있던 중년세의 여인이 부엌에서 불을 때고 분주히 왔다갔다한다.

「인제 갈까! 산파한테」

나는 허리끈을 매고 외투를 입으면서 물었다. 나의 목소리는 약간 떨리었다.

「아직도 몇 시간이나 있을 텐데-」

겨우 요것까지를 말하고 다시 「아이고-」한다.

너의 엄마는 첫아해를 8, 9시간 진통 후에 낳았다는 소리를 가끔 하였으므로 나의 보기에는 진통이 잦은 데도 불구하고 너의 엄마는 너무 이르게 산파를 불러다놓고 괴로움을 끼칠 필요는 없다고 생각하는 모양이었다. 아해를 내어주겠다고 한 산파는 너의 엄마의 여학교적 동창으로 그후 늘 가까이 지내던 여인이었다. 그래서 보수도 변변히 안 받으려고 할 산파를 더구나 다른 곳에 취직하여 있는 몸을 그렇게 미리부터 불러다 놓기가 미안하다는 생각을 너의 엄마는 가졌던 것이다.

나는 잠깐 물끄러미 보고 섰다가 진통이 몰려오는 시간이 점점 잦아지는 것을 보고는 그대로 서있을 수 없었다. 아무 것도 모르는 나의 눈에도 시기가 급박하였다는 것은 느낄 수가 있었던 것이다.

나는 밖으로 뛰어나갔다. 밖은 훤-하니 밝아서 거리의 전등이 히슴스러히 빛을 잃고 있었다. 매운 새벽바람이 거리를 스치며 눈을 뜨지 못하게 나의 얼굴에 부딪혔다. 나는 호주머니에서 마스크를 내어 입에다 막고 서문거리를 종로로 달음질쳐갔다. 먼지 섞인 바람이 다리에 외투에 얼굴에 할 것 없이 몇 번인가 나의 뛰는 걸음을 느리게 하였다. 네거리에서 왼편으로 꺾어 돌아 상 앞을 향하여 나는 아직도 달아나고 있었다. 살이 후끈후끈한 게 몸에는 땀이 쭉-나와서 셔츠는 물에 축인 듯하였다. 마스크 속에 넣은 가-제가 물에 적신 듯하고 두 눈에는 서리가 맺히었다.

나는 산파의 집이 가까워 오는 것을 느끼면서 숨을 태우려고 뛰는 다리를 좀 느리었다. 그러나 뛰는데 일심하느라고 잊어버렸던 산모의 진통하는 모양이 번개같이 나의 머리를 스치고 지나가자 느려졌던 두 다리의 근육은 다시 벌떡 일어났다. 나는 다시 줄달음질을 친다.

내가 장댓재 밑에 있는 산파의 집 대문을 두드렸을 때엔 전몸이 땀에 젖었었고 고함을 칠 수가 없을 만치 숨은 하늘에 닿을 듯하였다.

"누구요!"

"서문거리에서 왔는데 해산하게 됐어요!"

나는 동리를 뒤집을 듯한 큰 소리를 자아내어 몽둥이 같은 말을 대문 틈으로 던졌다. 한참 있다 대문이 열리고 잠옷 위에 망토를 걸친 산파가 나왔다.

"아픈지 몇 시간이나 됐어요?"

"글쎄 네 시부텀이라니 한 두 시간 잘 넘었겠지요."

"그럼 아직 좀 시간이 있을 듯싶구려."

"그래두 제가 보건댄 급한 것 같은데요."

산파는 잠깐 생각하더니

"그럼 내 지금 옷 입고 곧 가지요." 하고 다시 방으로 들어간다. 나는 뛰어온 길을 도로 왔다 뛰지는 않았으나 발은 빨리 옮겨놓았다. 산모의 괴로워하던 모양이 몇 번씩이나 눈앞에 나타났다. 순산이나 하려나? 오늘 종일 앓기나 하면 어찌하나? 이번에도 또 딸을 낳으려나? 혹은 번갈아 아들을 낳으려나? 나는 두 아해의 아빠가 되는구나 새 생명이 생기기에는 온몸을 뒤집을 듯한 진통이었다. 그것이 생의 고민(生의 苦悶)이다. -나는 순서 없는 생각에 잠겨서 아침을 맞는 평양의 거리를 걷고 있었다. 머리 속은 공상의 줄을 타고 각 곳으로 헤어졌다. 그러나 나의 다리는 처음의 속도로 조금도 느리지 않고 집으로 집으로 걸어갔다. 눈앞에 나의 집을 보고야 비로소 나의 정신이 자신으로 돌아왔다. 그리고 괴로워하던 산모의 얼굴을 생각하면서 집으로 뛰어들어가

"어떻게 되었소?"

하였다.

"산파 옵네까? 벌써 낳았시요."

나는 가슴이 뭉클하였다.

"뭐 벌써 낳았어요?"

"태를 못 낳았시요? 어서 가 산파 오래라구요."

나의 머리는 아무런 생각을 가질 여지가 없었다. 산파는 아직 집에서 나오지도 않았을 것이니 한 시각이라도 속히 그곳까지 달려가야 한다는 생각만이 온몸둥이에 퍼진 신경을 긴장시켰을 따름이다.

산파를 앞세우고 와서 그를 방안에 들여보내고 문밖에서 기다리고 있는 순간은 공포가 온몸을 싸고돌았다.

"괜찮으니 안심하세요."

산파의 이 말이 떨어진 다음에야 굳어졌던 몸이 다소 안심 속에 풀어지는 듯하였다.

나는 손수건으로 얼굴의 땀과 눈에 어린 서리를 씻고 외투를 벗어서 의자 위에다 놓았다. 긴-숨이 후-하고 목구멍으로 나왔다. 옷고름을 풀면서 가만히 방안의 동자를 살피노라니 새로 생긴 아해가 아들인가 딸인가 하는 것을 알고 싶은 생각이 슬며시 가슴 속에서 일어났다. 그러나 산모에게 대하여 이런 것을 먼저 묻는 것은 미안한 듯하여 나는 몇 번이나 주저하였다가 드디어 웃는 말 비슷하게

"뭘 낳았소?" 하고 물은 뒤엔 웃음으로 흐리었다.

"기집애얘요-."

대답한 건 다른 사람 아닌 너희들의 엄마였다.

*

나의 어린것들이여! 이것으로써 아빠는 빈약하고 치열한 표현을 가지고 너희들이 이 세상에 생겨나 오던 때의 이야기를 너의 엄마를 대신하여 여기

에 기록하였다. 만일 너희들의 엄마가 너희들의 작은 것을 낳고 아흐레만에 세상을 떠나지 않았다면 너희들은 이 이야기를 나의 불충분하고 살커리 없는 기록에서가 아니고 재미나게 말할 줄을 아는 너희들의 엄마의 입에서 들을 수가 있었을 것이다. 그러나 불행한 어린것들이여! 만일 너의 아빠가 이것을 이 기록 속에 남겨두지 않으면 너희들은 누구의 입에서든지 이것을 들을 수가 없을 만치 쓸쓸한 고독 속에 있는 것을 나는 생각하고 있다. 그럴수록 나는 반드시 기록하여야 할 나머지 한 구절에 대하여 피할 수 없는 책임을 느끼고 있다. 사실 여기서 불과 아흐레를 지난 뒤의 일이고 또 너희들은 나를 한없이 원망하리라고 나는 생각한다.

그러나 비상히 풍부한 정서의 힘을 가져야 할 나의 두 어린것들이여! 첫째로 내가 그것을 기록하기 위하여는 그 일을 두 번 당하는 이상의 막심한 고통을 받지 않으면 안될 것을 너희들은 이해하여 주어야 할 것이다. 둘째로 나는 그것을 냉정한 머리를 가지고 기록하기에는 너무도 그 일을 겪은 지 시일이 엷다는 것을 생각지 않으면 안될 것이다.

두 번 다시 고통을 맛보는 것-나는 이것을 헛되이 회피하려고 하는 것은 아니다. 그러나 여태까지의 경험에 의하면 생각지 아니하고 그 가장 미워할 날의 새벽의 정경이 눈앞에 떠오를 때엔 나는 모든 정신을 잃을 만큼 머리의 혼란과 심장의 욱심한 교란을 맛보곤 하였다. 나는 벌써 몇십 번이나 그것을 맛보았다. 나는 이 글을 쓰면서도 그가 주는 고통 때문에 붓을 놓고 정신이 가라앉아서 완전한 기력을 가질 때까지 몇 번인가 글을 중단하였던 것이다. 이제 내가 너의 엄마가 감각하기를 영원히 정지하던 날 아침에 대한 기록을 가지려고 그날에 일어난 모든 것을 다시금 회상한다면 내가 그것을 붓으로 옮기기는커녕 당분간 이 글을 중단하여야 할 운명에 도달하고 말 것이다. 그러므로 너희들의 원망을 나의 눈앞에 보면서도 이 자리에서 그것을 기록하기를 피하지 않으면 안되게 된 것이다. 그러나 나의 머리가 다시 건전하여졌을 때 그리고 나의 기억력도 다시금 전과 같이 회복되었을 때 나는 어떤 기회를 이용하여서든 너희들에게 그 때의 소식을 남겨둘 것이다.

어쨌든 산후에도 별다른 병상을 나타내지 않았고 평시에는 누구보다도 건전하던 너의 엄마의 위에 질풍과 같은 속력을 가지고 죽음이 쇄도할 때 너의 아빠는 그것을 걷잡기에 아무런 능력도 없었다. 나는 그때 이상 나의 무력함을 맛보았을 때는 없었다. 나는 너의 엄마의 몸에서 더운피가 식기 전한 시간까지도 너의 엄마가 죽음과 싸울 힘이 그렇게 약하였고 또한 나에게나 너희들에게 이런 불행이 오리라고는 사실 꿈에도 생각하지 못하였었다. 나는 그후 내가 얼마나 노둔한 놈인가를 스스로 비웃었다. 나는 이것이 너희들에게서 단 하나의 엄마를 떼어버린 모든 원인같이 생각되어 너희들을 볼 때마다 그리고 너희들의 엄마를 사랑하는 모든 사람들을 대할 때마다 가슴을 찢는 듯한 고통 속에 고민하곤 하였다.

너의 엄마의 몸으로부터 따스한 온기의 마지막 한 도까지를 가져가고 뜨겁던 피는 완전히 식어버려 드디어 죽음이 우리들 속으로부터 너의 엄마를 영원히 가져가고 말았을 때 생겨나서 며칠 동안도 엄마 품에 안겨보지 못한 어린 아해는 우리들의 방으로부터 친척집으로 옮겨갔다. 이리하여 작은 아해는 영구히 자기 엄마의 곁을 떠나고 만 것이다.

그 이틀날 시골서 부고를 받고 너희들 중의 큰 것을 사람에게 업히고 우리들 곁으로 나오신 너희들의 외할머니가 엄마의 죽은 얼굴이나마 아해에게 보여주기를 원하였으나 나는 그것을 강경히 반대하였다. 물론 아해가 엄마의 얼굴을 본대야 그것이 누구인지 또는 살았는지 죽었는지조차 모를 것이 사실이지마는 아빠의 마음으로선 오래간만의 모녀의 대면을 이렇게 참혹한 얼굴로써 시킬 수가 없었고 아무 것도 모르는 아해에게 인생의 죽음을 보여주고 싶지는 않았던 것이다. 어렸을 때 아무 것도 알지 못하는 때의 일이라도 강렬한 인상을 받았던 광경은 나이가 들어서도 그리고 죽는 날까지 뚜렷하게 회상할 수 잇는 일이 있는 것을 나는 생각하였다. 평시와는 완전히 달라진 참혹한 너의 엄마의 주검의 얼굴이 강렬하게 인상 박혀 생장하는 너희들을 괴롭힐 것을 나는 두려워하였다. 그리하여 잔약한 마음을 가지고 나는 너희들의 눈앞에서 엄마를 영원히 가리워버리고 만 것이다.

너희들의 엄마가 세상을 떠난 지 사흘만에 엄마의 몸은 보통벌 한중복판 서장대 묘지에 묻혔다. 수많은 유신론자들의 무덤행렬 속에 철저하였던 유물론자의 무덤은 참렬한 것이다. 이리하여 너의 엄마는 지금 서로 남으로 다 보통벌을 줄긋고 다라가고 다라오는 기차의 기적 소리와 멀리 용악산 밑에서 불어오는 보통벌 위의 찬바람이 솔잎 속을 지나가는 와-와- 소리에 안기어 언 땅속에 홀로 누워있을 것이다. 감각과 사색의 모든 것을 버리고-.

외할머니는 너희들 중의 큰 것을 업고 그날로 돌아가셨다. 작은 것은 아빠의 고향으로 보내기로 결정되어 엄마의 장례가 있은 이튿날 아침 솜옷에 파묻혀서 자동차를 탔다. 그날은 평양서도 드물게 보는 찬바람이 하늘을 울리는 날이었다. 불과 두 세시간의 여행이지만 핏덩어리 같은 어린것이 젖 한 모금 먹고 추운 차 속에서 시달릴 생각을 하니까 아빠의 마음은 한없이 쓰라렸다.

내가 나머지 모든 것을 정리하느라고 한 주일동안을 평양서 보내고 고향으로 돌아왔을 때 아해는 십 년 동안이나 병중에 신음하시는 너희들의 친할머니의 품속에 안기어서 자고 있었다. 입에는 너의 엄마의 젖 아닌 고무젖꼭지를 물고 젖, 엄마의 품, -그렇다! 어린 너에게서 이 이상 더 귀중한 것이 또 무엇이겠느냐? 그러나 불행한 어린것이여! 너는 이 둘 중의 아무 것도 가지고 있지를 못하는구나!

내가 웃방에서 혼자서 글을 읽든가 혹은 무엇을 생각하다가 갑자기 어린것의 울음소리를 듣고 나도 모르게 벌떡 일어나 아랫방으로 내려가려고 한 적도 한두 번이 아니었다. 그러나 미닫이를 열려고 내밀었던 손이 힘을 잃고 나의 두 발이 장판 위에서 못으로 박기나 한 듯이 움쩍도 안 할 때에 이 아빠의 가슴은 예리한 칼로 에워내는 듯이 아픈 듯하였다. 무엇이 이 어린것의 울음을 짜아내는가! 무엇이 이 어린것에게서 젖을 빼앗고 품을 빼앗는가!

마음이 가라앉은 어떤 때에는 나는 어린것이 누워있는 아랫목에 가서 물끄러미 너의 얼굴을 들여다보기도 하였다. 그때에 너는 무엇을 찾는 듯이 동그란 두 눈을 이리저리 굴리며 없는 무엇을 구하는 듯이 혀끝을 내어서 두르곤 한다. 나는 고무젖꼭지를 물에다 씻어서 너의 입으로 가져간다. 젖꼭지가 너의 볼편에나 닿으면 너의 작은 입은 곧 그것을 따르고 빨간 혀끝이 그것을 끌어들이려고 갖은 힘으로 애쓰고 있다. 나는 참혹한 잘못이나 한 것처럼 부리나케 젖꼭지를 너의 입에다 넣어준다. 너는 그것을 마치 젖이 나오는 젖꼭지같이 혹은 따뜻한 엄마의 젖꼭지인 듯이 쪽쪽 소리를 내며 빨고 있다. 나는 가슴에 눈물이 어리어서 너의 모양을 그 이상 더 보고있을 수가 없었다. 나는 쓰린 가슴을 안고 웃방으로 올라와서 치밀어오르는 눈물을 머금고 넋없이 창문만을 멀거니 바라보고 섰었다. 나는 어리석은 줄을 알면서도

"인생은 너무도 적막하구나."하고 새삼스러운 느낌을 느끼는 것이었다.

나는 고향에서 일주일을 지내서 너희들 중의 큰 것을 볼 겸 또 너의 외할머니와 할아버지를 위로도 할 겸 너희들의 외가를 찾아갔다. 내가 대문 앞까지 갔을 때 아해는 외할머니 등에 업히어 나를 맞아주고 있었다.

"아부지 온다 인사해라 응?"

외할머니는 모든 슬픔을 억제하시면서 너의 얼굴을 나에게 돌려대었다. 낯은 익은 사람인데 누군지는 도무지 알 수 없다는 듯이 한참 물끄러미 보더니 아무 말도 안하고 시키는 대로 고개를 끄덕한다. 나는 무슨 말을 줄 수가 없어 너의 옆을 지나 그대로 집으로 들어가버렸다.

날씨나 따뜻한 날은 너는 마루에 나가 뱅글뱅글 돌면서 뭐라고 혼자서 노래를 잘 불렀다. 겨우 쉬운 말이나 할 줄 아는 너는 물론 가사도 곡조도 제 마음 대로다. 다리 부러진 인형을 잔등에 업고는 제법 착착 두들기면서 자장자장할 때도 있다. 그럴 때 누가 방해를 하든지 하면 너는 눈살을 찌푸리고 달려들었다. 내가 유리창 밖으로 너의 노는 양을 물끄러미 바라보고 있으면 너의 외할머니는 웃으시면서 "재는 아마 음악가가 되려는 게야."

하셨다. 사실 라디오 같은데서 은근한 음악소리가 나면 이상하리 만치 열심히 그 밑에 가서 그 소리에 귀를 기울였다. 경쾌한 재즈곡 같은 것을 할

때엔 두 어깨를 달삭달삭하며 춤을 추다간 우리들이 보면 웃으면서 뛰어와선 무릎 위에 안기었다.

나는 너의 머리를 안고서

"넌 음악을 좋아하냐?"

하고 물었다. 그러나 좋다는 건 좋지만 '음악'은 무엇인지 모른다. 그래서 '응?' '응?' 하곤 두 번 세 번 묻는 바람에 나는 쩔쩔맨 때가 있었다.

"너의 엄만 수학 못할까봐 늘 걱정했단다."

나는 너를 무릎 위에 앉히고 머리카락을 만져주며 말하였다.

"재가 수학을 왜 못해?"

외할머니는 나의 말을 반대나 하시듯이 꺾는다.

"엄마 아빠가 다- 수학을 안 했답니다."

"응! 그럼 애비 애미 닮을까봐! 그래서 아마 따님도 예술에 취미를 가지시는 모양이군"

하곤 일동을 웃기셨다.

아침 같은 때에 너는 일찍 일어나서 외할머니 품을 떠나 내가 자는 방문을 가만히 열곤 나의 자리를 살며시 올려다 볼 때가 있었다. 나는 이리 오라고 손짓하였다. 그러면 그대로 다시 살며시 문을 닫고 가버릴 때도 있고 달랑달랑 걸어와서 나의 머리맡에 앉을 때도 있다. 이불을 들치고 안으로 들어오라면 너는 머리를 살랑살랑 저으면서

"시여-"」

하고 가만히 말했다. 그리곤 머리맡에 있는 책을 뒤적거리다간 알기나 하는 듯이 병아리 소리 같은 목소리를 내어서 읽을 때도 있고 책 틈에 끼인 너의 엄마의 사진을 물끄러미 바라볼 때도 있다. 엄마 사진을 들여다보고 있는 것을 볼 때엔 아빠의 마음은 한없이 적막하여졌다. 아무 말도 안하고 주둥이를 쏙 내밀고 눈떡을 좀 짓는 듯 하면서 사진을 보고 앉았는 모양을 누가 눈물 없이 볼 수가 있을 것이냐! 나의 손은 마치 못 볼 것이나 보인 것같이 너의 두 손에서 엄마의 사진을 빼앗아버린다. 그러나 이상하게도 너는

울지도 웃지도 않고 그대로 그 표정을 깨트리지 않고 무엇을 생각하듯이 한편쪽을 바라보며 앉아있지 않느냐 오! 적막한 어린것이여! 오히려 그 적막한 표정을 그만두고 너의 두 눈에 눈물을 보여다오!

불행한 어린것들아! 적막한 어린것들아! 너희들이 기뻐서 웃을 때에도 기분이 좋아서 재롱을 할 때에도 또한 울 때에도 쓸쓸해 할 때에도 이 아빠의 마음은 한가지로 쓰라린 것이다. 칼로 가슴을 베어내듯이 나의 마음은 아픈 것이다. 누구가 너희들에게 잃어버린 너의 엄마를 돌려보내 줄 수가 있을 것이냐! 누구가 너희들로부터 이 불행과 적막을 장사해줄 수가 있을 것이냐! 너희들의 외할머니일 것이냐! 혹은 친할아버지일 것이냐! 혹은 또한 이 글을 쓰고 있는 너희들의 단 하나의 아빠일 것이냐!

그러나 내가 너희들을 향하여 이 적막으로부터 너희들을 구하고 이 불행으로부터 너희들을 건져낼 수 있는 사람은 다른 사람 아닌 너희들 자신이라고 말할 때에 너희들은 놀랠는지도 모른다 그러나 너희들이 이 인생의 적막은 반드시 죽음으로서만 오는 것이 아니라는 것, 죽음은 또한 무엇보다도 커다란 적막임에 틀림은 없지만은 인생의 막대한 적막의 덩어리에 비하면 극히 적은 한 부분에 지나지 않는다는 것을 알 때에 그리고 이 커다란 적막의 덩어리를 너희들이 없이할 수 있을 때에 비로소 이 작은 적막과 불행으로부터 너희들이 구하여져 나올 수가 있다는 것을 생각할 때에 나의 이 말은 경이(驚異)도 아무 것도 아님을 알 것이다. 너희들은 너희들 앞에 닥쳐오는 모든 적막을 회피하여서는 아니 된다. 그 술잔이 반드시 마셔야 할 술잔이라면 너희들은 조금도 두려움 없이 그것을 마셔버려야 한다. 만일 너희들이 적막을 회피하지 않고 그것을 마지막 한 방울까지 마셔버릴 때 그리고 적막의 껍질이 아니라 그 진실한 속을 맛보았을 때 너희들은 이러한 적막 속에서만 헤매고 있어서는 안될 것을 스스로 깨달을 것이다. 이렇게 하여 지시되는 길이 너희들 앞에 무엇으로 나타날는지는 물론 미래에 속하는 일이지마는 그러나 너희들의 인생에 대한 태도가 참말로 진집한 것이었을 때 너희들 앞에 열릴 길은 명확한 것이다. 이 길을 정당하게 찾는 데서 잃어버린 너희 엄마도 다시금 너희들 속에 살고 있을 것이다. 그리고 그때에는 죽어있을는지 폐물이 되어있을는지 혹은 무용지물이 되어있을는지도 알 수 없는 너희들의 아빠도 너희들 속에서는 훌륭하게 살아있을 것이다.

어린것들이여! 지금은 아무 것도 알지 못하는 나의 어린것들이여!

나는 너희들을 지극히 사랑한다. 너희들의 엄마도 너희들을 한없이 사랑하였다. 그러나 이 사랑은 너희들을 연약하게 하여서는 아니 될 것을 나는 생각하고 있다. 그리고 이 자식에 대한 사랑은 위대하고 막대한 '것'에 대한 사랑으로 환원되어야 하고 이 속에서만 그것은 '생활'을 아는 사랑으로 될 것이다.

우리들의 사랑은 너희들을 결코 우리 가정 안에다 잡아두려는 편벽된 사랑이 아님을 말하지 않으면 아니 된다. 우리들의 사랑에 대한 너희들의 보수는 그러므로 너희들이 커서 있을 그 세대의 모든 사회적 환경에 따라서 결정될 것이다. 어찌 엄마 아빠에 대한 진실한 효도인지는 그 때에 너희들에게 명백하여질 것이다.

너희들은 우리들의 사랑에 희생되어서는 아니 된다.

너희들의 엄마의 나에 대한 사랑을 나는 나를 위한 너의 엄마의 희생으로 돌리고 말았다.

남녀의 동권을 이론적으로 주장하던 내가 있음에 완강하게 사로잡힌 마음을 버리지 못하여 너의 엄마에게 흉폭한 언행을 취하고 난 뒤엔 나는 한없이 적막하였다. 그가 단지 여자이라는 단순한 이유에 의하여 내가 그의 앞에 '타이랜트'로 임하지 않으면 아니 될 이유가 어디 있을 것이냐 이만한 고민을 극복하지 못하는 내가 무슨 일을 하려고 하는가!

사실 너희들의 아빠는 수많은 희생을 가지면서도 그가 바치는 사랑과 힘을 훌륭하게 이용치 못한 어리석을 만치 무능력한 인간이었다.

물론 아빠는 젊다! 나이도 젊고 생각과 이지도 젊다!

너희 엄마의 죽음에 의하여 나는 다시금 막막한 인생의 광활한 무대 위에 너희들의 손을 이끌고 나서게 되었다.

너희들은 나와 함께 걸어나가야 한다. 용감하게 전진하여야 한다. 너의 눈이 앞을 보지 못할 때엔 아빠가 단 하나의 길을 찾으려고 애쓰기도 하자 너희들이 눈앞에 구렁치를 모를 때엔 너희들의 팔을 잡아끌기도 하자 그리하여 조금도 지각됨이 없이 용감하게 걸어나가자!

그러나 나의 어린것들이여! 만일 너희들이 이 길을 걸어갈 때에 이 무능력한 아빠가 너희들의 전진에 둘 없는 장애가 될 때엔 나의 손을 뿌리치고 달아나기도 하여라! 내가 다시 너희들을 좇아 올 때엔 나를 다시 너희들의 대오 속에 넣어주기도 하여라! 그러나 뒤떨어지는 아빠를 마음에 생각하고 뛰던 다리를 멈추고 뒤를 돌려다 보아서는 아니 된다. 장애물이 되어버린 백 개 천 개의 「나」를 떨구고 넘어서 너희들은 전진하여야 한다.

……(이하 4행 략)……

성천(成川)서

(『우리들』, 1934)

얼마나 자랐을까 내 고향의 라일락

승용차의 뚜뚜 소리에 육중한 흰 대문이 좌우로 열리고 조약돌을 깨무는 소리를 내면서 차대(車臺)가 스르르 굴러 들어간다. 그리고 현관 앞에서 신사와 숙녀를 떨어뜨리고 그 앞을 빙 돌아 다시 낮은 고동을 뛰- 한 번 울리고는 까만 차대가 언덕진 정원의 구부러진 길을 커브하면서 대문 있는 쪽으로 미끄러져 간다.

조약돌을 깔아 놓은 흰 길을 가운데로 오른쪽으로 비스듬히 언덕이 져서 그 곳에 작은 못이 있고, 단풍과 소나무와 사쿠라와 잣나무와 진달래와 또 이름 모를 가지각색의 나무가 이발하고 면도한 두발같이 미끈히 하늘을 찌르고, 둥글게 땅에 붙어 혹은 꾸부러져서 잔디밭 위에 그늘을 만들고 혹은 허리를 굽히고 못 속에서 물을 마시고 있다.

이편 쪽 흰 벤치를 두 개 놓은 곳에 등(藤)이 구부러져 올라가 지붕을 만들고 못을 향하여 서 있는 등롱(燈籠)은 수위 모양으로 움직이지 않는데 날

쌘 세퍼드가 풀포기를 쑤시며 이리 뛰고 저리 뛰고 한다. 간간이 새 소리, 저편 후원에서 핑퐁채를 쥐고 달아오는 영양의 명랑한 웃음, 바람에 불려오는 듯 피아노 소리, 우리는 이런 정원을 더위에 허덕이며 모자를 벗어 부채질을 하면서 그 앞을 지나다 힐끔힐끔 대문으로 들여다보는 때가 있다. 홍진만장(紅塵萬丈)의 시정 가운데 있으면서도 오히려 티끌과 먼지와는 인연 먼 이 정원의 명랑한 향훈과 청신한 공기를 호흡할 수 있는 특이한 심장과 폐를 상상해 보면서, 우리는 땀과 먼지에 축 처진 양복바지를 끌면서 다시 게딱지같은 자기 집을 향하여 걷기 시작하는 것이다. 사실 '정원' 하고 일컬을 뜰 안을 거닐어 보지도 못한 우리들이 이 속의 풀과 나무 잎새와 샘물의 서늘한 맛을 누가 능히 상상인들 할 수 있을 것이냐!

다섯 평도 안 되는 세모 혹은 네모난 땅조각에 대문과 마주 서서 변소가 있고 그 옆으로 장독대, 물독, 나무후간, 그리고 두 줄, 세 줄 가로 세로로 매어 놓은 쇠줄에는 명태같이 꿋꿋한 와이셔츠의 팔대기다리를 꿰여서 매어달린 부인네의 속옷 중의 심지어는 방 걸레조로, 구멍 뚫어진 양말, 삼과(三科)의 미술품 같고 초현실파의 회화 같은 지저분한 풍경 - 골목에서 떠드는 졸망구니 아이들의 재재거리는 소리를 귀를 막을 듯이 피하여 들어오는 내 집 대문에서 문턱을 넘어서자 맥고 모자를 벗기듯이 떨어뜨리는 빨래를 얼굴에 들쓰는 일이 우리들의 정원이 주는 첫 인사가 아닌가!

어디 나무 한 가지가 있고 풀 한 포기가 있을거냐. 어디 폐를 씻는 청신한 향훈이 있고, 땀을 그으는 한 조각의 그늘이 있을거냐!

태양도 이 뜰 안에선 공평을 잃고 구름 한 점 없는 코발트색의 창공도 이 속에선 광윤(廣潤)2)을 잃는다. 마비된 신경에서 안정을 잡아찢는 '무드렁사리요'의 소리, 숨을 매이게 하는 굴뚝의 연기, 이것이 우리들의 정원이다.

그러나 이 정원에도 황혼은 온다. 초하(初夏)의 밤, 산산한 바람이 대청에 기어든다. 이 때, 처마 끝에 달이 매어달린 것을 보면서 비로소 나는 휴-한숨을 쉬고 내 마음의 한 모퉁이에서 정원을 찾아 보고자 하는 여유를 갖

2) 광윤(光潤)의 오기인 듯.

는 것이다. 빈약은 하나 마음대로 하늘은 볼 수 있는 뜰, 내 고향 내 집의 뜰을.

나는 금년 이른 봄에 시골서 동무와 종달새 둥지를 내리려 산을 넘고 들판을 헤매어 다니다가 헛물을 켜고 돌아오는 길에 라일락을 세 포기 떠가지고 와서 뜰 안 한 구석에 심었다. 우리 시골에는 이 꽃나무가 대단히 흔하여 산마다 '개똥아리' 천지다. 나는 이 강렬한 방향(芳香)을 가진 꽃이 필 때에 강을 건너 산중을 방황하는 것을 좋아하였다.

그래서 이튿날부터 물을 주고 그것이 피기를 기다렸다. 오월! 그것은 히슴스러한 자주빛으로 피어나고 그 향기는 내 방에까지 흘러 들어와서 나의 머리를 취하게 하였다.

지금 고향 떠나 40일, 달을 보며 산산한 바람이 볼을 스칠 때 나는 내 가슴속에 이 뜰을 그려 보며 혼자서 생각하여 보는 것이다.

'뜰에 심고 온 라일락이 지금은 얼마나 컸는가' 하고.

(『조선일보』, 1935년 5월 15일)

버스

언제부터 버스 타는 데 즐거움을 느끼게 되었는가 하고 나는 지금 생각해 본다.

아카시아 숲속에서 뛰뛰 크락숀을 울리고 커브를 휘어돌 때 그에게 길을 비켜 주면서 '앞으로 보니 그놈이 꼭 흰 양도야지 같고나' 하고 생각했을 때부터인가 혹은 대화정에서 종로를 넘어 돈화문을 향하여 달아나는 그놈의 뒷모양을 바라보면서 ○○○○○○ 궁둥이에 달아 매인 육중한 코끼리가 날쌔게도 달아난다고 미소한 때부터인가. 그러나 버스를 탈 때 가슴의 울렁거림을 느끼지 않고 버스에 올라앉아 상쾌한 바운드를 향락하면서 창틈으로 불어들어오는 아침 공기를 면도한 얼굴 위에 희롱하며 둘 없는 만족을 가지게 된 것은 미상불 내가 혜화동에다 하숙을 잡고 동소문에서 안국동을 아침 아홉시마다 이 친구의 신세를 지게 되면서부터일 것이다.

나는 버스는 좋아하지 않았다. 지나치게 까부는 것이 싫었고 죽은깨 감추느라고 타분이발말러논 얼굴에 땀이 촘촘히 흐르는 것을 목소리만은 이상하게 밑힘이 있어 '대화정 갈아타세요' 하는 차장의 하는 품이 신경을 잡아뜯는 것이 싫었고 시간 급할 때에 남의 사정은 모르고 인력거보다도 느리게 이리 눕고 저리 자빠지면서 흔들거리고 있는 그의 느린 속력이 마음에 들지 않았다.

그러나 이놈의 코끼리가 동소문서 안국동 가는 데 몇십 분을 잡아먹는 줄을 알고 차장이 가슴도 채 안 가리는 이상한 코트를 벗어버렸을 때 흰 브라우스에 파란 엑스(×)자가 청신하다고 생각하는 것이 버릇같이 되어 버리고 '종로 방면 갈아타세요' 하는 소리에서 아침 공기에 조화되는 ○○○○○을 느끼게 되고 까불리는 바운드에서 안락의자의 쾌미를 상상케 될 때에 나는 비로소 양도야지 같은 얼굴에 코끼리 같은 궁둥이를 가진 이 은색의 버스를 귀여워할 줄 알았다.

은색의 '코끼리'가 제비같이 날쌔게 달아나는 까만 택시보다 으뜸 될 때는 아침밖에 없다. 그것도 경학원 입구에서 창경원으로 휘어돌 때와 원남동서 돈화문으로 다리 옆을 향하여 너울거리는 푸른 가로수를 창밖으로 내던지면서 뛰뛰 소리 기운차게 아스팔트를 지치듯이 기어올라갈 때가 그의 극치다.

자리에 앉은 이는 오피스의 타자양의 경쾌한 양장, 원남동서 탄 가방 들고 눈감고 앉은 재판장의 20관(貫), 푸른 넥타이 하옵시고 흰 파나마 올려놓은 젊은 사파리! 흰 구두 까만 구두, 밑바닥만 있고 줄 하나로 발을 얽은 참외씨 같은 구두 구두…….

짜르르 소리가 다아아에서 날 때 차장양은 '돈화문이요'

2분, 3분, 5분, 10분 - 은색의 양도야지가 돈화문을 지나치게 높이 평가할 때에 '아침'의 값싼 향락자들의 경쾌한 꿈은 지나가는 택시에게 부서지고 만다. 돈화문 정류장은 양도야지와 코끼리의 물마시는 곳인가. 뚜뚜 하고는 기어 들어가고 뿡 - 하고는 뒷걸음친다. '앞차로 갈아타세요' 이 소리는 기어코 버스를 오전짜리로 내려뜨린다.

묵묵히 내려서 앞차로 가는 사람, 중얼중얼 불평을 입 안으로 씹으면서 차에서 내리는 사람, 자리를 잃지 않으려고 업푸러질 듯이 뛰어가는 늙은이 - 이 추한 풍경을 은색의 코끼리가 없애 버릴 때, 나 그대의 향락자는 은색 도야지의 영원한 숭배자가 되리다.

(『조선중앙일보』, 1935년 7월 10일, '하일산화(夏日散話)'란)

귀로(歸路) — 내 마음의 가을

이즈음 밤 열한 시 반이라면 거리의 산책인들도 이미 이불 속에서 단꿈을 이루었을 시각이오, 극장 구경을 왔던 이들도 벌써 자기 집을 찾아서 계동으로 성북동으로 현저동으로 흩어져 버렸을 시각이다. 야시(夜市)의 흰 포장 안도 철폐하여 싸구려를 부르는 장사꾼의 외침이 비명같이 졸고 있는 시각이다.

종로에는 요리집으로 달리는 술 취한 자동차가 거침없이 30마일의 속력을 낸다. 백화점은 문을 잠그고 가로세로 켜지고 꺼지던 전식(電飾)도 정열 잃은 가로수와 함께 밤늦게 집을 찾는 두세 쌍의 행인을 물끄러미 바라보고 있다.

전차—안국동서 나와서 나는 동대문 가는 전차를 잡아탄다. 대부분이 취한 사람들이다. 나는 자리에 앉을 염도 안 하고 고리를 쥐고 늘어진 채 약주 냄새에 혼탁해진 전차 속을 물끄러미 바라보고 있다. 머리는 뇌 속에 연기를 잡아넣은 것같이 몽롱하다. 아무것도 맹막(盲膜)을 자극하지 않고 청각(聽覺)을 건드리지 않는다. 어릿어릿한 추한 환영(幻影)이 눈앞을 어물거리고 궤도를 질주하는 차륜(車輪)의 음향이 무겁게 귀 밖을 스치나 하나도 강한 자극을 일으키지는 못 한다.

종로 4정목에서 전차를 내려서 창경원 가는 차를 기다리노라고 안전지대 위에 올라섰다. 그리고 그곳에 기다리는 두세 사람에 섞여서 왔다갔다할 때에 비로소 길을 스치고 달아오는 바람에서 가을을 느끼고 다시 순사의 덜거덕거리는 칼소리에서 잃었던 정신을 찾은 듯이 눈앞에 붉은 등불을 바라본다. 경찰서—전깃불이 희멍덩하게 켜 있는 곳에 전화통을 붙들고 정복하나가 졸고 있는 듯이 까딱도 안 한다. 백양목 그늘에 직할힐소(直轄詰所) 그 속에 역시 정복한 사람—

본정(本町)서 전차가 온다. 이것을 타고 자리에 앉아서 지금 막 보고 온 경찰서를 생각하여 본다. 벌써 3개월 이상을 내가 출입하는 경찰서이다. 지금 전화를 쥐고 졸고 있는 순사는 보안계의 누구누구. 그렇게 싫은 경찰서에 지금은 제법 농말(弄말)을 걸게 되었다. 칼소리가 주는 흥분, 이상한 말씨가 주는 불쾌, 모든 것이 사라지고 지금은 '오하요-' '사요나라'가 제법 유창하게 입에서 흐른다.

—이런 것을 생각하노라니 전차가 종점에 닿는다. 차에서 내려서 다시 돌아가는 전차의 삑- 소리를 등뒤에 들으면서 아카시아 우거진 아스팔트를 거닐 때엔 갑자기 몸에 추위를 느끼고 홀로 가는 내 발자국 소리에서 자기자신을 찾아보고자 한다.

숲 속에서 찬 기운이 코를 스쳐서 폐에 흘러들어 온다. 그리고 풀벌레의 소리가 쏴—뼈를 에듯이 심장을 잡아뜯는다. 적막—길의 커브를 돌면서 나는 멍-하니 비추어지는 언덕길의 앞을 바라보고 비로소 나는 지금 신문사에서 조간을 준비하고 돌아오는 중이라는 스스로의 몸을 고요한 길 위, 풀벌레 울음소리 속에서 발견하는 것이다.

그리고 내가 지금 가는 곳이 하숙방—아무도 없는 쇠 채운 채 희미한 전등이 기다리고 있을 한 간 방이라는 것을 생각한다.

땀내 나는 낡은 세탁꾸러미, 흩어진 책, 종이조각, 사발시계, 칫솔, 비누, 맥없이 걸려 있는 때묻은 여름 양복 그리고 유일의 장식인 죽은 아내의 사진 액면(額面)— 나는 이때에 나 자신의 생활을 생각해 본다. 그리고 언제부터 자전거와 버스의 충돌에 흥미를 가지게 되고 언제부터 나의 신경은 절도(竊盜)의 명부(名簿)를 노려보기에 여념이 없어지고 언제부터 나의 붓은 음독(飮毒)한 젊은 여자를 저열한 묘사로 갈겨쓰는 것에 취미를 가지기 시작하였던고? 그리고 언제부터 수상한 청년의 검거가 울렁거리는 흥분과 마음의 아픔 아닌 과장된 구조(口調)를 넣어서 사단(四段)을 만드는 정열로 바꾸어졌던가?

이렇듯이 몇 달 전과 변하여진 나를 이 길, 이 밤, 이 벌레소리 속에서 찾아보며 외로운 그림자를 교외로 옮기고 있다.

이것이 생활이란 것이었다. 그리고 수많은 사람이 이것을 생활로 하고 있었던 것이다. 나는 하숙 문을 열고 방안에 들어서매 너저분한 신문지를 발로 밀고 이불을 막 쓴 채 숨막힐 듯한 적막을 가슴속으로 깨물고 있다.

밤은 고요하다. 내 숨소리만이 유난히 높고 벌레소리는 아직도 길옆에서 밤을 세워 울려고 한다. 귀를 막고 눈을 감아도 자꾸만 들리는 귀뚜라미의 소리 자꾸만 보이는 길 위에 선 내 몸의 외로운 그림자. (9월 22일)

(『조선중앙일보』, 1935년 9월 23일)

그 뒤의 어린 두 딸

잡지 『우리들』 종간호에 어린 두 딸에게」라는 소설을 쓴 지 벌써 1년 반이 훨씬 넘었다.

아내가 두 어린 딸을 놓고 세상을 떠난 지 이럭저럭 2년이 가까워 온다.

내가 잡지 위에다 소설이라는 이름을 빌려 어미 잃은 두 딸의 기록을 실었을 때 세상 사람들은 여러 각도로 그것을 비판하였다.

어떤 비평가는 완전한 소설 월평가의 입장에서 정론적 색채가 희박하여지고 예술적 향기가 농후하여 가는 작가적 진보라고 이 소설 아닌 소설을 비판하였다. 또 어떤 비평가는 지사연한 태도라고 좀 이해하기 힘든 언구로 이것을 평하였다.

어떤 동무는 정면으로 그것을 욕설하였다. 애상적이라는 것이다. 또 어떤 동무는 나를 가리켜 체면도 아무것도 모르는 철딱서니 없는 애처가라 부르고 아내 잃더니 사람 버렸다고 말하였다. 시골서 평양만 나오면 만나는 동무마다 악수 뒤에 오는 말이 꼭 '아내의 묘참(墓參)인가?'였다. 심한 동무는 '나도 그런 효자 하나 뒀으면'하고 경멸의 표정을 눈자욱에 그리었다.

이렇게 해서 아는 동무들에게서 혹은 모르는 동무들에게서 오는 편지 속에 '어린 두 딸'의 이야기가 나올 때엔 이것이 또 나에 대한 야유나 아닌가 싶어 그 문장의 표리를 샅샅이 캐어 보게 되는 것이 상례였다.

그러나 나는 항상 생각하였다.

과연 사람의 생명이란 이렇게 하찮은 물건일런가? 자기를 사랑하고 자기를 위하여 전 몸을 바치고 모든 희생을 감수한 한 개의 인간이 자기의 앞에서 영원히 사라져 없어졌을 때 20 전후의 나어린 청년의 마음이 수개월의 애상을 안을 만치도 그 생명은 가치 없는 물건일런가?

사람은 달을 보고도 지나가는 안마쟁이의 피리 소리를 듣고도 가슴속에 애상을 안았다. 사람은 숨막힐 듯한 다방의 흐린 정조 가운데서도 속절없는 감상적 기분을 향락하였다.

과연 사랑하던 한 개의 인간과 그의 생명은 안마쟁이의 피리 소리나 한 달마다 솟아오르는 십오야의 달이나 카페와 다방의 흐린 공기보다도 하찮은 존재이고 그것은 청년의 마음에 순간적인 애상과 추억까지를 가져와서는 안 되는 하루살이의 목숨일런가?

나를 비웃고 나의 소설을 욕한 사람들 중에는 아직 아내를 가져 보지 못한 18 소년도 또는 아내를 가지고 자식을 기르는 30 장년도 있으리라.

그러나 이 행복된 가정의 향락자가 자고 일어나 면도하고 낯 닦은 뒤 끝에 달랑 달랑 걸어와서 무릎에 안기는 자식의 볼 편에 입술을 대이면서 단 한 번인가 이 애가 어미 없는 아이였다면 이 애를 낳고 열흘도 못 되어 제 어미가 세상을 떠났다면 어린것의 재롱이 자기의 마음에 지금과 같은 즐거움을 주었을 것인가 아닌가를 상상인들 해 보았을 것이냐!

보기에는 우스운 일이 당하고 보면 슬픔이 되는 것이다. 세상의 흔하고 으레히 있는 일이 실상 당하여 보면 우울로도 되고 비애로도 되는 것이다.

사실, 나에게 어미 없는 두 딸이 있담이 다른 사람에게 무엇일 것이냐. 어린 두 아이에게 어미가 없다는 것 역시 세상에는 흔히 있고 으레히 있는 일이 아니냐!

이리하여 세상 사람이 비웃음이 나에겐 쓰라린 슬픔과 '애상'이 된 지 이미 두 해가 되려고 한다.

이러는 동안 두 아이는 점점 커 갔다.

이 세상에 나서 열흘도 안 되어 어미의 품과 젖을 잃은 둘째 딸이 한 돌이 지났을 때 벌써 나의 책상에 기어올라 '아버지'를 찾으면서 연필을 작란하고 턱아래 수염을 만져 보고는 아프다고 눈을 찡그리면서 방싯방싯 웃는 아이가 되었었다.

저의 어미가 세상을 떠날 때에 어미가 죽었는지 살았는지도 모르고 남들이 울며 서두를 때에 자기도 따라서 둥그래진 두 눈에 눈물 방울을 그리고 자기에게 불행이 왔는지 슬픔이 왔는지도 분간하지 못하던 큰아이도 지금은 자기의 생각의 대부분을 말로 표현할 줄을 알고 서울과 평양, 아버지와 할머니를 분간할 만치 되었다.

그러나 아직 자기의 엄마가 있었는지 또 엄마란 무엇인지 엄마의 살고 죽음이 자기에게 무슨 영향이 있는지 이것을 알지 못함은 물론이고 이것이 또한 그들을 안고 있는 주위의 사람들의 마음에 때로는 더 많은 슬픔을 때로는 혹은 보다 적은 슬픔을 주는 원인이 되는 것도 사실이다.

그들이 아빠와 엄마의 구별을 알게 되고 할머니와 외할머니를 알게 되고 자기를 낳은 것이 누구이며 그것이 지금은 팔절(八切)의 사진 외에 아무곳에서도 찾을 수 없음을 알게 되고 그것이 주는 영향을 느끼게 될 때에 나는 두려움을 가지고 상상하고 있다.

아! 이 때가 언제 올 것인가. 10년 후에 오기를, 20년 후에 오기를, 아니 영원히 오지 않기를 나는 바라고 있다.

참말로 가지가지 일을 대할 때마다 이들의 얼굴에 적막이 떠돌고 그 적막이 모든 사회적 불만의 원인으로 환원되고 이 세상에 대한 불만, 이 시대에 대한 울분까지를 온전히 이 사실 위에다 덧씌우고 환원하려고 한다면 그 때 애비된 이 놈의 두뇌는 무슨 말로 이들을 지도할 수 있을 것이냐?

그러나 이 때는 오리라! 내년에 올는지도 금년에 올는지도 알 수 없는 두려운 이 날!

말못하던 아이가 말을 하게 되고 솜뭉치 속에 누워 있던 핏덩어리 같은 것이 지금은 커서 달랑달랑 걸어 다니는 데 불과 1년 반이란 시일밖에 소비하지 않았거늘 이들이 자기의 주위에서 지금은 완전히 흙으로 되었을 자기 엄마의 품을 찾아보는 날을 어찌 10년, 20년 후의 긴 햇수를 가지고 생각할 수 있을 것이냐! 이리하여 이들이 그것을 알게 되고, 그것을 슬픔으로 생각하게 될 때를 절박을 가지고 느끼면서 지금 나는 두려움 외에는 아무 대책도 못 가지고 이것을 생각할 때마다 심장을 두드리는 격동만을 안고 있을 따름이다.

그러나 어떤 때는 또 이 날이 하루 바삐 속히 오기를 기다릴 때도 있다. 이들에게 있어 모든 것을 알고 모든 것을 이해하고 세상일을 달관하는 시절이 그것의 연장일 듯 생각키이는 때문이다.

어미의 죽음을 알게 되고 그것에서 적막을 느끼게 되는 날은 줄곧 그 이해의 날과도 연결되었으리라. 이렇게 생각해 보는 때문이다.

제 머리 만한 큰공을 굴리고 달랑달랑 마당을 뛰어가는 작은애를 마루에서 보면서 늙은이들은 이제는 다 기른 아이라고들 말한다.

제 엄마의 젖 한 모금을 못 먹고 독수리표의 '밀크'와 '암죽'으로 공을 따라 뜰을 뛰어다니게 된 줄 누가 생각인들 했으랴!

'이제 죽으면 어미 없어 죽은 건 아니리라' 이 말도 결코 헛말이 아닌 것이다.

그러나 뒤이어 늙은이들의 말은 으레히 고것을 바라보고 있는 그의 할머니에 대한 감사말로 돌아간다.

'젖 없는 걸 집에서 기르느라니 고생인들 오죽했겠소'

사실 아이를 기르기란 쉬운 일이 아니었다. 더구나 몸이 아파 울 때에 물려 줄 젖조차 없는 어린것을 기르기란 상상 이외의 힘든 일이었다.

몸이 약해서 그런지 사흘을 잘 놀지 못하고 감기에 걸리거나 설사를 하거나 하였다. 좀 몸이 튼튼한가 하면 곧 종두니 홍역이니 백일해이니 하여 아이는 다시 여위고 말라 빠졌다.

이런 것의 되풀이와 번복과 순환이 그들의 생장의 기록의 전부일 것이다.

이야기는 작년(갑술〔甲戌〕)의 일.

단오를 지나 더위는 서국(西國)의 냇물 위에도 닥쳐오기 시작하였다. 그것은 위선 개일 줄 모르는 보슬비로 전주를 보내었다.

평양 갔던 장모와 큰아이가 작은애를 보겠다고 내 집에를 왔을 때다.

곡우가 가까워 왔다고 밤 고기 사냥을 나갔다가 나는 늦게야 자리에 누웠으므로 그 이튿날 아침은 일어나서 낯만 닦고 뜰안을 공연히 왔다갔다 하였다. 어젯밤 먹었던 소주가 머리를 무겁게 누르고 있었다.

조반도 먹기 싫어 아이를 안고 풀이파리를 뜯어서 들려주면서 뜰안을 왔다갔다 할 때에 대문 안에서 나를 찾는 정복(正服)의 소리에 새벽부터 재수없게 이게 무슨 일인가 싶어 무슨 비오다 멎은 날 청결을 하라는가 하고 그의 앞으로 가까이 갔다.

그러나 그것은 청결 통지도 주사 맞으란 통지도 아니었고 전주서 나를 데리러 왔다는 소식이었다.

전주? 의외였으나 오라면 가지 않아선 안 될 길이다. 그러나 전주라면 천리길, 관서의 일읍에선 말만으로 휴우 한숨 나올 만치 참빗장수로나 알려져 있는 곳이 아니냐!

나는 덤비지 않으려 애썼다. 어머니와 가족들 보는 속에서 붙들려 가기는 처음이므로 그 곳에서 내가 갈팡질팡하고 낯색을 달리한다면 어른들이나 동생들이 나를 뭣으로 볼 것인가 하는 악착스런 생각도 안 나는 것은 아니었다. 그래서가 아니라 순검의 아들에 대한 '엄격'한 태도를 완화해 보려곤지 어머니가 일생 써 보지 않은 공손한 태도로 방석을 권하며 부산을 떠는 것이 불쾌하기 짝이 없었다.

'어머닌 떠들지 말구 가만 들어와 있수 좀' 하고 소리를 지르기까지 하였다.

방안에 들어온 어머니는 다시 '조반' '밥상'하고 아래 윗방을 갈팡질팡하였다.

그러나 소주에 뗑 해지고 수면 부족에 흐려진 속이 본래부터 식욕이 날리가 없었는데 눈앞에 기다리는 사람을 세워 놓고 밥이 목구멍을 넘어갈 리가 있을 것인가. 양복과 달걀 두 알을 내 주우.

나는 달걀을 천천히 깨뜨려 마셨다.

두 어린애는 하나는 나의 옷자락을 쥐고 멀즘이 문 밖에 선 순사의 칼과 얼굴을 바라보았다. 작은것은 외할머니에게 안겨 무슨 일인지 영문을 몰라 뒤숭숭한 사람의 동정만 이리 살피고 저리 살피고 하였다.

나는 양복을 입고 모자를 올려놓으면서

'뭐 별일 없을 거외다. 염려하지 말우' 그리고 장모에게 향하여선

'며칠 더 쉬어 가시죠'

하고 그대로 순사를 따라 나섰다.

비가 다시 오기 시작하였다. 나는 바깥 대문 앞에 기다리고 있는 자동차 속으로 묵묵히 들어가 앉았다.

그리고 언뜻 쳐다보는 눈에 어른들에게 안긴 두 어린것의 눈이 나를 뚫어지게 바라보는 것을 발견하고 못 볼 것이나 본 듯이 얼굴을 돌렸다.

큰아이의 머리에도 기억은 안 남았으리라마는 그는 나서 한 돌이 되어갈 때 형무소에서 제 엄마에게 안겨 나와 면회한 일이 있었다.

지금 작은아이는 나서 반년밖에 안 되었다. 제 형이 형무소 그 어두컴컴한 면회실에서도 가질 수 있었던 명랑한 안색을 이 어린것에서 찾을 수 없고 무슨 일인지 알 리야 없으련만 경관에게 끌려가는 애비를 바라보는 그의 얼굴에서 말할 수 없는 적막을 발견할 때에

'아 – 이것이 어미 없는 자식의 표정인가'

싶어 나는 흘러나오려는 눈물을 참을 길이 없었다. 그래서 곁으로는 순사와 운전수와 승객들과 큰소리를 하며 웃어대었으나 자동차가 비내리는 비류강의 나루를 건널 때엔 가슴이 막히는 것 같고 목구멍에 몽둥이 같은 것이 치밀어서 눈물을 깨물어 치우기가 곤란하였다.

내가 5월달에 시골서 서울 와 있게 될 때 큰아이는 외할머니를 따라 서울 올라 와 있었다. 그리고 지금 겨우 '아버지' '밥' 같은 몇 개의 단어로 자기의 의사의 전부를 표현하던 어린것은 내가 자동차로 떠날 때 어른들이 시키는 대로 선뜻 인사를 하였다.

큰아이는 첫여름까지 서울 있는 동안 내 하숙을 가끔 찾아왔다. 하루도 몇 번씩 아버지한테 가자고 못살게 군다고 하면서 외할머니는 아이를 데리고 내 방을 찾아왔다. 그리고 시골 있는 작은것의 소식의 대부분 나를 통하여 왔으므로 제 동생의 안부를 물으려고도 늘 나를 찾아왔던 것이다.

'동생 잘 있대?'

이렇게 큰것은 나에게 물었다.

이런 물음도 어째 그런지 평상스런 마음을 가지고 대답할 수 없는 나이다.

'응 잘 있다는데 네 이름두 부른다드라'

이렇게 대답은 하면서두 나는 아이의 얼굴을 정면으로 쳐다보지를 못하였다.

8월달에 시골을 가니 작은것은 생각던 것보다는 충실하였다.

'아버지 보구 절 안 하니?'

하면서 윗방으로 밀어 올리는데 아이는 곁눈으로 살짝 보곤 아무 말 없이 그대로 아랫방으로 내려갔다.

'아버지 오믄 과자 먹는다드니 아무것도 안 사 와서 애 노한가부다'

나는 이런 말을 못 들은 척하고 윗방에서 양복을 벗었다. 나 역시 아이들에게 과자 봉지라도 사 가지고 오고 싶은 마음이 없었던 것이 아니나, 생전

안 하던 버릇을 딸이라고 사다 준다는 비평도 듣기 싫었고 또 허구많은 조카와 동생들을 빼고 제 자식에게만 사 가지고 다닐 수도 없었다.

그래서 아이가 서운해 할 줄은 뻔히 알면서도 그대로 빈손으로 다니는 데서 마음의 안심을 찾으려 하였다.

하루를 묵어도 집에 붙어 있지를 않았으므로 어린것과 대할 기회는 무척 적었다.

그런데 그 곳을 떠나는 날 낮에 밖에서 세수를 하는데 어머니와 어린것이 마루 끝에 서서 나를 바라보고 있다. 그 때에 나는

'행길에 나가자우 할머니!'

하는 어린것의 조르는 소리에 씻던 낯을 번쩍 들고 고것의 입을 바라보았다. 말을 한다! 사실 나는 고것이 이제는 제법 쉬운 말을 한다는 편지를 누차 받으면서도 그것을 마음으로 느껴 본 적은 없었었다. 그래서 아직도 몇 개나 되나마나 한 단어로 자기의 의견을 표시하리라는 생각밖에 없었던 것이다. 그런데 고것이 이야기를 한다.

어린것은 내가 쳐다보는 바람에 낯을 숨기고 할머니의 가슴으로 머리를 묻었다. 나는 묵묵히 다시 두 손에 물을 움켜 가지고 얼굴을 문대었다. 어쩐지 마음이 저리고 눈자욱이 뜨거워 왔다.

이 즈음 나는 두 아이들에게서 각각 소식을 받았다. 작은것은 말과 재롱이 늘어간다는 소식이었는데 큰아이는 감기 기운이 있다는 편지였다. 그리고 한가지로 아버지 언제 오나? 하는 말을 자꾸 어른들에게 물어서 성가시게 구니 한번 다녀가라는 것이었다.

더구나 큰것은 이 즈음 어려서 자기를 안고 찍은 제 엄마 사진을 보면서

'엄마가 애기를 안고 사진 박았어?' 하고는

'애긴 난데 엄만 어디 갔나?'

하고 이상한 질문을 한다는 것이다.

제 어미가 죽어서 2년이 흘러 그는 지금 엄마의 소재에 의문을 가지기 비

롯한 것이다. 외할머니는 이 물음에 무어라 대답할지를 몰라 한참 잠잠히 있다가

'엄마는 먼 데 갔다'

고 대답하였더니 그 다음엔 뭘 하러 갔는가? 아버지 하구 동생하구 엄마 하구 언제 다 함께 사는가?를 연달아 질문하여 그만 어린것을 안고 울어 버렸다는 것이다.

나는 이 편지를 안고 한참 어쩔지를 몰랐다. 사실 아무것도 모르는 그에게는 한 번도 자기를 찾아 주지 않는 엄마와 그리고 무한히 친하고 가까워야 할 아빠와 동생들과 한 자리에 모여서 웃고 먹고 놀기를 얼마나 희망하고 있을 것이냐. 그는 남들이 엄마와 아빠에게 끌려서 동생들과 함께 들로 거리로 쏘다니는 것을 발견할 때마다 부러움이 어린 가슴을 복받칠 것이고 다시금 그 즐거움을 가지지 못하는 자기에게서 적막을 찾을 것이다.

그러나 만일 찾고 부르는 자기 엄마가 영원히 돌아오지 못할 길을 가고 말았다는 것을 알게 될 때엔 대체 무엇으로 그를 위안하며 무슨 말로 '죽음'이란 것을 설명해 줄 것인가!

그리고 그것에서 올 모든 즐거움과 기쁨과는 영원히 격리된 거리에서 자기 네 형제의 외로운 그림자를 찾아 낼 때 나는 이들에게 그 대신으로 무엇을 들려 줄 것인가!

나는 편지 조각을 두 손으로 쥔 채 묵묵히 두 어린것의 얼굴을 종이 위에 그려 보았다.

웃는 얼굴, 우는 얼굴, 노할 얼굴, 그리고 놀라는 얼굴. 그러나 그 모든 표정의 구석에 흐르고 있는 적막, 어미 없이 자라나는 어린것들의 애수를. (을해〔乙亥〕 12월)

(『중앙』, 1936년 3월호)

봄과 나

봄은 일년 중에서 가장 나를 지배하는 계절이다. 그러므로 그것은 정열에 불을 달아 나를 공상에로 날게 하는 가장 매혹 있는 계절이기도 하다. 공상의 날개에 몸을 맡겨 현해탄을 건너게 한 것도 봄이었고 위대한 몽상에 붙들리어 학업을 중단하고 서울로 돌아오게 한 시절도 봄이었다. 다시 일 년 넘는 고향서의 칩거 생활을 뿌리치고 문학 수업을 생활 속에 세워보려는 용기를 준 것도 봄. 이리하여 봄은 항상 나에게 청춘을 가져오게 하면서 다시 이 봄을 맞게 하고 있다. 이 봄엔 - 이러고 생각해 보니 그 전 날의 봄이 주던 것과는 동일한 열정이면서도 사회적으로는 적지 않게 미온적인 듯하다. 이 봄부터는 창작을 한다. 이것은 확실히 몽상의 계절이 가져다주는 열정이기에는 너무도 빈약한 것이기 때문이다. 한 봄 또 한 봄을 넘는 동안 나는 청춘을 상실하는가 보다.

(『조선문학』, 1937년 4월호)

부덕이

내가 어려서 아직 보통 학교에 다닐 적에, 우리 집에서는 부덕이라는 개 한 마리를 기르고 있었습니다. 개라고 해도, 이 즈음 신식 가정에서 흔히 기르는 세파트나 불독이나 뭐 그런 양견이거나, 매사냥꾼이나 총사냥꾼이 길들인 사냥개거나, 그런 훌륭한 개는 아니었습니다. 그저 시골 집에서들 항용 볼 수 있는 아무렇게나 마구 생긴 그런 개입니다. 도적이나 지키고, 남은 밥찌꺼기나 치우고 심하면 아이들 뒷시중까지 보아 주는 그런 개였습니다.

그러나 나는 이 개를 퍽 좋아했습니다. 내가 까치 둥지를 내리려 커다란 황철 나무 있는 데로 가면, 부적이는 내가 나무 위에 올라가는 동안을, 나무 밑에서 내 가죽신을 지키며 끓어앉았다가, 까치를 나무에서 떨구어도 물어 메치거나 그런 일 없이, 어디로 뛰지 못하게 지키고 있습니다. 개구리 새끼를 잡으러 갈 때에도 쫓아가고, 더풀창을 놓으러 겨울 아침 눈이 세네 자씩 쌓인 데를 갈 때에도 곧잘 앞장을 서서 따라다녔습니다. 어디 저녁을 먹고 심부름을 갔다, 밤이 지근하여도 돌아오지 않으면, 어떻게 알았는지 내가 간집을 찾아서 대문 밖에 꿇어앉아 기다리고 있습니다. 어른들 중에는 누가 나를 데려다 주려고 쫓아나오다가도, 부덕이가 꼬리를 설레설레 저으며, 내 발뿌리에 엉겨 도는 것을 보면,

"부덕이가 있으니 동무가 될 게다. 그럼 잘 가거라."

하고 안심하여 나를 돌려보내 주었습니다.

부덕이는 이렇게 노 나와 같이 다녔습니다. 그가 나와 떨어져 있는 때는, 내가 학교에 가 있는 동안뿐입니다. 아침 책보를 들고 나서면, 부르르 앞서거니 뒤서거니 따라나오다가도, 학교 가는 골목 어귀까지만 오면, 내가 가는 걸 뻔히 바라보다가, 이윽고 다시 집으로 돌아와 버리었습니다. 집을 너무 떠나다니면 집안 어른들게 꾸중을 들었으므로, 내가 학교에 간 동안은 대개 집안에 있어서 제가 맡은 일, 말하자면 낯설은 사람을 지키거나, 탁찌꺼기를 치우거나, 곡식 멍석을 지키고 앉았거나, 방앗간이나 연잣간에서 새를 쫓든가 하고 날을 보냈습니다.

그런데 언젠가는 비가 오다 개인 날, 붉은 물이 흐르는 개울을 건너서 참외막에 가느라다 개울에 걸려서 좀하드면 흙탕물에 휩쓸릴 뻔한 것을 부덕이 때문에 살아난 적조차 있었습니다.

평시에는 퍽이나 옅은 개울이라, 나는 안심하고 건너던 터인데, 밑돌에 발을 곱짚고 물살이 센 데서 내가 그만 엎어져 버렸습니다. 그러지 않아도 물살이 거세고 물이 예상 외로 부쩍 불은 데 겁이 났던 나는, 이렇게 되고 보니 정신을 차릴 수 없어, 엎치락 뒤치락 허우적거리면서 저만큼이나 급류에 휩쓸려 흘러 가고 있었습니다. 뒤로 오던 부덕이는 곧 앞즈림을 해서, 아랫턱으로 흐르더니 나를 잡아 세우려고, 제 몸을 디딤발로 삼을 수 있도록 가로던집니다. 내가 미처 일어나지 못하니, 부덕이는 내 중의 괴침을 물고 옅은 데로 끌어내이려듭니다. 겨우 나는 큰 돌을 붙들고 옅은 데로 나와서 건둥에 올랐는데, 머리가 뗑하고 앞뒤를 가눌 수 없어 한참이나 길 위에 누웠었습니다. 부덕이는 내 옆에 쭈그리고 앉아서 내가 일어나기만 기다리고 있었습니다.

집에 돌아와서도 나는 물에 빠졌다가 부덕이 덕에 살았단 말은 아예 할 염을 않았습니다. 장마물에 나가지 말라던 걸 나갔던 터이라, 어른들께 꾸중 들을 것이 두려웠던 것입니다. 그러니까 우리 집에서는 우리 집에서는 부덕이가 나를 몹시 따르는 줄만 알았지, 그가 내 생명의 은인이라는 건 알 턱이 없었습니다.

부덕이도 내 나이 자라는 대로 늙어 갔습니다. 그리하여 다섯 살이 넘게 되었습니다. 언젠가 학교에 갔다가 오는 길에 부덕이를 만나 집으로 돌아오는데,

"개는 아예 나이 먹도록 기를 건 아니야. 저 부덕이도 인제 흉한 짓 할 나이로군"

하는 동네집 늙은이의 말을 듣고, 나는 대단히 놀란 적이 있었습니다. 그런데 하루는 우리 집 막간 사람이 어느 개가 팠는지 통숫간 앞에 구덩이를 팠다고 하는 말을 들었습니다. 나는 그래서 어머니랑 아버지랑 듣는 데서,

"아까 뒷집 장손네 개가, 입으루다 흙을 파구 있던"

하고 헛소리를 하여 부덕이를 변명했습니다.

"원, 그럴 망할 놈의 개가 어디 있담."

어머니는 개가 구덩이를 파는 건 누가 죽어서 그 속에 묻히려는 게나 같다고, 몹쓸 놈의 개라고 욕하였습니다.

그런데 그러다가 며칠을 지나서, 내가 학교에 가서 한 시간을 공부하고 마당에 나와 따재먹기를 하며 노는데, 뜻밖에 부덕이가 찾아왔습니다.

부덕이가 학교로 나를 찾아온 적은 여태까지 없는 일이므로, 나는 이상히 생각했으나 미처 다른 걸 생각지는 못하고,

"뭐 하러 완. 가, 어서 가서 집에 가, 일을 봐"

하고 쫓아 보냈습니다. 손으로 쫓고 발로 밀고 하니, 서너 발자국씩 물러가기는 했으나, 가기 싫은 걸음(처)럼, 몇 걸음 가서는 나를 물끄러미 바라보며 길 위에 서 있었습니다. 그러나 상학종이 울어서 나는 인차 교실로 들어가 버렸습니다.

하학하고 집에 돌아오니, 여느 때 같으면 마중 나오던 부덕이가 중문턱을 넘도록 아무 소식도 없습니다. 나는 부덕이가 늘상 들어가 자는 마루 밑을 꺼끕서 봅니다.

그러나 그의 그림자는 보이지 않았습니다. 뒤 뜰 안을 보아도, 통수 뒤를 보아도, 연잣간을 보아도, 토골 뒤를 찾아도, 그리고 마지막에는

"부덕아!"

하고 불러 보아도, 아무 기척이 없었습니다. 나는 정녕 무슨 일이 생긴 줄 알았습니다. 나는 낟가리를 얽고 있는 막간 늙은이에게 물어 봤습니다. 그랬더니 영감은 태연하니 제 일만 하면서,

"기둥 긁을 석 자나 팠다구 도수장으로 가져갔다"

하고 대답합니다. 나는 억 해서 아무 말도 못 했습니다. 아까 학교로 찾아왔던 건, 아마 기둥긁을 파고 어른에게 욕을 먹거나 매를 맞고 왔었던 걸 알 수 있었습니다.

그는 나더러 변명을 해달라고 찾아왔던 것일까요. 아니 왜 그는 두 번 세 번씩 땅을 파고 기둥긁을 파고 하였던가요. 나는 부덕이의 행동도 알 수 없었고, 그것을 흉행이라고 몰아대는 어른들의 일도 이해할 수 없었습니다.

나는 마른 호박 넝쿨 밑으로 가서, 부덕이 생각을 하고 하루 종일 눈물을 흘렸습니다.

(『조선문학독본』, 1938년)

교육 · 아이

아이들이 자라나서 학령(學齡)이 가까워 오면 남들이 걱정하고 떠들 때에 나에게는 아무 상관도 없다고 무심하게 생각키이는 문제가 불쑥 영화의 대사(大寫)모양으로 면전에 솟아오른다. '아이들 교육이 문제거리야'라든가 '아이들이 무럭무럭 자라나는 게 나는 겁이 나는구려'라는 말들을 나이 많은 친구들과의 한담(閑談) 끝에 가끔 들으면서도 애는 왜 가난한데 나 가지고는 하고 철딱서니 없는 생각을 제법 품어 보는 것이 나의 버릇이었는데 '금년 봄부터 여(汝)의 여식(女息)은 집과 가까운 유치원에 보내기로 하였도다' 하는 편지가 선뜻 내 가슴을 두드리고 간 뒤부터는 이게 내 발잔등에 붙는 불이구나 하여 갑자기 벌떡 일어나도 손으로 발등을 털게 된 것이다.

그리고는 '내게도 아이가 있었던걸' 하고 마치 잊어 버렸던 거나 같이 무책임한 아버지는 평양과 고향에 두고 온 두 어린 딸을 생각해 보는 것이다. 그 전과 같이 이 아이들이 나에게 하잘 것 없는 애상의 대상이 되지는 않는다. 내가 옆에 있을 때보다도 어련하리 하는 생각과 웬만한 병에 대하여는 움쩍도 안 할 만한 건강을 그 애들이 갖고 있다는 것과 벌써 먼 곳에서 빵빵 소리만 나면 무서운 자동차라고 길을 비켜서서 제법 그놈이 늘쿠면서 가는 먼지를 내두르며 '만세!'를 부를 만큼 그 애들이 자랐다는 것 등등이 나에게 가끔 그들을 잊어버리게 하는 조건이 되었던 것이다. 교육에 대해서도 그 애들이 있는 지방 형편으로 보아 중등 학교라면 모르거니와 보통 학교까지는 서울모양으로 취학 불능이 될 염려도 위선 없으나 유치원을 나오면 으레 제 순서대로 가려니 하는 안심이었다. 그리고 무엇보다도 그 아이들이 살고 있는 집들 형편이 나의 지금 살림에 비하면 백곱 천곱 훌륭하다는 것과 그 집안에 아이라고는 그 아이들 하나뿐이라는 것이 나에게는 항상 방심을 가져다준다. 무엇보다 동심이 왜곡되지 않는 게 제 맘대로 쾌활하게 자라나는 것만 나는 이 시대에서는 가장 행복스런 환경이라고 생각한 때문이다.

이번 초겨울에 가친의 병환으로 시골을 갔다가 돌아오는 길에 평양에 들러서 나는 처음 내 아이가 유치원엘 다니는 것을 보았다. 아홉 시 상학이면 여덟 시엔 배낭을 둘러지고 달려간다. 점심 시간도 한 시간이라는데 와서 점심만 치르면 곧 달려가려고 한다. '넌 오래간만에 아부지를 보는데 그렇게 함께 놀구 싶지도 않으냐' 하면 나가려던 발을 머뭇머뭇 하고 좀 미안한 표정을 하다가는 아무래도 가 보아야 되겠다는 듯이 꾸뻑 인사를 하곤 탕탕탕 회랑을 뛰어가는 소리가 들려온다. 요컨대 아이는 유치원에 가기를 무척 좋아하는 것이다. 나는 그것이 좋은 일이라고 생각했다. 가기 싫다고 데려다 주어도 안 가고 떼를 쓰면 어쩌랴 하는 생각이 날 땐 역시 내 아이는 사람 구실을 하려는가 보다 하고 제법 늙은 아버지인양 만족한 웃음을 혼자 향락한다.

그런데 하루는 아무도 없는 빈 방 안을 무료히 빙빙 돌다가 아랫목 길마리에서 종이 조각 하나를 발견하였다. 별로 발견이랄 것도 없이 연필로 작난한 것이 있길래 허리를 굽히고 보았더니 어린애 글씨로 '공자, 맹자' 하고 커다랗게 써 놓은 것이 뒹굴고 있다. 내 아이가 쓴 글을 처음 보는 만큼 이것이 과연 고것의 글씨인가 아닌가를 한참이나 생각해 보았으나, 이 집안에는 '孟子'를 '子, 皿, 子'라고 쓸 사람은 없기 때문에 하는 수 없이 고것의 글씨라고 단정할 밖에 없었다. 그건 그렇다 하면 이런 글을 가르쳐 주었을까 하는 것이 또 의문이었다. 저의 할머니가 아빠 이름 제 이름을 내 놓고 옛날로 올라가서 하필 공자, 맹자를 가르칠 리도 만무하고 유치원은 야소교 계통인데 크리스찬 보모가 유교의 신주님을 배워 줄 아량이 있을 것 같지도 않다. 혹은 시대가 시대인지라 기독교인들도 맹자님을 모실 만한 관용성이 생겼는지도 모를 것이라 하여 나는 그대로 그 자리에 앉아 그 종이 조각을 멍하니 들여다만 보고 앉았다. 그러나 내 마음은 다소 이상스러웠다. 한 대 거꾸로 올라서 이미 아빠의 마음을 떠나 버린 지 오래인 공자, 맹자는 역시 우리들이 어렸을 때 모양으로 어린 두뇌 속에 기름과 같이 침윤되고 있는가 하는 생각이 난다. 20년 전 그 날로 지금의 어린것들도 다시금 역행하여 어딘지 모를 한 옛적을 찾아서 동심은 거꾸로 서고 있는가. 그러나 대체 이 글자가 표현하는 인물이 어떤 사람이라고 이 아이들에게는 가르쳤을까. 위인, 성현 - 그러나 아이들에게는 훌륭한 사람, 마치 경부(警部)나 또 선생같이 훌륭한 사람으로나 알리워졌을 것인가.

그 날 저녁에 들으니 아이는 공일날도 집에서 놀지 않고 유치원과 맞붙은 예배당엘 간다고 한다. 내가 앓는다면 밥 먹을 때 '아부지 낫게 해 주시오' 하고 기도를 올린다는 소리를 들으니 그저 마리아 그림딱지나 얻으러 다니는 것이겠지 하는 마음 편한 생각만은 갖지 못하게 한다.

(『여성』, 1938년 2월호)

몽상의 순결성

나는 본시 수필을 쓸 기회를 일부러 멀리하는 버릇이 있었다. 내 생각으론 수필은 상당한 연령을 거듭하여 인생에 대하는 태도가 확고불변해지고 세계에 관한 만반의 지식이 어떤 커다란 줄거리 위에 정비되어 장난삼아 하는 한 마디 농담이나 좌담에도 휘일 수 없고 버릴 수 없는 높은 견식이 나타나오는 때에야 가히 근접할 수 있는 문학적 형식으로 생각하고 있었던 때문이다.

그러므로 '강남을 그리는 마음'이라는 수필 제목을 받고 나는 언뜻 최근의 신문 지상에서 매일 같이 보는 그러한 '강남'인가 하였다. 다시 말하면 양자강 이남의 지나! 생각해 보면 내 일찍이 남지나에 놀아본 일이 없으나 그 곳을 동경할 수는 있는 터이라 혹 물정이 소란하고 포화가 드날리는 그 곳에 대한 그리움을 잡지는 기록하라 하는 것일는가 하고도 생각해 보았다. 나 또한 아직 시퍼런 청춘인지라 석탄재에 싸인 황혼의 겨울 거리를 할 일

없이 헤매이느니 훌쩍 몸을 떨쳐 강남의 전화(戰火) 속에 몸을 던지고 싶은 '그리움'도 없는 것은 아니나 역시 '강남'이란 두 자로 하여 이러한 것을 생각하는 것은 쓸데없는 탈선이라 하고 이 글자 위에 새로운 해석을 붙이기로 하였다.

강남이란 어느 곳을 말함일까. 나는 이 글귀가 '강남 제비'나 '강남 갔던 기러기'니 하는 구절과 함께 6, 7세 시 어린 시절에 받아들인 숙어일 것을 지금 생각해 보면서도 역시 어의(語義)는 뚜렷하게 모르는 것 같다. 그래서 내 마음대로 그것을 한강 이남으로 해석하고 아니 어느 곳이든지 좋으니 북방과 구별되는 남방이라는 뜻으로 작정해 놓고 이 수필에 붓을 들어보기로 하였다.

이렇게 생각해 본다면 강남을 그리는 마음은 정히 북방인의 마음일 것이다. 그러므로 그것은 동시에 봄을 기다리는 겨울의 마음일 것이다. 아니 그것은 한 걸음 더 나아가 현실에 만족치 아니하고 항상 이상을 좇아서 멀리 달아나려 하고 높이 솟아오르려 하는 청년의 마음일 것이다.

나는 이러한 생각과 인연을 가지고 있는 하나의 삽화를 내 자신 가지고 있다. 그것은 나의 '펜네임'에 관한 이야기다.

내가 '남천(南天)'이란 이름을 처음 쓴 것은 스물 한 살 되는 해 정월이다. 신간회가 없어지고 예맹이 가장 정치주의에 빠져서 섹트적 과오를 범하던 시절이며 동시에 내 자신의 내의 모든 것을 정치의 위에 걸고 이 곳에 엄연한 역사적 판단을 구하려던 말하자면 정신적으로나 육체적으로나 가장 긴장하고 흥분된 시기였다.

'정치를 위하여는 예술을 버려도 좋다. 예술의 대가(大家)가 되는 것보다 정치의 병졸을!'

나는 이렇게 입으로도 중얼거렸고 혼자 결심도 하였었다. 그러나 이 바쁘고 긴장한 시기에 나는 밤마다 틈을 타서 동경 하숙의 이불 속에 허리를 구부리고 조그만 이야기를 소설과 희곡으로 꾸미고 있었다(이 중의 하나는 「조정안(調停案)」이라는 제목으로 발표되었다). 그리고 이 이야기의 밑에 서명을 할 때에 나는 '김남천(金南天)'이라 썼던 것이다.

누구나 아는 바와 같이 그 때에는 가명이 유행하고 별호가 행세를 하던 시절이다. 그리고 그것의 대부분은 '철(鐵)' '철(哲)' '맹(猛)' '악(岳)' '민(民)' '건(健)' '권(拳)' 등등의 굿세고 씩씩하고 쇳덩어리 같은 글자를 쓴 것이든가 그렇지 않으면 외자의 이름들이었다. 그리고 그 글귀의 표현하는 바도 한결같이 민중을 사랑하는 극진한 애정이라든가 그렇지 않으면 사상과 의지의 굳건함이었다. 지금 문필에 종사하는 분들 중에도 마치 영락한 귀족의 프록코트 모양으로 이 시대의 기념물로 그러한 이름들을 남겨 가지고 있는 것을 가끔 보고 나는 혼자서 감구지회(感舊之懷)를 깊게 하는 때가 있지마는 그 때 내가 새로 지은 이름은 몹시 섬세하고 문약(文弱)하다 하여 말썽까지는 안 일으켰으나 면대해서 '센티하다'느니 '문청(文靑)답다'느니 하는 조롱은 수없이 많이 받았었다. 그리하여 어째서 이런 이름을 붙이게 되었는가 하는 물음을 가끔 받으면서도 그대로 그 뜻을 설명하지 않고 표정의 어느 구석에 씽긋이 부끄러움을 나타내는 것이 당시의 나의 예의였다.

그것은 마치 이러한 정경과도 흡사하다. 그 때 학생들 간에는 특히 문학을 애호하는 학생들 간에는 '괴테가 훌륭하냐 프로 작가가 훌륭하냐' 하는 류의 의문이 퍽 많이 유행하였고 그것은 그대로 흘러서 '괴테가 위대하냐 내가 위대하냐' 하는 의문을 스스로의 마음에 은근히 묻게 하는 결과를 낳았다. 물론 대답은 직선적이다. '괴테보다 우리가 위대하다!'

그러나 이렇게 서슴지 않고 대답해버리는 열오른 눈동자가 어떠한 '갭'을 자기의 마음속에 메워버리려는 거짓 없는 격렬한 호흡으로 질식할 듯할 때에 홀로 자기가 하나의 높은 허위의 위에 서 있다는 것을 인정하는 마음이 불쑥 치밀어오르는 것을 느끼고 있었던 것은 어찌 나 혼자만의 일일 것이냐.

청춘을 그대로 바쳐버려도 그리고 자기의 몸에 붙고 따르던 일체의 것을 그대로 던져버려도 아깝지 않다는 퍼나스틱한 열정은 이러한 리얼리스틱한 몽상의 소치일는지도 모른다. '예술을 버려도 좋다!'는 자기의 주체를 망각하여 높이 비상하려는 누를 수 없는 정치욕도 또한 이러한 강남을 그리는 마음의 소치는 아니었던가. 그리고 런던의 객사에서 방대한 저술에 종사하던 선구자들의 마음을 강렬하게 붙드는 것도 또한 이러한 순결한 몽상은 아니었을까. 그리고 그것은 또한 입으로는 정치의 졸병을 자처하면서 밤깊이 돌아오는 외로운 추운 하숙에서 적은 이야기를 꾸미고 그 곳에 센티멘털한 서명을 하는 20 후의 청년의 마음을 오락가락하는 따뜻한 혈조(血潮)의 고동과도 같지는 않을런가.

지금 이러한 강렬한 꿈이 깨어져서 내 홀로 종이 위에 이 글을 적으면서 아직도 생활을 사랑하고 그 속에서 자기를 세워보려는 겸손하고도 결코 녹녹치 않은 하나의 마음을 가질 수 있다면 그것 역시 끊임없이 강남을 그리워 머물 줄을 모르는 몽상의 순결성의 소치는 아닐런가.

그러므로 그것은 결코, 현실에 헛되이 비관하여 생활을 떠난 현실도피의 가운데서 하잘것없는 공상을 향락하든가 관념의 세계를 여행하는 로만티크의 몽상과는 판이하다. 겨울이 간 뒤에는 봄이 온다는 확고한 신념, 과거에 있은 것과 현재에 있는 것이 미래에 있을 것과 연관을 가지고 유구하게 흐르고 있다는 리얼리스트의 강렬한 역사적 인식의 위에 이 몽상은 건립된다.

이리하여 강남을 그리는 마음은 나에게 있어서는 영원히 청청한 젊은 사람을 '겨울'의 마음이요 동시에 얼음과 눈으로 쇄폐된 '북방인'의 마음이다.

(『조광』, 1938년 3월호, '강남을 그리는 향수' 특집)

봄이면 생각나는 이

어제 밤부터 오늘 아침에 걸쳐 많은 눈이 내렸다. 벌써 입춘까지 지났으니 지금을 겨울이랄 수는 없고 봄을 위하여 글쓰기도 이번이 두 번 차이니 지금은 영락없는 봄이요 나의 마음도 벌써 봄을 안은 지 오래다. 그러므로 밖에는 흰 눈이 퍼붓고 있건만 책상에 마주앉아 '봄이면 생각나는 곳 혹은 사람'을 기록하고 있는 데 아무런 감정의 저어(齟齬)도 느끼지 않는다. 더구나 창틈으로 새어드는 바람이 확실히 훈기를 품었고. 지금도 내리고 있는 무거운 눈은 겨울의 것이라기보다는 봄의 꽃이라는 게 실감이다. 지하실에 처박아 둔 화분을 무심결에 보았더니 그 중의 성급한 것은 벌써 신 멀건 움을 비죽이 내밀고 있다. 봄은 왔다. 봄은 대기 속에 가득 차 있다. 나는 그것을 육체적으로 느낀다. 봄을 느끼며 봄을 품으며 나는 지금 봄이 가지고 있는 아름다운 풍경과 잊히지 않는 사람을 홀로 회상하여 한나절을 즐긴다.

봄이면 생각나는 곳 - 언뜻 머리에 떠오르는 것만 해도 3, 4처(處) 된다.

내 고향의 산과 물과 들. 비류강(沸流江)의 얼음이 꺼져서 한 간 방큼씩 한 얼음조각이 2, 3일을 연거퍼 흘러가버린 뒤 물은 다시 맑아져서 잉어떼가 배 위에서 잡힐 듯이 내려다뵈인다. 비가 오고 바람이 불던 하루 하루에 12봉의 수풀이 각각으로 푸르러간다. 물감을 한 번 칠하고 그 위에 다시 칠하드키 나무는 점점 초록색으로 변한다. 그리고는 보리가 퍼렇게 자란 곳에서 종달새가 뜨고 하오개와 금산에 진달래가 필 무렵엔 모우봉(暮雨峰)과 자지봉(紫芝峰)을 비단필 같은 라일락이 둘러감는다. 푸렇게 깔린 잔디 위에 누워서 나는 방선문 쪽에서 벌판을 줄 긋고 달아 오는 버스와 트럭을 가물가물하게 안타까이 바라보며 졸립에 붙들린다.

봄은 나를 아늑한 고향은 산천 속에 가져다준다. - 평양은 대동강과 보통(普通)벌. 동경은 옥천(玉川) 전차를 타고 구역(駒驛)에서 내려서 구릉이 비스듬히 펼쳐 있는 꽃프링크의 앞 뒤 -

나는 스물 살까지 이 세 곳의 봄 풍경에 안겨 자라났다. 그것은 나의 정서로 되었고 나의 살과 피로 되어버렸다. 봄 하고 입 속으로 중얼거려 볼 때 그것은 마치 봄이라는 말이 가지고 있는 감성화된 개념으로 되어 나의 가슴 속에 설레인다. 그것이 머리에 떠올라서 상념의 세계가 되어 나의 눈 앞에 펼쳐지는 동안 나는 마약에 취한 사람인양 한참동안 몸둘 곳을 찾지 못한다. 그러나 이 아름다운 풍경이 나의 눈앞을 스쳐서 필름과 같이 흘러버린 뒤 나는 이 '봄'이라는 어감과 함께 그 곳에 남아버리는 잊을 수 없고 또 잊혀지지 않는 두 사람을 발견한다. 그것은 또렷하게 새겨 쓴 커다란 자막과 같이 나의 망막을 쏘아 떨어질 줄을 모른다. 그 중의 첫 사람은 내 죽은 선처(先妻)요, 또 한 사람은 오랫동안 불행한 한 방에서 나와 같이 살다가 폐를 앓어 세상을 떠난 T라는 우인이다.

봄과 더불어 오는 이 두 사람에의 추억은 나에게 있어 태반 숙명적이란 느낌을 준다. 내 친한 벗 중에 죽은 이 또 많고 불행한 중에 소식을 끊은 이도 많건만 그리고 그 대부분이 특별한 회상의 순간에만 가끔 나의 가슴을 두드려 한나절을 우수에 잠기게 할 뿐이건만 이 두 사람의 환영은 거의 결정적인 압력 같은 것으로 되어 봄이면 나를 깊은 추억에 몰아넣는다.

나는 때때로 이들의 환영에서 괴로운 채찍을 머리와 등에 느낀다. 그리고 괴로움에서 나의 머리를 구하려고 나는 이들의 환영을 부숴버리려고 안타까와 한다.

이미 그들이 땅속에 묻힌 지 4, 5년을 지낸다. 그들은 그러나 봄과 함께 항상 나의 옆에 그리고 나의 마음에 퍼렇게 살아있다.

내 선처에 관한 기록은 이 곳에 적는 것은 쑥스러울 뿐 아니라 또한 그 기회도 아니다. 이는 오랫동안 나의 생활의 반려이었고 청년기의 상반을 점령하는 위치에 있는 사람인 때문에 회상은 단편적으로 또렷하게 나타나서 원고지 십여 매에 대상이 되기보다는 광범하고 포착할 수 없어 오히려 지난 날의 생활기록으로서만 재현(再現)할 수 있을 성질에 속한다는 느낌이 강하다. 어떠한 한 폭의 사건과 함께 등장하는 것이 아니라 한 시대 한 시절의 광활하고 막막한 분위기와 함께 나의 속에 우러난다. 그러므로 그것은 어떤 특수한 정황과 표정과 행동을 수반하고 나의 눈앞에 또렷하게 나타난다기보다는 안개와 같이 자욱하게 나의 전신을 둘러싸서 시각보다도 오히려 촉각을 번거롭게 압박하는 느낌을 준다. 자막이 봄과 함께 고요히 나타나서 눈이 펄깍 부시도록 누구라고 똑똑히 가리킨다. 그러나 그것이 지난 뒤 영상은 결코 확연히 나타나는 것이 아니다. 눈과 귓등에 뱅뱅 돌면서 그러나 그것은 오히려 건잡을 수 없고 그렇기 때문에 뿌리치기도 힘들다. 나는 이를 기록할 수는 없다. 무엇이라고 글자를 희롱하여 이것을 독자에게 전할 수는 없다.

그러나 T에 대한 회상은 이것과는 다르다. 이를 생각하는 순간, 한 초도 뒤늦지 않고 화면과 같이 사건이 눈앞에 벌어진다. 아니 사건 속에 T가 회상되고 동시에 한 폭의 정황이 이를 둘러싸고 일시에 내 눈에 재현된다. 그리하여 생생한 체취를 가지고 그는 나의 옆에 있고 동시에 나는 그와 이야기를 건네는 듯하다. 이는 회상이 아니고 활화(活畵)이다.

T가 내가 있는 방에 처음으로 온 것은 아직도 겨울이 겨우 한 고비를 넘

어서 추위는 영하 15도를 상하(上下)하던 때이었다. 그는 관북 명천 태생이었으나 오랫동안 국경에 살았고 또 이 곳에 오기까지는 원산 부두에서 노동을 하였다고 한다. 우리가 아침밥을 먹고 있을 때 푸른 옷에 맨발을 벗은 채 그는 우리 방에 들어왔다. 그 전날 밤 다른 방에 왔다가 같은 고향 사람이 있어 전방이 된 것이라 한다. 달포를 해를 못 보았다는데 아직도 오래인 동안 해에 끄실리고 노동에 단련된 몸은 철색으로 와락부락해 보였고 몸을 닦을 때 보면 가슴과 엉덩이에 구릉 같은 살이 펄떡펄떡 뛰고 있었다. 침착하고 가장 정확하게 세상을 볼 수 있을 32, 3세의 장년. 그는 번호 관계로 나의 옆에 앉았다. 그가 와서부터는 나는 새로운 지식을 얻기에 바빴다. 주로 파쟁(派爭)에 관한 역사. 나는 그것을 직접 몸을 가지고 경험한 그로부터 몇 달을 두고 세세히 들었다. 그리고 이것이 모든 것의 화인(禍因)이라는 것. 그리고 지금도 자기네들이 무엇이라고 조금만 끄적거리면 그것이 최대의 경계와 조심에도 불구하고 다시금 옛날의 추잡한 역사의 되풀이가 되기 쉽다는 것. 이리하여 당분간은 이러한 희생이 끊이지 아니하리라는 것 -

이러는 동안에 겨울은 점점 봄으로 접어들었다. 높은 창에 드는 해가 앞 바람벽에서 점점 뒤로 이동이 되다가 얼음이 완전히 풀어진 창문에 흰 광선이 함빡 들이쏘일 때 우리는 푸 한숨을 짚고 멍하니 좁은 하늘을 쳐다보는 것이다. 해는 유난히 길어지고 밤마다 누운 몸이 노곤하게 피로해질 때 그리고 인왕산 위에 오르는 사람들의 그림자가 나날이 불어갈 때 기척 없이 찾아오는 고양이 같이 봄은 이 방 안을 소리 없이 방문하는 것이다. 해가 창에서 벗어져 떨어지면 잔한(殘寒)이 뼈에 사무치듯이 잔등이 오실오실해 오고 밖이 따스하면 따스할수록 방안은 아직도 싸늘한 일말의 냉기가 떠돈다.

어떤 날 우리는 봄비로 말미암아 사흘 동안이나 바깥 구경을 못하였다가 맑게 개인 하늘에 희고 가벼운 구름이 두서너 뭉치 뭉게뭉게 피어나는 오후, 해는 남쪽으로 비스듬히 기울어진 때 운동을 하려고 나가는 안뜰엘 나갔다. 둥그렇게 뛰어돌게 만들어 놓은 정원에는 무궁화 다서 포기와 벚꽃나무 큰 것이 하나 서 있다. 잡초와 일년초는 겨우 싹이나 돋아날 때이다. 삿갓을 쓰고 긴 복도를 걸으며 우리는 사흘 동안 내린 비에 벚꽃의 망울이 얼마나 커졌을까를 상상하고 있었는데 정작 강렬한 태양에 눈이 부시어서 아찔한 머리를 겨우 가누고 쳐다보는 나무에는 분홍색을 흠뻑 머금은 벚꽃이 활짝 피어 있었다.

이것을 본 우리는 오랫동안의 훈련으로 입 밖에 내맺히는 감탄사를 겨우 입 속으로 거두어넣기는 하였으나 가슴을 두드리는 고동은 어떻게 진정할 길이 없었다.

꽃! 이는 오는 듯 마는 듯 남모르게 찾아오던 봄이 비로소 굳게 닫힌 문을 요란스럽게 두드리는 것과 같은 커다란 충격을 주는 것이었다. 굶주리었던 욕망이 분류(奔流)와 같이 용솟음칠 때처럼 우리는 젊은 가슴을 이 아름다운 꽃 밑에서 안타깝게 애태웠다. 때때로 꽃은 성적 매력까지를 발휘하는 것 같다. 그러나 이 시간이 단 3분. 우리는 하루종일 강렬한 자극 속에서 정열을 향락한 뒤인양, 가눌 수 없이 피곤한 몸을 끌고 방으로 돌아왔다. 제자리에 앉아서도 아무도 말이 없다. 한두 마디로 표현하고 읊조리기에는 그것은 너무나 커다란 충격인 거나 같이 아무게도 꽃이나 봄에 대하여 말하는 이가 없다. 나는 다시 책을 끌어다가 무릎 위에 펼쳐 놓았다. 그러는 순간 헌뜻 옆에 앉아 있는 T를 보니 그는 가만히 가슴에서 꽃 한 송이를 꺼내어 손 위에 숨기고 그것을 멍하니 바라보고 있다. 두 번이나 몸조사를 하고 또 그렇게 감시가 엄한 가운데서 그는 손을 뻗쳐 꽃 한 송이를 따왔던 것이다. 나도 아무 말 안 하고 손 위에 놓인 한 송이의 꽃과 T의 얼굴을 번갈아 보고 있을 뿐이었다.

이런 일이 있은 이튿날 새겨 T는 변기통 위에 타구를 올려놓고 붉은 피를 무럭무럭 쏟고 있었다. 일주일만에 그는 병감으로 갔다. 나는 그 곳에 있는 동안 그의 소식을 듣지 못하였다. 그러고 내가 보석이 된 뒤 그들의 예심이 종결되었을 때 신문에 난 그의 이름 밑에서 나는 사망이란 두 자를 발견하였다.(무인〔戊寅〕 2월)

(『조광』, 1938년 4월호, '도시와 농촌의 춘정제태' 특집)

가로(街路)

이야기의 주인공을 거리고 끌고 나오면 그를 가장 현대적인 풍경 속에 산보시키고 싶은 충동을 느낀다. 대체 어디로 그를 끌고 갈 것인가? 종이 위에 붓을 세우고 생각해 본다. 경성역과 그 앞 광장이 제법 현대 도시 같으나 아무런 용무 없이 그 곳을 거닐게 할 수는 없다. 그러나 다시 경성역 앞에다 주인공을 세워 놓고 그로 하여금 사방을 한번 돌아보게 한다면 그의 눈에 비치는 풍경이 옹졸스럽기 짝이 없음을 느낄 것이다. 바른쪽으로 노량진행이 달리는 전차 위에 눈을 두고 잠깐만 따라가면 벌써 어느 시골 도청 소재지의 모습이 그대로 드러난다. 아니 딱 마주 서서 그 앞에 즐비하였다는 소위 빌딩이란 것들을 바라보면 이건 또 치사하고 초라하기 한이 없다. 오똑한 크림색으로 무슨 생명회사가 하나 생기기는 했으나 도무지 어울리지 않는다. 세브란스의 건물도 본래 이 곳에 있을 것이 못된다. 그러나 딱 질색할 곳은 의주통 가는 골목 어귀다. 이 골목으로 땡땡땡 태고연한 종을 울리며 휘어도는 단칸방만한 전차란 어디 마포로나 가져갈 물건이다. 이러고 보니 가벼운 양장을 합시고 5월의 훈풍을 쏘이러 나선 아가씨의 비위만 상쾌할 뿐이지 도무지 유쾌할 것이 없다. 훌쩍 그를 데리고 한강으로 가서 잠시 동안을 유선(流線)이 줄기차게 뻗은 철교 위에 세웠다가 그 다음엔 가벼웁게 보트라도 태워서 돌려보내는 것이 외려 나을는지 모른다.

그래 생각 끝에 조선 은행 앞을 잡아 본다. 별로 의식하지 않고 작중 인물의 청년 남녀는 이 곳을 여러 번 내왕하게 된다. 지드 권이나 펄 벅 권이나 읽히려면 마루젠으로 보내야 할 게고, 코티나 맥스맥터 곽이나 사재도 백화점으로 끌고가야 할 테고, 커피잔이나 소다수잔을 빨린다든가 극장 파한 뒤에 페데니 뚜비비에니 콜다니 하고 잔수작을 시키재도, 한번은 이 광장을 통과시켜야 한다. 그러나 광고주(廣告柱)가 서고 새끼줄을 가끔 늘여 놓고 흰 펭키루다 차도 인도를 갈라 놓은 이 광장을 우리 사랑하는 되련님이라든가 아가씨를 거닐게 하기는 매우 위태하다. 전차에 앉칠라 자동차를 피하라 자전거를 비키라 여러 번 핸드백을 낀 채 뜀을 뛰든가, 모자를 쥐고 허둥지둥해야만 한다. 연인끼리 담화를 시킬 경황은 물론 없고 간혹 혼자라고 하여도 도무지 유쾌한 보행이 될 수는 없다. 교통 사고의 주인공이 되어 사회면의 한 귀퉁이 '우메구사'[3]가 될 생각하고 상쾌해 할 청년 남녀는 대단 드물게다. 이 광장을 둘러싼 건물은 실로 돈냥이나 먹인 것들인 모양인데 서로 상의(相議)하고 짓지 못한 것이어서 그런지 조화라곤 맛볼 수 없게 되어 있다. 저축 은행은 금고나 수전노의 느낌을 주어 우리 상하기 쉬운 청년들의 마음을 우울에 잠기게 하고 다사 싱겁고 싯뻘건 우편국은 봄바람에 상기한 주정꾼 같아서 심히 더웁다. 레도구레므의 광고등은 역전으로 옮겼으면 좋겠고 때묻은 백동전 같은 조선 은행도 좀더 보기 좋게지을 수 있었을 걸 하고 가끔 건축가를 나무랜다. 그래 단연 태평통이다. 황금정에 있는 조선 빌딩을 부청 맞은 편 무슨 생명인가의 건축 기지에다 옮길 수 있다면 더 말할 나위 없으나 지금 있는 곳이래도 제법이다. 부청 앞, 아스팔트를 건너

3) うめくさ(埋草) : 여백을 메울 짧은 기사의 원고.

서 좌측통행을 한다. 때마침 5월의 맑은 토요일날 오후 한 시. 퇴근 시간이거나 또는 오피스의 점심 시간. 광화문 네거리에서 이 곳까지 양쪽 페브먼트를 흐르고 있는 봉급생활자의 인파. 타이피스트의 간단한 양장. 빌딩마다 사람을 토한다.

신문사가 세 개, 부민관, 체신사업관, 토지개량, 또 무슨 회사, 회사, 우뚝 솟은 소방서의 드높은 탑, 마주보는 것은 백○관, 오른 손짝으로 가장 모던 풍의 건물은 체신 분관. 흰 벽들에 네모진 커다란 유리창. 플라타너스는 너울너울 춤을 춘다.

이렇게 해서 나의 작중인물은 드디어 이 가운데 서게 된다. 혼자래도 좋고 한쌍이래도 좋다. 현대적 긍지를 맛보며 이들은 5월의 페이브먼트를 양껏 즐긴다. 나도 만족한다. 그들은 비로소 그들이 현대인이라는 것, 도회인이라는 것을 몸과 마음에 느낄 것이다.

(『조선일보』, 1938년 5월 10일, '장안금고기관(長安今古奇觀)②')

뒷골목

- 평양 잡기첩(雜記帖) -

1. 골목

서울 거리에서 30대, 40대의 사람들끼리 서로 만나면 '얼마만이요'의 뒤에 가끔 '댁이 어디시지?' 하는 물음이 나올 때가 있다. 그런 때에 대답에는 '애오개'니 '야주개'니 '양사골'이니 하는 말보다도 무슨 동, 무슨 정(町) 소리가 나오기기 아주 쉬웁다. 나도 서울살이 3년이 지나 4년으로 접어들건만 낡은 동리 이름으로 주소를 들어 본 적은 극히 드물다. 사실 '애오개'니 '감영 앞'이니 하는 말을 내가 배운 것은 정거 차장한테서였다. 30대, 40대의 사람에서 이러하니 20대의 청년의 입에서는 무슨 동, 그것도 최근에는 무슨 '정(町)'이란 말밖에는 들을 길이 없다. 중류 이상의 가정 안에 그렇게 많이 남아 있는 낡은 전통과 풍습이 이 동명(洞名)의 호칭에선 거의 그 자취를 찾아 볼 수 없음은 언뜻 생각하면 퍽 괴이한 일이기도 하나, 다시 생각해 보면 이것이 이 땅의 중앙 도시의 간과치 못할 면모인가 하여 흥미진진한 바가 없지 않다. 제법 이 즈음은 '연희장(延禧莊)'이니 '앵구장(櫻丘莊)'이니 하는 하이칼라 이름까지 유행한다.

그런데 평양서는 이것이 다르다. 십년 전에 그런 것쯤은 이해할 길도 있으나 이번에 평양 보고 놀래었다.

'너의 하숙이 어디냐?'

'세다리바우골이예요.'

'너는?'

'저는 설수당골이예요.'

이것이 중학교 3, 4년생의 대답이다.

'해주골 형님 안나오셨나요?'라든가 '엿전골 누님'이라든가 '옥골댁'이라든가 하는 말은 친척 간에 쓰는 용어로서 어떤 가정에서나 사용된다. 가령 예를 들어 벽암리(薜岩里)의 어떤 골목을 말할 때 '내 집은 벽암리인데 어느 골목으로 들어가다 무슨 술집을 지나서 담배가게를 어느 편으로 휘어돌아 운운' 한다든가 또는 '벽암리 몇백 몇십 번지'라든가 하는 것보다 '땅바우골이 웨다' 하든가 '설수당골이요' 하든가 '안주전골' 하든가 하는 편이 듣는 사람에게 현저히 뚜렷하고 똑똑하다. '땅바우골', '안주전골', '설수당골' 등등은 모두 벽암리에 포함되지만 그 부분과 구역이 너른 까닭에 무슨 번지로 번거롭게 표시하는 것보다 이 편이 훨씬 알아듣기 쉬운 것이다.

내가 지금 생각할 수 있는 것만 적어도 이런 골목의 이름이 상당히 많아서 서울 낡은 동명의 지식에 비하면 현격한 차가 있다.

경상골, 설수당골, 땅바우골, 영문 앞, 사창마당, 새수구, 비나전골, 안주전골, 세다리바우골, 해주골, 엿전골, 삿전골, 소금전골, 이얏다리, 거문다리, 학당골, 옥골, 리문골, 강촌, 오동포, 잿동, 궁촌 등등등.

그러므로 나 역시 '옥골' 하면 영화상설관 제1관이 있고 또 일류 여관이 가장 많기로 이름난 수옥리의 어떤 부분을 말하는 것인지 분명하고 '비나전골' 하면 차관리(釵貫里)의 중심 골목으로 기생집 많은 곳 하고 똑똑이 그 거리와 골목의 모습이 머리에 떠오른다. 삿전골이나 엿전골은 십년 전 우리 중학 시절에는 나까이 술집(색주가집과 비슷하다)이 많은 곳이라 하여 무시무시하기도 할뿐더러 그 골목을 지나다가 상급생이라도 만나면 수첩에 이름을 적히었다가 그 이튿날 철권 제재(鐵拳制裁)를 받는 통에 쉬쉬 하고 가까이 갈 염도 못했다. 이번 육수('맹물'이라고도 하여 서울의 장국밥과도 비슷하나 독특한 맛이 잇다)를 먹으러 그 곳을 거닐어 보니, 전통 있는 거리인지라 아직도 문등 달린 무슨 관이라 쓴 간판 앞에 '나까이'가 나서서 손님을 끌고 있었다. 기생들의 숙소는 대개 경재리(鏡齋里), 신창리(新倉里), 차관리 등지로 모아 놓은 모양인데 암소갈비 스키야키집과 나까이 술집은 의외의 곳에도 널리 흩어져 있었다. 약 1년 전과 달라진 것은 암소갈비나 스키야키집에 작부를 많이 둔 것이겠다. 물론 점잖게 양육봉사(良肉奉仕)의 신조를 굳이 지키는 집도 없지는 않으나, 대문 어귀에 계집을 내세운 곳이 많아진 사실은 숨길 수 없다. 어떤 곳은 유곽을 연상케 하는 곳조차 드물지 않았다. 서울로 치면 명월관 뒤 열부루 부근, 돈의정, 수은정(授恩町)의 긴 골목과 같을 것인데 사실의 풍경은 오히려 그 이상이다. 밤이 으슥해 오면 이 치마 두른 분들이 서투른 수심가의 한 가닥이나 이팔청춘가의 꼬챙이 소리를 올리면서 대문에 나서서 술꾼을 부르고 취한을 희롱한다. 이런 것이 주택지나 생도 하숙 부근에까지 널려 있는 것은 상서롭지 못한 광경이 아닐 수 없었다. (5월 28일)

2. 냉면

'냉면'이란 말에 '평양'이 붙어서 '평양 냉면'이라야 비로소 어울리는 격에 맞는 말이 되드키 냉면은 평양에 있어 대표적인 음식이다. 언제부터 이 냉면이 평양에 들어왔으며 언제부터 냉면이 평안도 사람의 입에 가장 많이 기호에 맞는 음식물이 되었는지는 알 수도 없고 또 알려고도 아니한다.

어렸을 때 우리가 냉면을 국수라 하여 비로소 입게 대게 된 시일을 기억하는 평안도 사람은 극히 드물 것이다. 나도 그 중의 한 사람이다. 밥보다도, 아니 쌀로 만든 음식물보다도 이르게 나는 이 국수맛을 알았을는지도 모른다. 어머니의 등에 업히어서 어른들의 냉면 그릇에서 여나문 오리를 끊어서 이가 서너 개 나나마나한 입으로 모밀로 만든 이 음식물을 받아 삼킨 것이 아마도 내가 냉면을 입에 대어 본 처음일 것이다. 젖 먹다 뽑은 적은 입으로 이 매끈거리는 국수 오리를 감물고 쭐쭐 빨아올리던 기억이 있는지 없는지 가물하다. 누가 마실을 오든가 한때에 점심이나 밥참에 반드시 이 국수를 먹던 것을 나는 겨우 기억할 따름이다. 잔칫날, 그러므로 약혼하고 편지 부치는 날에서부터 예물 보내는 날, 장가가는 날, 며느리 데려오는 날, 시집가는 날, 보내는 날, 장가와서 묵는 날, 가는 날에 이르기까지 언제나 이 국수가 출동한다. 이 밖에 환갑날, 생일날, 제삿날, 장례날, 길사, 경사, 흉사를 물론하고 이 국수를 때로는 냉면으로 때로는 온면으로 먹어 왔다. 심지어는 정월 14일 작은 보름날 이닥기엿, 귀밝이술과 함께 수명이 국수오리처럼 길어야 한다고 '명기리국수'라 이름지어서까지 이 냉면 먹을 기회를 만들어 놓았다. 지금 생각해 보매 평안도 사람의 단순하고 담백한 식도락을 추상(推想)할 수 있어 흥미가 새로웁다.

속이 클클한 때라든가 화가 치밀어오를 때 화풀이로 담배를 피운다든가 술을 마신다든가 하는 일은 흔히 있는 일이지만 이런 때에 국수를 먹는 사람의 심리는 평안도 태생이 아니고는 좀처럼 이해하기 힘들 것이다. 도박에 져서 실패한 김에 국수 한 양푼을 먹었다는 말이 우리 시골에 있다. 이렇게 될 때에 이 국수는 확실히 술의 대신이다. 나같이 술잔이나 다소 할 줄 아는 사람도 속이 클클한 채 멍 하니 방안에 처박혀 있다간 불현듯이 냉면 생각이 나서 관철동이나 모교 다리 옆을 찾아갈 때가 드물지 않다. 그런 때 거리에서 친구를 만나 '차나 마시러 갈까?' 하면 '여보, 차는 무슨 차, 우리 냉면 먹으로 갑시다' 하고 앞서서 냉면집을 찾았다.

모든 자유를 잃고 그러므로 음식물의 선택의 자유까지를 잃었을 경우에 항상 애끊는 향수같이 엄습하여 마음을 괴롭히는 식욕의 대상은 위선 냉면이다. 이렇게 되고 보니 냉면이 우리에게 가지는 은연한 세력은 상당히 큰 것이라고 보지 않을 수 없다.

한방의는 냉면은 몸에 백해(百害)는 있을망정 일리(一利)도 없는 식물(食物)이라 한다. 그런지 안 그런지 알 길이 없다. 혹종의 보약 같은 것을 복용할 때 금기물의 하나로 모밀로 만든 냉면이 드는 수가 많은 것은 우리들의 주지의 사실이다. 냉면은 몸에 해로운 것인지도 모른다. 국수물 다시 말하면 모밀숭늉은 이뇨제로 된다. 트리펠 같은 걸 앓는 이가 냉면에 돈육이나 고추나 파나 마늘이 많이 드는 것은 꺼리지만 냉면 먹은 뒤에 더운 국수물을 청하여다 한 사발씩 서서히 마시고 앉았는 것은 이 탓이다. 은근히 물어 보면 이것을 먹은 이튿날의 효과는 어떤 고명한 이뇨제보다도 으뜸간다고 한다.

냉면은 물론 모밀로 만든다. 모밀로 만든 국수는 차려 놓고 십여 분만 지나면 자리를 잡는다. 물에 풀면 산산히 끊어진다. 시골 외에는 순수한 모밀로 만드는 국수는 극히 희소하다. 국수발이 질기고 끊어지지 않는 것은 소다나 가다꾸리[1] 가루를 섞는 탓이라 한다. 서울의 골목마다 있는 마른사리 국수 또는 결혼식장에서 주는 국수 오리 속에 몇 퍼센트의 모밀가루가 들었는지는 우리들의 단언할 수 없는 바다. 나는 서울서 횡행하는 국수의 대부분은 옥수수 농매나 그와 유사한 것이 아닌가 한다. 이틀 사흘을 두었다가도 제법 먹을 수 있고 얼쿠었다가도 더운 국물에 풀면 국수 행세를 할 수 있다. 이것은 국수가 아니고 국수 유사품이다. 평양 냉면이나 모밀국수와는 친척간이나 되나마나하다. (5월 29일)

3. 냉면(전승〔前承〕)

선주후면(先酒後麵)이란 말이 우리 시골에 있다. 소갈비나 구어서 소주를

---

1) 片栗(かたくり) : 얼레지 가루(얼레지 뿌리, 감자 따위에서 채취한 흰 녹말)

마신 뒤에 얼벌벌하니 고추를 쳐서 동치미국에 말아 놓은 냉면을 먹는 맛이란 지내 보지 않은 사람으론 상상할 수도 없는 기막히는 진미다.

냉면은 어느 계절에 먹는 음식일까? 평양이나 평안도 일대에선 점심이나 밤참은 언제나 냉면이나 사절(四節)을 가리지 않고 언제든지 이것을 애호하는 셈이다. 이 즈음 중독 사건이 각처에서 일어난 발련으로 여름에 냉면을 먹는 것을 도회지에선 꺼리지 않는가 한다. 나 자신도 여름에 서울서 냉면을 먹을 때엔 '고기가 변하지 않았나'를 단단히 다져 보고 '고기 국물이 상하지 않았나'를 여러 번 물어 본 뒤에도 안심할 수 없어 상당한 각오를 하면서야 먹는다. 이런 각오를 하고 먹어도 그 맛이 감쇄되지 않으니 그 맛은 과연 복어와 비길 정도인가 한다. 이랬거나 저랬거나 냉면은 겨울에 먹을 것이라고 나는 생각한다.

겨울에는 온면이나 어북장국을 애호하는 분이 많으나 이는 늙은이들이나 할 짓이다. 국수를 먹으면 바람을 켜고 감기를 재촉하고 기침을 유발한다 하여 겨울에 천식이나 해수병(咳嗽病)으로 신고(辛苦)하는 노인네들은 절대로 입에 대지 아니하고 간혹 피치 못할 경우에는 냉면 대신에 온면이나 어북장국을 먹는다. 웬만큼 국수 맛을 아는 사람은 엄동에 오히려 냉면 맛을 향락한다. 혀를 울리는 쩌르르한 '전동치미'국에 국수를 풀어놓고 도야지 비계 같은 흰 잔디쪽 위에 '다대기'를 얹은 것을 훅훅 들이키는 맛이란 아닌게 아니라 다른 계절에선 찾아 볼 길이 없는 훌륭한 미각이다.

언젠가 우리 시골서 다섯 사람이 내기 화투를 하고 밤참을 주문할 때에 그 중의 한 사람의 50줄에 든 늙은 분을 위하여 '다섯 그릇 중에 한 그릇은 온면이오' 하고 말한 적이 있었다. 그랬더니 그 늙은이는 아무 말도 안 하고 자리를 찼다. 휭하니 밖으로 나가는 것을 알아채고 '아즈바니 젊은 놈이 미처 실수를 했으니 눌러 보아 주시오' 해서 겨우 노염을 풀은 일이 있다. 앉아서 그 분 하는 말이 '임자네들이 날 병신 취급을 하는 바엔 아예 당초에 함께 작난을 칠 게 무언가' 운운. 그는 저 혼자 온면을 먹으랬다고 그 곳에 모욕을 느꼈던 것이다. 이런 일이 있은 뒤에는 국수를 주문할 때엔 연로한 분이 있으면 '아즈바닌 무얼 하실까요?' 하고 은근히 묻는 일이 많아졌다. '응 난두 냉면으로 하시게'라든가 '나는 요즘 기침이 나서 장국으로 하시게'라든가 하는 말이 나오게 되었다.

국수꾸미, 다시 말하면 국수에는 무슨 고리를 치야 가장 맛이 나는 것일까? 흔히들 우육과 돈육을 친다. '수육 치구 한 그릇이오'라든가 '살루 치구 두 그릇이오'라든가는 이를 말함이다. 사실 서울이나 평양에선 이 외의 '꾸미'를 맛볼 수는 없다. 나는 다행히 물오리고기, 닭고기, 노루고기, 범(虎)의 고기, 산도야지고기 등등을 채서 먹어 본 일이 있으나 무엇 무엇하여도 냉면에는 꿩(雉) 이상 가는 것이 없다. 꿩보끼를 쳐서 동치미국에 먹어 본 적이 없는 이는 냉면에 대하여 용훼(容喙)할 자격이 없다. 꿩은 겨울에 나는 동물이다. 냉면 맛이 겨울에 나는 것은 이 때문이 아닌가 한다. 꿩고기 쳐서 냉면을 먹어 보지 못한 겨울은 나에게 있어선 지극히 불행한 겨울이다. 이번 평양 들러 2박을 하는 동안 세 곳의 냉면집에서 다섯 그릇의 냉면을 먹었다. 질이 저하되었다. 서울 25전에 평양 15전이니 말할 것도 없거니와 어떤 것은 서울만도 못한 것도 있었다. 시골 와서 무려 10수 기(器)를 먹었으나 꿩의 고기를 구할 길이 없으매 국수 맛으로 입을 다셔 볼 길이 망막하다. 먹고 나서 입 다실 품이 없으매 마치 고향을 잃은 것같이 쓸쓸하고 서운하였다. 냉면과 인연 있는 어휘로서 자미 있는 것이 한둘이 아닐게다. '전동치미', '다대기', '수육', '살', '생저리', '밧드리', 그러나 '못당추'란 말처럼 우습고 자미나는 말도 드물 것이다. '못당추'란 서울말로 직역하면 '못고추'다. 고추를 못한다는 뜻이다. 10년 전 우리 학생 때엔 고추를 위주한 양념을 싫어하는 이는 내지인이라 하여 이것을 표시하는 말이 묘하게 되었더니 시세의 탓인지 그것이 '못당추'로 되었다. '방안에 다섯이요. 하나는 못당추요.' 나는 그 소리를 듣고 고소를 금할 수가 없었다. 냉면과 연줄을 갖는 것으로 '쟁반'이란 게 있다. 종이가 진(盡)했으며 자상하게 설명할 길이 없으나 서울서도 우춘관(又春館) 같은 데서 한다. 그 맛은 보증할 수 없으나 '쟁반'의 진미를 미루어 보기에는 충분할까 한다. (5월 31일)

4. 만수대

서울 떠날 때에 효석의 주소를 알아 보았더니 인흥리(仁興里) 어디였는데 최근에 이주하였으나, 석훈에게나 신문 지국에 물으면 알리라 한다. 인흥리라면 기림리(箕林里)와 인접한 곳으로 공설운동장 옆이다. 전에는 사과밭 옆이 황막한 밭뿐이어서 그대로 '가루개'라는 창기촌에 연접되어 있더니 수년래에 이 곳에 문화 주택이 들어서고 아담한 소주택이 짜고 앉아서 평양 유수의 주택지가 되었다. 이주를 하였더라도 그 부근이라면 마침 축구 대회도 있으니 구경가는 김에 들르기 편하리라 하였더니 정작 평양 내려서 어떤 친구를 만나 물어 보매 뜻밖에 창전리(倉田里)라 한다. '창전리 어딘가?' 했더니 '번지는 잊었네만 포도원 김아무개네 저택 별실일세' 한다. 김아무개의 저택이라면 중학 시대로부터 우리들의 인상 깊은 건물이다. 동경인가 어딘가 사는 돈 많은 귀족의 별장이었던 것을 매수한 것으로 7, 8년 전 고무 파업이 치열할 때에도 입에 오르던 양옥 2층의 이쁜 집이다. 이 부근을 속칭해서 포도원이라 한다. 10년 전만 해도 한 귀퉁이에 포도원이 있어서 포도원의 출처를 짐작할 만하더니 지금은 주택이 쫙 들어서서 옛날의 모습을 찾아 볼 길이 없다. 이 포도원에서 언덕을 넘어 시가지로 흐르는 일대와 만수대 옆으로 언덕 일대는 4, 5년 전만 해도 뚜쟁이 소굴이라 하여 소문이 자자했는데 지금도 그런지 안 그런지 알 길이 없다. 효석 보고 물었더니 자기는 이 부근에 대하여 아무 지식도 없다 한다. 서울로 이르면 현저동 이쪽, 독립문 서편에 있는 교북정(橋北町)과도 비슷한 곳일까. 어쨌든 소위 은근짜의 가장 발호하는 지대이다. 뚜쟁이 집을 찾아가서 청구하면 소원대로 데려다 준다 한다. 거개가 과수나 여공이나 친정 다니러 온 가난한 색시들인데 개중에는 현역 여학생도 있었다고 한다. 낮에 이 부근을 거닐어도 공설수도통 부근으로 밝은 댕기의 꼬들채를 빼고 옷맵시를 가누지 못한 채 흔들거리고 꼬리를 젓는 부녀자가 눈에 띄었다. 그 방면에 눈트지 못한 소년의 눈에 이렇게 뵈었으니 그 정도를 가히 짐작할 만할 것이다. 이번에 눈깔을 세우고 골목을 걸어 보았으나 그런 빛이 나타나지 않으니 이 부근의 풍기는 숙청된 것일까.

한때에 효석이 사는 집 뒤 밭 가운데는 활터가 있어서 저녁 먹고 산보 가는 길에 곧잘 이 곳에 들러 활 쏘는 구경을 하였었다. 서편 언덕으로 고아원이 있고 만수대로 올라가는 길가에 인정 도서관과 기념 강당이 있다.

십년 전만 해도 만수대에는 몇 떨기의 노송과 높이 솟은 행행(行幸) 기념비가 있을 뿐이었다. 잡초 우거진 속에 벌레소리를 들으며 우리는 소년의 창일(漲溢)한 감상의 축적을 실컷 이 곳에다 기울여 놓으며 밤이 으슥함을 알지 못하였다. 이 곳에 오르면 평양이 두 눈 안에 들었다. 낭떨어지 아래로 궁존이 있고 그 아래로 철로와 보통강의 뚝을 넘어 보통벌이 벌어져서 아득하니 용악산에 가 닿았고, 이 넓은 벌을 허투로 끌어 놓은 허리끈 같은 물줄기가 굽이굽이 흘러서 만경대에 뻗어 있다. 북으로 달리는 기차가 굴 속으로 들어갈 때 이것은 작은 도마뱀같이 귀여웠다. 언덕을 내려서면 평양 고보의 후원(後園)으로 추청각(秋晴閣)에 다다른다. 안주의 백상루에 올라서 청천강을 바라보는 경개다. 이 곳에서 다시 아카시아 숲을 지나 양촌에 이른다. 양촌은 ○지다. 옛날엔 습지여서 아무 쓸모없는 땅이었다 한다. 문명한 코 큰 친구들이 바이블을 들고서 제 마음대로 측량하여 광대한 지역이 이 사람들의 부락으로 되었다고 한다.

지금 보통벌에는 서평양역이 생기고 전매국 연초공장을 비롯하여 메리아스, 양기(洋機) 고무 등등의 대공장이 쭉 들어 앉아서, 그것이 그대로 보통강을 끼고 보통문 송객정을 지나 노동자의 중심거리도 연달아 있다.

나는 이 철뚝을 거닐기를 소년 시절에 몹시 좋아하였다. 서문 밖 경창리(景昌里)로 나가서 보통문을 끼고 서평양 있는 데까지 철로를 좇아 강변과 논 가운데를 걷는 것이다. 지금 이 곳에 와서도 그 시절을 회상한다. 지금 만수대 위에는 처량한 풍경 대신에 측후소가 생기고 소방서가 생기고 또 다시 평남 도청의 신건축이 들어선다.

멀리 바라보매 아무데서나 눈에 띄던 행행 기념비조차 눈에 들지 않는다. 어디 불이 났는가. 왁살스럽게 생긴 붉은 자동차가 요란한 소리로 귀를 찌개면서 먼지를 휘날리고 달려 내려온다. 차는 한 대, 두 대. 풍경은 한없이 소란하다. (6월 2일)

5. 날파람

'피양개명'서는 석전을 심하게 한다는 말을 어렸을 때 듣고서 몹시 놀래었던 기억이 새록새록하다. 몇십 명씩 패가 갈려서 돌팔매질을 쳐가면서 편싸움을 한다는 것이다.

빰떼기에 멍울만 져도 진단 고소 소리가 요란한 세상에, 이건 대가리가 열 조각이 나고 목숨이 경각에 있어도 찍짹 소리도 못한다니 어린 마음에 몹시 놀래었던 것도 무리가 아니다. 우리 어렸을 때까지 과연 이런 짓이 평양 풍습에 남아 있었는지는 똑똑히 알 수 없어도 옛날에는 이 유희가 일종의 경기처럼 성행했던 것이 사실인 모양이다. 평양 공부를 갈량이면 돌팔매쯤은 배워둬야 한다고 허리끈에 자갯돌을 끼워서 휭휭 내두르다 휙 빼던져서 2, 3십 간 맞은 쪽에 있는 바위를 마치는 눈부시는 재주를 닦노라고 매일처럼 강가에 나가던 어린 때의 기억이 지금도 남아 있다. 벽초의 『임꺽정』을 보노라면 꺽정이 부하의 일인에 돌팔매 명수가 나온다. 이놈이 나타나서 겨누는대로 상대편의 대구리고 눈두덩이고 뒷데석기고 할 것 없이 다리 마치는 품을 보노라면 나는 늘상 어린 시절에 '피양개명'의 석전 이야기를 연상한다. 통쾌스럽고도 또한 용맹하기 짝이 없는 경기이고, 무술이다.

그런데 열네 살이 되어 잔뜩 겁을 품어 안고서 평양에 나와 보니, 요행 석전을 하거나 돌로 싸우자고 덤벼드는 사람은 없었다. 그 대신 석전의 유물인지 변형인지는 몰라도 싸움이 대단히 흔하였다. 돌로 싸우는 것은 아니다. 갈기고, 받고, 차고, 윽박지르고 하는 것인데 이것이 개인끼리가 아니고 편싸움이 되면 소위 '날파람'이다.

4, 5년 전까지도 여름날 저녁에서 밤이 으슥할 무렵이면 가끔 영문 앞 넓은 길거리에서 또는 신궁 앞 광장에서 이 날파람 하는 광경을 구경할 수 있더니 아직 그 철이 아닌 때문인지 이번에 들러서 이곳 저곳 찾아 보아도 그것을 발견할 수는 없었다. 친구를 잡고 여름이면 이런 것을 볼 수 있더냐고 물으니 재작년 작년에서 점점 날파람 하는 광경을 찾아 보기는 대단 힘들어졌다고 한다. 날파람은 완전히 평양에서 자취를 감추어 버린 것일까.

벌서 14, 5년 전 일이니 옛말처럼 이야기하지 않을 수 없게 되었다. 영문 앞이라면 지금은 길이 훨씬 넓어지고 신창리 전차길에서 경창리, 신양리로 휘여도는 버스 정류장이 생기고 장별리로 통하는 넓은 새 길이 터져서 흡사히 서울 안동 네거리처럼 사통팔달의 요충지가 되었으나, 예전에는 상수리(上需里)로 올라가는 길이 있을 뿐으로 서원준의 권총 사건 발단으로 유명한 새수구 '다리' 쪽에는 언덕이 져서 양의 장자(腸子) 같은 작은 길이 있었고 장별리, 명륜당으로 넘어가는 길에는 높은 언덕이 져서 겨울에는 빙판 때문에 보행이 곤란하였다. 그러므로 대부대의 이동이나 진공이 가능한 널찍한 길은 신창리에서 영문 쪽으로 휘여도는 기역자 형의 한 줄기가 있었을 뿐이었다. 여름철이면 밤마다 이 길 가운데서 날파람이 벌어졌다. 상앞파와 영문앞파의 대진이다.

저녁을 먹으면 나는 하숙을 나와서 곧잘 날파람 구경을 하러 이 길 어귀로 내려왔다. 잘못하다간 날파람꾼으로 간주되어 봉변을 당하는 수도 있으므로 종군을 하는 각오로 관전을 하여야 한다.

처음에는 상당히 먼 거리를 가운데 두고 두 파가 대진한다. 십 세 전후의 아이들이 선진을 서는데 두 편에서 다섯 여섯 뛰어나와서 서로 다리를 들고 어루댄다. 진중과 진 뒤에는 20 전후 때로는 30줄에 든 장년들도 섞여 있다. 이들은 처음 참모격으로 책전(策戰)만 한다. 지금 신식 말로는 편의대나 척후병이라 하겠지만 날파람 술어로는 '겟쇄기'라는 게 있어서 두세 놈이 진에서 떠나 양쪽 관전자 속에 섞이어 있다가 기(機)를 보아 '셋가라' '나간다' 소리를 지르면 적의 선진의 배후로부터 달겨들어서 전단(戰端)을 열어 놓고 기습을 단행한다.

훈련과 세련된 전기(戰技)는 혼전과 백병전에 가장 찬란하다. 두 파가 서로 어울려서 차고 받고 할 때에 맹장의 활약은 번갯불 그대로다. 예서 번쩍 제서 번쩍 다리를 들고 '어르라' 소리가 날 때엔 벌써 떡! 하는 소리가 일어난 때이고 이어서 '아이쿠' 다음에 파김치가 되어서 거꾸러지는 판이다. 어린 놈들이 저희끼리 붙어서 돌아갈 때에 어른들의 날파람이 드디어 백열화한다. (6월 3일)

6. 날파람(전승)

아이들 적에 들은 말엔 평양 사람은 받는 게 용하고 남도 사람은 물어뜯는 게 일수라 하였다. 다리 위에서 두 사람이 맞붙어 싸우는데 손들 새 없이 평양 친구가 들이받아서 남도 친구는 물 속 다리 밑으로 떨어졌다고 한다. 그래 눈을 부릅뜨고 '이놈 네까짓 놈이 어디다 대구' 하면서 평양 친구가 으시댔더니 남도 친구는 입 속으로 무엇을 잴근잴근 씹다가 해쓱하니 웃으면서 '여보게 자네 얼굴에 코가 있나 좀 만져 보게' 하고 대답했더란다. 어느새에 평양 친구의 코는 남도 사람의 입 속에 들어가 있었다는 것이다.

이것은 지어낸 우스꽝 소리겠지만 하여튼 날파람 하는 것을 보고 있으면 평양 사람들의 받고 차고 하는 품은 신기에 가까웁다. 받고 찬다는 것보다는 차면서 받는다는 말이 더 적당할 것이다. 발로 어르대는 줄 알았는데 어느 새에 이마는 상대방의 대구리를 받아넘기고 바른 다리는 적의 급처를 후려 찬 것이었다. 순식간에 여나문 놈을 파김치를 만들면서 표범처럼 날쌔게 돌아가는 품은 과연 상당한 기력과 민첩한 기능이 없이는 못할 노릇이다.

대개 승부가 결정되면 졸파들이 선두로 서서 진공과 후퇴로 대부대의 이동이 일어난다. 패군은 골목을 따라 산산이 흩어지고 이긴 편은 한참동안 적진을 점령하였다가 의기양양하여 제 동네로 돌아간다.

그 때에 이름난 곳은 영문 앞과 신궁 앞 광장과 보통문 어귀였던 것 같다. 신궁 앞에서는 칠성문을 사이에 두고 내외 두 편이 대진하고 보통문 안에서는 서문밖패와 창광산패 또는 문안패가 서로 어울리지 않았는가 한다. 영문 앞에서 하던 날파람은 상앞패가 밀리는 때에는 가끔 신창리 길거리에서 일어나는 적도 있었다. 서울로 이를테면 종로 네거리다. 전차가 다니고 자동차의 내왕이 빈번하고 파출소가 서 있는 앞에서 편싸움이 벌어지니 기관(奇觀)이라 아니할 수 없다.

그 뒤 몇해를 지내니 날파람은 점점 쇠퇴하여 어른들은 섞이지 않고 아이들끼리의 놀음으로 화하여 버리었다.

지금부터 4, 5년 전에 나는 평양 서문 거리에서 장사를 벌여 놓았던 적이 있다. 장사 관계로 서로 아는 30줄에 든 친구와 영문 앞을 지나는데 마침 날파람이 시작되어 있었다. 한참 서서 어린애들이 어루는 것을 옆에서 성원하고 섰더니 피가 끓어서 참을 수 없던지, 맥고자와 윗양복을 내게다 맡기며 '가만 있수, 오래간만에 날파람 한번 해 봅시다' 한다. 어처구니가 없어서 뻔히 쳐다보았더니 벗은 것을 훅하니 내던지고 '에라 셋가라' 하면서 졸망구니 아이들 틈으로 뛰어들어갔다.

그러나 년년(年年)이 날파람은 쇠하여 갔다. 지금은 날파람이란 어휘는, 하나의 사어로 되어지고 있는 모양이다.

서울서도 평양사람이라면 싸움을 잘한다는 것으로 아름답지 못한 소문이 난 것 같다. 어렸을 때부터 날파람으로 수련을 쌓았으니 무리는 없으나 이즈음엔 싸움도 날파람과 함께 자취를 감추기 시작한 게나 아닐까. 처음 우리가 평양으로 공부 나왔을 때에는 거리에 나가기만 하면 두세 번 싸움 구경을 할 수가 있었다.

싸움의 시초란 지극히 맹랑한 것이 적지 않았다. 슬없잖은 이유로 두어

마디 오락가락한 끝이 싸움이다. 일부러 싸움을 거는 적도 많다. 이러고 보니 구론(口論)이나 입심 같은 건 싸움값에 들 수도 없다. 받고 차고 갈기는 품이 도저히 날파람의 도가 아니다. 그러나 그 곳에 모인 구경꾼 중에 싸움의 원인을 아느 이는 하나도 없고 또 이들이 무엇 때문에 이렇게 생명을 도(賭)한 격렬한 투쟁에 몸을 맡기고 있는지 그것을 알려고 안타까워 하는 이도 없었다. 마치 권투 시합이나 유도 시합을 구경하는 거와 같다. 그러므로 당사자들도 자신을 일종의 경기자로 자처하였는지 모를 일이다. 권투 시합을 구경하면서 저들이 무슨 숙원으로 저렇게 격렬한 싸움을 하고 있는가 그 원인을 천착하려는 것이 무의미한 것처럼 평양 사람들도 거리나 골목에서 일어나는 싸움의 원인을 캐려 들지 않고 쟁투의 폼과 포즈가 얼마나 아름답고 찬란한가에 손에 땀을 쥐는 것이었다.

이들은 무엇 때문에 무의미한 싸움에 창일한 젊은 혈기를 소비하는 것인지 알 길이 없었다. 그러나 평양의 거리나 골목이나 요정이나 극장 앞에서 이런 싸움을 구경하는 것도 옛날의 일이 되고 말았다. 날파람과 싸움은 '문명(文明)해 가는' '피양개명'에서 자취를 감춘다. (6월 4일)

(『조선일보』, 1938년 5월 28일~6월 4일)

일반문화

일반적으로 문화의 신은 침묵하지 않을 수 없는 역사적 순간에 처하여 있다. 이것은 이미 전지구가 역사적 회전에서 얻은 바 피치 못할 필연적인 사태이며 개중에도 극동의 지도가 당하지 않을 수 없는 역사적 운명이다. 이에 대한 분석은 수년래 특히 작년 이래 우리들의 익히 듣고 보아온 바이다. 그러므로 이 땅에 있어서의 이번 달의 문화현상은 역시 침체 일색이었다고 말하여버리면 문제는 지극히 간단히 처치될 것이다. 이것의 사회적 근거의 해명에 있어서도 우리는 상식적으로 운위되는 일반적인 분석으로써 충분히 이것을 이야기할 수 있을 것이다. 아닌 게 아니라 전 달과 이번 달에 있어서 특히 그 경계선을 뚜렷이 그을 수 있을 만한 어떠한 사태가 발현되지 않은 것이 사실이며 침체의 심각화를 말하는 증거 외에도 새로운 물질적인 동향이 문화현상의 위에 눈에 띄게 나타나지 않을 것도 또한 사실이라 할 것이다.

이렇게 보아올 때에는 전 달에서 인계된 이번 달을 면밀한 구별 속에서 성찰하면서 동시에 이 작은 시간적 단편을 망망히 흐르는 구원(久遠)한 역사적 관류에서 정당히 포착하여야 하는 '일반문화'란의 임무는 생각과 같이 용이한 일이 아니었다.

이리하여 나는 이 적은 지면 안에서 지나간 달 동안에 문화의 위에 발생한 몇 개의 특수현상을 줏어올려다가 이모저모를 건드려보는 것으로써 만족하지 않으면 안 되게 되었다.

교육열의 의연한 팽창은 방금 입학난의 연옥화(煉獄化)된 상태에서 받은 흥분이 사라지지 않은 시간상 관계로 설명할 수도 있으나 역시 일반의 높은 관심과 정열이 유일의 체설처(滯泄處)로 교육사업을 발견하였다는 것으로 설명하는 것이 보다 타당할 것이다. 돈은 쓰지 않으면 안 되게 되어있다. 그러나 확실히 돈을 쓸 곳이 눈에 보이지 않는 것도 사실이다. 옛날과 같은 가장 정당한 정열의 갈 곳은 이미 눈앞에 보이지 않을뿐더러 그러한 곳에 돈을 쓸 용기를 가진 이도 없어졌다. 타방 입학난의 격심은 거의 어떠한 무감각한 둔한 피부에도 가장 쓰라린 아픔을 가지고 닥쳐와 있고 다시 지식욕의 고양과 당국의 교육령의 등이 일층의 박차를 가한 것이다. 이러한 여러 가지 물질적 조건이 상실되지 않는 한 교육열은 앞으로도 가일층 높아질 것이다. 그러나 이것이 문화적 정열 전체의 고양이 아님은 노노(呶呶)할 필요도 없다. 오히려 그것은 지향을 잃고 십자가로 위에 방황하던 정열의 하나의 안전지대의 발견에 불과하지는 않을까.

문화를 위한 사업이 타방에 있어서는 가일층 상업적 영합주의로 기울어지는 것은 이 또한 기업화의 과정을 밟고 있다. 이 곳의 경제사태로 보아 당연한 일이겠다. 희생적인 각오 밑에서 기획된다는 모든 문화활동이 점점 기업의 지배하에 선다. 영화열이 상당하다고 하나 지금 제작되는 영화로서 예술적 기대를 붙일 만한 것이 하나도 없음은 단적으로 발견할 수 있는 눈에 띄는 현상이며 출판기관 전체가 상업적 영합주의로 기울어지는 속도를 일층 급히 하고 있는 것은 맹안자에게도 뚜렷하게 되어졌다. 문화는 이미 장사

이외에 다른 것이 아니었다. 이러한 여러 가지 현상은 침체의 실제상의 뉘앙스다. 그러나 이번 달에 들어 유달리 눈에 띄는 음악열의 고도의 앙양과 향토문화의 탐색의 치성은 낙관적인 자료로 될 수는 없는 것인가? 약간의 고찰을 필요로 한다.

본시 음악미학은 음악미의 순수성을 강조하고 인간 감정에 호소할 때의 주관성만을 주장하여 결국 초시대적이고 초역사적인 것에 귀착되어 있었다. 일종의 신비성 마술성이 허용되어 일체의 현실적 추악과 사회적 성격을 망각하고 순수미의 세계에 취하여 버리려는 도피자들이 안식처가 되어버린 것도 사실이었다. 그러므로 중간층의 동요와 절망은 신비한 안전지대로서 음악을 발견하였다. 건전한 의욕으로부터 탈락한 불건강한 정열은 그의 배설구로서 이것을 택하였던 것이다. 연거푸 거듭되는 연주회 독창회의 개최와 이것의 비상한 성공은 일반 대중의 문화적 교양의 점앙(漸昂)의 낙관적 조건이 되기보다 위선 폭풍우를 모른 체하는 온실 내의 꽃이라는 의미에서 확실히 문화 전체의 퇴각의 기현상이다.

민속, 향토적인 것에 대한 높은 관심과 이에 대한 노력을 지금과 같은 시기에 있어서 지극히 높히 평가하고 싶으나 이 또한 얼마나 낙관적인 자료로 될 수 있는가는 과학적 인식이 약간의 사색으로써 충분할까 한다.

(『비판』, 1938년 6월호, '문화월보')

여행 가자는 편지

애덕아. 한 서울에 살면서 이렇게 한번 찾아오지두 않기냐. 그래 이 즈음 뭘 하느라구 그리 바쁘냐. 지난 이월 초순에 왔다 가곤 발을 딱 끊고 얼씬 안하니 그 때 나의 말에 노염이 간 거냐. 그리구 대체 너의 '그' 문제는 어찌 되었니? 저 거시기, 기혼한 대학생과 하자(字) 성 달린 '어떤' 처녀의 연애 이야기 말이다. 그 문제의 해결에 어지간이 바쁜 모양이구나. 그리구 송현도 씨 가끔 만나니? 나는 이 즈음 아주 내 자신이 몸에 겹고 벅차서 죽을 지경이다. 계절의 탓인지, 시세의 탓인지, 누구 말마따나 육체의 고민인지 공연히 세상이 답답하다. 지금과 같은 현실과 생활 속에서 자기의 생활 강령을 유지해 나가기란, 우리 불쌍한 청년에게 여간 가쁜 게 아닌가 보다. 나도 정신적 유행병인 '불안'에 휩쓸리었는지, 훌쩍 어디 먼 곳으로 여행이라도 하고 싶다. 너도 같이 가면 언니는 막 고마워하고, 그리고 또 꿀사탕 막 사주마. 구라파의 사상가, 예술가들이 현실에 진절머리가 나서, 초현실주의와, 여행과, 모험과, 몽상의 도피 세계로 옮아 간 정신적 분위기가 이 땅에도 찾아오는 모양이다. - 나의 아기여, 나의 누이여, 꿈에라도 보아지이다. 나와 함께 그 곳에 사는 즐거움 - 보들레르의 노래가 비로소 실감이 간다. 원산이나 몽금포는 너무 범속허구, 온천은 더욱 싫구, 우리 한번 제주도로나 가 볼까? 다른 것 다 말고, 그 해녀 말이다. 그 해녀를 안고 한참 뒹굴고 나면 우리 번민하는 현대 여성에게 무슨 신비로운 계시가 내릴 것만 같구나. 새로운 육체의 교훈이 있을 것만 같아서 지금 나는 안절부절을 못한다. 곧 회답해. 응?

7월 초하루 경희

(주=이경희[李慶姬], 하애덕[河愛德]은 「세기의 화문」의 작중 인물)

(『여성』, 1938년 7월호, '영녀(令女) 서간집' 특집)

산이 깨뜨린 로맨스

평안남도 강서(江西)군 수산(水山)면 오이(烏耳)리 - 지금도 이 주소만은 똑똑히 기억에 있다. 10년 전 이 주소의 주인공이 이미 세상을 떠났고 나의 친구 O군이 대를 이었으나 그는 고향을 버리고 평양에서 의학을 공부한 뒤에 황해도 석탄(石灘)으로 이사를 해버렸다. 아무 친척도 안 사는 이 곳에 O군이 가끔 찾아가는 일이 있다면 조상을 찾아 성묘하는 때뿐일 것이다.

진남포로 가는 평남선을 타고 기양(岐陽)이라는 작은 정거장에서 차를 버리고 한 20여 리 걸어간다. 지금은 차가 놓였는지 자동차의 편이었는지 자세히 모르나 강서 고분을 옆으로 보면서 걸어가는 신작로의 어떤 지점에 이 주소는 있었다. 작은 부락이다. 10년 전엔 평화한 부락인 것 같았으나 지금은 어찌되었는지 알 길이 없다.

평양고보 5학년 때 그러므로 내가 열여덟 나던 해 가을 추석이다.

지금 조선일보의 평양특파로 있는 H군과 셋이 『월역(月域)』이라는 잡지로 동인인 관계상, 소년의 감상주의를 이 부락에서 털어보자는 발안이었다.

마지막 대수 한 시간을 집어치우고 우리 셋은 하숙을 떠나서 남포가는 기차를 탔다. 누구나 그랬겠지만 이 시절의 감상주의는 차중 침묵을 고가(高價)한 것으로 여기었다. 한 시간 가량의 차중에서 말 한마디를 나누지 않고 O군은 담배만 피우고 나는 차창만 내여다보고 H군은 멍하니 사람들의 떠드는 것을 바라보았다. 기양역(岐陽驛)서 내려서 냉면을 먹고 신작로를 걸어들어간다. 나는 새로 지은 편상화(編上靴)가 발뒤꿈치에 대여서 맨발을 벗고 걸었다. 한참 가면 넓은 벌판에 강서고분(江西古墳)이 왼쪽으로 보인다. 저물어가는 이등도로(二等道路)를 텀텀히 우리는 걸어간다.

퍽 어두워서야 우리는 마을 어귀에 당도하였다. 달이 맑은 하늘에 뚱그렇게 떠올라서 마을은 달 그림자에 은은히 비추인 채 아름답게 누워 있었다. 개가 컹컹 짖는 가운데서 비로소 발을 멈추고

"저 산을 보아두게 이야기는 밤에 하고 산에는 내일 오르세마는 어쨌건 지금 저 산만 보아두게"

쳐다보매 그리 큰 산도 아니고 아름답게 생긴 산도 아니다. 평범한 나즈막한 흙으로 된 산이라 달빛에 우뚝 앉아 있는 산을 나도 묵묵히 바라보고 그의 가는 길을 좇아서 부락으로 들어가 그의 집마당에 앉았다.

몸을 씻고 갓 지은 저녁을 먹은 뒤에 우리는 다시 마당귀에 멍석을 깔고 나와 앉았다.

"저 산이 이야기 하나를 가지고 있네"

이러고서 O군이 들려준 이야기란 대충 이러하다. 산이름도 잊었고 또 자상한 디테일도 잊어버렸다. 줄거리만을 추리면

저 산을 넘으면 이런 부락이 또 하나 있는데 그 마을에 처녀가 있었고 이 마을엔 총각이 있었다. 처녀의 이름이 무언지 총각의 이름이 무언지 O군은 이야기하지 않았고 또 그 때의 우리 문학소년들은 '어떤 마을에 한 초동(樵童)이 있었다' 식으로 막연하게 이야기하는 것을 즐겼으므로 우리들도 그것을 자상하게 물으려 들지 않았다.

예에 의하여 이 처녀와 이 총각은 연애를 하였다. 무슨 이름있는 명절 때 윷놀인가 무슨 놀인가를 하다가 알아다던가 또는 꼴을 베며 산에 갔다가 나물을 캐러온 처녀와 서로 알았다던가. 이 둘 중의 하나가 원인이 되어서 두 사람은 알았고 또 두 사람이 모두 상대방의 마음을 끄는 데가 있어서 서로 상사(相思)의 사이가 되었다고 한다.

그런데 불행하게도 이 두 사람의 아버지들이 견원(犬猿)처럼 의(誼)가 나빴다니 그 원인이 옛적부터 내려오는 전래의 것이라면 영락없는 강서판(江西版) 「로미오와 줄리엣」인데 얼마 전에 술을 먹고 무슨 토지매매건으로 대판 싸움을 한 것이 이 불화의 원인이라니 세익스피어의 걸작보다는 말할 수 없이 저열하다.

어쨌건 이 어버이 사이의 불화를 알고 있는 이들 처녀총각은 사전에 벌써 자기네들을 비극의 주인공으로 설정해 버리고 애끊는 마음을 안타까이 숨겨버리는 데 여념이 없었더라고 한다. 그러나 처녀는 대문 안에 숨은 채 마음을 간직해 둘 수 있다 쳐도 마음대로 나다니는 총각은 이보다 능동적이 되지 않을 수 없었다. 그 집 앞을 배회하거나 이러저러한 계책을 대어 만날 기회를 만드는 것이 아니라 이 사나이는 겨우 저 산에 밤마다 올라가 피리를 불어서 처녀의 가슴에 억센 사랑의 통신을 전하는 것으로 안타까운 마음을 풀었다.

나는 이 말을 듣다가 가만히 O군에게

"그 곡조가 뭐라던가!"

하고 물었더니 그는 "강서(江西) 메나리[1])하고 수심가(愁心歌)랬다네" 한다. 강서 메나리라면 늘어지게 가슴을 잡아끊는 애조가 흠뻑 들이숨은 민요이어서 이 곳 사람들은 어린 아이들까지 곧잘 그 독특한 맛을 읊어낼 수가 있다.

이렇게 일 년을 두고두고 하는 동안 이 총각은 하루 아침 밭으로 씨를 뿌리려다가 아무 장식도 없는 상여 하나를 발견하였다고 한다. 좀 이야기는

---

1) 메나리 : 농부들이 흥겨워 부르는 노래의 한 가지.

맹랑하나 그 상여가 처녀의 것이었다는 것이다.

다 이야기하고 나서 O군은

"꽤 소설이 될까?"

한다. H군은

"소설은 몰라도 시극(詩劇)이 되겠지"

나는 속으로 소설이 된다고 생각했다. 그러나 이야기가 어딘가 가장(假裝)이 있는 것 같아 싱겁고 또 상세한 조건을 알아야 할 것인데 이 때의 우리들의 습관으로 그런 것을 물으면 재능의 부족을 폭로하는 것으로 되어 나는 아무 말도 안했다.

예술은 상상력의 소산이다. 그러므로 사실에 지나치게 의거하는 것은 사도(邪道)라 했다. 그 다음 돌아와서 나는 그것을 원고지에다 소설이라는 명목 밑에 적어보았는데 제목이 가관이다. 「저 산을 넘으면」 그 때에 한창 유행하던 '오버디힐'을 따서 붙인 것이다. 이것을 써서 회람을 시켰더니 '지나친 애상은 문학을 연약하게 만들 두려움이 많을 터이다' 하는 평언을 받았다. 미상불 요시다 겐지로(吉田絃二郎)의 감상문과 흡사했던 모양이었다.

선후가 뒤틀리지만 그 날 밤 이야기를 듣고 나서 우리는 그 총각이 밤마다 산에 올랐다 하니 낮에 가는 것보다 밤에 올라보는 것이 당연하다는 안(案)이 나왔다. 나는 맨발을 벗고 30리 가까운 길을 걸은 탓에 어지간히 발이 아프고 몸이 피곤하였으나 이러한 제안에 반대하는 것은 문학 지원자의 수치라 하여 아무 말도 안하고 그들의 뒤를 대섰다.

그리 경사가 심한 산은 아니다. 큰 나무도 없고 잔잘분한 관목(灌木)이 뒤엉켜 있는 가운데를 달빛은 희게 작은 가르마 같은 길을 비춰준다. 산마루턱에 오르니 작은 바위가 있고 그 밑이 웅덩이가 졌다. 으악새와 왕굴이 무성하여 으쓱한 두려움이 있었으나 우리는 그 가운데 펄신하니 물러앉았다.

"여기서 저 마을을 내려다보게"

똑똑지는 않으나 우렷한 달빛 가운데 십여 호의 집이 누워 있다. O군이

더벅더벅 뛰어서 저 편 가당나무 숲으로 들어가는 것을 기다려 H군은 나의 귀에 대고

"O가 말한 것이 바로 제 말이 아닌가?"

한다. 우리는 O군에게 무슨 그럴듯한 연애사건이 있던 것을 막연하게 눈치챘던 만큼

"피리부는 초동이니 어쩌니 하는 건 조작이겠지"

하고 나도 H군의 이야기에 찬성하였다. O군이 가끔 하숙에서 단소를 불면 노 메나리와 수심가를 불렀던 때문이다. 이러고 있는데 저 편으로 간 O군의 목소리로 구슬픈 수심가가 들려왔다.

"약사몽혼으로 행유적이면 문전석로가 반성사라"

H군과 나는 반듯이 드러누워서 하늘만 쳐다보며 양껏 애상에 파묻혀서 어린 감정을 향락하였다.

(『조광』, 1938년 7월호, '산에서 바다에서 얻은 이야기' 특집)

양덕쇄기(陽德瑣記)

- 성천서 온천까지

1. 유목(流木)

오전 열한 시 이십 분 자동차로 성천을 떠나기로 정하고 먼 곳에 전화를 걸었다. 친구나 친척집에도 하지만, 또 장소를 옮길 때마다 꼭 알려야 하는 곳도 있다.

마지막으로 같이 양덕까지 안내해 주기로 된 세무서의 K씨에게 전화를 걸고, 들추지 않는 좋은 자리를 하나 잡아 가지고, 내 집 앞에까지 와서 자동차를 세워 달라고 부탁하여 놓았다. 이 즈음 시골 다니는 자동차들은 무시로 세우지 않기로 되었다고 한다. 가솔린 경제로 일정한 처소 이외에선 정차 안 한다고 하나, 상당한 상거가 있는 내 집에서 그 곳까지 짐을 들고 가기가 대단하므로 미리 부탁해 두는 것이다.

성천서 양덕까지 가는 데는 두 길이 있다. 하나는 기차편이다. 신성천역까지 30리를 버스 자동차로 가서 그 곳서 평원내부선의 양덕행을 타고 가면 종점이 바로 양덕 신읍이다. 또 하나는 그냥 버스형 자동차로 평원 일등 도로를 굴러서 곧 바로 목적지까지 가는 것으로 내가 지금 타려는 열한 시 차가 그것이다.

어느 것이나 모두 편안치 못한 것으론 매일반이다. 걷거나 말을 타거나 승교(乘轎)를 타거나 하던 옛날에다 비할 건 못되지만 기차라는 건 가끔 자동차와 경주하다가 판로(坂路)에서는 지는 수까지 있는 느린 물건이요 무엇보다도 집도 몇 채 안 되는 정거장마다 긴 시간을 머물러 있는 것이 안달증 날 일이다. 버스는 어찌된 스프링이 이 모양인지 등허리가 벗겨지도록 몹시 까불지만 횡하니 나타날 땐 시원 시원도 하고 또 기차보다는 융통성도 있다. 그래 나는 이걸 타기로 한 것이다.

평원선 장림역까지는 내가 장근 다니던 길이다. 평천서 방선문 밖을 나서서 평평한 벌판을 제법 속력을 내어 달아나면 얼마 안 해서 망주산을 휘돌아 마륙령이란 높직한 고개에 이른다. 성천서 장림까지 사십 리 길인데 결국은 이 고개를 뱅뱅 돌아서 올라갔다가 다시 열아믄 고패 휘돌아서 다시 내려오면 고만이다. 이 부근의 산은 전부가 광구(鑛區)다. 아니 양덕까지 가는 데서 보이는 전부의 산이 광구에 들었을 게다. 차 탄 분들의 말이 여직 광구에 들지 않은 산은 손뼉만치도 안 남았을 게라고 하니 가히 짐작할 만하다.

고개를 내려서 아카시아와 포플러 속에 뚫린 흰 신작로를 초하(初夏)의 따거운 햇볕 속으로 달아가는데 갑자기 사이드 낚아채는 소리, 기어 넣는 소리가 운전대에서 나면서 무겁게 차대(車臺)가 급정거를 한다. 앞을 바라보니 바른쪽 숲속에서 큰 구렁이가 으므적거리며 신작로로 기어나오고 있다. 나는 호기심으로 차 밖으로 그놈을 깔아 보자고 하니 운전수는 다시 사이드를 밀고 기어를 위로 넣으면서 '넘기나 해서는 잘라지지 않습니다' 하고 긴 뱀이 한일자로 건너서기를 잠간 동안 기다린다. 윙 소리가 나면서 급진을 하다가 뒷바퀴를 땅 위에 붙이고 덜컹 차는 멎는다. 차창으로 내어다보니 뒷바퀴에 땅이 두 치나 패었는데 구렁이는 스스르 풀숲으로 빠져나간다. 운전수는 씩 웃고 덤덤히 다시 차를 몬다.

장림역 구내에 댐이 있고 연광(鉛鑛)에서 쓰는 케이블카가 있다. 송전선과 함께 최근에 발견하는 이 고장 풍경이다. 산꼭대기를 향하여 늘어지게 상자를 단 줄이 뻗쳐 있다. 누가 지었는지 이걸 솔개미 기계라고 한다. 까만 상자가 윙하니 산을 넘어 날러드는 것이 과시 병아리를 채려는 소리개나 독수리가리로 보였을 것이다.

장림서 별창, 화창을 지나서 양덕 읍내, 즉 신읍에 이른다. 별창서 한 시오 리 허(許)에 성천 금강이란 곳이 있다는 걸 어려서부터 들어 왔으므로 일부러 운전수에 부탁하여 차창으로 내다보았는데, ○○이 묘(妙)하고 바위가 제법 만물상을 흉내내려다가 푸른 물 속에 잠겨 버렸으나, 그 명칭에 해당할 만한 경치는 못되었다.

그것보다 내 눈에 흥미 있게 보인 것은 유목이다. 떼〔筏〕를 무어 흘릴 만한 강이 못되는 물이었고 여울이 많아서 이렇게 개개로 띄워서 장림까지 흘린다고 한다. 고견순(高見順)의 『流木』을 연상하면서, 어째 철로를 이용치 않느냐 물으니 운임 관계라 한다. 전부가 소나무, 그것도 꼭 광산의 동발(갱목)로 쓰일 5, 6척 짜리 애솔들이다. 여울에 흐르다 걸린 것도 있고, 버들 포기에 걸리었다가 다른 것이 몰아쳐 내려오는 바람에 다시 떨어져서 흐르는 것도 있다. 옅고 파란 개울은 벌린 소나무 토막에 쌔워서 양덕까지 연대었다. 성천서 떠난 지 한 시간, 우리를 태운 차는 읍내의 거리를 달리고 있다.

(7월 23일)

2. 시정사(市井事)

우리 시골 읍내와 비슷한 고장에 와서 토박이 사람으로 친근한 이가 생기면 나는 으레 물어 보는 것이 한 가지 있다. 이 고장서 제일로 가는 호상(豪商)이 누군데 어떻게 해서 성공하였는가 하는 경로다. 이렇게 해 본 결과 나는 내 깐으론 흥미 있는 사실을 몇 개 알아들을 수 있었다. 그 사람들의 근본과 성공의 경로가 대체로 공통한 게 무엇보다 재미스러웠다.

그래서 깨끗한 양덕의 시가지를 한 번 휭 돌고 나서 나는 인차 지우(知友)에게 물어 보았다. 이 고을엔 큰 상점이 하나밖에는 없다. 양품과 식료품과 잡화와 포목까지를 겸했다. 그리고 그 집 상호가 붙은 트럭이 많고 재목상에도 같은 상호가 붙었는데 대체 어떤 사람이냐고 물은 것이다.

대답은 이러하였다. T라는 내지인으로 약 20년 전(?) 별창(別倉)서 인단(人丹) 봉지나 팔다가 이 곳에서 와서 먼저 잡화상을 차려 놓아 돈을 잡았는데 지금은 여러 가지 상업으로 이 고을 안을 독점했다고 한다. 사실 성천 같은 데 많은 포목상도 이 고을 안엔 그 집 이외엔 하나도 없다.

그 다음 내 물음은 그에게 자식이 있느냐 하는 것이었다. 없다고 한다.

내 시골 고을에는 O라는 내지인이 큰 상점을 잡고 있다가 연전에 작고했다. 이 사람은 보호 정치 시대에 우편 체부(遞夫)로 우리 고을에 들어왔다가 수비대 상대로 용달을 보아 돈을 잡아 가지고 그 뒤 잡화상을 벌이고 일변 돈놀이도 했다. 이 근년에 순사로 은급(恩給) 달린 N이라는 내지인이 이와 대항해서 상점을 벌였었으나 성공치 못했다. O에겐 물론 자식이 없었다.

다시 지금은 내지로 떠났지만 내 시골서 가장 큰 여관을 경영하는 S라는 이는 헌병 분견대 시대에 마부로 있다가 여관 영업에 착안하여 그 뒤 돈놀이도 하면서 성공한 사람이었다. 자식은 없다.

지금 O나 S의 대신으로 새로 대선 사람도 이와 사정이 비등하다.

우리 시골서 요리업을 하다가 지금 영등포로 이사(移徙)간 A라는 이는 남양 순회선(南洋巡廻船)의 선부였다. 이도 자식이 없다.

이것을 다른 고을서 성공한 이의 실례에서 조사해 보면 전부가 어금 지금한 사정의 경력을 갖고 있다.

이 이상 더 이야기하는 것은 현존 인물들의 내면 사정에 관한 염려도 있으므로 다시 추상해서 말해 보면,

1. 근본은 퍽 미미했다는 것. 그러므로 처음 올 때는 대개 총각이었었다

는 것.

2. 성공의 경로는 새것에 눈치가 빨랐고, 또 돈을 잘 돌렸다는 것.

3. 처는 대체로 초기의 창기였다는 것.

4. 그러므로 자식은 없고 간혹 양자나 두었다는 것.

5. 그 고을서 면협(面協) 의원 등으로 있는 이가 많다는 것.

이러한 제 사정을 두루 두루 종합해 보면 읍민의 하나의 전형을 잡아 볼 수 있지 않는가 생각되었다.

그 다음 딴 고장에 와서 알고 싶은 것은 양반이로라 재기는 집안이나 또 돈 있고 오래 지방에 산, 말하자면 세력 있는 가문이다.

평안도의 평양 부근 지방, 그것도 읍내 부근에서는 상반의 차별이 없어진 건 퍽 오래다. 돈냥이나 있고 관계(官界)에 출신 있는 집들이 양반의 대신으로 세력을 쓴다. 관계라야 그것 역시 대수롭지 않은 걸로 군에나 면에나 그러한 관청에 하급 공직자로 다니는 것을 말함에 불과하다.

그래 가령 이씨면 이씨, 박씨면 박씨 이들이 몇 대째 이 고장에 사는가, 또 누구 대에 와서 쇠운에 빠졌다가, 누구 대에 와서 중흥했다든가 지금은 그들이 무엇을 한다든가 아들과 손자와 그들의 사람됨과 또 생김 생김새가 어떻다든가 등등 이런 걸 물으면서 잡담하여 밤을 새는 건 좋은 경치나 유서 깊은 유적(遺跡)을 더듬어 보는 거나 한가지로 여행할 때에 있는 내 가장 큰 소득이고 또 유쾌사(愉快事)이다. 양덕에 와서도 이런 방면으로 얻어들은 바와 본 바가 많은 것은 적지않은○○○○다. (7월 24일)

3. 방언

평양역에 내려서 초라한 역후(驛後) 풍경에 마음이 시서늘해진 채 고 알뜰한 전차를 타고 보면 그 다음에 귀에 거슬리는 것이 아마 사투리일 게다.

우리처럼 이 사투리에 젖어서 자라나고 성장한 사람도 그러하니 경기나 남도 사람의 초행자의 귀에는 어지간할 게라고 생각한다.

어학 하는 이들은 언어 통일과 정리상 방언을 대수롭지 않게 보는지 몰라도 이 즈음 문단에서는 속어나 비어(鄙語)나 방언을 문학어로 만들어 보려는 노력이 상당한 것 같다. 민촌이 충청도 사투리를 많이 쓰는 건 일반이 아는 일이고 채만식 군이 「탁류」나 「천하태평춘」 등에서 전라도 사투리와 속어를 문학어로 정착시켜 보려는 노력이나 박태원 군의 서울 속어와 비어의 활용, 또는 신인으로서는 이선희 씨의 원산 사투리, 현덕 씨의 아동 용어의 문학적 연마(鍊磨) 등 하나 하나 매거하기에 바쁠 지경이다. 말을 창조하고 활용시키는 건 어학자가 아니고 문학자이므로 이러한 경향은 결코 그릇된 노력이 아니라고 나는 생각한다. 그런데 평안도 사투리만은 문학 용어로 좀 난점이 많지 않은가 생각되는 때가 가끔 있다.

춘원이나 요한, 안서, 동인이 모두 평안도 출신이니 평안도 방언의 중앙화에는 이 분들의 공로가 적지 않을 줄 알거니와 나 같은 사람이 할 수 없어서 대화 같은 데에 사투리를 쓰면서 제일 고약스럽고 시끄러운 '다' '자'의 구별과 '타' '차' 간의 차별이다.

'정거장'이 '덩거당'이라도 모르겠는데 그놈이 한번 더 돌아서 '덩기동'이 되어 버린 데는 과시 혀를 빼물 만하다. 이 밖에 남자의 말과 여자의 말이 잘 구별이 서지 않는다. 대체로 우직하고 퉁명스럽고 밍밍하고 섬싹하고 맛이 없다. 인쇄해 논 걸 보면 오식이 많다.

그런데 같은 평안남도라도 양덕은 다르다. 이 곳은 대체로 '테'가 바로 '체'로 발음되고 '디'가 '지'로 된다.

평양 '소'가 성천 '궤'를 싣고 양덕 '지'등으로 간다는 말이 있다.

평양말의 마지막에는 '소'가 잘 붙는다. 성천말의 마지막에는 '궤'가 붙던 것이 양덕으로 가면 '지'가 된다는 말일 게다.

가령 평양에선 '밥먹었소?'가 성천에선 '밥 먹었수궤?'로 되고, 양덕에선 '밥 먹었지?'가 된다. 성천서도 평양 내왕이 많아서 '궤'는 대부분 없어졌는데, '다'나 '타'행은 그대로다. '먹었지'가 아니라 '먹었디'다.

양덕서 성천이 불과 백여 리인데, 어디서부터 이렇게 말이 변했는가 알아보니, 별창과 화창 중간이라 한다. 군계에서 짝, 갈라진 것이다. 성천서 6, 7십 리, 양덕서 3, 4십 리 되는 고장이다.

다시 양덕읍서 6십 리를 원산 쪽으로 가면 석갈지(石渴池)인데, 국수집 같은 데서 장날 같은 때는 함경도 사투리를 많이 듣게 된다.

양덕과 성천 간의 방언의 차이는 물론 발음의 차이가 제일 심하다. 이 밖에 양덕 와서 얻어 듣는 소리로는 유행어에 '괏다'는 것이 있고, 또 제법 귓맛이 당기는 말에 '장근'이란 말이 있다. 전자는 성천 같은 데서는 '세다' '상당하다' '엔간하다' '빠근하다' 등으로 쓴 곳을 모두 종합하여 '괏다'로 쓴다 별로 추장(推奬)할 것이 못되나 후자는 '장근'은 '노' '늘상' '항상'과 일맥 통하면서 또한 딴 맛이 있었다.

이 외에는 억양이라든가 말투라든가 평양과 별반 다를 것이 없었다. 그래서 결국 평안도 방언의 문학 용어로서의 활용은 양덕 말이 기준으로 되는 것이 좋다고 생각해 보았다. 발음을 이 고장으로 기준 삼고 성천이든가 강동, 순천, 강서, 안주 등과 평양의 특유한 말을 골라서 섞어 쓰는 것이 가당하다고 생각하였다.

양덕 지명 같은 것으로 특수한 것은 평양이나 성천서도 그대로 따라간 것을 본다. 나는 처음 평양과 성천서 '대탕지'니 '돌탕지'니 하는 말을 듣고 '탕'은 '湯'이로되 '지'는 무슨 '지'자일까 의심했었다. 그랬더니 '池'자이었다. 평양 발음에 준하면 '디'가 될 것인데 양덕 것이니까 그 곳 발음을 따라 '지'가 된 것이다. 또 '朝鮮'을 '도선'이나 '되선'이라고 발음하는 사람도 성천에서는 볼 수 없었었다. 모두 '조선'이라고 옳게 발음한다. 이런 것으로 보아 어감이 나쁘고 써서 읽기도 맛없고 오식 잘나는 건 다 깎아 버리고 좋은 말을 살구어서 문학어로 활용하면 평안도 사람의 고유한 맛을 전달할 수 있으리라고 생각했다. (7월 26일)

4. 읍구(邑舊)

양덕 읍내서 원산 가는 자동차를 타고 가노라면 눈에 띨 만한 부락으로 40리 가서 순우교 그 곳서 20리 가서 온천면 석탕지 다시 20리를 가서 동양(東陽)이라는 데가 있다. 동양서 원산이 아직 20백 리 길인데 그 곳까지밖에는 더 가 보지를 못했다(평양서 동양까지는 3백 오십 리다).

순우교라는 데는 현재 양덕까지 개통된 평원선이 고원까지 마저 놓이면 역이 생길 곳이다. 기차는 산곡을 굽이굽이 돌아서 이미 커다란 동리를 이룬 석탕지에도 동양에도 들르지 않고 집이나 두서넛 덩그렁하니 붙어 있던 작은 다릿목에다 정거장을 짓게 마련이다. 지금 한창 측량을 하며 밭과 산에 깃발을 꽂고 야단법석이니 오래지 않아 공사가 시작될 것이다. 순웃다리 옆에 새집이 부리나케 여나문 집 생겼고 지금도 한창 신작로를 끼고서 집을 짓고 있는 중이었다. 공사장의 기숙사가 서게 되니 이것을 상대로 위선 음식 그릇이나 술이나 웃음을 팔다가 개통이 되면 그대로 자저부터서 소역전에 항용 있는 운송점, 여관, 술집, 담배가게, 소잡화점으로 변신할 채비다. 더구나 석탕 온청이 20리 길이므로 차 시간 맞추어 버스로 다닐 것이다. 역명이 무엇으로 되려는지 미처 알지 못했다. 順于가 順干이 되어 '순우' 대신에 '순간'이라는 오독(誤讀)이 유행한다니 순간역이 될는지도 모른다고 지인의 한 사람은 말하고 있다.

석탕지라는 데 양덕서 제일가는 온천이 있어서 예부터 내력 있는 동리가 되어 있다. 지금 7, 80호나 되려는가.

동양이라는 데는 '구골'이라고도 하고 '구읍'이라고도 한다. 전날에는 이곳에 관부(官府)가 있었다고 한다. 그래서 이것과 대비해서 지금 양덕읍을 '신읍'이라고도 했다. 신읍 사람들은 이런 호칭을 싫어하지만 성천 같은 데서 고로(古老)들이 아직도 곧잘 신읍을 파읍(罷邑)이라고 한다.

본시는 신읍에 고을이 있다가 이것을 파하고 구읍으로 관부를 옮겼더란다. 그래서 신읍을 파읍이라 불러 왔는데 근년에 다시 이전을 하여 신읍이 군청 소재지로 된 탓에 구읍 신읍이란 말이 새로이 생긴 것이라 한다. '구골' 다시 말하면 동양에는 문묘(文廟)도 있고 서원도 있고 홍살문까지 남아 있어서 될수록 옛 고을로서의 면목을 유지하려는 데 동민의 노력하는 것을 알 수 있었다. 홍살문같은 거나 또는 그 옆에 비각 같은 것이 단청이 새롭고 개축의 자리가 엿보이는 것은 신읍과의 대항을 오직 이런 유물로써 해 보겠다는 동민의 애쓰는 자취처럼 보이어 행인의 감상을 건드리는 바 없지 않았다. 그러나 기차마저 멀리서 이를 돌보지 않았으니, 이 부근에서 커다란 금광이나 중석광이라도 생기기 전에는 재흥(再興)의 기(機)가 올 것 같지 않았다.

구읍 초입구에 말근댐이라는 무인지경이 있는데 벌도 넓지 않고 옆에 산도 가로막혔으나, 겨울엔 바람이 몹시 세다고 동행의 지인 운전수가 말한다. 옛날 원님이 말타고 행차했다가 바람을 만나 코와 얼굴과 귀와 발이 얼어서 얼마나 혼이 났던지 그 뒤 서울서 누구 양덕 고을 초입 말근댐이라는 이야기를 했더니, 손으로 얼굴을 가리우면서 '바람이야 바람이라 문을 바삐 닫아 주게' 하였다고 한다. 조작의 말이나마 바람이 얼마나 강한지는 짐작할 만하다.

양덕서 동양까지 가는 일등 도로에는 화물 자동차가 많이 내왕한다. 어느 편으로든가 차를 타고 가로라면 십 분 안짝에 마주오는 트럭을 만난다. 산비탈을 크락숀을 울리면서 굽이쳐 돌면은 트럭의 앞머리가 쑥 나선다. 모두 재목을 운반하는 트럭들이다.

통계가 없으니 모르지만 평남 도내에 평양 다음엔 양덕이 트럭 많기론 제일이라 한다. 덕택에 썩베루가 깔린 희고 곱던 판판한 신작로가 모두 패여서 한 곳 치고 성한 곳이라곤 찾아 볼 수 없었다. 내가 체류하고 있는 여사(旅舍)가 석탕지인데 2층 창문으로 평원 도로가 바로 보인다. 심심결에 세어 보았더니 무려 4, 50대의 트럭이 내왕하는 것 같았다. 그러므로 가는 곳마다 운전수 없는 곳이 없다. (7월 27일)

5. 밀림

옛제(의미 불명 - 편자) 성천 원님과 양덕 원님이 풀내기하듯 서로 제 고을 자랑을 하다가 성천이 말하되 '너희 고을에 봉선루가 있냐' 했더란다. 양덕엔 이런 누각이나 유적이나 경치라고 별로 들어서 말할 게 없다. 그래 양덕은 대뜸 '너희 고을에 소나무가 있냐' 하고 대구를 놓았다고 한다. 과시 양덕엔 소나무가 명물이다. 소나무가 아니라 송림이다.

평안남도에서도 성천부터는 벌써 산간 지대에 든다. 그러나 산이 원체 옳게 첩첩히 싸인 곳은 장림을 지나 양덕 땅으로 들어서서부터다. 사면이 산이고 그것이 전부 푸른 소나무다.

소나무라면 언뜻 생각키에 구불구불 꺼부러져서 운치 있는 노송을 연상키가 쉽다. 평양의 기자능 송림이나, 성천의 향교 송림을 보아 온 이는, 그러므로 양덕 와서는 적지않게 놀란다. 낙엽송은 본대 그런 것이나 말할 것도 없지만, 적송 흑송이 곧기가 삼목(杉木) 이상이다. 이런 것이 첩첩히 둘러싸인 산에, 잡빽 디리 실려 있는 것이다. 이 산틈에 흰 길이 기어가고, 좀 팡파짐하여 옥계가 흐르는 곳에 부락이 이루어져 있다.

저 산 이름이 무엔가고 물어도 아는 이는 하나도 없다. 산에 이름이 무슨 이름일까보냐고 하는 표정이다. 산줄기의 이름이라도 없기야 하련만은 어느 것이 어느 산이 어떤지 가물가물하여 기억을 뒤지기도 곤란하거니와 한번 둘러 보아 특징이 있거나 인상에 남는 것도 없으니 이름 같은 걸 붙여 보았자 더 번거롭기만 할는지도 모른다. 그것이 성천 같은 데면 다르다.

비류강(沸流江)에 둘러싸인 반도형(半島形)의 그리 깊지도 않은 산인데, 산 이름과 봉우리 이름이 어떻게 많은지 모른다. ○골산성이 있었다는 무산 12봉이 3, 4리 되나마나 한 기장에 열두 개의 봉명이 붙었고(벽옥, 금로, 천주, 몽선, 고당, 양대, 신녀, 조운, 모우, 생학, 자지, 화주) 다시 구선봉, 옥호봉, 운봉산으로 그 나머지 몇 봉우리의 이름이 붙어 있다. 그 뒤에 연붙은 산이 궁산, 이미산, 마주 보이는 것이 측학산, ○○산, 이 밖에 현봉산, 형제산, 운홍산, 천정산, 계두산, 하나 하나 기록할 겨를이 없을 지경이다.

그건 어쨌건 양덕에 있는 산들은 묘하거나 기한 것은 없는 대신 산림이 무섭게 울창하였다. 이 나무를 운반하느라고 트럭과 기차와 강물이 쉴 새가 없이 바쁜 것이다. 양덕역 부근 빈터에 쌓여 있는 목재를 보고 놀라지 않을 이는 얼마 없을 것이다.

물론 소나무만이 아니다. 양덕 신읍서 맹산 가는 길을 따라가면 유전령(楡田嶺)을 가운데로 하고 대 수림이 우거진 채 있다. 그 곳에는 소나무보다도, 가당나무, 황철나무, 백화, 참나무, 박달나무 등이 많은 것 같았다. 지인 운전수의 안내로, 신읍서 백석까지 130리 길을 다섯 시간에 왕복을 하면서 이 수림을 구경하였다. 본시 이 길은 전부가 산길이다. 좀 판판한 길은 전후 2, 30리나 되고 나머지 백여 리는 수림이 울울한 준령과 태산을 2, 3백 척의 산곡을 굽어보면서 위태한 삼등 도로로 굽이 굽이 산허리를 돌고 있는 것이다. 타고 앉은 내가 마음이 자릿자릿하니, 운전하는 친구가 땀을 빼는 것도 무리가 아니다. 행인은 하나도 없고 트럭의 내왕도 극히 드물다. 새소리도 없는 글자 그대로의 처녀림이다. 가랑잎이 무릎에까지 쌓인 곳이 있었고 나무는 저희끼리 부딪쳐서 부러지고 꺾어져서 그대로 썩고 있었다. 도처에 '평안남도 모범림'의 말뚝과 '산화 주의'의 딱지가 보인다.

사실 산화가 일어났던 곳이 군데군데 보인다. 몇 달 전에 일주일 연달아 붙은 큰 산화가 신읍과 석탕지 간의 산 속에 있었다. 차창으로 보면 불길에 끄슬려서 나무가 단풍이 든 것처럼 발간 것이 행인의 눈을 괄목케 하였다.

한 시간, 두 시간을 태양도 바로 보이지 않는 컴컴한 산림 속을 아슬아슬하니 돌아가다가 우리는 가끔 계류가 흐르는 곳에서 차를 세웠다. 사이다나 맥주를 한 십분씩 담그고 채웠다가 마시고는 가는 것이다. 혹은 가는 길에 채웠다가 오는 길에 먹기도 하였다. 다섯 시간 나머지에 이 산 속을 왕복하고 오니 비로소 녹색에서 해방된 눈이 하이얀 신작로 위에 새물새물하였다.

(『조선일보』, 1938년 7월 23~28일)

당대조선여성기질

처녀 89명이 이번 봄에 전문 정도의 학교를 나와서, 사회로 가정으로 흩어졌다. 이밖에 동경이나 또는 서울 외의 곳에서 학교를 마치고 돌아온 이도 많을 것이요 중학교를 졸업한 채 가정으로 돌아온 분도 많을 것이므로 조선 사회는 새로이 적지 않은 숫자의 고급 학문의 수업 여성을 맞이한 셈이다. 모두 20 전후의 젊은이들이매, 그들의 가슴속에는 제 각기 하나씩의 아름다운 무지개를 품고 교문을 나섰을 것이다. 이미 이 해도 반이 기울어서 그들의 무지개들이 얼마나 찬란하게 하늘을 장식하고 있는지 차츰 실험기에 들어가고 있다 할 수 있는데, 하나 하나 그것을 조사할 길이 없으니 상세한 바를 묘사할 수는 없다. 그러나 교문을 나서기 전에 졸업을 앞두고 그 이들이 어떠한 생각을 품고 있었는가의 일단을 규시(窺視)할 수 있는 통계가 나에게 있다. 그들의 사상을 물을 것도 아니고, 그들의 인생에 대한 태도를 질문한 것도 아니나, 이러한 것이 가장 비비드하게 노골적으로 노현(露

顯)될 수 있는 이상적 남편의 선택 기준에 대한 숫자이다. 어떠한 사나이를 이상적으로 생각하는가? 그들의 무지개의 실제적인 뉘앙스는 어떠한 것일런가? 이것이 그 곳에 나타나 있었다.

그러나 이러한 기사를 『여성』지 3월호에서 읽어보고 이 즈음 여학생들의, 불과 한 달이 지나면 당당한 숙녀가 되는 결혼 적령기 처녀들의 가슴에 품고 있는 무지개가 얼마나 빈약하고, 또한 실리적인 것임에 일경(一驚)을 끽(喫)한 이는 결코 나 혼자만이 아닐 것이다.

다른 조항은 다 말고 '취미'와 '직업'을 물은 곳만 생각해 보아도 이들이 생각하는 바가 어떠한 정도의 것인지 알 수 있을 것이다.

남편의 취미를 물은 곳에서 이들 89명의 처녀들은 제1로 문학을 들었다. 그 수가 35명. 그 다음 33명은 스포츠. 제3위로 음악이 28명이다. 이 이외에도 또 여럿이 있으나 그 중 주의할 것은 대부분이 '문학과 음악' '문학과 스포츠' '스포츠와 음악' - 이렇게 두 개씩을 겸하였다고 하는 동지 기자의 주가 붙은 곳이다.

이 '취미'를 보면 이 즈음 처녀들이 얼마나 세련된 감각과 건강한 취미를 향락하고 있는지 추측할 수 있다. 사상적인 것이 퇴조를 한 뒤에 이들은 교양미라든가 섬세한 감각미라든가, 건강미라든가를 좇지 않을 수 없게 된 것이니 이 또한 시세의 탓으로 수긍할 모가 없지 아니하다.

그런데 한편 눈을 돌려 남편의 직업은? 하고 물어 보았을 때 그 곳에 나타난 숫자는 단연 실업가가 제1위로 33인, 전체의 3분지 1이 훨씬 넘는다. 교원이 17인, 월급생활자가 14인, 의사가 9인, 변호사가 5인 등등이다. 이상 5위까지의 직업을 보면 모두가 현세에 있어 가장 튼튼한 직업뿐이다. 그들은 무엇보다 생활의 안정을 구하는 것이다. 이 통계로 보면 신여성이 결혼을 일종의 취직으로 생각하고 있다고 극언하여도 대답할 길이 없을 것이다. 다시 한 번 자산을 물은 곳을 이 곳에다 함께 놓고 보면 직업은 상당하더라도 기본 자산으로 1, 2만원은 있어야 한다는 것이 24명, 중류라고 한 것이 15명, 5만원이 7명, 10만원이 6명이다.

이상 직업으로 실업가를 희망한 처녀 중에 취미로서 문학이나 음악을 들은 이는 적지 아니할 것이다. 과연 지금과 같은 상태로써 실업가라고 지칭되는 분들 중에 문학을 독서하고 음악을 즐길 자가 얼마나 될는지는 지극히 의문이다. 그러므로 이들, 이노센트한 처녀들의 희망대로 그들의 눈앞에 대실업가가 나타났다고 하여도, 그가 또한 음악이나 문학을 취미로 하는 자일는지는 의문이 아닐 수 없다. 만일 이런 상대자가 하나의 고상한 취미도 갖지 않았고 타방 불안한 생활이기는 하나 높은 취미는 가지고 있다는 자(者)의 들을 놓고 어느 것을 취하겠는가고 물을 때에 이 귀여운 처녀들이 무엇에다 점을 칠지는 명확한 일이 아니냐? 그들은 서슴지 않고 돈 잘 버는 실업가요 - 했을 것이다.

이것이 최고 학부에 있는 우리 여성들의 전체적인 기질의 개관이다. 그러나 흥미는 이들을 가르치는 교육자 여성에 더 많이 있을 것이다.

우리 빈약한 조선에도 부인 박사나 학사가 수두룩하고 또 사회에 대하여 높은 영향력을 가진 부인네도 적지 아니하다. 이들 중에는 독신주의자가 많은 것이 특색일 것이다. 그렇지 않으면 만혼이 많다. 아니 극언하면 독신주의자거나 그렇지 않으면 만혼자. 이렇게 두 종류로 갈라 버려도 무방할 것이다. 이들은 모두 그의 가슴속에나 일상 행동에서 각자 자신이 가장 우리 민중의 지도자인 거나 같은 도고한 자부심과 긍지를 가짐이 보통이다. 이러한 환상이 언제까지 민중을 즐겁게 하고 다시 그들 자신을 고요히 잠들게 할 것인지는 이 즈음의 고명한 부인 박사들의 거취에서 흥미있게 바라볼 수 있는 풍경이니 이제 새삼스럽게 운위할 필요도 없으나 그것보다도 우리에게 항상 자미(滋味)있게 추궁해 볼 제목으로 되는 것은 역시 그들의 독신주의와 만혼사상에 있을까 한다.

독신생활은 과연 부인을 행복되게 하는 것인가? - 이 문제를 정면으로 취급한 소설이 한 편쯤은 여성잡지에 연재되어도 좋을 것이다. 가끔 부인잡지에서 독신생활하는 이름있는 부인네들의 생활기록을 보았으나 모두가 허장과 위세가 심하여 보잘것이 없고 일종의 자기위안을 책(策)하는 류에 지나지 않는 감이 깊었다. 사람은 남녀가 함께 살기로 되어 있다. 이 자연에 등을 돌리고 혼자서 별별 잔소리를 다하며 살아간댓자 유쾌할 것이 없을 것이다. 이들의 허세와 가장의 생활을 펼쳐보고 인간의 생활이란 과연 어떠한 것인가를 낱낱이 보여주는 짓궂은 소설가가 하나쯤은 있어야 할 것이다.

그러나 역시 독신주의의 밑을 흐르고 있는 것은 결혼에 대한 공포나 혹은 경멸의 사상이 아닐런가. 이 공포와 경멸의 뒤엉킨 심리상태를 분석해서 그 실제적인 뉘앙스를 묘사하려면 소설의 형식과 묘사력을 빌지 않으면 가히 할 수 없는 복잡한 면모일 것이나 대충 이것과 관련되는 몇 가지 현상을 생각을 해보아도 적지 않은 흥미가 솟아난다.

남녀관계의 문제가 가까이 자미 있는 전회점(轉回点)을 보여주는 것은 역시 불란서 혁명 이후일 것이다. 이 역사적 전환점이 인간 해방의 신계단으로 신분관계의 철폐를 가져다 준 이래 이랫거나 저랫거나 남성은 일정 한도의 계단 위에 올라설 수 있었으나 여성은 결혼이란 협착한 복장에 얽매여서 남자들이 올라선 장소까지 올라가지 못하고 있다.

그러므로 이 곳까지 도달하기 위하여 많은 희생이 생기게 되는 것은 우리 동양적 사회에서는 더욱 피치 못할 필연적인 현상으로 되고 말았다. 더구나 이것을 바라보고 용감히 길을 떠난 이른바 이 땅의 신여성들이 역사적 동향이나 세계적 임무에 대하여 정당한 과학적 인식을 갖지 못한 때문에 많은 여성이 등산 도중에서 굴러 떨어져서 깊은 심연에 처박혀 버렸고 또한 지금도 침통한 울부짖음을 지저귀고 있다.

이들의 욕구가 이러한 개인적인 항의나 미온적인 행동에 의하여 달성할 수 없고 더욱이나 히스테리칼한 성적 반동에 의하여는 아무러한 성과도 가질 수 없다는 것을 자각하였다고 하던 30년대의 사회주의 전성시대의 여성들도 결국 일종의 성적 혼란이나 자의적인 개인적 합리주의에 떨어져 버린 것이 많은 것은 우리들이 친히 보는 바와 같다.

과거 사회주의 시대에 활약하던 여성들이 지금 누구와 어떻게 어떠한 생활을 하고 있는지는 나에게 가끔 커다란 흥미를 주어 마지않는다. 가정생활을 갖게 되리라고는 꿈에도 생각지 못하였던 이들 혁혁한 부인 용사가 지금은 그 남편의 본처와 시앗 싸움에 바쁜 것을 가끔 보는 것은 지극히 비참한 일이 아닐 수 없다.

그러므로 최근의 각 부인단체(예컨대 여자기독청, 가정부인협회, 직업부인협회, 여자기청절제회, 동업협 등등)나 학교의 지도 여성들의 독신, 만혼 사상에는 그들이 의식했건 안 했건 '개성의 자유냐, 그렇지 않으면 성의 충족이냐' 하는 딜레마가 밑을 흐르고 있지나 아니한가. 결혼에 대한 공포나 경멸이나 성에 대한 승려적 해석이나 모두 이것의 실제적인 뉘앙스가 아닐까.

가장 흥미있는 현상은 이들 간에 유행하는 동성연애의 경향이다. 여학교 시대부터 시스터를 만들어서 소위 교제라든가 에스를 맺는다든가 하는 것은 일종의 연애 예측 연습 행위 같아서 어느 곳에나 흔한 풍경이지만 이 교양이 높고 상당히 건방진 노처녀 제씨의 동성연애의 경향에는 상당히 변태적인 상모를 띤 것조차 없지 않아서 흥미가 깊다.

이러한 동성연애는 결국 결혼에 대한 공포나 경멸이나 성에 대한 왜곡된 해석에서 나온 성행위의 변태적인 상모라고 보지 않을 수 없다.

일방 이들의 동성연애의 유행에는 다른 한편의 원인도 없지 않은 듯싶다. 만일 동성연애의 행위가 죄악시된다든가 폅하시된다든가 한다면 명성과 명예 욕심이라면 물불을 가리지 않는 영악스런 분들이 이런 행동을 공공연하게 펼쳐놓을 리는 만무할 터이다. 그러므로 나는 서양서 건너온 코큰 늙은 처녀 할머니들의 모방에서 이런 것들이 합리화되고 있지 않은가 하고도 생각해 보는 것이다.

처녀로서 이런 외지에 와서 종교 사업에 일생을 바치는 미인(米人) 부인들이 제 학교의 이쁜 색시를 수양딸을 삼아서 학비를 대주고 미국 유학을 시키고 끝까지 뒤를 도와줄 뿐 아니라 한 침실에서 잠자리를 함께 하는 등의 흡사히 부부나 또는 스왈로를 기르는 것 같은 행동을 아무데서나 꺼리지 않고 내보이는 기이한 풍습이 그 둘의 밑에서 자라나고 일시는 그들의 피애호자이었던 우리 최고급의 신여성들 간에 전염된 것은 이 또한 그럼직한 일이 아닐 수 없다.

이밖에 흥미있는 여성의 타입은 광범한 계층에 흩어져 있는 직업여성들이다. 먹기 위하여 또는 돈을 벌기 위하여는 이러한 절박한 강제적 경제 관념은 상당히 넓은 범위에까지 침윤되어 있는 직업 여성의 공동된 심리인가 한다. 이런 것이 타고난 환경과 직업의 차이와 성격의 다름에 따라 각각 자미난 기질을 보이고 있다. 관청 은행의 여사무원, 타이피스트, 쇼프걸, 간호부, 교환수, 여급, 기생, 창기, 여공 - 이들을 만나 한 시간씩만 이야기해보면 각양 각색의 기질의 차이에도 불구하고 어딘가 공통된 한 가지 인상을 받을 것이다. 그것은 최고학부의 여학생들의 전술한 기질과 또는 여성운동의 지도자 교육가의 성품이나 풍습과 결코 담을 쌓고 장벽을 세울 만한 근본적으로 별개의 것은 아니다.

그러므로 부인들의 성품과 기질 속에 새로운 '모랄'이 확립되는 날은 다른 노동 여성의 영거(younger - 편자) 제네레이션에 의하여 초래(招來)될 수 있을 것임을 막연하게나마 미루어 생각할 수가 있다. (6・4)

(『사해공론』, 1938년 8월)

나는 파리입니다

나는 파리다. 이름은 아직 없다 - 이렇게 쓰기 시작하고 보니 나는 고양이다. 이름은 아직 없다 - 로부터 그의 인기소설의 허두를 잡았던 하목수석(夏目漱石)의 「나는 고양이다」가 생각난다. 그 뒤에 그 고양이에게는 필시 귀엽고 아름다운 이름이 붙었을 것이다. 그러나 나는 영구히 이름이란 걸 가져볼 수 없을 게다. 아니 우리 족속에서 이름을 가져 본 행복된 조상이 있었을 게냐. 생각해 볼 수 없는 막막한 일이다. 우리에겐 종류를 구별하기 위한 '장르'적 명칭이라고도 할 만한 것이 있을 따름이다. 쇠파리, 왕파리, 쉬파리, 청파리, 똥파리, 소파리 등.

그런데 나는 내 자신에 대하여 한 가지 자랑하게 아는 것이 있다. 그것은 나의 출생지다. 사람 치고는 제가 지상에 나온 고장을 모르는 이도 없으련만 다른 동물 중에는 그것이 대단히 많다. 사람들이 항용 주고받고 하는 말에 개구리가 올챙이 때를 잊었다는 말이 있다. 이것은 자기 출생이나 성장에 대한 기억을 상실했거나 망각해 버린 게니 별로 출생지를 모르는 놈팽이라고 말해 버릴 수는 없지만 하필 다른 동물 다 두고 이놈의 이름을 빌렸다. 이러한 속담말을 만든 걸 보면 개구리 한 놈의 건망증을 가히 추상(推想)할 만하다. 이눔이 오월 단오 전후해서 논또랑이나 수채구멍이나 사창못에서 재갈거리고 독창인지 합창인지 모르게 떠들어낼 때엔 아닌게 아니라 올챙이 때에 모양 숭한 꼬리를 달고 개천 구덩이에서 밀리어 다니던 때를 잊었거나 머구리알 시대를 못알아차리는 것이 분명하다. 이런 놈에게 출생지를 묻는다면 도리질이나 일쑤 하든가 그렇지 않으면 광산쟁이 모양으로 대포나 꽝꽝할 게다. 시골 논또랑에서 나고도 서울 광회루든가 덕수궁의 연못이든가 창경원 춘당지 연뿌리 밑에서 부처님처럼 솟아나왔노라고 말하기가 십상팔구일 게다.

그런데 나는 그렇지 않다. 정직하고도 기억력이 확실하다. 사람들도 제에미 애비가 가르쳐주지 않으면 출산할 때 일을 알 리가 만무하다. 부모된 자가 공력을 드려 길러가며 똥오줌 받아내고 추울세라 더울세라 그야말로 손끝으로 길러낸 자식놈들이 스물 안짝만 넘어서면 저 혼자 자란 것처럼 부모의 은덕을 잊고 마지막에는 칼부림까지 하는 눔이 수두룩한 세상이니 또 다시 말할 게 뭐냐.

나는 좀 크게 말하면 동해 조선 평안남도 성천군 성천면 하부리 - 그런데 딱 질색할 노릇은 아직까지 번지를 모른다. 이게 누구네 주택이라면 문패를 달아맨 곳으로 윙하니 날아가 보면 그만이지만 인가에서 좀 떨어져 있는 밭 가운데서 났다. 밭 가운데라니 무슨 채미밭이나 보리밭에서 생겨난 것이 아니라 뽕밭이고 감자밭이고 그 새에 있는 도야지 우리 밑에는 번지가 없다. 소유자의 성명이 붙어 있을 뿐이다. 결국 내가 난 곳의 번지를 알려면 밭 소유자를 알아가지고 그 집 밭 증명 서류고로 들어가야 한다. 하두 애쓴 결과 소유자는 알았다. 포목상하는 박아무개네 밭이다. 그런데 오랫동안 그 집에 숨어 들어가서 고초를 당하면서 금고 옆을 파수보고 있노라니 종시 그 밭증명은 보이지 않는다. 어이된 일일까 했더니 돈을 차용하느라고 2번 저당까지 내서 어느 지주의 금고에 가 있다 한다. 나는 장거리 비상을 좋아하지 않으므로 십리 만한 곳에까지 갈 생각이 없었다. 그래서 아직 번지를 모르고 있다. 그 대신 도야지 우리 임자를 잘 안다. 전기 박포목상에게 일년에 2원씩 세를 물고 있는데 도야지 우리 문 있는 쪽에 널조각으로 '소유자 최가매(崔哥妹)'라고 먹으로 써서 붙여 있다. 이게 어이된 놈의 이름이 이모양이냐고 조사해보니 최씨 동네 첩으로 늙은 퇴기의 호적상 이름이었다. 알고보니 딴은 그럴 듯도 하나 이 고을 사람으로 그의 이름이 '가매'인 것을 아는 이는 하나도 없을 게다. 면대해서 대접해 하는 말엔 '최씨 동네 할머니'라 부르고 뒨곳에선 '최씨 동네 노친네' 또는 '방송국'이라 부른다. 남의 흉을 잘 보고 말을 잘 옮기고 음해 잘하고 소식 잘 전한다고 그 집에 와서 순두부나 비지해서 술 잘 사먹는 젊은 주정뱅이 관청나리들이 붙여준 이름이다.

구데기를 거쳐서 파리로 되어나오는 경로는 어느 동물학자에게 들으면 잘 알겠다. 또는 이즈음 도 위생과에서 시골마다 순회하면서 소학 운동장 같은 데서 영사하는 활동사진을 보면은 모든 것이 명료해진다. 과대망상증에 걸린 사대주의자들이 나를 무슨 강도나 호랑이나처럼 취급하여 내가 무심결에 하는 행동을 하나하나 확대해서 어른거려서 머리 아파 볼 수 없는 위생영화를 만들어내고 서푼짜리 화공들을 시켜서 포스터를 그리고 게시판 같은 데 '무서운 전염병의 매개자 파리를 박멸하라'고 무시무시한 글을 써붙이곤 한다. 질색할 노릇이다. 내가 무슨 인간을 원수딴 치는 줄 아는 모양이다. 사람의 원수는 사람들 자신이다. 하필 뚱딴지나 같은 딴 족속이 무슨 용으로 사람의 원수가 된단 말이냐. 사람놈들의 법률에도 의식치 않고 적그러논 실수는 과실이라 하여 범죄를 구성치 못하든가 그렇지 않으면 죄가 아주 경감된다. 하물며 딴 족속이 자기의 생존을 위하여 하는 행동이 그리고 사람을 해하겠다는 나쁜 심뽀는 터럭끝만큼도 없는 행동인 이상에는 내가 원수가 될 게 뭐냐는 말이다. 대체 만물의 영장이니 고급한 문화인이니 하는 사람놈들이 우리를 원수 취급한다는 것이 벌써 자기 폄하(貶下)도 심한 일이다. 한편으로 '저런 파리 같이 더러운 놈'이니 'X에 치운 파리 같은 놈'이니 하는 등으로 가장 더러운 물건 그 중에도 제일 하찮은 초개보다도 더 가치 없는 것으로 우리를 모욕하고 깔보고 하면서 그런 것을 자기와 대등한 지위에 올려놓고 적이니 원수니가 어이된 일이냐 말이다.

사람들이 가지고 있는 재능을 기울여서 전기를 일으키는 기계를 서양 누구처럼 발명해 낸다든가 하다 못해 우리 조선의 발명가들처럼 셀룰로이드 동정이라도 생각해 놓으면 인류의 생활도 향상될 것이요 또 장사도 잘 될 것인데 무얼 못해 파리 죽이는 약이나 기구를 연구해내고 있다는 말인가. 처음에는 파리채라는 걸로 딱 딱 아이 작난하듯 우리들을 후려갈겨서 우리를 잡아죽이려 들더니 그 다음은 파리통이라는 게 생겼다. 유리로 만든 통이다. 밥알이나 뼉다구 부스러기가 뿜는 항내를 따라서 올라가 본 즉슨 다시 나올 수 없는 통 안이다. 쭉 돌려 물을 두고 미끄러지면 익사하게 마련이다. 우리 조상이 이놈에게 홀려서 기억(幾億)이 세상을 떠났다. 그러나 속는 것도 한두 번이지 두고두고는 그렇게 용이하게 안 된다. 그 다음은 파리약으로 잡자는 겐데 먼저 생겨난 것이 껍젝이다. 부뚜막이나 솟소동 위나 음식물 덮어놓은 헝겊 위에나 어쨌건 우리들이 잘 출입하는 곳에 이 놈을 갖다 놓는다. 알지 못하고 기름이 번질번질 하는 데 홀려, 윙하니 날라갔다가는 마지막이다. 다리고 날개고 도무지 딱 붙어서 뗄레야 뗄 수 없다. 애쓰면 애쓸수록 점점 더 지독하게 붙어버리고 만다. 우리들이 안타까와하는 것을 보고 무얼 달게 먹는 줄 알고 날라오던가? 구조해주려고 찾아왔던 친구들도 두 말 없이 붙어버린다. 이 부근에는 아예 활주(滑走)는 샘스러 저공비행도 해서는 안 된다. 군자는 모름지기 가까이 하지 말일이다.

이즈음 몇 년 간 생겨난 것으로 십수 가지의 물약이 있다. 사실 이눔은 질색이다. 우리 동리에서는 국장이나 군수급은 못되어도 그래도 제법 좌수 소리를 들으며 지혜롭기로 행세하는 나도 이눔에게 걸려서 한 번 염라대왕 앞에까지 갔던 일이 있다.

언젠가 도야지 물 주러 왔던 방송국집 며느리 잔등에 붙어서 윙하니 김아무개네 집 맏아들이 서울서 왔다기에 이눔의 꼬락서니를 좀 보려고 중도에서 그 집 뒷문으로 들어가서 부엌을 지나 그의 방에까지 왔었던 일이 있다. 발을 쳐놓아서 들어갈 수는 없고 문지방에 붙어서 보노라니 대학 다이다 신경쇠약 걸려서 왔다는 놈이 꽃 그린 편지지에 눈이 발개져서 뭘 디리 쓰고 있다. 소 닭 보듯 하는 그의 아내가 뭔 참외인가 뭔가를 깍아가지고 오길래 재치 있게 난 딱 그 위에 올라앉았다. 발을 들치고 방안으로 들어간다. 이 여편네가 들고오는 참외에 정신이 있었으면 왼손으로 휙 나를 날려래도 보려고 들텐데 글자는 몰라도 꽃 그린 편지종이는 뭐하는 겐지 알고 있는지라 금시에 눈에 쌍심지가 서 가지고 남편을 흘겨보기 시작하려기에 나를 몰라보았다. 남편보고는 먹으란 말도 안 하고 책상 밑에 내버려둔 참외를 나 혼자 먹으면서 나는 그들의 대화를 자미(滋味)나게 들었다. "어디다 편질 하우" 하고 처음엔 제법 노염을 죽이고 질투를 숨긴 채 묻는다. "응 내 동무에게" 이러고 쳐다보니 아내의 무사처럼 생긴 얼굴이 심상찮다.

"왜 그래, 내가 건 알어 뭘 할테냐"

성이 난 아내는 휭하니 나가버렸다. 편지 쓰던 단맛을 잃은 학생놈이 기름 바른 머리카락을 긁적긁적 긁더니 아뿔사 그만 참외 그릇을 보고 말았다. 속으로 한 번 '이 눔에 파리' 하고 시어머니 역정에 개 옆구리를 차려들면서 옆에 있는 가죽채를 들어 나를 후려갈긴다. 그러나 그렇게 쉽사리는 안 된다. 휙 목을 뻗쳐 천정으로 날랐더니 유까다 바람으로 일어서서 멍하니 쳐다본다. 닭 따라가던 개의 격이어서 다소 이 여드름 친구가 미안하다. 그랬더니 웬걸 농짝 밑에서 사이다 병 같은 걸 꺼내다 구멍 뚫린 쇠를 입에 물고 휙하니 안개 같은 걸 내뿜는다. 나는 정신을 잃지 않으려 애썼으나 할 수 없었다. 얼마나 지났는지 다시 정신이 들어 눈을 떠보니 밤은 으슥하여 추운데 나는 청결(淸潔)통 속에 누워 있었다.

(『조광』, 1938년 8월호, '여름의 정서' 특집)

독서(讀書)

가을이 되어 날씨가 상량(爽凉)해지면 무엇보다도 독서라는 것을 생각하게 된다. 등화가친(燈火可親)이란 말은 낡은 말이면서, 가을이 되면 누구나 한마디씩 해보는 말이다. 신문의 사회면, 학예면이 각각 한번씩은 뇌어보고야 마는 말이고, 신문사설이 으레 한 번쯤은 걸어보는 말이다. 소학교, 중학교의 교단이 시간마다 타이르는 말이며, 서울로 유학을 보낸 시골 있는 아버지가 편지 사연 마지막엔 꼭, "시절이 바야흐로 등화가친(燈火可親)의 계절이니 명심하여 공부에 열심키 바라는 바이며……" 운운을 넣고, 심하면 "뒷날의 성공이 되기를 이 아비는 단 하나의 여생의 즐거움으로 생각하고 있노라"고 까지 첨부하는 것이다. 내가 이런걸 쓰고있는 동안도 아마 수십 마디의 이 숙어가 입으로 붓으로 불려지고 씌어지고 하리라 생각하니 나도 그 중의 한 사람이라 어쩐지 세속 사람이 된 듯한 느낌이 없지 않다.

그래 가을이 되면 얼마나 많은 사람이, 얼마나 많은 책을 읽을 것인가 두루 생각해보면, 말만이 많았지 실상인즉 별것이 없을 것처럼 생각키인다. 역시 언제든지 독서를 취미로 하는 이가 읽게 될 뿐이지, 새로운 독서자(讀書子)가 많이 생길 것 같지가 않다. 더구나 독서의 습관이 태무(殆無)한 현대 조선의 시대에는 이 말이 쇠귀에 경 읽기 격이나 되고 말 것이다.

그건 어쨌건 사람이 열심히 책을 읽는다면 얼마나 읽을 수 있는 것일까, 나처럼 놀기를 좋아하고 나태한 자를 표준으로 할 것은 물론 아니나, 가령 버쩍 느려서 한 달에 열 권이라 치자, 그러면 1년에 120권, 10년에 1200권, 20년에 2400권이다. 잡지까지를 합쳐서 한 달에 10권이 되나마나한 나같은 놈이 일생에 읽을 수 있는 책의 양이란 말할수없이 초라하다. 옛날에는 독서 만권이란 말이 보통이었던 모양이고, 이즈음에도 수만권의 책을 읽은 이가 드물지 않을 것을 생각하며, 또 어떠한 한 부분만을 대충 통독하려고 하여도 천여 권은 될 것이라 생각해보니 부끄럽기 짝이 없다. 세상이 복잡하지 않고, 먹기에 딴 시간을 낭비할 필요가 없는 옛날에 몇 페이지씩 안되는 책을 일생 걸려 만권쯤 읽기는 그리 큰 난사(難事)는 아니었을는지 모르나, 지금 나와 같은 처지로서는 생각조차 못할 말이다. 책을 살 돈도 없다. 그러나 재산보다도 욕심이 나는건 역시 많은 책을 간직해 둔 서재이다.

읽지도 못할 책을 많이 갖고 있으면 무엇할 것이냐. 아닌게 아니라 적독(積讀)이란 말이 있다. 묵독도 아니오, 낭독도 아니오, 정독도 아니오, 적독(積讀)이란 말이다. 쌓아두고 보는 것을 이름일 것이다.

책광고 같은 것을 보아도 가끔 "응접실의 장식품으로도 훌륭하다"는 말이 있다. 생각해보면 우습고도 낯간지러운 말이지만, 적독(積讀)이란 말이란 이런 것을 말함이 아닐것인가. 서울서도 웬만한 실업가의 응접실을 엿보면 한편쪽에 아담한 책장이 있고 제법 훌륭한 책들이 들어있다. 물론 그는 매일처럼 있는 연회에 바쁘고, 축첩에 바쁘고, 사무궁리에 골몰하여 책같은 것과는 인연도 멀다. 이런 때 그집의 책장을 가리켜 적독(積讀)이란 말을 붙이고 보면 어지간히 풍자성 있는 재미난 말이다. 박사의 병원 진찰실에도 원어(原語)의 커다란 책이 주르니 꽂혀 있다. 대부분은 적독(積讀)이다. 허영이거나, 체면유지거나, 장식이거나, 광고다. 이렇게 생각하고 보면 적독(積讀)이란 말은 퍽 재미있는 사회적 술어이다.

독서술이라는 말이 있다. 이것을 제법 학적(學的) 체계를 세워 독구(讀究)해 본 사람도 있다. 호판(戶坂)씨 같은 이는 이런 걸로 책까지 내었다. 그 많은 서적의 범람 속에서 어떠한 책을 어떤 방식으로 읽을 것인가 하는 것은 중대한 사회적 문제이다. 돈과 시간과 정력 문제로 아무것이나 닥치는 대로 읽을 수는 없다. 읽고 나서 아무 이득도 감흥도 못 받았을 때처럼 약이 오르고 화가 나는 때도 드물 것이다.

쓴 사람의 글을 몇 번 읽었으면, 대개 책의 내용을 짐작할 수 있으니까 안심하고 사게 된다. 그러나 그렇지 못한 것은 하는 수없이 북 · 리뷰를 볼 밖에 없다. 독서신문이던가, 각 신문의 신간평이던가, 잡지의 신간소개던가를 하는 것이다. 추천한 사람을 보면 책은 어느 정도까지 신용해도 좋을 것이다. 이즈음 나도 더러 신간평을 썼는데, 그럴때마다 공연히 광고문으로 되어버리지 않도록 항상 책임을 느껴보는 것이다.
(戊寅 9월 12일)

(『박문』, 1938년 9월)

어느 해의 가을의 회상

- 일기적인 소품 -

(주 — 중학 때에 일기를 썼던 것은 대부분 없어졌고, 동경서 예과(豫科) 때에 일기첩(日記帖) 때문에 단단한 화(禍)를 입고서 그 놈을 전부 불살라 버리고는 그 뒤 일기는 거의 쓰지 않았다. 그런데 소화(昭和) 9년(1934)에 고향서 지내면서 얼마간 일기첩에 손을 댄 기억이 있어서, 석유상자를 뒤적여 보았더니 5월부터 11월까지의 일기가 있다. 지금으로부터 만 4년 전이다. 이 해는 나에게 있어서 가장 혼란스럽고 또 이른바 액운이 함께 몰려든 해였다. 위선 정월 들어서 선처(先妻)가 아이를 낳고 9일 만에 세상을 떠났고 그래서 평양서 하던 장사니 살림이니 한 걸, 전부 헤쳐버리고 성천(成川)에 와 있었고, 6월과 10월에 양차(兩次)나 카프사건으로 전주를 다녀왔고, 어린아이들은 양처(兩處)에서 연달아 홍역과 이질을 앓고도 분경치듯 하던 해이다. 심지어는 틈틈이 머리를 짜듯하여 써 본 소설이 거의 그대로 미발표를 당하였고, 그래서 말할 수 없이 우울히 보내던 1년이다. 카프가 해산

된 건 바로 그 익년(翌年)이고, 내가 상경한 것도 그 이듬해다. 이 때의 일기가 드문드문 남아 있는데 아마 클클하던 속을 좀 덜어보고 풀어 볼 생각으로, 일기라고 끄적거려 보던 모양이다. 그런데 글이 산만하고 격정적이고, 감상적이고 너무 혼란해서 도저히 활자로 화(化)해 볼 생각이 없다. 단 한 절(節), 내가 생각하기에도 신기하리 만큼 침착하니, 옛날 어린 시절을 회상한, 상당히 긴 것이 있어서 다행히 편집자의 요청을 어기지는 않게 되었으나 너무 일기답지 않아 독자에게 죄송하다.

● 소화(昭和) 9년, 11월 22일

오래 일기가 중단되었다. 11월 9일 전주에서 비로소 몸이 자유로 되어 이발하고 전보 치고 밤차로 그 곳을 떠났다. 평양, 순천을 거쳐서 19일 밤에야 집으로 돌아오게 된 때문에 이렇게 일기가 오랫동안 중간이 끊어진 것이다.

오늘은 날이 맑다. 가볍게 풀솜 같은 구름이 몇 조각 떴더니 그것마저 없어졌다. 약을 연거푸 복용했더니 건강이 다소 회복된 모양 같다. 단장을 들고 뒷길로 나가 사창못 옆을 지나 송림 가으로 산보하다가, 길 위에서 문득 아이들 때 이 길로 수수감북이 찌고 대추 따러 다니던 기억이 피어올랐다. 그 때의 동무들 중에 방차손(方次孫)이도 팽(彭)둘채도 지금은 어디서 사는지 생사조차 모른다. 나는 한 토막의 기억을 붙들고서 오랫동안 마른 풀 위에 앉아 있었다. 소품자료는 될까 하여 형식을 갖추어 적어본다.

방차손이는 앞에 서고 팽둘채는 가운데 서고 맨 마지막엔 내가 서서 셋은 도란도란 이야기를 하며 공동묘지 밑을 끼고 국수당 있는 쪽을 향하여 걸어간다. 한참 풀숲에 어린 작은 길을 더듬어 가더니 무엇을 생각했는지, 둘채가 우뚝 서서 나를 돌려다 본다. 그는 나보다 한 살 위인 열 두 살이다.

"너 가운데 서라"

그의 말은 반명령적이다. 그러나 나는 우뚝 선 채 길을 비키는 둘채의 앞을 지나가려 하지 않았다.

"어서 잔소리 말구 너, 가운데 서거라"

이렇게 말하면서도 좀 웃어 보이였다. 사실 나는 속으로는 괘씸하게 생각했던 것이다. 나를 어리다고 가운데 넣고 보호해 주는 척하려는 둘채의 심보가 고약스럽게 생각키였던 때문이다.

둘이서 두런거리는 것을 보고 제일 나이도 많고, 또 학교도 한 학년 윗반인 차손이가 가던 길을 돌아서서 알은 체를 한다.

"둘채, 너 죽을까봐 그러니, 범한테 물릴까봐 그러니"

차손이 말을 듣기까지는 나도 그것만은 깜빡 잊었었다. 셋이 밤길을 가다 범을 만나면 꼭 가운데 있는 놈을 잡아먹는다는 말이 있었고 또 귀신도 가운데 선 놈을 잡아간다는 이야기를 우리는 알고 있었다. 둘채가 나를 보고 자리를 바꾸자는 것은 이런 이야기를 생각하고 하는 말이었다.

둘채는 얼굴이 좀 붉어져서 거반 떨어져 가던 콧물을 훅 들여 마시고 만다.

"둘채 너 앞에 서라. 내 범한테 물려갈게"

결국 차손이가 둘채와 자리를 바꾸어 가운데 서고 나는 그대로 맨 나중에 쫓아간다. 한참 동안은 덤덤히 걷는다.

공동묘지의 입구가 가까워 오니 벌써부터 흙 마른 무덤이 보이기 시작한다. 이 구비를 돌면 풀숲은 많아져서 쏜살같이 작은 길이 국수당을 바라보며 뻔히 있다. 공동묘지에서는 개를 보아도 여우같이 보였다. 나는 그 쪽은 애써 보지 않으려고 하며, 앞에서 가는 차손이의 뒤통수만 보고 걷는다. 뒤에서 무엇이 따라오는 것 같다. 제 발자국 소리도 남의 것 같다. 잔등에서 털럭거리는 '다렝이'의 소리도 선뜻선뜻 간장을 도려낸다. 나는 생각다 못해,

"국수당까지 뛰자"

고 말하였다. 우리들은 앞만 보고 달아나기 시작했다. 뛰면 뛸수록 겁은

더하고, 더해 가는 겁은 뛰는 다리를 더한층 재바르게 한다. 막 공동묘지 어귀를 휘여돌아 풀숲으로 접어드는데, 앞에서 뛰던 둘채가 툭하고 무엇을 끊으면서 발최ㅅ뚝을 굴러떨어지고, 이 바람에 뛰던 걸음을 건잡지 못해 차손이도 꺼끕서서 두어 번 허우적거리더니 언덕 위에 가로 넘어진다. 나는 어인 영문을 몰라 이들을 밟듯이 뛰어 넘고 겨우, 한 발이나 앞섰다가 다리를 잡아 세웠다. 우리가 온 길을 돌려다 보니 길슭에 있는 풀을 두 곳이나 서로 매어 놓았었다. 그 옆을 쏙새기와 왕구새와 으악새가 바람에 산들산들 나부끼고 있다. 둘채는 코를 찡 풀고 울먹울먹하면서 허옇게 벗겨진 발른 다리를 털며 최ㅅ뚝을 기어올라오는데 차손이는 억지로 웃으면서 무릎을 만진다.

"어느 개백정놈의 새끼가 걸 매놓았나"

차손이는 약이 올라 덤빈다. 둘채는 나를 쳐다보면서

"개손이 너 모르네? 넌 매 놓은 거 알았지? 알았기에 맨 뒤에 섰다가 넘어지지두 않았지?"

한다.

제놈이 가운데 서기가 싫어서 앞으로 갔다가 제일 쌍히 넘어지고 지금 와서 누구에게 치원인가 싶었으나

"내가 언제 와서 걸 매 놓았겠니?"

하고 문제시하지 않는 기색을 보였다.

"어디 보자. 많이 닷천?"

나는 둘채의 곁으로 갔다. 그랬더니 금시에 아파서 어루만지던 다리를 바지가랭이로 감추고,

"뭘 일 없다. 대장이"

하면서 차손이 옆에 와 앉는다. 한참 동안을 조용히 그렇하고 앉았는데, 하늘에서 오르릉 하는 희미한 소리가 난다. 나는 하늘을 쳐다보았다. 명주를 풀어놓은 것 같은 긴 구름이 한 줄 빗긴 높은 푸른 하늘에 잠자리 같은 비행기가 조그마하게 날고 있었다. 우리는 벌떡 일어나서 목을 뽑고 쳐다보았다.

비행기는 원산 방면으로 가는가 햇빛에 날개를 땃비늘같이 반득이며 고요히 날아가 버린다. 우리들은 그의 그림자가 완전히 없어져 버릴 때까지 목을 꺾고 하늘을 바라보다가 이윽고 비행기에 대해서 지껄이며 다시 길 위에 앉았다. 나는 평양에 오래지 않아 비행기 공장이 생긴다는 말을 하고 다시 평양이 서울보다도 장래에는 더 발전한다는 엉뚱한 소리까지 했다. 대추사냥 가던 것은 잊어버리기나 한 듯이 이러고 있는데 국수당 쪽을 보던 둘채가 갑자기

"애 박서방 온다. 우리 여기 풀을 매놓자"

하고 발딱 일어선다. 과연 박서방은 고개 너머로 가서 속새와 가당나무를 섞어서 나무를 한 짐 해 지고 지금 막 국수당 고개턱을 내려오는 참이다. 차손이도 자기네가 넘어진 분풀이를 이 영감에게 하려고인지 곧 둘채의 말에 찬성하여 누렇게 덮인 곳을 골라서 둘이 함께 풀을 마주 매고 그 위에 푸른 풀을 엉켜서 덮어 겉으로 보기에는 조금도 나타나지 않게 한다. 나는 우두먼히 이들의 하는 것을 보고 섰다가 다시 박서방 오는 쪽을 보았다. 그는 작숭이를 받쳐들고 언덕길을 주춤주춤 내려오고 있다. 벌써 둘채와 차손이는 길 밑으로 내려가서 작은 목소리로 나를 부른다. 나는 달려가서 풀을 풀어버릴까 했으나, 박서방이 풀숲을 살짝 넘어서는 것도 볼 만하리라는 이상한 생각을 품고서 그들의 시키는 대로 최ㅅ뚝 밑에 내려섰다. 허리를 구부리고 몸을 가리운 뒤에 둘채와 차손이는 아까 온 방향을 도로 뛰어 간다. 나는 그의 뒤를 천천히 쫓아가며 박서방을 생각했다. 그는 이 고을서 제일 잘사는 부자집 절게(머슴)로 있었다. 장가를 든 적이 없다고 박총각이라고도 부른다. 연세는 오십이 넘었으나 칠십은 된 것처럼 늙었었다. 이 영감이 나뭇짐을 지고 풀 매놓은 곳을 살짝 넘어서는 것을 보면 둘채와 차손이가 얼마나 실망할 것인가. — 그러나 나의 속에도 어딘지 모르게 나뭇짐을 지고 뒹굴어 넘어진 박서방을 보는 것이 유쾌스러우리라는 잔인한 생각이 없지도 않았다. 우리들 셋은 은돌다리 밑으로 기어 들어가서 숨을 죽이고 박서방이 내려오는 것만 뚫어지게 바라보고 있다. 아무 것도 모르는 박서방은 점점

가까워 온다. 그는 그곳을 넘어설 것인가 그곳에 걸려 넘어질 것인가 — 나의 마음은 안타까웁게 조마조마 하다. "뒤샹, 날보구 늘 놀리더니 오늘은 한번 본때 있게 뒹굴어봐라." 둘채는 속으로 중얼거리며 연신 코를 훌쩍거린다. 차손이가 지껄이지 말라고 등허리를 쿡 찌르고 '쉬' 한다. 풀숲에 다리를 스치는 소리가 들려 온다. 나뭇짐이 사각거린다. 나는 몸을 푹 박고 박서방을 보았다. 그는 작숭이를 움켜쥐고 껑충껑충 뛰듯이 이리로 온다. 눈은 발밑을 보지 않고 먼 앞을 파고 있다. 나는 그만 얼굴을 푹 수그렸다. 일 초이 초 꿍 하는 소리와 함께 박서방은 무밭에 나뭇짐을 졸리고 저만큼 굴러 떨어진다. 우리들은 서로 숨을 죽이고 낯이 해쓱해서 두 다리 짬에 얼굴을 묻고 있었다. 모두 얼굴이 굳어져서 처음 생각과 같이 웃지들도 않는다. 낑낑거리며 박서방이 일어나는 기척이 들린다. 나는 겨우 얼굴을 들고 그 쪽을 바라보았다. 박서방은 얼굴을 찡그리고 흙묻은 중의를 털면서 슬며시 일어난다. 지게는 아직도 그대로 밭 가운데 있다. "고약한 놈의 새끼들."」 이렇게 중얼거리며 그는 얼굴을 두리번두리번 한다. 누추게 땀에 배인 흰 당목 수건을 머리에 질끈 동이였는데, 수염과 눈썹엔 서릿발이 잡히었고 까맣게 탄 얼굴엔 눈에 띄게 굵은 주름살이 눈가상에 어리어 있다. 그는 맥이 나가 한참 동안을 멀거니 섰더니 다시 밭으로 내려가 지겟짐을 지고 이를 바드득 바드득 갈며 길 위로 올라온다. 땀방울이 금시에 얼굴에 내발린다. 나는 이상한 죄스러운 생각에 가슴을 뒤설레고 있다. 박서방은 퇴! 하고 침을 한번 뱉어서 작숭이를 쥐고 눈앞을 조심조심 우리들이 숨어 있는 다리 위를 건넌다. 우리들의 머리 위에서 박서방의 발소리가 지나간지 한참 뒤에 나는 다리 속에서 나왔다. 내 뒤를 쫓아 둘채와 차손이도 아무 말 안하고 기어 나온다. 길 위에 올라서서 박서방 가는 쪽을 바라보니 그의 나뭇짐이 누렇게 가을풀이 바람에 나부끼는 가운데를 쓸쓸히 수수밭 쪽을 향하여 걸어가고 있다. 바른 다리를 주춤주춤 저는 것도 같다. 박서방의 그림자가 수수밭 옆으로 사라져 없어져도 그대로 우리들은 우두커니 그쪽만 바라보고 있었다.

(『사해공론』, 1938년 10월)

안(雁)[1]

기러기라는 제목을 받아 놓고 나는 문득 생각하였다.

기러기를 잊어버린 지 벌써 몇해인가, 하고.

손을 꼽아보니 가을달이 우렷하게 밝은 밤 기러기가 나는 것을 쳐다본 기억도 가물가물하고, 기러기가 논에 내린 것을 쫓아가본 기억은 더욱 까마득하다. 기러기는 떼를 지어서 사람 인 자를 그리고 날아가다가, 한 패에서 떨어져서 길을 잃으면 산에나 논에 내리는 것인데, 갈 방향을 잡지 못해 그 기러기는 영영 땅 위를 기어다니든가, 낮게 떠서 산 위를 빙빙 돌다가 그대로 추운 겨울을 만나, 다시 하늘가에 날아보지 못하고 만다는 이야기를 어렸을 때에 들었다. 논도 없고 산과 밭뿐인 내 고향에선, 중천에 높이 뜬 기러기가 가을마다 한두 차례 지나가는 것을 보았을 뿐으로, 한 번도 눈익혀 보아온 적이 없었다. 그것도 어른들 틈에서 말참례를 하다가, 하늘에서 우는 기러기

1) 잡지 차례에는 '홍안(鴻雁)'으로 되어 있음.

소리를 들으면 문을 차고 마당에 나 앉아서, 쳐다보았지, 일찌감치 잠이나 들어버린 때에는 기러기를 바라보지 못하고 이튿날 웃누이한테서

"어젯밤 기러기가 지나갔단다"

하는 이야기를 얻어들을 뿐이었다 그러므로 일년 치고 기러기가 나는 것을 우러러보지 못한 적이 수두룩한 것이다. 그렇던 기러기니, 그것이 얼마나 큰 것인지, 앞 집 차손네 게사니[2]만 한지, 그렇지 않으면 갈갈거리고 마당 귀로 몰려다니는 집오리만 한 것인지, 도시 알 수가 없었고, 가까이서 우는 소리가 얼마나 큰 지 작은 지도 알 턱이 없었다.

어느 해인가 그 때에도 아마 지금처럼 백곡이 무르익은 가을이었던가 보다. 아니 지금보다도 훨씬 늦가을이어서 이제 벼나 조를 마악 베어들이게 되었을 그런 무렵이었던 것 같다. 보통학교에서 하학을 하고 돌아오다가, 우리들은 향교 솔밭 넘어서 얼마 안 되는 논에 기러기가 내렸다는 말을 듣고 달려가 보았다. 오리보다는 크고, 게사니 만큼 채 크지 못한 날짐승이 논 가운데 서성대고 섰었다.

어제 밤에 남쪽으로 떼를 지어 날아가다가 도중에 큰구름장을 만나든가, 준령을 넘다가 길을 잃어, 저렇게 인가 근처에 내린 것이라고 우리는 들은 풍월로 지껄여대었다. 그리고 우리가 가까이 가도 기러기는 알라가지 않으리라고 말하였다. 우리들이 논두렁 옆에 모여 서서 재재거리는 것을 낯설게 멍하니 서서 바라보는 기러기는, 우리가 그의 앞으로 두어 발자국 가까이 갈 때에, 몸을 떨치더니 끼기덕 소리를 내며 날기 시작했다. 그 소리는 결코 낯설지 않았으나 달 밝은 밤에 중천에서 울려오던 기러기 소리와는 아주 듣는 품이 달랐고, 또 나래를 허우적거리며 날라가는 것도, 도무지 사람 인 자로 고웁게 줄을 지어 나아가는 중천에서 보는 그런 기러기 같지가 않았다. 어떻게 날개가 상한 것처럼 목을 오므라치고, 공연히 커다란 나래죽지만 허우적대는 것 같이 보였다. 그래서 우리는 그것이 기러기가 아닐 게라고 한참 야단이었으나, 금방 기러기가 날라간 곳으로부터 나뭇짐을 지고 오는 박

---

2) 게사니 : 오리.

서방에게서 물어, 겨우 그것이 틀림없는 기러기라는 것을 알고 퍽 낙망했었다.

그러나 그것이 언제였던가, 지금은 생각조차 나지 않는다. 적어도 20년 전, 아무래도 그만한 햇수는 된 것 같다.

그 다음부터 비교적 도시 생활을 해오면서는 기러기를 본 적도 들은 적도 없고, 또 속취(俗趣) 분분한 나는 기러기를 잊은 지도 오래였었다. 그러던 나에게 꼭 한 번 그 기러기가 한이 없이 나를 상심케 한 적이 있었다. 지금부터 7년 전 가을엔, 내가 불행히 서대문 밖 미결감 독방에 누워 있었다. 봄은 늦게 찾아오고 가을은 곧 겨울이 되는 것이 그 곳 계절이다. 그러므로 늦은 가을이 그 곳에는 벌써 초겨울이었다. 일찌감치 두꺼운 이불에 눌리어서 나는 잠이 들었다가, 몇 시나 되었는지 밤중에 눈이 떴다. 눈이 뜨면, 나는 그것이 내 집이 아닌 것을 먼저 발견하고, 마음이 선뜻하는 것을 맛본다. 희미한 전등, 컴컴한 천정, 그런데 창문이 파랗게 맑다. 그 곳으로부터 전등불을 누를 듯한 맑은 달빛이 방안에 흘러 들어오고 있었던 것이다.

나는 자리에 누운 채 그 창문을 우렷하니 바라보며, 달은 보이지 않으나 아마도 구름 한 점 없는 높은 하늘에, 둥그런 달이 뜬 것이라고 생각해보며, 그 좁은 창문이 넓은 바다나처럼 상상해보고, 오늘이 며칠인데, 음력으론 보름이 어젠가, 내일인가, 10월이 올 텐데…… 이런 걸 두루 생각해보고 있었다. 복도를 사분사분 걸어 다니는 간수의 발자취 소리도 고요하다. 나는 다시 이룰 수 없는 잠을 청해볼 염도 안 하고, 이 정적에 함빡 뼛속까지 젖어보면, 어떻게 마지막에는 오히려 마음이 즐겁고 행복스러워지는 것을 가벼웁게 생각해보고 있었다.

그 때에 나의 귀에 희미한 기러기 소리가 들려왔다. 금화산 쪽에선가 인왕산 쪽에선가 알 턱이 없다. 몇 마리나 떼를 지어 가는 것인지 알아볼 길도 없다. 기러기 소리는 바로 내가 누운 지붕 위를, 높직이 떠서 지나가는지 유난히 또렷하게 들려온다. 나는 가슴속에서 이상한 감정이 물술레처럼 울렁거리는 것을 느꼈다. 그것은 격정에 가까웁다.

'오 기러기'

나는 나직히 입으로 중얼대고야 그리고 나의 목소리가 좁은 방안에서 두터운 바람벽에 가느다랗게 반향도 없이 되들려오는 것을 듣고야, 가슴속의 끓어오르던 느낌이 가라앉는 것을 느꼈다. 기러기 소리는 다시 희미해졌다. 그리고 그 소리는 아무리 귀를 세우고 들어도 영 들려오지 않으리만큼 하늘가에 없어지고 말았다.

나는 깊게 한숨을 짚고 가만히 가슴 위에 손을 얹어 내 가슴의 동계(動悸)를 고스란히 향락해 보면서 눈을 감아보았다.

이런 발연으로, 기러기를 다시 내 생활 속에서 적지않이 감격적으로 느껴보고도, 그 뒤 번잡한 세속 생활이 다시 계속되매, 그것은 나의 눈과 머리와 가슴에서 다시 떠오르지 않는 인연 없는 신화처럼 되어버렸다.

지금 기러기라는 제목을 받고 가만히 생각해본다. 기러기를 읊은 그 많은 시인과 유행가수, 그들로 하여 우리는 기러기에 어떤 염증을 갖게 된 것은 아닐까.

하늘을 쳐다보니 오늘은 방공연습도 아닌데 탐조등이 굵은 밧줄 같을 불줄기를 하늘가에 뻗치고 있다. 고사포를 요란스럽게 울려대는 소리가 난다. 이런 밤엔 기러기가 뜰 리도 없고, 또 기러기를 생각할 수도 없다고 거듭 생각해보았다. 기러기는 인제 우리에겐 아무 인연도 없고 볼 수도 들을 수도 생각할 수도 없는 옛날의 전설처럼 되어가고 말려는가.

(『조광』, 1938년 11월호, '만추수필' 특집)

내가 정보부(鄭寶富)다

상

쓴 작품의 여주인공과 꿈에서 만나 본 기록을 적어 보라 한다. 이 글을 쓰려고 붓을 들면서 문득 36계란 걸 생각했다. 투기나 횡재나 도박이 본시 꿈이라는 것과 인연이 많은 물건이지만 36계처럼 꿈과 밀접한 관계를 갖고 있는 것은 드물 것이다. 내가 꿈을 꾸고 해몽을 해 갖고 6계문의 각 판을 마치는 것이니 꿈과 꿈의 해몽이 6계꾼들에게 있어 태반 전부를 차지한다 하여도 그만이다. 그런데 꿈에서 계집을 만나 본 꿈을 6계꾼들은 무엇으로 해몽하였던가 - 이제 6계를 작난질하는 이는 조선 안에 한 사람도 없을 것이니 말하자면 옛이야기를 하는 셈이 되었는데 내가 필요 있어서 옛날의 6계꾼을 4, 5인 찾아다니면서 알아 본 걸로 말해 보면, 그 여자와 꿈에 만나서 한 행동에 따라 다르지만 위선 '사부인(四婦人)'이라는 게 있었다. 이것을 각판대로 옮겨 보면, '양옥(良玉)', '명주(明珠)', '상초(上招)', '합동(合同)'

의 네 개인데, 이것을 어째서 이런 한자로 다 썼는지는 나의 한문이 밭으니 알 길이 없고 6계꾼 역시 외어 낸 문세로 중얼거리기나 했지 어찌된 까닭을 설명할 만한 유식자는 될 수 없다. 그리고 그 설명이란 게 또 상서롭지 못한 데다 풍기 문제나 일으킬 성질의 것이니 정초부터 그런 상스러운 소리를 늘어놓고 싶지도 않다. 어쨌든 '사부인'을 적용하여 해몽하지 못할 것은 혹은 '길품(吉品)'이나 그 밖에 다른 걸 갖고 폭지를 썼으리라 믿는다.

작중 여주인공도 말하자면 계집임에는 틀림이 없겠는데 36계의 문제의 문제를 갖고 보면 소설가가 제가 만든 작중의 계집을 꿈속에서 만난 것은 무엇으로 표시를 해야 할까. 전날 36계를 따라다니던 6계꾼이 농사를 떠난 부랑민이거나 정업(正業)에서 뜻을 이루지 못한 난봉꾼이고 보니 소설을 쓸 줄 아는 6계꾼이라곤 하나도 없을 것이다. 그러니까 아직 '판례'가 서 있지 않을 것이니 6계문에다 맞추어 표시하긴 거의 불가능한 일이겠는데 대체 작중 여주인공이 꿈속에 나타난다면 작자에 대하여 무엇을 이야기하며 어떻게 행동할 것일까. 여주인공을 몹시 학대한 소설가는 아마도 단단히 무장을 해야 할 것이며 지나치리만큼 이상화해 버린 소설가는 그와 연애나 그 이상의 것을 행동할 각오나 준비를 가짐이 마땅할 것이다. 그러나 오늘날의 우리 청년 소설가들 중에 마작이나 화투나 미두에 취미를 붙인 이가 많음은 알고 있지만 30년 전에 대유행이던 36계를 작난해 보는 소설가는 한 분도 없을 것이니 꿈을 꿨자 해몽에 신이 나서 아침 먹기를 잊는다든가 그런 굉장한 맛은 역시 있을 턱이 없다. 달콤한 꿈에서 깨었거나 원한을 푼다고 칼을 들고 좇아오는 아슬아슬한 대목에서 꿈을 깨었거나 그대로 입맛만 밍밍하고 머리통만 얼찌근 할 따름이겠다. 머리를 털고 일어나서 '오늘은 재수가 좋아서 어디 원고료나 좀 생기려나'. 이 정도가 고작일 것이니 소설가의 꿈이란 36계꾼의 꿈에 비하면 아무 중대성이 없을 듯이 보인다.

대체로 내가 썼다는 소설이란 게 단편 소설 10여 편과 중편 하나와 장편이 하나이니 작중에 설정된 여주인공도 그리 신통한 게 있을 턱이 없다.

더구나 내가 쓴 단편 소설의 거개는 작품의 테마 때문에 여자가 주인공이

된 것이 적고 여자가 등장은 되어도 모두가 조연격인데다가 또 기류(妓流)에 속하는 분들뿐이다. 그래 실상인즉 꿈에 만날까 겁이 나는 그러한 계집들뿐이다. 여자를 그리되 커다란 매력을 느끼고 창조하는 성격이든가 그런 것이 아니니 결국 꿈에서 상봉한다면 그것의 '모델'이 된 여성들일 게다. 내가 몇 분 사용한 모델은 이름은 서울 내지 평양 기생이지만 실상인즉 시골 그것도 따져서 평안도 어느 읍의 기생들이다.

(『동아일보』, 1939년 1월 10일)

하

효석하고 평양 어느 주점에서 맥주를 마시며 계집에 대한 취미를 이야기하는데 효석은 문학 소녀형, 또는 콧날이 세고 이마가 희고 눈이 영채가 흐르는 '아이노꼬'형인데 반하여, 나는 성격적 파산에 가까운 기류라 하였다. 생각해 보면 효석의 소설의 어딘가 '하이칼라'하고 댄디한 냄새는 결국 씨의 여성에 대한 취미에서도 볼 수 있는 것이라 믿었다.

나의 단편에 나오는 기생들은 그의 행동이나 정조는 어찌 되었건 그 모델은 거의 내 시골의 기생들이다. 어느 한 사람이 아니라 시골 기생의 종합된 인상이 기초가 된다. 말하자면 금니나 박고 삼푸라치라든가 청어 눈깔처럼 새빨간 보석 반지란 놈을 끼고 후지기누나 인조 파레스나 조셋드나 휘감은 친구들인데 그 중에서 소주잔이나 걸치고는 궂은 비 내리는 날 약사몽혼이나 화무십일홍이나 한 가닥씩 읊는 아가씨들이다.

내가 오래간만에 고향에라도 가면 '긴상 원제 오셋소.' 하고 인사나 하는 축들인데 주석에서 만나면 '나두 한잔 주구려.' 하는 팔을 걷고 소주잔을 들이키는 그러한 걸녀(傑女)들이다. 물론 내가 저이들을 '모델'로 했는지 내가 소설을 쓰는 녀석인지도 알 리가 없고 또 그런 걸 천착(穿鑿)하는 데 별반 흥미도 아무것도 느끼지 않는 참말 지극히 유쾌한 친구들이다. 그러니 이 친구들을 꿈에서 만나면 대체 어떻게 될 것이냐. 늘 하는 푸념이 '아마 서울서 긴상 만나면 모르는 척 할 걸'이었으니 꿈에서 만났다고 모르는 척 해 버릴 수도 없고 아무래도 평소의 애호를 보답하는 뜻으로라도 적으나마 주연쯤은 베풀어야 할 것 같다. 개라도 살찐 놈을 한 마리 잡아서 놓고 소주도 35도에 가까운 순수한 놈으로다 두세 되 받아 오고 그 잘 얼리는 수심가든가 어르랑 타령이든가 그리군 아무개 아무개 모두 손잡고 일어서서 내가 잘하는 배뱅이굿 노래도 한바탕 해 내쳐야 될 판이다. 이 연회비를 벌자고 해도 결국 우리 기생 친구들을 또 한번 이용해서 며칠을 주먹거리며 증증대어야 할 터이니 아예 당초에 꿈속에서라도 만나지 않는 게 상책이다. 또 술 먹고 팔자 타령이나 하다가, 이대로 내처 살림이라도 차리자면 커다란 두통거리가 아닌가. 이래서 나는 작중 여주인공과는 기를 쓰고 만나지 않으려고 했다. 그랬더니 그들도 나의 심원(心願)을 알아차리고 꿈속일망정 나와 만나려 하질 않는다. 다행한 일이라고 생각했다.

단편 소설 말고도 중편이 하나 장편이 하나 있는데 중편은 여성 잡지에 실리는 관계상 부득이 신여성 두 분이 주인공이 되었으나 이 양반들은 어떻게도 건방지고 깍정인지, 나 같은 놈하고는 차도 같이 안 먹으러 든다. 다마나 치든가 골프나 하든가, 승마, 보팅, 드라이브, 이런 것을 않고 어째 당신은 부엌 구석 같은 목로나, 공설 숙박소 같은 냉면집만, 궁상스리 찾아다니느냐고 야단인 판이니, 이런 분들을 꿈에서 만난다면 종로 네 거리에서 롤라스케이트라도 타자고 덤벼들 터이니 나처럼 심장이 약한 축이 또 뇌빈혈이나 일으키지 않을까 모르겠다. 나보다는 이런 축을 잘 다루는 효석이나 현민에게 혹 모두 싫다면 채만식에게나 소개해서 실컷 속물성에 대한 풍자나 당해보라고 맡겨 버리겠다. 제군에게 미리 당부해 두니 꿈속에서 나의 여주인공들이 찾아가면 과히 푸대접이나 말아주소.

그런데 장편의 여주인공은 제법 나와 오손도손 이야기할 수가 있었다. 지난 여름 내가 장편을 쓴다고 양덕(陽德) 석탕지(石湯地) 온천에를 갔는데 실상 가본즉 적막하기 그지없어 개구리 소리를 귀따갑게 들으면서 램프등에 불을 켜고 구상을 하다가 그만 푸시시 잠이 들었다. 그 때에 어떤 예쁜 색시가 나타나서 하는 말이 '내가 정보부(鄭寶富)올습네다.' 쳐다보니 과연 미인이다. 여느 때 이렇게 찾아오면 침을 흘리든가 무어라고 남자의 체면도 돌보지 못하고 프로포즈를 할 판인데, 과시 엄숙한 꿈속인지라 고요히 예절없이 마주앉아 일석 담론(一席談論)을 하였다. 깨고 나서 구상을 고쳐서 정보부를 다른 또 한 분의 여주인공 쌍네 씨와 대척(對蹠)을 삼았으니, 이 분의 은공을 잊을 수 없다. 소설에 나와 준 것도 황공한데 이렇게 구상까지 도와주셨으니, 정보부야 꿈 아닌 생시에 한번 찾아오려므나.(미〔尾〕)

〔『동아일보』, 1939년 1월 11일〕

활빙당(滑氷黨)

신년에 술 먹을 기회가 많이 생기는 것이 길한 일인지 흉한 일인지 또는 앞으로 한 해의 운이 활짝 트일 징조인지 아닌지는 모르겠으되 이 즈음 날로 장이 약해 가는 것 같고 이인 탓인지 숙취가 자심해서 통음한 뒷날 일, 양일간은 아무 일도 손에 대지 못하는 나로서는 위선 반가우면서도 은근히 켕기고 겁나는 일이 아닐 수 없었다. 그러나 원체 의지가 박약한 나인지라 위장이 약해지면 종차 위궤양이든가 위하수증(胃下垂症)이든가 하다 못해 소화불량이나 만성 장가답아증(腸加答兒症)이라도 얻을 것을 겁내 하면서도 더구나 내가 지은 소설의 주인공 한 분은 이 위궤양 때문에 마약 중독자로까지 전락되어 작자인 내가 의술을 넘어서 어떻게든 정신적 개조를 해 보려다가 그만 어떻게도 할 수 없었던 것을 나는 잘 알고 있기 때문에 그 점에 대해서는 상당한 과민벽을 부려야 할 터임에 불구하고 친구들과 마주 앉아 술잔을 나누는 즐거움과 도연(陶然)하여 수심가를 부르고 눈 오는 길을 걸으며 대신장담

(大信壯談)하는 쾌감을 버릴 수 없어 술 먹을 기회를 피하기는커녕 때로는 스스로 만들어 보려고 애쓰는 위인이니 머리가 쇳덩어리처럼 무겁고 귓구멍이 윙윙거리고 연신 구역질이 나고 하여 어젯밤 웬 술을 이렇게 철없이 먹었던가 후회가 나고 자책까지도 해 보나 인제 아무리 뇌어 보았자 그야말로 후회막급인 것이다. 다행히 된장국이라도 한 사발 마시면 정신이 들어 그 날 하루에 해치우려고 예정표를 꾸몄던 것을 생각해 내고 푸시시 자리를 걷어차 보는 것이나 오금이 쑤시고 눈앞이 아찔하여 도저히 손을 책상 위에 올려 놓을 수가 없는 것이다. 이런 때 나는 국을 한 사발 더 청해 먹고 얼음판으로 나가 본다.

채만식 군이 어느 잡지 설문에서 자기는 자꾸 니힐리즘에 대하여 매혹을 느낀다느니보다 알지 못하는 동안에 그리로 밀려 가는 것 같아서 퍽 마음이 쓰인다는 탁상 일기의 일절을 말한 것을 보고 적지 않은 흥미를 느끼었는데 실상인즉 이러한 심경은 아마 누구나가 크고 적고 간 느끼는 일일 것이다. 사전에 이놈이 두려워서 나는 본시 이런 부근에는 애써 눈을 팔지 않고 우회를 하는 축이다. 그럭하고 보면 모르는 동안에 묘한 고장에 파묻혀 보고 싶은 다른 적은 심경이 아늑히 나른 잡아 버리려 든다. 차이콥스키의 「안단테 칸타빌레」나 들으면서 잘 끓은 모카에 사탕을 한 달쯤 씹살한 커피맛이 나도록 넣어서 마시면서 수선(水仙)이 자라나는 것을 바라보며 하루 종일을 보내고 싶은 이런 아니꼬운 상태가 자꾸만 그리워지는 것이다. 내가 이러다가는 추사의 글장이나, 질그릇 조각을 따라다니며 공연한 궁상을 떨게 될는지도 모르겠다고 삼전(三轉)하여 생각해 낸 것이 이 또한 얼음판이기도 하다.

니힐리즘이 소설을 못 쓰도록 만들 위험성이 있을는지는 채군과 만나본지 오래 되어 미처 들어 보지 못하였으나, 급한 신간도 변변히 못 사 보는 가난한 녀석이 골동이나 서화(書畵)를 주무르며 고리타분한 궁상을 떨다가는 소설에 붓을 대지 못하게 될 것이 뻔한 일인지라 날이 차고 바람이 매워도 나는 얼음판으로 나가는 수밖에 없다. 하기는 이런 때 언뜻 효석의 「소라」라는 소설의 주인공을 생각해 보지 않는 바 아니다. 그는 어떻게도 할 수 없는 질식할 듯한 정신 상태를 깨치고 나가기 위해서 바닷가 푸른 잔디판 위에서 풋볼을 차기로 했다. 그러나 내가 향하는 곳은 한강도 못되고 창경원도 못되고 구멍투성이 균열투성이의 인조 빙판이니 숨이라도 한번 상쾌하게 내뿜어 볼 길이 없다. 그래도 군도(軍刀) 같은 중학생들의 스케이트 틈에 끼어서 밟히면서 한바탕 뒹굴고 궁둥방아를 찧고 나면, 어진간히 젊은 기상도 소생하고 숙취도 도망간다. 위산 과다의 중화제나 선불리 '미구레닝'제나 한두 봉지 먹는 것보다는 훨씬 씩씩하고 가까운 처방이다. 누구 친구나 생기면 한강엔들 못 갈 것이 무엇이냐. 이리하다가 돌아오는 길에는 혹시 오뎅보다는 시루꼬를 즐기게 될는지 그것 또 누가 알 일이냐. 스케이트이 가죽과 쇠가 모두 올라서 상당히 비싸졌으나 하룻밤 술값이면 멋진 피규어는 염려 없이 장만할 수 있다. 결코 체육을 소설도(小說道)나 시도(詩道)의 위에 두자는 것이 아니니 희망하는 이는 얼음판으로 나오라. 시인 이일(李一)을 주장으로 추대할 테니 어느 팀보다 그닥 손색을 없을 게다.

(『조선일보』, 1939년 1월 12일, '신춘송'란)

가정봉사(家庭奉仕)

엽서를 보냈더니 H씨가 시간에 와주어서 처와 셋이서 집을 나섰다. 날이 따스하여 완연한 봄이다. 처는 까만 두루마기에 초록치마를 밑으로 내놓고 흰 고무신을 신었다. H씨는 까만 색 셔츠에 회색 간복 외투를 걸쳐서 보기에 몸에 가볍고 봄다웁다. 그런데다 앞이 활짝 들린 회색 모자에 자주빛 리본이 눈부시게 찬란하다. 나는 솜이 부르르한 까만 두루마기에 병정구두를 신고 뚜벅뚜벅 그들 뒤에서 따라간다. 처가 아이를 난 뒤에 처음 같이 걷는다. 이렇게 젊은 여자 틈에 끼여 걷는 것이 어쩐지 부끄러워 외출할 때 좀해서는 나는 여자와 걷는 법이 없다. 부득이한 용무는 이리해서 가끔 나를 젊은 낭군으로 만든다.

재동서 뻐스를 타고 안국동서 내려서 전차로 바꾸어 탄다. 언젠가 전차 탈 때엔 같이 가는 여자가 먼저 탄 뒤에 남자는 뒤에서 서서히 오르는 것이 예의라는 말을 아내에게서 훈계 비슷하게 들은 뒤로는 황망하게 잊어버리지 않는 한 이대로 실행해왔다. H씨가 타고 처가 타고 그 다음에 남자인 내가 탄다. 두 분이 앉고 내가 가죽 고리에 매달렸다가 뒤쫓아오는 차장에게서 표 셋과 노리까에 석장 을 받고 나니 나는 신사노릇을 한 것 같아 후-한숨을 쉬었다.

종로 복판 안전지대에서 노량진 가는 전차를 기다리는데 어디선지 나를 부르는 소리가 소음 속에 들려온다. 머리를 휘휘 둘러 보신각 편, 한청(韓靑) 쪽, 동대문 쪽 또 화신 편을 찾아보아도 소리난 곳을 알 수 없어 내 귀의 誤聽(혹은 聞)인가 했더니 "여보 저기 아니우, 오씨랑 저기" 하면서 처가 내 옆구리를 쿡 찌른다. 얼떨해서 시골놈 표정으로 가리키는 곳을 쳐다보니 한청빌딩 3층『조영(朝映)』사무소 유리창으로 분간하기 어려운 젊은 남자의 얼굴이 다섯 여섯 우리를 내려다보고 있다. 내 눈이 겨우 그들을 붙들어 들인 것을 알매, 아는 이 모르는 이 할 것 없이 모두들 파안(破顔)하고 웃는다. 아내와 같이 진고개 가는 길이라고 말하려고 하나 들릴 것 같지 않아 손을 둘러 신호를 하는데 전차가 와서 나는 급한 김에 연신 우스며 모자를 내두르고 또 예의를 따라 H씨 처의 뒤로 차에 올랐다.

차 속에서 고(高)군을 만났다. 오래간만에 보네 그려, 어째 이즈음 그리 볼 수 없나, 했더니 그는 내 말에는 대답도 안하고 그 좁은 틈에서 내 처와 인사를 하기에 바쁘다. 아이가 잘 길어납니까, 한번 가보려면서두 공연히 바빠서, 어쩌니 어쩌니 하더니만 내 등을 탁 치고 이번엔 "아니 오늘은 가정봉사일인가" 한다. 나는 그 말을 아내를 위한 서비스데이인가 하는 말로 해석하고, 아닐세 내 평양 있는 딸년이 이 봄에 유치원을 나와서 남산보통학교로 들어가네, 그래 애비된 몸에 어디 그대루 있을 수 있는가, 해서 봄 옷감이 나왔으면 한 감 떠서 양복을 지어보낼 양으로…. 고함을 치면서 설명했더니 그는 허허- 상당한 아버질세 그려 한다.

조선은행 앞에서 고군과 갈라져서 삼월(三越))을 거쳐 미나까이로 갔다. 셋이서 꾀꼬리 색을 펴놓고 이것저것 주물며 양복의 모양 같은 것을 토론하는데, 안면 있는 여급(女給) 둘이 봄옷들을 입고 새로 퍼머먼트를 했는지 우리 옆을 신이 나서 걸어갔다. 나를 보고 가정쟁의(家庭爭議)나 일어날 것 같아 그러는지 눈 아래로만 살짝 인사하는 게 우수웠다. 그의 마음씨가 고와서 처와 H씨에게 이 말을 했더니 함께 차라도 먹을 것을 하고 그대로 놓친 것을 섭섭해한다.

(『비판』, 1939년 4월)

풍속 시평(風俗時評)

1. 풍속과 소설가

장편 소설 개조론 이래 '풍속'이란 말을 많이 썼다고 그러는 것은 아니겠지만 나보고 풍속 시평을 써 보라 한다. 그것도 가벼운 수필식으로 써 보라고 하는 것이니 나의 류(流)로 말하자면 '풍속' 가운데서도 '경풍속(輕風俗)'에 속하는 것을 써 보라는 것이라고 생각한다.

나는 본시 '풍속'을 '중풍속'과 '경풍속'으로 나누어서 생각해 보는 버릇이 있어서 얼마 전에도 『여성』지 7월호가, 요즘 여성의 풍속에서 아니꼬운 것이 눈에 띄면 공격을 해 보라는 청을 받고, 동일한 논조(論調)로 '나는 도학자도 수신 교사도 아니므로 매일같이 변하여 가는 여성의 풍속 습관을 헛되이 보수적으로 타기(唾棄)하는 등사(等事)'를 일삼으로 하지 않고, 오히려 '각양각색하고 나날이 변하여 가는 그 가운데서 이 시대의 특수한 형상을 관찰하려는 자'라고 쓴 적이 있거니와 지금도 나는 그러한 태도를 견지해 보려고 애쓰는 중이라 '관찰'이라니까 그러나 그 곳에 '비판'이 없어야 된다는 것으로 알아서는 망발이다. '관찰'이란 본시 '선택'을 뜻하는 것이므로 이것을 아니고 저것을 취하는 '선택'의 가운데는 쓸데없는 완고한 개탄이나 도학자의 시대지(時代遲)는 없을지언정, 일정한 비판적인 태도는 들어 있는 것이다. 그러므로 진정한 관찰자는 언제나 아름답고도 엄격한 비판자였음을 잊어서는 아니 된다. 이러한 의미에서 나는 풍속의 관찰자이고, 동시에 그의 비판자일 수 있는 것이다.

'풍속'을 아까 말한 것처럼 '중풍속'과 '경풍속'으로 갈라 보는 나의 버릇에 대하여는 『여성』지에서도 약간 기록하였으므로 일률적으로 될 것을 피하여 그것을 손 쉬웁게 '광의'와 '협의'로 갈라 보는 것이 수필식일는지도 모르겠다. 우선 '광의'로 '풍속'을 말해 보자면, 한 나라, 한 사회, 한 계층의 정치나 의식주, 그리고 이것과 부수(附隨)되는 '혼인', '예술', '예의(禮儀)', '직업', '신앙', '사상', 그리고는 이것을 전파하는 '교통'이나 다시 뻗어서는 '풍토'와 '산업'까지를 고려해야 하는 것이니, 풍속 시평이 사회 시평의 성격을 갖추게 되는 것도 이 때문이고, 풍속사의 과제가 사회경제사나 예술의 역사와 밀접한 관련을 가짐이 모두 이 탓이라 하겠다. 이러한 사업은 나 같은 자의 가히 할 바가 아니겠거니와 문제를 구분하여 현재의 순간으로 한정한다고 쳐서, 가령 소설가라고 명색이 문학자인 바에는 '교육 풍속'이나 '종교 풍속'이나 그런 것에는 제법 관심을 가져 보는 것이 의무가 아니겠느냐고 때때로 생각만은 해 왔던 것이다.

입학난, 수험(受險) 문제, 교육가의 행장(行狀), 학생 육년(育年)의 체위 문제, 초등 교원의 생활 문제, 개량 사숙 문제, 미션교 문제 등이 모두 '교육 풍속'론의 대상이 될 수 있으니, 작가로 앉아 어찌 일가견이 없어 될 말이냐. 다시 '종교 풍속'이라면, 사교(邪敎) 문제나 유수(有數)한 종교의 변모상이나, 고명한 종교가들의 처세책이라든가, 어느 것 하나 우리들이 눈을 감고 모른 척할 것이 없다.

그러나 물론 소설가가 이러한 문제를 취급하는 장소는 각자의 작품 가운데서 할 것이므로 스스로 풍속 비평가의 입장을 걸머질 필요는 없을 것이나, 작가가 시정 세계 가운데서 고현학적인 기품 없는 취미에 몰두해 있거나 혹은 언제 어느 겨를에 그런 도학자가 되었는지 입을 열면 신여성의 파마넨트를 개탄하고 제껵하면 젊은 계집의 샌들 구두를 업심하거나(업신여기거나?-편자) 하는 세상에서는 풍속을 토구할 필요도 있고 또 풍속 비평가적 태도를 요구할 의의조차 없지 않은 것이다.

사실 저의 완고한 취미나 협착(狹窄)한 심미안에 맞지 않는다고 헛되이 '꼴불견'이니 '세상이 말세야'니 하는 등의 말을 중얼거리며 눈살을 찌푸리다가는 그 자신이 어느 배에다 제 문학을 실고 흘러갈는지도 종잡을 길 없는 그런 시대이다. 어디 세상이 독재천하가 아닌 바에야 작가의 취미에 맞도록 일률적으로 제복을 입을 수야 없는 일이며 시민들도 모형이나 유형이 아닌 바에야 각자의 생활 환경과 교양 취미에 따라 옷이나 차림차림이 다색다채할 것이 정한 이치이며, 또 그래야 바라보는 눈도 단조로워 피곤하지 않고 다색다채할 것이 아니냐.

지금 나는 이상에서 말한 바 '중풍속' 내지는 '광의의 풍속'과는 떠나서, 의상이나 결발(結髮)이나 신발 같은 가장 통속적인 의미의 풍속에 대한 시감을 이러한 태도로 이 곳에 적어 보려고 하는 것이다. (7월 6일)

2. 의상

전회에서도 말해 두었거니와 풍속 시평의 영역을 '경풍속' 내지는 협의의 '상식적 풍속'으로 국한하고 우선 생각케 되는 것은 의상의 문제가 아닐 수 없다. 의상의 변천을 생각하며 유행 현상에 대하여 주의 깊은 관찰을 하면 그 곳에 그칠 줄 모르는 흥미가 솟아날 것이라고 나는 항상 생각하고 있다.

대체 혹종의 의상이 유행하고 안 하는 데는 어떠한 까닭이 있는 것일까?

옷감이나 스타일 같은 것은 상인들의 선전이나 간계가 퍽 유력하게 영향한다고 하지만 우리는 좀더 문제를 근본적으로 생각해 볼 필요가 있지 않을까.

이런 때마다 내가 항상 머리에 그려보는 것은 하나는 자기 자신의 심미적인 만족감과 또 하나는 자기 자신의 풍속상 안전감이다. 어떤 사람이 어떤 새로운 양식의 의상을 몸에 붙일 때에 우선 고려하게 되는 것은 이상과 같은 것은 아닐런가. 최근 서울의 가두에서 가끔 눈부시는 색채와 파격적인 의상을 발견하게 되는데, 남이야 어떻게 보든 우선 저의 심미안에 대하여 풍속상으로 불안을 느끼지 않으니까 그런 것을 몸에 붙이게 되는 것이요 그러니까 그런 것을 전혀 고려하지 않은 복장을 아무리 장려하여도 그다지 유행하지 않는 것이 또한 이 곳에서 원인이 있지 않은가 한다.

그러나 물론, 의상 그 자체가 가령 제복이나 유니폼 모양으로 일종의 정치적 내지는 신분적, 직업적 의의를 띠게 된다든가, 노동 양식에 의하여 결정적으로 원인된 것 같은 것을 고찰하는 경우에는 이상과 같은 두 개의 조건만으론 정확한 관찰을 수행할 수가 없을 것이다.

전자의 예로서 우리는 밀리터리 시스템에 의한 각종의 제복을 들 수 있고 후자의 예로는 사내의 양복이 일상적으로 되었는데도 불구하고 여자의 양장이 그다지 보급화되지 않은 것을 들 수가 있을 것이다.

유니폼이란 인간의 계층성이나 사회 질서를 가장 노골적으로 나타낸 것으로 군대나 학생이나 경관, 사법관 혹은 어떤 산업의 노동자나 간호부, 인력거부 등에 현저하였는데, 최근의 국민복은 어떤 의미에서나 의상 풍속사상 특필대서할 일이라고 생각한다. 이러한 경우에는 심미적인 만족감이나 그런 것은 물론 고려할 여지조차 없어진다.

그것은 여하튼 유니폼이란 일종의 하이아르키[1]에도 불구하고 타방에는 평등주의를 내포하고 있다는 것도 간과할 수는 없다. 상관, 하관의 차별이 뚜렷한 동시에 우등생이거나 열등생이거나 동일한 제복에 의하여 평등화되어 있다는 것도 숨길 수 없는 사실이기 때문이다. 또는 최근에 절실히 느낀

1) hierarchy : 계급 조직

바이지만 소시민 이하의 범용한 사람이 유니폼을 입을 때 그 곳에 어떤 특수한 자긍이나 매력 같은 것을 느끼게 되는 것도 속일 수 없는 일이라 생각이 된다. 이것은 착용자가 하층 출신일수록 더욱 심할 것이다. 한편 의상의 유행이나 보급에 있어서 결정적인 원인을 짓고 있는 것은 노동의 양식일 것이다. 양복이 우리에게 이처럼 보급화된 것은 서양적인 것에 대한 동양적 자기 폄하에 원인이 있다고 말하는 이도 없지 않으나 그러나 결정적인 원인은 그것이 사무보고 노동하기에 간편한 때문이라고 생각하지 않을 수가 없을 것이다. 그러므로 남자에게 있어서 양복은 소비적 복장이기보다는 오히려 사무적 복장이다. 이것은 양복이 우리 여자에게는 그다지 유행되지 않은 까닭도 한가지로 설명한다고 보아 무방할 것이다.

모시 두루마기를 입고 버스나 전차를 타고 의자에 앉아 사무를 본다는 건 생각만 하여도 어색하고 거북스런 일이다. 그러므로 남자의 조선 의상은 외출인 경우에는 언제나 그것은 소비면을 대표하는 풍속으로 될 것이다. 옥색 대님을 차고 빳빳한 모시 두루마기를 가볍게 입고 점잖이 걸어가는 노인의 심중에는 몰락 귀족의 고고한 심리가 엿보여 되려 그의 봉건적인 심정의 잔재가 서글프기조차 하다.

그러나 여자의 양장은 오히려 이의 반대는 아닐까. 그것은 우리가 가두서 흔히 보는 바 '모던 걸'이나 직업 부인의 극소한 특수 부분이 착용하는 것인데 조선 사람인 한 그것은 사무복이 아니고 거개가 소비면을 나타내는 의상이 되어 있다. 하기는 사내가 가두로 나올 때는 그는 노동자로서 나타나는 것이지만 여자의 가두 출현은 그의 태반 이상이 언제나 소비를 위한 경우인 것도 원인이 되어 있다. 그러나 타방에 있어선 신여성의 조선옷이 다른 어떠한 의상보다도 활동이나 사무에나 노동에 적합한 것도 커다란 원인이 되어 있을 줄 생각한다. 앞으로도 조선에 한해 여성의 양장은 소비 계급에 한하여 보급될 것이라 믿어진다.

끝으로 '나체 문화'의 주창자들에 대하여 일언하면 그들은 일종의 원시 환원주의라 전적으로 좌단(左袒)할 수는 없으나 신체의 정상한 발달을 방해하는 예장(禮裝)이나 허장(虛裝)을 폐지하자는 정도로 찬의(讚意)를 표하여도 무방할 것이다. 비등(比等)하고 그다지 차이가 없는 육체에 각종의 신분적인 의복을 입히거나 영국 신사풍의 '위선'을 의장(衣裝) 위에 강요하는 것이야말로 현대 문명의 폐해일 것이기 때문이다.
(7월 7일)

3. 두발

필요가 있어서 작년 이맘때 나는 나의 고향(관서의 일읍)에서 약 삼십여 년 전에 성행한 청소년들의 연삭발(年削髮) 풍속의 실상을 조사해 본 적이 있었다. 상투를 짰든가 혹은 삼단 같은 긴머리를 등허리에 늘어뜨리고 다니던 것을 '기계'(바리캉)로 금시에 승려처럼 깎아 버리던 그 전날의 삭발은 요즘 우리들이 '상고머리'로 깎았다가 '올빽'으로 넘겼다가 또는 혹은 까까중으로 깎았다가 하는 등등의 변덕과는 대등하게 취급해 버릴 대수롭지 않은 사건은 아니었던 것이다. 실로 우리들이 상상조차 할 수 없을 많은 장애와 싸워야 하였고, 그만큼 머리를 깎아 버리는 데는 용단력과 과단성이 있어야 하였다.

삭발과 관절(關節)된 가지가지의 삽화가 모두 신구 교대의 질풍 같은 개화기적 시대상을 묘사하고 있어 듣고 앉았던 나는 흥분을 금할 수가 없었다. 하나의 적은 것같이 보이던 풍속의 쇄말사가 시대 그 자체를 그대로 표현하고 있는 데 나는 악연(愕然)히 놀라지 않을 수 없었던 것이다. 물론 여하한 시대에나 동일한 풍속의 쇄말사가 동일한 역할을 한다는 말은 아니다. 그 때로부터 10년만 뒤지면 완고파의 삭발 풍경까지도 하나의 구세대의 불쌍한 애수 묘사는 될지언정 결코 사회나 시대의 추진력의 상징이 될 수는 없었던 것이다.

머리를 깎는 것이 도덕상의 큰 범죄로 되어지던 그 시대에 개화의 반대자로 앉아 있던 분들이 요즘 종로의 가두에서 신여성의 새둥지 같은 파마넨트나 메추리 꼬리 같은 여학생의 중발(中髮)을 구경하고 섰는 풍속화는 상상만 하여도 요절할 일이 아닐 수 없다. 그러나 불과 3, 4십년의 역사의 급격한 행진이 이 요절할 그림 속에 여실히 반영되어 있는 것은 아닌가. 우리의 시민적인 진보의 가장 특수적인 현상은 오히려 이러한 풍경 속에 상투를 짠 영감님이나 방립(方笠)을 쓰신 독실한 효자가 틈틈이 끼어 있다는 데 더욱더 뚜렷하게 나타나 있는 것은 아닐까. 이러한 한 폭의 그림이 사회경제사의 결론과 전혀 일치하는 것을 발견하게 되는 것은 '풍속의 관찰자'의 가장 큰 기쁨이 아닐 수 없을 것이다.

일지 사변 이후 삭발은 총후(銃後) 생활의 긴장을 위하여 일반에게 널리 장려되어서 학생의 삭발은 규칙으로 되어졌고 관공리(官公吏)들에게도 퍽 많이 여행(勵行)이 되어 있다. 일반 국민에게는 자유 의사에 맏겨졌으나 자숙(自肅) 자계(自戒)를 뜻하는 분들로부터 서서히 이것은 실행되어지고 있다. 혹 얼마 뒤에는 국민의 전부가 까까중이 될는지도 알 수 없는 것으로 그렇게 되면 심미안도 변하여 질는지 알 수 없다. 눈이 모두 두 개씩일 때 그것을 하나만 가진 이는 확실히 아름답지 않았다. 누구의 머리든지 모두 새파랗게 청결스러울 때 머리를 기르는 건 원시적이 되고 비문명적으로 되어 순전한 심미의 대상으로서도 존재성을 잃을는지 알 수 없다.

그것은 여하튼 요즘 유행하는 '세대설'을 좇아 두발 풍속을 바라보면 이십 전의 청년은 인제 영구히 한 가지의 두발 형식만을 경험하게 되지는 아니할까. 지금 삼십 사, 오 세 이상 나이를 먹은 이는 총각 시대의 따은 머리, 성례 뒤의 상투, 개화 후 소학 중학에서 중머리, 대학에서부터 하이칼라, 그리고 지금 다시 중머리의 과정을 밟게 되었는데 새로운 세대는 나서 유치원에 가는 동안 덥수룩하게 길러 보았다가, 아니 이것조차 종차론 없어질 풍속이니까 그대로 처음부터 죽을 때까지 중머리로 지내게 된 셈이다. 한 계단 올라설 때마다 청소년다운 자긍과 허영을 두발을 통하여 발휘하던 시대는 인제 다시 오지 않을는지도 모르겠다.

같은 하이칼라 머리를 두고 보아도 그 변화의 상모와 유행의 변천은 각양각색하여, 한때 사회운동 초기의 장발 같은 것이나, 또는 미술가의 머리 같은 것 등은 시대나 직업을 나타내면서 각각 특이한 자부심을 표현한 것으로 재미있는 현상이었다.

이런 것은 비단 남성의 두발에 한한 것이 아니고 여성의 두발 풍속, 그 중에서도 결발 형태의 변천과 종종의 상모는 사회상과 밀접한 연관성이 있는 것이나 지면이 없어 딴 기회에 미루지만 지금도 결발 양식이나 형태가 세대의 차이와 직업 내지는 신분의 구별과 교양 취미의 본색을 표현하고 있는 것임에는 틀림이 없을 것이다. (7월 9일)

4. 신발

유행 현상이 생산 관계와 밀접한 관계를 가지고 있다는 것을 요즘처럼 절실히 느끼게 하는 적은 드물 것이다. 유행 현상이나 습관, 습속, 풍속이 결국에 가서는 경제 기구에 의존한다는 것은 나의 누차 말해 온 바로서 풍속이 '제도'를 말할 뿐 아니라 그 '제도' 내에서 배양된 의식이나 '습득감'까지를 의미하게 된다는 말 가운데도 이러한 생각이 기저가 되었던 것이다. 그러나 이것을 일반 시민 대중에게 몸을 가지고 친히 보고 느끼게 한 것은 아마도 전시하 통제에 의하여 완전히 제약된 요즘의 유행 현상이 처음이 아닌가 하고 나는 생각한다. 순견물(純絹物)의 유행을 보려면 그것을 만들게 하는 원료 물자가 필요하였고 혹종의 색채와 문채(紋彩)가 유행하기 전에는 언제나 그것을 가능케 하는 일정한 기술과 생산력이 전제되었었다. 용품(用品) 시대의 출현은 결국 이것을 말하고 있는 것임에 불외(不外)한다.

이것은 물론 가장 지엽적인 의장이나 신변 도구에 나타난 현상뿐만이 아닌 것으로 식물(食物)과 주택이 이에 제약되었고 다시 한층 주목해야 할 것은 인간의 생활 양식의 개변에 따라 인간의 의식이나 심리나 습득감이 점점 달라지고 있는 현상일 것이다. '교육 풍속'이나 '종교 풍속'의 개변은 물론, 결혼관, 연애관 같은 가장 신비하고 또 심오한 인간의 감정이라고 보아지던 것 같은 것도 눈에 나타나게 변하여 가고 있는 것을 볼 수 있다. 왕년의 물산 장려 운동이나 생활 개선 운동의 실패는 그것인 민간 운동이었다는 데 지대한 원인이 있다고도 볼 수 있겠지만 같은 관청에서 장려하던 민풍(民風) 개선 운동의 효과도 사변 이후의 것에 비하면 문제조차 되지 않았던 것이다. 대범 풍속 습관의 개선 운동이 지난한 까닭이 까놓고 말해 보면 그것이 하부 구조에 제약되어 있는 상부 현상인 데 그 원인이 있는 것이 아닌가. 경제 기구가 달라져도 사람의 의식이나 습속은 그 뒤 서서히 개변되어졌다는 것이 인류의 과거 역사가 한가지로 보여 주는 바로서 양자의 모순이나 충돌이 많은 비극을 낳은 것은 문학 작품이 본시 성격과 환경의 모순을 가운데 놓고 구성되어 나간다는 한 가지 일만을 생각해 보아도 넉넉히 만사를 짐작할 수 있을 것이다.

이야기가 딴 데로 탈선하였으니 각설하고, 지금 내가 이야기하고자 하는 신발 풍속의 유행 현상도 이 예에서 벗어나는 것은 아니었다. 우피나 양피나 캥거루 가죽이 없어지면 개 가죽이나 도야지 가죽이 등장하였으나 만약 극단의 예로서 그것마저 구할 길이 없는 경우를 생각해 본다면 부득이 우리는 양화 유행의 풍속이 없어질 것을 상정해 볼 밖에 별도(別途)가 없을 것이다. 이것을 우리의 기억을 더듬어 약 삼십 년 전부터의 신발의 변천에서 살펴 본다면 대단히 흥미있는 현상을 발견할 수 있을 것이다. 나의 기억에 의하면 물론 나의 출생지와 도회지와의 교통 관계나 나의 고향의 특산물 같은 것이 지대하게 영향되었겠지만 '갓신(피화〔皮靴〕)', '경제화', 비오는 때의 '목화(木靴)'를 거쳐서 '고무신'에 이르렀고 같은 시대에 성인층들은 '갓신'이나 '참나무' 껍질로 만든 '참신'이나 볏짚으로 만든 '짚신' 혹은 '삼신'을 거쳐서 '편리화'라는 한 유행기를 이루고는 그대로 '양화'와 '고무신'으로, 장마철에는 목화 '껏뚜기' 대신 '오바슈스'로 현재에 이르렀고, 부인층들은 '꽃갓신',

'참신', '회나무' 껍질로 지은 '회청배기', '진갓신' 등의 계단을 넘어서 '고무신'과 양화에 이르러 있는 것 같다. 양화의 계단에 올라서서도 그 빛깔과 모양의 유행 현상을 혹은 순환식으로 혹은 직선식으로 얼마나 많이 경험하였는지 알 수 없다.

그러나 이러한 변천에서 특기해야 할 것은 '편리화'의 출현과 그것의 '고무신'에의 교체이었다. 그 중에서도 '고무신'의 출현은 우리 '신발' 풍속사상 일대 사건이었으니 나의 친지 중에 '편리화'로 돈 십만 원이나 모았다가 '고무신' 때문에 영업을 미처 돌려 잡지 못하고 고스란히 고대로 백수가 된 이가 있는 한편, 내가 아는 사람으로 '고무신' 때문에 대자본가가 된 분이 또한 결코 한둘이 아닌 것이다. '고무신'은 단시일에 도회와 농촌을 불문하고 우리의 가정에서 각종의 신발을 구축(驅逐)해 버렸고 더구나 부인네들의 애용은 우리가 지금도 친히 보는 바와 같다. 나는 이 '고무신' 대신에 어떤 대용품이 나타날까를 가장 흥미있게 바라보고 있지만 원체가 내 자신의 가정과도 지대한 관계가 있으므로 가장 편리하고도 값싸고 모양있는 대용품이 나타나기를 고대하고 있는 바이다.

일방 여자들의 양화의 유행 변천은 다른 각도로서 나에게 흥미를 주는데 여자 구두의 형태의 창시(創始)에는 성적 매력의 요소가 결정적인 원인을 지었다는 글을 본 적이 있어서 그런지 나는 늘 달걀 껍질 같은 경쾌하고 귀여운 신여성의 구두를 보면서 성적 매력이란 선 위에 서서 상향선을 그으며 그 모양이 예민하게 되어 가고 있는 것은 아닌가 하고 생각해 본다. 확실히 신여성의 구두는 나날이 육감의 자극과 성적 매력을 더하여 가면서 있는 것 같다. 현세에서의 여성의 존재 가치를 노골적으로 상징하는 것 같아 재미도 있지마는 신여성의 지적 풍모를 생각하여 일말의 우수가 없음도 아니다.

(7월 11일)

(『조선일보』, 1939년 7월 6~11일)

도피행

이 짤막한 이야기의 남녀 주인공의 이름은 '광식'이와 '안나'다. 물론 '광식'이가 사나이고 '안나'가 여자다. 광식이는 청년 소설가이요, 안나는 종로 어떤 바의 마음 착하고 이쁘장스런 여급이다. - 이렇게 말해도 독자는 이 두 젊은 남녀가 알지 못할 것인가? 『조광』만 사보고 『여성』이라는 부인잡지를 사서 읽지 않은 이는 아마 잘 알지 못할 것이다. 실인즉 이 두 사람은 『여성』에 지금 연재되는 「애인」이라는 소설의 작중인물의 이름이다. 그러니까 이 사람들의 이름을 지어준 이는 「애인」의 작자 안회남 군이다. 나는 이 두 분을 잠시 빌려오려고 하는 것이다. 이 두 남녀의 창조자인 작자 안회남 군은 나와 친분 있는 분이니까, 언제 엽서로 두어 마디 "귀형의 창조물 두어 분을 빌려 데리고 산보래도 하려 하오니 그리 아시옵기 바라나이다" 하고 써 보내면 될 것이요, 광식이와 안나는 벌써 두어 차례 『여성』지에서 대면한 적이 있으니까, 좋은 말로 꾀이면 어렵잖게 나의 말을 들어줄 것이다. 그래서 지금 이 두 아리따운 젊은 애인들을 데리고 하루 인천 월미도에라도 가 보려고 한다.

잠시 『여성』을 읽지 않은 분을 위하여 인물을 소개해 드리겠다.

광식이라는 청년 소설가는 아내도 있고 자식도 있다. 또 먹을 만한 양식도 있는 모양 같다. 이 광식이가 안나라는 여급이 있는 주장(酒場)으로 술을 마시러 갔다가 이러저러한 끝에 연애가 된 것이다. '이러저러하던' 그 연애 형성과정을 설명하라고? 그런 거야 구태여 객쩍게 이러니 저러니 쑥스럽게 늘어놓을 것도 없이 잠깐만 상상하면 곧 알 만한 일이 아닐까. 사람이란 술잔이나 하면 때때로 싱거워지는 것이니, 광식이라는 친구도 술잔이나 얼근해서 아마 제법 글줄이나 쓰는 체, 또 점잖은 체, 그리고 돈냥간이나 있는 체, 그리고는 또 여자의 심리 같은 것도 꼬치 꼬치 아는 체 했을 것이고, 여기에 또 안나라는 여급은 은근히 반했을 것이 버언한 이치다. 안나라는 여자도 여급은 다니지만 마음씨가 곱고 또 얌전하고 물론 소설에 나올 만한 여자니까 얼굴도 이쁘장스럽고, 악녀가 아닌지라 점잖은 청년을 좋아하고, 범속한 여자인지란 소설깨나 쓰는 친구를 우러러 보았고…… 이래서 서로 서로 친밀을 느끼다가, 도가 잦아지니 작자인 안군도 또 이 글을 쓰고 있는 나도 모르는 새에, 어느 동안에 사랑하는 사이가 되었었다. 그런데 꼭 질색할 일이 하나 생겼다. 물론 광식에게 처자가 있으니 그것만으로도 이 사랑에 파란(波瀾)이 있을 것임은 추상하기 힘들지 않은데, 창경원에서 산보를 하며 고백하는 데 의하면, 안나에게도 남편이 있다는 것이다. 처자 있는 사내에, 남편 있는 여자 - 이 두 사람은 사랑은 어떻게 될 것인가?

어제 밤 광식이는 '바'에 들러 맥주를 몇 잔 마시면서, 안나와 함께 날도 덥고 하니 인천이나 가자고 약속을 하였다.

"남들은 금강산이니 석왕사니 원산이니 하지만 안나 씨, 우린 멀지 않은 인천이라도 가 봅시다. 가서 한번 바람이라도 쏘이고, 이 협착하고 눈알이 많은 서울을 잠시라도 피하여 봅시다. 단 둘의 세계, 아무도 보지 않고 엿듣지 않는, 우리 단 둘의 세계를 단 하루라도 만들어 봅시다. 그러구는 아주 칼루다 쌍둥 잘라 버리듯이 우리의 관계를 딱 끊어 버립시다."

술기운도 있고, 또 내 소설가인지라 저윽이 연극조로 소곤소곤, 그러나 힘을 주어 광식이는 말하였던 것이나, 안나는 냉정한 듯이 머리를 살랑살랑 저었다.

"안 됩니다. 이제 이 자리에서 우리의 관계는 딱 끊어 버려야 합니다. 선생님도 다신 이 집에 오시지 마시고, 또 저는 저대로 곧 행장을 수습해 갖고 시골로 내려가야겠습니다."

"그러니까 한번 인천으로 가서 바다에다 모든 감정과 우울한 심사를 깨끗이 씻어버리고 돌아오자는 게 아닙니까?"

광식이는 재차 요구한다. 안나는 머리를 수그린다.

'벌써 이것이 마지막이라고 하면서, 그 동안에도 몇 번을 더 만났었던가. 인제 인천이 마지막, 바다가 마지막이라고 하지만, 그 날이 지나면……'

이렇게 안나는 생각하고 있다. 물론 이만 생각은 광식이도 가지고 있다. 만나서는 안 된다고, 다시는 안 만나리라고, 맹서하고 갈라져서도 만나지 않고는 참을 수 없는 두 사람의 사이다. 안나가 다소곳하니 머리를 수그리고 있는 틈에 광식은 연달아 제의 말을 이어나간다.

"그럼 내일 아침 아홉 시에 역으로 나오세요. 이등 대합실에……"

안나가 이 말에 놀래듯이 머리를 들고 광식이와의 약속을 뿌리치려고 하였으나, 광식이는 훌쩍 일어나선 그대로 바텐으로 가서 스스로 셈을 치르러 한다.

"내 계산서 가져올게, 앉아 계세요"

하고 그 때엔 벌써 약속은 이미 결정이 되어버린 것처럼, 안나는 광식이를 의자에 앉히기에만 힘을 들였다.

이렇게 해서 두 사람은 오늘, 여름도 복중으로 접어든 맑은 공일날 아침, 인천 가는 기차에 몸을 싣게 된 것이다.

기차 속에서 보낸 한 시간 동안에 그들은, 마음을 짓누르는 착잡한 감정을 말끔하게 가시어버릴 수가 있었다.

"오늘을 또 새벽에 어디루 가슈?"

하고 묻는 아내를 떨어버리고 집을 나선 광식이었다. 안나 역시 광식을 만나, 사람의 눈을 피하여 인천으로 간다는 것이 어딘가 양심에 거리끼는 것을 느끼지 않을 수는 없었던 것이다.

'이것이 마지막이니, 다시 만나지 않을 것을 전제로 하루의 청유를 갖는다 한들 어떠랴?'

그러나 한 시간 넘게 차창을 내려다보며 마주 앉아 이야기하고 즐기는 새에 그러한 생각조차 어디로 날라가 버리듯이 마음은 한낫 기쁘고 즐겁기만 하였다.

인천역에서 내려서, 그들은 다른 손님들 틈을 비집고 들어가서 월미도 가는 버스를 탔다. 만원된 버스는 느리게 축저를 향하여 내려간다. 그래도 바닷물을 양쪽에 끼고 판판한 시멘트의 길을 달릴 때엔, 속력이 빨라서 유쾌하였다. 차는 월미도에 왔다. 자갈을 깔은 나무 속의 굽은 길을 구비구비 돌아서 차는 조탕(潮湯) 있는 정류장에 와 멎는다.

"간단히 점심이라도 먹을까요?"

하고 광식은 '풀'을 바라본다. '풀'에는 많은 사람이 뛰어들고 헤엄치고 물을 끼얹고 하며 한참 복작인다. 이 편 사장이 있는 해변에는, 간조가 되어서 붉은 흙탕이 그물을 친 데까지 연달아 있고 청년 한 사람과 처녀 한 사람이 화가를 버텨놓고 사생을 하고 있는 외에 아무도 사람의 그림자는 보이지 않았다.

"차안에서 먹은 게 있어 아직 괜찮은데 저리로 가세요"

하고 안나는 모래가 깔린 바닷가를 가리킨다.

"그럼 그렇게 하시죠."

둘이는 가지런히 서서 소나무 속으로 사장 있는 편을 향하여 걷는다. 사장 웃목에 그들인 진 곳엔 벤취가 있었다. 누가 권하지도 않았는데 약속이나 한 것처럼 둘이는 그 낡은 의자에 가지런히 걸쳐 앉았다.

멀찌감치 흰 모자를 쓴 여학생이 그림을 그리고 있는 것이 내려다 보인다. 그들은 멀리 바다를 바라본다. 흰 구름이 바다 저 편에 가볍게 떠 있다. 그 앞에 범선 세 척이 지나가고 있다. 물새가 한 떼 닷비눌처럼 날개를 번뜩이며 물 위를 날다가 범선 뒤로 숨어버린다. 바다는 고요하여 물소리도 은은하다.

"언제까지든 이렇게 나란히 앉아서 바람을 쏘이고, 또 어두워서 달을 보았음?"

하고 안나는 한숨 걷듯 말한다.

"소원이시라면 그렇게 하시죠. 못할 일입니까?"

광식이도 안나의 수색 띤 얼굴을 들여다본다.

"그렇게 할 수 없는 신세들이니까 걱정이지요. 할 수는 있지만 하고난 뒤가……"

그러다가 안나는 말을 그친다.

"이제 그런 생각은 그만두고 우리 자연 속에 좀더 우리들은 혼을 묻어봅시다. 모든 걸 잊고……"

광식은 안나의 손을 꼭 쥐었다. 안나는 손을 쥐어 보이며, 그러나 얼굴이 발개져서 낯을 수그린다. 광식은 그의 팔을 안나의 허리에 감았다.

'안됩니다' 하고 말하려는 안나의 표정이, 오히려 애무를 기다리는 표정 같아서 광식은 안나의 얼굴 가까이 입술을 가져갔다.

"이제 축항 있는 곳까지 걸읍시다."

그들은 의자에서 몸을 털고 해변가에 내려와서 길을 찾아 걸었다.

기선이 들어온다.

"먼데루 갔음!"

하고 안나는 웃으면서 사내의 얼굴을 쳐다본다.

"참, 이런 협착한 조선에 있지 말고, 이 길로 대련이나 상해로 갈까?"

그들은 발을 멈추고 우뚝 섰다. 바위가 있는 곳에서 바닷물이 깨어진다. 와아 하고 물결이 몰려왔다가 물러간 뒤에 기적이 부웅 운다.

(『조광』, 1939년 8월호, '사건 있는 해변풍경' 특집)

조선문학과 연애문제

천고(千古)를 두고 문학이 연애를 영원한 '테-마'로 하고 있는 것은 무슨 까닭일까? 상식적으로 이러한 물음에 대답하기는 그렇게 곤란한 일이 아닐 것이다. 그러나 '연애'를 하나의 문학적 관념으로 정착시키긴 그렇게 용이한 일이 아닐지 모른다. 물론 내가 초(草)하고 있는 이 글에서는 그것을 분석하는 것이 과제가 아니다. 그러나 '연애' 그 자체를 철학적 고찰이나 생물학적 내지는 생리학적 개념에서 떠나서 하나의 문학적인 관념으로서 준비함이 없이 조선문학에 나타난 연애으의 상모(相貌)를 묘사해 볼 수는 없다.

폐단틱한 정의를 떠나서 이 문제를 생각할 때에 최근 경험한 우리의 신문학이 전적으로 '연애'를 기피하고 배척했든 일시기(一時期)를 고찰해 보는 것이 문제의 해명에 도움이 될 듯도 하다. 우선 이야기를 그것으로부터 시작하기로 한다.

문학이 '연애'를 소중히 다루지 않았을 뿐 아니라 그것을 배격하고 경멸한 시대는 길게 설명할 필요도 없이 경향문학의 전성기였다. 경향문학의 초창기와 그의 절정기와 쇠망기를 통하여 보면 이런 경향이 가장 심했던 때는 역시 정치주의가 가장 높이 추장(推奬)되던 절정기에 있어서였다. 초창기에 있어서는, 문학은 '연애'를 새로운 각도로 취급하고 검토하기는 하였을망정 결코 기피하거나 배척하지는 않았다. 조명희 씨의 「낙동강」은 백정 계급 출신의 신여성과 사상청년의 연애를 취급한 것이었다. 단지 이들은 연애를 위하여 죽고 살고 하지 않았고 사회생활의 뒤에 또는 이의적(二義的) 내지는 부차적으로 연애를 취급하였던 것이다.

그러나 정치주의의 전성기엔 연애는 개입될 여지가 없었다. 내지(內地) 문단에선 소림다희이(小林多喜二) 등이 역시 적당히 '연애'를 고려하였고, 편강철병(片岡鐵兵) 같은 이는 「愛情の問題」라는 소설 같은 걸로 애정, 연애, 애욕의 운동과의 상극(相剋)을 정면으로 검토한 것이 없지도 않았건만 단조롭고 편협했던 조선의 문학은 그것마저 돌아보지 아니하고 새로운 인간 타입의 가장 첨예한 사회활동만을 단편적(斷片的)으로 그리기에 바빴다. 필자와 같은 자는 이 시기에 비로소 초년병을 경험한 자로서 '연애보다도 중(重)한 것이 얼마든지 우리의 생활에 있다.'는 등의 당돌(唐突)하나 편파(偏頗)한 구설(口說)을 농(弄)하여 득의(得意)로 하였다. 그러나 물론 이 시대는 이 시대로서 그렇게 될 하나의 필연성이 없었던 것도 아니었다. 문학을 다른 고차적인 목적에 예속(隷屬)시킴으로써 하나의 명예를 삼았던 시대의 당연한 반영으로서 지금 생각하여도 감구(感舊)의 회(懷)가 깊다.

그러나 이 시기를 넘어서면 '연애'는 다시 영원한 재료 내지는 테마로서 문학 위에 나타나기 시작하였다. 정치주의의 청산기(淸算期)에 해당하는 것도 물론 이유의 중요한 것이 되려니와 일방 경향문학이 비로소 장편소설을 문학적 형식으로 가지기 시작하였다는 것도 생각해 둘만하다. 사실 이기영 씨의 「서화(鼠火)」와 「고향(故鄕)」을 갖기까지 경향문학은 작고 일면적인 형식밖에는 가지고 있지 못하였었다. 이것을 극단(極端)으로 말하자면 문학 형식 자체가 벌써 창조적 문학이 될 수 없을 하나의 제한을 갖고 있었던 것이다. 시사성(時事性)은 있으나 몇 대를 두고 또한 독자를 잃지 않을 만한 창조적인 대문학(大文學)은 불행히 형식(장르)조차 획득치 못하고 있었던 것이다. 이기영 씨의 중편과 장편이 취급한 연애는 물론 당해시대(當該時代)의 시대적 특성을 반영한 연애형태의 전개이었다.

이러한 조선문학사(朝鮮文學史) 상의 한 시대를 뚝 끊어서 그것 가운데 '연애'가 어떠한 상모(相貌)를 띠고 있는가를 살펴본 뒤에 우리가 응당 느껴야 할 문제가 한 둘에 그치지 아니하나 문학이 비교적 문학 본래의 정신을 잃지 않는 정상적 순간에 있어서는 '연애'를 항상 중요한 재료 내지는 '테-마'로 하였다는 것을 우선 느끼지 않을 수 없다. 해석에 따라서는 이론(異論)도 구구하겠지만 '연애'를 기피하고 애욕문제에 대하여 눈을 감았던 정치주의 앙양기(昂揚期)에 있어서는 나 개인의 반성하는 바에 의하면 결코 창조적인 문학은 탄생하지 못하였다. 물론 시사성(時事性)은 있을지 모르나 창조적 문학이 아닌 그러한 편협한 문학만이 산출된 근거를 이렇게 '연애'의 결여에서만 짖는 것은 확실히 피상적이고 또한 독단임을 면할 수는 없는 것이다. 그러나 그렇다고 전혀 분리해서 생각하여야 되는 그런 무관계한 별개물(別個物)은 아닐 것이다. 이렇게 보아오면 우리 인류가 갖고 있는 대장편소설(大長篇小說)이나 장편서사시가 언제나 '연애'를 취급하였고 또 연애 그 자체가 중심적인 사상적 내지는 도덕적 주제는 아니라 할지라도 작거나 크거나 그것을 일정한 각도로서의 추축(樞軸)을 삼고 왔다는 문학사적 사실이 결코 우연한 일이 아님을 깨달을 수 있을 것이다.

그러면 '연애'란 문학이 자기가 갖는 수단과 본래의 임무를 다하기 위하여 어떤 모로 불가결의 물건일 것인가? 이것 없이는 문학이 제가 찾는 본래의 정신을 충분히 표상화(表象化)할 수 없다는 것은 과연 어떠한 모으로써 타당한 의견일 수 있는 것일까?

나의 생각한 바에 의하면 연애를 거칠 때에 비로소 그 인물의 성격이 다른 어떠한 경우보다도 본래의 개성대로 뚜렷이 나타나고 폭로되기 때문이라고 말해두고 싶다. 연애는 개성이 소속되어 있는 사회층(社會層)의 사상이나 습관 등의 집약적인 표상이라고 문학자는 의식 무의식간 문학을 제작할 때마다 느끼고 있는 것이다. 각양각색의 신분적 내지는 출신계급적인 감정이나 사회의 일반적인 정세에 제약되면서 어떤 인물은 연애를 '모멘트'로 하여 자기의 출생지대(出生地帶)로부터 이탈하고 혹자는 일층 견고하게 결합된다. 이러한 상극과 모순이 서로 얽혀 돌고 갈등하며 또는 통일될 때에 사람 사람의 각 개성은 가장 적나라한 특독(特獨)한 자태(姿態)와 상모(相貌)를 갖추고 움직이고 행동하는 것은 아닐까. 이것을 주관에서 떠나서 사회적 관점에서 본다면 결국 이것을 계기로 하여 자기가 소속하는 출생지대의 붕괴나 혹은 전진에의 필연적인 과정을 현현(顯現)하는 것이라고 볼 수 있을 것이다.

「노서아(露西亞)문학의 이상과 현실」의 저자 크로포트킨이 그의 문학적 저서에서 -- "연애가 최고조에 달한 순간은 그의 주인공이 정치상의 선동자이건 순량(順良)한 시골 신사이건 극도의 광채를 발하는 시각(時刻)이다."

혹은 -- "인간성이 그 개인적 특성과 함께 가장 유감없이 나타나는 것은 연애에 있어서다." 등등으로 말하는 바는 상술한 바를 명료하게 표현한 데 지나지 않는다.

'연애'는 이리하여 비로소 철학적 내지는 생리학적 개념에서 자기를 구별하여 하나의 문학적인 관념으로 정착됨에 이른다. 이것이 다름 아닌 '연애'의 문학적 관념이다.

이러한 문학적인 해석을 '연애' 위에 붙여놓고 다시 한번 「조선문학과 연애문제」라는 제목으로 돌아가서 문학사적 사실을 생각해보면 우리가 위에서 붙여놓은 '연애'의 문학적 개념이 결코 그릇되지 않았다는 것을 알 수 있는 동시에 우리 문학이 '연애'를 취급한 태도와 각도에 따라서 그 문학의 서는 바 입지, 또는 유파와 성격까지를 어느 정도까지 성상(性想)할 수 있는 것이 아닐까하고 생각이 된다.

고전에 관해선 연소(年少)한 필자의 가히 용탁(容啄)할 바 아닐지 모르나 우선 연애소설의 하나의 가장 티피칼한 것으로 「춘향전」을 들 수 있을까 한다. 요즘 복고사상(復古思想)의 앙게(昂揭)된 기세에 투(投)하여 「춘향전」의 해석도 구구하매 문외한이 섣불리 건드릴 바도 또 아니오, 또 그렇게 할 욕망도 없어서 사계(斯界)의 고명(高名)한 학자에게 맡겨두려 하거니와 성춘향과 이몽룡과의 연애형태와 그 연애의 과정에서 시대적 특성과 각개 인물의 신분적 속성, 본래의 자태(姿態) 같은 것이 얼마나 표상화(表象化)되었는가를 고안(考案)하는 것은 우리 현대의 청년작가들에겐 흥미의 진진(津津)한 바 없지 아니한 문제이다.

다른 것 다 말고 「춘향전」의 작자가 연애를 문학적으로 설정할 때에 그 연애의 상대자들의 배치에서 얼마나 시대적 특성의 유출(流出)을 꾀하였는가 하는 것은 우리 만년연애형(萬年戀愛型)의 천편일률적인 창조자 -- 현대의 신문소설의 작가들이 한 번 알아볼 만한 일이 아닐까. 확실히 나는 그렇게 생각한다. 여하한 가치 있는 역사문학도 또는 어떠한 고명한 고전문학도 연애를 항상 역사적 관점에서 취급하기를 망각치는 아니하였다. 우리 불쌍한 현대 신문장편의 챔피언들만이 고생창연한 만년연애형의 끊일 줄 모르는 반복 그리고 삼각연애심리의 지극히 우둔(愚鈍)한 감각만을 되풀이하고 있는 것이다.

순진한 미처녀(美處女)가 나오면 가난한 청년이 나타나고 -- 이리하여 양자는 연애하는데 살찌고 니글니글한 돈 많은 부호가 나타나서 연애를 깨트리고 -- 이러한 연애심리의 묘사가 과연 현대 작가의 할 일인가 아닌가 한 번 「춘향전」의 작자에게 머리를 수그리고 물어 보라. 이러한 삼각연애를 구성해놓고 자본가적 사회의 연애형태를 창조했노라고 득의 양양한 현대작가의 우둔한 감각은 벌써 문학이 관여할 바 아닌지 모른다.

또한 현대 작가의 지성적인 두뇌는 지금 옛날과 같은 고전문학자의 한가한 태도를 가지고 '연애'나 '애욕'을 취급할 수 없을는지도 알 수 없다. 이러한 것을 생각해보면서 우리가 지금 생산하고 있는 창작을 읽으면서 그 작가가 취급하고 있는 애욕의 상모(相貌)와 각양각색의 뉘앙스를 관찰하여 현대의 '모랄'을 탐구하고 현대인의 윤리와 성도덕의 기준을 발견하는 것은 흥미

있고도 또한 가치 있는 일일 것이다.

— 五月末日 —

(『신세기』, 1939년 8월)

살인작가

무서운 제목을 걸어 보긴 하였으나 무시무시한 이야기를 적으면서 향락을 맛보는 그런 취미는 본시부터 나에게는 없다. 작가가 소용되어서 등장을 시켜놓고, 쓸 대로 써먹기는 하였으나 그대로 한구석에 처박아 두기도 무엇하고, 어디로 여행을 갔다거나 다시 돌아오지 못할 길을 떠나 버렸다고 하기는 쑥스럽고 그럴 경우에 슬쩍 눈에 띄지 않게 퇴장을 시키는 묘법은 없을 것인가. 만일 생각할 수 있는 많은 방법을 이렇게 한가할 때에 생각해 두면 후일에 쩔쩔 매지 않고 노트를 들쳐가며 하나 하나 임기(臨機)하여 적의(適宜)하게 처리하련만은, 그리고 간혹 작중인물을 처치하기에 쩔쩔매고 있는 우인 작가에겐 저서로라도 그 방법을 서로 나누어서 필요치 않은 수고를 덜을 수 있을 것을, 혹은 어느 한가하여 독서의 여유만을 많이 갖고 있는 그러한 분이 동서고금의 대소설 작품을 섭렵하여 명대가들의 작중인물 처치방법을 모조리 뽑아서 책이라도 한책 지어주었으면, - 이런 태평한 생각을 하고 누었다가, 문득 무시무시한 제목이라도 걸고 그러나 내용을 결코 무섭지 않은, 그러한 이야기를 적어보고 싶은 생각이 났던 것이다.

누구나 아는 바이지만, 처치에 곤란한 작중인물은 살인해 버리는 것이 가장 편하다. 필요한 때에는 정성을 들여 모셔다가, 걸음을 걸리고, 이야기를 시키고, 고함을 지르게 하고, 심지어는 차마 못할 추잡한 일까지 시킨 뒤에, 쓸모가 없어졌다고 그대로 단숨에 죽여 버린다면, 세상에 이처럼 잔학한 놈이 어디 있을까마는, 작가란 사람들은 이런 것을 시침을 뚝 따고 헤치웠고, 장차로도 아마 이러한 방법은 수없이 많이 사용할 것이다. 여태껏 싱싱하던 녀석이 이를 뽑고 돌아오던 길에 바람을 쏘이고 자리에 누운 지, 일양일간(一兩日間)에 죽어 빼드러지는 것을 우리는 서양소설에서 많이 보아왔다. 어느 재조가 그리 능하지 못한 소설가는 철없이 많은 사람을 등장시켰으나, 이야기가 진전됨에 따라, 줄거리와는 별반 관계없는 인물들이 여기 저기서 들끓는 바람에 정신을 차릴 수 없어 쩔쩔 매던 끝에, 궁여의 일책으로 악성의 전염병을 유행시켰다고 한다. 월여(月餘)를 지나 전염병이 까라질 무렵에, 필요한 인물만 남겨놓고 이여(爾餘)의 것은 전부 몰살을 해버렸다고 해치웠다. 한 페이지 안짝으로 A도 죽고 B도 죽고 C도 죽었다식으로 깨끗하니 청결해 버린 것이다. 대담하기 짝이 없는 처치방법이지만, 동시에 치졸스럽고 서투르기 비할 데 없는 상상력이다.

조선에는 아직 이러한 살인의 능수가 없다. 구보 박태원 씨의 「우맹」이 아마 신문학 있은 이래 보기드문 살인을 많이 하였다 할 것이나, 이것은 구보의 취미나 구상 방식에는 맞지 않는 일이었다. 그러므로 구보가 살인 기록의 보지자가 된 것은 전혀 타력에 속한다 할 수 있을 것으로, 말하자면 「우맹」의 자료가 된 우리 백백교주의 덕분이라 할 것이다. 구보는 김용해 교주에게 사의를 표해 마땅할 것이다. 그러나 「우맹」의 독자는 알 일이지마는, 살인을 치를 때마다 구보는 낯을 찡그리고, 차마 못할 짓을 하는 것 모양으로 아주 인정주의적 애상에 물들어 있었다. 나는 그것을 보면서 무척 구보에게 연민을 느꼈다. 이왕 백백교를 쓰는 바엔, 작가는 좀더 잔학하고 잔인하고 매정해도 되지 않을까. 손을 대어 파헤치기는 하면서도, 눈을 딱 지르감고 해내지는 못하는 곳에 구보의 사랑스러운 인정미가 있다.(객담이지만 이러한 인정주의가 「천변풍경」 같은 데서는, 예하면 여급 기미꼬의 의협심으로서 나타났는데, 나는 이것을 구보의 통속적 요소라고 생각하고 있다. 「우맹」에는 김학수, 기생, 고학생 등의 관계로서 나타나 있다고 생각한다)

그 다음 기억으론 역시 채만식 씨의 「탁류」가 있다. 하루 밤 동안에, 고태수와 김씨 부인이 싸전가게 탁삭부리 영감한테, 몽둥이찜을 겪고 빼드러졌다. 고태수는 죽고, 김씨 부인도 죽고 싸전가게 주인영감은 감옥으로 갔으니, 중요인물 셋이 대번에 처치되고, 이야기의 줄거리는 이 덕택에 한 가닥을 떼어버리고, 꼽추와 초봉이, 계봉이와 승재 - 이렇게 단출히 되었는데 마지막에 가서도 채씨는 결국 초봉이로 하여 꼽추를 살해케 하고 초봉이를 감옥으로 보내는 것으로 인물들과 그들의 관계를 끝맺었다. 살인을 퍽 유익하게 썼고, 이 점에서 채씨는 구보보다도 살인작가의 명예를 지님에 유자격하다.

이 외에 나도 「대하」에서 박성권의 첩, 파평 윤씨네 족속을 없애 버리려고 애쓰던 끝에, 살인을 교묘하게 이용하는 데는, 구보나 채씨보다 훨씬 뒤선다. 더구나 가족사 같은 데는 원체 따라 다니는 인물이 많게 되기가 쉽고, 또 나의 역량으론 그렇게 많은 사람에게 하나 하나 개성을 주기가 곤란하여 인물을 단출하게 하느라고 이주를 시키고 병도 유행시키고 했는데, 앞으로 이 문제는 더욱 다단하고 복잡해 가서 적지 않이 켕긴다.

이태준 씨 같은 이는 이 즈음 연재중인 「딸삼형제」(연재중의 것을 인용해서 죄송스럽다)에서 가족관계를 전부 떼어버리고 그대로 딸만 삼형제로 만들고자, 어머니는 병으로 없애버리고 아버지는 다소 부자연을 느끼리만큼 등장을 시키지 않고, 멀리 첩살림을 시켜버리고 말았다. 언제이고 필요한 때엔 끌어다 사용하고, 필요치 않을 때엔 그대로 첩댁에 처박혀 돌 모양 같다. 원체 신문소설에 능한 분인지라 부자연함을 느낄 대목에선 아버지를 사랑으로 모셔들이기도 하지만, 그 푸대접이야말로 언어도단이다.

김동인 씨는 「정열은 병인가」에서 서구의 행장을 자의롭게 보장하기 위하여 거추장스러울 그의 부모를 아예 작중에 끌어들이지도 않고 없는 것으로 해 버렸다. -

인물을 단출하게 꾸미기 위하여 김동인 씨나 이태준 씨의 방법을 취할 것인가. 혹은 채만식 씨의 방법을 취할 것인가는 작가가 장편에 손을 대어 처음 구상을 꾸밀 때엔 의식, 무의식간에 한 번 당도해 보는 문제는 아닐까 하고 나는 지금 생각해 보고 있다.(4월 2일)

(『박문』, 1939년 8월)

스승 무용기(無用記)

문학 수업에 있어서 스승을 갖는 것이 필요한 일인지 아닌지는 논의의 여지가 있을 것이나 여태껏 스승을 가지지 못한 것을 후회하거나 한탄해 본 적이 없는 것은 사실이다. 아무개 문하생이라고 한대도 물론 결코 부끄러울 것은 없을 것이다. 요즘처럼 문단정치가 성행할 때에 기성 선배의 등을 이용하려들거나 혹은 도제 제도의 유풍 같은 길드적 관계의 부활을 꾀하거나 하는 등 사(事)야말로 부끄러워 마땅할 일이다. 대범(大凡) 조선 문단처럼 10년 내외에 세대가 교체되는 고장에 있어서는 새로운 문단에의 등장은 곧 기성의 부정을 의미하게 되므로 문학적 주장이나 기타 정신적 영향 같은 것으로는 스승이 있다 하여도 그 스승을 배반하고 양기(揚棄)하는 입장이야말로 후배에게 요망되어왔다. 그러므로 요즘 우리의 눈에 띄는 신인들의 '스승'에의 '대접'이나 기타 사제관계의 유행은 신세대의 문학적 무내용 정신적 빈곤과 아울러 생각해 볼 때에 일맥의 상통하는 이유가 있는 듯하여 흥미가 없지 않다. 공연히 건방진 것도 탈이지마는 일정한 주의 주장 밑에 신인이 기성을 부정하려드는 태도에는 일종의 적극적인 면모가 없지 않은 것이 사실이다.

소년 시기부터 이런 생각을 하고 있지는 않았을 것이 분명한데 환경의 탓인지 불행히(혹은 다행히) 나는 문학 수업에 있어서나 작가 생활에 있어서 한 사람의 스승도 가지지 못하였다. 평양고보 시절에 『월역(月域)』이란 동인잡지를 내면서 스승에 대한 이야기가 동인간에 없지 않았으나 결국 유야무야하였다. 김동인 씨도 주요한 씨도 평양에 있을 시기이고 졸업 임박해서는 양주동 씨도 와 있을 때였다. 동인 씨를 스승으로 모셔도 될 것이었으나 「딸의 업을 이으려」든가 그런 소설을 『조선문단』에서 읽어본 직후라 동인들은 동인 씨에게 그다지 존경이 가지 않았던 모양 같았다.

주요한 씨와 우리 동인들과는 일차의 교섭이 있었다. 동인 중의 한 분이 그 때 동아일보 지국장으로 평양 남문통에 와 있던 주시에게 '한번 찾아가고자 하는데 형편이 어떠하시냐'고 반신절수(反信切手)를 넣어 편지를 띄웠더니 아무때나 좋으니 지국으로 들르라는 회서가 왔다고 그 편지를 나에게 보이며 같이 가자고 말하였다. 그 때의 문면은 간단하나 퍽 친절하였던 것 같다. 그 때 나는 주씨의 『아름다운 새벽』의 애독자이기는 하였으나 주씨가 축구대회의 심판을 하느니 어쩌느니 하는 것이 불쾌하게 생각되었던 시기이라 동행하지 않았다. 찾아갔던 우인들의 말에 의하면 주씨에게서는 호감을 받은 모양이었다. 자본론을 가리키면서 "이걸 알아야 요즘은 행세를 할 모양이니……" 하고 한탄조로 말하더라고 하는 것처럼 들었다.

그 뒤 양주동 씨가 숭전 선생으로 왔을 때 동인 중에 씨를 2, 3차 왕방(往訪)한 이가 있어서 권에 못이기어 한 번 따라갔다. 양씨는 그 때 낮잠을 자다가 머리를 툭툭 털면서 중학생들을 맞아주었다. 아랫방과 웃방 새에 바람벽이 있는데 그 바람벽에 구멍을 뚫고 감옥소처럼 문을 달아서 그 구멍으로 앞니에 금니를 한 양씨의 부인이 과자를 올려보내던 것을 지금도 기억한다. 우리는 '센베이'를 얻어먹으며 씨의 대언장어(大言壯語)를 들었다. 씨는

「적벽부」 이야기를 하고 프로 평단을 규탄하고 춘원이 이름만 빌려주면 문예잡지를 해보겠노라고 말하였다. 동인 중의 시인 한 사람이 시고(詩稿)를 보였는데 양씨 평언이 건방지더라고 불쾌히 생각하던 말을 뒷날 들은 법하다. 양씨는 씨 자신이 초한 『조선의 맥박』이라는 씨의 시집 광고를 보이면서 "광고도 작자가 쓰느냐?"고 놀라서 묻는 우리들에게 "그거 다 그런 거지 어디 자화자찬 아닌 것이 있나" 하고 대답하여 소년의 마음에 비로소 문단의 내막을 들려주었다. 나는 다시 양씨를 찾아가지 않았다. 중앙일보 기자 시대에 사내에서 다시 한 번 양씨와 인사하고 그 때 찾아갔던 이야기를 하였더니 씨는 기억에 없다고 말하였다.

중학 시대에 교섭을 가질 뻔했고 또 어찌 어찌 했더면 나의 스승이 되었을는지도 알 수 없던 선배들은 이상의 제씨였는데 사제관계를 맺었다면 상방(相方)이 손해를 보았을 것이 분명한 일인지라 지금 생각해보면 그렇게 되길 잘 한 것 같다.

동경 간 뒤엔 내가 적을 둔 학교에는 스승으로 모실 만한 교수가 많았었다.

미키 기요시(三木淸), 다니카와 데쓰조(谷川徹三), 모리타 소헤이(森田草平), 도요시마 요시오(豊島與志雄), 사토 하루오(佐藤春夫), 쓰치야 분메이(土屋文明) 등등이 있어서 사토 씨와 쓰치야 씨에게선 작문을 배우기도 하였으나 별로 유쾌한 시간은 아니었다. 쓰치야라는 사람은 말할 수도 없는 가인(歌人)인데 다시 사토 하루오 씨는 뼈에 가죽을 씌운 것처럼 어떻게 더럽게 여위었는지 옆에 가기도 끔찍하였다. 중학 시절에 『전원의 우울』 등으로 감상주의를 만끽했던 기억조차 씨의 얼굴을 보고는 반감되는 것 같았다. 또 이역의 일개 학생쯤이 다망한 제 선생을 찾아다녔자 공연히 방해만 될 뿐으로 제씨에게서 다못 한 마디라도 잊히지 않는 교훈을 받았으리라곤 믿어지지 않았다. 이리하여 나는 대학에서도 한 사람의 스승을 발견하진 못하였다.

그 뒤 박영희, 이기영, 송영, 임화 등 제씨도 선배이니까 족히 스승이 될 것이었으나 당시의 정세의 덕분으로 씨 등과는 사제의 정이 맺어지기 전에 우인의 정이 먼저 맺어지고 말았다. 어떤 날 송영과 민촌과 셋이 목도로 배회하던 끝에 송씨가 나를 가리켜 "아들 뻘은 실히 되는 놈하고 너구 나구 하면서 술을 나누게 되었으니 프롤레타리아가 세상을 망쳤다!"고 말하여서 민촌도 웃고 나도 웃은 적이 있었다. 그 때엔 이것이 조금도 불손하지 않고 자연스레 어울렸으니 요즘 선배에 대한 아첨(阿諂)이나 기성 권위에 대한 아유(阿諛)가 우리의 눈에 추잡하게 보이는 것도 무리가 아닐 것이다.

이리하여 문학을 뜻을 두어 10수 년간 스승 없는 나에게 스승을 역할을 해온 자는 언제나 동료들이었던 것을 나는 특기하지 않을 수 없게 되었다. 무자비한 비판도 그들에게서 받았고 문학 진로의 타개도 나는 언제나 우인 동료들과의 논쟁에서 얻을 수 있었다. 이 밖에는 태서의 고전이 이와 동양(同樣)의 영향을 나에게 주었다. 지금도 나는 우인의 말을 항상 경청하여 나의 문학생활의 다시없는 조언자로 삼아온다. 결국 문학에 있어서는 스승은 무용이고 동료와 고전이 스승을 대신한다는 것이 내가 얻은 결론의 한 가닥이다.(8월 20일)

(『조광』, 1939년 10월호, '스승 무용기·스승 예찬기' 특집)

십 년 전

작가생활을 의식하고 해 온 지는 불과 2, 3년래의 일이니까, 이 이야기는 작가생활의 회고라고 말할 수 없을는지 모르겠다. 그러나 내가 예술운동에 발을 들여놓은 최초의 일이고, 단체생활에 관계한 처음이고 보니, 그것이 나의 문학생활에 있던 아무래도 하나의 기념할 만한 시기일 것 같다. 열아홉 살 때니까 소화 4년이다. 중학 시대 『월역』 동인인 한재덕 씨가(현재 조선일보 특파원으로 평양에 있다) 동경 시외 구택(駒澤)에 있던 나를 찾아와서, 와세다 교내에서 안막 군(최승희의 부군이래야 알아볼 수 있게 되었다)을 사귀어 가지고 함께 '예맹' 동경지부에 가맹했는데, 이번 하계 휴가에 동경지부 소속의 극단이 조선 공연을 나가는데 동행하면 어떤가고 물었다.

나는 한참동안 덤덤이 앉아서 생각하였다. 이것은 단순한 일 극단에의 가맹뿐만을 의미하는 것이 아니라, 안온(安穩)한 학창생활을 뒤흔들어 새로운 사회적 권내에 나서게 하는 하나의 전환점을 지을 것을 직감적으로 깨달았기 때문이다. 이 한 가지의 적은 조직의 관계가 장차 나의 생애에 어떠한 결과를 가져오리라는 것은, 당시의 정세를 막연히 추측하면서, 무사시노(武藏野)의 적막한 여사(旅舍)에서 초조한 날을 보내고 있던 나에게는 너무나 똑똑한 일이 아닐 수 없었다. 오리라고 생각한 것이 너무 돌연스럽게 찾아온 것도 같고, 또 막연히 고대하던 것이 너무 쉽사리 찾아온 것도 같고, 어쨌든 갈피를 잡을 수 없었다.

내가 아무 대답도 없이 앉아 있는 것을 어떻게 해석하였던지, 창밖에 대숲을 지나가는 취우의 소리에 잠시 귀를 기울이고 있던 한씨는,

"자네 애인도 서울 있고 한데, 이왕 서울 들를 바엔 겸사 겸사 해서 좀 좋은가"

하고 나의 의견을 재촉하였다. 한씨의 말에는, 애인에게 빼길 만도 하다는 뜻이 은연중에 나타나 있는 것을 나는 느끼지 않을 수 없었다. 씨는 다시 안막 씨에 대한 이야기를 하였다. 그리고는

"이런 기회에 문단 사람을 알아두면 이모저모로 해롭진 않을 걸세"

하고 다른 방면으로 나의 결심을 촉(促)하고 있었다. 나는 실인즉, 이러한 이해타산보다도 좀더 근본적인 기점 위에서 주저하고 있던 것이나, 어쨌든 나는 씨에게 곧 승낙의 회답을 주었고, 씨와 동행하여 고원사(高圓寺)로 동극단을 방문하고 돌아온 뒤엔, 서울 있는 여학생(한씨의 이른바 '애인'이요, 후일 나의 선처로 된 분이다)에게 방학 뒤에도 귀성하지 말라고 기별의 편지를 띄웠다. 그 편지 속에 "금번 재동경 유학생을 중심으로 하여 조직된 극단에 관계하여 전조선을 순회케 될 것인바, 경성 체류는 약 10일간으로 예상된다, 운운"의 사연이 씌었던 것을 기억하고 있다.

안막 씨와 한씨와 함께 나는 서울에 내려서 팔판동(八判洞)에 있던 안씨

네 집에 묵었다. 안씨의 말로는 예맹 본부에는 임화 씨가 연극을 주로 맡아보는데 그와 경성역에서 시간을 작정하여 만나기로 되었다 한다.

어느 날 오후 세 사람은 임화 씨를 만나러 시간을 맞추어 역으로 나갔다. 나는 서울이 생소할 뿐더러 예맹의 인원이나 사정에 대해서도 판무식이었고, 또 그 때에 내가 차지한 지위도 그저 한 개의 학생에 불과하였으므로 나는 매사에 추종이 있었을 뿐이었다. 그 때에는 학생들이 바바리의 레인코트를 입는 것이 유행해서, 나도 그 더운 때에 고보 졸업 기념으로 얻어 입은 '후라노'의 염색 교복에 치렁치렁한 코트를 입고 나섰다. 안씨는 서울 오더니 곧 흑세루 신사양복을 내어 입었다.

역으로 나가면서 안씨는 임화 씨에 대한 이야기를 하였다. 인사는 없지만 본 적이 있다 한다. 영화배우로 두 번이나 주연을 하였는데, 생긴 것이 아이노꼬 같다고 말하였다. 나는 임화 씨에 대해선 아무것도 몰랐으므로 그의 말에 경청하였다.

"아이 적엔 면도만 밴들밴들하게 하고 휘파람만 불고 다니더니 배우 노릇을 하고, 다다 미술론을 쓰고, 지금은 시를 쓴다"고 하였다. 뒤에 알았지만 그 때 임씨는 「우리 오빠와 화로」라는 시를 『조선문예』에 발표하였다.

그 날 임씨는 불그레한 헌팅을 쓰고 비로도 저고리에 회색 바지를 입고 앞이 뾰족한 구두를 신었었다. 펀뜻 보아 모양은 내려는 편인데, 요즘의 임화 씨처럼 세련된 신사풍보다도 배우식인 데가 많았던 것 같다. 그는 안막씨하고 몇 마디 수작하고, 나하고는 통성만을 나누었을 뿐이었다.

며칠 뒤에 극단의 선행 부대와 함께 예맹 사람들을 만났는데, 박영희, 윤기정, 김유영, 송영 등 제씨와 일개의 소년학생인 필자와는 겨우 이름만을 나누었을 뿐이었다. 박영희 씨는 그 때도 단장을 들고 다녔고, 윤기정 씨는 모시 두루마기를 입고 있었었다. 윤씨가 요즘은 하이칼라 양복신사지만 씨가 양복을 입은 지는 2년 뒤의 일이었다.

이기영 씨를 안 것은 그 이듬해였고, 김기진 씨를 안 것은 다시 1년이 지난 뒤였다. 『조선지광』사에서 이씨를 만났는데, 셔츠 위에 닌넬 양복을 기운

없이 걸치고 앉았던 이씨와 비가 내리는 날 나는 배갈을 마셨다. 이래 십수 년의 연세의 차이에도 불구하고 나는 씨의 주붕의 한 사람이 되었다.

소화 5년에 나는 '김효식'이라는 본명으로 중외일보에 「영화운동의 출발점 재음미」라는 최초의 글을 발표하였다. 소화 6년 1월 1일에 남천이란 펜네임을 지어 붙였는데, 그 때에 비로소 나는 소설과 희곡에 붓을 대어 보았다. 그리고 그 해 8월에는 벌써 제1기의 나의 작가생활은 종언을 하고 고하고 있었다. 그 동안에 내가 쓴 것은 논문이 2, 3편에 소설 희곡이 2, 3편이었다. 내가 없을 때에 발표된 「공우회」라는 작품을 유진오 씨가 칭찬하였다는 말을 들은 것도, 그리고 「조정안」 등이 카프 문학부에서 추장(推奬)되었다는 것을 안 것도, 모두 2년 뒤의 일이었다. 이 때부터 나의 작가생활의 제2기가 시작되는 것이나, 그것은 가장 불행한 시기였다. 이것이 소화 12년 고발정신 제창으로부터 시작되는 제3기까지 지리하게 계속되었다.

(『박문』, 1939. 10, '작가생활의 회고' 특집)

양덕(陽德) 온천의 회상

처음은 사람 없는 절간을 찾아 1, 2개월을 그 곳에 묻혀서 장편소설 천매를 써 가지고 돌아오리라 생각하였다. 신문도 잡지도 보지 않고 전념하여 나의 최초의 장편소설을 이루어보리라고 결심했던 것이다. 작년 5월 중순 석 달을 작정하고 서울을 떠나 나는 나의 고양으로 갔다. 그러나 가깝고 편리한 절간을 찾아낼 수가 없어서 그 다음에 생각한 것이 양덕 온천이었다.

양덕이 내 고향서 불과 백 리 자동차로 한 시간 반이면 갈 수 있는 고장이건만 나는 여태껏 그 곳의 흙을 밟아 본 적이 없었다. 그러나 고향 사람들의 양덕 내왕은 잦았고 내 가족 중에도 더구나 부인들은 한두 차례씩 다녀오지 않은 이가 없었다. 고을 안에서도 일년에 한두 번 친척집에 대사가 있을 때마다 외출하시는 내 어머니도(그러니까 아직 평양 구경도 하시지 못하였는데) 양덕 온천엔 벌써 4, 5차 다녀오셨고 내 누이들도 한두 번은 거의 다녀왔다. 어머니는 소화불량 신경통 등 신환(身患)으로 다녔었지만 누이들은 대개가 이의 수행으로 다녔다. 비교적 건강하신 가친이나 나 같은 청소년은 한 번도 덕양 온천을 구경하지는 못하였었다.

이것으로 짐작이 가겠지만 양덕 온천은 여태껏 유흥지는 아니었던 것이다. 지금 철로가 놓이고 앞으로 평원선이 개통이 되면 주을(朱乙)보다 못지않은 아름다운 경개로 하여 단연 눈부시는 고급 유흥처가 될 것을 추상키 힘들지 않으나 아직 것은 어느 편인가 하면 병을 고치는 온천이지 결코 배천〔白川〕이나 온양이나 해운대와 같은 놀이터는 아니다. 그러니까 시설 같은 것은 아무런 보잘 것이 없다. 욕탕도 남녀의 공중탕이 있을 뿐, 대탕지에 구룡각이라는 호텔이 있으나 설비에 비해서 숙박료만 비싸고 또 지나치게 음탕하다. 하녀가 기분금(幾分金)에 의하여 유녀(遊女)로 변하리만큼 공공연하게 비천하다. 그래서 점잖은 부부는 약간 투숙에 곤란을 느낄 정도에 있다.

나는 목적이 원고 집필이라 양덕역에서 10분 동안 아름다운 계곡을 끼고 들어가서 앞뒤에 푸른 산을 병풍처럼 돌려친 가운데 지저분하게 널려 있는 대탕지 온천을 택할 수는 없었다. 양덕 고을엔 사돈이 살아서 날마다 숙사에 출입할 것을 두려워하였고 여기는 고향 사람들의 내왕도 잦을 뿐더러 간혹 평양이나 성천 등지에서 부녀자들이 찾아오는 중엔 색채에 굶주린 젊은 청년의 눈을 어지럽게 할 위험성도 없지 않아서 나는 이 곳을 집필 장소로 골라잡을 용기가 생기지 않았던 것이다. 그러지 않아도 내가 사돈 한 분과 처음 대탕지 온천을 찾아갔을 때, 활짝 열어 놓은 여탕의 탈의장의 창전(窓前)을 지나치다가 선불리 두면 있는 부인네의 붉은 몸뚱아리를 보지 않으면 안 되었고, 결국 오래간만의 해후를 그대로 보내기 서운하다 하여 백주에 산정에서 무릎을 마주하고 맥주를 나누게까지 되었었는데 이런 상태로 밤이 오고 밤이 가고 하는 동안 내 머리가 평정한 상태에서 집필을 계속할 수 있을런가는 심히 의문이 아닐 수 없었던 것이다. 본시 전장에 향하는 듯한 각오를 가지고 떠난 길이라 부녀자의 앞에서 도학자적인 태도를 견지할 만한 뱃심은 준비되어 있었으나 궤도를 벗어나서 때로 분마(奔馬)처럼 내달리는 방분(放奔)한 청성(靑星)의 마음을 뉘라서 보장할 수 있을 것이냐. 군자는 위태로운 데 가까이 가지 않음이 의당(宜當)하다고 생각할 수밖에 없었다.

나는 이리하여 그 곳서 버스를 타고 60리를 더 원산 쪽으로 들어간 석탕지 온천으로 향하지 않을 수 없었다. 주석을 붙여 두거니와 양덕 온천이라면 대탕지 온천을 가리킨다. 평원서부선 양덕에서 약 10분 간 산보허(許)에 있다. 상세사(詳細事)는 관광협회 발행의 여행안내서나 『조선의 온천』을 보면 좋을 것이다.

그러므로 석탕지(돌탕지)는 같은 양덕 온천 속에 포함은 되지만 그것과는 구별을 세워서 생각할 필요가 있을까 한다.

석탕지 욕탕도 편창회사에서 경영을 한다지만 시설은 서울 낡은 목욕탕과 대차 없고 오히려 더러우면 더럽지 깨끗하지는 못하다. 계절이 농번기인 탓도 있지만 욕객은 5, 6명, 남녀 도합 10수 명의 한적한 상태였다. 면민은 무료로 출입한다. 그러니까 회사측에선 오히려 채산도 안 된다고 한다. 그러나 수질이나 수원만은 단연 우수하여 돌틈에서 물이 솟는 못가에 나가 나는 날마다 계란을 삶아먹었다.

아는 이의 안내도 있고 하여 나는 양덕서 일박하고 석탕지에 도착한 날 2층이 있는 내지인의 여관에 투숙하였는데 식사 같은 것은 보잘 것이 없고 방도 노래기 들끓고 논밭 속에서는 밤이 새도록 개구리가 울고…… 남포등 밑에 책을 펼쳐놓고 나는 때때로 우심(尤甚)한 고독에 붙들려 있었다. 시골인데 닭도 없고 천어(川魚)도 없고 나는 '간즈메'에 진물려 시시로 동민을 찾아 구탕(狗湯)을 먹으러 나서지 않으면 안 되었다. 구육도 장유(醬油) 맛이 시원치 못해서 고명이랄 고명이 엇고 소주에 일려가며 참말 음식에서 별반 미각을 탓하지 않는 내가 아니면 가히 즐길 수 없을 그런 정도였으나, 그래도 동리의 청년(그 중에는 이발사 화물자동차의 운전수와 조수, 불량 기운이 있는 나차른 딸을 가진 파락호 등이 있었다)들과 비오는 밤고개를 넘어 개장과 술에 취해가지고 수심가를 부르며 숙사로 돌아오던 정취는 지금까지도 잊히지 않는다.

내가 묵고 있는 여관은 한때 '田の月旅館'이라는 이름으로 불리워졌달 만큼 논 속에 서 있는 함석지붕의 '바라크' 같은 집인데 탕지에 오르는 연기 같은 김에 서리운 수풀과 논두렁과 벌탕지〔野湯〕 고개 위에서 돋는 달을 바라보며 개구리의 울음을 듣는 맛은 아무런 데서나 맛볼 수 있는 흥취는 아니었다. 이러한 밤 춘정에 들뜬 청년들은 여관의 계집을 쫓아다니며 맥주를 기울이기에 바쁜 모양이었다. 이발소는 동리의 방송국처럼 되어서 머리가 흐리멍텅할 때 낡은 의자에 누워 면도를 하면서 구구한 신문과 잡지에 귀를 기울이고 욕탕에 가서 잔등의 신경통을 터는 맛이 역시 그럴 듯하였다.

때때로 고독을 이기기 힘들 때엔 '트럭'을 얻어타고 대탕지로 나가 친구를 찾아서 하룻밤의 주연을 베풀거나 운전대에 올라앉아 수해(樹海)를 달리는 맛도 좋았다. 양덕은 온천 외에 송림이 명물이어서 가을이면 송이가 유명하다. 일전 시골 있는 조카 아이가 양덕 송이라고 푸른 솔잎을 덮고 두렝이에 넣어서 소포로 보내주어 하루저녁 가을 향기를 시식하였는데 지금쯤 양덕 온천엔 송이 따기가 한창일 것이다.

이런 것을 생각하면 지금이라도 당장에 여장을 꾸려가지고 양덕으로 달려가고 싶다.

아침 온천을 한탕하고 마음맞는 친구와 부인네들과 쌍을 지어 깊숙이 송림을 헤매이며, 송이 사냥을 하다 돌아와서 저녁 녘에 다시 하루 동안의 피곤을 탕에서 씻은 뒤에 송이볶음을 상에 놓고 따끈히 잘 데운 술잔으로 깊어 가는 가을밤을 즐겨볼 것을 상상만이라도 하여보라!

겨울엔 멧도야지, 꿩의 수렵이 명물이니 아직 알려지지 않은 양덕이 교통의 편(便)을 얻게 되는 날 나는 전 조선에서 일 위를 점하는 온천이 될 것을 믿어서 의심치 않는다.

(『조광』, 1939년 12월호, '온천장 순례기' 특집)

현대여성미

때로 용의주도한 산보인이 되어본들 어떨 것이랴. 하루는 종로 네거리에서 오후 네 시를 기점으로 하고 서서히 발을 옮기어 보았다. 광화문 네거리에서 태평통으로, 부청(府廳) 앞을 지나 장곡천청으로 빠져 나가 우편국 앞 광장에 이르렀다. 로타리를, 교통윤리의 규정대로 우편국-본정 입구-삼월오복점-저축은행-청목당의 순서로 좇아 한 바퀴 돌고, 남대문 옆을 거쳐 경성역에까지 와서, 드디어 경의선의 완행이 오후 여섯 시의 손님을 쏟아 놓는 것까지 구경하고 나니, 그 동안에 소비한 시간이 더도 말고 꼭 두 시간. 장안의 짧은 하루는 이미 황혼을 지나서 캄캄한 밤이었다.

이 코스를 산보하는 데 두 시간을 걸린 데는 까닭이 있다. 관문처럼 된 몇 군데에서 나는 십 분 내지 이십 분을 땅에다 발을 붙이고 조수처럼 밀려드는 사람의 떼에 황홀히 눈을 빼앗겼던 때문이다. 화신 백화점, 광화문 네거리, 조선 호텔, 본정 입구, 그리고는 경성역 출구. - 이것이 세월 좋은 산보인의 수시(隨時) 정류장이었다.

양단 두루마기에 은호(銀狐)의 스카프는 둘렀으나 인력거를 타고 요리점으로 가는 이의 현대미에는 들 수 없다. 스와가 식의 외투에 알룽달룽한 조셋드의 목도리가 가난하고 시산스럽긴 하여도, 입술의 붉은 루즈와 전발(電髮)로 하여, 여급 제씨는 오히려 현대미의 총아가 되어도 마땅하다. 간편한 스목크로 화해 버린 스츠와 두터운 멜롱으로 깡충하게 겉갑줄을 두른 가방 근 젊은 직업 여성의 물결. 총독부에서, 체신국에서, 보험과 분실에서, 경무국 분실에서……. 그들은 연령과, 화장과, 신은 지 반 년이 되는 마멸된 하이힐과, 즉쿠 가방에 든 벤토와 또는 부인구락부의 부록과, 한토리의 털실로 하여 어김없는 타자기양(孃), 계산기양, 장부양, 서류나 카드 정리양, 교환수양 등등이다. 때때로 건방진 토크와 스마트한 앙상블과, 변소 옆 화장실에서 두드리고 나온 코티 냄새가 파격적이라 하여도, 그가 여학교를 나온 직업 여성임을 속이지는 못한다. 생활에 여유는 있는지 모르겠다. 그러나 그렇다면 아직 신랑 될 신사를 붙들지 못했었거나 여하튼 그들의 머리가 생각하고 있는 것은 적게는 틀리되 크게는 일치할 것이다. 반도 호텔의 포치에서 차에 오르는 부인네가 있다. 애프터눈의 푸아코트를 입고 장식이 붙은 크레르데싱의 부인모는 서울 태생 같지 않아서 혹여 부민관에서 공연하는 무용이나 음악, 아니 어느 영화관 아트렉션에 나올 스크린 여사는 아닐런지. 그러나 조선 호텔에서 나오는 모피 속에 대추씨만큼 한 얼굴을 파묻은 오만스러운 부인네는 동승한 코 큰 친구로 하여 연상한 것이 아니라, 대상을 삼킬 듯한 총명한 벽안으로 하여 우리가 가끔 오십 전씩 지불하고 구경하는 먼 이방의 현대미인 것을 안다. 한가지 양복은 입었으나 부립 도서관에서 커다란 책보를 끼고 땅만 보면서 걸어 나오는 우리 부인네를 보라! 그는 2부 시험에 안과 한 가지가 통과되지 않아서, 3부는 그대로 임상이니까 수이 면허증이 나올 것을, 그것이 마음대로 되질 않아 오늘도 변함 없는 우울한 황혼이다. 본정 입구에선 우리 부인예술가의 삼삼오오의 작반과 만났으나 이들에게는 고유의 특색 있는 풍속이 아무데도 없어서 심히 유감스럽다. 그보다는 정거장이 훨씬 재미있다. 신촌서 오는 손님이 출구로 나온다. 까만 세루 두루마기는 아직도 제복이다. 양서(洋書)푼어치나 배운다고 모두가 가죽 가방이다. 그래도 뽑부와 중발(中髮)에 명랑이 깃들어서 유쾌하다. 「선생님 안녕히 가세요!」의 인사를 받는 이는 로힐에 검정 명주 두루마기를 길게 입어서 그 밑에 입은 것이 국방색인지 무언지는 알 수 없으나 낯짝에 기독교적 위선이 웃고 있는 것으로 보아 아무래도 그들의 성경 교원이다.

인제 고현(考現)산보는 그만하고 수첩을 공개한다.

허무(虛無)미 - 아무데도 없다. 있을 것 같으나 아무데도 없는 것이다. 그들은 허무에 빠질 만큼 성실된 사색을 해 본 적이 없다.

회의(懷疑)미 - 이것도 상(上)과 동(同)함, 이다.

퇴폐미 - 이건 얼마든지 있다. 허무미나 회의미는 결여되고 퇴폐미만이 흔하다는 것은 현대 여성의 내면생활에 「성실」이 빠져서 없어졌다는 것을 말하는 증거가 되지는 않을까.

감상(感傷)미 - 그러니까 감상미는 영구히 현대 여성미의 구성 요소가 된다. 감상미를 끌고 다니는 한, 조선 여성의 지적 수준은 문제도 되지 않을 것이다. 오히려 범용성과 평범성이 훨씬 미적이다.

요설(饒舌)미 - 이건 현대적 화술만 체득하면 언제까지나 가지고 있어도 좋을 것이다. 침묵은 여성에게 있어서는 미가 아니다.

의장(擬裝)미 - 연약한 부인네, 성조차 가질 수 없는 아담의 늑골은 의장을 가져야 한다. 위엄을 갖추고 세계라도 삼킬 듯이 한번 빼겨보지 못할 것이 무엇이랴! 전일, 미국에서는 스텐레스 스틸제의 헬멧 같은 군국조(軍國調)의 금속모가 부인네들 간에 전시 모드로서 유행하고 있다는 외전에 접하였다. 사자처럼도 차려라! 탄환처럼도 의장하여라!

교양미 - 여성미를 희생하고서야 교양미가 생겨난다면 나는 절대 반대다!

(『인문평론』, 1940. 1, '현대미의 서(書)' 특집)

무전여행

한때 학생들 간에 무전여행이 성행하였다. 방학 때를 이용하여 서넛이 작반하여 지방을 순회하는 것인데 고을이나 술막에 들르면 신문지국이나 지방 인사의 신세를 졌다. 학생 위에 무거운 책을 지웠던 당시의 사회는 생판 본 적도 들은 적도 없는 학생들의 하숙을 주선해 주고 그들의 점심값을 알선해 주면서도 불평은 샘스러 다시 없는 즐거움으로 여겼었다.

다 아다시피 지금은 그런 무전여행대도 없거니와 있다고 해도 대접을 받지는 못할 것이다. 어느 동안에 시세가 변한 것이다.

그런데 나는 요즘 가끔 가다 이 무전여행을 하고 스스로 즐기고 혼자서 유쾌해 한다. 품안에 아전(아錢) 한 푼을 지니지 않고 팔도강산을 헤매이는 것이다. 때로는 멀리 만주 벌판과 배를 타고 항해도 한다. 북경의 계집과 술도 나누고 항구의 청년과 도박도 하는 것이다. 때로는 비행기 위에서 태산준령도 굽어보고 푸른 바다도 내려다보는 것이다.

임학수 씨도 「표박(漂泊)의 혼」에서 이러한 무전여행을 즐기고 있었다. “달도 없어 낙엽이 창을 치는 밤, 나는 또 벽에 기대어 차시간과 선가(船價)를 따지고, 눈은 준령과 평원을 한숨에 넘어, 저 멀리 기러기 날르는 초원과, 아득히 남쪽 하늘의 유구한 성좌를 좇나니……”

나는 결코 시인을 본받은 것이 아니다. 소설가란 속되어서 관광협회에 아는 부인이 있는 것을 기화로 그 분한테서 각처의 여행 안내를 한 묶음 잔뜩 얻어다 두고 가끔 소설을 쓸 때 써먹곤 하였다. 한번 다녀온 곳도 숙박비나 실내의 구석 구석이나 그리고 차편이나 유람 코스 같은 데 자세한 기억이 남아 있지 않는데, 황차 가보지 않은 고장을 알 턱이 있는가. 그러나 가 본 적이 없다고 꼭 필요한 고장을 소설에서 생략해 버릴 수는 없다. 상상력이 얼마나 부족한 것을 알고서 슬퍼지는 때는 이런 순간이다. 그러나 저러나 곧 여장이라도 꾸려 갖고 나서서 다녀올 경우면 몰라도 그렇지 못할 형편이면 부득이 튜어리스트 뷰로의 신세를 질밖에 딴 방도가 없다. 나는 설합을 들춰서 한참 종이 위에서 여행을 즐기는 것이다. 그것이 또 소상하고 자상해서 그 지방의 연혁에서 인문지리 숙박 유흥에까지 ‘심득(心得)’과 아울러 없는 것이 없다. 백문이 한 번 봄과 같지 못하다 하거니와 이건 그 반대다. 이리해서 머리가 어찔할 때, 심사가 우울할 때, 공연히 방랑벽이 솟아날 때, 나는 이를 뒤적거리며 무전여행을 하며 한 나절을 즐기는 것이다. 소설가라 「표박의 혼」이라는 하이칼라한 제목은 미처 생각지 못했다. 그저 무전여행, 돈없이 여행한다는 그런 종류의 여행인 것이다.

(기묘〔己卯〕 국추〔菊秋〕)

(『박문』, 1940년 2월호)

황율(黃栗) · 연초(煙草) · 잠견(蠶繭)

- 망향 수필 -

보통학교 1학년 때엔가, 2학년

때에, 조선어 독본에서, 성천(成川)은 관서(關西)의 일읍(一邑)으로서 교통의 요지요, 명주와 연초의 생산지로 운운의 글을 발견하고 전반(全班)의 생도가 모두 기뻐하고 자랑으로 삼았던 것을 지금도 기억하고 있다. 그 때에 우리에게 조선어 독본을 가르치던 선생도 바로 성천읍의 출신은 아니었으나 같은 군의 태생이어서, 이렇게 교과서에 오를 만큼 우리 성천은 유명한 곳이니까 너희들은 이러한 명예를 잊지 말고 열심히 공부하여 장차 우리 성천을 더욱 빛나게 하는 훌륭한 위인이 되지 않아서는 안 된다고 일장 훈화까지 하셨고, 이래서 모두 장차 위인이 되야겠다고 어린 생도들이 굳은 결심을 한 것이었다.

그러나 이 독본을 배우던 아이들 중에 상당한 연령에 이른 나이 많은 생도가 있어서, 그는 손을 들어 선생을 부른 뒤 우리 성천에는 강선루(降仙樓)와 비류강과 무산(巫山) 12봉이 천하의 절승이요, 명산물로 말해도 명주와 연초 외에 황율이 있는데, 이 교과서의 작자는 어째서 그것을 기록치 않았는가고 질문을 들이대었다. 물론 질문을 받는 선생도 이의 책임을 짊어질 수는 없고, 그렇다고 이 생도와 함께 어울려서 향토애에 몸을 맡겨 헛되이 교과서를 공격할 수도 없는 일이라, 지금은 잊었지만 소학교 훈도답게 쌍방에 모두 티가 가지 않게 어수룩한 대답을 했던 것 같다.

이런 이야기를 늘어 놓을 것도 없이, 아는 이는 알겠지만 평안남도 성천은 황율과 연초와 잠견의 명산지다.

혹여 독자 제씨 중에는 성천율을 자셔 보신 이가 계시지 않을까? 물론 성큼 먹어 보았노라고 대답하실 분이 없을 것이다. 그러나 평양율, 혹은 약밤이란 걸 자셔 보신 이도 없으실까? 꼭 있으리라고 나는 믿는다. 서울서도 본정(本町) 같은 데서 평양율이라는 간판을 걸고 이것을 담아서 판다. 엄지손가락만큼밖에 크지 않은 윤택이 나는 밤이다. 입에 넣어 깔 때에 달작지근한 것은 상인들이 설탕물을 묻혀서 그런 것이지만, 그 모양부터 결코 강원도나 청평천에서 나는 따위의 내피가 벗겨지지 않는 쌍트런 밤과는 판이하다. 서울서는 아니라도, 정거장 같은 데서 '조선 미야게' 또는 '평양 미야게'라 하여 구럭에 넣어 파는 것은 물론 틀림없이 맛보았을 줄 생각한다. 손으로 꼭 쥐면 외피가 부서지며 알맹이가 굴러 나오고, 고놈을 입에 넣어서 씹으면 그 달고 고소한 맛에 세월 가는 줄을 잊어 버릴 지경이다. 바로 이 평양율이란 게 대부분은 실인즉 성천율인 것이다. 그 명성이 황주쯤만 했어도, 황주 임금(林檎)으로 버티듯이 성천율로 뻐겨 볼 계제도 되겠는데, 원통하게도 평안남도 산간 지대의 천 호 내외의 일 한읍(寒邑)인지라, 할 수 없이 평양의 딱지를 붙여도 항의 한 마디 던져볼 성수가 나지 못하는 것이다. 대장의 집에 식칼이 귀하다고, 밤은 성천서 나건만 성천 사람은 좀처럼 맛볼 수 없이 되었다. 밤꽃이 지고 밤송이가 여물기 비롯할 무렵이면 산업 조합을 위시하여 도회의 상인들이 밤밭으로 찾아다니며 나무째 산째 사 버리고, 이리해서 임물차(賃物車)와 기차로 평양에 실어 내는 통에 시골 사람들은 그저 밤 포대(布袋)를 바라보며 허이옇게 군침만 삼킬 뿐이다.

사정은 연초가 더 딱하다. 옛날에는 성천초라 해서 진상도 갔었더란다. 우리가 유학을 떠나기 전만 해도 뒷곁에 한두 포기 심어서 엽초를 만들어 또는 '깡초'를 만들어 집에서 쓰던 것 같은데, 전매국이 생기고 경작 조합이 생긴 뒤에 이런 짓을 했다가는 물론 벌금이나 과료(科料)감이다. 다른 농사보다 소출이 낫다고 해선지 가는 곳마다 담배밭이었다. 우리는 담배꽃과 담배씨와 니코틴이라고 하는 담배진과 그리고 담배를 말리우고 색채를 내는 법과 - 이런 것을 소상히 구경하였을 뿐만 아니라, 겨울 담배 뿌리를 뽑아서 곧잘 불작난질을 했었다. 그러나 그 뒤엔 어쩐 셈인지 읍내 부근에는 담배 경작이 드물어지고 그것이 양덕, 맹산 같은 인군(隣郡)에 더 치성(熾盛)해져서 성천 출장소 관리들은 매일처럼 출장으로 날을 보낸다. 이러한 담배가 어디로 가서 무엇이 되는지, 듣는 말엔 성천초는 '단풍'에나 쓰이고 '마코'까지도 못들어 간다고 하니 나의 자랑거리가 될 것까지도 없이 되었다.

고치는 지금도 꽤 많이 나는 모양 같다. 공동 판매에서 농회(農會) 사람이 사서는 '산십(山十)'이나 그러한 제사 회사로 넘겨 주는 것인데, 집에서는 가끔 지금도 왕고치 같은 걸로 명주를 짜서 방학 때 귀향했던 학생들 상경하는 편에, 명주 한 필 여(汝)의 넷째 누이가 시직(試織)한 것으로 저고리나 한감 뜨라고 편(便)이 있기에 부송(附送)하노라 - 해서 나도 그것으로 방한(防寒)을 삼을 때가 있다. 집에 상전(桑田)이 있어서 그것을 경영하는 방법 같은 것은 아이들 적에 친히 보았고, 또 누에를 집에서 쳐 본 적도 있어 손수 뽕을 따 본 일도 있다.

이렇게 20여 년 전 조선어 독본에 기술되었던 내 고향의 명산은 그 뒤 상당한 변모를 겪었는데, 그러는 동안에 교통의 요지라고 씌었던 말은 지금 완전히 헛소리로 변해 버렸다. 상전이 벽해는 되지 않았으나 이 교통로만은 그 뒤 성천을 완전히 변모시키고 말은 것이다. 아니 변모를 한 건 인읍(隣邑)이고 성천은 조금도 변하지 않았다는 의미에서 교통의 요지의 자격을 고스란히 몽땅 잃어버리게 된 것이다.

아이들 시절부터 놓인다고 야단이던 평원선이, 지도를 보면 알 일이지만, 꾸부정하니 북으로 돌아서 순천에 정거장을 만들고 성천에는 30리 밖에 적은 역을 만들어 주었을 뿐으로 교통의 요지의 자격은 그대로 순천읍에 넘어가 버렸다. 이어서 만포진선(滿浦鎭線)이 순천역에서부터 갈라지는 통에 그거야말로 순천은 평남에서 제2위를 다투는 요충지로 되어 버렸다.

이렇게 해서 내 고향은 어느 때 가보나 변하지 않은 한심스런 작은 고을채로 남아 있다. 지금 아이들이 배우는 조선어 독본에도 그러한 글이 씌어져 있는지 모르지만, 물론 성천의 두 자는 말살이 되어 버렸을 것이요, 설혹 지리책의 한 귀퉁이에서 그의 형해를 발견한다고 하여도 명산지도 교통의 요지도 떨어져 버렸을 것이다. 그럴수록 1년만에 찾아가나 2년만에 찾아가나, 또는 내가 외지에서 갖은 고난을 겪다가 오래간만에 찾아가나, 내 고향의 모습과 사람과 풍습은 변함이 없고, 내가 어려서 놀던 곳, 산보하던 곳, 그런 곳이 고대로 나를 맞아 주는 것이다.

새해가 왔다고 무엇이 변하였으랴! 나는 새해를 맞으면서 두고 온 고향을 그리며, 헛되이 삭막해 가는 고을의 스산한 소리만 늘어놓았으나, 그들이 희망에 살기를, 그리고 그들의 생활에 다행이 있기를 비는 마음만을 잃지 않고 있다.

(『농업조선』, 1940년 2월호)

연애시집 한 권쯤

이런 말을 고백해서 혹여 모욕을 살는지도 알 수 없으나 나는 소설을 쓰기 시작해서 이래, 시를 쓰고 싶다든가 시인이 되고 싶다든가, 그런 생각을 품어본 적은 한 번도 없었다. 그러니까 "내가 만일 시를 쓴다면?"하는 질문을 받고 비로소 나는 "참말 시를 쓴다면 무얼 쓸 것인가?"하고 나의 마음을 뒤적여 보았던 것이다. 그러나 창졸간에 이렇게 머리를 뜯는 판이니까 편집자가 말씀하시는 희망이나 포부 같은 것이 있을 턱이 만무하다. 비로소 나는 내가 소설가인 것을 얼마나 만족해하며, 또 내가 매일처럼 소설을 쓰면서 살고있는 것에 얼마나 많은 즐거움을 발견하고 있는가를 알 수 있었다.

나는 몇 해동안 소설을 잘 쓸 것만 생각해 오노라고 시 같은건 도무지 생각해 보지도 않았다. 간혹 가다 시정신(詩精神)이 밑받침되지 않은 산문정신은 있을 수 없다든가 시미(詩味)가 없는 소설은 진정한 산문이 아니라던가 하는 등의 이야기를 들었으나, 그런 되지않은 수작은 깊이 음미해 보지도 않고 경멸하였다. 산문정신의 장래를 시정신(詩精神)의 도입이나 그것과의 합작에서 찾으려는 자는 소설을 쓸데없이 애수나 서정미나 문장취미에 예속시키려 드는 낙오(落伍)의 도(徒)들이다. 산문정신에 방(倣)하는 외에 소설문학이 현대를 살아갈 길은 있지 아니하다. 시를 무시하고 시정신(詩精神)을 초개처럼 차버릴 수 있는데 산문정신의 위대함이 있다. 시가 고고하다던가, 시인은 대중에게 읽히기를 즐기지 않는다던가, 시의 위의(威儀)에 대해 수작질하는 시인일수록, 명예욕은 더 심하고, 주육지간(酒肉之間)에 도당(徒黨)은 더 만들려 들고, 발표욕은 더 왕성함을 보았다.

나는 불행히 아직 서명(署名)하지 않은 시를 읽어본 기억이 없다. 그 대신 게재순이나 지면의 체재(體裁) 같은 것을 중얼거리는 많은 고고한 시인의 불평을 구경하였다. 이러한 모든 감정까지도 함께 휩쓸어 사회와 생활의 전체를 먹어삼키고도 눈 하나 꿈쩍하지 않는 산문의 무서운 정신 앞에 나의 온몸을 바치는 것이 나의 최후의 기원(祈願)이다. 그러니까 구태여 자꾸만 졸라대면 청춘의 기념으로 연애시집이나 한 권쯤 가지고 싶다고 대답할 밖에 시에 대해선 아무런 생각도 갖고 있지 못한다.

(『인문평론』 제6호, 1940년 3월)

풍속수감(風俗隨感)

상. 지참금

평양 사람은 아들보다도 딸 낳는 것을 기뻐한다는 이야기가 퍽 전부터 '내려오는 말'로서 전해져 오고 있다. 이렇게만 들으면 사내아이만을 중하게 떠받드는 세상에서 평양사람이야말로 퍽 개안한 인사들이라고 생각하실 분이 계실는지 모르나 그 까닭이 실상은 평양 부근에서 출생한 우리들로서는 저윽이 명예롭지 못한 수작이어서 딸을 낳으면 기생에 부칠 수 있고 이렇게 되면 딸 하나가 아들 열놈은 당해 낸다는 것이 설명으로 되어 있는 것이다.

이것은 물론 평양에 기생이 흔하다는 사실을 가지고 평양 사람에게 욕을 주려고 만들어 낸 조작의 수작이겠지만 평안도 산골로 가면 얼마 전만 해도 아닌게 아니라 딸 낳으면 천냥(千兩) 벌이했다고 위안하는 말이 없지는 않았던 것이다. 기생을 부치는 것은 아니지마는 혼인하기 전에 신랑의 집으로부터 선채(先綵)와 함께 '바느질삯'이라는 명목 기타로 금품을 보내는 것을 두고 말하는 것이니 이것이 실상은 '딸을 팔았다'든가 '며느리를 샀다'든가 하는 인상을 주게 되는 것이요, 또 하류층에서는 이러한 매매의 관계가 어엿하게 이루어져 오던 것을 우리 같은 젊은 사람의 눈으로도 친히 볼 수가 있었던 것이다. 불행히 그들의 결혼이 중도에서 파탄이 생길 때 이 금품이 쟁소(爭訴)거리까지 되는 것을 우리는 여러번 볼 수 있었던 것이다. 요컨대 이 때의 이 분들의 풍속으로서는 시집갈 때 신부와 함께 따라가는 요즘의 소위 '지참금'이라는 것은 별로 생각조차 되어지지 못하였던 모양이다.

그런데 요즘의 서울서는 평안도 산골의 투박스럽고도 비개화적인 그러한 풍속과는 정반대의 '지참금'이 적지 않게 유행하고 있는 것을 볼 수 있다. 나는 일찍이 고명한 여류 명사의 한 분이 요즘의 청년들을 훈계(訓戒)하는 기염(氣焰) 가운데서 지참금을 노리는 청년 남성의 타락된 심리를 지적하고 있는 자못 격렬한 문자를 얻어 본 일이 있었는데, 이러한 풍속적인 현상이란 청년의 심정상 반성 여하로서 어떻게 되는 것이 아니라 그 원인이 좀더 깊은 곳에 있는 것임을 깨달을 필요가 있다고 생각하지 않을 수 없었다.

처가의 권세나 공과 출세가 일종의 미덕으로 되어 있는 사회, 그리고 청년의 양명 출세를 보장하는 것이 권세나 금력 이외에는 없는 세상에서는 여류 명사의 호령쯤으로 근절될 수 없는 하나의 사회 심리인 것을 깨달을 필요가 있을 것으로 생각한 것이다. 여하히 고결하고 문명(文明)한 나라의 청년일지라도 제도의 법칙이 주는 사회 심리에서 떠나서 자신의 미래를 회계하기란 지극히 곤란한 일이기 때문이다.

발자크의 소설을 읽으면 19세기의 불란서 상류 계급이나 시민 계급에 있어서 여자의 지참금이 얼마나한 힘을 가지고 있는가를 낱낱이 알 수가 있다. 포피노 백작은 지참금이 적어서 자기의 녀느리로 마르비르 씨의 영양을 맞아들이기를 승낙하지 않았으나 얼마 뒤 영양의 가자(嫁資)로서 90만 프랑의 지소와 25만 프랑에 해당하는 저택이 붙이어졌을 때 그는 여러 가지 결함에도 불구하고 마르비르 씨를 사돈(査頓)으로 맺는 것에 만족을 표하고 있다.

앙드레 모로와 씨가 매개 결혼이 자유 선택의 결혼으로 바뀌어지고 있는 불란서의 현상을 설명하면서 그 이유와 원인의 한 가닥을 '지참금과 문벌의 실권(失權)'에서 찾고 있는 것은 상기한 것과 부합시켜 생각할 때 퍽도 자미있는 일이 아닐 수 없었다. 씨는 그의 결혼에 관한 강연 가운데서 이러한 진화는 재산을 만든다든가 그것을 보존한다든가 하는 생각이 가장 가공적이고 또 가장 어처구니 없는 생각으로 되어 버린 데도 기인하는 것이다. 우리들은 너무나 급격한 변화와 뜻하지 않았던 몰락을 구경한 때문에 지참금과 문벌이 그처럼 영구적이 아니라는 것을 알게 되었고 이리하여 매개 결혼보다도 자유 결혼이 보급화 되었다고 말하고 있다.

그런데 요즘 서울서는 자유 연애 결혼이 그 전처럼 유행하지 않는 것으로 보아 그리고 '지참금과 문벌'의 세도가 부활된 것으로 보아 풍속은 오히려 발자크의 시대와도 흡사한 감(感)이 있다. 우리 조선 청년들은 요즘의 구라파 청년들처럼 금권(金權)의 '급격한 변화와 뜻하지 않았던 몰락'을 그다지 많이 구경하지 못한 것이나 아닐까. 불행히 앙드레 모로와 씨의 명민(明敏)은 미처 조선 청년의 복잡한 사회 심리에까지는 언급함이 없었다.

(5월 28일)

중. 유행

유행이란 말은 항용 쉬웁게 사람들의 구문(口吻)에 오르내리는 것보다는 좀더 깊은 의미를 가지고 있는 것 같다. 소혓바닥처럼 말려 올라간 청년의 두발을 가리키며 '저런 머리가 요즘 유행이야'라든가 혹종의 옷감이나 어떤 형태의 모자나 문채(紋彩)의 넥타이에 대해서 유행을 운운하는 것과 동양(同樣)으로 문학의 유행을 지껄이는 사람도 없지는 않다.

이러한 때에 그렇게 불리워지는 문인은 핸드백의 유행이 지적되었을 때와는 다른 일종의 불쾌를 느낄 것이며 당사자의 어떤 사람은 노여움까지도 품을는지 알 수 없다. 그러나 그러한 사람들도 다른 장소에서 유행이라는 말을 쓰는 때엔 별반 이렇다 할 사려 분별을 가지려고 하지는 않는다. 혹여 이러한 곳에 유행이란 말이 가지는 미묘한 뉘앙스가 있는지도 모르겠다.

그러나 이것은 확실히 다르다. 부인네들은 유행을 의식하고 자기 자신이 그것을 형성하고 있는 많은 사람 중의 일인이라는 것을 즐기면서 벨벳 치마와 샌들을 신는 것이지마는 문학은 실질적으로 유행에 참여하고 있으면서도 자기를 유행으로 의식하기를 꺼리고 있다. 저것을 입지 못하고 저것을 신지 못하고 저것을 얼굴에 바르지 못하면 나는 '시대지(時代遲)'로 보이고 둔감으로 웃음거리가 되고 가난뱅이로 푸대접을 받고, 시골뜨기나 구세군이나 전도 부인으로 간주될는지도 모르겠다는 여성들의 심리가 솔직하게 나타나서 오히려 재미난다.

유행에서 격리되고 뒤떨어진다는 것은 그들에게 있어서는 청춘을 잃어 버리고 미를 잃어 버렸다는 것의 자기 인정으로 되어질 뿐 아니라 생활상의 굴욕과 비굴까지를 스스로 인정하는 슬프고도 쓸쓸한 일종의 자기 체념으로도 되어 있는 것이다. 그러나 고상한 우리 문인 제공(諸公)은 자기의 두상에 유행의 두 자가 붙는 것을 몹시 꺼려하고 기피한다. 그것을 그들은 확실히 모멸로 의식한다.

가령 문단 풍속적으로 유행이란 말과 유행 현상을 생각해 볼 때에 우리는 이내 유행 작가란 말을 연상할 수가 있지 아니한가. 그러나 유행 작가란 말이 가지고 있는 뉘앙스란 대체 어떠한 것일까. 우리는 좀더 이것의 정체를 명확히 하여 쓸데없는 모멸과 협박 관념을 물리치고 정당한 어감을 수립할 필요가 있을 것 같다. 그 말만을 가지고 펄펄 뛰게 노여워한다든가 또는 헛되이 작약(雀躍)하든가 할 필요도 없을 것이요 또 내심 반가워하면서도 겉으로만 질색인 듯한 그런 곤궁한 심리의 경험도 격감될 것이다.

우리 문단에서 지명 인례(指名引例)를 하는 것은 피하려 하거니와 단우문웅(丹羽文雄)이나 석판양차랑(石坂洋次郎)이가 유행 작가라고 불리워지는 까닭은 곧 추측할 수가 있다. 이것은 석삼달삼(石川達三)이 「일음촌(日陰村)」 때문이나 「산 병대」 때문이 아니라 「결혼의 생태」나 「현대의 윤리」(?)로 해서 유행 작가가 된 것과 동일한 이유일 것이다.

뉘앙스에서 약간씩의 차이가 있겠으나 독자와 그들이 표시하는 상식과 그리고 일종의 데포르마시옹을 거쳐서 표현된 성 심리와 그런 것들을 합쳐서 생각할 때에 우리는 이내 유행 작가가 어떠한 마로 쓰여졌는가를 알 수가 있다.

이것을 단순히 저널리즘과의 관계만으로서 이해하려는 것은 조금 피상적이다. 왜냐하면 여하한 문학도 그것이 출판을 통한 표현 보도 현상인 이상 저널리즘과 무연(無緣)인 것은 없기 때문이다. 그러나 그가 대상으로 하는 독자층을 상정하는 것은 그다지 무의미하지 아니하다. 여학교의 교육을 받은 정도의 신여성, 이들에 의하여 전기의 문학이 가지는 감각과 모랄과 성 심리는 그의 유행성을 유지하고 있는 것이다. 이러한 사정의 이단은 우리 조선 문단의 경우에도 차이 없이 적용된다. 이러한 때 문학은 불명예를 의식하여도 좋을 것이다.

그러나 조금 다른 경향도 있을 수 있다. 도목건작(島木健作)이가 유행 작가라고 불리우는 경우다. 이는 주로 근엄한 외피를 씌운 의장(擬裝)의 사상 소시민의 주관적인 도덕으로 해서 그렇게 불리워졌던 것이나 본질을 따져 보면 이러한 문학이 가지는 유행성도 소시민 자체의 부동성과 사상적 천박성에 근거를 두었던 것인만큼 그다지 명예로운 칭호랄 수는 없을 것이다. 하나는 여학교 교육을 받은 신(여)성의 감정 심리에 기반을 둔 것, 하나는 부동적인 소시민의 천박한 사상 심리에 근거를 둔 것. 마셀이나 칼의 유행과 넥타이의 유행이 가지는 풍속적 의미와 대차를 발견하기는 곤란할 것이다.

그러나 우리는 유행을 다른 각도로 볼 줄도 알아야 하겠다. 다시 말하면 문학에 있어서의 유행이란 고도의 의미로 해석하면 다름 아닌 조류며 경향이다. 조류를 경멸하는 것은 그다지 현명한 일도 명예로운 일도 아니다. 왜 그러냐 하면 그것은 곧 시대 정신이기 때문이다. 그리고 문학이란 다름 아닌 한 시대의 정신의 표현이기 때문이다. 이런 의미에서 자기 문학에 유행성을 의식하는 것은 지극히 가당(可當)한 일일 것이다. 다행히 그가 만약 유행의 선구가 되었다면 그것은 더욱 놀랍고 명예로운 일일 것이다. 시대의 정신과는 오히려 인연이 없었던 헨리 제임스도 '시대 정신의 향훈이 없는 예술은 향취가 없는 조화(造花)에 불과하다'고 차탄(嗟歎)하여 마지 않았다.

(5월 29일)

하. 골동(骨董)

두세 번 기회가 있어서 골동 취미에 대한 의견을 토로해 본 적이 있었으나 문예 작품을 비평하는 문장에서 간단히 언급해 보았던 게제로 그것은 지극히 단순한 분석에 지나지 못하였다. 다시 말하면 나는 그것을 동양적 유현미(幽玄味)나 동양적 아취(雅趣)가 문예 작품에 나타난 것을 분석해 보기 위해서 토속, 민속 서화, 골동 같은 것들이 현대인의 기호나 취미로 보급화되는 경향에 관해서 몇 마디를 소비하였던 것이다.

지금 그것을 몇 개의 요점으로 간략(簡略)해 보면 (1) 선진 외국인의 이국적인 것에 대한 기호벽, (2) 고전 부흥열과 고전 발굴열에 최촉(催促)된 자기 문화의 애호열, (3) 복고 취미 등을 들었는데 이것은 단순하기는 하지만 그릇되었거나 잘못된 견해는 아니었던 것 같다.

여기에서 나는 다시금 다음 몇 가지를 첨부해서 생각하려 한다. 즉 경기를 타서 축재한 분들의 일종의 허영심과 이것의 일반 시민에의 침윤으로 연유된 상고(商賈, 브로커)의 형성 같은 것이 이것이다.

얼마 전에 서화 고물의 중개 상인으로 고명한 모씨가 술회한 것을 읽으면 조선 인사 가운데서 이것을 수장(收藏)하여 지금 사계(斯界)의 중심에 앉은 이들은 모두 십년 전후에 시작한 분들이라고 한다. 다시 말하면 우리네들 간에 광범위로 이러한 취미가 유행하기 시작한 것은 극히 최근의 일이라는 것이다. 사회 사상의 퇴조기에 해당한다. 즉 고전 부흥열과 복고사상 대두와 시일을 같이하는 것이다.

그러나 선진 외국인들은 벌써부터 조선에 와서 이런 것을 수집하기에 노력하였다고 한다. 조선 호텔 앞에 양서로 간판을 붙인 집은 필자도 퍽 전부터 보아 온 것 같은데, 이것을 말할 것도 없이 선진 외국인의 이국 취미와 호기벽을 낚기 위한 상인의 착안이었을 것이다. 서양인으로부터 점점 옮아와서 대회사의 중역들을 거쳐서, 십년 전후하여 그것은 자기 문화의 발굴이라는 지극히 고상한 학문적 표어의 엄호사격하에 우리 사회에 대부대(大部隊)의 진출을 보게 된 것이다.

이러한 경로를 보면 알겠지마는 축재(蓄財)에 있어 그리 손색이 없으면서 그 사회적인 지위와 명예에 있어 도저히 따를 길이 없는 군소 재산가와 갑작 부자들이 자기의 품격을 선양하고 교양과 취미의 의장(擬裝)을 위하여 허영심을 발동시킨 것도 또한 부인할 수 없는 사실일 것이다. 글씨를 운운하고 그림을 지껄이고 질그릇이나 병조각을 주물러야 다 그럴듯한 신사인 것이다.

이리하여 전기 모씨의 말에 의하면 1, 2만에서 1, 2십만 가격의 골동, 미술을 수장한 분은 이제 그 수를 알기 어려울 정도라고 한다. 개 중에는 기백만 원에 해당하는 출중한 분도 있는 모양이어서, 이것은 하나의 축재의 방식으로도 되어 있는 것 같다. 땅이나 주(株)를 가지고 있는 것만이 부자가 아니다. 광(鑛)을 가지고 있는 거와 마찬가지로 골동을 가지고 있는 것도 축재임에 틀림없다.

발자크의 「인간 희곡」을 읽으면 처처에 에리 마구스라는 골동 수집가가 나온다. 그는 유태인으로서 회화 골동의 상인으로부터 아마튜어로 물러앉자 굉장한 미술관을 만들고 그 곳에 자기가 일생을 경도해서 수집한 보석과 회화와 조각과 고물 골동을 진열해 놓고는 이것을 영맹(獰猛)한 세 마리의 개로 하여금 지키게 하고 있다. 그는 누(累)만금의 재산가이면서 1844년에는 이미 75세의 고령임에 불구하고 조식(粗食)하고 검약하여 아직도 걸작을 수집하는 데만 돈을 쓰고 있다.

마구스는 구라파의 지도를 한 장 가지고 있는데 걸작품의 소재를 그는 이 지도 위에 명시해 두고 그것을 끌어내서 제 손에 들어오게 하기 위하여 책략에 책략을 거듭하고 있다. 그가 희망하는 조건 내에서 걸작이 하나 발견되면 갑자기 그의 생활은 생기를 띠고 비로소 그의 분주는 시작되고 신경은 활처럼 긴장하여 '필승을 기할 마렝고의 일전'에 나선 것처럼 의기가 자못 등등하다고 발자크는 묘사하고 있다. 이것으로도 알 수 있지마는 발자크는 이것을 하나의 수집광, 다시 말하면 예의 편집광으로 취급하고 있다.

다시 그의 유명한 「종형(從兄) 퐁스」의 성격 창조를 보아도 이것은 마찬가지다. 불쌍하고 가난한 노음악가가 아무도 모르게 기십 년간을 고심하여 수집한 그의 미술관을 보라! 이 미술관의 가치를 아는 사람은 아무도 없었다. 퐁스에게 있어 부모요, 애인이요, 그의 전부라고 말하는 슈무케 영감에게도 그는 그것을 알리지 않고 혼자서 숨어서 즐기고 있었다.

"어떠한 권태나, 어떠한 우울도 사람이 어떤 마니아(편집)에 빠지고 말면 그의 혼은 구원을 받는다. 환락의 술잔, 어떤 시대의 사람에게서도 그렇게 불리워지는 술잔을 마셔 버릴 능력이 없는 사람은 무에던지 좋으니까 한 수집에 정력을 기울여 보라! 그러면 제군은 적은 비용으로 행복의 지금(地金)을 발견하게 될 것이다"라고 발자크는 기록하고 있다. 수집광! 조선 사회에서도 이러한 편집광이 나오려 하는가! 그것이 다른 부류에서보다 골동 수집광에서 비롯한다는 것도 재미나지 아니하는가! (5월 30일)

(『조선일보』, 1940년 5월 28~30일)

영화인에게 보내는 글

잡지의 청탁으로 이런 글을 초(草)하기는 하지만, 문단 사람으로 영화와 밀접한 관계를 맺고 있는 분도 많은 터에 나 같은 문외한의 말이 무슨 도움이 되겠습니까. '시대지(時代遲)'한 사람의 말이라고 웃고 보아 주시오. 그러니까 나의 의견을 문단 총체의 생각하는 바와 같게 본다든가, 또는 나의 영화에 대한 무식을 그대로 문단 전체의 위에 덮어씌우지는 말으십시오.

영화는 아직 규격을 갖춘 예술이라고 볼 수는 없지 않은가 하는 의심을 퍽 전부터 품어 왔습니다. 다시 말하면 영화 예술이라는 말이 성히 유행하지만 아직도 영화는 다른 예술, 가령 예를 들자면 문학이나 음악이나 미술처럼 규격을 갖춘 예술과 동렬에 설 수는 없지 않은가 하는 것입니다. 이것은 그러나 영화에 대한 불손한 말도 아무 것도 아닙니다. 문학이나 다른 예술 형식이 어느 정도까지 행로가 진(盡)한 데 비하여 영화는 아직 무한한 발전이 약속되어 있다는 것을 여쭈려고 함에 지나지 않습니다. 나의 보는 바에 의하면 이것은 지극히 중요한 점입니다. 하고(何故)냐 하면 영화인의 임무는 외람된 말이지만 여기서부터 출발한대도 좋을 것이라고 생각하기 때문입니다.

첫째 그것은 자기를 독자의 형식으로서 수립하고자 노력할 필요가 있겠습니다. 다시 말하면 영화가 예술로서 자기를 완성하는 단초를 지으려면 자신의 미학 내지는 예술학을 가져야 하겠습니다. 문학과의 상관 관계나 음악, 회화 등의 타 예술과의 의존 관계에서 떠나면서 자기의 미학을 가질 필요가 있겠습니다. '동도(東道)' 이래 영화는 예술로서의 독자의 길을 발견하였다든가 컷트 백이나 이동이나 몽타주나 와이프나 혹은 기타의 모든 카메라 워크를 이끌어서 영화의 예술사를 꾸미려는 이에게 있어서는 나의 생각은 쓸데없는 공연한 수작같이 들리겠지만, 영화를 선전의 도구에서 구출하기 위하여, 더구나 자본이나 기업의 토대가 없는 우리 고장에서는 이 방면의 새로운 노력은 영화의 자존심이나 또는 영화인의 자부심을 위하여 절실히 필요한 것으로 생각합니다. 왕왕(往往)이 영화는 대자본가적 기업과 불리(不離)의 관계에 있는 탓에 그 속에서 자신의 존재를 상실할 우려가 크다고 보겠는데, 영화가 하나의 예술로서 독자적인 미학을 가지지 못하였다면 무엇을 기준으로 영화의 반성이 요청될 수 있으며 질적 저하를 방지할 길이 있으며, 어디에다 비준(比準)하여 스스로의 자존심을 유지해 갈 수가 있겠습니까. 문학의 장처(長處)를 이용한다고 하다가 오히려 문학주의에 떨어지는 것을 보았고, 회화의 미처(美處)를 받아들인다고 하면서 그림 엽서 속에 매몰되는 경우를 보아 왔습니다. 영화의 위에, 더구나 예술 영화의 위에 문예 영화니 음악 영화니 등등의 관사가 붙는 것은 선전의 소치라고는 하여도 결코 명예로울 것은 없겠습니다.

더구나 우량한 영화가 모두 이러한 명칭에 의하여 불리워질 때에 영화는 그의 자존심을 유지하였다고 볼 수 있을까요? 이 같은 현상은 지반을 가지지 못한 예술 형식에 있어서 피할 수 없는 것인지는 모르나, 동시에 예술로서 형성 단초에 있는 영화로서는 지극히 위험한 상태가 아닐 수 없습니다.

간혹 외국의 토론의 성과를 옮겨 오는 것을 보면 다른 고장에서도 이 방면의 학구는 그리 진척되지 못한 것 같습니다. 십 년 전의 몽타주론도 그러하고, 최근 들리는 바 영화를 미미이크의 범주에서 생각해 보려는 노력도 결코 주목할 만한 것이라고는 생각키 힘듭니다. 문학 같은 건 몇 세기를 뒤늦어서 겨우 우리에게 수입되었으나 영화의 역사는 동서가 한가지로 고작 삼 사십 년, 우리도 기술로는 몰라도 이론으로야 못 따라갈 것이 뭡니까? 여하튼 나는 이 방면을 생각하는 이가 너무 적은 것 같아서 그의 필요성을 이처럼 강조해 보는 것입니다. 영화를 반석 위에 올려 앉히려면 이것 없이는 불가능할 것이기 때문입니다.

그러나 이렇게 말한다고 하여서 나는 현순간에 처하여 문학과 영화가 협력하고 있고 또 그 교류가 아름다운 결실을 맺고 있는 사실을 부정하거나 과소평가하려는 것은 아닙니다. 백철 씨의 이 방면의 글도 보았고 『문장』 10월호에선 오영진 씨의 글도 보았는데, 이분들의 글을 보면 교류라고는 제목 뿐으로 결국 문학의 영화에의 일방적 교류만을 말하였을 뿐이었습니다. 소위 문예영화의 성과를 검토하였을 뿐으로 영화가 문학에게 끼치는 영향 현상은 그리 논구하지 않았습니다. 문학이란 쓴물 단물 다 보아 마신 예술 형식이므로 주는 것뿐만이 아니라 받아도 와야 하겠는데 우리 조선 문단의 현상으론 별로 이렇다 한 것이 없는 것 같습니다. 영국서는 헉슬리 같은 분이 곧잘 영화적 수법을 문학 속에 도입하였다고 합니다. 나 자신으로 말하면, 신여성과의 접촉이 없는 신세인지라 가끔 여성의 기질이나 풍속이나 심리를 배워올 뿐, 안티클라이막스의 방법과 몽타주론과 「무도회의 수첩」의 수법 등을 잠시 고려해 보았을 정도입니다.

일방(一方) 문학이 영화에게 준 영향을 비상(非常)타 하여 논자들이 이야기하는 것을 들으면 동서양을 가리지 않고 예술영화로서 성공한 것 중에 문예영화가 가장 많다고 합니다. 그럼 영화가 문학에서 가져간 것이 무엇 무엇인가? 이것은 나의 의견에 의하면 좀더 엄격히 검토할 필요가 있습니다.

그 중에 가장 많은 것은 스토리라고 합니다. 선전의 효과상이라면 문제할 필요가 없고 그렇지 않다면, 확실히 영화인이 세계를 하나의 통일적인 스토리로써 파악하고 인식할 만큼 구상력(構想力)〔누누히 하는 말이지만 결구력(結構力)이나 구성력이 아닙니다〕이 부족하다는 것을 말하는 증좌라고 보는데 어떨까요. 그리고 이것이 만일 나의 공연한 무고가 아니라면 현재의 영화인은 영화적으로 사색하는 힘을 가지지 못하였다는 뜻으로 되는 것입니다. 문예영화라는 것을 보고 가끔 빌려온 스토리라는 것이 얼마나 옹졸하고 맹랑한 것인가를 느낄수록 이러한 생각은 깊어집니다. 영화인은 그 맛 정도의 스토리조차도 생각해 낼 수가 없는 것일까요? 그것은 비단 우리 영화인에 한한 것이 아니라, 풍전사랑(豊田四郎)에게도 이단만작(伊丹萬作)에게도 내전토몽(內田吐夢)에게도 그리고 듀비비에나 페에데에게도 말할 수 있는 말입니다. "엣센스의 파악만으로도 아니 되고 주관적인 신해석, 창조성을 보다 더 강조하고 싶다"고 오영수 씨는 말하였는데 이것을 지당한 말일는지 알 수 없으나, 그렇다면 구태여 문학에서 스토리나 정신이나 생활이나를 찾아들일 필요가 없지는 않을까요. 확실히 없습니다. 오씨는 여기에서 결론을 맺지 말고 한 보 더 앞서도 무방하였습니다.

영화는 문예영화의 시대를 청산하고 독자의 힘으로 사색하고 파악하고 표현하여야 하겠다. 영화는 구상력을 가지지 않아서는 안 되겠다. 독자의 미학을 수립하여 불요불굴(不撓不屈)의 자존심과 존엄성을 확립하여야 하겠다고!

영화인 오씨가 가지려다가 아니 가진 결론을 내가 가져 보았다 하여도 과한 불손은 아니 되겠기에 이만 그치나이다.

(『문장』, 1940. 6, '공수평론')

순직(殉職)

얼마 전에 시골서 우인(友人)이 한 분 상경해서 그를 모시고 나는 명소(名所) 안내를 나섰었다. 덕수궁을 보고 오정(午正)이 가까운 시각에 한강철교를 구경한다고 우리는 대한문 앞에서 전차를 탔다. 좁은 전차를 비집고 안으로 들어가서 쇠고리를 하나 얻어 잡고 자세를 바로 세우는데 낯익은 얼굴을 하나 내 앞에서 발견하였다. 국민복에 전투모를 쓴 완강(頑强)한 체구다.

"여어 오래간만이올시다"

피차(彼此)에 이렇게 인사는 나누었으나 나는 누군지 딱히 기억이 소생하질 않았다.

"그뒤 도무지 뵈올 수 없는데 요즘은 내근(內勤)이십니까"

그가 이렇게 물어서 나는 그와의 기억을 이내 회상할 수 있었다. 4, 5년 전 내가 신문사 사회부 기자로 외근(外勤)을 할 때에 본정서(本町署)에서 몇번 만난 일이 있던 조선신문사(朝鮮新聞社)의 기자였던 것이다. 그래서 나는 직업으로 해서 알게되었던 지난날의 동료를 반갑게 쳐다보면서,

“나는 그뒤 신문사를 그만두었습니다”

“아 그러세요. 그럼 무어 다른데 봉직(奉職)하셨던가 혹은 장사라던가”

“그저 이렇게 한일월(閑日月)이올시다”

그러니까 그는 웃으면서 “참 팔자가 좋으십니다”하고 말하였다.

“그런데 그 동안 도무지 거리에서도 뵈올 수 없으니 웬일입니까”

그렇게 물었더니 그는,

“전장(戰場)에 나갔다가 얼마 전에 돌아왔습니다”하고 대답하였다. 나는 다소 놀래면서,

“아 그러십니까, 나는 도무지 모르고, 그럼 무어 종군(從軍)으로?”

“아뇨, 출정(出征)이었습니다”

나는 잡았던 쇠고리를 놓고 그에게 공손히 인사를 하였다.

“아무것도 모르고 있어서 감사의 뜻도 표하지 못했습니다. 무사히 귀환하셔서 만행(萬幸)이올시다”하고 건네는 말에 그도 기척하고 경례를 받으면서,

“고맙습니다” 그리고는 무안한 표정으로 나직이 “시니소코나이 마시다” 다시 말을 이어서 “귀환하기 전에 부상을 당했었습니다”하고 바른손으로 얼굴을 가리켰다. 딴은 남의 얼굴이라 물어볼 수도 없었지만 나는 그를 만나는 처음부터, 얼굴이 화상을 당하였다가 겨우 붕대가 끌어놓은 직후처럼 푸릿푸릿하고 벌겋고 한 것을 눈여겨 보았었던 것이다.

나는 이내 조일신문(朝日新聞)의 오까베(岡部) 씨를 생각하고 그의 죽음을 말하였더니,

“참 용감한 순직이었습니다”

그러나 전차가 남대문엘 와서 그는,

“사(社)에 들어갈 일이 있어서 여기서 내립니다. 그럼 또다시 뵈옵겠습니다”하고 인사하고 차에서 내렸다.

이런 일이 발련이 되어서 나는 한강에 차가 이르기까지 또다시 줄곧 오까

베 씨에 대하여 생각하고 있었다.

오까베 씨는 나와 동시기(同時機)에 신문기자가 되어서 대조(大朝) 경성 통신국에 봉직(奉職)하고 외근(外勤)을 하였었다. 동지사(同志社) 대학을 나온 분으로 유도도 잘하고 몸이 몹시 튼튼하게 생겼었다. 처음 조선에 건너온 지식인이 다 그런 것처럼 씨는 퍽 편견이 없고 순정이 있어서, 내가 신문기자 생활 양년(兩年)간에 친교를 맺은 가장 적은 몇 사람 중의 한 사람이었었다. 씨도 나를 좋아해서 우리는 언제나 기사를 서로 나누고 연회 같은 때엔 곧잘 취해서 함께 거리를 쏘다니며 대언장언(大言壯言)하고 그랬었다. 생각이 퍽 솔직해서, 씨는 입버릇처럼 조선 건너와 있는 내지인(內地人)들에게는 나쁜 버릇이 있다고 분개하면서, 그런 근성을 버리지 않고는 어디 가서든지 큰 경영은 못할 것이라고 개탄하였었다.

씨는 노교구(蘆橋溝)에서 사건이 터져 가지고 점차로 북지(北支)에 전화(戰火)가 퍼질 때에 종군기자로 출전하여 나도 씨의 통신을 몇 개 얻어 읽었는데, 씨는 얼마 아니해서 남원(南苑) 전선에서 적의 총탄에 넘어졌다. 씨의 사진과 씨가 남긴 최후의 통신을 신문에서 읽고 나는 한참 동안 감격하였었다. 씨의 시체는 제일선과 적군의 중간, 다시 말하면 병대(兵隊)들 보다도 훨씬 전진한 곳에서 발견되었다고 한다. 평상시에 그렇게 침착하였던 씨이다. 종군기자로서는 너무 지나치는 전진이라고 말하는 분도 있는 모양이고, 또 씨의 남긴 최후의 통신을 보면 적지않게 흥분된 필치(筆致)로 쓰여진 것도 사실이었으나, 나는 이 때에 술에 취해서 세사(世事)를 강개(慷慨)하던 씨의 열혈(熱血)이 튀어나오는 면모만을 눈앞에 선하게 그려보고 있었다. 탄환이 빗발치듯하는 가운데를 연필과 사진기계를 들고 일선서도 훨씬 앞선 곳을 용감히 달리고 있는 아름다운 청년의 정열을 생각하고 있은 것이다.

그렇거고 벌써 만 3년이 흘러갔다. 그 많은 전몰장병 가운데 한 사람의 친지도 갖고 있지 못하는 나는 위령제라던가, 정국신사(靖國神社)의 대제(大祭)라던가, 그밖에 영령을 제사지내는 여러 가지 절차가 있을 때마다 나는 언제나 오까베 씨를 생각하게 되는 것이었다. 지금 사변 3주년의 수감(隨感)을 쓰라는 통기(通寄)에 접하고도, 다른 모든 감상을 젖혀놓고 나는 우선 오까베 씨에 대해서 써보고 싶었다.

씨에게는 부인과 나서 얼마 되지 않은 여아(女兒)가 하나 있었는데 그 뒤의 안부는 알지 못한다. "집의 여편네가 군함을 낳았어!"하고 기뻐하던 씨의 옛날이 생각나서 나는 유족에게 다행(多幸)이 있기를 빌고 있다.

이 글을 나는 지금 공습경계 하에서 쓰고 있다. 차광장치(遮光裝置)를 해놓은 어둑시근한 방 밖에는 가정방호조합(家庭防護組合)의 부인 연락원들이 무어라 지껄이면서 뛰어나는 발자취 소리가 들려온다. 책상 밑에는 동서의 양처(兩處)에서 긴박하게 전하는 전쟁통신을 만재(滿載)한 신문이 흩어져 쌓여있다. 나는 어떤 엄숙하고도 긴장된 마음을 느끼면서 이렇게 책상 앞에 앉아 있다.

오까베 씨를 눈 앞에 선하게 그려보면서.

(6월 3일 밤)

〔『인문평론』 제10호, 1940년 7월〕

귀성

지난 4월 중순께 시골을 다녀왔더니, 농업조선을 편집하시는 분이 어디서 그것을 알아 갖고 시골 이야기를 한 토막 써보내라고 말씀하신다.

그러나 내가 다녀온 시골이라는 것이 바로 내 고향이어서, 평안남도의 작은 고을이라, 시골이라는 말에는 어딘가 적합하지 않는 모습을 가지고 있는 것 같다. 원래 고을이란 농업과는 별로 관계가 없기가 쉽다. 다시 말하면 고을서 사는 사람들이란 농사 짓는 사람도 아니고, 또 그렇다고 도회의 사람들과도 다른, 따져서 말하면 일종 아무 모에도 치우치기 힘든 그러한 이들이다. 군청, 경찰서, 면소, 세무서, 우편소, 전매국 출장소, 금융조합 등기소, 경작조합…… 이런 데 다니는 사람이 중심이고, 그 밖에 몇 사람의 지주와 고리대의 재산가, 잡화상, 포목상, 음식점…… 이런 사람들이 사는 고장이 고을인데, 여기서 무슨 농업이 영위될 수 있을 것이며, 이런 데 다녀왔기로니 무슨 농사에 대한 재미있는 감상이 생길 수 있을 것이냐. 두루 된소리

안된소리 몇 마디 적어서 문채(文債)나 면할까 한다.

처음은 이틀이나, 늦어도 사흘 안짝으로 돌아올 생각으로 길을 떠났다. 그런 것이 고향서 꼬박 한 주일을 보냈다. 이것은 내가 가지고 갔던 용건이 끝나지 않았으므로 늦어지기도 하였지만, 다른 한 가지 이유가 있었다. 고기를 먹고 가라고 어머니와 일가집과 친구들이 붙드는 것이다.

소값은 고등한데, 소고기값은 9·18가격인지 몰라도, 어떻든 그것과 비례가 되지 않아서, 수육 판매업하는 분이 소나 도야지를 잡지 않는 것이다. 한 주일에 한 마리가량 잡는가 마는가, 그리고 잡아만 오면 한 시간 안짝에 팔려 버린다는 것이다. 내가 간 때는 소를 잡는 이튿날이어서 고기가 동이 났었다. 그래서 인제 장이 오래지 않으니 그 때 소를 잡으면 그것으로 대접을 받고 가라는 것이다. 비상시이기는 하지만 시골 갔다가 갈비도 한 대 뜯지 못하고 그대로 온다는 게 어쩐지 서운하던 터이라, 서울일이야 어떻게 되었건 이삼일 더 묵어서 곰국도 얻어먹고, 개장을 안쳐놓고 천렵도 해보고, 갈비대나 뜯어 소주잔이나 실히 축을 내어주고 돌아왔다. 고기는 이러하였지만, 쌀에는 아직 그다지 곤궁을 겪지 않는 모양 같았다. 하기는 내 고향은 작년에 그다지 큰 흉년이 들지는 않았었다. 물론 예년에 비하면 평작도 안 되었지만 다른 남조선 같은 데와 비하면 풍년인 셈이다. 그리고 본시부터 쌀고장이 아니고 백성들은 조밥을 상식으로 하는 고장이다. 그러니까 절미운동이니, 혼식이니 하는 건 권할 필요도 없지만 예전부터 백미만 먹는 버릇은 이 고장만은 없었다. 군수나 시장이나 그밖에 지주들 몇 분이 혼식인 바엔 이 고을의 절미운동은 만점인 셈이다. 그런데 내가 다녀온 뒤엔 이곳도 식량 문제가 퍽 긴박해졌다는 소식을 들었다. 좁쌀이 모두 떨어졌는지, 아무도 배급이 원활치 못해서 일어난 현상일 것이므로, 단경기까지 이런 상태가 계속되진 않으리라고 생각하고 있는데 실상은 어떤지 알 수 없다.

이런 통에 한 번 단단히 잡아야겠다는, 그럼 심보는 다른 데서와 일반으로 내 고향 사람에게서도 간취할 수 있었다. 경제 경찰이 무서워서 모두 입밖에 내진 않지만 속으론 그런 궁리가 늘 오락가락하는 모양이었다. 눈과 표정이 그것을 증명한다. 가난한 사람은 장사치들의 이러한 심보에 눌려서 그래도 이 물가고 시대에 어떻게 건실히 살아가려고 애들을 쓰고 있었다. 창씨에 대한 관심도 상당하였다.

이러한 때에 한 가지 명심해서 느낀 것이 있다. 중학교를 세우겠다고 모두 열심하는 광경이었다.

본시 메마른 지방이고, 누가 한 묶음 뚝 잘라서 선심을 쓸 만한 분도 없는 곳이라, 한 푼 두 푼 모아야만 될 판이다. 종중재산을 제공하는 이, 가용을 줄여서 기부하는 이, 땅을 팔아서 바치는 이, 이렇게 해서 5, 60만원을 만들자니 장하지 아니하던가. 어떻게 되었든 자식에게 교육은 시켜야 된다는 생각들이 상당히 철저히 들어박힌 것 같았다.

중학도 서고, 또 철로도 통하고 생활도 안정이 되고, 부자도 많이 생기고, 그래서 내 고향이 풍성풍성해져서 윤기가 흐르게 되면 좋겠다. 나는 그것을 먼데서 바라고 있다. (6월 6일)

(『농업조선』, 1940년 7월호)

가배(珈琲)

요즘 알베르 티보데의 책을 한 권 사서 『소설독자론』의 첫 혈(頁)을 펼치니까 이런 글이 나왔따. 피에르 루이가 어떤 재미스런 콩트 속에서 희랍 문명과 근대 문명이 쾌락(그에 의하면 유일의 가치 있는 것)의 수확으로서 선물한 것을 비교해 보고, 근대인은 새로운 일락(逸樂)을 단 하나밖에는 발명하지 못했다, 그것은 담배다, 라고 결론하였다.

희랍 시대에는 자연(紫煙)의 취미는 없었던 모양이다. 그런데 티보데는 이 담배란 말을 끌어 온 다음에, 희랍인에게서는 볼 수 없었던 새로운 취미로 '독서'를 하나 더 예로 들고, 이러한 이야기를 통하여 가면서 그의 『소설독자론』을 전개시키고 있었다.

이런 것을 읽다가 나는 펀뜻 벽초 선생의 「임꺽정」을 생각했다. 임꺽정과 그의 일당이 두주로 유흥을 하는 장면은 많지마는 담배를 피우는 대목은 본 기억이 없는 것 같다. 이것으로 미루어 보면 이조 명종 전후에도 끽연의 풍속은 없었던 것이 분명하다. 언제부터 우리에게 담배 피우는 습관이 들어왔는지 물론 나 같은 자의 가히 알 바 아니오, 그러니 소설 쓰는 것이 직업이어서 동물에게 약을 먹이듯 하여 겨우 독서의 취미는 약간 붙여 놓았지만, 나는 아직 담배의 맛도 모르고, 또 그것을 상습으로 하지도 않으므로, 피에르 루이의 논조로 한다면, 나는 현대인으로 살면서도 저 희랍인이 갖지 못하였던 단 하나의 취미에조차 참여하지 못한 것으로 된다.

담배를 즐겨 피우지 않는 관계로 나는 집에서 머리를 쉬일 때 아무것도 입에 넣는 것이 없다. 글을 읽든가, 무엇을 쓰다가 머리가 무거워지면 사람들은 곧잘 담배를 피워서 피곤을 덜고 정신을 소생시키는 모양인데, 나는 아무것으로도 그런 효과를 낼 취미나 습관을 가지지 못한 것이다. 중학 시대에 시험공부할 때엔 커다란 눈깔사탕을 입에다 물고 수학을 풀던 기억이 있으나, 아이들의 눈도 있고 한데, 나의 30이 되어서 눈깔사탕을 끼고 다닐 수도 없는 노릇이다. 술은 겨우 그 맛이나 안다고 할 정도이지만 혈기가 혈기라 한두 잔으로 걷어치지 못하고, 그것도 요즘 같아서야 어디서 일적(一滴)이나 손쉬웁게 구해 올 수가 있는가. 딱이 그래서 먹어보기 시작한 것은 아니지만, 틈틈이 차를 마시기로 했다.

차라고 하면, 퍽 전에 고 호암 선생의 글에서, 이것이 이 땅에 들어오게 된 유래를 읽었던 것처럼 어렴풋이 생각되기는 하지만 기억이 도무지 확실치가 못하다. 그러니까 차에 대해서도 재미난 이야기는 가지고 있지 못하다. 임꺽정의 일당이 숭늉을 마셨던 것은 확실하지만…….

차에도 여러 가지가 있는 것은 주지하는 바와 같다. 코코아나 가배도 차라고 할 수 있을는지. 차나 마시러 가자고 나서서도, 소다나 아이스크림을 먹을 수 있으니까, 가배도 차라고 해 두자. 여하튼 나는 흥분제를 약간 필요로 하였던 만큼 가배를 쓰기로 했던 것이다.

게오르그 브란데스가 그 유명한 『19세기 문학주조사』에서 말한 바에 의하면, 미슐레라는 역사가가 그의 저서 가운데서 이런 말을 하였다고 한다. 블란서의 역사 가운데서 가배의 수입과 함께 국민의 지식생활에는 새로운 기원이 열렸다고.

불란데스 자신도 이건 좀 허망한 소리라고 말하였다. 그러나 그는, 초기의 작업의 문체에서 술의 향훈을 느낌과 동양(同樣)으로, 볼테르의 문체에서는 가배의 향기를 느낄 수 있다고 말하였다. 그러고 보니 우리 조선에서도, 신문학 있어 불과 30년이지만, 초기 시인의 시에는 술냄새가 풍기는 것 같고, 요즘 신세대의 시에는 가배 냄새가 풍기는 것 같기도 하다.

그러나 가배를 가장 애음(?)한 사람은 아마 오노레 드 발자크일 것이다. "그는 오만 배(杯)의 가배로 생활하고, 오만 배의 가배로 죽었다"는 말도 있다.. "나는 야반에 기상한다, 그리고 17시간 동안 원고를 쓴다" "나는 다섯 시간밖에 자지 않았다, 야반으로 정오까지는 제작에 소비하고 정오로부터 네 시까지 교정을 본다"

이러한 격렬한 노동 가운데서 그의 의식을 지탱해 준 것은 45배의 가배였다고 한다. 51세에 드디어 죽었으나 20년 동안 백 권의 소설을 썼다.

물론 우리 따위가 이런 거장을 흉내내는 것은, 영웅호색이라고 영웅은 못 되면서도 호색만은 본따려 하는 것이나 진배 없는 노릇, 가배를 그렇게 마시고서 단 하루를 견뎌 배길 턱도 없지만, 또 먹을 수 있다기로니 무슨 작품이 생겨 나올 수 있을 것이냐. 벌써 4, 5년 전에 아내가 신경에 갔다가 우연히 러시아인 상점에서 가배 한 폰드를 사들고 왔는데, 이것도 물론 발자크 모양으로 소설을 잘 쓰라고 그런 것도 아니오, 신혼 출하로 어떤 신식 부인이 커피 포트를 하나 선물해서, 이와 그릇이 있으니 한 번 끓여 본다고 가방 속에다 넣어 가지고 왔던 모양이다.

처음은 끓일 줄도 몰라서 감초국 같이도 만들고, 팥뜨물처럼도 끓였었으나, 2, 3년 지나니까 곧잘 맛있는 모카나 브라질을 먹여 주었다. 물론 나는 체질이 그렇게 생겼는지, 4, 5년 그 본새로 먹으면서도 담배와 한가지로 인이 배기질 않았다. 얼마간 준비해 두었던 것이 작금에 다 없어지고 이제 다시 구할 길이 망연해졌다. 그러나 물론 거리의 신식 청년들처럼 겁은 나지 않는다. 그저 심심할 땐 군입만 쩍갑 쩍갑 다시게 된 게 어쩐지 서운하다.

그렇다고 홍분제는 일적(一適)도 안 마신다고 손님에겐 홍차를 주면서도 자기는 백비탕(白沸湯)을 마시는 장개석의 기질은 또한 나의 본 받을 바 못되고…….

(『박문』, 1940년 7월호)

도회(都會)의 아해(兒孩)

불행히도 내가 글을 읽고 글을 쓰고 낮잠을 자고 하는 방밖은 이내 행길이다. 정원이 없는 작은 집이라 남향으로 광선에 유의한다는 것이 창을 행길로 내게 되는 결과를 낳은 것이다. 담장 안으로 다소의 여유가 있는 것을 개방적으로 한다고 담을 낮게 쌓고 대문을 달지 않았더니, 행인도 그리 잦지 않은 길옆이 아늑하고 양지바르다고 졸망구니 아이들은 언제나 창밖에 와서 재깔대고 떠들어 쌓는다. 줄을 긋고 돌차기를 하기, 초자(硝子)알을 담장 밑에 쪼으며 맞혀 먹기, 병정놀이로부터 합창, 행진, 그러다가는 때로 훤화(喧譁)하게 울고 싸움질이 일쑤다.

내가 하는 일에 골몰해 있을 때엔 이러한 것이 별로 귀에 거슬리지 않지만, 붓이 마음대로 나가지 않거나 상(想)이 잡히지 않을 때엔 아이들이 오순도순 이야기를 주고받는 소리까지 신경을 건드리고 마음을 초조하게 하여 참을 수 없는 것이다. 버럭, 창문을 저끼고 고함을 쳐보나, 그때만은 좀

시무룩해졌던 아이들도 조그만 지나면 의연(依然)히 집 앞을 떠나지 않고 그대로 장난에 취해버리곤 하였다. 아내는 궁여(窮餘)의 책(策)을 써서 담장 안팎에 물을 뿌린다. 그러면 아이들은 담장과 쓰레기통에 올라앉아서 물 뿌린 것이 마르기를 기다린다. 물이 마르면 그들은 다시 돌차기와 초자알 굴리기와 공 던지기를 시작하는 것이다.

이 집에서 사는 지가 5년이 되는데 처음 몇 해에는 아이들 떠드는 소리도 적었고, 또 문밖에 와서 훤화하게 구는 졸망구니도 없었었다. 생각해 보면 4, 5년 동안에 동네에는 많은 아이들이 새로이 세상에 생겨났고 그때에는 어리던 놈들이 지금은 문밖으로 몰려나와서 장난을 치며 떠들어댈 만큼 장성들을 한 모양이다. 하기는 내 집에도 그 동안 두 놈의 어린 것이 생겼고, 그 중의 한 놈은 어른 다섯 몫은 부산하게 굴어댄다. 그러니 인근의 집마다 같은 분수로 쳐서 미루어 보면, 나의 방밖이 이렇게 성가시고 시끄러워진 것도 자연스러운 일이라고 생각되어진다.

인근은 모두 커다란 저택들이어서 아이들이 장난을 칠 만한 정원만큼은 가지고 있음직도 하건만, 동무를 구하여 몰려나오는 것인지, 특히 내 집 창밖이 저희들 말마따나 '놀기가 좋아서' 그러는 것인지, 해가 다사롭게 비칠 무렵이면 아이보개가 둘러진 것까지 합쳐서 십 수 명씩 몰려들어선 불안한 나의 신경의 순시(瞬時)의 안정을 흔들어 놓은 것이다. 내가 언제나 저희들 놀음터로 창문이 난 방에 들어앉아 있는 것을 그들은 알 턱이 없을 것이고 이 작은 방안에서 이 집의 주인이 멍청하니 책상을 안고 하잘것없는 궁리에 전념해 있다는 것을 이해할 턱이 만무한 동네의 졸망구니들이고 보니 때로 창문을 열고 눈을 부릅떠 보이는 내가 그들에겐 다시없이 인정머리 없고 사나운 사람으로 여겨질 것이라고 생각된다. 방이 어두워져도 어서 하루바삐 담장을 높이고 또 두꺼운 판장으로 대문을 해 달고, 항용 길거리에서 보듯이 담 위엔 맥주병이라도 바수어서 무시무시하게 꽂고 했으면도 싶으나, 주먹구구로 계산해 보아도 요즘 물가로 이삼백 원은 헐케 들어갈 모양이니 언뜻 가난한 경제에 손이 나가들 않는다. 그래서 오늘 이 글을 쓰고 앉은 지금에도 밖에는 서너 놈 굵직굵직한 소학교 삼사 학년 놈들이 전장(戰場) 그린 딱지를 가지고, 제법 이 집주인께 미안을 표시하려는지 소리를 낮추어서 쑤군덕거리며 장난에 취해 있다.

나는 때때로 시골아이들의 노는 것을 상상해 보고 또 내가 어렸을 이만 시절에 자라나던 모양을 가만히 회상해 보기도 한다. 산과 들과 강으로 몰려다니며 해가 저무는 줄도 모르던 것을 지금 나의 기억 속에서 더듬어 볼 수가 있다. 어른들이 성가셔하는 토방 밑이나 사랑방 댓돌 밑보다도 자연에 친숙해지려고 산과 들과 강으로 쏘다니던 것을 생각해 낼 수가 있다. 도회의 아이들이 골목 쓰레기통 옆이나, 이렇게 남의 집 창문 밑에 와서 어른들의 눈을 피하여 먼지를 일으키며 재깔대는 것과는 판이하다. 그래서 이런 때엔 나는 언제나 시골서 자라나는 두 아이를 행복되게 생각하며, 지금 내가 데리고 있는 아이들도 그러한 맑은 대기 속에서 자유롭게 기르지 못하는 것을 한(恨)나게도 생각해 보곤 한다. 일전에 수창동 살다가 청량리 밖 교외로 이사해 나간 우인(友人)을 만났더니, 아이들의 건강이 눈에 뜨이게 좋아졌다고 말하면서, 어른들의 교통은 불편하지만 아이들을 위하여 좋은 일을 하였다고 말하였다.　　그러나 우리 집 부근이라고 산이나 또는 광활한 운동장이 없는 것은 아니다. 들이나 개울이라 이름할 만한 곳은 없으나 삼청공원이 가깝고 또 커다란 운동장을 가진 삼사 개의 중학교가 있으니 아이들이 뛰놀고 장난을 칠 만하기에는 족하다. 저희 집 뜰 안에는 역시 나 같은 그 집의 아버지가 두려워서 이렇게 밖으로 동무를 구하여 몰려나온다 치고, 그렇다면 그들은 어째서 가까운 산이나 또는 근방에 있는 중학교로 몰려가는 것이 아닐까, 하고 나는 가끔 이상스레 생각해 본다. 그리고 골목에서 시끄럽게 떠드는 도회의 아이들을 핀잔줄 때엔 누구나 으레 그것을 이유로 삼는다. "왜 넓은 마당이나 산으로 가서 놀지 않느냐"고.

그러나 나는 요즘 도회의 이러한 아이들의 심리를 약간 엿볼 수 있은 듯하였다. 이들이 산이나 운동장으로 가지 않는 것은 그곳에 그들을 이끌 만한 매력이 없는 탓이었다.

생각해 보라! 우리들이 어렸을 때에 산으로 내달린 것은 대조나 살멩이를 따거나 밤을 줍거나 솔순을 꺾어 먹기 위하여서였다. 들로 달린 것은 까치 새끼를 내리고 콩부대를 하고 수수깜부기를 찌고 달래와 메를 캐기 위하여서였고, 개울이나 강으로 내달린 것은 물고기를 잡거나 헤엄을 치기 위함이었다. 어른들처럼 주회도로(周廻道路)를 멋없이 빙빙 돌거나, 건강이나 자연에 대한 그럴 듯한 이유를 세우고 그것을 실행하기 위하여서 산과 들과 강으로 책보를 던지면 곧바로 내달려 간 것은 아니었다. 위생사상이나 자연에 대한 미의식이 앞섰던 것이 아니라, 이러한 재미와 매력을 거쳐서 비로소 그러한 이념이 마음속에서 자라났던 것이다. 그러니 아이들의 마음을 낚는 아무러한 재미나 매력의 시설이 없는 공원의 주회도로로 단순한 권면(勸勉)이나 욕설을 가지고 아이들을 쫓아 보낼 수는 도저히 없는 것이다.

설령 이러한 자연적인 모든 조건은 도회에 앉아서 도저히 농촌과 같은 것을 바랄 수가 없다 치고, 그렇다면 그 대신 기계나 기구 등의 설비로서 아이들의 마음을 이끌 수는 얼마든지 있을 줄 생각한다. 덕수궁이나 창경원의 '아이들 왕국' 같은 데 얼마나 많은 아이들이 모여서 노는가. 그리고 한 주일에 한 때. 일 개월에 하루라도 이러한 유원지에서 놀아 볼 수 있는 행복된 아이가 서울서 자라나는 아이들의 몇 만 분의 하나나 될 것인가. 아이들의 건강도 물론이어니와 도회이니 만큼 교육적인 방면의 계발도 유의하여 과학적인 시설이 하루바삐 생겨나지 않으면 안 될 것이다.

이런 점에서는 커다란 운동장을 가진 각 학교들이 좀더 성의와 각성을 가져야 할 것이라고 통절히 생각하였다. 후생성이 학교의 운동장을 일반에게 개방하라는 취지가 공포(公布)된 것을 어느 신문에서 본 지가 퍽 오래 된 것 같은데 요즘의 서울 학교에서는 이러한 생각이 깊이 이해되지 않는 모양 같았다. 나 자신도 몸소 당하였고, 적어도 나와 전후하여 교문을 들어서던 오륙 인의 소년들이 당하는 것을 내 눈으로 친히 목도하였거니와, 중학교의 당국자들은 아직도 학교의 마당을 그들의 사유물로 생각하고 있는 모양이었다. 믿었던 도끼에 발등을 찍힌 것 같아서 나의 마음은 대단히 온건(穩健)

치 못하였으나 남과 시비를 가리기 싫어하는 성미인지라 소년의 한패와 함께 나도 어린것의 손목을 끌고 쑥걱쑥걱 교문을 물러나왔지만, 이렇게 넓은 운동장으로부터도 방축(放逐)을 당하는 어린아이들의 놀이터는 어디일 것이냐, 하는 문제를 생각하면 참으로 마음속이 편안할 수가 없었다. 약간의 시설을 가진 운동장에서까지 방축을 당한 아이들이, 공원의 멋없고 싱거운 주회도로를 정신나간 놈처럼 돌아다니기에 지친 뒤, 그들은 쓰레기통이나 남의 추녀 밑, 그렇지 않으면 차마(車馬)의 내왕(來往)이 빈번한 거리로 행길로 몰려다니며 먼지를 먹으며 어른들의 꾸중을 들으며 그들의 소년시절을 보내야 하는 것이다. 생각해 보면 이렇게 큰 사회문제가 없고 또 이렇게 답답한 문제도 없을 것이다.

(『농업조선』, 1940년 11·12월호)

여성의 직업 문제

- 여성 시평 -

우리 조선 부인네들이 직업이라는 의식을 가지기 시작한 것은 멀지 않은 과거의 일이다. '근대'의 정신이 들어와서 신분적인 제도가 차츰 잠적하면서 인민 각층에 직업의 제도가 확립되어 갈 때에 우리 부인네들의 직업 의식도 싹트기 시작한 것임을 틀림없겠으나, 제법 여성의 직업이 하나의 사회 문제로 상정되기 비롯한 것은 극히 최근의 일이다. '직업 여성'이라는 말이 생긴 것은 10년 전후의 일이 아닐까. 적어도 우리 소설이 직업 여성이라는 작중 인물을 쓰기 시작한 것은 결코 오래 전부터의 일이 아니었다. 남성들의 직업 의식이 확립된 것은 퍽 오래 전의 일임에 불구하고 부인네들에게 있어 이것이 그다지 문제되지 않은 것은 첫째는 낡은 인습이 탓이었고, 둘째는 사회 기구가 별반 부인네들의 직업을 필요로 하지 않은 때문이었다.

개화 이전 낡은 사회에서는 부인네들은 가정 안에 매어 있어서 오로지 현처와 양모 되는 것만이 여성의 본분으로 되어 있었다. 창기(娼妓)나 무당이나 여비(女婢) 같은 것이 예외였으나 이들은 일반 천민으로 간주되어 스스로 사람 축에 끼이지 못하였다. 그러므로 신분 관계를 타기한 뒤에도 직업에 나서기 위해서 가정 밖에 나오는 부녀들에게는 이러한 멸시가 오랫동안 따라 다니었다. 타방(他方) 조선의 생활 기구가 그다지 빠르게 자본제적으로 정비되고 발전되지 못한 때문에 부인네들을 근로하는 마당에 불러 낼 만큼 산업의 모든 부분이 난숙한 체모를 갖추지 못하였던 것도 원인이 되어 있다.

그러므로 우리의 경우에는 부인네들이 직업을 갖는 것의 단초를 만드는 데는 상당한 자각과 각오가 필요하였다. 최초의 부인의 직업이 교원이었다는 것과 그리고 직업 여성의 선봉자가 자각한 신교육의 여학생들이었다는 것은 이러한 사정을 설명하는 것이다. 똑똑히 말하자면 그들은 직업 여성이라기보다는 더 많이 선각자적인 교육가였다. 직업이나 근로에 대한 보수가 필요하여 직장(교단)에 나서기보다는 오히려 자기를 인격적으로 살리고 동성에게 자기와 같은 각성을 주겠다는 선구자적인 자각에 의하여 가정을 나온 것이었다. 그러므로 일부 사회의 비난이나 가정의 반대에도 불구하고 그들에게는 굳은 자부심과 동시에 놀라운 긍지가 있을 수 있었다.

그러나 조선에 있어서의 새로운 자본제의 산업의 발달은 대부대의 부인의 진출을 차츰 요구하게 되었다. 비로소 명실이 상부하는 부인의 노동자가 대량적으로 사회 기구의 부름에 응하여 등장하게 된 것이다. 방적과 생사계의 공장이 처처에 생기면서 손길이 부드럽고 섬세하며 임금이 싸고 또 사나이들보다 부리기 편한 부인네들이 공장으로 뽑히어 들어갔다. 부녀자를 집안에 가두어 두던 낡은 사회적 관습보다는 그들에게 생활의 자(資)를 도움받아야 하는 가난한 가정의 현실이 훨씬 더 강력하였던 것이다. 그러나 우리는 여태껏 이들을 여공이나 부인 노동자라 불렀을망정 결코 직업 여성이라 부르지 아니하였다. 직업 여성이란 말은 부인네들이 사무소나 혹은 백화점 같은 데 진출하면서 생긴 말이며 이것은 거지반 이러한 대규모의 상업이나 기업의 형태가 우리 사회에 나타났다는 것과 동시기에 여자의 중등 실업 학교가 생겨났다는 사실과 부합시켜서 흥미있는 일이다. 여직공이나 여차장 등이 육체적인 노동을 제공하는 데 반하여 직업 여성은 마찬가지 육체 노동을 바치면서도 어느 편이냐 하면 극히 상대적으로나마 지능 노동을 제공한다는 데 그 사이의 차이가 있을 것이다. 그러므로 타이피스트나 여점원이나 여사무원이나 양재사(洋裁師)나는 결코 짧지 않은 학교 교육을 요하게 되는 것이었다. 이 밖에 여급이라는 새로운 형태의 부인네의 직업이 생겼는데 기생이나 창기와 구별되는 점은 여급이 직(職에) 얽매이는 형식, 다시 말하면 고용주와의 관계가 훨씬 근대적인 점에 있는 것으로 그의 직무가 기생이나 다른 주점의 작부와 흡사하면서도 오히려 직업 여성의 이름이 적절한 것은 전혀 이러한 탓이라 하겠다. 이리하여 우리가 출입하는 사회와 가정에서는 지금 여러 층의 밖에서 일하는 부인네를 볼 수 있게 되었다. 전문 학교 교원에서부터 각츠의 교원, 보모, 의사, 기자, 각종의 직업 여성과 각 산업 부문에 동원된 부인 노동자 - 그 수가 얼마나 되는지는 통계가 없어서 딱히 알 수 없으나 사람이 모인 곳에서 그들을 볼 수 없는 적은 대단히 드물게 되었다. 만약 가정 밖으로 부인네들을 불러 내는 일이 20년 내지 20년 전의 여성 문제의 안건이었다면, 부인네가 가정을 버리고 이렇게 여러 종류의 직장에 나선 결과 때문에 생겨난 사건으로 하여 금일의 여성 문제는 적지 않은 두통거리를 맞이하였다고 볼 수 있을 것이다.

그 중에서 가장 통속적인 한 가지를 들어서 말하자면 첫째로 '직업 여성의 결혼' 문제가 있고, 둘째로는 그것을 거꾸로 한 것이지만 '결혼 후의 부인의 직업' 문제가 역시 긴급하고도 딱한 문제가 아닐까. 이것은 사회학적 문제이면서 동시에 생물학적인 문제라는 데 통속적이면서도 본질적인 중요성이 있는 것이다. 부인의 직업과 가정 제도와의 모순이 전자이고, 그것과 모성애와의 상극이 후자라고 볼 수 있으나, 생물학적 문제가 사회적인 문제와 분리하여서 있을 수는 없을 것임도 넉넉히 추상(推想)할 수 있는 일이다.

부인네들은 그들의 직업을 가진 채 결혼에 나아갈 수 있을까. 만약 결혼에 나아갈 수 있다면 현재의 가정 제도는 그것을 어느 정도로 허용할 것인

가. 또 허용한다면 산아와 육아는 어떻게 할 것이며 아이들이 자라나고 아이들이 학교로부터 돌아오는 가정 안에 어머니의 배려와 사랑과 훈도(薰陶)가 없어도 아무 상관이 없을 것인가. 좀더 생물학적인 천착을 한다면 어머니 된 부인네는 아이를 내버리고도 안연(晏然)할 수 있으며 가정을 통히 남의 손에 맡겨도 마음에 아무런 불편을 느끼지 않을 것인가.

이러한 의문과 질문을 던지고서 가만히 우리들의 직업 부인의 현상을 돌이켜 보면 독신을 지키는 부인네가 상당히 많은 반면에 결혼과 동시에 가졌던 직업을 내놓는 부인네가 대부분이라는 저윽이 범상되지 않은 현상을 발견하게 될 것이다. 여성에게 있어 직업이라는 것이, 그리고 가정 밖으로 나간다는 것이 결코 순조롭게 될 일이 아니라는 것을 연상할 수 있을 것이다.

실감을 가지기 위해서 일례를 들어 보자. 그 전 날의 자각한 부인 교육자들은 거개가 미혼이거나 독신자가 아닌가. 만일 그렇다면 이들은 가정으로부터 인격의 자유를 회수한 대신에 커다란 생물학적인 부자유를 둘러 지게 된 셈이다. 아내를 상실하고 어머니를 잃어버린 것이다. 남편과 자식들로 하여 받을 수 있는 가정의 단란과 조금도 다름 없는 독신 생활의 행복을 주관적으로 향락한다고 하여도 그들이 여성으로서의 가장 큰 성능과 기능을 상실한 것임엔 틀림이 없다. 『생활의 발견』의 저자인 임어당류로 말하자면 그들은 '무용한 주지주의에 붙들려서 외형적인 공적에 몰두'했다고 볼 수밖에 없이 되었다. 하마 부인 교육자가 아니고는 가르칠 수 없는 학문이나 부인 교육자가 아니고는 처리할 수 없는 교무가 있다고는 생각지 않을 것이다. 가사나 재봉도 숙수(熟手)나 양복 직공이 남성인 것을 보면, 반드시 여교원만이 가르칠 수 있는 과목은 아닐 상싶다.

그렇다면 남의 아내가 되지 않고 남의 어머니가 되지 않으면서까지 교육가가 되어야 할 자긍이나 공명심은 전혀 무의미한 허영심으로 된다. 독신주의란 말할 필요도 없이 자연에 어그러지는 일이며 인류와 민족과 국가의 경영을 생각할 때엔 하나의 죄악인 것이다. 독신주의자를 낳은 사람은 역시 어머니가 아닌가. 조선 사회에 독신주의자의 남성이 한 사람(?)도 없는 것은 유쾌한 일이지만 선각한 부인네들 중에 많은 독신주의자를 보는 것은 일부다처제처럼 불쾌한 일이기 비할 데 없다. 그러므로 본시부터 직업과 결혼은 상극해서는 아니될 물건이었다. 직업 때문에 결혼을 주저하거나 독신을 고집한다면 그는 인류의 경영을 모르는 사람이라 말할 수밖에 없다.

그러면 결혼 후의 직업 문제는 어떠한가. 만약 결혼과 동시나 또는 1년 전후하여(초임신〔初姙娠〕) 직업을 내놓은 부인네가 직업 여성 중의 대부분인 것이 사실이라면 부인에게 있어 직업 문제란 거의 성립의 여지가 없어지는 것이다. 실상 딸을 실업 학교나 전문 학교(의약, 치, 보육, 교원)로 보내는 가정의 심리를 알아 보면 다음 세 가지의 경우를 생각하여 딸의 장래의 생활을 보장해 주려는 전혀 소극적(消極的)인 착념(着念)이 지배적인 것이다. (1) 결혼하기 전 사회 경험이나 얻으면서 옷치레나 벌어서 하라고 혹은 집의 생활비나 약간씩 보조하면 다행이라고, (2) 결혼한 뒤 남편의 얼마 되지 않는 샐러리나 보조하면서 제 용돈이나 벌어 쓰라고, (3) 만약 불행하여 이혼이나 사이별(死離別)을 당하였을 경우가 온다고 하여도 제 생활만은 제가 개척해 나갈 수 있게 하려고……. 그리고 사실은 앞일을 먼 데까지 살필 줄 아는 부모는 이 제3의 경우에 준비하기 위해서 사랑하는 딸을 직업적인 학교로 보내는 일이 뜻밖에도 많아진 것이다. 면허장이나 자격이 붙지 않는 실업 학교로 보내는 분들은 대체로 제1과 제2의 이유나 순전한 결혼 대기차로 통학시키는 일이 많다. 그러므로 남편을 모시고 아이를 두셋씩 달고 직업에 나설 생각을 하는 당자도 없을뿐더러 그런 경우가 온다면 그들은 그의 직업을 상당히 불행하고 고된 것으로 생각할 것임에 틀림없는 것이다. 직업 여성의 직업에 대한 의식이 이처럼 소극적인 것과 동양(同樣)으로 그것을 양성하는 학교 교육의 목적도 말하자면 소극적인 점을 면키는 어려울 것이다.

그러나 지식층의 직업 부인의 문제가 이렇게 애매한 데 반하여 하층 계급의 직업 부인의 문제는 좀더 절박된 현실적인 면모를 띠고 있다. 그들은 결코 여성을 인격적으로 해방하려는 고귀한 자각이나 긍지를 가지고 직장에

나서는 것도 아니고 결혼을 대기하는 동안 사회 경험이나 치르고 화장품대나 벌을 양으로 직업에 나서는 것도 아니다. 좀더 절박한 문제, 좀더 절실한 욕구와 어떻게 할 수도 없는 현실의 명령에 의하여 그들은 가정이나 또한 젊은 환상과 꿈을 내버리고 거리로 나오는 것이다. 그들은 벌지 않으면 살 수 없는 것이다. 단마디로 말하여 그들은 지나치게 가난한 것이다. 결혼이 생활 문제를 해결해 준다면 그들은 언제나 직업을 던져 버릴 용의가 있다. 그럼에도 불구하고 그러한 기회는 좀처럼 찾아오지 않는 것이다. 영등포 같은 데 와 있는 농촌 출신의 부인 노동자를 보라. 양미간을 찌푸리고 고함을 지르는 여자 차장을 보라. 연초와 고무와 양복과 제사에 종사하는 가정 부인네들을 보라. 이들은 누구나 결혼을 갈망하고 있고 가정의 꿈을 지니고 있고 남편을 섬기는 것과 아이를 기르는 것을 한시도 잊어버리지 않고 있을 것이다. 이들에게 있어도 실상은 가정이나 모성애가 직업과 양립할 수 없다는 것을 여실히 증명하고 있는 것이다. 나가고 싶어서 나가는 것이 아니라 어쩔 수 없어서 나가는 것이다. 여성은 가정 안에 있는 것이 원칙이란 말은 공연한 남성들의 폭언만은 아닐는지도 모른다. 가정 제도만이 여성을 가정 안에 붙들어 두려고 하는 것이 아니라 여성의 생물학적인 본성이 가정 안에 있는 것을 밖에 나가는 것보다도 어울리는 것으로 만들어 놓았던 것이다.

그럼에도 불구하고 사회는 앞으로 더욱 더 부인네들게 직업을 요구하고 가정 외에서 근로하는 부인을 대망하게 될 것이다.

이것은 피치 못할 일이다. 외국의 실제를 보아도 그러하다. 전지(戰地)에 나가는 데 있어서 부인보다도 남성이 우월된 기능을 발휘하는 동안 이러한 경향은 더욱 더 증가될 것이다. 전쟁 전에도 소련이나 독일 같은 데서는 많은 부인 노동자를 배양하였고, 아메리카 같은 사회에서의 직업 부인의 지위는 상당한 수량을 점하게 되었다. 이러한 외국에서는 직업과 가정 제도, 직업과 모성애의 상극은 어떻게 해결짓고 있는 것일까. 우선 가족 제도는 우리의 경우와 다르니까 우리처럼 심각한 모순은 없다 쳐도 생물학적인 본성과의 모순은 어떻게 해결짓고 있는 것일까. 산아 제한 같은 것이 일시 유행하였으나 '낳아라! 늘리라!'의 정책 이래 신통치 않아졌을 것임은 물론이다. 결국 이 모순을 될수록 적게 하는 사회 정책이나 시설이 고작이 아닐까. 산전 산후에 대한 적의(適宜)한 처치, 육아에 대한 사회 시설, 아동 교육에 대한 국가의 격별(格別)한 배려, 그리고 끝으로는 저윽이 심리적이지마는 노동의 신성(神聖)과 노동의 즐거움과 환희를 강조하고 선전해서 가정에의 애착과 모성애의 본능을 적게 만드려는 각종의 심전개발적(心田開發的)인 시책 등. 그러나 이러한 사회 시설이나 국가의 배려 자체가 여성에겐 직업보다도 가정이 더 본성에 합당한 것을 증명하는 것에 불과하다고 말할 수 있다면, 여성의 직업 문제가 해결하여야 할 가장 근원적인 안건은 의연히 그대로 남아 있다고 보지 않을 수 없을 것으로 앞으로의 인류의 경영을 꾀하는 분들의 저윽이 큰 두통거리가 되리라고 생각되는 바이다.

(『여성』, 1940년 12월호)

대리석

대리석이라면 곧 조각과 석조건축을 생각하게 된다. 이러한 연상의 습관은 딱 언제부터라고 집어서 말하기가 거북하지만 서양역사를 배우기 시작하면서인가 혹은 르네상스와 고대희랍을 배우기 시작하면서인가 여하튼 중학교 시절부터 비롯된 것이라고 생각되어진다. 그러므로 그 이전에는 내가 사는 고향 가까이서 대리석이 난다는 것도 몰랐었고 설령 그런 것을 알았다고 하여도 대리석이라는 돌이 청석(靑石)이나 황강석이 나와 어떻게 다르다든가 혹은 유달리 인상이 깊다던가 하는 일은 없었을 것이라고 생각한다. 조각과 건축미술의 서양적인 융성이 우수한 석재의 출산에 기인함이 크다는 것을 배우고 특히 어린 마음이 희랍, 나마(羅馬)의 폐허를 달리며 문예부흥의 근대적 거장들을 사모하기 비롯하면서 나에게는 고향에 귀성할 때마다 자동차로 신작로를 달리며 대리석이 난다는 산기슭과 골짜구니를 유심히 눈여겨 보는 습관이 생겼던 것이다. 그러나 이러한 희귀한 석재의 출산이 어떠한 예술가와 미술품을 낳는 기반을 지었는가를 아직도 듣지 못한 것이 나에게는 언제나 섭섭한 일이었다. 해동 제일누각이라 일컫는 강선루(降仙樓)의 삼백여 간 건축이 그 위관(偉觀)이 자못 놀라우나 이러한 석재와 어떠한 관련이 있는지를 알지 못한다. 「仙樓別曲」에 남전(藍田)에 옥이 나고 온정(溫井)에 물끓는다라고 하였으나 대리석을 두고 말한 것은 아닌 듯하며 무산십이봉(巫山十二峰)에 흘골산성(屹骨山城)의 유지(遺趾)가 있으나 천여년 전의 고인이 가까이서 좋은 석재가 난다는 것을 유념했다고는 믿어지지 아니한다. 지금의 나로서 단 한가지 생각되어지는 것은 이 근린(近隣)에 있어서의 비석(碑石)과 상석의 유행뿐이다. 읍내의 처처에 흩어져 있던 무수한 선정비(善政碑), 송덕비(頌德碑), 유애비(遺愛碑), 도로선변에서 산견(散見)하는 기념비들이 모두 대리석이나 화강석으로 되어있고 최근 묘지마다의 상석의 유행도 또한 이것이 원인이 된 것이나 아닐는지. 물론 딱이 단언은 하기 힘드나 비에는 주동비(鑄銅碑), 목비(木碑)들이 있을 것인데 이런 것은 통이 볼 수 없고 석비(石碑)만이 흔한 것은 아마도 고을 근방에서 대리석이 난다는 것에 원인의 일단이 있음직도 한다. 이번 겨울, 조용하고 한적한 온정(溫井)이 있는 탓에 두달경을 이 대리석이 나는 용담온천에서 보내게 되었는데 돌이 나는 뫼기슭과 밭가운데도 가 보았고 또 온정(溫井) 부근에 사오도(四五度)로 널려 있는 석물공사장에는 매일처럼 산보삼아 나서 보았다. 석재가 그다지 우수한 편은 아닌 듯이 문외인의 눈에는 보이었으나, 그렇다고 하여도 이 돌이 몇 백년을 두고 폭학가렴(暴虐苛斂)을 일삼은 오리(汚吏)의 악정(惡政)을 호도(糊塗)하는 풍습에만 헛되이 이용되고 한 사람의 미켈란젤로, 아니 단 하나의 불상조차도 남겨 놓지 못한데 생각이 미치면 눈 내린 벌판에 외로이 서있는 청년의 마음 속에 한줄기 감상이 깃들지 않던 못하는 것이었다.(龍澤溫泉過冬記抄)

(『문장』, 1941년 4월호)

효석과 나

소화(昭和) 16년 정월에 나는 고향 가까운 어느 시골 온천에서 효석의 편지를 받았다. 몸이 불편해서 주을(朱乙)서 정양을 하던 중 부인이 갑자기 편치 않다는 기별이 와서 시방 평양으로 돌아왔는데 병명이 복막염이어서 구하기 힘들 것 같다는 총망중에 쓴 편지였다.

그 뒤 부인의 병을 간호하면서 쓴 간단한 엽서를 한 장 더 받고는 이내 부고였다. 그 엽서에는, 내가 부인의 병환도 병환이려니와 효석의 건강이 염려된다고 쓴 데 대해서, 부인의 병은 거진 절망 상태여서 인제 기적이나 나타나기를 기다린다는 것과 자기의 건강은 충분히 회복이 되었다는 것 등이 적혀 있었다. 부고는 시골집에서 받아서 자동차편으로 온천에 있는 나에게 회송이 된 것으로 발인(發靷) 날자가 얼마간 지난 뒤었다. 몹시 추운 날이었던 것 같다. 부인은 수년 전에 잠깐동안 한 번밖에 뵈온 적이 없어서 뚜렷한 인상은 없고 그저 퍽 건강하였던 것만 같이 생각되었다. 그런 관계로 부고를 받아들고도, 나는 내가 아내를 잃은 것이 역시 평양이요 이렇게 추운 엄동이었던 것을 생각하며, 부인을 잃고 아이들을 지키고 앉았을 효석의 모양만을 자꾸 구슬프게 눈앞에 그리었었다. 부고 뒤에 조위(弔慰)에 대한 사의(謝意)를 박은 인쇄물이 오고 그것과 전후해서 그의 엽서를 역시 눈 속에 파묻힌 온천의 객사에서 받았다.

진척되지 않는 원고 뭉텅이를 안은 채 2월 한 달을 더 그 곳에서 울울(鬱鬱)히 보내다가 나는 3월 초에 고향을 떠나서 서울로 돌아오는 길에 평양에 들렀다. 3월 초사흘(이 날이 효석을 마지막으로 본 날이 되고 말았다) 마침 중학을 나오는 내 아우의 졸업식날이어서 일찌감치 아침을 먹어 치우고 나는 바람이 거세게 내리부는 만수대로 효석의 집을 찾았다.

통행인도 드물고 언덕에 바람이 있어서 몹시 쓸쓸하게 느껴졌다. 쪽대문 밖에서 잠시 엉거주춤히 섰노라니 갑자기 대문이 열리고 배낭을 둘러진 효석의 딸이(아마 부고에 적힌 장녀 나미가 이 아이가 아니었는지) 총총한 걸음으로 뛰어 나왔다. 학교에 가는 모양이었다. 나는 멈칫 물러서서, 아부지 일어나셨냐고 물으려다가 정작 아무말도 건네지 못하고 그가 언덕 밑으로 사라지는 뒷모양을 물끄러미 바라다 보았다. 아이들의 고독한 운명 같은 것을 잠시 생각하였던 것 같다.

현관으로 나온 효석의 잠바 소매 끝으로 희게 내밀은 여위고 가느다란 손목을 나는 아무말도 않고 쥐었다. 그는 가냘프게 미소하며 난로에 불을 피우지 않아서 냉랭한 서재로 나를 안내하였다. 주부가 없어서 이렇게 차고 쓸쓸한 것만 같아서 나는 마음이 공연히 아팠다.

탁자를 가운데로 마주 앉아서 덤덤하였다가, 아이들 이야기를 하였다. 그는 나의 경험 같은 것을 물었다. 그리고 현민한테서도(효석은 현민을 그저 '유'하고 부르기를 즐겼다) 아이를 위하여 수이 결혼치 말라는 편지가 왔는데 자기도 역시 동감이라는 뜻을 말하였다. 나는 재혼을 않는 것도 아이를 위한 하나의 길인지 모르나 아이들을 위하여 결혼하는 사람도 세상에는 많은 것을 이야기하였다. 그러나 재혼에 대한 생각이 아내를 잃은 직후와 얼마간 시일이 지난 뒤가 퍽 다르다는 것은 말하지 않았다. 속으로 가만히 효석처럼 현란(絢爛)하고 색채 있는 미적 생활을 즐기는 분이 혼자서 윤택 없는 주부 없는 생활을 계속하려면 상당한 노력이 필요한 것이라고, 막연히 그런 것을 생각하였다. 효석의 건강을 물었더니, 일을 치르고 나서 긴장한 탓인지 되려 몸이 가벼워졌다고 미소하였다. 장례 때에 평양 인사들의 따뜻한 후의를 사무치게 느꼈다는 것도 말하였다. 끝의 아이는 그 때 시골로 보냈다고 들은 법한데 혹은 내 기억을 잘못인지도 모르겠다. 두루 그런 것을 이야기하고는 거진 낡은 질서가 무너져 버리려는 문단의 동정에 대해서 서로 얻어들은 소식을 나누고, 바른 문학의 융성에 힘쓰자고 손을 잡아 흔들고 나는 그의 집을 나왔다.

그 뒤 나는 사정으로 문단을 떠나서 효석과의 약속을 어기고 동시에 문통(文通)도 거진 끊어져 있었다. 효석의 가끔 쓰는 논문을 보면 그는 근래에 드물게 분투하였던 것 같다. 또 수필이나 소설을 보면 그의 생활이 다시금 윤택을 가진 것 같은 인상을 받았는데, 전혀 뜻밖인 뇌막염으로 서른 여섯의 청청한 목숨을 앗기었다는 것은 절통하기 비길 데 없는 소식이다. 거리에서 소식을 듣고 놀라 집으로 오니까 꺼먼 테두리의 부고가 와 있었다. 나는 그것을 들고 어머니를 잃고 또 1년만에 아버지를 잃은 제 아이를 오랫동안 생각하였다. 효석의 명복을 빌고 아이들의 다행을 빌었다.

(『춘추』, 1942년 6월)

강원도 동해안의 바다와 산과 들

- 농어촌 현지 보고 -

1. 강원도라고는 하여도

조선금융조합연합회 보급과의 부탁을 받고 강원도의 농촌을 견학한답시고 서울을 떠나기는 하였으나, 짧은 시일로 한정 있는 코스를 말(馬)보다도 빠른 차를 타고 달리면서, 제법 옳게 농민들의 사는 모양을 견학하고 돌아오리란 생각은 애초부터 가지지 못하였었다. 나를 안내하기로 된 연합회의 박원식 씨는 다년간 강원도에서 근무하던 분으로, 이 분이 꾸며 놓은 여행의 일정은 이러하였다. 6월 20일 밤차로 서울을 떠나서 안변(安邊)서 차를 바꾸어 타고 동해선으로 접어들어 이튿날 아침에 장전 항구에 내린다. 장전서 어민 훈련소를 구경하고 바다에 나가 고기잡이하는 실황을 구경하고 외금강 온정리에서 들메를 푼다. 이튿날 아침 간성으로 가서 그 곳 금융 조합이 안내하는 부락을 구경하고 그 날 밤은 농민들과 같이 침식한다. 22일엔 양양을 거쳐 강릉에 이르러 그 곳 조합의 안내로 읍내에서 가까운 부락을 보고 돌아와서 읍내에서 몸을 쉬인다. 23일 아침 강릉을 출발, 대관령을 넘고 고원 지대를 자동차로 달려서 4백 리 원주에 도착하는 것이 오후 두세 시경, 그 곳서 경경선(京慶線)의 기차를 잡아타고 그 날 밤으로 서울에 돌아온다는 것이다. 이거야말로 달리는 말 위에 앉아 산을 바라보는 격이 아닐 수 없었다.

실지로 다녀 보고 깨달은 것이지만 박원식 씨가 꾸민 강원도의 일주 코스는 퍽 재미스럽고도 또한 요령 있는 것이었었다. 동해안을 달려서 바다와 산을 만끽한 뒤 대관령을 준령을 넘어 강원도의 산간 지대, 고원 지대를 횡단하여 강원도 농촌다운 풍경과 풍속과 생활 습속을 구경한다. 이 코스 중에 어촌이 있고 농촌이 있고 조선서 제일 는 바다 풍경이 있고 세계에 으뜸가는 금강산이 있고, 어느 곳에서는 기차, 어느 곳에서는 자동차, 온정 호텔에서 잤는가 하면 그 이튿날은 옷을 입은 채로 목침을 베고 농가의 웃방에서 고단한 몸을 눕히고……. 여하(간) 이렇듯이 여행의 흥미와 재미는 버라이어티가 있고 다색다채(多色多彩)한 것이었다. 3, 4일의 날짜를 가지고 강원도를 일주하는 코스에 이것보다 으뜸이 있으리라 생각되지는 않았다.

그러나 물론 예정과 같이 이 코스를 돌아왔다고는 하여도 이것으로 강원도의 농민 생활의 특수성을 알았다고 할 자신은 서지 않는 것이고, 외관을 펀뜻펀뜻 지나치는 듯이 구경하고서 그 속에 파묻혀서 갖은 희로애락을 맛보며 살아나가는 농민들의 생활을 이해했노라고 호언할 자격은 생기지 않는 것이다. 이십 년, 삼십 년의 혼신의 노력, 피와 땀으로 이루어 놓은 농민들의 '공든 탑'을 도회에서 사는 풋내기 청년이 기차에 앉아 훌쩍훌쩍 지나쳐 가고서 나는 농촌 생활을 알았노라고 지껄인다면 그것은 말짱한 거짓일뿐더러 또한 염치없는 교만한 자기 과신인 것이다.

내가 이 곳에서 보고하고자 하는 것은 위에서 말한 것과 같은 사정 밑에서 나의 둔한 관찰력으로 친히 바라본 것과 부락에서 만나 본 부락민들의 이야기를 유일한 재료로 하는 것인데, 이렇게 나에게 재료를 제공하신 분들은 금융 조합의 이사와 부이사, 그리고 부락을 지도하는 중견 지도자들이었다. 이 지도자들은 순전한 농민임에 틀림은 없는 것이나 실제로 논밭에 들어서서 일하는 분이기보다는 대체는 부락의 소지주나 자작농들이었다. 빈농, 소작인들과 대면할 기회는 농번기인 만큼 얻기 힘들었다.

2. 간성 조합의 주부회

21일 오전에 장전에서 기차를 내리니까 비가 퍼붓고 있었다. 떠날 때부터 흐리던 것이 안변서 차를 바꾸는 전후해서 비는 줄기차게 차창을 때리는 것이었다.

지붕 없는 플랫폼에서 대합실에 뛰어들어가 한참동안 머뭇거린 것이 원인이 되어 우리는 장전 조합에서 일부러 마중 나온 분과 길을 어겨서 드디어 비를 맞으면서 얼마간 길을 헤매지 않을 수 없었다. 박원식 씨가 오랫동안 이사로 근무하던 고장이라 곧 어느 음식점에서 아침 요기를 하며 사람을 시켜 장전 조합의 남상습 이사를 오시라 하였다. 어민 훈련소의 배는 이미 바다로 나가 버린 뒤였고, 비가 갠 때엔 오전 열 한 시였다. 어선을 타고 바다에 나가 친히 고기를 잡는 어민의 활동과 훈련을 받는 어민들의 상황을 견학하기로 하였던 제일 일정은 호사(好事)에 끼인 마(魔)로 해서 부득이 중지하지 않을 수 없게 된 것이다.

시내를 구경하고 자동차로 남상습 이사와 강종섭, 전선진 등 제씨와 함께 우리는 온정리 가로서 하룻밤을 쉬었다.

이튿날 열 시경에 간성역에 내리니까 김충식 이사가 마중을 나왔었다. 조합이 있는 동네까지 가는 데는 한참이나 걸어야 하였다. 뙤약볕 속에 장이 벌어져 있는 비스듬히 언덕이 진 시골 장거리였다. 낡은 목제로 된 어둡고 답답한 사무실이었다. 장날이라 바쁜 것 같았고 또 월말이 가까워서 모두 출장 중이었다. 나는 거기서 냉수로 땀을 들이며 이야기를 들었다.

이 간성 금융 조합은 부락 지도 시설과 경영이 우량한 조합으로서 벌서 두 차례(소화 10년과 15년)나 연합 회장한테 표창을 받았다고 한다. 절미 저금(節米貯金), 공동 경작, 생활 개선, 부업 장려, 그밖에 시국에 대응해서 여러 가지 모범 될 만한 일을 많이 해 오던 중 무엇보다도 이 조합의 특수한 것은 주부회라고 말할 수 있었다.

이러한 모든 활동과 지도는 소화 7, 8년 농촌 진흥 운동이 시작될 때부터 있어 온 것인데, 사변 이후 더욱 활발히 되었다고 한다. 가령 절미 저금 같은 것도 한 술, 두 술 쌀을 절약해서 부인네들이 저금한 액수가 3만 원에 이르렀다 하며 대부액(貸付額)이 50만 원에 대해서 기한을 어기어 지연되는 연체액은 근근 천 원에 불과하다 하였다. 작정한 기한 안에 대부했던 금액을 납부치 못하는 것, 조합의 지시하는 사항을 이행하지 못하는 것, 이런 것을 진심으로 수치라고 생각하리만큼 백성들의 성품은 순박하고 또 열심스러운 것이었다. 보국 저금이나 기타 시국적인 정신 운동 전체에 이러한 열성이 나타나서 그것은 누차 다른 조합과 부락의 모범이 되었다고 한다.

주부회라는 것은 일종의 부인의 모임인데 조합 운동의 주체를 간성 조합에서는 이 부인네들의 활동에다 두었던 것이다. 각 부락마다 주부회가 있고 거기엔 책임자가 있어서 책임자들의 연합 총회 때에는 우승기와 상품을 가지고 각각 그 성적을 다툰다고 한다. 요즘 모든 활동이 애국반에 통일되면서 이 단체도 명목을 고치게 되었으나 될수록 여태껏의 전통을 살려서 부인네들의 활약을 조직화하겠다고 이사는 말하였다. 이 조합을 오늘날과 같이 만든 데는 현재 이사 김충식 씨의 성실한 지도는 물론 지금은 홍천 조합에서 근무하는 전이사 김경배 씨의 헌신적인 노력에 힘입은 바 크다고 들었다.

3. 오봉촌(五峰村)의 단체적 훈련

간성 조합 이사더러 가까운 부락을 안내하라고 하니까 김충식 이사는 교통이 편한 곳을 택한다고 이 곳서 한 정거장 남쪽으로 가는 공현진(公峴津)역에다 우리를 하차시켰다. 이 작다란 간이역은 동쪽으로 바다를 끼고 서쪽으로 이앙이 끝난 논을 바라보면서 철로선 위에 장기쪽처럼 놓이어 있었다. 우선 일행은 바다를 따라 어촌을 찾았다. 어업 조합의 출장소가 있는 이 부락에서는 이 날 남녀노유가 떨어나서 미역을 따고 있었다. 옷을 적시면 파란물이 옮을 것 같은 바다 위에 목선을 띄워 놓고 어민들은 미역을 베고 따기에 바빴다. 장정들은 바다에 떠 있고 늙은이는 배에서 내리는 미역을 지게로 날랐고 부인네와 색시들은 날라온 미역을 백사장에 펴서 말리는 노동에 종사하였다. 그 옆에서 아이들은 미역 줄거리를 꺾어 껍질을 벗겨 씹으면서 어른들의 일하는 것을 바라보며 놀았다. 모래를 걸으며 혹은 바위 위에 앉아서 나는 쾌청한 하늘 밑에 벌어진 근로하는 백성들의 모양을 오랫동안 구경하면서 도무지 싫증을 느끼지 않았다.

해가 뉘엿뉘엿할 무렵에 우리 일행은 목적지인 오봉리 부락으로 향하였다. 양양군에 속하는 죽왕면인 것이나 편의상 고성군 간성 조합의 관할이라고 한다.

오봉리에서 마중 나온 구장과 청년단 간부에게 안내되어 철둑을 넘어서 우리는 바다를 등지고 해당화와 찔레꽃이 덮힌 언덕길로 접어든다. 철둑을 넘을 무렵에 우리는 길게 행렬을 지어 자루를 하나씩 머리에 이고 가는 소녀들의 부대를 만났다. 이들은 오봉리의 소녀들이었다. 청년단 안에 있는 여자부(실상은 소녀부)로서 오늘 멀리 금잔디가 많은 언덕으로 띠씨를 훑으러 나갔던 길이라 한다. 머리에 인 것은 사방공사에 팔아서 청년단 기본금의 일부로 하려는 띠씨의 자루였다.

오봉리 청년단에는 소년 소녀와 성년 부인과 청년들을 각각 나누어서 제 힘에 합당한 근로 작업을 시키는 것이 관례로 되어 있는데 지도자의 지휘에 좇아 각기 공동 경작, 공동 작업, 탁아 근로에 종사한다고 한다. 이앙도 전부 공동으로 한 까닭에 벌써 이 부락에 들어서면 퍼런 빛이 벌판이 편하니

깔려 있었다.

이러한 작업이나 경작 외에도 단체 훈련이나 국어 강습이나 운동회 같은 것이 부락의 주최로 가끔 열린다고 한다.

나직한 고개를 넘어서 부락으로 통하는 언덕 위에 섰을 때 다섯 개의 봉오리에 아늑히 둘러싸인 작다란 분지에 들어앉은 백여 호의 가옥이 한눈에 들었다. 아름다운 영새집 틈에 군데 군데 기와집이 끼어 있는 것이 보이었다. 박원식 씨가 부인의 작업 상황을 사진에 찍겠다고 교섭하였을 때, 지도자는 종을 울려서 저녁 설거지에 바쁜 부인네들을 소집하였다. 나는 옆에서 시계를 보았다. 청년단원의 지르는 소리에 맞추어서 순식간에 부인네들은 부엌으로부터 뛰어나와 낫을 들고 소정의 보리밭에 모였다. 이 동안이 약 십오 분. 부인네들의 보리 베는 모양을 바라보며 협동적인 단체 훈련이 표창당할 만하다고 나는 혼자서 생각하였다.

구장댁에서 저녁을 먹고 우리는 지도자들의 이야기를 들었다.

"부인의 옥외 노동은 농진 운동(農振運動) 이전 30년래의 습속으로서 어려운 일로 여자에게 부적당한 것을 제하고는 대부분을 부인네들이 협동적으로 처분해 버린다.

퍽 전부터 탁아소를 설비해서 농번기에는 논밭에 나갈 수 없는 늙은이들이 아이를 맡아서 한 곳에 모아 놓고 장난감과 더불어 어머니가 돌아와서 젖을 주는 동안을 보낸다. 표창도 받았고 국고 보조까지 나온다.

농사 개량에 힘써 온 것도 오래된 일이어서 소 외양간도 전부 개량했고 액비(液肥)를 모아두는 웅덩이(溜)도 준비되어 있다. 퇴비도 도상(道賞)을 받을 만큼 우량하여 매호 평균 4천 5백 관, 임야 벌채를 적게 하기 위해서 포플라를 2만 주나 논둑에 심어서 녹비(綠肥) 대용으로 이용한다.

저축도 조합 관할 구역 내에서 가장 우수하여 보국 저금(報國貯金)이 8천 원, 절미 저금이 천 원."

부락의 자랑으로 지도자들이 말한 것을 초기(抄記)해 보면 대략 이상과 같았다.

아침 동이 틀 무렵인데 벌써 고단한 잠귀를 시끄럽게 굴면서 종소리와 나팔 소리가 들려왔다. 나도 그 소리에 눈을 부비며 고단한 목침에서 머리를 일으켰다.

4. 정신 운동과 박월리촌(博月里村)

양양서 자동차를 타고 주문진을 지나 강릉에 이른 것은 23일 오후 한 시경이었다. 강릉 조합에서 점심을 먹고 우종대 부이사의 안내로 읍내서 시오리 가량 되는 박월리 동네로 향하였다. 태울 듯한 뙤약볕에 강릉 특유의 바람이 있어 고된 몸에 시오리 길은 내 힘에 부칠 듯하였다. 의논 끝에 나와 우종대 이사와 둘이서 자전거를 타기로 하였다. 6년 전 수해의 흔적을 아직도 남겨 가지고 있는 강을 다리로 건너서 신작로를 따라 굽이굽이 산길을 돌다가 평지에 들어서서 밭 샛길로 접어드니까, 감나무의 윤택 나는 수풀에 싸여 있는 동네와 동네 앞에 양철로 지붕을 한 목제의 교사와 운동장이 나타났다.

이 학교 교사가 부락민이 혼신의 정력으로 쌓아 놓은 학술 강습소였다. 소학교에 들어가지 못하는 부락의 아동을 수용해서 학술과 농사 기술을 가르치는 곳이라 한다.

감나무 밑에 자전거를 세우고 최돈호 씨를 만나서 부락의 이야기를 한 시간 동안 듣고 돌아왔다.

박월리 부락도 그러하지만, 통틀어 강릉 조합 구역 내에서는 이사 호리다(堀田)씨의 신념으로 보덕(報德) 정신의 운동이 널리 전개되어 있었다. 보덕 정신이란 니노미야 손도쿠(二宮尊德) 선생의 보덕 정신을 조합 활동과 병합시켜서 물심 양면으로 농촌의 갱생 부흥을 꾀하자는 취지인데 각처에 보덕사라는 조직체가 있었다. 금융 조합 운동은 본시 일종의 경제적인 운동인데 여기에 정신적 또는 도덕적인 운동을 합치시키자는 것으로 시국 하 여러 가지 의미로 운동의 전개에 진지한 검토를 요하는 것이라 하였다. 이것과는 달리 우종대 씨와 식은(殖銀) 한상태 씨의 안내로 이율곡 선생의 출생지인 오죽헌과 경포대에 청유(淸遊)의 기회를 가진 것은 나 개인에 깊은 인상을 주었다.

5. 느낀 바를 추려 보면

24일 강릉을 출발하여 자동차로 대관령과 고원 지대를 달려 대화에서 낮참한 후 오후 세 시에 원주에 도착, 다시 오후 차로 동지를 출발, 동 아홉 시 반 경성역에 이르러서 우리들의 짧은 여행은 끝이 났다.

이 동안에 내가 보고들은 바에서 결론이랄 것까지는 없으나 약간 느낀 바를 추려서 적어 보면,

지도의 곤란성 - 대중 생활을 지도하기가 얼마나 힘들 것인가 하는 느낌이었다. 특히 요즘과 같이 물자가 바르고 모든 부분에 새로운 전환이 진척되고 있는 시대에는 민중을 위해서 하는 일이, 일시적일지라도 일반 생활에 손해를 주는 것 같은 연상을 주기 쉬운 때, 농사 개량과 정신 활동과 문화 계몽과 저축 장려와… 이러한 모든 것을 가난한 농민에게 실행시키는 것은 여간 곤란한 일이 아닐 줄 알았다. 특히 강원도 동해안은 농촌과 어촌이 겸하여 있는 곳이 많아서 조합이나 기타 당국자로서 지도하기도 퍽 복잡할 것이라 믿어졌다. 조합 이사 이하 직원 일동은 농민과 다름없는 헌신적 노력을 기울여서 이들의 지도를 맡아보고 있다. 말하자면 면소 직원과 함께 이들은 제일선 부대다. 제일선 부대의 노력에 대해서는 도시나 상급 관청에서는 충분한 이해를 가져야 할 것이라고 믿어졌다.

모범 부락의 성격 - 내가 본 두 군데의 농촌은 모두 손꼽이에 드는 모범

부락이었다.

언뜻 외관으로 보는데도, 어딘가 여유가 있고 풍경화 같은 윤택과 평화가 흘러 있는 것 같았다. 큰 지주와 가난한 빈농이 없고 자작농과 자작 겸 소작인이 많은 것이 특징이요, 부락에는 건실한 한두 사람의 중견 인물이 있는 것이 정리였다.

지도 인물 - 지도 인물은 대체로 먹을 것이나 있는 분이든가, 간신히 게량이 나는 대로 약간의 신학문을 받은 분이 많은 것 같은데, 이들의 생각은 어떻게 해서든지 자기네 부락을 평화하고 굶주리지 않는 동네로 만들어 보고 싶다는 일념에 불타는 분으로, 자기 개인보다도 부락 전체의 이해와 문화적 향상을 언제나 마음과 머리에 가지고 다니는 분들 같았다.

(『半島の光』, 1941년 8월)

한화수제(閑話數題)

1. 지속 의식

어버이된 사람이 자기 자식에게 각별한 희망을 거는 것 같은 것이 한낱 봉건적인 가족 관념에 의하여 생긴 것이냐 그렇지 않으면 제도를 초월한 생물학적인 본능에 원인을 두는 것이냐 하는 것을 따져서 묻는 이가 있어 제도와 본능을 양손에 갈라 들고 이것 저것 생각을 추려 보아도 우리 정도의 인생 경험을 가지고는 좀처럼 명쾌한 판정을 내리기가 힘들다는 결론밖에는 얻을 도리가 없을 것 같았다. 가족 제도가 만들어 준 습득감인 것이 사실인 것 같으면서도 이미 봉건적인 가족 의식을 청산해 버린 개인주의의 시민들에게도 자식이나 후손으로 하여금 자기의 정신과 혈통을 지속케 하겠다는 의식은 없지 않은 것 같고 또 어버이의 자식에 대한 애정 같은 데 이르면 이것을 하나의 생물학적인 본능으로 해석하려는 데 큰 잘못이 있다고도 단정키 힘든 때문이다.

하기는 제임스 조이스 같은 작가는 작중 인물의 혹자는 자기의 정신적인 후계자를 구하러 거리를 헤매는 것이 있어 벌써 그의 지속 의식이 가족과 가정 내에 있지 않다는 것을 알 수도 있고, 이러한 때 혈통이나 종족이나 가문 관념이 지극히 희박해졌다는 것도 우리는 곧 알 수 있다. 거기에는 자기의 가족에 대한 경조(敬祖) 관념이나 신비스러운 의무 관념 같은 것도 있는 것 같지 않다. 가대를 계승할 후계자를 얻기 전에는 선조와 가문에 대한 죄를 사할 길이 없다고 이미 수년 래 행방불명이 된 형제를 찾아(그에게나 자식이 있는가 해서) 노쇠한 몸으로 수천 리의 정처 없는 여정에 오르는 염원(閻元)이란 사나이는 확실히 봉건 동양의 소산이 아닐 수 없다. 개화 있은 뒤 새로운 구미 사조가 밀려들어오면서 우리의 생활 속에서도 낡은 가족 관념과 가문 의식이 장마물에 씻기듯이 씻기워 버렸다. 옛날처럼 선조와 어버이를 숭앙하는 이도 적어졌고 또 가족사 안에 있어서의 자신의 위치와 의무를 그전날처럼 신비롭게 생각하는 분도 대단히 드물어졌다. 자기가 뜻하는 정신적 사업의 후계자를 자기 후손이나 가문 내에서 찾겠다는 생각도 없어진 것 같다. 그러나 그럼에도 불구하고 손을 가슴에 놓고 가만히 우리들의 마음과 실생활에 자문하여 우리는 자식이나 가족의 성원에 대한 각별한 애정과 책임을 부인할 수는 없을 것 같고 슬하에 하나의 혈육도 갖지 못한 노경을 생각하여 고독을 이길 길이 바이 없을 것 같다.

박노갑 씨의 「미완성」이란 작품은 이러한 것을 생각해 본 소설이었다. 망건장이 '솟골 영감'은 갓바치 노릇과 고된 농사로 갖은 곤욕을 겪으면서도 생존의 모든 의의와 희망을 단 하나인 아들 '영완'에게 걸고 아들이 학문으로 성공하기만 목이 끊어지게 기다리고 있다. 그러나 아들은 아버지의 뜻한 바를 이루어 줄 만한 재질이 없는 것이 드디어 판명되었다. 아버지는 그래도 낙망하지 않았다. 아들에게서 풀지 못한 원을 손자에게서 풀어 보려 생각하는 것이다. 홀아비 생활의 고독한 노경도 며느리가 재조(材操) 있는 손자를 낳아 주리라 생각하면 마음속이 다사로울 수 있었다. 그러나 며느리는 10년이 넘어도 생산을 하지 못했다. 하는 수 없이 아들에게 소실을 얻어 준다. 소실도 이내 손자를 낳아 주지 않는다. 그래도 아버지는 낙망하지 않고 양자를 권하는 문중의 의견에 귀를 기울이려 하지 않았다. 하루 아침 그러나 아들은 열병에 그리고 아버지는 뇌일혈로 세상을 떠나 버리고 말아서 비참한 갓바치의 소원은 '미완'으로 끝을 맺고 말았다. 박노갑 씨는 상민의 신분 개조에 대한 가족적인 혈통 지속 의식이 낡은 시대의 슬픈 잔영이라는 것을 독자에게 가르치고 있는 듯하다.

또 하나 임옥인 씨의 「전처기(前妻記)」는 생산하지 못하는 여자의 입장에서 이 문제를 보려 하였다. 최고 학부를 졸업한 청년 남녀가 연애하여 결혼하고 초야에 '아이는 낳지 말아요. 우리 사이에 방해가 돼서' 하고 약속하였다. 약속대로 아내는 아이를 낳지 못했다. 그러나 두 사람의 사이는 반드시 약속과 같지는 못했다. 가대(家代)가 끊어진다고 시부모는 성화치듯 한다. 문중이 소란스레 수다를 떤다. 대를 이를 아들을 보기 위하여(단지 그것만의 이유로) 남편은 드디어 첩을 얻었다. 아들을 낳았다. 남편은 그래도 정실을 끝까지 아내로 사랑하겠다고 집을 나간 전처에게 편지를 한다. 그러나 전처는 이미 당신은 나의 사람이 아니라고 적지 않이 히스테릭한 어조로 사리를 따져 가며 남편의 청(請)을 거절한다. 이 거절하는 편지의 형식으로 임씨의 소설은 되어 있다. 임씨는 작중 인물로 하여금 남편의 태도와 남편을 그렇게 시키는 가족 제도의 관습에 항의를 보내고 있다.

이 두 개의 소설을 읽고 나서도 물론 나는 인생의 지도자가 될 수는 없었다. 가령 또 이런 의견을 말하는 사람도 없지는 않다. 지나에서 나서 구미에서 학문한 임어당은 생산하지 못하는 여자는 여자값에 가지 못한다고 단언한다. 소실도 아이를 낳으면 정실과 같다고 그는 또한 여자의 가장 아름다운 초상은 어린 아기를 안고 있을 때의 그림이라고도 말했다. 임어당은 이러한 때 인류의 종족의 지속 의식을 높다랗게 선양하고 있음이 분명하다.

(4월 17일)

2. 소설다운 것

읽는 사람의 형편 따라서 작품이 주는 느낌이 다를 수 있다는 것은 누구나 같은 작품을 재독 삼독할 때에 경험하는 일이지만 요즘 유진오 씨의 「마차」라는 소설을 읽고 나서 유씨의 소설을 읽는 나의 태도가 다른 독자의 경우나 또는 다른 때의 나의 감상 태도와 달랐다는 것을 깨닫고 스스로 놀란 일이 있었다. 그것은 물론 「마차」의 평가에 관계되는 것이 아니요 이 작품에 대한 다른 사람의 의견과 내 의견이 다른 것을 말하는 것도 아닌데 간단히 말하자면 나는 이 소설을 읽어 한 장을 넘어서부터 유씨가 '소설다운 소설'을 쓰려고 애쓰고 있다는 느낌에 붙들려서 끝까지 그런 흥미와 그런 각도와 면으로 작품을 감상하였다는 것이다. 물론 이것은 소설 읽는 방법으로 순수한 태도도 또한 일반에게 추앙을 받을 감상 방법도 아니지만 일정한 고정된 세계를 갖지 않았거나 혹은 갖지 않으려고 해 오는 작가로서 어딘가 나와 공통점이 있는 듯이 막연히 느껴지는 유씨의 작품에 대한 최근 나의 피할 수 없는 '편협'한 태도이다(아직도 자기의 고정된 세계를 갖지 못한 작가로서 내심에 나는 언제나 유씨와 나를 손꼽고 있다. 대개의 동료 작가들이 모두 제 세계를 가지고 있어서 이것은 보는 사람의 눈에 의하면 유씨나 나에게 불명예가 되어 있다).

이 곳에 내가 '소설다운 소설'이라고 말하는 것은 전혀 편의적인 유별(類別) 개념으로 쓰는 것인데 가령 나는 이 말과 심경 소설, 신변 소설, 주관 소설, 관념 소설 등의 개념을 대립시켜서 사용하려고 생각(하)는 것이다. 그러므로 '소설다운 소설'이 가치로 보아 후자보다 상승이라든가 또는 소설을 대별하면 전기 양자밖에는 없다든가 하는 것을 말하고자 하는 것은 아니다. 그러나 대체로 유씨의 최근 일 양년간의 작품을 「봄」, 「주붕」, 「산울림」, 「젊은 아내」, 「마차」의 차례로 쭈르르니 놓고 보면 「산울림」까지는 후자에 속하는 작품이요 그 다음 두 작품이 말하자면 '소설다운 소설'을 의도하는 작품이라고 나누어 볼 수는 있지 않을까. 그러므로 양자간 가치의 우열 같은 것은 있을 리 없다. 실상 「젊은 아내」보다는 「봄」이 훨씬 상좌에 앉을 작품이요 「주붕」은 「마차」보다 뒤서지 않을 수 없는 작품이다. 물론 이렇게 갈라 놓고 보아도 양자 간의 분류의 조건 같은 것이 명료해졌다고는 말하기 힘들다. 그래서 또 한 번 각도를 달리 하여 비근한 비교를 들어 보면 예컨대 도목건작(島木健作)이보다는 무전인태랑(武田麟太郞)이나 우야호이(宇野浩二)가 소설가다운 소설가요 세계적 규모에서 본다면 괴테의 소설보다도 발자크의 소설이 소설다운 소설이라는 뜻으로 된다.

우리는 항용 '소설이란 무엇이냐' 하는 물음에 그것은 '헛소리로 된 참말이다'라고 대답한다. 그러나 소설이 헛소리로 되었다고 하여도 그것이 전부 헛소리로만 되어 있는 것은 아니었다. 우선 사 소설, 신변 소설, 심경 소설의 류는 헛소리보다는 실상으로 있은 일이 더 많다. 과거의 유진오 씨의 소설은 사소설도 심경 소설도 아닌지 모르나, 씨가 꾸민 헛소리에는 헛소리 아닌 것이 더 많이 들어 있었다. 「김강사와 T교수」도 「봄」도 「나비」까지도 그러했다. 그러나 「마차」는 완전한 헛소리로 꾸며진 소설이요, 실상 있은 일이 하나도 섞이지 않은 헛소리로 꾸며서 소설이 목적인 '참말'(진실)에 이르려고 기도한 작품이다. 성공 여부는 묻지 않는다. 완전한 헛소리만 가지고 소설을 꾸미기를 싫어했고 또 그다지 그 방면에 능수가 아니었던 유씨가 혼신의 노력을 기울여 '소설다운 소설' - 즉 헛소리만으로 된 소설을 꾸미려고 하였다는 데 나는 의의와 흥미를 느끼는 것이다. 하고(何故)냐 하면 자기의 작가적 완성을 결정하려 하지 않고 먼 오늘의 장래에다 기약을 두는 사람이라면 헛소리만으로 소설을 꾸며서 '참말'에 도달하는 기술과 역량과 현실의 개괄 방법을 배우지 않고서는 도대체 한 사람 분의 소설가다운 소설가가 될 수 없을 것이기 때문이다. (4월 18일)

3. 여실(如實)한 것

문학적 진실에 도달하기 위하여는 우선 여실하지 않아서는 아니된다. -하고 누가 말할 때 범연하게 말하여 이것은 상식이 될 수 있다. 그러나 이러한 상식이 모든 경우에 군림할 수 있는 것도 아니며 또 그다지 깊이가 있는 말이라고도 단언하기 힘든 것이다. 여실히 그린다는 것은 무엇보다도 사진적인 재현을 의미하는 것인데 사진적인 재현이 회화적 진실에 이르는 유일의 길이 아니면 문학의 경우에도 그대로 들어맞는 이치가 될 것이다. 문학에 있어서도 가령 상징 수법이 있지만 이것은 여하한 의미에서든 여실과는 먼 거리에 있으나 능히 이것으로도 문학적 진실에는 이를 수가 있었다.

"그러커심 안돼요."

"안됨 어떻허나."

"그렇게 됨 조찬어요."

이상의 문학상의 대화는 각각 "그렇게 하시면 안돼요." "안되면 어떻게 하나." "그렇게 되면 좋지 않아요."를 여실하게 그리기 위한 요즘 유행하는 필법의 하나다. 이런 수법을 추앙하는 분들의 주장에 의하면 지문(地文)과 달리 대화는 말하는 그대로를 여실하게 옮겨 놓는 것이 수법의 상승이라고 한다. 일리는 있다. 그러나 이것 역시 그다지 깊이가 있는 주장일 수는 없다. 나와 같은 지방 출신 작가로서는 습득하기도 힘들지만 서울말이라고 하여도 여러 층이 있고 또 각 지방 사람의 이주와 내왕에 의해서 서울말 자체가 변해 가고 있는 것이 사실이 아닌가 한다. 서울 사람들은 '한다'를 '헌다'라고 말한다 한다. 그래서 서울말을 알지도 못하는 작가도 우선 '한다'를 '헌다'고 하는 것만 배워 두면 면무식이나 하는 모양이다. 여기에 서울서 자라나서 서울서 산 세 작가를 끌어다 보면 유진오 씨는 필요 이상으로 '헌다'를 남용하는 작가요 박태원 씨는 원체가 천변풍경이니까 적당한 사람(작중 인물)으로 하여금 적당히 '헌다'를 사용케 한다고 말할 수 있으나 안회남 씨는 대체로 '헌다'보다도 '한다'를 쓰는 작가다.(객설이지만 나는 연소한 평안남도 출신의 작가인데 중류 이상의 부인이나 청년들에게는 '한다'를 사용케 하고 노인, 노파, 하층의 사람들에게 한하여 간혹 '헌다'를 쓰게 한다. 그러나 물론

일정한 정견이 있어서 그렇게 하는 것은 아니다)

그러나 대화를 여실히 그린다고 하지만 어떠한 우수한 여실 묘사가(안회남류로 말하면 성대묘사가)라 하여도 사람들의 대화를 그대로 속기(速記)할 수는 없는 일이요 또 그렇게 하여서 문학이 되는 것도 아니다. 일상 생활 가운데서 사람들이 서로 주고받는 대화를 주의해 보면 그 센텐스나 주어 객어의 문법적 배열 같은 것이 지리멸렬하여 그것을 그대로 옮겨 놓으면 요령부득의 천하의 악문장이 될 것이며 대범 문학과도 거리가 먼 것이 될 것이다. 일상 생활의 대화가 그대로 문학적 대화가 될 수 없다는 것은 이 일사(一事)로 벌써 명백하다. '하면' 할 것을 '험' 한다든가 '되면' 할 것을 '됨' 하고 쓰는 작가들은 양자 간 어느 것이 더 문학적 대화로서 명료하고 아름다울 수 있느냐 하는 점으로부터 주장을 세울지언정 여실히 그린다는 관점에서 그 논지를 세우랴 말 것이다.

백합원이라는 양식당에 가면 한창 썩 미국을 다녀온 신사들이 테이블에 둘러앉아서 곧잘 영어로다 지껄여대는 풍경을 구경할 수가 있었는데 가령 이런 사람들이 생활 장경(場景)을 묘사할 때에 영어 대화를 그대로 한글 지문 가운데 옮겨 놓아야 여실히 될 것이요 문학적 진실에 이르기 위하여는 이러한 여실의 계단을 거쳐야 한다고 말한다면 그것은 망발도 심한 주장이다. 그러나 요즘 소설이나 희곡을 읽으면 이런 망발이 아무런 거리낌없이 되풀이되고 있다. 문학적 대화의 타락을 개탄치 않을 수 없다.

그러나 여기에 주목할 만한 하나의 실험이 있었다. 제임스 조이스를 예로 들어도 좋다. 그의 표현상의 스타일은 일언하여 다면적 표현이라 하지만 여실이란 묘사법을 심각하게 극도로 진전시켜 본 것이라고도 말할 수 있다. 연상의 세계의 묘사, 사람의 대화와 차마의 소음의 동시적 표현, 그는 언어적 표현에 있어서 획시기적인 시험을 하였다. 그러나 이러한 것은 토키와 문학 문자 언어의 차별 의식의 철폐일 뿐이다. 언어는 일선상에 있다. 동시에 둘 이상의 상위한 사고를 생각할 수는 없다. 동시에 들리는 갑과 을의 소리와 바람과 차마의 소리도 한 가지씩 차례로 옮겨 놓고 묘사하여 표현하는 것이 적어도 언어와 문자와 그리고 이것으로 된 문학의 본질이다. 오랜 시일의 독서술의 훈련은 능히 토키 이상의 성능을 소설(문학)과 및 그것을 읽는 인류에게 선물하였다. 언어의 본질을 일탈하여 문학을 이야기하기엔 우리는 너무도 부적당한 사람들이다. (4월 19일)

4. 요설(饒舌)·다변성(多辯性)

채만식 씨나 박태원 씨 등의 소설을 가리켜 요즘 비평가들은 요설이니 다변성이니 하는 말을 사용하고 있다. 나도 몇 차례의 기회에 그런 소리를 한 법하다. 그러나 시방 가만히 생각해 보면 박태원 씨에 대해서는 다변이란 말이 더 가당(可當)할 것 같고 채만씨 씨에 대한 평언으로는 다변보다도 요설이 더 적당할 것 같다. 다변과 요설이 구별을 사전적으로 천착해 보아서가 아니라 어쩐지 어감으로부터 그렇게 느껴지는 것이다.

어째서 그렇게 느껴지는 것일까. 같은 다변, 요설이면서도 박씨의 것과 채씨의 것에 차이가 있는 것은 누구나 다 알고 있는 바이다. 박씨의 것이 서울 아레대의 말인 데 반하여 채씨의 것이 전라도 사투리라서 그렇다는 것은 약간 피상적이다. 근본적인 핵심은 현실과 인물에 대한 두 분의 태도의 차이에 있다.

박씨는 어느 편이냐 하면 현실 긍정인 편이요 채씨는 현실 부정적인 편이다. 물론 박태원 씨라고 처음부터 끝까지 긍정만인 것은 아니나 인물과 현실을 너그럽게 포용하는 듯한 눈치는 엿볼 수 있다. 그러나 채씨의 작품에서는 노상히 현실 긍정도 없는 바 아니나 대체로 포용성이 없고 세상과 등진다는 포즈를 노골적으로 나타내기를 즐기고 사람을 다루는 데도 쳐들어 보고 놓아 보고 매어달고 쳐 보는가 하면 끌어안고 또 집어떼고 있고, 어깨를 두들겨 주는가 하면 어느 새에 머리카락을 잡아서 휘휘 둘러치고 있고…… 그래서 한 분은 다변이 되는데 한 분은 요설이 되는 것이다.

비등한 한 사람의 인물을 대하는 태도에도 두 가지의 모습이 따르는 것을 알 수 있다. 예를 들면 「천변풍경」의 민주사나 정인택 씨의 근작 「구역지(區域誌)」의 이주사는 채만식 씨의 「사호일단(四號一段)」의 박주사와 같은 부류의 인물이다.(정인택 씨는 요즘의 「구역지」로써 씨가 박태원 씨와 같은 세계의 사람이라는 것을 충분히 설명하였다. 「구역지」는 그만큼이나 「천변풍경」과 모습이 비등한 작품이다) 박씨의 민주사나 정씨의 이주사가 채씨의 손에 걸리면 박주사가 되는 것이다. 그래도 박주사에 한하여 채씨는 상당한 포용력을 보이었다. 그러기 위해서 잔소리가 좀더 장황진 것도 사실이지만 그러나 대체 요설이나 다변성이 지금 우리 소설에 있어 어떠한 역할을 하고 있는 것일까. 어떤 비평가는 지리하여 '어째서 내가 이런 내용 없는 잔소리를 읽어야만 하느냐'고 비명을 울렸다는데 안회남 씨 같은 분은 조금도 지리함이 없이 박태원 씨의 「투도(偸盜)」를 읽었노라고 고백하였다. 실인즉 나도 박씨나 채씨의 잔소리가 그다지 싫지는 않다. 오히려 재미날 때가 많다. 읽고 난 뒤 어떤 비평가와는 달리 '내가 재미나듯이 다른 독자들도 재미나게 읽을 것인가' 하는 의문을 가져 보았으나…….

그러면 요설이나 다변성이 아직도 우리에게 재미나는 것은 무슨 때문일까. 첫째로 나는 작중 인물과 독자(나)와의 거리감에서라고 대답한다. 독자는 완전히 구경하는 사람이 된다. 코끼리나 원숭이를 재미나게 바라보지만 일시라도 우리는 코끼리와 원숭이가 되는 순간을 가지지는 못한다. 씨 등의 작중 인물과 독자와의 관계는 그것과도 흡사하다.

둘째로 우리는 우리 문학 가운데서 아직 현대 화술의 묘비, 잔소리의 재미 등을 가져 보지 못하였다. 고대 소설의 풍월식 잔소리는 어지간하지만 신문학에서는 적어도 박씨나 채씨의 분야는 새로운 개척이었다. 과거의 작가는 익살꾼이라고 설명하면서도 익살꾼의 대화를 보면 익살도 아무것도 아니었다는 정도밖에 다변이나 요설을 습득하지 못하였었다. 묘사술의 치졸(稚拙)과도 이것은 관련이 있다.

셋째로 그것은 순문학의 ○태로 되어져 있다. 간결한 것은 잘못하면 공허한 것 같은 느낌을 주기 쉬운데 한 인물 한 장면에 잔소리를 길게 늘어놓으면 흡사히 치밀한 묘사 모양으로 '이것이야말로 순수 문학이로구나' 하는 착각을 가진다. 확실히 무내용, 무사상의 도폐(塗蔽) 수단으로 요설과 다변이 쓰여지는 것도 부인할 수 없는 일이다. 잔소리가 없다고 통속미가 끼었다는 초자구(哨子球)를 가진 평안(評眼)도 없지 않은 세상이니까. (4월 20일)

5. 용택(龍澤) 온천 상말(상) - 속담에 대하여

평안남도 성천군 영천면에 용택이라는 온천이 있다. 성천 읍내에서 40리 평원선 은산역서 30리 되는 시골로서 부근에는 대리석이 나는 곳도 있다. 지난 겨울을 이 온천에서 지내면서 심심할 때면 이경시(離京時)에 서점에서 사가지고 갔던 방종현, 김사엽 두 분의 『속담 대사전』을 읽어 보았다. 재미도 나거니와 또 얻는 바가 여간 많은 것이 아니었다. 그래서 나는 요즘 우인이나 집안 아이들께 이 사전의 일독을 권한다.

물론 작가가 이것을 일독쯤 했다고 곧 그것을 활용할 수는 없는 것이나 어쨌든 틈틈이 들쳐 보고 완미하고 하는 동안에 재미나고 좋은 말을 많이 배울 수 있으리라고 생각하여 작가의 한 사람으로도 두 분 편자의 노력에 깊이 감사하였다.

그러한 중 시장에나 음식점에서나 사람이 모인 곳에서 자연히 그들의 대화를 귀담아 듣는 버릇이 생겼고 그 중에서 명증(明證)치 않은 것은 여관에 돌아와 전기(前記) 사전을 펼쳐보는 일이 가끔 있게 되었다. 사전에 있는 말도 있고 없는 말도 많았다. 그 없는 것일랑 하나하나 노트의 뒷장에다 적어 보았다. 그 곳에 두 달 가까이 묵으면서 모아 놓은 것이 70마디에 이르렀다., 심심풀이로 하는 장난치고는 과외의 소득이라고 생각하였다.

용택 온천서 모았다고는 하지만 용택 온천에만 있는 속담말이 아님은 물론이다. 용택 온천도 자동차의 내왕이 있고 주민의 교체 더구나 외래객은 온천 관계로 다른 한촌(寒村)에 비하여 빈번하기 짝이 없다. 순수한 용택 말이거나 성천 속담이란 기(期)할 수 없는 일이다. 귓등으로 듣고 기억을 더듬고 해서 그 곳에 체류하는 동안 주워 모은 것을 한 묶음으로 한 것임에 불과하다.

또 사전에 없는 것이 70마디라고 하여도 그 70마디가 모두 좋은 것만이 아니요 내 소견으로도 '이것은 참 좋은 말이다'라고 무릎을 친 것은 여나문 마디에 지나지 않는다. 사전에도 한두 가지 방식으로 찾아보아 없었을 뿐 세밀히 찾아보면 어느 구석에 백여 있는지 알 수 없는 일이다. 이런 형식으로라도 활자화하기 전에 그 방면의 전문가 특히 사전을 편찬한 분에게 물어볼까 하였으나 아직 두 분이 아직 미지의 인사이기에 번품(煩稟)을 피하여 여기에 그대로를 옮겨 놓아 참고의 자료라도 삼을까 하는 바이다.

○ 가 부(部)

▲ 가문청풍외가동촌(家門淸風外家東村). 청풍이란 창덕궁 옆 청풍계(溪)에 안동 김씨의 일족이 살았다는 뜻이요 동촌이란 동대문 내 ○동에 연안 이씨의 일족이 많이 살았다는 뜻이라 하는 바 세도가 당당할 때에 이 말을 많이 쓴다. ▲ 귀신 골파먹겠다. ▲ 가제 내린 군노(軍奴) 같다. ▲ 과부집 수캐처럼 일만 저즌다. ▲ 고양이 똥 파묻듯 ▲ 곁 가마가 끓는다. 제3자의 간섭을 이름. ▲ 구렁이 늙은 게 야광주라. ▲ 기름 달판이 같이 매끄러운 놈 ▲ 곰 창날 받듯. 우둔할 제 흔히 쓴다. ▲ 꿈에 ×쥐어 본 것 같다. ▲ 끌날 같은 형제

○ 나 부

▲ 노루 꼬리 길어서 무엇하나 ▲ 넓적다리 보고 ×보았다 한다. ▲ 눈이 발바닥 같다. 문맹에 쓴다. ▲ 논밭 살 때부텀이야 입쌀밥 먹으려구 샀지.

▲ 농(장농) 안의 저고리 더 곱다. ▲ 날랜 백정이 들어 붙어도 거골(去骨)하기 힘들 지경이다. 몹시 수척했을 때에 그렇게 형용한다. ▲ 농장 밭에 자빠 누운 숫도야지 눈깔이 굶어 죽겠다. 수입이나 소득이 시원치 않을 때에 쓴다. (4월 22일)

6. 용택 온천 상말(하)

○ 다 부(部)

▲ 더구리 부적 그리듯 한다. ▲ 똥지른 막대기 같다. 키가 싱겁게 큰 것을 이름. ▲ 당나귀 ×치장 하듯 ▲ 대가리에 피두 안마른 녀석 ▲ 달래나 보지

성천읍서 서쪽, 비류강이 12봉을 감싸고 돌아간 서안에 작다란 벌판이 있는데 그 연안을 가리켜 '달래아티'라 한다. 옛날 두 오누이(남매)가 아랫도리를 내놓고 비류강의 여울을 건너는데 사나이 동생이 욕정을 일으켰음을 자괴하여 월강 도중에서 칼로 자결을 했었다. 이 때에 누이가 그 남동생의 죽음을 슬퍼하여 그렇게 참기 어렵거든 '달래나 보지' 했다고 그 부근을 '달래아티'라고 한다고 전한다. 발설도 하기 전에 단념하였을 때에 사람들은 '달래나 보지' 하고 고사를 이끌어 결말을 쓴다. 홍기문 씨의 설에 의하면 이런 전설은 전 조선에 흩어져 있어서 '달래강', '달래고개' 등의 명칭이 붙은 곳을 흔히 구경할 수 있다고 한다.

▲ 뒤에 나온 뿔은 써두 먼저 나온 귀는 못쓴다.

○ 라 부

▲ 맞는다 하면 우리 장손이가 맞는다.

○ 마 부

▲ 비둘기 마음은 콩밭에만 있다. ▲ 비올 줄 알면 어떤 잡년이 빨래질 갈꼬. ▲ 범 나간다 소 나간다. ▲ 빈대머리 세수하듯 ▲ 배 썩은 건 딸 주고 밤 썩은 건 며느리 준다. ▲ 봉기천녀기불탁속(鳳旣千年飢不啄粟) ▲ 빈대 간을 내먹지 ▲ 보리 먹은 송아지처럼 ▲ 범이 죽어도 뼈가 3년

○ 사 부

▲ 소년 고생은 돈 주고도 못 산다. ▲ 소 우물 들여다 보듯 ▲ 똥에 치운 파리 같다. ▲ 술 먹고 서방질한 것 같다. ▲ 손이 발이 되도록 빈다. ▲ 섭새 치듯 한다. 섭새는 활엽수의 신목(新木)으로 섭새를 베일 때에는 몹시 부산하고 와슬렁거린다. ▲ 싸움은 잘 해도 코피 마를 날 없다.

○ 아 부

▲ 어린애 귀애하면 바지에 똥바기 겨를 없다. ▲ 안달방아를 찧는다. ▲ 오뉴월 응달 밑에 자빠 누운 개팔자 같다. ▲ 이왕이면 속옷 벗고 주지. ▲ 오입쟁이 살림 쌀 한 말 다 먹도록 살까. ▲ 오뉴월 개가죽 문인가 ▲ 열 사위 미운 데 없어도 외며느리 고운 데 없다. ▲ 아이가 장기나 잘 두면 장한가. ▲ 아삼륙. 투전 용어로서 친밀할 때에 쓴다. ▲ 오줌에 데쳐서 방귀로 식인 놈 ▲ 원없이도 살 사람 ▲ 옴 오른 놈 ×만지듯 ▲ 오구탕 치듯 한다. ▲ 오구 벼락이다. 이 오구는 '烏狗'인 듯하다. ▲ 이왕이면 창덕궁 ▲ 이름 좋은 김서방

○ 자 부

▲ 자다가 공중걸이 할 노릇 ▲ 점적김에 장 한 사발 ▲ 장가갈 달에 등창난다. ▲ 집신은 제 날이 으뜸 ▲ 장 먹은 놈이 장 값한다. ▲ 죽은 계도 발 떼고 먹으라.

○ 차 기타

▲ 촌놈 제 소리하면 온다. ▲ 천길을 파 보아라 동전 한 푼 나오나. ▲ 총감투에 먹칠하듯 ▲ 태치듯 한다. 들볶일 때 쓴다. ▲ 희캉 목마르다. 화토(花討) 용어로 마지막 순번(順番)이 기다리기 힘들다는 뜻. ▲ 홍합 속에 ×섞인 것 같다. ▲ 한강에 배 지나간 자리 있나. 기녀(妓女)의 정조가 무슨 정조냐는 뜻. ▲ 행차 뒤에 나팔. ▲ 평양 고뿔 앓는다. 의복이 단 한 벌밖에 없는 것을 세탁하는 동안 외출도 못하고 집안에 이불을 펴고 누워 있는데 누가 어디 앓느냐고 물으니까 평양 고뿔을 앓는다고 대답하였다 한다. 그것으로 발전해서 단벌 입성인 경우에 이 말을 흔히 쓴다.

(『매일신보』, 1941년 4월 17~23일)

회남공!

수일 전 생약 생산된 것 검수하러 산에 갔다 돌아왔더니 문인 보국회 기관지가 왔는데 거기에 공의 응징(應徵)되어 가셔서 근무하시는 주소가 기록되었길래 이내 엽서라도 드리려 하였던 차에 조광사의 기별이 왔으므로 이것을 이용하여 두어 자 기록합니다.

공이 백지 응소(白紙應召)되셔서 北九州로 가신다는 소식은 매신(每新)에서 보고, 가시기 전에 우리 좋아하는 약주라도 나누면서 건강에 대한 이야기라도 주고받고 했었더면 싶었으나 이미 시일이 늦었고 그 뒤 문우 몇 분 노상에서 만나는 대로 공의 이야기를 하고는 공의 건강을 오로지 빌었을 뿐이외다.

재작일(再昨日) 여천(黎泉)[1]공을 만나서 어느 곳인가에 온 공의 서신을 보니 '갱내에서 까맣게 되어 나와서 괭이를 놓고 석탄가루를 터는데 불러서

1) 여천(黎泉)은 평론가 이원조의 호임.

갔더니 내일부터 사무를 보라 하여 일약 사무원으로 승격이 되었노라'는 의미의 글이 씌었다고 합니다. 누가 말하기를 회남은 배급술 특배(特配) 받아 많이 자실 테니 아주 참 잘되었다고 하더라고, 이렇게 웃으면서 전하는 여천공도 다소 공의 경지를 부러워하는 것 같기도 하였습니다.

뭐 그 곳이라고 술이 흔할 리 없으니, 술 많이 자시고 몸 성히 일에 일층 면려(勉勵)하시기 바랍니다. 연초에 동경 출장 갔다가 그 곳서 우연히 조선 약주를 얻어먹은 일이 있었는데, 공이 계신 곳에도 그런 것이 있는지요. 그 맛 참 좋습니다. 많이 자시시오.

(11월 1일)

(『조광』, 1944년 11월, '산업 전사에게 부치는 말' 앙케이트)

여운형

몽양 여운형 선생의 인간적 매력이 어디에서부터 오는 것인가를 몇 가지로 나누어 적어 보기로 한다.

첫째로 나는 성격의 개방성을 든다. 이것은 내가 선생이 사장인 시절 신문기자의 사령을 받으러 선생의 방에 나가서부터 여태까지 언제나 느껴오는 바다. 아무개도 차별치 않고 가슴을 좍 열고 자기가 가지고 있는 모든 것을 털어 보인다.

지사연하지 않는다. 사상청년이나 운동선수나 조금도 구별치 않는다.

여자이거나 남자이거나 사양치 않는다. 중앙일보에서 장개석 씨에 대해 공격적인 사설을 쓴 것이 섭섭하다고 영사관에서 사람이 왔다. 이 중국 손님을 대해서도 아무런 거리낌이 없이 마치 우리 기자를 대하듯 모든 것을 털어 보이는 것을 보았다. 아마 일인을 대해서도 그랬을 것이다. 재판소에서 심문 당한 기록 문서를 일전 어디서 얻어 보았는데 당당하다기보다도 역시 성격의 개방성에서 오는 것이 퍽 많았다. 사랑방에 도사리고 앉아서 지사연하고 우물쭈물 정담하는 분들과는 현격한 차이가 있다.

다음으로는 나는 선생의 풍채를 든다. 최량의 의미의 멋쟁이다. 요즘 서양 사람들도 많이 볼 수 있어서 체격 좋은 분도 드물지 않다는 것을 알 수 있으나 대중을 앞에 놓고 연설을 할 때의 선생의 풍채를 당해낼 사람이 있는 것 같지 않다. 어디 내세워도 당당하고 꿀리지 않고 배후에 수만 군대를 거느리고 있는 듯한 위엄과 무게를 주는 풍모다.

간혹 우리는 정객으로 고명한 분을 생각하면서 저 사람이 국제 무대에 나서면은 얼마나 촌스럽고 세련되지 못하고 쑥스럽고 축잡히랴 하는 위구를 금할 수가 없는데 이런 점에 있어서도 몽양은 만점이다. 선생을 앞세우고 나서면 어디를 나가도 든든하다는 생각이 드는 것이 역시 풍채 탓이 아닌가 한다. 술도 담배도 못하는 것이 약간의 결점이나 화술이 능히 이 결점을 보충할 것이다.

셋째로 선생은 고집이 세지 않다. 셀 때는 가량 없이 세고 뻗댈 때도 투지만만하게 뻗대지만 요컨대 자기의 지론만을 완강히 고집한다는 그런 사람이 아니다. 남의 말에도 곧잘 귀를 기울여 잘못된 것은 이내 이내 잘 고쳐나갈 만한 아량이 있다. 선생이 언제나 청년과 함께 가고자 하는 것과 선생의 생각이 진보적이려고 하는 것과 선생의 기상이 항상 진취적이려고 하는 것이 모두 여기 기인하는 것이라 보겠다. 8월 15일 이후 몽양이 좌익과 합작했다고 그럴 줄은 몰랐다고 낙망한 사람이 많은 모양인데 이는 모양을 잘못 아는 사람들이다. 일본 제국주의 치하에선 민족주의자도 반제국주의 요소를 가졌다 하여 혁명 요소가 될 수 있었을런지 모르나 8월 15일 이후의 민족주의자란 허수아비나 바지저고리라는 뜻인 줄을 몽양은 알고 있을 것이다.

이제 문제는 인민당을 가지고 어디로 가려는가에 있다. 월전 결성식 전 잠깐 만나뵐 기회가 있어서 좌우에서 다 찢기고 인민당에 갈 사람이 있을까요 하였더니 선생은 웃으면서 그런 중간층이 아직 조선에서 제일 많을걸 하고 웃고 있었다. 인민당은 이 이상 더 커져서는 못씁니다 하고 말할 기회를 나는 엿보고 있었다.

(『신천지』, 1946년 1월호, '인물소묘' 특집)

여성 해방운동 관견(管見)

- 부총(婦總)의 결성과 그 방향 -

1

진보적 민주주의 국가수립과 자주독립 촉성운동에 적극적으로 참가하여야 한다는 치열한 정치적 기치를 내걸고 전조선 148개 단체 대의원 458명의 참집(參集)으로 작(昨) 12월 22, 3, 4일에 걸쳐서 조선부녀총동맹의 결성대회가 개최된 것은 여성 해방운동의 전국적 조직화의 획기적인 의의를 가지는 것으로 그 의의 중차대함이 있다고 생각한다. 이것으로서 조선의 부녀운동은 자연발생적인 분산적인 상태로부터 전국적 조직과 강력한 통일노선을 가짐에 이른 것이라고 볼 수 있기 때문이다. 통일정권 수립을 위하여 조선이 가지는 모든 진보적인 총역량이 결집되어 이미 노동자의 전국적 조직으로 전평(全評)이 농민의 전국적 조직으로 농총(農總)이, 그리고 청년의 전국적 조직으로 청총(靑總)이 활발한 투쟁을 전개하고 있을 때 일본 제국주의 치하 이중삼중의 압제로 인하여 완전한 예속생활을 살아오던 천 오백만 조선여성의 경제적, 정치적, 사회적 완전해방을 기(期)하여 모든 부녀자로서의 악조건을 극복하고 남북조선 방방곡곡에서 지도적인 부녀 운동단체 대표자가 일당(一堂)에 모여 인민공화국 절대지지 등 중요 안건을 결정, 그 의기를 높이 선양한 것은 여성해방운동의 장래를 위하여서나 또는 건국단초인 현단계에 처한 부녀단체의 위치로 보아서나 그 정치적 의의 중대한 것이 있다고 보지 않을 수 없다.

2

남존여비의 봉건적 유풍과 유교적인 복종도덕의 관습이 여성을 완전한 예속생활 속에 결박하고 있는 조선의 현실로 보아 조선의 부녀운동의 중심적 구호가 남녀평등과 정치적 동권(同權)에 있는 것은 당연한 일일 것이나 그것의 유래가 되는 것이 의연히 사회적 경제적 기구에 있는 것이라면 이러한 기구의 개변이 없이 조선여성의 완전한 해방은 있을 수 없는 것이다. 부녀문제의 관념적인 인도주의적인 전개가 아무러한 결과도 가져오지 못하는 것은 과거의 종교적 부인운동이 하 등의 정치적 성과를 얻지 못한 것을 보아도 자명한 일이다. 그러므로 근로부인을 싸고도는 제종(諸種)의 봉건적 자본가적 악조건과 투쟁하는 것이 실질상으로는 부인운동의 가장 중요한 초점의 하나가 되어야 하며 그의 해결이 정치적 해결의 과반(過半)의 추진력이 되는 것을 망각하여서는 아니 될 것이다.

3

그러나 한편 조선부녀의 거진 전부가 오랜 기간의 계몽적인 투쟁을 요하는 문맹이라는데 이 부녀운동의 또 한 면의 중요성이 제기되지 않으면 아니 될 것이다. 본시 정치상의 해방이나 제도상의 개혁이 있는 뒤에도 의식이나 관습은 장구한 시일동안의 끈기있는 투쟁과 훈련과 계몽없이는 개변되어지지 않는 법이다. 더구나 조선여성의 대다수가 반봉건성과 사유심(私有心)으로 시멘트처럼 굳어져 있는 문맹인 농부임에랴. 그러기 때문에 광범한 정치적, 사회적, 경제적 투쟁과 병행하여 이들을 문맹에서 깨게 하고 인간으로서의 가치를 각성케하여 명실공히 민주주의 국가의 한 성원이 되게 만들기 위하여 끊임없는 문화 정치 계몽운동이 전개되어지지 않으면 아니 되는 것이다. 행동강령의 하나로서 문맹퇴치와 미신타파의 구로가 열성있게 불리어진 것은 이에 대하여 부녀운동이 중요한 각오가 있음을 보여 주는 것이라 할 것이다.

(『조선일보』, 1945년 11월 24~25일)

하와이 사투리 - 풍속시감

내가 일본서 학교에 다닐 때 어느 회합에 나갔더니 한 학생이 일어서서 열렬한 변설을 토하는데 과장이 아니라 사실로 한마디도 무슨 소린지 알아들을 수가 없어서 동일 민족어를 즐거움으로 하는 우리로서는 사투리가 주는 장벽으로 언어가 통(通)치 않는 불행을 느껴 본 적이 있었다. 회합이 끝나서 어디 사람이냐고 친지를 통해 물었더니 제주도 출생인데 일본 오도록 한번도 섬 밖을 나와 본 적이 없는 분이라 한다.

평안도 출신인 나 자신 대화나 문장에 사투리를 많이 가지고 있어서 상대자나 독자에게 가끔 불편을 느끼게 하는 수가 많이 있고 또 나 자신도 서울 토박이말을 몰라서 때때로 무안을 당하는 일조차 없지 않으며, 경상도나 전라도 사투리는 더 한층 나에게 언어에 대한 연질(硏鑽)의 미급(未汲)을 느끼게 하는 경우도 많으나 언어나 문의(文意)가 전혀 통치 않는다는 경험은 다른 제주도 출신의 우인을 만나서도 다시 두 번 당해 본 적이 없어서 역시 나는 의연히 동일 민족, 동일 언어의 행복을 여태까지 즐겨 하면서 내려 온 셈이다.

뿐만 아니라 내가 현대 소설에 친숙하면서 차차로 동료들의 글을 사랑하게 되자 사투리가 주는 독특한 맛에 침을 삼키며 무릎을 치는 일도 있게 되어, 가령 박태원 씨의 서울 아레대말, 혹은 채만식 씨의 전라도 사투리, 또는 완전히 표준어로 화하였어도 어딘가 강원도의 흔적을 가지고 있는 것 같은 이태준 씨의 문장 등등 나는 일종의 사투리 편애자가 되는 수도 없지 않았던 것이다.

그런데 사투리란 적어 놓으면 아름다워도 귀로 들어서 불쾌한 경우가 없지 않은 것 같다. 문장으로 풀어서 적어 보면 그다지 눈에 띠지 않는데 들을 때엔 누를 수 없는 혐오와 불쾌감을 피할 길이 없는 것으로 내가 명명하는 바 하와이 사투리가 있다. 물론 하와이 사투리란 미국 방언이다. 미국 해안가를 스쳐만 온 분이면 누구에게나 느낄 수 있는 일종의 독특한 억양에 의하여 불손하게 지껄여지는 사투리.

돈암장 시간과 상항(桑港) 시간을 라디오로 들으면서 가만히 생각해 보면 이것은 단순한 습관이거나 부주의나 무의식에서 나오는 것만은 아닌 것 같다. 평양 사람으로 서울 와서 오래 살면 서울말을 배우게 되며 일본 가서 오래 살면 일본말 악센트로 변할 수도 있어서 미국 가서 오래 산 분이 미국 말체와 억양을 따를 것이라는 것은 짐작할 수도 있으나 그러나 그 사람이 다시 본국이나 고향으로 돌아오면 얼마 안 해 묻어 들어온 때와 냄새를 털어 버리는 것이 보통인 것이다. 그러니 금의환향하여 일천(日淺)한 이승만 박사가 하와이 사투리를 쓰는 것은 할 수 없다 쳐도 얼마간 미국 해안을 산보한 뒤 귀국하여 20여 년이 되어 8·15 전에는 완전히 조선말로 지껄이던 사람이 이박사 대독 방송시엔 흡사히 이박사인양 극렬한 하와이 사투리로 옹졸한 모방을 하는 것은 사투리 그 자체에서 오는 불쾌도 불쾌려니와 마치 까마귀 새끼가 공작의 꼬리를 꽂은 양하여 쉽사리 거리의 민소(憫笑)거리가 되어 버리는 것이다. 그것은 여하튼 하와이 사투리 배후에는 이러한 일종의 사대적인 모방성과 의장성(擬裝性)이 들어 있는 것만은 틀림없는 사실이어서 역시 풍속 특기자(特技子)의 대상이 될 수밖에 없는 것이다.

이러한 사실은 하와이 사투리의 유래를 역사적으로 살펴보아도 알 수 있는 일일 것이다. 다른 분은 몰라도 이러한 사투리를 내가 처음 들은 것은 기미년 전후요(나보다 나이 먹은 사람은 물론 이보다 훨씬 전에 들었을 것이지만) 그것을 지껄인 사람은 기독교(장로파) 목사였다. 이 분은 미국을 다녀온 사람도 아니오 조선말로 강설(講說)하는 미국 선교사한테서 이 사투리를 배운 것이었다. 본시 기도하는 방식을 미국 선교사한테 배웠으니 목사나 영수(領袖)나 조사(助師), 집사의 기도가 하와이 사투리일 것은 쉽사리 이해할 수 있으나 강설이 또한 미인 선교사 흉내로 떨어지는 것은 외래 개화사상 수입기라고 하여도 그리 아름다운 풍경은 아니었었다. 이리하여 공작꼬리를 꽂으려는 분들은 뒤를 이어 그칠 줄을 몰랐으니 배우들이 즐겨서 하는 목사형 변설(辯說)과 대화체로 차츰 하나의 유형이 되어 버린 것이었다.

장차 남부 조선에는 방송 시간과 함께 하와이 사투리의 범람이 예상되니 이 유행이 가져오는 불쾌한 풍경보다 이 사투리의 도덕성과 풍속성, 더 나아가서는 그 정치성의 구명이 재미스러운 화제거리가 될 수 있을까 한다. (5·29)

(『협동』, 1946년 8월호)

칼 럼

미네르바의 소총(小銃)

예술학 건설의 임무

작금 2, 3년 간 창작 방법 논의에서 폭로된 비상한 혼란을 염두에 두면서 지금 새삼스러dl 진정한 예술학 건설의 필요를 제기한다. 물론 그렇다고 하여서 결코 학으로서의 예술이 현실적인 제 문제와 절단하여 원리적인 것만의 건설로써 가능하다는 것은 아니로되 현재와 여(如)히 창작 방법의 이론 그 속에도 원리적인 것과 정책적인 것이 전혀 혼란되어 이것이 더구나 최근 논의되어 있는 창작 방법과 세계관 내지는 아이디얼리즘과 리얼리즘의 문제의 정당한 설정에 비상한 혼란을 초래하고 있음에 이르러 이것의 필요는 더욱 절실한 것으로 되어 있다.

이것은 새로운 창작 방법의 설립을 조선의 문학사와 조선의 현실 생활에서 찾으려 하지 않고 헛되이 모스크바와 동경 이론의 서투른 이식에서만 탐구하려는 조선적 비평가에서만 볼 수 있는 현상이 아니라 동경은 물론 모스크바의 논의에서까지도 용이하게 간취할 수 있는 상태인 만큼 외국 이론의 이식에서 일어나는 '창피'를 면하려는 양심적인 학도가 한가지로 관심을 가져야 할 문제이라고 생각한다.

일찍이 조선에 있어서는 박영희 씨 등을 중심으로 이것의 연구가 시험되었으나 그것은 현재의 창작 방법 문제를 해결할 수 있는 능력에서는 말할 수 없는 먼 거리에 있을 뿐 아니라 그것은 아직도 크로체 박사의 원시 민족 예술에서 배회하고 있든가 그렇지 않으면 프리체의 그릇된 예술사회학의 영역 내에서 무질서한 산책을 하고 있었음에 불과하였다.

텐느, 크로체는 물론 칸트, 헤겔의 관념론 미학체계에서 또는 더 올라가 희랍 미학에서부터 우리 인류가 가지고 있는 일체의 미학적 재산을 토대로 하여 진정한 예술 과학의 건립 공작은 시작되어야 할 것이다.

이것은 이렇게 해서 지금 현실적인 문제로 되면서 있다. (7월 2일)

사(死)와 시(詩)

내용을 상실한 예술을 형식의 완롱에서 구하여 보겠다는 무모한 복고주의자의 일군이 자유시의 7·5조 식 운문에로의 퇴각을 큰 진보로 생각하며 있고 타방에 외국에서 수입된 신창작 이론의 착오된 인식에서 창작 방법 일체를 기술 문제로 환원하려는 극악한 형식주의적 탁류의 도도한 유행이 있는 속에서 시가 한 개의 적은 애상에서 방황하거나 혹은 언어의 괴이한 착각의 향락을 거부하고 그 속에 선 굵은 무게 있는 사상을 담고 자기를 두드리고 대지를 무찌르는 격투적인 열정을 담으려고 한 것이 있다면 그것의 유일의 것으로 나는 『중앙』 7월호의 쌍수대인(雙樹臺人)의 시를 가리킬 것이다.

이것은 두 개의 '죽음'을 노래한 것인데 시인은 미칠 듯한 열정과 창일하는 불 같은 의욕을 양손에 들고 '죽음'의 어머니인 대지를 물어뜯고 있다.

죽음이 만일 모든 것을 탐내고 드디어는 청년의 열정과 진리의 무대까지를 탐내인다면 - 시인은 죽음의 어머니인 대지를 향하여 선언한다. 주리라! 네 탐내는 모든 것을! 하고. 이 열정을 나는 적극적인 것의 숨결을 안은 것이라고 생각한다. (7월 4일)

투르게네프와 영어 교사

지난 번 본란에서 '조선적 미제레와 외국어 교사'란 소제를 걸고 외국어 교사의 문학적 ○유(○蹂)을 말한 바 있었으나 최근에는 그의 대표적인 일분자가 톨스토이와 투르게네프를 그의 박식을 가지고 이야기하면서 톨스토이는 어딘지 모르게 ○학자적 수신(修身)선생의 풍(風)이 싫었는데 투르게네프는 철두철미 예술지상주의자였는 데 감복한다는 의견을 토로하고 있다.

이것은 이들 양 대문호의 시대성과 그들을 싸고 돌던 농노 해방 전후 전대(前代) 미증유의 암흑 시대에 대한 이해의 불충분과 그럼으로 작품을 시대성을 떠나서 표상적으로만 관찰하는 것의 전형적인 일례이다.

러시아 60년대 전후의 시대적 분위기와 절리(切離)하여 투르게네프를 이해할 때 마치 독일의 나치스가 괴테를 그의 바이마르의 생활 속에서 기념하는 듯한 진풍경을 발견하게 됨은 결코 의외의 일이 아닐 것이다. 다산을 하수구에서 찬양함이나 투르게네프를 예술(지)상주의자로서 탄복함이나 말하자면 속학자적(俗學者的) 고전 부흥의 파쇼적 경향의 영향임에 틀림은 없다. 생각건대 많이 아는 것이 자랑이 아니라 하나를 알아도 바로 아는 것이 장하다 할 것이다. (7월 28일)

(『조선중앙일보』, 1935년 7월 2, 4, 28일)

공식과 문학사

프리체의 예술사회학과 그의 예술사의 과오가 어디 있는지는 이미 중지(衆知)하는 바이다. 그리고 그것의 하나가 구체적인 예술작품에서 떠나서 한 개의 전형적 예술을 가지고 전형적인 사회에 상응시키려고 한 곳에 있다는 것도 주지하는 바이다. 그런데 우리는 조선학계에서 '조선학'이라는 괴상한 '학'설을 제창하여 그의 비상한 재조를 세상에 떨쳤던 신남철 씨에 의하여 프리체의 태도가 악질의 극치에서 계승되고 있는 것을 보고 있는바 그는 조선신문학사에 있어서의 신경향파의 지위를 결정하는 논문에서(『신동아』 9월호) 변증법의 초보 공식을 가지고 역사를 재단하려고 하고 있다. 그에게 있어서는 구체적인 작품이 아니고 하늘에서 따온 형이상학 원리에 의하여 규제되는 예술사가 필요하였던 것이다. 이런 서생에게 걸리면 역사도 유물변증법도 생명을 잃는다. 묻노니 씨가 항상 학적으로 의거한다는 맑스 학설의 어느 구석에 변증법의 초보 공식을 가지고 역사를 재단하라는 계시는 숨어 있는가? 다시 묻노니 이것이 이른바 지식인의 학적 양심의 소치인가? 그리고 또 다시 묻노니 이러한 망동은 지식인의 '체'병과는 어떻게 다르오?

(『조선중앙일보』, 1935. 10. 4)

비평의 기준

제1로 육체적 감동, 제2로 사회적 가치. 이렇게 비평의 기준을 설정해 놓고 자신을 과학적 비평가라고 말하려는 이가 있다. 그러나 이것은 과학적 비평과는 아무런 관계도 없는 것임을 알아야 한다.

작품에서 오는 육체적 감동이란 그대로 비평이 될 수 없는 것이며 이것은 멋대로 흐르면 과학적 비평과는 정반대되는 주관적 인상 비평으로 되고 만다. 인상 비평의 근거는 특정의 비평가의 특정의 세계관, 교양, 취미이다. 이 개인적인 특성이 육체적 감동이란 것을 이루고 있다. 그러나 이 개인적인 특성은 다른 개인의 특성에 대하여 자기의 합리성, 객관적 타당성을 증명할 수는 없다. 이것을 증명하기에는 별개의 객관적 기준이 또 있어야 할 것이다. 그리고 육체적 감동성이란 시시로 변하는 것이다.

그 다음 이것의 제2의적인 것으로 사회적 가치를 가져오는 것도 문제를 호전하지는 못한다. 원래 사회적 가치란 비평의 기준도 아무것도 아닌 것이다. 이것은 주로 프리체 등의 예술사회학자들의 그릇된 영향인데 이것을 기준으로 내세우는 것은 문학을 이데올로기의 도구로 떨어뜨리는 결과를 낳을 것이다.

기준은 자연과 사회의 객관적인 진리에만 있다. 객관적 진리를 얼마나 정확하게 혹은 왜곡하여 반영하였는가. 이것이 작가와 작품을 결정하는 궁극의 과학적 기준이다. 이러한 객관적 진리를 문학적으로 파악하고 포착하는 마당에서 비로소 세계관, 창작 방법, 기술, 교양, 재능 등이 문제로 되는 것이다. 이 즈음 철학적 언사에 숨어서 극악한 이원론이 횡행하므로 몇 마디 말해 두는 바이다.

(『조선일보』, 1937년 7월 23일, '동금기(鍊金機)'란)

노아의 홍수

「사상에 있어서의 노아의 홍수」라는 글이 『신조(新潮)』 7월호에 실리어 있다. 필자는 헤겔 연구의 사상가 삼지박음(三枝博音) 씨이다. '일본적인 것'의 성찰과 고찰을 기도한 글 중에서 내가 본 중에는 가장 홍미 있게 생각한 것의 하나이다.

구약 성서에 나오는 「창세기」의 '노아의 홍수'의 신화와 일본 『고서기』에 있는 'イハヤド'의 이야기를 대비하여 고찰하면서 서로 비슷한 이 두 개의 신화의 판연(判然)한 구별을 설정하고 이 곳에서 문예에 있어서의 일본적인 것을 성찰해 보려는 논문이다.

'노아의 홍수'에 있어서는 지상 일체의 존재물이 전부 말살되고 오직 '노아'가 생존하였을 뿐인데 '천석굴(天石窟)'의 신화에서는 그 반대라고 하였다. 전자에는 '지상의 육(肉)'과 '기식(氣息)이 통하는 모든 것이' 일체 부정되어 지적 처치에 있어 놀랄 만한 시적 구상을 표시하고 있는데, 후자에게 있어선 만물의 부정이 아니고 오히려 사건은 일층 더 발생하여 구상에 있어서의 처리가 지성적이 아니고 인정적이라 하였다. 전자에게 있어서는 사회 지도 우(又)는 변혁의 이데올로기를 볼 수 있으나 후자에서는 모든 신이 나타나서 춤을 추고 음악을 하고 역기(力技)를 하여 긍정이 강하게 남아 있다고 씨는 말한다.

그리고 다시 전자는 추상적인 것 같으면서 실은 구체적인 감각을 서양인에게 선물하고 후자는 감각적인 것 같으면서도 그릇된 의미에서의 추상을 결과하고 일상성적 감각을 강하게 남겨 놓았다고 결론하여 지성 위에 안주하는 시적 감각을 향유함이 일본 문학에 있어서는 필요하다고 말한다.

이 땅의 '조선적인 것'의 문학적 탐색자도 오히려 이런 방향으로 나간다면 그릇되어도 사색의 풍부성은 남겨 줄 터인데 헛되이 보전여중랑(保田與重郎) 등을 모방함에 급급하니 개탄할 일이다.

(『조선일보』, 1937년 7월 24일, '동금기(錬金機)'란)

문학적 분위기

문학의 침체와 문단의 부진을 문학적 분위기의 작성에서 극복하자고 제의하는 분이 있다. 처음 듣기엔 문학적 분위기라기에 문학자의 단체나 혹은 작가적 회의나 문인간의 친목회 같은 것을 상식적으로 연상하였더니 계속하여 발표되는 것을 보니 우리들의 생각과는 여간 동떨어져 있지 아니하였다. 제의자의 문학적 분위기란 다른 것이 아니라 일종의 문학 청년적 도취경을 가리켜 하는 말이었기 때문이다. 논자는 말한다. 문학적 분위기는 사회가 만들어 주어야 할 터인데 조선 사회는 이해가 없어서 그것을 만들어 주기는커녕 파괴한다고(이 곳에 논자가 문학자를 사회의 권외에 방축(放逐)한 것은 주목할만하다). 그러나 어떠한 사회에서든지 문학이 가지는 진정한 비판적 정신을 실천하여서만 진실한 문학의 왕성과 그에 따르는 문학적 분위기는 양성되었고 이 문학적 실천은 어떠한 고마운 별개의 '사회'라는 것이 있어서 쉽게 대행하여 주는 것이 아니라 문학자까지를 포함한 '사회' 전체의 생사를

도(賭)한 길항(拮抗)에 의하여만 시행되었다. 그러므로 오늘날 사회와 떠나서 외로운 방안에 창장(窓帳)을 드리우고 녹색등을 켠 뒤에 어깨에까지 내려뜨린 장발을 추켜 올리면서 아무리 바이런과 괴테를 불러 보았자 영감은 시인을 행복된 문학의 왕성으로 인도하지는 않을 것이다.

(『조선일보』, 1937년 7월 25일, '동금기(錬金機)'란)

탕천(湯淺) 씨의 「대추」

『中央公論』 7월호에 탕천극위(湯淺克衛) 씨의 「대추〔棗〕」라는 소설이 게재되었다. 나의 알기에는 씨는 와세다(早稲田) 고등학원 시대에는 학생 운동의 일부의 리더이었다. 씨는 어렸을 때에 조선 수원에 산 적이 있다고 기억하고 있다. 「대추」라는 이 소설은 내선융화를 제재로 취급하여 흥미 있는 일면을 보여 주고 있다. 본처를 고향에 둔 동경 유학의 조선인 청년이 하숙집 딸 오카네와 결혼한 뒤 귀향하여 태랑(太郎)이란 아들을 낳고 살아 나가는 것을 그리고 있다. 조선의 작가들이 감히 취급치도 못할 문제이나 또 이런 것을 제재로 한 것을 드물게 보는 터이므로 신진 작가다운 신선한 맛이 있었다. 단지 김대길(金大吉)이라는 동경 유학생의 성격 창조에는 다분히 인위적인 곳이 있어 풍속과 윤리 관계의 지나친 과장과 아울러 눈에 거슬리는 것이 흠이었으나 이러한데도 불구하고 이 작자 등류(等類)가 조선 와서 산 타지방 사람의 최대급의 조선 이해자가 아닌가 하고 생각하였다. 대륙풍

을 보이려는 듯한 거칠고 넓직한 묘사는 세밀한 묘사를 졸업하고 도달한 듯한 느낌이 없고 어딘지 공중에 뜬 듯한 불안을 주는 것은 흠이 있다. 그리고 '선동(鮮童)'이라고 쓰곤 'チヨンガヤ'라고 '선녀(鮮女)'라고 쓰곤 'オモニ-'라고 토를 단 것은 여간 불쾌치 않았다. 어쨌든 조선의 작가나 혹은 독자가 일독할 만한 작품이다.

(『조선일보』, 1937년 7월 28일, '동금기(鍊金機)'란)

잡담은 잡담

학구적 향훈(香薰)이 창일(漲溢)되어 있다고 자신하고 있는 박영희 군의 최근 논문을 잡담화의 경향이라고 내가 지적했더니 아마 불만한가 보다. 군은 곧 「잡담의 의의」를 본란에 기록하면서 H.G.루이스가 「괴테전」에서 괴테는 파우스트를 완성하기에 30년이 걸렸다고 썼으니 루이스도 잡담가냐고 반박하고 박군이 집필하는 제작 시일 문제는 잡담이 아니라고 말한다. 먼저 문제될 것은 박군의 평론이 잡담화해 가는 경향으로 나는 3, 4개의 특징을 들었는데, 군이 그 중에서 이것 하나만을 뽑아 낸 것이고 그 다음은 루이스가 아니라도 「파우스트」가 30년 걸렸다는 말은 할 수 있다는 것이다. 루이스가 말했다고 해서 잡담이 학구적 논문이 될 수는 없기 때문이다. 문제의 소재는 그런 곳에 있는 것이 아니라 작품 고심담(苦心談)이나 제작 시일이 작품 평가의 기준이나 되는 것같이 말하는 것이 '잡담'이라는 데 있다.

비근한 실례를 들면 이기영 씨의 「고향」의 대부분은 1개월 걸려서 썼다.

그리고 박영희 군은 「포도원(葡萄園)에서」는 물경(勿驚) 10년을 사색하였다. 그러나 과문한 탓인지 모르나 후자를 전자보다 걸작이라는 것을 일찍이 들은 적이 없다. 그러나 말은 할 탓이다. 「고향」을 40년 걸려서 완성하였다고도 말할 수는 있는 것이다. 왜냐하면 해작(該作)은 씨의 40년에 이르는 전 생활적 문학적 사색과 체험의 결정인 까닭에. 그러므로 「파우스트」의 평가의 기준이 있는 뒤에 괴테의 고심담이 있는 것이지 고심담이 중심점이 될 수는 없는 것이다. 군은 후일 '곤란할 때에 선배 제현의 작품 고심담'을 쓰겠노라 하였는데, 고심담을 가지고 작품 평가의 기준이나 또는 작가 평가의 중심점을 삼으면 다시 또 '잡담'이 되리라는 것을 미리 알아두어야 할 것이다.

(『동아일보』, 1937년 9월 18일, '엽서 평론'란)

인간과 문학

고금을 물론하고 문학은 인간을 묘사하여 왔다. 그러기 때문에 인간의 탐구 없이는 문학은 재생할 길이 없다. 만일 이런 이론이 있을 수 있다면(사실 최근에는 이런 이론이 퍽 많이 유행한다) 건축을 한 개의 예술 작품으로서 연구하는 이는 건축에 쓰인 것이 나무나 혹은 돌이기 때문에 무엇을 제쳐 놓고라도 위선 나무의 본질과 돌의 '서브스탠스'[1]를 연구하지 않으면 안 될 것이라고 주장할 수 있을 것이다. 다시 모모의 그림에는 삼림과 목마(牧馬)와 호수가 나오므로 풍경화의 평가와 연구는 삼림과 목마와 호수의 본질을 연구함이 무엇보다도 급선무라는 이론도 설 수 있을 것이다. 이런 것은 물론 돈 있는 이의 골동 취미나 별로 다를 것이 없다. 심심파적으로 소일거리로 할 일일는지는 몰라도 문학의 재생을 꾀하는 이의 급선무는 될 수 없다. 그런데 다시 인간 탐구가 하등의 작품상의 결과도 보지 못하는 것은 인간을

---

1) substance

사회적 제약성에서 완전히 뽑아 올려서 그를 순수한 형태에 있어서 탐구하지 못한 타이라고 말하는 이가 있다. 그러나 우리는 사회적 제약을 받지 않은 인간이라는 것을 생각할 수는 없다. 그런 인간은 무엇보다 먼저 생활을 떠난 인간일 것이다. 취미도, 휴머니티도, 교양도, 언어도, 도덕도, 아무것도 없는 인간일 것이다. 하고(何故)냐 하면 사회적 제약이란 이런 것을 말하는 이외의 것이 아니므로. 그러나 이러한 인간이란 머리속으로 생각할 수 있을는지 모르나 사실상으론 있을 수 없었고 또 이러한 인간과 문학과는 본래부터 아무 상관도 없다. 혹은 이들은 인간이 문학의 대상인 때문이 아니라, 문학가가 인간이기 때문에 이런 고상한 탐구가 필요하다고 말하는지도 알 수 없다. 아닌게 아니라 작가의 주체성을 되풀이하는 이론을 뒤집어 보면 이런 곳이 없지도 않다. 그러나 어떠한 문학이든 문학은 항상 주체성에 있어서 제출되는 것을 우리는 알고 있고 또 이 주체성의 문제를 해결치 않은 문학이란 본래 있지도 않았다.

(『조선일보』, 1937년 10월 9일, '동금기(錬金機)'란)

파우스트와 혼란

조선에는 괴테의 「파우스트」에 비견할 만한 작품이 나지 않았다. 그러므로 조선의 문학은 아무 보잘 것이 없다. - 이렇게 말하는 평론가가 만일 있다면 그리고 이런 것이 평론가의 할 일이라면 평론가의 일이란 그보다 더 쉬운 일이 없을 것이다. 한 손에 「파우스트」(혹은 「햄릿」이나 「신곡」이나 「실락원」이나 취미대로)만 들고 앉으면 문제는 저절로 풀어질 것이다. 그러나 확실히 평론가나 문예 비평가의 임무는 이런 것이 아니었다. 「파우스트」는 어떤 사람에 의하여, 어떤 시대에 생겨났고, 그것은 어찌하여 훌륭하고, 또 우리들의 입에까지 오르내리느냐는 것을 해명하여야 하고, 다음으론 조선은 어째서 그것이 나지 못하고 또 난다면 「파우스트」와는 어떻게 다르게 될 것이냐를 현대 조선의 사회적 성격에서 천명하는 것이 평론가의 할 일이었다.

다시 조선 문학의 현계단은 혼란하다. 그러므로 좋은 작품은 못나온다. -

이렇게 말하는 평론가가 있다면 그것을 평론가의 임무를 다한 것이라고 할 수 있을런가? 혼란의 해명은 혼란 위에 서지 않고는 불가능하다. 회의와 불안의 분석은 이것을 떠나 이 위에 설 수 있는 과학 정신의 파지자에게만 가능하다. 문학주의를 두 발에 감고는 이것의 초극은 절대로 불가능하다. 그 좋은 실례로는 '세스토프적인 것'의 유행이 일찍이 얼마나 현대의 불안을 해소하였는지를 아무개도 모른다는 곳에 있다. 문학이 혼란을 문화 현상 내지는 이데올로기 전반의 혼란, 그리고 다시 올라가서는 그 혼란을 사회적 제관계의 특수 성격에서 천명하여 그 초극의 방법을 강구(講究)하고 작가에게 길을 열어 주는 것만이 혼란의 유일한 분석이고 그리고 또 다시 문예 비평가의 급선무이다.

(『조선일보』, 1937년 10월 12일, '동금기(銕金機)'란)

소설의 세계

필자는 언젠가 소설이란 문학적 형식은 잡음이 가장 많이 섞일 수 있는 장르라고 말한 적이 있다. 다시 말하면 소설의 대상은 생활이란 뜻이고 번잡한 시정과 항간이라는 뜻이다.

이것을 이론적으로 따져서 말한다면 소설은 시민 사회의 가장 전형적인 문학 형식이라는 뜻으로도 된다. 사회와 인간이 복잡화하고 분열되어 직업은 전문화, 기계화하여 인간성은 왜곡되고 모든 것이 뒤엉켜 있는 세태 풍속의 혼란한 누적 가운데서 진리의 보물을 찾는 것이 소설이다. 시는 개인과 집단이 원시적으로 통일되어 그 곳에 사람의 감흥이 흐를 때 곧바로 음률로 표현화할 수 있던 시대의 산물이고, 소설은 화폐가 '충실을 불신으로, 애를 증으로, 미덕을 악덕으로, 노복을 주인으로, 주인을 노복으로, 무분별을 분별로, 그리고 분별을 무분별로' 전화시키는 지극히 복잡한 사회적 시대에 발달한 예술 형식이다. 시가 새로운 양식에 의하여 개조되지 않으면 갱생될 수 없다는 것도 이것을 말함이며 소설이 현실 사회의 격렬한 분열과 모순의 반영을 회피하는 곳에 유지될 수 없다는 것도 이것을 이름이다.

가령 이효석 씨를 예로 든다면 이씨는 소설을 이끌고 시정으로부터 들과 산으로 나갔다가 헛되이 낙엽만 밟고 실패한 작가이다. 씨의 최근의 수작(數作)은 다시 시정으로 도로 들어온다는 느낌을 주고 있는 것은 좋으나 아직 시야를 넓혀 항간에 몸을 붙이지 못하고 도중에서 다방을 기웃거리는 느낌이 있는 것은 유감이다. 「장미 병들다」를 보면 군데군데에 이러한 소심한 악취미의 향락이 눈에 띤다. 활짝 옷을 열고 시민 사회의 와중에 몸을 던지라. 이러한 속에서 이효석 씨의 장래는 열릴 것이다.

이 반대의 작가로는 예컨대 박태원 씨를 들어도 좋다. 씨는 작가 생활의 심리적 천착에서 고(故) 이상과도 친근할 듯하다가(씨의 구보의 일기 등의 일 계열) 단연 몸을 떨쳐 천변 부근으로 소설을 유도하는 데 의하여 일보 전진한 작가이다. 그 뒤 「수풍금」, 「성군(星群)」 등에서 다시 이것도 아니고 저것도 아닌 얼치기 세계를 헤매는 느낌이 없지 않으나 씨는 다시 「천변풍경」에서 재출발해야 할 작가이라고 생각한다.

(『조선일보』, 1938년 2월 15일, '고기도(cogito)'란)

생산력과 예술

사회의 생산 능력이 발전하면 할수록 그것과 병행하여 예술도 점점 고도의 가치를 창조하고 있느냐? 하는 문제는 여러 가지 문제를 파생시킨다. 시민 사회에 들어와서 각종의 물질적 생산력이 발전한 것은 사실인데 이 사회는 과연 예술의 발전과 고도의 가치도 재래(齎來)할 수 있느냐? 하는 의문 같은 것도 이것과 관련된 문제이다. 이에 대하여 『경제학 비판 서설』은 다음과 같이 말한다. "예술의 경우에는 그의 발달의 특정의 시기가 사회의 일반적 발달 다시 말하면 사회의 물질적 기초의 발달과 전혀 일치하여 있지 않은 것을 알 수 있다", "그 중요한 형식의 어떤 것에 있어서는 예술적 발달의 옅은 계단에 있어서만 가능하다고까지 말할 수 있는 것이었다". 그리고 다시 『잉여가치학설』에서는 이렇게 말하였다. "예컨대 자본주의적 생산은 정신적인 각종의 부문과는 적대적이다. 예술 급(及) 시가가 그것이다. 이것을 이해하지 못한 탓에 일찍이 레싱에 의하여 조소거리가 된 18세기 불란서인들의 기묘한 안출이 생기게 된 것이다. 우리들은 기계 공업 등등에 있어서 고대인보다 훨씬 진보되어 있는데 하고(何故)로 우리들이 서사시를 창조치 못할 것이냐? 이리하여 일리아드 대신 헨리야드가 나타난다…".

그러면 이러한 결과를 내는 근본 원인은 어디 있는가? 그와 그의 협동자의 분석은 대개 이러하다.

그대 사회는 생산의 양적 방면과 질적 방면과를 일치시키어 그 곳에서 행하여진 분업은 인간의 개성을 분열시키지 않았고 그것이 또한 예술을 위하여 풍요한 토양을 제공하였는데 시민 사회는 육체적 노동과 정신적 노동이 완전히 분업화하여 인간의 개성은 분열하고 주형화(鑄型化)하고 균등화하였다. 분업의 고대적 형태에 있어서는 고대 급 중세에서까지도 인간의 활동의 모든 종류, 모든 인간적 성능과 재능은 아직도 자본 축적의 추상적인 양적 원칙에 지배되지 않았다. 유일의 이윤을 추구하는 재능 이외의 모든 성능과 인간적 재능을 멸각해 버리는 마술적인 힘, 화폐의 지배로부터 아직도 자유로웠다. 이리하여 이것 하나로써 벌써 고대 희랍 예술의 고도의 발달을 원인적으로 설명할 수 있는 동시에 시민적 생산 제관계가 지배하는 사회에서는 예술이 불가피적으로 쇠퇴하지 않을 수 없으리라는 원인도 설명할 수 있다고 그들은 말하고 있다.

(『조선일보』, 1938년 2월 17일, '고기도(cogito)'란)

좌담회 시비

조선서 좌담회가 저널리즘의 애완물이 되기 비롯한 것이 언제부터인지 모르나 동경서는 근 30년간의 역사를 가지고 있는 듯하다. 처음에는 한 가지 제목을 가지고 그 문제에 관심을 가지는 여러분에게 기자가 하나 하나 찾아다니며 이야기를 들어다가 함께 쭉 모아 놓았던 모양이다. 다시 말하면 방문기의 하나의 변형적 발전으로서 이러한 형식이 유행하다가 그것이 속기술의 발달과 함께 좌담회로 변해진 것이 사실인 것 같다. 현재 간행되는 잡지들은 어떠한 것을 물론하고 모두 이러한 좌담회를 열어서 그들의 잡지의 매상고를 올리고 있는 것이 사실이다.

조선의 신문 잡지도 이것을 때때로 사용하여 왔고 또 지금도 많이 이 형식을 이용하면서 있다. 그런데 이 곳에서는 한 가지 중요한 사실이 망각되어 있는 것 같다. 좌담회란 속기술과 함께 발달하였다는 사실이다.

그러므로 속기술이 보급되지 않고 또 그러한 것이 전혀 없다고 하여도 과언이 아닌 조선에서 각종의 좌담회가 지상에 펼쳐질 때 늘상 소기의 성과를 얻지 못함이 이 탓이다. 이야기한 것이 생략되는 것쯤은 덮어둔다 치더라도 전혀 하지 않은 말, 또는 정반대의 말이 기재되는 것은 비일비재다. 터무니 무슨 말인지 의미가 통하지 않는 개소(個所)도 물론 많다.

그것을 필기하는 기자의 교양 정도에 의하여 제주(制肘)되고 다시 기자의 지필(遲筆)에 의하여 멸렬(滅裂)된다. 졸변(拙辯)이 웅변이 되고 웅변이 졸변이 된다. 마치 활동 사진의 필름 같아서 크랭크를 느리게 돌리면 영사된 것은 더 빨라지는 것과 같다. 서투르게 느리게 무교양하게 상말이나 주섬주섬 늘어놓으면 대개가 기록되고 빠르게 체계 있는 높은 지식이 이야기되면 대부분은 기자의 귓등을 무정거 통과하여 이야기는 하나도 필름에 남지 않는다.

필자도 가끔 좌담회에 나갔다 이런 성과를 본 자이지만 아마 웬만한 사람치고 이런 느낌을 품지 않은 이는 없을 것이다.

그러므로 저널리즘이 좌담회를 취급하려면 인수(人數)와 이야기될 것과를 세밀히 측정하고 다시 속기할 사람의 능력 교양들도 참작하여 분수에 넘치는 계량은 아예 세우지 말 일이다. 이런 의미에서 속기술이 없는 조선에 대담왕방기(對談往訪記) 등으로 좌담회 형식이 옮아가는 것은 이(理)의 당연한 바라 하겠다.

(『조선일보』, 1938년 2월 19일, '고기도(cogito)'란)

낭만주의론

필자는 '낭만'이란 말을 무한정으로 남용하는 데 반대해 온 사람이다. 그러므로 '낭만 정신' 운운으로 시대 정신을 표시하려는 태도에도 반대해 온 사람이다. 더구나 그것을 창작 슬로건으로 내거는 데는 더욱 완강히 반대해 온 사람이다.

본래 이 술어가 리얼리즘을 고집하는 분들 가운데 막대한 환영을 받기 비롯한 것은 수년 전에 발표된 임화 씨의 「낭만적 정신의 현실적 구조」 이후이다. 씨는 최근 그것을 일종의 계기론(契機論)이라 하여 자기 비판하였으나 의연히 혹종의 '낭만'이 있을 수 있는 현실적 지반이 우리에게 존재한다는 것을 되풀이하고 있다. 물론 씨는 필자의 '낭만 반대'에는 반대한다.

그러나 문제는 임화 씨보다도 고리끼의 신(!)낭만주의론을 어떻게 이해하느냐에 있을 것이다. 임방웅(林房雄)의 일본 낭만주의가 고리끼의 영향이라고 단언키는 힘드나 구정승일랑(龜井勝一郎)의 낭만이 그것으로부터 흐른 것은 거의 명료한 사실이고, 다시 임화 씨의 이론이 이것과 동일하다는 것은 절대로 아니지마는 역시 씨의 의연한 고집 가운데는 아닌게 아니라 고리키를 배후에 가지고 있다는 든든한 마음이 있는 때문이라고 생각지 않을 수 없다. 이에 대하여 나는 다소 극단적인 것을 각오하면서 일찍이 다음과 같이 기록하였다.

> "사회적 사정이 다른 곳에서 정책적으로 연설된 것을 그대로 가져다가 원리적인 것인 것과 혼동시켜 사용하면 구할 수 없는 미망에 사로잡히고 만다. 씨 등이 부르는 '낭만적 요소'란 본래 리얼리즘의 한 개의 고유의 성격인 것이다. 리얼리즘을 단순한 물질주의나 사진으로 생각해 온 그릇된 관념이 이러한 개념을 남용케 한 것이다."

이것을 이 자리에서 좀더 자세히 생각해 보자. 고리끼의 문학론을 보면 그가 부르짖는 신낭만주의에 대한 생각은 대개 이러한 것 같다. 낭만주의에는 적극적인 것과 소극적인 것의 두 가지가 있다. 전자는 현실의 모순을 초극하려는 고매한 정신과 자연과 싸우는 고도의 영웅주의를 갖는 문학이요 후자는 환상적이요 신비적이요 감상적인 문학이다.

고리끼의 초기의 작품과 시가는 전자이요 문예 사조로 나타난 낭만주의, 터크·슐레겔 등은 후자이다.

물론 이러한 낭만 정신의 현실적 기반이 이 땅에 없다는 것은 아니다. 다만 고리키의 소위 적극적인 낭만주의라는 것은 본래 리얼리즘에 속할 것이고 후자의 소극적인 것은 아이디얼리즘에 붙어야 할 것이라고 나는 주창할 따름이다. 왜냐하면 창작 방법에는 『캐피탈』의 저자가 말한 바 실러적 방법과 세익스피어적 방법의 두 개, 다시 말하면 아이디얼리즘과 리얼리즘의 두 개를 생각할 수 있을 뿐이고, 이것과 병립 혹은 병렬되는 낭만주의란 생각할 수 있('없'의 오기인 듯-편자)기 때문이다. 그리고 새로운 창작 이론에 의한 리얼리즘 또는 고발 정신에 의한 리얼리즘이 양자의 지양 위에 서는 것임은 재언을 요(要)치 않을 것이기 때문이다.

(『조선일보』, 1938년 2월 23일, '고기도(cogito)'란)

문학과 모랄

작가에 있어 '모랄'이란 관념적으로 빌려오든가 덧붙이든가 하는 데서 생겨나는 것이 아니고 작가가 인간생활에 대하여 어느 정도로 전면적인 태도를 가지면서 동시에 생활상의 현실문제를 자기 자신의 문제로서 성실히 묘파하고 있는가에 의하여 결정되는 것이다. 왕왕이 '모랄'이 도덕상 덕목을 주제로 했거나 어떤 도덕적 입장을 제재로 한 작품에 뚜렷이 나타나는 것처럼 알고 있는 속된 견해가 유행하고 있는 것을 보지만 '모랄'이란 오히려 작가가 의식적으로 도덕적이려고 하지 않을 때에 더 많이 작품 속을 관류하고 있는 법이다. '모랄'은 표면에 얼굴을 내놓고 이러 저러한 '아트랙션'에 이용되는 것보담은 작품의 근저에 깊숙이 들어앉아서 작가와 작품을 모세관처럼 둘러싸는 것을 더욱 즐긴다. 아이디얼리스트들이 도덕을 간판처럼 내걸고 속중의 인기를 낚으려 하지만 누구나 수신교과서적 덕목이나 권선징악을 문학이라 부르지는 않는다. 우리 문단의 한두 분이 불교적 교설을 전면에 내

걸고 소설을 구성한 것을 친히 보았으나 불행히 그것은 현대문학이 아니었다. 물론 우리들이 운위하는 '모랄'과도 그 작품은 아무 관련이 없었다. 본시 진정한 '모랄'이 관념에서 생기는 것이 아니고 생활에 대한 관계에서 생겨나는 것임을 아는 이는 일체를 생활에서 출발시키는 리얼리스트만이 '모랄'을 가질 수 있다는 것을 용이히 이해할 것이다. 이러한 '모랄'이 지드류의 '모랄'과 무관인 것은 자명한 일이다. 기정(旣定) '모랄'의 수정 비판 새 '모랄'의 창조 - 신은 이러한 책무를 항상 현실생활에 발을 붙이고 그것과 정면으로 직립하는 문학에게만 부과하였다.

(『조선일보』, 1939년 4월 27일, '봉화대'란)

사실의 재구성

작가가 눈을 감고 보지 않으려 하고 체험하지 않으려 고집하던 사실의 일부를 그의 창작권 내에 이끌어 들였다면, 이것을 우리는 어떻게 평가하여야 할 것인가? 여기에는 받아 들인 결과를 싸고 얼마든지 이론이 있을 수 있겠지만, 우선 나 개인의 의견에 의하면 이러한 태도, 그것만을 가지고 넉넉히 환영할 현상이라고 생각한다.

관념적으로 고집해 오던 세계를 일단 떠나서, 새로운 사실군(事實群) 가운데 주관을 해방한 것으로, 한설야 씨의 『문장』 5월호 소재의 「이녕」과 동지(同誌) 현민 유진오 씨의 「가을」이란 소설이 있다. 이 두 작품에 그려진 사실의 일군은, 씨 등의 창작 세계가 처음으로 건드려 보고 받아 들이는 사실군의 일부분이다. 특히 한씨에 있어서는 작년 말의 작품 「산촌」이 관념적인 고집을 버리지 않았던 것이었던 만큼, 이 새로운 씨의 문호 개방은 주목에 해당한다.

그러나 사실을 받아들인다든가, 사실을 건드리는 것이 얼마나 창조적인 문학이 될 수 있는가 하는 것은, 이 곳에 반드시 생각해야 할 문제의 하나이다. 나는 다소 의문을 품지 않을 수가 없다. 현민이 씨의 「가을」을 산보라고 부제를 붙인 것과, 한씨가 취급한 사실을 진창(이녕은 소설의 제목이다)에 지나지 못한다고 생각하고 있는 것은 이 문학이 하나의 창조적 문학이 아니라는 것을 말하고 있는 증거다.

그러면 창조적 문학은 어떻게 하여 생겨날 수 있는가? 사실을 받아들이거나 건드리는 데서 일단 올라선 과정, 다시 말하면 사실을 소화하고 그것을 전형적인 것으로 재구성하는 데 의하여만 비로소 가능하리라 생각한다. 씨 등의 다음 작품을 기대하는 소이(所以)다.

(『동아일보』, 1939년 5월 17일, '호초담(胡椒譚)'란)

민속의 문학적 개념

김동리씨가 민속적인 취미를 들고서 현대 문학의 패스포트를 삼으려는 의도를 나는 내깐으로 이해할 수가 있다.

지금 우리들은 민속적인 것이 대단한 환영을 받고 있는 현상을 벌써 퍽 전부터 보고 있다. 이 민속 애호 취미는 두 가지 방향을 고려할 수 있는데, 하나는 선진 외국인의 이국적인 것에 대한 호기벽과, 하나는 복고 사상, 내지는 전통 부흥 사상에 의한 자기 애호열이다. 이 두 가지 열정이나 경향이 어떠한 문화사상 공헌을 할 수 있는가는 이미 선진 민족의 역사가 이것을 증명하고 있지마는, 어쨌든 우리 사회에 민속 애호 취미가 하나의 현대적 취미로 되어 있는 것만은 가릴 수 없는 사실이다. 이것의 문학적인 반영이라고도 볼 수 있는 것의 하나가 김동리 씨의 세계다. 다른 모든 민속 취미가 그러한 것처럼 김씨의 세계도 다분히 몽환적이고 또 낭만조(調)가 흐르고 환기적(幻奇的)이다. 그리고 이러한 것들이 우리들의 심금의 일단을 건드리는 것이 감출 수 없는 사실이다.

그러나 이러한 민속 취미의 가운데 문학 정신이 매몰되는 것으로 어떠한 문학이 생겨날 수 있을런가? 하는 것은 생각해 볼 문제의 하나가 아닐 수 없다. 김씨의 『문장』 5월호 소재 「황토기」와 그 전의 씨 등의 작품을 고려하여 김씨의 행방을 생각해 보면 가히 짐작할 길이 있을까 한다.

「황토기」에 있어서 민속을 유지하기 위하여 씨가 두 사나이를 전부 초인간으로 설정한 것만 보면 사정은 명백하여진다.

본시 풍속이 문학의 대상이고 하나의 문학적 관념인 데 반하여 민속은 문학적 이데아는 아니었던 것이다. 민속이 문학 정신을 얼마나 유지할 수 있는가? 이런 의미에서 김동리 씨의 금후의 행방을 나는 주시한다.

(『동아일보』, 1939년 5월 19일, '호초담(胡椒譚)'란)

권위에의 아첨

비판 정신의 상실이니, 문학 정신의 저하니 하는 소리가 운위되고 있는 시기에 타방에 있어 일종의 권위주의, 내지는 권위에의 아첨(阿諂)이 진정한 문학 비평의 대용품으로 횡행하고 있는 것은 결코 괴이한 현상이 아닐 것이다. 문학 비평의 가운데서 과학성과 논리성을 거세하라는 소리를 들여온 데는 벌써 오래된 일이었고, 이것이 그대로 지능의 저하를 결과할 뿐만 아니라, 이론적 의식의 상실, 비평 그 자체의 자살을 낳음에 그치리라는 것도 식자간에 이미 명백히 예측된 바 있다. 지금 그것이 권위에의 비열한 아첨과 공허한 예찬문을 결과하고 있다 한들 무엇을 새삼스레 괴상타 할 것이랴. 권위주의란 본시 학문에 있어서의 관료주의에 불과한 것으로 학문의 자주성이 있는 곳에는 발생하지 못한다. 수공업 시대적 사제 관계, 문학과 비평의 자주성의 상실과 합리성의 거세, 레토릭의 공허한 부활, 추악한 문단 정치, 이것은 비평이 자기의 고유의 성격을 망각하고 권위에의 아유(阿諛)

로 달아나고 있을 때 필연적으로 발생될 제 현상이다. 과거에의 그릇된 기식(寄食)을 선동하고 권위의 비판과 무자비한 유산의 비평적 섭취를 거부하는 곳에 새로운 문학의 창조도 있을 리 없고, 진정한 학문의 발전도 있을 턱이 없다. 창조란 항상 고정성의 부정과 권위의 비판을 의미한다. 이론 체계의 빈곤과 이론 의식의 결여를 도폐(塗蔽)하기 위하여 헛되이 권위에의 아첨을 기도하였자 그 곳에 비평이 성립될 리는 만무하다. 추잡하고 불쌍한 마각(馬脚)만이 빈약한 초상화를 그리고 있을 뿐이다.

(『동아일보』, 1939년 6월 24일, '호초담(胡椒譚)'란)

자부심 유감

지금과 같은 시대에 있어서 자기의 하는 문화 사업에 대하여 자부심을 가지는 것은 필요한 일일 것이다 문화에 대한 헌신적인 노력에 대하여 충분한 대접과 보수를 약속할 줄 모르는 옹졸스러운 실리 사회에 살면서, 진리의 유지와 보육(保育)을 위하여 힘쓰는 이들이 자기의 하는 일에 자신과 자부심을 갖는다는 것은 절대로 필요한 일임에 틀림없다.

그러나 이러한 자신과 자부심이 모든 세속적 간난(艱難)을 극복하여 진리에의 순수한 사색을 끊임없이 이어나가는 데 필요한 불요불굴의 정신으로 발현됨에 그치지 않고, 그것이 도를 넘어 공연한 독선주의를 낳음에 이른다면 그것은 실로 유감된 결과라고 말하지 않을 수 없을 것이다.

만약에 독선주의가 학문이나 문화의 전문 분화의 극단화에 결과로서 제분야 간의 무교섭, 학문과 생활과의 유리를 낳는 정도라면, 문화의 종합적 연구에 따라서 시정될 가능성도 없지 않을 것이나 이것이 그대로 발호(跋扈)

하여 하나의 관념적 사디즘의 경우에 이르렀다면 그것은 고칠 수 없는 고질로 화(化)하여 버릴 것이다. 자기의 하는 일이 전(全)문화 체계 위에서 어떠한 위치를 차지하고 있는가를 반성치 아니하고 자기의 분야와 관념만을 독존적으로 자부하여 타인의 지식, 타인의 업적, 타인의 작품을 일체로 경멸하는 등사(等事)는 이의 가장 적절한 예이다. 타인의 작품을 적당히 받아들일 심리적 여유를 가진 이라야 자기의 작품을 사랑할 줄 아는 이라 말할 수 있을 것이다. 실질이 상부(相副)치 않는 추상적 사디즘은 자기의 지식과 관념까지를 무가치하다고 생각하는 마조히스트의 자조와 다를 것이 없을 것이다. 학문과 예술의 길이 항항 자기 긍정과 자기 비판의 균형된 정신을 요구함은 이 때문이다.

(『동아일보』, 1939년 6월 25일, '호초담(胡椒譚)')

회고 · 추모사 · 정론(政論)

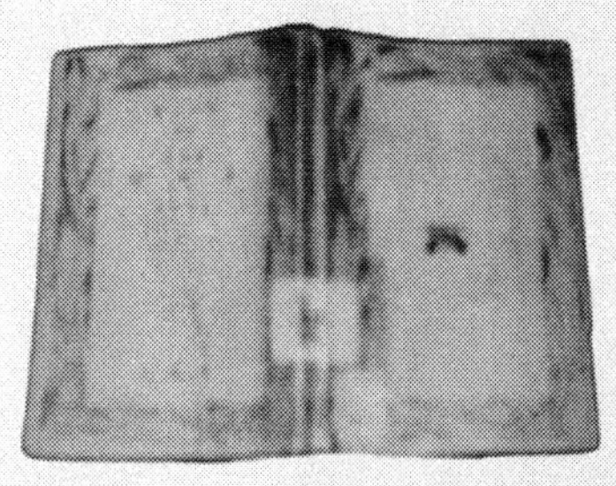

경제적 파업에 관한 멘세비키적 견해

-「신흥」 제 5호, 이성용 씨 소론의 비판

1

맑스주의의 이론은 두세 사람의 천재가 생각해 내는 것도 아니고 그의 영감으로부터 생겨나고 발전하는 독단도 또한 교리도 아니다. 그것은 몇백 년 기천 년을 둔 인류의 생활 경험의 최고의 요약으로서 생겨난 것이며 전세계의 프롤레타리아트의 자본에 대한 투쟁의 전경험에 의하여 부절히 심확(深確)해지고 발전되면서 있는 과학적 인식이다. 그러므로 그것은 항상 프롤레타리아트의 실천에로의 지침이 되는 것이다.

근경 조선에 있어서는 이 자명한 이(理)를 이해하는 듯이 표장(表裝)하는 일군의 '공식병'에 붙들린 브로커가 한 개의 상아탑 속에 움직이고 있다. 1929년 봄에 경성제국대학의 학모(學帽)를 맨 처음 벗어던진 우리들의 위대한 학사들을 중심으로 하는 잡지 『신흥』을 지도하는 일파가 그것이다.

물론 그들이 일 년에 한 번 혹은 두 번씩 그들의 기관지 『신흥』에 있어서 그들의 학생 시대의 노트를 복사하든 혹은 졸업 논문을 번역하든 혹은 위대한 연구를 발표하여 박사가 되든 그것은 그들의 자유이었다. 또한 그들의 출판물이 설혹, 노동자, 농민에 대하여 기분(幾分)의 정치적 영향을 갖는다 하여도 우리는 그것에 대하여 묵살의 태도를 취할 것이며 또한 취하여 왔었던 것이다. 그러나 지금 그들은 『신흥』의 상아탑 속에서 점차 노력 대중을 향하여 고함치기를 시작하였다. 지금 그에 대한 비판을 시험하는 것은 조선에 있어서의 진정한 맑스 학도의 한 개의 중요한 임무가 아니면 아니된다.

왜냐하면 그들은 첨예화하는 계급 대립의 현정세에 있어서 점차로 자신 위에 과부되는 임무를 깨달아 왔으며 그리하여 상아탑 속에서 청안(靑顔)과 백수를 이끌고 노동자, 농민의 면전에 뛰어나와 맑스 학설로 도금(鍍金)한 부르주아의 이론을 내두르며 노력 대중을 정당한 노선으로부터 미로(迷路)에 이끌려는 자기 활동을 개시한 까닭이다. 그러므로 또 다시 우리는 강조한다. 이 부르주아 이론가의 새로운 변종의 외피를 노력 대중의 면전에서 잡아 찢는 것은 조선에 있어서의 진정한 맑스 학도들의 당면한 임무의 하나라고!

원래 이 '공식병'에 붙들린 불쌍한 서생들은 마치 요술쟁이의 단장 모양으로 그들의 손에 닥치는 일체의 것을 그럼으로 맑스주의의 일체의 구성 부분을 댓자곳자로 생명없는 공식으로 화하는 기술(奇術)을 가지고 있다.

그들은 도처에서 맑스와 엥겔스를 인용하고 가는 곳마다 로자와 레닌에서의 인용으로 구석구석을 채운다. 그러나 그들 논문의 전반을 통하여 일치되는 임연한 사실은 그들이 인용하는 맑스의 명세는 항상 공식화되어 생명을 잃은 그것이며 또한 성(性)을 전연 거세한 그것이며 그러므로 전체적으로 노동자의 운명 위에서 논하지 않았다는 그것이다. 그들의 논문은 구성에 있어서 비상히 비논리적이며 그것의 소잡성(素雜性)은 우리가 일찍이 보지 못한 정도에 이르러 있다. 인식에 있어서의 비현실성과 적극적 논증의 회피는 그들의 상투이다.

우리가 지금 여기서 비판의 대상으로 하려는 이성용 씨의 노작 「경제적 동맹 파업의 임무」도 또한 이것으로부터 예외를 만들지는 못하였다. 특히 우리가 흥미를 느끼는 것은 이 위대한 노작이 『신흥』 제 5호 편집자로 하여금 "파란이 중첩하고 문제가 층출(層出)하는 자본주의 제 3기의 세계적 공황에 제하여 「경제적 동맹 파업의 임무」 같은 지도적 논문을 얻게 된 것"이라는 개탄사를 받고 세상에 나왔다는 그것이다. 이 찬구(讚句)에는 그들 일파에서는 일찍이 보지 못할만치 다분의 정당성을 가지고 있다. 이 몇 줄 안 되는 센치멘탈한 개탄사 속에 이 논문이 같은 부르조아지의 계급적 필요성이 명료히 나타나있는 때문이다. 그러나 "파란이 중첩하고 문제가 층출하는 자본주의 제 3기의 세계적 공황에 제(際)하여" 이러한 지도논문의 출현은 정히 부르조아지의 계급적 필요성과 전연 부합된다.

일찍이 우리들의 위대한 선배들은 이러한 '대학 반동파'를 향하여 '대학의 바보'들이라고 부른 것이 있었다. 그러나 조선에 있어서의 '신대학 반동파'를 향하여 그렇게 부르기를 우리들은 삼가자! 우리는 오직 그들이 떨어놓는 무책임한 언사에 의하여 노동자 농민이라는 다소라도 '감염'되는 것을 방지하면은 그만이다. 그리하여 그들이 노력대중 위에 던지고 가는 정치적 영향을 잠깐 간과하기로 하고 먼저 이성용 씨의 이론의 반동적 역할과 이론적 오류를 명시하여 보자.

문학사 이성용 씨의 노작 「경제적 동맹 파업의 임무」는 대개가 다음과 같은 순서로 구성되어 있다. (1)에서 맑스와 로자와 엥겔스의 인용으로 전문을 채우고 그것에 의하여 "경제적 동맹 파업은 소위 공격적 동맹 파업까지도 정상한 자본주의 관계 하에서는 한 개의 방어적 투쟁 행동이다"라는 모두(冒

頭)의 선언을 증명하려고 하였다. 그리고 제 (2)부터는 전연 방향을 고쳐서 자본주의적 축적의 일반적 법칙에 대하여 논기(論起)하기 시작하였다. 이리하여 (3)(4)(5)(6)을 그 이론의 전개를 위하여 소비하고 마지막 (7)에 와서 조급하게 결론으로 들어갔다.

여기서 우리가 먼저 볼 수 있는 것은 이 논문구성 자체가 품고 있는 비밀이다. (1)에 있어서 맑스, 엥겔스, 로자 등등으로부터의 인용은 전연 혁명성을 거세한 해골뿐인 데다가 그에 대한 적극적 논증은 끝까지 회피되고 말았다.

경제적 파업에 대한 비변증적 관찰과 경제적 파업과 정치적 파업의 기계적 분리는 이성용씨의 학사(!)답지도 않은 비학구적 태도를 여실히 표시하고 말았다. 엄연한 현실 위에 입각하지 않고 생각나는 대로 상식적으로 생명없는 인용만을 거듭하는 것은 양심적 학도의 태도가 아니다. 유물변증법의 사회적 법론(法論)의 근본적 요인과 요구는 일반적 체계적으로 요약하여 다음과 같이 되지 않으면 안된다. 관념과 사실과의 대조에 기(基)하여 대상을 구체적으로 그의 발전의 견지에서 파악하고 당파성을 확립하여 거기에 투쟁적 목표를 설정하고 그것으로부터 모든 것의 실천적 결론을 인용하는 것이 아니면 안될 것이다.

이성용 씨의 논문 구성의 비밀은 (2) 이하를 살펴볼 때에 더욱 명백하여진다.

자본주의적 축적의 일반 법칙은 맑스가 『자본론』 제 1권에 있어서 특별한 장을 설치하고 정립한 바이었다. 이 주지의 사실에도 불구하고 이성용 씨가 『자본론』으로부터의 인용을 회피하고 「노동 가격 급 이윤(勞賃價格及利潤)」 가운데서의 지리한 인용을 가져왔다는 것은 괴상한 일이다. 그러나 우리는 이 모든 비밀을 간과하고 기본적인 것에로 돌아가자! 그것은 (2)(3)(4)(5)(6)에 있어서 논기되고 전개된 자본주의적 축적의 일반 법칙에 대한 이성용 씨의 견해가 순전한 신수정주의적 견지에서 논술되어 있다는 그것이다. 구체적으로 이것은 무엇을 말함인가. 물론 이하 항을 따라 상론하겠지마는 그것은 우선 최근 소련과 독일에 있어서 새로이 생겨난 일반 법칙에 대한 신수정주의의 의견의 조선문으로의 소박한 이식에 불과하다는 것이다. 즉 씨 테룬벨히의 저작과 토론콘스키, 노뷧키, 야콥존 등의 노작에서 볼 수 있는 새로운 수정주의적 견해를 우리나라의 맑스주의자(!) 이성용 씨가 그의 위대한 '지도 논문'에서 썼을 때, 그리고 비과학적으로 소개한데 불과하다는 것이다. 씨가 일반 법칙에 대한 신수정주의적 견해를 이식하면서 면목상 기계적으로 생각나는대로 경제적 동맹 파업의 임무에 과하여 토로한 것이 소위 우리가 지금 비판의 대상으로 하는 지도논문의 경개(梗槪)이다.

그러므로 우리는 씨의 논문 속에 산재하는 모든 오류와 비밀을 간과하고 단지 두 가지(편의상 두 가지로 나눈다) 즉- 경제적 동맹 파업 등의 임무란 무엇인가를 명백히 하고 그 다음에 자본주의적 축적의 일반 법칙에 관한 신수정주의적 견해로부터 맑스-레닌적 견해를 옹호하려고 한다.

2

먼저 이성용 씨로부터 경제적 동맹 파업의 임무란 어떤 것인가를 들어보자!

> "베른슈타인에 의하면 경제적 투쟁의 임무는 '산업적 이윤율에 대하여' 그 독자의 공격을 감행하며 이윤율을 계단적으로 임은율(賃銀率)로 분해케 하는 데 있다. 로자 룩셈부르크는 확신력을 가지고 『사회개량이냐? 혁명이냐?』라는 그의 저서에서 경제적 투쟁의 임무에 관한 베른슈타인의 견해의 무의미한

것을 지적하였다. 이 견지로부터 엥겔스는 경제적 동맹 파업에 대하여 "그는 아무 것도 결정하는 것이 없다"라고 썼다. 맑스는 말하였다."

이렇게 하여 이성용 씨는 맑스의 「노임 가격 급(及) 이윤」(영역〔英譯〕에는 가치 가격 급 이윤으로 되어있다)에서의 인용에 도달하고 드디어는 논문 모두(冒頭)에서 '선언'한 경제적 동맹 파업이 한 개의 방어적 투쟁 행동에 불과하다는 논지를 지극히 간명하게 논증한 것이다. 그러나 만일 조금이라도 그를 주의해 읽을 줄 아는 독자이라면 이 음향 좋은 역대 맑스주의자의 열명(列名)이 전연 무의미하다는 것을 간파할 것이다. '베른슈타인의 견해의 무의미한 것을' 로자가 어떻게 '확신력을 가지고' 지적하였는지 거기에 대해서는 독자는 일체 알 바가 아니라는 것이다. 우리들은 오직 이 견해로부터 엥겔스가 경제적 동맹 파업에 대하여 '그는 아무 것도 결정하는 것이 없다'라고 쓴 것을 알아두면 된다는 것이다. 그리고는 활동 사진의 자막과 같이 말은 급전한다. 무죄한 독자는 다시 '맑스는 말하였다'로 따라가지 않으면 안 된다.

우리는 일찍이 이 이상의 비양심적 인용가를 본 적이 없으며 이 이상의 경박한 논술을 볼 수가 없었다. 그러나 우리는 자세한 이야기를 씨가 인용한 맑스의 말에서 듣기로 하자. 맑스는 말하였다.

> "그와 동시에 노동자 계급은 임은(賃銀)제도에 포함된 일반적 종속으로부터 전연 떠나서 이 일상투쟁의 구의(究意)의 결과를 자기가 과대시하여서는 안 된다. 그들이 망각하여서는 안 될 일은 그들은 - 경제적 투쟁에 있어서 - 결과에 대하여서만 싸울 뿐이요 이러한 결과의 원인과는 싸우고 있지 안하다는 것이다. 그들은 향하(向下) 운동을 저지하고 있을 뿐이요 그 방향을 변하고 있는 것은 아니다. 그들은 고식적 요법을 행하고 있을 뿐이오 질병을 근치(根治)하고 있는 것은 아니다."

이것이 맨 처음에 한 맑스로부터의 인용 전문이다. 그러나 이씨는 이것만으로는 경제적 동맹 파업이 방어적 투쟁 행동의 증명으로는 부족하다고 생각하고 그 외에 다시 그것을 '두 개의 견지로부터' 보았다. 즉 - 노동력의 재생산비를 지불하는 임은(賃銀)을 위한 그리고 상대적 임은(賃銀)의 유지를 위한 투쟁에 있어서-

논증으로 씨의 부족을 느끼고 그것 외에 '두 개의 견지로부터' 보든지 열 개의 경지로부터 보든지 그것은 이씨의 절대 자유에 속한다. 그만 우리는 이성용 씨가 인용한 맑스의 이상을 글에서 진실한 맑스주의자가 인출하는 결론은 그와 정반대이라는 것을 말하면 그만이다.

이성용 씨에게 대하여서는 맑스든 엥겔스든 그것이 누구라도 상관이 없는 것이다. 어쨌든 경제적 동맹 파업은 '아무 것도 결정하는 것이 없다'라는 결론만 있으면 그만인 것이다. 여기서 우리는 이성용 씨가 이 결론을 인출하여야 될 계급적 필요성과 그것이 노력 대중에게 주는 정치적 영향을 간과해서는 안 된다. 사실에 있어서 이성용 씨가 지극히 희망하는 것은 경제적 동맹 파업의 과소 평가, 내지는 불필요라는 결론이다. 노동자의 운명과는 반대로 부르주아지의 운명 위에서 맑스를 인용하는 이성용 씨가 이러한 결론에 도달하는 것은 당연한 일이며 그러므로 씨에게 ××적 결론을 기대되는 것은 우스운 일이다. 씨는 맑스가 이윤의 출처를 명백히 하기 위하여 경제학상으로 쓴 글을 그대로 전략상 문제에 인용하였고 자기의 결론을 인출하기 위하여서는 맑스가 전기 인용의 글을 경제적 동맹 파업의 임무에 관하여 쓴 것 같이 왜곡함에 아무 주저도 느끼지 않았었다.

이성용 씨와는 반대로 로자의 맑스는 경제적 투쟁의 필요를 결단코 과소 평가하지는 않았다. 우리들의 위대한 선배 맑스 ,로자, 레닌은 모든 대상에 대한 관찰과 여(如)히 파업에 있어서의 관찰도 언제나 구체적으로 그의 발전의 견지에서 그럼으로 엄정한 유물변증법의 견지에서 하여 왔다. 이성용 씨가 맑스와 로자를 인용하며 경제적 파업과 정치적 파업을 관념적으로 기계적으로 분리하여 놓고 경제적 동맹 파업은 아무 소용도 없다고 히스테리칼하게 외치든 안 외치든 그것은 엄정한 사실인 것이다.

그들은 순시(瞬時)라도 경제적 투쟁을 과소 평가하지 않았고 그 이상 불필요하다고 생각지는 더욱 않았다. 그들은 또한 이성용 씨와 같이 경제적 동맹 파업과 정치적 동맹 파업에 계단을 짓고 어느 것이 상(上)이고 어느 것이 하(下)라고 구별한 적도 없었다. 또는 이씨가 결론(6, 7)에 있어서 말한 바와 같이 '정상'한 자본주의 관계 하에서는 방어적 성질, 일반적 위기 하에서는 공격적 성질 등등으로 구별하지도 않았다.

그러나 이렇게만 말하면 우리들의 귀여운 이성용 씨는 손을 내두르며 외칠는지 모른다. '그것은 개소리다! 그것은 헛소리다!' 하고. 그러나 그것은 개소리도 헛소리도 아무 것도 아니다. 오직 엄정한 사실일 따름이다.

이성용 씨가 인용한 「노임, 가격 급 이윤」이란 책 가운데도 이씨로부터의 인용의 영광에서 격리된 여러 부분이 그것을 증명하기 위하여 기대(企待)리고 있다. 이씨가 (주〔註〕 2로) 인용한 부분과 직속되는 다음 줄에는 다음과 같은 것이 있다. - "그러므로 이러한 모든 사정으로부터 독립시켜서 임금치상(賃金値上)의 투쟁을 취급하는 것, 즉 임금의 변화만을 보고 그의 변화를 낳게 한다는 모든 변화를 보지 않는 것은 잘못된 전제로부터 출발하여 잘못된 결론에 도달한 것이다."

이것은 임금치상(賃金値上)의 투쟁이 아무 것도 못한다는 것을 설명함인가? 이러한 결론에 도달하는 자는 오직 멘쉐비키 뿐이다. 또한 이성용 씨 자신이 인용한(주3) 가운데도 이러한 문구가 있는 것을 볼 수 있을 것이다.

"그러나 이 제도내의 사태는 이러한 경향을 가진다 하더라도 그것은 노동자 계급의 자본의 잠식에 대한 그들의 항쟁을 단념하고 그래서 그들의 경우의 일시적 개선을 위하여 가끔 오는 가능성을 최선으로 이용하려는 기도를 포기하여야 한다는 것을 의미하지는 않는다. 그들이 만일 그렇게 한다면 그들은 할 일없이 버려진 참패자와 일양(一樣)한 평준의 무리로 타락하고 말 것이다."

이것은 이성용 씨 자신이 번역한 그대로의 글이다. 여기서 경제적 파업의 무용에 대한 논증을 인출하는 것은 요술쟁이가 아니면 불가능한 일이다. 또 그 다음에 몇 줄을 건너서는 다음과 같은 구절이 역시 이성용 씨의 번역으로 인용되었다.

"그들이 만일 자본과의 일상충돌에 있어서 비겁하게 퇴각한다면 그들은 명확히 어떤 보담 더 큰 운동을 일으키는데 대하여서 그 자격을 잃을 것이다."

우리는 이 이상 맑스에서의 인용을 그만 두자! 맑스는 이씨와 같이 부르주아지의 운명위에서 사물을 고찰하지는 않았다. 이것이 모든 것의 일체이다.

또 이성용 씨가 논문 첫머리에서 말한 바 "경제적 투쟁은 아무 것도 결정하는 것이 없다"는 견해에 선다면 로자 룩셈부르크는 무엇이라고 말하였는가? 「대중 파업, 당과 및 조합」에서 정치적 및 경제적 투쟁의 상호 작용을 논하면서 다음과 같이 썼다.

"계급적 파업과 경제적 파업, 대중 파업과 부분적 파업, 시위적 파업과 전투적 파업, 개개 파업 부문에 있어서의 총파업과 개개 도시에 있어서의 총파업, 평온한 임은(賃銀)투쟁과 ××××와 방새전(防塞戰) - 이러한 모든 것들은 서로 진전하고 상호하여 진행하고 상호 교착하고 서로 유주횡일(流注橫溢)한다 - 그것은 무단히 활동하고 변화해 가는 현상의 바다이다." (일역〔日譯〕 白揚社판 63혈〔頁〕)

또 "전체로써의 운동의 진전은 경제적인 최초의 단계가 생제(省除)되었다는 사정에 있어서 표시되는 것이 아니고 오히려 그보다 모든 정치적 시위운동에로 발전하여 가는 속도와 파업이 진전되어 가는 최후의 결착점과에 있어서 표시되는 것이다. 그러나 운동은 일개(一概) 경제 투쟁으로부터 정치 투쟁에로 나아가는 것이 아니고 오히려 그 반대인 때도 있다." (방점 인용자 상동서〔上同書〕 69혈)

인용에 있어서의 이성용 씨의 특징은 파업의 임무라는 전략 내지는 전술적 문제를 취급하는 논문에 있어서 비교적 적절치 않은 고전서류(古典書類)에서 조금이라도 자기의 논증하려는 경제적 동맹 파업 무용설로 왜곡할 수 있는 어구만을 주어온 데 있다. 그럼으로 이 문제에 있어서 전략적 전술적 논점에서 논한 로자 여사의 딴 저작과 또한 레닌에서의 인용은 전연 회피되어 있다.

실로 이성용 씨가 경제적 파업의 과소 평가설의 정당성을 논증키 위하여 레닌에서의 인용을 구한다면 그것은 소용없는 일이었다.

레닌은 1912년 5월 상공성의 파업 통계를 보면서 다음과 같이 썼다.

"예컨대 1905년의 상반기 초두에 있어서 경제적 파업은 명백히 정치적 파업을 능가하였던 것이다. 즉 전자에 있어서는 파업참가인원 40만 4천을 점령하고 후자에 있어서는 불과 2천만 6천이다. 그리고 1905년의 하반기 후반에 이르러서는 이 관계는 역전하여 경제적 파업의 43만에 달하여 정치적 파업은 84만 7천을 점하고 있다. 이것은 운동의 초두에 있어서 다수의 노동자는 투쟁 무대의 제 1선에 경제적 투쟁을 준비하고 그리고 투쟁의 발전 확대에 따라 그 무대를 거꾸로 한 것을 의미한다. 그러나 경제적 및 정치적 파업의 결합은 항상 존재하여 있었다. 이 결합 없이는 - 우리는 거듭 말한다 - 진실로 위대한 진실로 강대한 운동의 사명은 관철치 못한다." (일역 希望閣판 ストライキについて 66혈)

레닌은 이와 같이 경제적 및 정치적 파업의 결합은 이씨의 의견과는 반대로 항상 존재하였다고 말한다. 만일 우리가 푸로퇸테룬의 역사적 지도자 아로조뚜스키의 저서를 살펴본다면 경제와 정치와의 관계는 더욱 명백하여질 것이다.

> "우리들은 경제투쟁이 그의 최초기에 있어서는 계급으로서의 기업가에게 저촉하는 바 없이 자본주의의 기초를 진감(震憾)시키는 일 없이 오직 경제적 성질만을 갖는 것이라고 주장할 수 있는가? 그러한 주장은 오류다. 왜냐? 경제투쟁은 그의 최초보(最初步)의 형태에 있어서까지 노동자 계급을 기업가 또는 제 기업가들에게 대립시켰으니까. 따라서 경제적 투쟁 자신 속에 그 정도와 그의 성질과를 전혀 제한다 하여도 노동자 운동의 단초에 있어서 이미 정치의 요소까지를 포함하고 있다. 우리들이 정치란 것을 자본가 계급과 노동자 계급과의 대립으로 해(解)하고 일반적 계급 요구 즉 프롤레타리아트의 일반적 계급 이해의 제기와 대변으로 해석하는 한에 있어서. 그러므로 경제 투쟁은 그 성립의 시기에서도 제 1기에 있어서도 또한 정치적 경향을 갖고 있다." (일역 大阪勞農西方版 軍事科學とストライキ 42혈)

이 이상 더 지면을 허비할 필요가 있을까? 전연 없다. 이상 논한 바 부족하나마 이성용 씨의 마술에 의하여 왜곡된 맑스 레닌적 견지를 살펴보았다. 그럼으로 진정한 맑스주의자는 다음과 같이 강조하지 않으면 안된다. 경제적 동맹 파업의 과소 평가와 경제적 파업과 정치적 파업의 기계적 분리와 또한 파업에 대한 비변증법적 관찰을 주장하는 멘세비키적 경향에서 최후까지 진정한 맑스, 레닌적 견지를 지키지 않으면 안된다고!

만일 이성용 씨가 현실에 입각하여 만물을 구체적으로 관찰하는 양심적인 태도를 가졌던들 파업의 임무를 논하면서 파업에 대한 국제적 결의라도 참고하였을 것이다. 로조푸스키의 파업에 관한 광범한 서적에 대해서는 일고

(一顧)도 없이 또한 파업 문제에 관한 그 유명한 「스트라스부르그 회의의 결의」에도 일고(一顧) 없이 파업의 임무에 관한 '지도' 논문을 쓴다는 것은 아무리 생각하여도 만용이라 아니할 수 없다. 만일 이씨에게 5개년 계획에 정진하는 소련에 있어서 부르주아지의 사주(使嗾)를 받아서 일어나는 기사(技師) 일단(一團)의 사보와 파업을 말한다면 씨는 무어라고 할 것인가? 그것도 또한 '그것은 방어적 행동이다' 하고 처리할 것인가, 혹은 씨가 결론에서 말한 바와 같이 '그것은 지금이 일반적 위기이니까' 하고 말할 것인가.

그러나 모든 것을 간과하고 이제는 씨가 그의 논문에서 대부분을 소비한 자본주의적 축적의 일반 법칙에 관한 검토로 들어가자. 우리는 이때껏 이것에 관하여 수차 언급할 기회를 편의상 뒤로 미뤄 왔었다. 그러나 될수록 간단하게-

3

이성용 씨가 그의 논문의 과반 이상을 소비한 자본주의적 축적의 일반 법칙을 우리는 왜 비교적 간단하게 취급하려는가?

물론 누구나 다 아는 바와 같이 맑스가 자본론 제 1권에서 특별한 장을 설(設)하고 논술한 것은 자본주의적 축적 그 자체가 문제가 아니고 노동자 계급의 상태에 대한 그의 영향이 문제이었던 것이다. 이것은 맑스 자신이 첫 모두(冒頭)에 있어서 언명한 바이다.

> "우리들은 본장에서 자본의 증대가 노동자 계급의 운명에 미치는 영향을 연구한다." (자본론 일역 改造社판 高畠 역 602혈)

그러므로 이 이론적 연구가 그의 결론을 프롤레타리아트의 실제 생활 위에서 얻을 것은 당연한 일이며 또한 이성용 씨가 프롤레타리아트의 실제 생활과 관련있는 경제적 동맹 파업을 논하면서 일개(一概)로 이 법칙의 문제를 취급하는 것은 정당한 일일 것이다. 그러나 경제적 파업의 임무라는 전략 내지 전술적 문제를 논하면서 이 일반 법칙의 전개에 대부분을 소비하고 파업에 관해서는 기계적으로 이것과 결부시켜서 피상적으로 결론을 지어버리는 것은 정당한 일일까? 이것은 멘세비키에 있어서만 정당한 일이다.

그러므로 우리는 이성용 씨가 장구하게 논한 것을 그 골자만 취해 가지고 간단하게 논할 것이며 이 일반 법칙에 있어서의 상론은 딴 기회를 기다림이 정당할 것이다.

이 법칙은 물론 자본 축적에 상반하는 산업 예비군의 증가와 프롤레타리아트의 절대적 빈곤화에 관한 일반 법칙이다. 맑스는 자본 축적 외 일정 단계가 현실에서 자본의 붕괴를 초래하기 위한 중심적 매개 요소로서 프롤레타리아트의 절대적 빈곤화를 확인하였다.

이에 대하여 카우츠키와 플레하노프를 주로 하는 수정주의자들은 엥겔스, 레닌들을 주로 하는 프롤레타리아트의 절대적 빈곤화설과는 반대의 견지에서서 자본주의 하에서는 프롤레타리아트의 상태는 절대적으로는 개선되고 상대적으로만 악화한다는 상대적 빈곤화의 견지에 섰다. 그럼으로 후자는 필연적으로 사회민주주의의 이론적 기초가 된 것이며 이들을 가리켜 '구(舊)'수정주의자라고 말하는 것이다. 그런데 최근에 새로운 수정주의적 견해가 시테룬멜히, 모뷧키-토로콘스키- 등등을 대표로 세상에 나타나기 시작하였다.

그러면 이들 구수정주의자와 신수정주의자와의 사이에는 어떠한 차이가 있느냐? 거기에는 본질적으로 하등의 차이가 없다. 단지 「구」의 제국주의 이전의 수정주의적 견해가 자본주의 발전단계에 응하여 진화되어 그것이 제국주의 시대에 재생산되었을 뿐이다.

'신'수정주의자들은 자기의 눈으로 제국주의 시대에 있어서의 프롤레타리아트의 절대 빈곤화를 목도하는 만큼 이것을 인정하고 있으나 그들은 그 이전의 즉 제국주의 초기 시대 - 19세기 후반에 있어서의 프롤레타리아트의 상태는 개선되고 산업 예비군은 감소하였다는 견해를 지지하고 있다. 물론 '신'수정주의자들은 일반 법칙을 정면으로 부정하거나 카우츠키 등과 같이 수정하려고는 안하지만 이 법칙을 일시 정지 마비시켰다는 특수적 아닌 요인을 특수적인 요인으로 과중 평가하여 결론에 있어서 구수정주의자들과 동일한 결론에 도달한다'.

대단히 불행스러운 일이지만 우리들의 이성용 씨도 이 '신'수정주의의 졸병으로써 멘세비키의 이론을 소박하게 되풀이하고 있다. 더구나 이씨는 누구보다도 시테룬벨히의 견해를 모방하고 있다. 이씨는 그의 논문(3)에 있어서 다음과 같이 쓴다. "우리는 「맑스주의의 기치 하에서」라는 문헌에서 자본주의적 축적의 일반 법칙에 대한 풍부한 재료를 수집하고 카우츠키에 의한 이 법칙의 포기를 정당하게 반박 비판한 논문을 보게 되나니 우리는 이 논문으로부터 다음과 같이 인용할 수 있다. '자본주의적 축적의 일반적 법칙은 계급 관계에 대한 그리고 프롤레타리아 ××에 대한 맑스 학설의 기초이다." (주7) 그리하여 이씨가 주7로 지시한 곳을 찾아보면 독문으로 다음과 같이 씌워있다.

(Unter dem Bannerdes Maxismus, 1930 Nr. 1) 하고. 즉 보는 이와 같이 전지(前誌) 독문판 1930년 제 1호인 것만 명기하고 저자와 혈수(頁數)는 생략되어 있다. 그러나 우리는 그것이 시테룬벨히의 제노작(諸勞作)인 것을 알 수 있다. 시테룬벨히의 제노작은 「사회주의 경제」 노문(露文) 1930년 제 2호와 「맑스주의의 기치하에서」 독문판 1930년 제 1호에 게재되어 있는 것이다.

좌우간 약간의 차이는 있으나 자본주의의 일정단계에 있어서 이 법칙을 수정할 수 있다는 견지에 서는 점에서 시테룬벨히나 또는 트로콘스키 등(이들의 저서는 일역 プロ研 역 자본축적상 공황의 현론〔現論〕의 전반〔前半〕으로 번역 출판되었다)이나 또 이성용 씨나 맨 한가지인 것이다.

문제로 되는 것은 이성용 씨도(주7로써) 인용한 바 맑스가 일반 법칙을 정식화하고 쓴 다음과 같은 말이다.

> "이상의 사실은 자본주의적 축적의 절대적 일반 법칙이 된다. 그리고 이 법칙도 또 한달은 모든 법칙과 같이 여러 가지 사정에 의하여 실현상 변화를 받는다."
>
> (이성용 씨의 역〔譯〕에 의함. 일역으로는 개조사(改造社)판 『자본론』 632혈)

이 '여러 가지 사정에 의하여 변화를 미친다'는 말을 진정하게 맑스주의적으로 이해하는가 못하는가에 의하여 문제는 생기하는 것이다. 이것은 비단 자본주의적 축적의 일반 법칙에만 관련되는 것이 아니라 다른 자본주의 경제의 법칙에 대하여서도 말할 수 있는 것이다. 문제는 그러므로 그러한 법칙에 있어서의 일반과 특수 추상과의 지위의 해명이라는 일반적 방법론적 문제에 환원되고 만다.

그럼으로 일반과 특수와를 기계적으로 분리하여 그것을 형식 논리학적 형이상학적으로 보지 않고 사상을 전면적으로 보는 변증법론자는 일체의 축적 공황 실업 빈곤화를 정당한 방법론적 근거에 입각하여 관찰함으로 비수정주의적 결론에 도달하는 것이다.

그러므로 이성용 씨가 '제 19세기 후반에 있어서' '이러한' '변화를 미치는' '제 사정 중에 가장 중요한 것은 자본주의에 처음으로 개방된 제국(諸國)에의 노동자, 농민, 식민지 쟁탈, 원료시장 개척, 자본주의 後進諸國과의 무역에 의한 과잉이윤 등'(『신흥』 제 5호)을 든다면 그것은 하등 힘있는 논증으로는 안되는 것이다.

식민지를 획득하여 노동자를 이주하고 또 신시장을 개척함으로 인하여 생산 부문의 확대를 초래하고 그것이 산업 예비군을 흡수하며 또 후진국과의 무역에 의하여 과잉 이윤을 득(得)한다는 등등의 결과로 산업 예비군의 감소, 즉 과잉 인구의 상대적 감소와 프롤레타리아트의 생활 상태의 향상이라는 귀결을 얻는 것은 우수운 일이다.

국외 이주를 산업 예비군의 감소의 일 요인으로 세는 것은 '멜더스의 인구론'과 '맑스의 인구론'과의 절충(折衷)이다. 상대적 과잉 인구는 사회적 요인에 의하여 생(生)하는 것임으로 인구가 절대적으로 감소할 때에도 상대적 과잉 인구는 증대하는 것이다.

또 자본 수출에 의한 비자본주의국의 자본주의화 혹은 시장 독점과 식민지 등등에 의하여 선진자본주의국에 있어서의 산업 예비군의 감소를 주장하는 것도 가소로운 일이다. 자본의 수출은 레닌도 말한 바 자본 수출국의 자본주의적 발전을 일시 약하게 하지만 그 발전을 저지하지는 못하는 것이며 따라서 일반 법칙의 제작용을 마비시키는 것은 아니다. 가령 시장의 확대에 의하여 일시적으로 산업 예비군을 감소시키는 일이 있다 하여도 그것은 결코 장기(長期)에 긍하는 것이 아니고 이것에 의하여 그의 장기에 긍한 감소를 말하는 것은 절대로 오류이다.

이 밖에 이성용 씨는 실질 임은(賃銀)과 생활 상태에 관한 논술에서의 설명은 민주주의장 이상의 혼돈을 초래하고 있으나 필요에 응하여 딴 기회로 미루기로 하자.

도대체 이성용 씨가 자기의 멘세비키적 이론을 방어코자 외국의 신수정주의자들의 의견을 빌어온다니 그것은 무의미한 일이며 구할 수 없는 일이다.

그러한 수정주의적 견해는 이론적으로는 맑스주의의 왜곡이고 정치적으로

는 부르주아지의 계급적 필요 의거함이다.(1931. 8. 10)

(『이러타』, 1931년 10월호)

바르뷔스를 추도함

1

이렇게 일주일을 두고 두서없이 시감을 적어가면서 있을 때에 우리는 한 개의 비보를 접하게 되었으니 그것은 인류의 최량의 요우(僚友)요 세계 문학의 거성인 앙리 바르뷔스가 숙병 폐환에 의하여 지난 달 30일 소련 심방 중 모스크바에서 61세를 일기로 불귀의 객이 되었다는 통신이다.

연합통신으로 이 보도를 받는 날, 나의 붓은 마침 국수사상 고취의 조선적 태두의 전집 간행에 대한 사회적 악영향을 적어가던 도중이라, 나는 한참 동안 붓을 멈추고 인생을 안티밀리터니즘과 안티파시즘을 위하여 헌신한 위대한 예술가의 죽음을 이른바 우리의 조선의 '대문호'의 거꾸로 선 그림자와 대비하여 생각해 보지 않을 수 없는 일순의 시간을 가지지 않을 수 없었다.

그리고 한편에 국제주의에 발을 붙이고 전세계의 인류를 위하여 예술적 저작에서 또는 정치적 행동에서 일생을 마친 고귀한 열정이 있을 때에, 한편에는 그릇된 협착(狹窄)한 민족 관념을 가지고 반시대적 반역사적 공작(工作)에서 배회하고 있으면서 오히려 한 편(片)의 반성도 없는 저열한 정신이 있는 것을 생각하고, 이 나라의 미제레(불행 - 인용자)에 대하여 새로운 충격을 불금(不禁)한 바 있었다.

내 물론 바르뷔스를 전문으로 연구한 바 없고 불란서 문학을 아는 것이 일 소학동의 지식에도 병견(竝肩)치 못한 것이므로 이 위대한 사상가 예술가의 거대한 족적을 기록한 길이 바이 없으나 이의 죽음에서 몇 가지 느낌을 가진 바 없지 않으매, 지금 빈약한 추도의 글을 대 앙리 바르뷔스의 영전에 바치고자 하는 바이다.

우리들 연약하고 갸날픈 이 세대의 청년에 있어서는 또는 빈약한 한두 페이지의 지식을 텅빈 두뇌의 한구석에 구겨박고 그날 그날을 노정표(路程標)를 잃은 대해상(大海上)의 소주(小舟)와 같이 이리 흐르고 저리 흐르면서 부절(不絶)한 신념의 동요한 풍람(風嵐) 속에 떨고 있는 소도(小島)의 전율을 곧 내 것으로 알고 있는 이 세대의 빈약한 청년에게 있어서는 한 개의 인텔리겐트가 출발 지점으로부터 그의 생애의 종점에 이르기까지를 한 번의 마음의 풍랑도 겪지 않고 그대로 그의 항해를 병행시켜 나간 노정에 대하여서보다도 부서지고 깨어지고 넘어져서는 다시 일어나면서 부절히 통곡하고는 다시금 그의 진로를 암미(暗迷)중에서 모색하여 새로운 비약을 가지려고 애쓰는 과정으로, 일생의 막을 닫은 오뇌와 약진의 모순을 헤쳐나간 여정에 대하여 보다 큰 흥미와 동정과 충격을 가지게 되는 바 지금 바르뷔스가 ○○에 고고(呱呱)의 성(聲)을 질러서 그의 반역의 길을 떠났을 때부터 모스크바의 새로운 풍경 속에서 강렬한 결핵균에게 그의 전 몸뚱이를 맡김에 이르는 60년 동안을 애상적 서정시인으로 반전 소설가로 그리고 예술보다 정치적 행동을 갈망하는 열병과 같은 정치열에 사로잡혀서 갖은 박해 속에 허덕이며 때로는 예술 그리고 때로는 정치에서 방황하는 도중에서 강렬한 정치적 과오를 범하는 것도 불구하고, 연약한 소도(小島)와 같은 인텔리의 정서를 순화시키는 데 소비한 과정에 우리는 보다 더 큰 충격을 맛보는 것이다. 과오가 또한 죄악까지가 그를 사로잡게 할 만큼 한정을 모르는 강렬한 정치욕 - 인류를 위하여 불타는 거대한 정열 - 이것이 없으면 이 탁류와 폭풍우 속에서 허덕이는 인텔리겐트의 정신 어느 곳에 그가 범하는 역사적 죄악을 메울 길인들 있을 것이냐!

〔『조선중앙일보』, 1935년 9월 8일, 문예시감(8)〕

2

이렇게 해서 우리는 막심 고리끼의 생애를 회상하여 그가 일리치(레닌 - 인용자)에게서 정치적 오류의 지적을 받았을 때에 가졌을 불유쾌와 혐오에도 불구하고, 그리고 정치는 그만두고 예술에나 전심(專心)하라는 말의 뒤에 있는 것이 경멸인 것을 느끼고 분연히 일리치와 항쟁하였음에 불구하고, 고요히 앉아 있는 국외의 서재 속에서 불타는 정치욕을 이길 길이 바이 없어 다시 일리치의 옆으로 정치의 와중에로 뛰어들은 과정을 아름답게 생각하는 것이며, 30 전후의 일 작가가 그의 『전환시대』에서 서술한 바 정치 생활에 있어서 견딜 수 없는, 질식할 듯한 긴장한 공기와 압력을 받을 것 같은 신경을 가지고 참아 나가다가 넘어지는 그 정신을 연약한 지식인의 정열은 둘 없는 존귀한 물건으로 생각하게 되는 것이다.

그러므로 「애곡녀(哀哭女)」의 일 상징시인이 아직도 가라앉지 않은 전승기분에 취하여 있는 속에 「포화」를 가지고 항의하고 ×승(勝)의 대석(臺石)

밑에 ×린 수만 불란서의 민중 속으로 뛰어들어간 기상과 의기를 뒤이어, 그의 최후의 반생으로 하여금 예술보다 정×적(政×的) 실천을 하고 욕망케 한 정열을 무조건적으로 추종하고 싶어지는 지식인의 감정을 탓할 수 없는 것이며, 드디어 지식인이라는 계급적 제약성이 가져왔을 정치적 과오로 인하여 정당에서 처분을 당하고도 아직도 억제하기 힘든 정욕(政慾)에 붙들린 노(老) 바르뷔스의 젊은 감정을 리얼리스트의 정신이라기보다 또한 막연한 세계주의자의 인류애라기보다, 예술가이기 전에 사회적 공인 예술가이면서 단순한 예술가이기를 경멸하는 지식인의 강렬한 정치욕의 창일(漲溢)이라는 의미에서 우리들의 마음을 매혹하는 것이다.

그리고 롤랑의 인도주의적인 막연한 정신적인 인류애에 불만을 가지고 그와 오랫동안 논쟁하는 과정에서 발로된, 그의 사상에서 또한 이 강한 행동적인 정치적 열정을 거부하기 힘들 뿐 아니라, 파쇼의 탁류가 전세계를 석권하여, 양심적인 학자와 예술가의 추방이 시대적 유행의 조류를 형성하는 한편에는 밀리터니즘의 여신이 지구 위의 산과 들과 바다와 창공에서 중세기적 무용(舞踊)을 거듭할 때 안티파시즘과 안티밀리터니즘의 세계적 진영을 결성하기에 61세의 노구는 젊은 말같이 주사(駐使)하는 정열에서 또한 바르뷔스의 강렬한 정치적 관심을 간과할 수는 없는 것이다.

그러므로 클라르테와 몽드를 거쳐서 지금에 이르는 그의 문화적 정치적 운동의 전과정에서 비록 용서할 수 없는 과오를 발견하지 않을 수 없다 할지라도 지금 세대의 가장 빈약한 동방 지역의 일 소작가의 모순투성이의 건조한 마음은 바르뷔스의 생애에서 윤택한 유산을 상속하고자 연약한 두 팔을 멀리 이미 흙으로 변한 그의 몸이 가로누웠을 구로(歐露)의 창공을 향하여 벌리지 않을 수 없는 것이다.

뇌 속의 지식뿐만이 아니라, 또한 걸어 다니는 두 다리뿐만이 아니라 마음까지를 상실한 빈약한 이국의 일 작가가 대 바르뷔스의 영전에 드릴 무슨 선물이 있을 것이냐!

이미 십 수년 전에 이 땅의 새로운 예술이 그대 바르뷔스의 클라르테(광명)를 앙모(仰慕)하였음에 그의 유산 속에 사는 오늘 10년 후의 작가적 병졸들은 또한 그 먼 앞길에 다시 클라르테(광명)를 노정표로 설정하기를 주저치 않을 것이다.

이것이 이 나라 청년의 그대의 죽음에 드리는 유일한 선물이니라!

(을해〔乙亥〕 9월 9일 조〔朝〕)

(이 시감도 바르뷔스의 추도로 곳을 막지 않을 수 없게 되었다. 그러므로 내가 응당이 이야기하려던 많은 제목이 스스로 다음 기회를 엿보지 않을 수 없게 된바, 성(盛히) 논쟁되는 안함광, 한효, 김두용 제씨의 창작방법 논의와 문단 내지는 문학의 위기란 무엇인가 그리고 그의 타개책이라고 하는 가지각색의 처방책이란 어떤 것인가에 대하여 시감을 적지 못하게 됨은 유감천만이다.)

〔『조선중앙일보』, 1935년 9월 10일, 문예시감(9)〕

고리끼를 곡(哭)함

1

세계의 양심적인 인류가 가질 수 있는 최대의 증오의 날, 1936년 6월 18일 오후 3시, 20세기의 최고의 인간, 막심 고리끼는 이 세상에서의 최후의 호흡을 끊고 말았다. 68년전 '쯔아'의 황막한 대륙을 뚫고 용용(溶溶)히 흐르는 볼가 하(河)의 유역에서 황금과 전제의 증오를 일생의 운명으로 한 반역아, 페슈코프가 고고(呱呱)의 소리를 울린 지 반여(半餘) 세기, 최하층의 억압 당하는 백성의 자식으로서 암흑과 굴욕 속에서 '아라사의 의지와 힘'을 단신에 들고 근로하는 억만 대중의 최량의 요우(僚友)의 지조를 관철한 거대한 인간은 우리들 속으로부터 완전히 그의 자취를 감추고 만 것이다. 이 증오할 날, 가장 심한 비애의 한 시각에 의하여 우리들은 다시금 또 한 개의 태양을 상실하고 말았다. 이리하여 야만과 무지에 찬 파시즘의 범람과, 일찍이 인류가 경험할 수 없었던 미증유의 위기의 시간에 문화적 양심은 그 최강의 지주를 잃어버리고 만 것이다. 20일 오후 6시, 고리끼의 유해는 완전히 땅 속에 묻히고 말았다.

일찍이 급성 폐렴으로 인하여 고리끼가 중태에 빠졌다는 설이 항간에 퍼지자 형안을 자랑하는 세계의 저널리즘은 그의 위독에 세인의 안목을 모으는 데서 특수한 이익을 수득하기 위하여 그들의 의도하는 바와는 반대의 효과를 결과하면서 그의 서거의 통신을 접수함에 이르렀다. 그들 부패한 세기의 대변자들은 인류 문화의 공헌을 위하여 70년의 한 생애를 희생한 예술가의 상실에 대하여 슬픈 대신에 혹은 만족을 안았을지도 알 수 없다.

그러나 고리끼의 존재는 자기네에게 불안을 주고 있는 물건이 자신으로부터 완전히 사라져 버렸을 때에 응당히 가졌을, 누를 수 없는 기쁨을 공공연하게 표면에 내세울 수 없고 다시 그의 서거에서 오는 생리적인 만족감을 뒤에 돌리고 그의 불후의 업적에 경탄의 찬사를 봉정하지 않으면 안 될 만큼 위대하고 또한 거대한 것이었다. 우리들의 두 눈이 볼 수 있는 가장 아름답고 휘황한 광채는 고리끼의 숙명적인 '대립자'들의 '도라흠'에 걸린 안대(眼帶) 속을 격동시킴에도 또한 충분한 힘을 가지고 있었던 것이다.

민중의 불행에 대한 타협 없는 그리고 영원히 소멸되지 않는 분격한 감정과 그 불행은 제거할 수 없는 근본적인 물건이 아니라는 명백하고 견고한 신념, 생활과 생유(生有)의 오예는 그들 자신이 역력히 떨쳐 버릴 수 있다는 굽힐 줄 모르는 자부, 이것이 고리끼의 명예를 그를 싫어하는 무리들의 입에까지 들을 수 있게 한 가장 굳은, 가장 큰 근본적인 것이었다.

그는 결코 만인의 환영을 동시에 희망하는 더러운 인도주의자는 아니었다. 우리들이 그의 작품에서나 또는 과학적인 엄밀성을 구유하고 등장하는 그의 평론에서나 한가지로 느끼는 가장 특징적인 것은 실로 그의 '대립자'에 대한 최대한의 모욕과 증오의 감정이었다. 골수에 까지 사무친 한을 그리기에 그의 형용사는 부족을 느끼는 듯이 그의 글에는 항상 이들을 미워하고 이들의 죄악을 저주하는 문구로 음률을 짓고 있었다. 그는 스스로 자기 자신을 파시즘과 그를 탄생케 한 사회에 최대의 증오자임을 자처하며 '증오할 줄을 모르는 자는 진실로 사랑할 줄도 모르는 자'이라고 말하였고, 미워하는 본능과 사랑하는 감정은 사람이 소지할 수 있는 보물 중의 가장 아름다운 것이라고 말하고 있었다.

(『조선중앙일보』, 1936년 6월 22일)

2

물론 고리끼의 문학사상에 있어서 또는 문학정신에 있어서의 업적은 두말할 필요가 없을 만큼 거대하다. 이것은 문학을 사회적 시기에서 찾아 보기를 기피하고 고리끼의 정치적 입장과 대립하는 것에서 가장 큰 만족을 안고 있는 여하한 아류들의 속안도 고리끼의 예술적 업적과 그의 유산에 대하여 과소평가하는 것이 자신에게 불리한 것을 깨닫게 할 만큼 썩을 줄 모르는 위대한 일일 것이다. 그러나 그럼에도 불구하고 한국의 한 빈약한 청년에게 대하여, 그의 존재가 위대한 것은 진보적 문학이 인류가 향유할 수 있는 최고 수준의 문학임을 증거하여 이 땅의 소년의 마음에 자만을 품게 한 최초의 인간인 때문만이 아니다. 그리고 고리끼가 굳은 신념을 가질 수 없는 우유부단한 일개 작가의 마음에 가장 훌륭한 교사인 것은 그가 가장 투철한 작가이고 그가 소셜리스틱 리얼리즘의 유일의 창건자이고 그가 가장 철저한 무신론자인 때문만이 아니다. 진실로 막심 고리끼, 그의 이름이 나에게 있어서 태양적인 것은 그가 증오와 애정에 있어서 가장 철저한 인간이었기 때문이다. 그리고 인간은 세계의 꽃이요, 자기 자신을 경탄시킬 수 있는 모든 근원을 구비한 것에 의하여 다른 동물과 구별할 수 있다는 그의 강렬한 인간적인 긍지 때문이다. 지금 20세기의 광채가 땅 속에 떨어지고 만 날, 전세계의 그의 대립자들이 그의 초상에 대하여 그리는 정중한 경탄에 찬 언어는 드디어 정치적인 상략적 의도를 떠나서 인간이 소지할 수 있는 전 인류적인 긍지로 전환되면서이다. 이렇게 해서 6월 18일에 계속되는 그의 구원한 세월은 태양의 빛에 대한 음모와 새로운 재현의 노력에 의하여 장식될 것이다.

〔『조선중앙일보』, 1936년 6월 24일〕

『비판』과 나의 십년

- 회고의 몇 토막

『비판』이 오월로써 십 년의 탄일(誕日)을 맞는다고 한다. 십 년! 하고 한마디로 불러 버리기에는, 이 시대를 청년기로써 보낸 사람에겐, 너무도 파란과 곡절이 중첩된 의의 있고 감회 깊은 세월이었다. 우리가 앞으로 대하게 될 장래라고, 지난 십 년만 못할 리는 만무하겠지만, 그러나 지난 십 년은 인간생활의 제2계단(第二階段)으로 올라서는 청년이나 장년급에 있어서는, 일찍이 맛볼 수 없었던 중요하고 또한 무어라 형언할 수 없는 일종의 질풍노도의 시대였음을 잊을 수는 없을 것이다.

이리하여 건망증에 사로잡혀 눈앞에 닥쳐오는 모든 사무에 망살(忙殺)되는 머리가 십 년! 하고 한번 지난날을 돌이켜 보게 될 때에, 실로 가슴을 뭉클하게 물러앉게 하는 커다란 충격이 없을 수 없다.

어쨌건 잘 살아왔다. ──만일 지난 십 년을 어떠한 물결에 뜨고 어떠한 조수(潮水)에 밀려서 지내 왔건, 그 곳에 인간적인 성실을 일관적으로 상실치 않았다고 자신하는 청년이 간혹 있다면, 그는 무엇보다도 이 눈뜰 새 없이 돌아가는 세사(歲事)의 차륜(車輪) 속에서 지나간 십 년이 얼마나 자신을 정신적으로 시련(試鍊)하고 얼마나 풍부한 양식을 던져 주었는가를 고요히 생각할 여지(餘地)를 갖고 있지는 아니 할른가? 나는 아직도 자신의 육체와 정신이 퇴폐적인 기운에 침윤되지 않았다고 자신하는 건강한 청년이나 장년들이 과거를 이렇게 값있게 평가하리라는 것을 생각지 않을 수는 없다. 그래서 혹은 라부류이엘이나 뭇세 모양으로 우리의 뒤늦은 탄생을 한탄(恨嘆)하지는 않고, 오히려 값있는 전환기에 초롱 같은 명징(明澄)한 두 눈알을 주고, 동시에 이 거친 세대를 용감히 헤어나갈 만한 사고력과 육체를 부여한 신에게 대하여 감사를 올리지나 않을가 하는 생각을 가져보는 것이다. 단 십 년의 정신적 시련으로써 가히 백년에 해당하는 풍부한 경험을 제 것으로 할 수 있는 청년이 있었다면, 그는 서슴지 않고 이러한 시대에 생겨난 자신을 축복할 것이오, 이러한 시대에 몸을 잠그고 용감히 헤어나가게 하는 역사의 이념과 신의 배려에 대하여 감사의 념(念)을 금할 수 없을 것이다.

우리 청년에게 있어 만약 지난 십 년을 이상과 같이 평가할 수 있다면 우리 청년과 한가지 생애를 살아오고 가지가지의 시련을 치러온 하나의 잡지 『비판』 역시 그의 지나온 십 년을 이러한 뜻 깊은 족적(足蹟)으로써 회고할 수 있을 것이다. 부침(浮沈)도 있었고 성쇠(盛衰)도 있었고, 메타모르포제도 있었고, 그리고 때로는 말할 수 없는 우울(憂鬱)과 찬란한 환희까지도 없지 않았을 것이다. 이 복잡하고 뒤설킨 기쁨과 노여움과 슬픔과 즐거움이 십 년의 역사와 기복(起伏)을 같이하야 금일에 이르렀다면 그가 지금 어떠한 상처를 제 몸뚱이 속에서 완치(完治)치 못하고 있다손 치더라도, 살아와서 살아 있다는 것――그것만으로 넉넉히 축복하고 만세를 고창(高唱)할 일이 아닐런가. 나는 그렇게 확신한다. 십 년을 살아 왔다는 것은 결코 대수롭게 여길 그러한 일이 아니다. 그리고 지금도 그 과거를 토대로 하여 꿋꿋이 살아 있다면 그것 역시 아무렇지 않은 일이라고 집어칠 수 없을 일이 아닌가? 여러 가지 곤란 가운데서 경영을 지속(持續)하였다는 것도 놀라운 일이지만 앞으로도 넉넉히 그의 보무(步武)를 멈춤 없이 행진하리라는 것도 또한 장한 일이 아니랄 수 없다.

*

이런 것을 우선 생각하면서 점차 가라앉은 상념의 줄을 타고 과거를 회상하여 보면 내가 기억에 떠오르는 일만이라도 마치 여름날의 구름 같으다. 그 중에서 『비판』과 나와의 관계를 더듬어 지금 회고의 몇 토막을 공개하려는 것인데, 실상인즉 『비판』과 나는 퍽 밀접한 관련이 있을 듯 하면서도 생각해보면 다른 이들에 비하여 아무 것도 없다는 것이 근경에 가까웁다. 좌익잡지(左翼雜誌)를 표방하고 세상에 나왔던 『비판』이오, 또한 그 당시 경향문학의 신입생으로 붓을 들었던 나인 만큼, 응당, 그 간(間)에는 어떠한 특수한 관계가 있을 것이라 생각하는 것이 리(理)의 당연이겠는데, 실상은 그러치 못하여, 내가 『비판』에 문장을 게재해본 것이 겨우 작년에서 비롯된 일이라면, 그것 하나로서 능히 만사를 짐작할 수 있을 것이다. 나와 거지반 비등한 시일에 문필계에 탄생하고 그 바탕이 한고장이면서 남달리 최근에서, 그것도『비판』이 세상에 나와 구 년만에야 비로소 붓을 들었다는 것은 퍽이나 괴이한 일이 아닐 수 없으며, 나 자신도 이에 대하야 실로 적지 않은 감회를 갖고 있다.

내가 동경서 학업을 중지하고 서울로 나온 것은 소화 6년 봄, 바로 『비판』이 창간되던 무렵이다. 당시 나는 사회운동에 대한 아무런 경험도 없었으므로, 카프가 어떠한 파벌에 속하는 것인지도 똑똑히 몰랐으나, 당시에 내가 카프 동경지부원들은 고경흠(高景欽), 서인식(徐寅植) 등의 제씨(諸氏)의 정치이론을 지지하고 있었으므로, 파벌청산을 구호로 내세우기는 하면서도 의연(依然)히 엠엘계에 심리적으로나 이론적으로 가담해 있던 것이 사실이었다. 카프에서는 그 때 『집단(集團)』이란 대중계몽잡지를 내려고 준비 중이었는데 『비판』이 나왔다. 『비판』은 우익이니까 집필하면 안 된다는 결의가 카프에 있었다. 지금 생각하면 송봉우(宋奉瑀)씨가 북풍(北風)이었으니까 그랬는지, 다른 이유가 있었는지 모르나 편집내용은 『조선지광(朝鮮之光)』이나 카프 계통의 것과 달라서 퍽 개방적이었다. 우리는 이 개방적인 것을 좋게 보지 않고 잡동사니요 추잡하다고 보아버린 것이다. 그러나 카프의 이러한 태도는 비단 『비판』에만 한한 것이 아니었으니 주요한(朱耀翰)씨 주간의 『동광(東光)』에 이기영(李箕永)씨가 원고를 팔았다가 다시 찾아온 일도 있고, 심지어는 최승희씨와 안막씨(당시의 카프 중앙위원이었다)의 결혼까지 반대결정한 일까지 있었으니 가히 당시의 예술단체의 면목(面目)을 알 수 있을 것이다. 그래서 나는 『비판』은 우익잡지요 나쁜 기관이란 생각을 품은 채, 그해 8월부터 영어(囹圄)의 생활을 하게 되었다.

내가 다시 보석으로 출감하였을 때 사정은 퍽 달라졌었다. 우선 카프에서도 창작방법을 고쳤고 또 정치주의를 다소간 청산해나가던 무렵이다. 그 때가 바로 소화 8년인데 백철(白鐵)군도 그 때에 처음으로 인사를 하였고 이갑기(李甲基)군도 상경하여 있었다. 잡지로는, 동일한 경향을 표방하는 자로 『비판』 외에, 조선지광사에서 나오는 『신계단(新階段)』이 있었고, 이종율(李鍾律)씨 등이 주(主)해서 하든 『이러타』, 김약수(金若水)씨와 이갑기(李甲基)군이 함께 하던 『대중(大衆)』, 성대(城大) 졸업생들의 『신흥(新興)』, 그리고는 카프 계통의 각 부문 출판물이 있었다.

나와서 들으니 내가 없는 동안 『비판』에는 이무영(李無影), 서광제(徐光

齊), 이갑기(李甲基)군 등이 모두 관계했었다고 하나 『비판』에 대한 나의 태도는 별반 변하지 않았었다.

그 때 카프 중심으로 출판물을 통일하고 그 출판물을 중심으로 문화 각 부문을 통제하자는 이론이 있었는데, 나는 『신계단』에 두 번에 걸쳐서 「잡지문제에 관한 각서」란 논문을 발표하야 물의를 일으켰다. 그것 때문에 김약수씨와는 처음 인사하고 사귀게 되었는데, 해논문중(該論文中)에서, 『비판』에 대하야 — "『비판』은 비판의 대상이라기 보다는 폭로의 대상이라"— 라고 쓴 것이 있어서, 송(宋)씨나 그 밖에 이갑기군한테도 좋지 않은 감정을 주었던 모양이다 그러니까 그 해 여름에 내가 평양으로 자리를 옮기도록 『비판』 사람과는 인사할 기회조차 없었다.

그 해 가을에는 전기(前記)의 대부분의 잡지가 나오지 못하게 되었는데, 『비판』은 계속되었는지 어쩐지 명료치 않다.

그러하고는 뚝 떨어져서 소화 10년, 그러니까 소화 구 년에 전주사건 등을 치렀고 그것이 송국(送局)이 된 해인데, 카프해산 즉후(卽後) 나는 상경하야 중앙일보에 들어가 있었다. 그해 가을 서광제(徐光霽)군이 중앙일보로 나를 찾아와서 『비판』을 다시 하게 되었으니 원고를 써달라고 한 것을 보면 그 동안 잠시 『비판』도 중지되었었는지 모르겠다. 바쁘기도 하지만 『비판』에 대한 낡은 감정이 가시질 않아 종시 아무 것도 쓰지 못했고, 그 뒤 이병각(李秉珏), 한효(韓曉)군 등이 기자로 있을 때도 아무 것도 쓰지 못했다. 그 때 韓군인가 누군가한테 들으니, 송봉우(宋奉瑀)씨도 나에게 대하여 감정이 있다고 하였으나, 실상인즉 아무 토대나 근거도 없어진 뒤에 사소한 감정, 더구나 터무니없는 파적심리(派的心理)에 기인(基認)했던 감정 같은 것을 지속해 갖고 있다는 것이 무의미하고 싱겁기 짝이 없는 노릇으로 생각되기는 하였었다.

그 뒤 작년 윤규섭(尹圭涉)군이 김명식(金明植)씨와 함께 관계하던 무렵에 비로소 나도 『비판』에 원고를 썼고, 송씨와도 그 때에 인사하였다. 소설도 썼고 비평도 썼고, 잡문도 써서 고료도 좀 받아썼고, 또 작년 연말엔 소고기를 보내주어서 그 놈으로 술도 맛있게 먹었다. 그리고는 지금 이러한 두서없는 회고담을 짓갈겨쓰고 앉았다.

원체 평상적인 우의관계(友誼關係)가 아니었든 만큼 『비판』하고는 이즈음 유별나게 가까워지는 것 같은 심리의 일단(一端)도 경험하고 있다. 남만희(南萬熙)군이나 안동수(安東洙)군 등이 있어서 그런지도 모르겠으나, 어쨌든 나는 『비판』이 지금껏 성성해 있을 것을 축복하여마지 않으며, 더구나 십 년 전의 잡지가 벌써 잠적(潛跡)해 버린 지 오래되어, 모두 임금(林檎) 봉지나 고기싸개로 되어버렸는지 모르는 지금 『비판』만이 건재하여 탄생축하연(誕生祝賀宴)을 벌이고 있는 것이 희한도 하고 반갑기도 한 노릇이다. 회고담 몇 줄을 적어 그의 만수(萬壽)를 축원하는 소이(所以)이다.

(三月二十七日)

(『비판』, 1939년 5월)

적군(赤軍)을 환영함

스탈린 원수(元帥)가 통수하고 보로시로프 원수가 통솔하는 적군의 장병 제군에게 환영의 글을 보내려고 하면서 문득 회상되는 일이 있다.

지금으로부터 약 10년 전 일본 제국주의에 의하여 만주가 약탈되고 그 기세를 타서 동중(東中) 철도의 횡령(橫領)과 연해주의 점령을 획책하면서 일본의 무모한 군벌이 시베리아의 침략을 공공연하게 지껄이고 있을 때, 마침 전연방 공산당 제17회 대회의 보고 연설에서 스탈린 서기장과 보로시로프 육해군 인민위원장은 다음과 같이 말한 적이 있다.

"우리들은 평화에 가담한다. 평화의 사업을 고집한다. 그러나 우리는 위혁(威嚇)을 두려워하지 않는다. 전쟁 선동자의 공격에 대하여는 반격을 가지고 응수할 용의가 있다. 평화를 희망하여 우리들과 실제적인 제휴를 맺는 자는 언제나 우리들의 지지를 받을 것이다. 그러나 우리 나라를 공격하려고 하는 자는 다시 두 번 그 돼지의 주둥아리로 우리 소련의 채마밭을 쑤시지 못하도록 파멸적인 반격을 받을 것이다. 이것이 우리의 대외 정책이다."(스탈린)

"1922년 일본군이 블라디보스토크를 철병한 뒤 블라디미르 일리치는 11월 19일의 모스크바 소비에트의 연설에서 이렇게 말하였다. '블라디보스토크는 멀다. 그러나 이 거리도 또한 우리들의 것이 아니냐.' 이 거리라든가, 우리 전(全)연해주라든가, 우리 북화태(北樺太)라든가, 우리 캄차카라든가, 우리의 극동 영토의 촌척의 땅이라 할지라도 우리들은 어떤 일이 있더라도 이것을 수호하지 않으면 아니된다. 그리고 우리는 무조건하고 그것을 수호하고야 말 것이다. 우리는 단지 극동을 수호할 뿐 아니라 우리들에게 전쟁을 강요하는 때 어떤 전쟁에 있어서든 반드시 승리자로 될 것이다. 이렇게 우리는 만인이 한 사람처럼 확신하고 있다. 동지 제군. 나는 그것을 잘 알고 있다."(보로시로프)

이 연설의 논조로써 우리들은 그대들의 괄목할 성장과 역량을 충분히 짐작할 수 있다. 1918년 반(反)혁명과의 투쟁 속에 탄생하여 국내전과 대 파란(波蘭)의 전화 속에서 규모를 갖추기 비롯한 군대가 근본적인 개조의 대사업을 완료하고 '우리 나라의 폭풍과 같은 성장과 완전히 보조를 같이 할 만큼' 병기의 질과 양에 있어서, 병원(兵員)의 조직적 구성과 군사적 훈련에 있어서, 원칙적으로 전혀 딴판인 강력한 군대가 되었다는 것을 짐작할 수 있었다.

그 뒤 제2차 세계 대전이 폭발하기 전까지 누차에 걸쳐 발표된 5개년 국가 계획의 실시가 적군의 강력적인 개조와 무관계하지 않다는 것을 우리는 잘 이해하고 있었다. 그러므로 저 당돌한 나치스의 군화가 폭풍처럼 몰려들어 모스크바의 문전을 어지럽게 유린할 때에도 역사가 명령하는 히틀러의 운명이 결코 나폴레옹의 그것보다 가볍지 않을 것을 우리는 마음속 깊이 확신할 수 있었던 것이다.

통틀어 우리는 서상(敍上)의 과정에서 그대들의 하나의 움직일 수 없는 성격을 이해할 수가 있는 것이다. 그것은 설사 전세계의 온갖 제국주의가 반소(反蘇) 전선을 이끌어 가지고, 그대들의 건설을 파괴하려 들어도 그대들은 군국주의의 돼지무리가 풍성한 그대들의 채마밭을 엿봄이 얼마나 우둔하고 무모한 것인가를 이해시킬 충분한 능력을 가지고 있다는 그것이다. 이것은 무엇으로부터 기인하는 것일까. 그대들의 강력한 근대적 장비에서, 그대들의 성원이 근로하는 전인민인 데서, 그대들의 정치 교육이 가장 높고 우수한 점에서, 그대들의 지지자가 전세계의 근로하는 인민인 데서, 그리고 끝으로 그대들의 통수자가 졸쟈 지방 일 노동자 출신인 스탈린인 데서, 보로시로프인 데서 유인(由因)하는 것이다.

그러나 우리 나라에 진주한 적군의 장병 제군이여…….

그대들이 가지고 있는 중요한 성격의 한 가닥을 고조하기 위하여 우리가 만약 그대들이 가지고 있는 다른 또 하나의 특유한 성격을 지적하지 못한다면 그것은 우리들이 커다란 잘못을 범한 것이라 아니할 수 없을 것이다.

그것은 무엇인가. 적군이 자국의 방위와 수호라는 중요한 임무와 함께, 세계 해방 운동의 원조자인 것, 세계 혁명 수행의 군사적 중심 세력인 것의 자각으로부터 생기는 모든 임무가 곧 그것이다.

일찍이 그대들의 통수자인 스탈린 원수가 서반아 내란 때 전보로써 서반아 인민에게 다음과 같은 메시지를 보낸 것을 우리는 기억하고 있다.

"소비에트 연방의 근로자들은 서반아의 혁명 대중에게 원조를 보내는 것에 의하여 겨우 자기의 책임을 다함에 지나지 않는다고 생각하고 있다.", "우리들은 파쇼의 압박으로부터 서반아를 구하는 것이 서반아 일개의 사업이 아니고 전세계의 진보적 선두 민중의 공동 사업인 것을 믿고 있다."

지난 8월 9일의 대일(對日) 선전 통고와 그대들의 조수(潮水)와 같은 조선에의 진격은 이 점으로부터서만 진정으로 이해할 수 있는 것이다. 우리는 이미 그대들의 사령관이 포고한 것을 읽고 있다. 지스크야코프 대장은 그 포고 중에서 다음과 같이 말하였다.

> "조선 민중은 여러 해 동안 일본 제국주의의 질곡 밑에 있었습니다. 대원수 스탈린 동무가 지도하는 소련군은 조선을 해방하였습니다." "금후로부터는 정권은 자유스러운 조선 민족에 있습니다. 동시에 일본의 주권은 말살되었습니다."

일본 제국주의의 36년간의 무거운 철쇄를 끊고 조선 민족의 완전한 해방을 이루어 주기 위하여 두만강을 건너온 전차를 탄 시대의 신이여! 압록강을 줄달음쳐서 들어온, 털끝만치도 민족적 편견이 없는, 압박 받는 모든 인민의 우인(友人)이여! 우리는 진심으로부터 그대들을 환영한다. 그대들의 손을 잡는다. 그리고 전세계의 평화를 사랑하는 다대수(多大數)의 인류가 지향하는 백성의 나라가, 인민의 정부가 이 곳에 건립되기 위하여 우리들이 그대들에게 희망하는 일체의 원조를 거리낌없이 요청한다.

우리는 진주하여 온 그대들의 병사가 북부 조선과 남부 조선에서 하고 있는 일을 소상히는 모르고 있다. 그러나 그대들을 해치려는 중상(中傷)까지가 그대들의 병사의 동심적이고 유쾌하고 명랑하고 대담스러운 풍모를 아름답게 그려내는 채필(彩筆)이 되는 것을 우리는 잘 알고 있다. 그대들의 생각하는 것이 우리 인민의 총의(總意)에 의한 어떤 제국주의적 국제 간섭으로부터도 완전히 해방된 정권과 정부의 수립에 있다는 것을 잘 알고 있다.

그러면 우리 나라를 해방하러 온 적군의 장병 제군이여! 진정한 영접과 환영의 마음을 가지고 높이 부리는 우리들의 환호 소리에 맞추어 포도주의 술잔을 기꺼이 들자.

조선 민족의 완전한 해방 만세!

조선 민족의 해방을 위하여 싸우는 적군 만세!
국제 평화와 연합군의 승리 만세!
조선 백성의 총의에 의한 인민 정부 수립 만세!
조선 문화의 완전한 해방과 새로운 건설 만세!
적군의 통수자 스탈린 대원수 만세!
(1945. 8. 31)

(『신문예』 창간호, 1945년 12월)

백남운 씨 『조선 민족의 진로』 비판

1. 혁명 단계 특수론의 기만성

백남운 씨는 『진로』 중 「조선 경제 현단계의 재론」이라는 제 2항목 가운데서 예의 '부르주아 혁명 단계론 비판'을 되풀이하고 장황한 인례(引例)와 뒤엉킨 용어례(用語例)의 남용에 의하여 조선 혁명의 현단계를 구명하고 있는데 교수의 논지를 추려 보면 다음과 같은 것으로 된다. "국내 노선을 규정하는 정치 척도는 조선 사회 경제의 발전적 현단계 그것이고 국제 노선이라는 것은 세계사적 견지에서 지침은 될지언정 척도는 아니다"라 하여 첫째로 그것은 불란서혁명의 산물인 자유민주주의일 수는 없다.

둘째로 그것은 이십 세기 초두 독일류의 사회민주주의일 수는 없다.

셋째로 공산계 일부 논자들처럼 부르주아 민주주의일 수는 없다.

넷째로 그것은 프롤레타리아 민주주의일 수는 없다.

그리하여 그것은 다섯째로 당연히 백 교수 창제(創製)인 '좌우익의 정치 협의위원회'로 구체화되는 연합성 신민주주의라야 된다고 하는 것이다.

그러나 제 이항의 마지막에서는 민주주의의 유형을 다시금 분류하여 서상(敍上) 첫째인 자유민주주의가 제일 유형이요 둘째인 사회민주주의는 제이 유형이오 셋째는 빠져 없어지고 넷째인 프로 민주주의가 제삼 유형이라 하였고 조선의 현실로는 어느 것이나 부적당하여 결국 연합성 신민주주의로 되어야 한다고 규정하였다. 뿐만 아니라 모택동 씨의 '신민주주의론'과 '연합정부론'의 기계적인 명칭만의 밀수입이라고 비판받을 것을 미리 방지하기 위하여 "조선 정치의 목표는 당시의 중국과도 달라서" 역시 그것과는 구별되는 백남운 식 민주주의라야 한다는 주밀성(周密性)도 노상 잊어버리지는 않는 것이다. 서상 백 교수의 혁명적 단계의 다섯 개의 나열과 세 개의 유형은 백 교수가 가장 득의로 하는 사회경제사적 검토에 견뎌낼 만한 학문적 자신이 있는 것일까. 나는 백 교수의 과거의 학문적 업적을 위하여 이러한 피상적 유별(類別) 개념과 혼도(混倒)한 용어례와, 본질적인 것과 현상적인 것의 혼돈, 원칙적인 것과 특수적인 것의 뒤범벅을 슬퍼하는 자이다.

첫째로 그것은 역사적 단계로서의 혁명의 기본 성격과 정치 유형으로서의 또는 혁명의 구체적인 과제로서의 특수성을 한자리에 병렬(竝列)시켰거나, 그렇지 않으면 원칙적인 것과 특수적인 것을 기계적으로 분리하는 데서 생겨나는 끊임없는 혼란을 방지할 길이 없었다.

둘째로 조선 사회 경제의 분석의 과정에서 유산자니 무산자니 지주니 자산층이니 무산층이나 하는 등 용어를 애용하여 정확하고 엄밀한 의미에서의 사회과학적 용어례를 피하였을 뿐 아니라 대체로 지주나 자산가의 편에서 그들의 혁명성을 입증하기에 편리한 대로 서상 용어례를 자의적으로 구사하고 있는 것을 지적할 수 있다.

세밀히 읽어 본 독자라면 이것이 결코 무사려(無思慮)하게 쓰인 것이 아니라 좌우합작 연합성(聯合性)을 이루는 데 우익의 진보성을 입증하기 위한 일정한 정치적 기도(企圖) 밑에 교묘히 쓰여진 것 다시 말하면 장소에 따라 편리한 대로 갈라서 사용된 것임을 알았을 것이다.

교수가 애독한 듯한 모택동 씨의 『신민주주의론』 제삼 절 「중국의 역사적 특점(特點)」과 제사 절 「중국 혁명은 세계 혁명의 부분이다」라는 구절에서 우리는 혁명의 ○○의 계단과 어떤 특수한 나라에 있어서의 혁명과 그 세계 혁명과의 관련성에 대하여 간명하게 논술된 것을 읽을 수가 있다. 뿐만 아니라 일찍이 '레닌'에 있어서 벌써 일반적인 유형의 부르주아 민주주의 혁명과 특수적인 형태의 그것과의 구별에 대해서 상세히 분석이 되어 있는 것을 알고 있다.

그러므로 일반적으로는 또는 원칙적으로는 지금의 우리가 고려하여야 할 혁명은 두 계단밖에 없는 것이다. 그것은 무엇인가. 모택동씨의 용어례에 의하면 민주주의와 사회주의요 신식의 자산계급 민주주의 혁명과 소련식의 무산계급 사회주의 혁명이 즉 그것이오 종래 우리들이 써 오던 사회과학적 용어례에 의하면 전자는 일반적으로 부르주아 민주주의 혁명이오 후자는 프롤레타리아 혁명인 것이다. 이여(爾餘)의 백 교수의 다섯 개의 나열이나 세 개의 유형이나는 일반적인 것과 특수적인 것의 무원칙한 혼란에서 생겨난 기만성(欺瞞性)의 소산이다. (5월 10일]

2

특히 백 교수의 지칭(指稱)하는 바 소위 공산계 일부 논자(論者)가 부르주아 민주주의 혁명 단계라 한 것은 원칙적이오 일반적인 것을 발하는 용어례로서 사용된 것이오 특수적으로는 혁명의 구체적 내용과 과제와, 더 나아가서는 정치 형태에 따라서 규정되는 것이니 진보적 민주주의니 인민적 민주주의니 인민정권이니 모택동 씨의 신민주주의니 하는 것이 바로 그것인 것이다. 그러므로 백 교수가 아무리 조선 사회 경제의 특수적 성격을 분석 구명하여도 이 혁명의 일반적 규정을 움직일 수 있는 것은 아니다. 더구나 사회민주주의와의 ○○협조론은 영국의 노동당 일본의 사회당(전날 등)의 이론 등 자본주의 국가의 세계적 현상인데 이것을 가리켜 본적인 혁명과 동렬에 병립시킨다는 것은 기만성의 소치가 아니라면 백 교수의 학문적 지위를 위하여 슬픈 일이다.

그러나 문제 제기의 중심은 그러한 곳에 머물러 있을 수는 없는 것이니 요는 부루주아 민주주의 혁명으로부터 프롤레타리아 혁명에의 전화(轉化)의 가능성을 만드는 역사적 조건이 무엇이며 또 어떠한 도정을 거쳐서 그것이 이루어질 수 있는가 하는 데 있지 않으면 안 된다. 왜 그런가 하면 백 교수의 특수성의 문제는 결국 이것의 ○○에서만 해결될 수 있는 것이오 불연(不然)이면 민족의 수와 국가의 수만큼 무슨 식 민주주의 혁명이 나올 수 있을 것이기 때문이다. 민족적 특수성격을 세계사적 임무와 분리하여 비본질적인 지엽에 속하는 차이마다 하나씩 혁명 계단을 설정한다면 비단 다섯 개뿐이오 하필 세 개의 유형뿐이랴.

그러므로 우리는 백 교수가 그렇게 기피하고 싶어하는 '국제노선' 위에서 조선 혁명의 전화의 조건과 도정을 살피지 않으면 아니 되는 것이다.

1928년의 국제당(國際黨) 제6회 프로그램은 프롤레타리아 혁명에의 추진의 조건과 도정에 기(基)하여 다음과 같은 네 개의 주요 집단으로 분류한 것을 발표한 적이 있었다.

첫째는 고도로 발달한 자본주의 제국(미, 독, 영 등)

둘째는 자본주의가 중위(中位)의 발전 단계에 있는 제국(서반아, 葡, 波,

洪, 발칸제국 등등)

셋째로 식민지 반식민지 제국(중국, 인도 등)과 및 종속제국(아르헨티아, 브라질 등)

넷째로 일층 뒤떨어진 제국(예컨대 아프리카의 어떤 지방)

이상 네 집단 중 조선이 어느 것에 해당한다고 지적된 것은 없으나 제4집단이 임금노동자가 태무(殆無) 혹은 전무(全無)하여 주민은 혈족적(血族的) 분위기 속에서 생활하고 국내적 자본계급은 없고 외국적 제국주의는 무력적 약탈자로 행동하고 있는 때문에 프롤레타리아 독재 제국이 유력한 원조를 주면 민족적 반란과 승리는 자본주의의 계단을 그대로 뛰어넘어 사회주의에의 길을 열 수 있으리라고 규정한 데 비추어 우리 조선은 이것에는 들어맞지가 않고 제3집단에 드는 것이라고 볼 수 있으며, 제2집단의 경우도 해방 후의 사정으로는 약간 돌볼 필요가 있을까 한다. 그러나 어느 편으로 보나 제3집단에 속한다고 볼 수 있으므로 그 부분만을 여기 옮겨 보기로 한다.

이러한 제국은 산업 발전의 일정한 경향을 가지고 있는데, 왕왕 굉장하게 발전한 산업을 가지고 있는 경우조차 없지 않으나 그러나 대부분은 사회주의의 독립적 건설에는 불충분한 것이다. 차등(此等) 제국은 유력한 중세기적 봉건적 제관계를 가지고 있거나 혹은 경제에 있어서나 정치적 상부구조에 있어서나 '아세아적 생산방법'을 가지고 있다. 그리고 끝으로 이러한 제국에 있어서는 결정적인 공업상 산업상 및 금융상의 제기업과 가장 중요한 운수기관(運輸機關) 대사유지 경작지 등은 외국의 제국주의적 집단의 손에 집중되어 있다. 이러한 경우, 프롤레타리아 주체의 독재에의 추구는 민족적으로 기다(幾多)의 준비 과정을 거치시아 비로소 가능하다.

즉 부르주아 민주주의 혁명이 사회주의 혁명으로 전화하는 전시대(全時代)의 성과로서만 비로소 가능한 것이다. 사회주의 건설의 성공은 이러한 제국에서는 프롤레타리아 독재 제국의 직접적 지지 없이는 불가능한 것이다 (프로프, 『민주주의 혁명의 역사적 조건』에서 轉載)

이상 네 개의 집단에 대한 규정을 보면 이차대전 후 구라파 제국이나 혹은 중국에서 또는 조선의 국내에서 북조선에서 남조선에서 구체적으로 어떤 있는가 하는 것을 살피는 것은 절대로 필요한 일이라고 나는 생각하는 것이다. (5월 11일]

3. 기계주의적인 연합성(聯合性)론

1945년 5월 8일 이후의 구라파의 사정은 어떠한가. 8월 15일 이후의 중국과 조선을 포함한 극동의 사정은 어떠한가. 그가 가지고 있는 사회적 경제적인 상태와 전쟁 중 민주주의의 새로운 발전을 위하여 싸운 실적에 따라 나라마다 현실적인 불균형은 있다 할지라도 부르주아 민주주의 혁명으로부터의 전이에 있어 그 조건과 과정을 살필 때 ○○○○○ 으로 전기(前記) 국제당(國際黨) 프로그램의 규정한 바와 틀림없이 각각 혁명적 전진을 하고 있다는 것을 볼 수가 있는 것이다.

특히 제2집단으로 규정된 "농업경제에 반봉건적(半封建的) 제관계의 우심한 잔재를 가지고 있으며 사회주의 건설을 위하여 필요한 최소한도의 물질적 전제를 가지로 있으며 부르주아 민주주의적 혁명을 아직 종결짓지 못한" "자본주의가 중위의 발전 계단에 있는" 제국 파(波), 홍(洪), 발(勃), 나(羅), 유고, 체코 등의 민주주의화 과정을 볼 때에 빈약한 자료와 보도(報道)로나마 우리는 그들이 일로(一路) 토지문제의 평민적 해결과 중요 산업기관의 국유화를 거쳐 부르주아 민주주의 혁명 완수의 역사적인 과제를 힘차게 다하고 있는 것을 알 수 있으며 중국이나 조선의 현실에 있어서도 제3집단의 규정으로 된 "기다(幾多)의 준비 과정을 거치며 있어" 역시 세계 혁명의 일환으로서 그가 가지고 있는 혁명적 임무를 전략적으로 또는 전술적으로 실천 과정에 옮겨 놓고 있다는 것을 볼 수가 있다. 그러므로 말썽거리가 되는 막부삼상회담까지를 포함한 백 교수의 소위 '국제노선'은 조선 사회경제 특수성에도 불구하고 하나의 단순한 지침인 것이 아니라 실천 과정에 들어간 구체적인 과업인 것이다.

뿐만 아니라 이 과업을 주동적(主動的)으로 실천하고 있으며 또 실천하여야 할 혁명적 과업으로 싸우고 있는 각국의 민주주의 전선(戰線)은 파국(波國)의 '민족해방위원회'나 루마니아의 '민족민주전선'이나 홍아리(洪牙利)의 '독립민족전선'이나 혹은 조선의 '민주주의의민족전선'이나 한가지로 민족 성원(成員)의 절대다수인 인민의 이익을 기초로 하는 부르주아 민주주의 혁명과 프롤레타리아 민주주의 혁명의 두 계단 사이에서 '조건과 도정'에조차 추이되는 특별 유형인 민주주의, 다시 말하면 인민적인 민주주의의 과정을 실천하고 있다는 것을 알 수가 있다. 이것은 각국마다 반주주의적인 친파쇼적인 반동 진영이 있는 것과 마찬가지로 하나의 세계사적인 현상인 것이다.

그럼에도 불구하고 이러한 인민적 민주주의와 구별되는 백 교수의 연합성 신민주주의란 무엇이며 또 무엇을 기초로 하는 것이냐. 단적으로 나는 이를 지적하되 소위 '우익'을 구성한 친일재벌 대지주와 및 그들의 정치적 대변자에 대한 절충주의적 기계주의적 연합과 지나친 연합성의 기계주의적 인정(認定)에서 유래된 것이라 明言(명언)한다.

백 교수가 밀수입한 모택동 씨의 '신민주주의'과 '연합정부론'을 백 교수의 제안과 대비해 보면 이것은 명료해진다. 모택동 씨가 국민정부를 향하여 연합정부론을 제창한 것은 어떠한 구체적인 정세 가운데서인가. 조선의 주체적 조건을 검토하기 위하여 나는 다음의 두 점을 들어 둘 필요가 있다고 믿는다.

하나는 1927년 국공(國共) 분열이래 장개석의 정당은 실권을 잡고 있을 뿐 아니라 이차 대전 중에도 장은 오대 강국 수반 중 일인이오 그의 국민정부는 국제적 승인과 그보다도 연합오대국의 하나로 되어 있는 엄연한 사실이다. 그런데 조선의 '우익'은 어떠한가. 이곳에는 조각조각 부서진 '대한임정(大韓臨政)'의 소지천만(笑止千萬)의 '법통(法統)' 간판과 그를 지지하는 친일재벌과 악덕 지주와 친파쇼 정객과 반인민적인 모리배의 오합(烏合)이 있다.

둘째로 모씨의 연합정부론은 그러한 주객관적 정세 하에서도 누차의 국공회담에서 보는 바 도저히 양보할 수 없는 부동(不動)의 원칙을 가지고 제창되고 있는 것이다. "우리 공산당원이 전부르주아 혁명 계단에 있어서 주장하는 일반 강령이오 또 기본강령이다"라고 말하고 그런 의미에서 중국공산당의 최저(最低) 강령이오 정부에 참가하는 것은 의자를 탐내서가 아니라 최저강령을 실시함에 있다고 말한 기본 요구 중에서 두 가지를 보면 기일은 '토지문제에 대한 손 선생의 경자유기전(耕者有其田)'이오 기이는 중요 대기업의 국가경영관리 문제이다. 그러면 백 교수는 좌우연합의 민주경제적 원칙은 무엇이며 구체적인 남북조선의 정세와 '○○' '민전(民戰)' '좌' '우'는 어떠한 상태에 있는가. (5월 12일]

4. 합작(合作) 원칙은 토지개혁

백 교수는 「민주 경제의 역사적 필연성」이라는 항목 가운데서 정당하게도 다음과 같이 말한다. 조선 민족의 장래(將來)할 운명을 생각하고 열의적(熱意的)으로 민중의 현실상을 평가컨대 사회적 문제인 빈부의 대립관계를 근본적으로 ○○○○ 것이 '민주 경제'의 ○○인 것이며 그 '민주 경제' ○○(두 줄 판독 불가-편자). 이렇게도 말한다. 저마다 민주주의를 표방하는 "좌우 당이 대립되어 있는 이상에 어느 당이고 '민주 경제'를 실현할 역량을 가진 정당만이 민주 정당인 것이다."

그러므로 요는 교수의 '민주 경제'가 구체적으로 무엇인가 하는 것을 살피는 데 달려 있다. 교수는 「연합 민주 정권의 역사성」이라는 항목 중에서 "조선의 민주 경제 수립은 토지 재분배로 시작되는 것이며 토지 재분배의 정치적 기술은 좌우 정당의 정치적 성격의 시금석이다. 실질적인 민주 경제의 기본 공작은 토지 급 삼림의 원칙적 무상 국유인 것이다. 우익의 유상 국유(시가 팔백 억원 이상)는 토지의 산업 자본을 국가 대리로 조달하는 결과를 초래하는 것이므로 실질적인 민주 경제의 공작과는 전연 배치되는 것이다" 라고 말하여 '민주 경제'의 일단(一端)을 설명하고 있는데 이 인용문 중에서 특히 나는 '토지와 삼림의 원칙적 무상 국유'라는 구절을 주목한다. 왜 그런가 하면 전자는 퍽 모호한 표현이요 후자는 그것과는 달리 원칙적인 구체적인 표현이라고 볼 수 있는데 다시 교수는 다른 구절 가운데서 이렇게 설명하고 있기 때문이다.

> "공업 생산 부면의 일제(日帝)식 구성은 주체적으로 변화시킬 것이며 민주 경제의 일반 정책이 수립됨에 따라 공업 생산 체제도 민주적으로 조직될 것이지마는 반봉건성 토지 문제를 민주적으로 재편성하는 것이 건국 민주 경제의 기본 공작인 것이며 운운."

여기에 쓰여 있는 바는 막연하고 모호하여 어떻게라도 해석할 수 있는 '민주적 재구성'이라는 표현이다. '공업 생산 체제의 민주적 편성'이요 '토지문제의 민주적 재편성'인 것이다. 백 교수의 '진로' 중 민주 경제를 해설하고 분석 구명하는 부분은 지면의 상당 부분을 차지하고 있으나 그 구체적이요 기본적인 과제를 단적으로 명백하게 규정한 구절은 상기 인용한 것 이상의 것은 아무 데서도 찾아볼 수 없다.

이 점은 내가 퍽 불만스럽게 여기는 것의 하나다. 상기의 여하한 규정과 표현보다도 가장 명백하고 구체적인 규정을 우리는 다음의 구절에서 발견할 수 있을 뿐이다. '연합성 신민주주의'라는 항목 가운데서 "토지문제는 민주 경제의 기본 조건이 민주 정권이 수립되는 동시에 해결해야 할 것이고 후일로 지연할 것이 못 된다는 토지정책안은 이미 발표한 바 있었다"라고 기록하고 있는 것이다. 이미 발표했다는 토지정책안은 무엇이며 어떤 것인가. 그것은 벌써 북조선에서 실시해 버린 토지개혁안이요 백 교수가 중앙위원의 한 분으로 있는 신민당의 토지정책안을 말하는 것이다.

여기에 나는 두 가지 점을 들어 독자의 주의를 환기할 필요를 느낀다. 하나는 민주 경제의 그다지 필요치 않은 해설을 장황하게 되풀이한 교수가 그 가장 구체적인 규정이 있어야 할 토지 정책에 대한 제시를 어째서 지나쳤느냐 하는 점이요 또 하나는 교수가 좌익에 석연하지 못한 한 줄기 그 무엇이 횡재(橫在)한 것 같으므로 자유스러운 처지에서 그 매개적 역할을 하리라는 생각 밑에 ○○된다는 것이 『진로』임에 불구하고 가장 중요한 토지문제 해결의 구체적 제시의 대목에 이르러서 자유스러운 (학술적) 입장에서 신민당원의 처지로 또는 그 대변자로 나아가는가 하는 점이다.

물론 새삼스럽게 지적할 필요도 없이 좌우연합성론적 ○○을 ○○○ ○○ ○○. 불연(不然)이면 이중성격의 기회주의적인 처세인 것이다.

그러면 다시 묻노니 교수의 '토지의 재분배'와 '토지와 삼림의 원칙적 무상 소유'와 '공업 생산 체제와 토지 문제의 민주적 재편성'이라는 등의 애매한 규정과 표현은 신민당이 발표했고 이미 북조선에서 신민당까지가 주체의 하나가 되어 실시해버린 토지개혁 정책을 말하는 것이라고 단정해도 좋은 것인가. 자유인 백 교수와 정당인 백 교수는 완전히 한 사람이오 신민당 역시 백남운 교수의 『진로』에 대해선 책임을 지는 것이라고 보아 정당한 것인가?

아닌가? (5월 13일]

5. '덮어놓고 뭉치자!'의 이론적 의상(衣裳)

그것은 여하한 것인지 백 교수의 교묘한 우회의 절(折)을 다한 『진로』의 삼림 중에서 한 가지 중요한 문제가 명백히 되었다는 것은 커다란 득이다. 그것은 무엇일까. 백 교수의 글에서 요지를 보면 이러하다.

1. 좌고 우고 젖혀 두고 민주주의를 ○○○○ 나서지만 민주 경제를 실현할 역량이 있는 정당만이 민주적 정당이다.
2. 민주 경제의 기본 문제는 토지개혁에 있다.
3. 토지개혁의 정책은 북조선에 실시한 토지개혁령이다.

이상 세 가지 규정으로써 어떠한 결론이 나올 수 있는가. 백 교수의 '연합성적 민주주의'가 어떤 것이었든 간에 또는 그 ○○적 표현으로 제의한 '좌우익○○○협의위원회'가 여하한 것이었든 간에 그것이 조선에 있어서 좌우의 합작이오 연합일진대 거기에는 하나의 원칙이 있다. 말할 것도 없이 그 원칙은 북조선에서 실시한 것과 같은 토지개혁을 실행할 역량이 있으며 또 충분히 실행할 만한 성○을 가지고 있느냐 하는 점이 즉 그것일 것이다.

백 교수는 이것을 민주 정당이 되고 안 되는 시금석이라고 말하였을 뿐 좌우 연합의 원칙이라고 명백히 단적으로 규정하지는 않았다. 그러나 민주주의 건설에 있어서 반민주 정당이나 친파쇼 정당이나와 합작해야 된다는 이론의 복선이라고 단정○○○○ 없으므로 중요 기업의 국유화와 토지개혁이 좌우 연합의 최저 요구라는 점에서 백 교수의 의견과 우리는 완전히 일치되는 셈이다(물론 일치하지 않는다 해도 문제될 것은 없다.)

그러면 토지개혁과 중요 기업의 국유화라는 원칙은 '국제노선'을 거부하는 이유가 될 수 있으며 또 '국제노선'과는 차이나는 조선 사회 경제적 특수 성격을 형성하는 구체적 근거가 될 수 있는 것일까. 다시 한 걸음 나아가 인민적 민주주의와 구별되는 백 교수의 연합성적 신민주주의를 제창할 근거가 될 수 있는 것일까. 될 수 있다고 생각하는 것은 수정론자나 ○○○ 대신 ○○○의 소유자 중 어느 편일 것이다.

그렇다면 8월 15일 이후의 북조선과 남조선과 좌와 우는 구체적으로 어떠한가.

북조선에 있어서는 백 교수도 결코 무관계하다고 말할 수 없는 상태에 있어서 토지개혁이 근본적으로 실시되었다. 이것은 이미 시금석이 아니라 민주적 정당이 되는 기본 성격을 ○○○○○ 증거인 것이다. 남조선에서는 어떠한가. '민주주의민족전선'에 가입한 정당과 사회단체가 모두 토지개혁이 북조선과 같이 남조선에서도 실시되어야 함을 강력히 주장하고 있을 뿐만 아니라 이의 구성 정당 중 인민당을 제한 이대 정당이 직접 북조선에서 이를 실천하여 그의 ○○가 선전만에 그치는 것이 아님을 실천으로 증명하였다. 이곳에 있어도 이미 문제는 시금석의 정도가 아니다. 그러므로 백 교수의 이른바 시금석은 소위 우익에 대한 것일 뿐 좌익에는 문제로도 안 되는 상태에 있다.

그러면 합작과 연합의 가능성이 있어 충분히 ○○적인 혁명 세력일 수 있다는 우익은 어떠한가. 우익 대표 정당의 하나인 한국민주당의 대변인은 북조선의 토지개혁을 가리켜 ○○化라고 ○○하여 도하 각 신문에 담화를 발표하였다. 우익 제 정당의 ○○자 이승만 박사는 이월 중순 중앙방송국의 마이크를 통하여 '북선 동포에게'라는 연제 하에 북조선의 토지개혁을 공산화라 ○○하고 일제가 실시하려다가 실패한 자작농○안이 북한의 형편에 맞는 것이라고 선언하였다.

백 교수에게 나는 묻는다. 아니 백 교수를 이론적 대표로 하는 불평 정객,

방랑 정객, 정치 ○○(두 줄 판독 불가--편자)들에게 나는 묻는다. 이 이상의 시금석이 필요하냐고.

모든 문제가 명백히 되었다. 기계주의와 절충주의와 기회주의와 ○○○과 무원칙한 좌우합작론이 남을 뿐이다. 원칙 없는 반민주주의론자 친파쇼분자와의 합작과 ○○-즉 이박사가 친일파와 모리배를 통하여 외친 구호 "덮어놓고 뭉치자!"와 어떤 차이와 있는 것이냐. 하나는 비속한 군중을 향하던 선동적인 ○○적 구호고 하나는 그 위에 칠한 ○○○○○이요 그것을 가린 이론적 의상인 것이 다를 뿐이다.

이제 나는 다시 다음과 같이 질문할 필요가 있다. ○○(6줄 판독 불가--편자). 민주주의민족전선을 위한 것이냐 반민주세력을 위한 것이냐. (5월 14일]

(『조선인민보』, 1946년 5월 10~11일)

기만(欺瞞)·기변(機變)·원칙(原則)

-문화인의 국외(局外)정평(政評) 1

정계(政界)를 갈라서 우익 중간 좌익의 3파로 갈라보는 관습은 내외(內外) 저널리즘의 상투(常套)로 되어 있는 듯싶다. 이러한 분류는 물론 규정적이오 어떤 원칙적인 근거 위에 선 것은 아닐 것이다. 왜냐하면 중간이란 실태(實態)에 즉하여 엄밀히 규정할 때 중간적 색조를 가장한 우익에 불과한 것이기 때문이다. 그 구호가 정당적(政黨的)이든 우익적이든 혹은 좌우합작적이든 이들은 실질에 있어서 우익을 위하여 복무하고 있는 것이다. 그러므로 선의든 악의든간에 이러한 분류관은 일종의 편의적인 것에 지나지 않는다.

우선 편의적인 이러한 분류 위에 서서 정계의 실태를 살펴보면 이러한 분류관 자체가 우익을 위한 것임이 명백해질 것이다. 말할 것도 없이 우익은 신민당(新民黨), 한독당(韓獨黨), 독촉(獨促), 민통(民統) 등등으로 대표되는 반동파를 이름이다. 이 우익은 한마디로 말하여 기만 노선 위에 서 있다.

인민을 기만하는 것이 이들의 노선이다. "덮어놓고 뭉치자!"고 할 때에 언뜻 사람들은 그 민족적이오 삼천만적인 구호에 기만된다. 그러나 이 구호는 기실 친일파를 위한 구원 구호에 불과한 것이 이제 명백히 되었다. 민주세력과 근로인민은 제외되고 투옥되고 친일파와 군수(軍需) 재벌과 모리배가 그 위에 올라타서 정권을 전횡(專橫)하기 위한 구호인 것이 누구에 눈에도 명백히 된 것이다. "반탁으로 즉시 독립!"이니 "외교 성공"이니 하는 애족적이오 애국적인 가장(假裝) 밑에 감행된 것은 삼상결정 파기요 반동파 친일도당에 의한 남조선 단독정부 수립이요 남북 영구 분열이요 세계평화 교란이요 유혈 내란 도발을 위한 끊임없는 망국적 음모와 그것의 실현을 위한 책동이었다. 동족착취와 동족상잔의 강행, 음모 모략 테러 폭압 해고 학살이 이 기만 노선의 보자기 속에서 거리낌도 부끄러움도 없이 잔인하게 집요하게 자행되었다. 이승만 김구 양씨의 공동성명에 표시된 소위 위 2개 보류조항이란 것도 실은 공위재개(共委再開)로 하여 급변하는 정세 하에서 계속된 기만 노선의 연장에 불외(不外)한 것이다. 누구를 위하여 누구를 기만하는 것일까. 친일도당과 소수 특권층과 국제금융 독점자본을 위하여 다대수 근로동포를 기만하는 것이다.

우익을 기만 노선이라고 볼 때 민주주의민족전선을 좌익으로 보아 이들이 원칙 노선 위에 서 있는 것을 이 역시 금일에 와서는 누구의 눈에도 명백한 것으로 되었다. 삼상결정 절대 지지와 민전 5원칙과 민전 ○○ 강령 등등은 좌익이 죽음을 걸고 싸워나왔고 또 싸우고 있는 부동의 원칙이라 한번 결정한 원칙은 그것이 원칙이기 때문에 헛되이 양보할 수는 없는 것이다. 누구를 위한 원칙이냐. 인민을 위한 자주독립을 위한 원칙인 것이다. 이 원칙을 관철하기 위하여 얼마나 많은 모략과 폭압과 해고와 기아와 싸웠는가. 얼마나 많은 고귀한 희생을 내었는가. 금일 미소공위가 저절로 열렸다고 생각하는 자 있다면 인민의 역사적인 추진력을 경시하기 이 위에 다른 자가 없을 것이다.

이것은 실로 고귀한 선혈(鮮血) 위에 재개된 것이다. 이것의 성공을 위하여 기만 노선을 더욱이 박멸해야 할 것이다.

나머지 중간파란 어떤 것이냐. 한민 독촉 계열에서의 탈퇴파가 중심이 되었건 혹은 사로파(社勞波) 등 좌익에서의 탈락분자로 이루어져 있건 기만 노선 위에 서 있는 점에서 이들은 한가지 부류에 속한다고 보여진다. 사실상에서 변절자요 기회주의자요 무절조(無節操) 정상정치(政商政治) ○○이기 때문에 기만 노선이라기보다는 원칙을 갖지 않고 의자나 정권이나 보상 여하(如何)로 표변하기 때문에 더욱 그 이름에 해당하는 것이다.

반동파로서는 기만되지 않는 계층을 우익 진영 영향하에 계류(繫留)하기 위하여 약간의 탈우익적인 구호를 가져보는 것이라든지 혹은 반동파와 싸우는 민주세력과 인민대중을 고립시키고 반동파와 정권을 분담(分擔)하기 위하여 좌익중간당이 좌익적 언사와 전위적 참칭(僭稱) 밑에 민주진영의 무장해제와 분열을 기도하는 것이라든가 다양한 듯한 모호한 색조로 언뜻 현혹되기 쉬우나 인민을 위한 원칙이 없이 인민을 반동파에 매도(賣渡)하고 있는 의미에서 이 기변 노선은 기만 노선의 한 속성인 것이다. 그러므로 중간파란 사실상으로는 존재하지 않는다. 중간파를 가장한 우익이 있을 뿐이다. 반동파에 복속(服屬)하는 어용 좌익이 있을 뿐이다.

(『문화일보』 1947. 5. 30)

기회주의 삼태(三態)

-문화인의 국외(局外)정평(政評) 2,

정계 밖에서 바라보면 중간파라 하여 기변(機變) 노선 위에서 춤추는 기회주의자에 세 가지 류(類)가 있는 듯하다. 첫째 매신형(賣身型)이요 둘째는 어용좌익형(御用左翼型)이요 셋째는 수주대토형(守株待兎型)이다. 기회주의에 본시 이념이 있을 리 없고 원칙이 있을 리 없으나 정치적 포즈만은 취하려고 애쓰는 것이니 그것을 갈라서 세 개로 나누어 보는 것이다. 그러면 무엇이 기회주의주의자들의 포즈에 발판이 되어 있는 것일까. 활기를 띠고 미친놈처럼 동분서주하는 데는 자기깐에 무슨 까닭이 있어야 하는 것이 아닐까.

그러나 풍선처럼 부푼 그들의 가슴을 털어보면 맹랑하기 짝이 없는 자기환상(幻想)이다. 정권은 극좌 극우를 배제하고 자기들 자칭 중간파에 떨어진다는 것이 활력(活力)의 원천일 것이요 차마 그렇게 까놓고 ○○할 수는 없어서 좌는 친소(親蘇)요 우는 친미(親美)니 자기네는 자주자율(自主自律)이요 친소친미 반미반소노라고 지껄여보는 것이나 인민의 지도자가 되든말든 물론 그런 것은 국가지사(國家之事)가 아니다.

첫째의 매신형(賣身型)은 솔직히 단언하면 매춘형(賣春型)으로 설렁탕 값에도 제 몸과 기회를 파는 자를 이름이다. (10여 자 미상) 간에 붙었다 폐에 붙었다 한다. 크게 바래서 월수(月收) 8천 원이요 무슨 당 훈련부장이요 처져서는 짚신값이나 속리(俗吏) 아전(衙前)도 그만이다. 오늘은 무슨 ○○원(○○員)이기도 하고 무슨 정당 ○○장(○○長)일지 모르나 돈 떨어지면 정(情) 떨어지는 노랫가락의 대상이다.

둘째는 어용좌익형이니 구설(口說)과 조사(措辭)가 '좌익적'이요 '인민적'인 점이 특징이다. 민주진영의 분열을 일삼고 혹은 밖에서 비방하고 안에서 파괴하여 민주세력의 결속을 해이케 하고 단 두 사람의 군중일지라도 이것을 떼어 반동 앞에 계류(繫留)시키는 것이 그들의 임무다. 근로 인민의 전위당(!)이라 자칭하며 저희들의 말마따나 "잡혀가지 않는 안전 좌익이다." 소심한 중간층을 유혹하기에 족하다고 그들은 생각하는 모양이다. 언뜻 밖에서 보면 구별이 서지 않는다. 그러나 그것이 어용이요 관허(官許)인 것을 판별하는 데는 세 가지 묘방(妙方)이 있다.

기 일—인민의 전위부대라 늘 지껄이면서도 결코 인민이 싸우는 장소에는 그림자도 나타내지 않는다. 10월에도 3월에도 그들은 인민의 반대편에 서 있었다. 비민주적인 악법이 쏟아져 나와도 항의 한 장 하는 법 없다. 요컨대 '당국의 기휘(忌諱)에 저촉되는 일은' 무조건 ○○다.

기 이—싸우는 인민이나 민주진영에 대해서는 언제나 '독선' '섹트' '편협'이라는 상투어(常套語)를 쓴다.

기 삼—원칙을 가지기를 극도로 기피한다. 그리고 중요한 문제에 대해서는 모호한 표현을 하여 엄벙뗑하는 것이 특징이다.

이상 셋 중 어느 것에 해당하여도 그도 좌익 속에 침투된 반동의 제 오열(五列)이요 어용 관허(官許) 좌익이라 단정해서 큰 틀림이 없을 것이다.

셋째는 수주대토형(守株待兎型)이다. 기회주의자 중에서는 약간 봉건적이오 보수적이기 때문에 다소 순찰(巡察)적이다. 나무그루터기를 붙들고 기회를 기다리기 송인(宋人) 경전자(耕田者) 와 같을 것이다. ○○가 결정되기까지는 태도를 표명치 않고 '최대한 기회'만 노리고 있다.

이상 세 가지 태(態)를 ○○해서 단적(端的)으로 표현하면 일은 기회 있을 때마다 몸을 파는 자이오 이는 반동을 위하여 민주진영을 파는 자이오 삼은 올라앉을 의자를 위하여 가장 큰 기회를 노리는 자이다. 물론 이러한 뉘앙스에도 불구하고 각양(各樣)의 포즈를 취하여 결국은 반동의 이익(利益)에 봉사하는 기변 노선의 일 부면(部面) 현상을 벗어나지 못하는 것임은 결론으로 말할 수가 있다.

(『문화일보』, 1947. 5. 31)

종파(宗派)와 기회주의

- 문화인의 국외 정평 3

기변(機變) 노선 위에서 춤추는 기회주의자 중 주로 제 2 유형에 속하는 의장적(擬裝的)인 어용 좌익 분자들이 민전을 위시한 민전 산하 정치단체를 가리켜서 일률적으로 모함하는 술어(述語)가 있다. 가로대 '섹트'요 '종파주의'요 '편협하다'요 '극좌적'이요 '분열주의'요 운운이 그것이다.

대체 정치상 술어로 또는 사회과학적 용어로 '섹트'란 무엇이냐. '종파주의'란 어떤 것을 이름이냐. 단 한 항의 소공당사(蘇共黨史)나 인터내셔날의 역사를 뒤적거려 본 자의 누구나가 지실(知悉)하고 있는 일편(一片)의 상식이로되 그것은 군중(群衆)과 유리된 분자를 이름인 것이다. 이것이 가장 큰 조건이다.

그러므로 가령 제 2인터내셔날의 도배들이 레닌을 가리켜 분열주의라 하고 트로츠키의 반간부파들이 스탈린을 가리켜 '섹트'니 '종파'니 지껄이고 멘세비키가 볼세비키를 가리켜 '분파주의자' 운운한 대로 그것은 이미 역사적 사실로 규정이 난 것이기 때문에 제 얼굴에 침 뱉는 격으로밖에 안 되었던 것이 아니라 누구 편에 군중이 붙어 있을까 어느 쪽이 대중과 유리되어 있는가—이 한 가지 조건만을 살펴보아 모든 것이 당장에 귀결이 났던 것이다. 만일 그가 틀림없는 종파 섹트요 분열주의자요—그렇다면 아무리 고명한 영웅일지라도 군중이 따를 리 없고 그것이야말로 저 혼자 물위에 기름처럼 떠돌아다니는 존재가 되어버리고 오래지 않아 그는 몰락의 길밖에 취할 길이 없어지는 것이다.

이것은 역사가 증명하는 바다. 뒷날 지내보고야 비로소 아는 것이 아니다. 그 당시부터 명명백백한 사실이었다. 그러므로 대중 속에 발을 들이고 그것을 토대로 강철처럼 굳게 붗여 있고 또 깊게 연결되어 있다면 제아무리 악랄한 '한간(漢奸)'들이 참새떼처럼 재깔대도 종파가 아니요 섹트가 아니요 반대로 그것은 그 조직을 묶어세우고 있는 하나의 혁명적 구심체가 되어 있다고 인정할 수 있는 것이다.

조선의 현상도 마찬가지다. 작추(昨秋) 삼당합동(三黨合同) 당시 대학병원서 사로당을 만들어 크게 한번 중원을 호령하려던 '영웅' 제공(諸公)들이 입이 닳도록 지껄이던 소리가 그것이다.

그러나 십월항쟁을 비롯한 인민의 거대한 항쟁의 물결에 부딪혀서 사로당은 부서지고 그 위에 올라탔던 가소로운 영웅들은 울고불고 탄식하며 '하야(下野)'니 "서재로 돌아가느니" 하고 한창 장관이었다. 그들은 군중과 완전히 유리된 몇 개의 정상(政商)인 것이 명백히 된 것이요 '분열'이니 '종파'니 '분파'니 하는 어구는 바로 그들 자신이 그들 자신을 부르기 위하여 만들어내었다는 것이 명백히 된 것이다.

그것이 바로 지난 해 만추(晩秋)의 일이다. '망각'이란 하늘이 부여한 인간의 특권 중 가장 편리한 것이어서 이 도당들은 당신의 풍경은 고스란히

'레테 하(河)'에다 쏟아버린 모양이나 군중은 그들의 동향을 엄중히 감시하고 있다. 일원(一圓)의 일개 자리, '게다짝'같은 마름들을 쓸어모아 갖고 전위당이니 민주전선이니 하여 '민전'과는 달리 이 구멍 저 구멍 쏘삭거려 보아도 대중의 건망증은 제공들이 상(想)하듯 그렇게 여의(如意)로운 것은 아닌 것이다.

이 귓속 저 귓속에 '섹트'니 '종파'니 '편협'이니 속삭이지만 아해같은 분열책동이나 분파 행동이 그렇게 용이하게 성공되는 것이 아니다. 인민 대중이 피로써 싸울 때에는 그것을 반동에 매각하기 위하여 좌우합작을 떠들고 9정당대책위원회를 만들고 하던 것이 바로 어저께 일이 아니냐. 이리하여 그들은 ○○○○○○ 마침내 도래하고 어제나 오늘이나 또 내일이나 '종파'니 '섹트'니 하고 쉴새없이 분망한 것이다. 그러나 인민과 등지고 군중과 유리되어서 풍선만 타고 돌아다니면 작추(昨秋)의 전철(前轍)이 그들을 기다리고 있는 것을 하마 잊지나 않으실까.

(『문화일보』, 1947. 6. 1)

입법의원의 행정

- 문화인의 국외 정평 4,

민주진영 내의 기변적인 동요분자를 떼어다가 좌우합작의 좌측을 대표케 하자는 친일반동파의 기도가 표면에 나타난 것은 아마도 작년 5월 공위 휴회(休會) 즉후의 일인 듯하다. 이것이 성공되면 반동파의 수확은 적어도 외면(外面)으로 확실한 것이 될 것이었다. 민주진영의 분열로 기변분자가 보호되는 한편 나머지 민주세력이 분쇄되어 지하로 몰리게 되어 좌익의 약체화 내지는 완전한 해체가 이루어질 것이요 타방 보호된 기변분자로 좌익을 호칭케 되어 좌우합작의 토대가 되면서 반동정권이 마치 인민 전체의 지지를 받는 것 같은 합리화가 이루어질 수 있다.

이 친일반동파의 유혹과 모략에 걸린 것이 민전 내 일부 분자로 좌우합작위원회에 도장을 찍으러 왕래한 인사들이 있음은 세인이 주지하는 바와 같다. 이렇게 되어진 좌우합작이 토대가 되어 입법의원이 열리게 되려는 것 역시 세상이 잘 아는 사실이다.

그러나 이러한 반동파의 본래의 기도는 소망대로 성공하였던가. 만약 이 계획이 여지없이 분쇄되지 않았던들 남조선의 민주좌익진영은 씨도 뿌리도 없어졌을는지 모를 일이었다. 친일도당들이 생각하는 대로 공위는 휴회되고 삼상결정은 번복이 되고 남조선에는 친일반동 전제의 단독정부가 서고 나라는 영구히 남북으로 분열되어 민족은 망국 노선 위에 헤매게 되었을런지도 알 수 없었다. 물론 이러한 반동파와 투항좌익의 결탁은 성공을 보지 못하였다.

누가 이것을 분쇄하였는가—말할 것도 없이 인민 자신들이었다. 9월 제네스트에 뒤이은 10월 11월에 걸친 인민 자신들의 거대한 항쟁에 부딪혀 사로당은 깨어져서 날라가 버리고 단장 들고 '합위(合委)'와 '병원'으로 출입하던 기변분자들은 기만적이나마 일시 정계를 떠날 수밖에 없었고 뒷○석을 털면서 서재로 기어들어 가지 않을 수 없었다. 이러한 가운데서 절름발이채로 결정인원 수도 차지 못한 채 문을 연 것이 입법의원이었다. 이것은 벌써 세계의 일반적인 정치 상식이 되어 있다.

이런 모양으로 출발한 입의(立議)다. 그 뒤에 벌어진 현상을 상상 못할 바도 아니려니와 최근의 장경(場景)처럼 그 행색(行色)의 친일반동성을 여실히 폭로한 것도 보기 드문 일일 것이다.

부일(附日) 협력자 처단안과 제반 보선안(普選案)을 에워싸고 소위 고리짝 사건까지를 아울러 전망할 때 아무리 인내성 있는 사람일지라도 눈을 찌푸리지 않을 수 없는 상태가 공위가 전민족의 희망 위에 진전되고 있는 작금 신문지의 한편 구석을 더럽히고 있다. 부일 협력자 처단안은 본시 입의에서 통과할 리 만무하리 만큼 대단한 것이었다. 항간낭설(巷間浪說)에 입의원(立議員) 과반수가 그것으로 처단되리라고 가소(可笑)되리 만큼 어마어마한 것이었었다. 어째서 이런 본의 아닌 법안을 상정하였던 것일까. 일종의 의장(擬裝)이었던 것이 금일 명백히 되었다. 입의 구성원 이 친일도당 아닌 것 같은 인상을 일반에게 줄 필요가 있었던 것이다. 그러길래 이 안을 한참 떠들썩하니 화제만 퍼뜨리고 어디로인가 아마도 어느 책상 서랍 속으로 슬그머니 물러나 버린 것이 아니냐. 이완용 옹호설까지 나와서 부일색(附日色)을 완전히 감추지 못한 추태도 보이었지만 여하튼 입의가 친일파의 소굴이 아닌 것 같은 인상을 퍼뜨리기엔 충분하였다고 그들은 생각한 모양이다. 이리하여 그 다음은 노골적인 정치술(政治術)의 보선법(普選法)이 상정되었다. 이것의 토의처럼 염치없이 친일색을 노골적으로 드러내기도 힘들 것이다. 피선거인 선거인의 법령이 화제의 중심이라 한다. 재떨이로 갈기면서까지 입의 다수원인 한민당원들은 선거에서 청년을 제외하자고 싸우고 있다. 청년의 지지를 받을 수 없을 만치 그들의 부일 죄악이 크다는 점을 깨달은 것은 본시 그들답게 현명한 일이다. 재떨이로 얻어맞은 입의는 퇴장전술로 대응하고 있다. 최근의 입의는 그야말로 한민당 일색이다. 이들이 친일파 모리배를 위하여 앞으로 입의를 얼마만큼 이용하는가! 홍미는 벌써 이러한 고비에 이르고 있는 것이다.

(『문화일보』, 1947. 6. 3)

비율 문제의 소재

- 문화인의 국외 정평 5

중간파라는 것이 사실상에는 존재하지 않고 이들은 실상인즉 중간을 가장한 우익에 불과하다 함은 이미 이야기한 바와 같거니와 이들이 언제나 표면적으로 표방하여 오는 것이 자주 자율이란 것도 앞서 지적한 바와 같다. 그리고 이러한 허울좋은 표방이 기실은 극좌 극우를 소제(掃除)하고 정권은 자기네들 중간파에 떨어진다는 환상 위에 서 있는 것이라는 것도 우리들이 위에서 살펴온 바다.

최근 항간에는 이러한 낭설이 떠돌아다닌다. "공위를 통한 임정(臨政)의 구성은 소위 중간파 중심이 될 것이다" "조선 문제의 해결은 미소 양국의 균형으로서만 가능할 것이다" "협의대상(協議對象)의 비율은 명색만으로 좌우 ○○이고 아마도 50% 이상은 중간이 될 것이다. 왜냐하면 좌에 대해선 미국이 견제할 것이오 우에 대해선 소련이 견제할 것이니 결국 중간이 다수가 될 것이다" 운운 등등— 일견 그럴 듯한 소리기 때문에 이 낭설은 하등의 근거가 없지만 노상 입에 오르내리는 화젯거리가 되어 있는 듯싶다.

그러나 대체 이러한 유언(流言)의 출처는 어디냐. 모모 씨가 누구에게 자신있게 이렇게 말했다 식으로 활발히 유전(流轉)되는 이런 종류의 비어를 한 가닥 한 가닥 찾아들어가면 그 출○지는 결국 기변 중간분자이거나 또는 우익 반동의 '방송국'으로 올라가 멎는다. 여론을 퍼뜨리기 위해서 그리고 이러한 유언낭설이 여론의 물결을 탁 이들 기변 노선의 무리들이 대량으로 덕수궁 문으로 찾아들어 가 보려는 심산인 것이다. 터무니없는 계책이나 그들로 보면 상당히 머리를 짜낸 묘안이라 할 것이다.

조선 문제는 미소 양국의 균형으로서만 해결될 것이라는 이론은 물론 옳지 못할 뿐 아니라 의타적이요 비자주적이다. 자주자율을 떠드는 기변 분자들이 정권과 의자에 대한 그들의 환상을 완전히 비자주적인 데 두는 것임을 스스로 폭로하고 있을 뿐이 아니냐. 이러한 이론은 국제협조(國際協助)를 위주(爲主)하는 듯한 가장(假裝)을 쓰고 있으면서 내면으로는 전혀 ○○을 반동적으로 세우려고 하는 점에서 일층 경계를 요하는 종류의 것이다. 어째서 그러한가—우리 나라 일은 우리 나라의 세력 여하로 결정될 것이요 또 결정되어야 할 것이기 때문이다. 소련과 미국이 덕수궁에서 자기네들의 세력을 다투는 장소가 공위인 것이 아니다. 연합국을 대표하여 직접 우리 나라를 해방해 준 두 나라 대표가 조선의 현실을 토대로 조선 문제 특히 삼상회의 결정의 실천에 즉한 임시정부 수립을 토의하고 있는 것이다. 그러므로 공위 토의의 토대는 조선의 노력인 것이지 양국의 노력이 아닌 것이다. 협상 대상이니 정부 구성의 비율 문제는 여기세 그 소재점(所在點)이 있다. 현실적으로 우리 나라의 좌우세력만이 비율 문제의 유일한 관건일 수 있는 것이다.

이렇게 보아올 때 우리 나라의 좌우세력은 여하한가? 북조선은 선거에 의

하여 인민위원회가 정권으로 확립되었고 남조선에서는 '세계노동대표단'이 증명한 바 ○○하는 탄압 하에서도 좌익민주진영이 절대 우세다. 이것은 모든 것을 통하여 이미 증명된 것이다. 그러므로 만약 비율 문제를 따져서 말한다면 좌익은 남조선에서만 ○○○ 절반을 주장할 수 있을 것이며 의당히 그것을 요구할 것이다. 이 이외의 여하한 그럴 듯한 비율에 관한 낭설도 모두 우익과 그 오열(五列)이 의도적으로 퍼뜨리는 데마임을 알 수 있을 것이다. (전일 본란 표제 중 「立法議院의 行政」은 「立法議院의 行狀」의 오류이기에 자에 訂함)

(『문화일보』, 1947. 6. 4)

민족 대서사시의 영웅적 주인공 박헌영 선생

내가 처음으로 장편소설에 붓을 든 것은 강도 일제가 만주 침략을 끝내고 중국에 대한 일층 광범한 약탈을 준비하기 시작하던 무렵이었다. 문학에 대한 누를 수 없는 욕망이 극도로 팽창했을 때 불행하게도 총독 정책은 차츰 조선말과 역사와 그리고 조선민족의 생활감정을 정화하게 반영하려는 문학도의 머리를 누르기 시작하였던 것이다. 청년으로서의 억제키 힘든 정열을 어떤 문학형식에 의하여 해결지을 수 있으며 처리할 수 있을 것이냐-내가 자나깨나 생각하고 염원한 과제는 이것이었다. 그리하여 나는 마침내 이러한 결론을 얻었던 것이다. 일본이 조선을 침략하여 이래(爾來) 수십 년 민족의 자유와 독립과 해방을 위하여 싸운 '피의 대시사시'를 장편소설의 형식으로 쓰자. 물론 이러한 염원 밑에 붓을 들었으나 악독한 일제 검열 하에 제대로 이루어졌을 리 만무였었다. 그래도 근본 의도는 오랫동안 붓을 던지고 휴식하는 동안 한때도 내 머리를 떠나지는 않았다.

한편 일제와 적극적으로 혁명적으로 싸울 만한 기혈(氣血)이 없는 나로서는 청년시절의 약간의 경험과 또 짧은 기간 동안이나마 옥중생활에서 접한 혁명가와 투사들의 면영(面影)과 의지와 피로 얼크러진 그분들의 투쟁생활에 대하여 앙모와 동경을 누를 길이 없었다. 그래서 항일과 수난의 대민족 서사시를 구성해보며 혼자 즐길 때 나는 언제나 소설의 위대한 영웅적 주인공으로 어떤 이상적이요 또 완전한 인격을 머릿속에 형상해보지 않을 수 없었다. 지금 나는 서슴지 않고 그러한 분으로 박헌영 선생을 생각한다.

민족 수난의 십자가를 등에 지고 감람산으로 향한다는 아름다운 어구(語句)는 일제시대 내가 항상 즐겨서 써오든 표현이었다. 지금 나는 이러한 표현의 적확(適確)한 형상적 대상으로 삼일운동 즉후부터 문자 그대로 피투성의 항쟁을 몸으로써 체험한 박헌영 선생을 보는 것이다.

우리들이 다방에서 소다수를 빨며 보고 온 영화의 이야기를 애인과 더불어 지껄이고 있을 때 박 선생은 감옥에서 단식으로 싸우고 계셨다. 우리들이 책상 앞에서 커피차를 마시며 시적 공상에 잠겨 있을 때 박 선생은 홀로 재판정에서 안경을 던져 재판장을 갈기며 공판투쟁을 계속하고 계셔다. 우리들이 도서과장한테 끌려다니며 '미영격멸(米英擊滅)'의 글을 쓰라고 강요받으며 쓰느니 안 쓰느니 하고 망설이며 지낼 때 박 선생은 지하 삼천 척 땅굴 속에서 민족의 해방과 독립을 지도하며 손수 벽돌 운반에 종사하고 계셨다. 아! 어느 혁명가 어느 독립운동가 있어 사십 반생을 감옥과 지하와 민족의 대오 가운데서 하루 한 시각의 '자기'를 가지지 않은 채 피의 항쟁을 전개하였는가 묻노라. 자칭 애국투사여 자칭 국부(國父)여 자칭 민족의 지도자여! 박헌영 선생이 일제와 싸우고 계실 때 그대들의 생활은 어떠하였으며 어디서 무엇을 하고 있었던가. 가슴에 손을 얹고 생각해 보라. 그리고 다시 한번 외쳐 보라! "내가 애국자요" "내가 지도자요" 라고 대답할 용기가 있느냐. 박 선생이 지하에서 옥중에서 민족의 옆에서 아니 그 가운데 묻혀서 싸울 때 그대들은 호텔에서 삼지창으로 '비프스테이크'를 썰면서 맥주를 먹고 있지는 않았을까. 어디 먼 곳 살롱에서 헛되이 세계지도만 바라보고 있지는 않았을까. 나는 박헌영 선생보다 으뜸간다는 애국자를 찾아낼 수는 없는 것이다. 솔직하게 단언한다. 민족의 수난과 항쟁의 대서사시의 영웅적 주인공은 박헌영 선생이라고. 나는 불행히 해방되었다는 하늘 밑에서도 박 선생을 친히 뵌 적이 없었다. 해방 뒤 민주전선 민족통일전선 삼상결정 지지 공위(共委) 재개(再開)를 위한 모든 투쟁의 노선 등이 또한 박 선생의 지시에 의한 것이라면 이 위에 어느 민족의 지도자가 있을 것이냐. 나는 이 분에게 뵈이고 싶었다. 그리고 선생의 투쟁기를 쓰는 것으로 또 장편서사시의 주인공으로 박 선생을 쓰는 것으로 작가 일대의 최고 영광을 삼고 싶다. 나는 그 날이 하루속히 오기를 바라고 있다.

공위가 열리고 정부 수립의 공론(公論)도 무르녹아 가고 있다. 이 결정적인 시각에 이 역사적인 순간에 최고 지대(至大)의 애국자요 지도자인 박 선생을 빼고 어떤 논정(論定)이 있을 수 있을 것이냐. 나는 민주 건국을 바라는 한 사람의 민족의 성원으로서 또 그 분을 서사시의 주인공으로 하는 것으로 문학가의 최대 영예로 생각하는 작가의 한 사람으로서 선생이 태양같이 어엿이 나타나시기를 원하여 마지않는 것이다. 남로당 중앙의 체포령 철폐 요청 성명을 읽고 의분을 참을 수 없어 두어 자 무문(蕪文)을 초(草)하였다. 미지의 박 선생이여 관서(寬恕)하시라.

(『문화일보』, 1947. 6. 30)

서 평

타락된 창작 풍조에 반성

- 『취향(醉香)』 독후감 -

우리 문단에서 가장 무게 있는 중견 작가를 든다면 누구보다도 이무영 씨를 들 것이다. 연전 『동아일보』에 연재되어 수많은 문제를 일으킨 「지축을 돌리는 사람」, 「취향」, 「나는 보아 잘 안다」 등의 제작이 집합되었다. 이 등(等) 작품은 태작(駄作) 인플레에 허덕이며 오히려 울연(鬱然)하던 우리 창작계에 거대한 자극이 될 것이며 내용으로나 형식으로나 타락한 현재의 창작 풍조에 재반성의 기회를 줄 것이다. 「취향」은 모름지기 전진하는 역사의 향기다.

(『조선문학』, 1937년 4·5월호, '「취향(醉香)」 독후감')

『인간 수업』 독후감

민촌 이기영 씨의 건실한 사실주의 문학은 「고향」을 거쳐서 한 개의 노선을 문학사상에 획연(劃然)히 그어 놓는 일방(一方), 씨의 문학은 다른 또 한 개의 '장르'를 지요(摯拗, 執拗의 오식인 듯-편집자)하게 추급(追及)하여 사실주의 문학의 다양화에 분투하기를 게을리하지 않았다.

그것은 씨의 문학 생활 초기로부터 면면한 줄을 끌고 금일에 이르러서, 그 십 년에 이르는 장구한 행정(行程) 위에서 「박선생」 「전도사와 외교원」 「쥐 이야기」 「남경충의 총동원」 등을 우리에게 보내 주고 있거니와 지금 단행본으로 되어 우리의 손에 들려 있는 『인간 수업』은 이 노선이 도달한 최고의 지점이며 동시에 조선의 문학이 소지할 수 있는 최초의 거대한 풍자 문학이다.

『인간 수업』의 작자가 2년 가까운 옥중 생활의 속에서 면밀한 사색을 통하여 도달한 야심은 그의 풍자 문학을 16세기의 서반아 문학이 낳은 세르반테스의 「돈키호테」에 비견시키려는 위대한 계○이었다.

생각컨대 씨가 다년간의 풍자 문학의 수련 도상에서 얻은 바는 진정한 유우머는 현실을 떠나서는 존재할 수 없고, 그 현실의 극치에서 풍자를 발견하는 길은 리얼리스틱한 창작 방법에 의하여만 가능할 것이며, 만일 이 길을 세르반테스의 방향에서 일층 더 높이 앙양시킬 수 있다면은, 이렇게 하여 소산되는 문학은 한낱 문학적 '형식'의 다양화에 공헌할 뿐만 아니라, 지금과 같은 전환기의 시대가 응당히 가져야 할 최고의 문학이 될 수 있으리라는 굳은 신조이었을 것이기 때문이다.

물론 작자가 그의 소설의 주인공을 어떠한 인간적 전형을 가지고 설정한다고 하여도 그것은 그의 자유일는지 모른다. 그러므로 이씨가 '현호'를 이러한 '변인형(變人型)'에서 설정한 것에 대하여 그의 정부(正否)를 논의하는 것보다도, 주인공이 봉착하고 그와 교섭하는 시민적 생활의 비속성이 얼마나 리얼리스틱하게 묘파되었는가가 문제되어야 할 것이다. 이렇게 한다면 우리는 세르반테스가 그의 주인공으로 하여금 현실을 세계를 여행시킨 데 대하여 우리의 작가가 현호를 겨우 관념의 세계에 항해시킴에 불과하였다는 것을 깨달음에 이를 것이다. 현호는 시민 세계의 현실을 샅샅이 '행동'하는 것보다는 관념의 세계에서 회화(會話)하고 '교설(敎說)'하기를 더 많이 하였다. 이것은 확실히 이 작품의 사실성을 저하시켰다.

돈 키호테가 기사로 무장하고 나서는 것은 기사 계급을 재흥하려는 때문이었는데, 이씨의 현호가 사모각대(紗帽角帶)를 한 것은 봉건 사회를 재래시키고자 하였음인가. 전자는 기사 계급의 최후의 광신자인데 반하여, 현호는 적어도 시민 사회의 비판자로 설정된 것은 작자는 잊어 버리지 아니하였는가. 시민 사회의 비판자가 봉건 사회의 의장(衣裝)을 몸에다 두른 것은 이 소설의 풍자성을 감쇄(減殺)하고 있다. 다시 이러한 실패는 박의사의 누이 '경애'로 하여금 현호를 연모케 한 것에서도 폭로되어 있다. 리얼리스트의 붓은 응당 현호로 하여금 피녀(彼女)를 일방적으로 연모시키어야 할 것이었다. 돈 키호테는 추하게 생긴 농부 트보소를 귀부인인 것처럼 숭배하였다.

그러나 이러한 적은 결함에도 불구하고 현호와 그의 처 순복이와의 생활을 통하여 현대 신여성의 비속성을 폭로한 것 같은 것은 통렬하기 짝이 없다. 긴 이야기를 기록할 수 없으나 『인간 수업』은 우리들에게 대단히 흥미있는 토론 문제를 제공할 뿐 아니라 시민 사회에 던지는 최대의 문학적 폭탄임에 들림없을 것이다.〔발행소 경성부(京城府) 견지정(堅志町) 110 태양사 진체(振替) 구좌 경성 27221번 정가 1원 60전〕

(『조선일보』, 1937년 5월 25일, '신간평'란)

비평 정신은 건재

- 최재서 평론집 독후감

현대의 투철한 지성이 아카데미즘에 반기를 들고 저널리즘 위에서 자기 신장을 꾀하려는 데는 상당한 근거가 있다. 아카데미즘이 민중과의 교섭을 상실하고 점차로 진리 유린과 학문 봉쇄의 성보(城堡)로 변신해 버린 때문이다.

아카데미가 비평의 정신을 상실하여 학문을 대중의 계몽에서 보육하려는 진리 유지의 근본적 성임(聖任)을 망각해 버린 시대에 있어서 발랄한 지성이 합리적 정신에 의하여 자기를 파악하고 자기를 관철하려는 지향을 버리지 않은 채 저널리즘의 위에서 그의 행로를 구하였다는 것은 이 불행한 시대가 희미하게나마 아직도 긍지를 잃지 않았다는 하나의 표지로 될 것이다.

진리는 만인의 것이다. 지성이 만약 진리의 유지를 꾀하는 데서 자기를 보육하는 것이라면 그가 시사성과 일상성을 통하여 민중의 현실 생활의 속에 침투되어야 할 것은 이(理)의 당연한 바라 하겠다. 이리하여 지성은 넓은 사회의 가운데서 시련을 받고 이 길을 거쳐서 하나의 라디칼한 것의 파지(把持)에 도달한다. 이것은 발랄한, 생기 있는 현대적 지성의 내적 본능이 걸어가는 하나의 자기 행정(行程)이다.

비평가 최재서 씨가 지난 5년 동안에 험준한 문학적 현실을 걸어온 행정이 즉 그것이고, 지금 도달한 지점과 전 성과를 모은 것이 평론집 『문학과 지성』이다.

위선 목차를 더듬어서 개개의 문장을 읽어 가면 씨가 아카데미즘에서 무엇을 들고 저널리즘으로 나와서 점차 어떠한 방향으로 지성의 신장을 꾀하였는지가 명료하여진다.

초기의 작품 「현대 주지주의 문학 이론」 「비평과 과학」 「비평의 형태와 기능」 등은 아카데미의 체취가 아직 남아 있는 노작이면서 동시에 최씨가 그의 해박한 현대 영문학에 대한 지식의 피력(披瀝) 속에서 현대를 구출할 지성에의 요망을 얼마나 안타까이 품고 있는가를 ○시(○視)함에 족하다. 현대 영국의 지적 광명으로서 씨는 리챠즈, 흄, 엘리어트, 리드, 루이스 등을 면밀히 성찰하고 티보데를 돌아 보아 비평의 성능을 잡으려고 애쓴다. 이는 씨가 비평과 계몽이 지성의 내적 본능임을 깨닫고 점차 아카데미즘을 이탈하여 문학적 현실 속에서 자기의 위치를 설정하려는 자세로서 볼 수 있을 것이다.

과연 씨는 「현대시의 생리와 성격」에서 김기림의 「기상도」를 분석하고 이상과 박태원의 작품의 이해를 통하여 조선 문단의 주류 속에 몸을 던짐에 이른다. 이상의 예술을 지적 각도에서 규정하여 그의 계보를 명백히 한 노력은 이 시기의 최씨의 가장 큰 공적에 속할 것이다. 이어서 씨는 이태준 등 현 문단 중견의 가운데로 널리 눈을 돌려 이 평론집으로 하여금 가장 흥미 있는 수개의 작가론을 갖게 하였고 다시 현재까지 우리가 갖고 있는 모든 시적 노작에 대하여도 가치있는 분석을 게을리하지 않았다. 「시와 도덕과 생활」과 「시단 전망」의 두 논문은 임화를 필두로 하여 모윤숙, 임학수, 조벽암, 이용악, 이찬, 장만영 등의 시집과 시의 제 문제에 대한 의의 있는 고찰을 시(試)한 문장이다.

그러나 씨는 몸을 우리 문학 가운데 묻으면서도 결코 지적 반성을 게을리 하지 않았다. 구라파 정신의 장래와 인문주의의 거취를 살펴 보는 몇 개의 작품, 예컨대 「지성 1옹호」와 「현대적 지성에 관하여」가 그것이고 다시 현대인의 문화적 교양과 지식의 윤리를 성찰해 본 것으로 「취미론」 「모랄론」 「센티멘탈론」 등 일 계열의 호(好)문장이 있다. 이 밖에 소설의 장르적 시론도 자미(滋味)난 것이거니와 단편집에 모은 단문도 간간히 지적하여 풍자와 역설이 묘미를 내어 흥미진진하다.

게다가 책은 그 방면에 이미 정평이 높은 김용준 씨의 장정에 이원조 씨의 명쾌한 서문이 붙어 있다.

문학을 공부하거나 문학에 취미를 갖는 분만이 아니라 널리 지적 긍지를 아직도 잃지 않은 현대인이 반드시 읽어야 할 책으로서 이 평론집을 권할 수 있다. 이 책 한 권을 봄으로써 나는 우리 문학의 앞길을 낙관할 수 있다고 거듭 생각하였다.

(경성부 광화문통 210 인문사 진체〔振替〕 경성 28633번 최재서 저 『문학과 지성』 4·6판 303혈〔頁〕 정가 1원 30전 송료 12전)

(『조선일보』, 1938년 7월 12일, '신간평'란)

희귀한 흥분

- 신인 단편집 독후감

작년 년간에 전집도 여러 종류가 나고 그 밖에 문예 출판물도 유례 없이 많이 나왔다. 이것은 모두 기쁜 일이며 좋은 일이었다. 그러나 그 대부분은 묵은 재고품의 정리였다. 우리들이 섭취할대로 섭취해 버린 것, 그렇다고 그다지 고전적 가치가 있는 것도 아닌 것. 이런 것들이 많이 전집열과 출판 경기에 휩쓸려서 옥석이 혼동된 채로 세상에 나왔다고 보는 것이 거짓없는 실상이다. 그러므로 그렇게 떠들어대는 선전문과 광고문을 보아도 '응 이게 지금 나오나' 혹은 '이런 작품이 있었었나' 하는 정도의 별반 흥미도 동하지 않고 정작 책을 대하여도 특별한 감흥이 나질 않는다.

읽어 가면서 점점 긴장의 더해 감을 느낀다든가 자극을 받는다든가 밤이라도 새고 싶은 그런 흥분은 좀처럼 맛볼 수가 없었다. 그것은 어째서인가? 재고품이요 묵어나는 스톡이요 우리가 벌써 지나온 정거장이기 때문이다. 한번 펼쳐 보아 지난 날을 돌아 살필 필요는 있으나 그것이 안절부절을 못할 지경으로 앞으로 채찍질해 주는 박진력 같은 것은 있을 턱이 없다.

인제 조선일보 출판부 간행의 신선(新選) 문학 전집 2회 배본으로 신인 단편집을 받아서 읽고 앉았으니 이렇던 나의 생각이 삽시간(霎時間)에 일소됨을 느끼었다. 모두 쟁쟁한 우리 문학의 새로운 요소다. 그 요소가 전부 내 구미에 맞는다든가 전부를 그대로 발전시켜야만 된다든가 한다면 그건 물론 보탬이다. 그러나 우리 재고품에는 없는 것, 지나온 정거장에서는 혹 못 보았던 것, 이런 것이 저저끔 특색 있는 재물을 양수(兩手)에 높이 들고 치열하게 발언권을 주장하고 있다. 적거나 크거나 모두 하나의 저만이 가질 수 있는 세계를 들고 그들은 문단과 사회를 향하여 발언하고 있다. 나는 이것을 읽으면서 우리 문학의 전진책을 생각해 보았다. 발전의 박차나 계기가 될 요소를 수없이 발견하였다. 현덕, 정비석, 박노갑, 허준, 김소엽, 김정한, 차자명(車自鳴), 김동리, 계용묵, 현경준, 박영준 이렇게 이름만 적어 보아도 그것이 얼마나 찬란하고 눈부시는 ○○한 풍경일지를 상상함에 족하지 아니한가.

지면이 없어 하나하나 감상을 적지 못함이 유감이나 어쨌든 이 즈음 독서한 것 중에서 가장 드물게 높은 감흥을 준 책이다.

(『조선일보』, 1938년 11월 17일)

박태원 저 『천변풍경』

장소=경성의 '배다리' 부근의 천변. 황혼.

인물=구보 박태원 외 재봉이, 창수, 점룡이, 용돌이, 점룡이 모친, 깍정이, 기타 다수.

(난데없이 모자를 쓴 구보가 책을 몇 권 끼고 단장을 두르며 운전수처럼 다리를 건너 천변길에 접어드니 이발소에서 재봉이란 놈이 쫓아나와 구보의 양복자락을 붙들고.)

재봉이-모자를 쓰시면 누가 모를 줄 아슈.

여보 구보상. 그래 우리 천변에 사는 사람들을 가지구 으째 구보상이 야단을 치셨수.

구보-인석이 웬 녀석이야. 길 가는 행인을 붙들구서. 바쁘다 인석.

재봉이-아니 구보상이 나를 모르슈. 이발소의 재봉일 몰라보슈.

여봐요들 구보상을 잡었소.

(이 소리에 이발소와 카페와 한약국과 빨래터와 다리 밑에서 수다한 사람이 모여들어 사람마다 소리소리 지르며 구보를 둘러싼다. 이 소란한 가운데 구보가 태연자약하며 서 있다.)

점룡이 어머니-그래 당신이 무슨 턱에 우리 천변 사람들의 가난한 살림살일 모두 소설루다 써서 인제 낯을 들고 거리에 나다닐 수도 없게 헌단 말유.

용돌이-아니 우리들을 골려 먹었다는 양반이 바루 이 양반이야. 모두 비켜. 내 혼자 담판을 헐게. 자 구보상 저 다리 밑으로 갑시다. 나는 곤투 구락부의 용돌이란 사람이요. 어디 한번 싱켄쇼부를 헙시다.

구보-(모자를 벗어 답부룩한 '오갑빠'를 내놓고 한번 싱긋이 웃더니.) 너 누구들헌테 그런 건 들었니.

재봉이-아니 그럼 우리들이 걸 모를 줄 아셨어요. 이래뵈두 무선 전신대가 다 있어요. 순동이 집에 다마 치러 온 사람들이 이야기하는 것두 못들어요. 최재서, 이원조, 임화, 안회남, 또 누군가 이 평양 녀석 김남천이라던가, 그 분들이 모두 허는 소릴 우린 귀가 없다구 못들어요.

구보-(약간 노기를 띠며) 내가 한 푼의 가치도 없는 너희들에게 인간성을 넣어 주고 너희들의 생활 가운데 휴머니티를 넣어 준 줄은 모르구서 백제 이게 무슨 배은망덕의 무지한 버릇들이야. 이쁜이를 강서방헌테서 찾어다 준 건 누구야. 금순이를 유괴마(誘拐魔)의 손에서 뽑아 준 건 누구야. 기미꼬의 의협심을 공개헌 건 누구며 빨래터의 매가(賣價)를 올려 준 건 누구며 도대체 너희들이 사는 아레대, 이 천변가를 유명허게 헌게 다 누구 덕분이란 말이냐.

이발소 주인-그렇거들랑 거 책이나 한 권 주서요. 여러분께 읽어드릴께.

구보-1원 80전이 뭣이 비싸서. 하나씩 모두 사서 봐.(경성부 박문서관판)

(『동아일보』, 1939년 2월 18일, '북 리뷰'란)

유진오 단편집

「창랑정기」「어떤 부처」「치정」「김강사와 T교수」「간호부장」「스리」「상해의 기억」「가을」의 여덟 편이 이번 조선문고의 『유진오 단편집』에는 들어 있다.

15년에 가까운 유씨의 작가생활이 낳은 수십 편의 단편 중에서 골라 뽑은 것인데, 편자의 의도는 작품 자체의 우열보다도 작가가 걸어온 과정을 보여 주려는 곳에 있지 아니한가 나는 생각하였다. 언뜻 보더라도 유씨의 단편 중에는 「스리」나 「상해의 기억」보다도 훌륭히 성공한 작품이 많은 것을 나는 알고 있는데, 그것들이 수록되지 않고 작품의 성과나 된품으로 보아 훨씬 손색이 있는 전기(前記)의 두 작품이 끼이게 된 것은, 유씨가 한 시대를 의탁(依托)하였던 문학적 경향을 우리에게 보여주기 위함이라고 생각되어진다.

이 시기란 소화 3년(「스리」)에서 소화 6년(「상해의 기억」)을 전후하는 소위 예맹의 정치주의적 편향의 기간을 말하는 것인데, 이의 중간의 수개월 동안이 필자 자신의 창작생활의 제1기가 속한 것으로, 이것은 유씨에게 있어서나 또는 미미한 대로 필자 같은 자로서는 잊을 수 없는 기절(期節)이라 아니할 수 없다. 지금 문학의 태도나 주장은 바뀌어졌으나, 유씨가 최초의 뒤늦은 단편집을 짜면서 이 시대를 회고하여 감개의 무량한 바가 있었을 것은 용이히 상상할 수 있는 바이다. 필자의 기억에 틀림이 없다면, 이 시기의 소산으로서도 전기 작품보다 우수한 것이 많았는데, 아마 그것은 지금의 검열 수준을 생각해서 수록하지 않은 것 같다. 여하튼 이 두 편은 유씨에게 있어서뿐 아니라, 30년대를 살은 현대인으로서 길이 기념함에 족한 작품이라 생각한다.

그 다음 시기를 표시하는 작품은 「간호부장」과 「김강사와 T교수」의 두 편으로서 모두 소화 10년의 작품으로 되어 있다. 이 두 작품은 경향문학이 정치주의를 청산하는 과정을 대표하는 문학일 뿐 아니라, 전주사건으로 인하여 예맹 계통의 작가들이 문단에 없는 동안, 실로 그의 유일한 유지자 내지는 문학사의 블랭크를 메우는 근소한 업적의 하나로서 길이 잊어버릴 수 없는 작품들이다. 이 시대는 유씨에게 있어서는 가장 그의 본령을 발휘하였던 중요한 시대로서, 필자는 이 두 편을 이 단편집의 백미라고 생각할 뿐 아니라, 유씨의 전 작가 생활의 하나의 표지(標識)가 될 만한 가작이라고 믿어 의심치 아니한다.

이 작품을 전후하여 경향문학은 다시금 커다란 난관에 봉착할 수밖에 없었다. 이기영, 엄흥섭 등 제씨의 활약에 의하여 길은 이어 나갔으나, 이 동안 유씨는 거지반 창작에 붓을 들지 못하였다. 당시, 비평가들의 단견은 사실주의 문학의 왕성을 자랑하는 이조차 없지 않았으나, 실인즉 그것은 병폐의 일층의 심도화를 과정하고 있음에 불과하였다. 유씨와 여(如)한 우수한 지적 두뇌가 이것을 민첩하게 간취하고 무정견한 남작보다도 오히려 금후의 진로를 개척하기 위해서, 탐색의 침묵을 택하였다는 것은 시사 싶은 일이라 아니할 수 없다.

이리하여 약 3년간의 침묵을 깨뜨리고 창작의 붓을 들어 오랜 동안의 문학적 사색의 결과를 피력한 것이 「창랑정기」의 일작이다. 이 소설이 소설로서의 규격을 갖추었다기보다는 오히려 낭만적인 회고의 기록에 속하여, 이미 돌아갈 수 없는 과거를 여행하고 있는 작자의 심경이 우리들의 공감을 자아내는 것은 주목할 만한 일이다.

그러나 씨는 이러한 세계에 오랫동안 머물러 있을 수는 없었다. 그러기에는 씨의 문학적 고향이 너무나 리얼리즘의 지상에 뿌리를 박은 것이었다.

씨가 산문성의 새로운 획득을 위하여 '문학에의 진로'를 '시정에의 편력'으로 표명하고, 「어떤 부처」 「치정」 등을 창작하여 「나비」의 최근작을 낳음에 이르고, 타방 그의 세계를 확대하여 「가을」의 과정에 이르러 있는 것이 유씨가 가지고 있는 현재의 노정이라 생각된다. 씨의 이른바 '시정에의 편력'에 대하여는 일찍이 우견을 토로한 적도 있으므로 재론을 피하거니와, 이 진로가 세태소설의 근방을 통과하여 「가을」에 도달하고, 이에서 다시 어떠한 행정을 취하는가에 유씨의 지적 사색의 금후가 걸려 있는 것이라고 나는 생각한다. 이상, 이 단편집을 여러 모로 분석할 수 있을 것이나, 우선 나는 상론의 각도에서 그를 검토함이 의당타 생각하고, 소개를 겸하여 단평을 시(試)한 바이다.

(『문장』, 1939년 10월호, '신간평'란)

이효석 저 『화분』의 '성(性)'모랄

세상은 왕왕히 「노령근해」에서 시작되어 오랫동안 잊어 버렸다고 작년도에 다시금 나타난 「해바라기」와 「부록」의 세계를 이효석 씨의 본질이라고 단정한다. 그러나 작가가 어떤 세계에 깊이 들어가기를 꺼리고 그 근해에서만 빙빙 돌고 있을 때 그것을 가리켜 본질이라 명명하기는 곤란할 것이다.

이씨가 이 '근해'의 세계에서 고향처럼 돌아와 상륙하는 고장은 오히려 '성'의 세계는 아니었을까? '성'이 과연 이씨의 본질 세계냐 아니냐는 논의의 여지가 있겠지마는 그것이 '근해'의 세계보다 본질적인 면을 이루고 있다는 것만은 틀림없는 사실일 것이다.

'질서와 도덕 이전의 세상, 혹은 그 배후에 숨은 세상'을 그리려고 사람들이 '어떤 이성과 규준에 걸려서 겨우 그 찌꺼기를 말함에 그치던' 인간적 진실을, 씨는 적나라하게 파헤쳐 본다고 하였다.

이 때에 우리가 생각할 수 있는 두 개의 방향이 「화분」 앞에 놓여 있다.

하나는 '자웅의 꽃술을 가리지 않고 어지럽게 날으는 화분의 세계'를 그대로 좇아만 가는 길이요, 또 하나는 이것을 통하여 새로운 '성'모랄을 탄생시켜 보려는 적극적인 길이다. 작가가 제1의 길에 만족해 버린다면 물론 그것은 우리가 가치를 가지고 운위할 바가 못된다. 하고(何故)냐 하면 이 길 앞에 벌어질 세계는 에로티시즘밖에 없을 것이기 때문이다. 에로티시즘은 그것에 그치는 한 문학적 진실은 될 수 없다.

제2의 세계는 응당히 우리의 새로운 재산이 될 수 있을 것이다.

이리하여 이씨는 「화분」의 작중인물 전부의 사회성을 박탈해 버린다. 계층성도 떼어 버리고 관습, 풍속, 일체의 인습적인 덕목, 도덕에서 이들을 해방한다. 의복이나 복장까지도 하나의 구속이나 기반(羈絆)이 된다 하여 이씨는 작중 인물의 어떤 남녀를 그냥 나체로 만들어 버렸다.

이것이 무엇인가? 인간을 동물에까지 환원시켜 보자는 것이다. 인간은 원시인에서 벗어나면서 벌써 사회적이었다. 그러므로 우리는 사람을 사회적 인간으로밖에는 볼 줄 모른다. 이씨는 이것까지도 기성적인 것이라 하여 인간을 전혀 사회와 분리해서 '푸른 집' 가운데 몰아넣어 보는 것이다. 우리는 이 대목에선 이씨를 공격할 것이 아니라 오히려 박수(拍手)하여야 할 것이다. 왜냐하면 이씨는 인간을 하나의 자연으로 보아 버린 잘못을 범하면서도 기성 '모랄'의 부정이라는 커다란 플러스를 선사하고자 한 때문이다.

이리하여 기성 도덕 일체가 통렬히 부정되는 것을 우리는 사회적 제약과 기반을 벗어나서 그대로 동물이 되어 어지러이 뛰어 다니는 육체의 운동에서 충분히 구경하였다.

그러면 그 다음에 올 것, 다시 말하면 새로운 '성'모랄의 탄생은 어떻게 되었는가? 나의 불만은 오히려 이 곳에 있지 않으면 아니 된다. 미란과 단주의 일 건(件), 그것의 결말 혹은 가야의 성형적(聖型的)인 설정, 이밖에 지성과 만성(蠻性)의 대립 등 부차적인 테마가 주테마를 우심하게 제약하고 견제하여 모랄은 다시금 기성의 재생으로 끝나고 만 감이 없지 않다. 새로운 '모랄'은 새로운 개념 밑에 탄생되어지려고 하지 않는 것이다. 이씨가 이

다음에 주력할 것은 여기에서 다시금 신(新) '모랄'의 창조를 탐구, 내지는 수립하는 길이 될 것이라 믿어진다.(경성부 광화문통 인문사 간행 정가 1원 40전)

(『동아일보』, 1939년 11월 30일, '신간평'란)

연재소설의 새 경지

- 채만식 저 『탁류』의 매력

지금 나는 채만식 씨 소설의 애독자의 한 사람이다. 채씨를 안 지는 10년이 가까웠지만 그때부터 애독자였던 것은 아니다. 씨는 개벽사에 있을 때에 많은 단편을 썼었고 그 뒤 「인형의 집을 나와서」 같은 장편도 썼으나 그 때도 나는 씨의 소설의 독자는 아니었따. 씨는 그 때에도 그리고 그 후에도 내가 소속해 있던 단체 사람들과 곧잘 논쟁을 하였고 시비를 걸었다. 설왕설래하는 논설의 주지는 어찌 되었건 물론 나의 감정도 그리 순평(順平)치는 못하였다. 그러다가 「탁류」가 신문에 연재되는 것을 읽기 시작하였다. 처음은 어떻게나 쓰나 보자고 읽기 시작했던 것이 그만 꽉 붙들려 버렸고 사실인즉슨 그 때부터 나는 채만식 문학의 애독자의 한 사람이 되어 버렸다.

「탁류」가 연재될 때에 나는 한창 자기 고발 문학이라고, 내성 세계에 빠져서 쩔쩔매고 있었다. 그러다가 겨우 나는 '풍속'을 내걸고 나의 문학의 타개책을 꿈꾸었는데 그 때는 「탁류」가 반 이상 게재되어 버린 뒤었다. 미처 소설이 끝나는 것을 기다리지도 못하고 나는 곧 어떤 잡지에 문학 비평으로

「세태, 풍속, 모랄」이란 제목을 걸고 「탁류」에 대한 소감을 발표하였다. 이것과 비슷비슷한 시기에 다른 평론가의 한 사람이 또 이 소설을 박태원 씨의 것과 함께 합쳐서 세태소설, 외향소설 등으로 문제하였고 이어서 세태소설의 배격의 결론을 내걸었다.

그러나 내 개인으로서는 세태소설이나 외향소설을 하나의 그릇된 조류라고 밀어 버릴 수도 도저히 없었다. 나의 자기고발문학이 내성적이고 체험적인 것인 바에는 그것을 질식시키지 않을 길이란 이것과 외향과의 통일에 있다고 생각하였기 때문이다. 그러므로 내가 최초의 장편소설을 쓰기 전후하여 표방한 로만개조론은 세태를 풍속에까지 높여서 사실의 가운데서 '모랄'을 살리자는 주장이었다.

이러한 관계로 해서 나는 「탁류」에 대해서 실로 내 자신의 소설에 대하여 운위한 양의 십여 배를 수작질하였다. 그것은 언제나 나의 주장을 밑받치는 하나의 구체적 자료가 되었다. 채씨가 본시 좀 깔끔한 친구여서 가끔 개성서 삽상(颯爽)한 맵시를 하고 상경하면 "여보, 남의 작품을 그렇게 썰고 지지고 볶고…… 그래 그런 법이 있단 말이요?"하고, 그러면서도 의(誼)좋게 커피를 마시고 그랬다.

나도 지금 신문소설이라고 쓰고 있지만 우리 동료들로서 신문소설로 적당히 성공하면서 그래도 통속소설로 완전히 떨어지지 않은 작품이 몇 편 있다면 「탁류」 같은 것이 그 대표는 아닌가 생각한다. 저라도 사투리를 간간이 섞어가면서 묘미 있는 설화체를 가지고 사회 세태를 그려나가는 채씨의 재주란 나 같은 자도 가끔 부러워 마지않지만 그러나 아무도 도저히 따를 수 없는 천하일품이다. 그러면서 건강하고 명랑한 작가의 주관은 탁하지 않은 흐름으로서 힘차게 이 소설을 관류하고 있는 것이다. 이 소설의 남승재라는 구수한 청년을 보라! 그리고 또 계봉이라는 처녀의 명랑하게 까불어샀는 그 건강한 조자(調子)를 보라!

여하튼 나는 내 자신이 이 소설에서 얻은 바가 큰 만큼 이러니 저러니 이론을 따질 것 없이 이 한 책을 영구히 나의 옆에다 두고 사랑하려 한다. 신문에 났던 것을 다시 고쳐 쓰고, 그러노라고 여간 정성을 쓰지 않았다. 책도 당당 7백여 혈(頁)로 장정은 정현웅 씨 것 중에서도 가장 뛰어나리만큼 잘 되었다. 내가 이 책을 이토록 사랑하니까 널리 강호 제씨의 일독을 권하여도 남부끄럽지 않고 꿀리지 않으리라 믿어서 의심치 않는다.

(경성부 종로 2정목 박문서관판 정가 2원)

(『조선일보』, 1940년 1월 15일)

변혁하는 철학

- 박치우 저 『사상과 현실』

철학은 설명하는 데 그쳐서는 아니 된다, 세계를 변혁해야 한다는 명구는 이미 유명해져서 누구나 지껄이는 말이다. 그러나 대학과 대학원에서 철학을 전공한 아카데미시앙이 저널리즘과 가두에 진출하여 현실과 싸우며 새것을 위하여 세계를 변혁하려는 분은 한 분도 없었다. 박치우 씨가 처음인 것이다.

신생하려는 조선을 아직도 나치스 철학으로 설명하려드는 라만차의 봉건 신사도 없지 않은 우리 철학계다. 활짝 벗어 부치고 항쟁하는 인민과 함께 세계를 변혁하려는 철학자가 그다지 손쉽게 나타날 리 없지만, 박치우 씨는 이런 의미에서도 그 놀라운 센스와 '가두적인 술어(術語)'와 만만(滿滿)한 투지와 계몽적인 노력과 함께 희귀한 하나의 존재다. 현대일보 주필로 있을 때 사무실이 같아서 나는 테러를 맞는 박씨를 먼발로 보았다. 그 불굴한 신념과 초탈한 면모가 가위 현대의 소크라테스였다.

이 『사상과 현실』은 3부로 되었는데, 제1부는 왜정 시대에 쓴 것으로 아카데믹한 냄새를 풍기면서도 새 시대를 위한 준비 관념이 투철히 나타난 논구들이다. 제2부는 해방 후 신조선의 민주주의의 철학적 해명과 문화 건설의 이념을 주로 취급하였고, 제3부는 새나라 건설을 위하여 남조선의 민주주의적 투쟁을 위한 계몽적이요 정론적 색채가 강한 제논책(諸論策)들이다. 이 한 권을 읽으면 조선이 어떻게 변혁되어야 할까가 충분히 해득될 것이다. 필자 자신도 많이 계몽되었다. 양질의 종이와 전아한 장정의 미본(美本)이다. 해방 이후에 나온 책 중 최량의 서적이다.(종로 백양당판)

(『독립신보』, 1946년 12월 10일)

좌담회

명일의 조선문학

- 장래할 사조와 경향 ; 문단중진 14씨에게 재검토된 리얼리즘과 휴머니즘 -

상

정상적으로 발전하는 문단에 있어서는 한 개의 사조나 경향은 그 사회 현실로서나 문학 현실로서나 필연적 산물이다. 그리고 작가나 평가(評家)는 매양 이에 기(基)하여 창작하고 비판해야 한다. 그러나 지금까지의 우리 문단은 그렇지 못했다. 평가는 부질없이 해외의 풍성학려(風聲鶴唳)에 휩쓸려 조선적인 현실을 도외시한 감이 불무(不無)했으며 또 작가는 작가대로 해외 사조와의 교류를 지나치게 거부해 온 감이 없지 않다. 그리하여 이론을 위한 이론에 함(陷)한 경향도 보였고 심하면 고집을 위한 논쟁으로 일을 삼은 혐도 있어 작가와 평가가 서로 괴리(乖離)케 되었었다. 문단의 고민은 실로 여기에 있었던 것이다. 그러나 새해를 맞아서는 작가나 평가를 막론하고 그 무슨 새로운 과제가 제출되어야 할 것이다. 해외에서 섬홀(閃忽)한 이색의 사조에서 보다 더 조선 현실에 기한 이즘을 양출(釀出)해야 할 것이다. 작가와 평가가 손을 맞잡고 나아갈 그 새로운 과제를 얻자는 데 이번 좌담회의 본의가 있었던 것이다.

일시 : 1937년 12월 15일 하오 5시~9시
장소 : 본사〔동아일보사〕 응접실
출석자 : 평론가 박영희, 극작가 유치진, 시인 김상용, 평론가 김광섭, 시인 모윤숙, 시인 정지용, 평론가 김문집, 시인 임화, 평론가 최재서, 소설가 김남천, 시인 김용제, 평론가 정인섭, 평론가 이헌구, 본사 측 서항석

서항석 : 일기(日氣)도 불순한데 이렇게 와 주셔서 감사합니다. 금년도 문단은 이미 검토도 되었으니까 오늘은 주로 명일의 조선 문학의 진로에 관해서 말씀을 해 주셨으면 좋겠습니다. 이런 기회가 아니더라도 늘 관심해 왔으니까 같은 말을 되풀이하는 것도 같기는 하지만, 획기적인 타개책은 갑자기 생각나지 않겠지마는 명일의 조선 문학 발전에 도움이 될 만한 방도가 없겠습니까.

김용제 : 좀 구체적으로 질문을 해 주시면 좋겠습니다.

서항석 : 다시 말하면 지금까지 논의되어 온 모든 문제, 가령 리얼리즘이라든가 휴머니즘, 낭만 정신이라든가 선발(先發)의 정신이라든가, 이런 것이 다 검토되었는지 그렇지 않으면 내년까지 끌고 가야 할 것인지, 이런 문제는 여기서 끝이 났다면 명년에는 어떤 새로운 이름이 문단을 레뷰하게 되겠는지.

박영희 : 허나 그 문제에 관해서 써 온 필자들 여기 다 모였으니까 그 문제들이 어느 정도까지나 검토되었는지 어디 필자들이 좀 이야기를 해 주시면 좋겠습니다. 지도적인 논문을 많이 쓰신 남천씨나 임화 씨나 김용제 씨나…

김문집 : 쓰긴 뭘 많이 썼나요. 나는 도시(都是) 평론가들이 예술이 뭔지 문학이 뭔지를 알고 쓰는 겐지부터가 질문입니다. 리얼리즘 리얼리즘 하는데 그 리얼리즘과 예술과의 관계를 알기나 하고서

박영희 : 그러나 나타난 것 가지고 이야기 하잔 말이지요.

김남천 : 아니 김문집 씨가 어떻게 해서 그렇게 보는지를 추구할 필요가 있잖습니까.

김문집 : 내가 보건댄 공상적인 개념, 아무런 감수성도 없이 그저 개념화한 인상만으로 비평을 하는게 평론가인가?

김남천 : 그건 김문집 씨의 견해지.

김광섭 : 김문집 씨 말씀은 감상에 불과하지 그런다면 좌담회가 성립이 되나.

서항석 : 그렇지요.

임 화 : 아까 필자 당자들이 말을 하라지만 그 점을 읽으신 분들이 더 잘 알잖을까?

김남천 : 그렇죠. 총평 쓰신 분들이 잘 아시겠죠. 리얼리즘이 날마다 되풀이 된다고 거기에 염증을 내는 것 같으나 그렇다고 새 문제 새 이즘만이 문단을 인도한다는 논법도 없잖습니까.

김문집 : 김남천 씨는 새삼스런 고발의 문학을 제창하는데 어떤 작품을 물론하고 그 속에는 고발의 정신도 있고 리얼리즘도 있고 또 낭만 정신도 내포되어 있는 것이지요.

김남천 : 내가 고발의 정신을 제창한 것은 조선의 사회적 현실이 작자로 하여금 그것을 선발시킨 까닭입니다. 그래서 나는 작자인 만큼 지금까지 작가들이 범해 온 주관주의적인 과오에서 벗어나서 좀더 이해하고 그 현실을 문학적으로 화(化)시켜서.

김문집 : 그러타면 백백교(白白教)의 신문 기사가 고발적인 점에서는 더 효과가 있을 것이다. 그 속에는 고발의 정신도 있을 것이고 리얼, 낭만 다 들어 있지요.

헛되이 남의 문단의 모방만 하고.

정인섭 : 모방이 나쁜 것은 아니지요. 문제는 거기에서 우리에게 논의되어야 할 새로운 문제를 발견하는 데 있지요. 그런 논전을 논전대로 내버려 둡시다. 휴머니즘(이) 논의되어도 좋은 것이고 리얼리즘이 검토되어도 좋지요. 그리고 각인각색의 리얼리즘이 생겨서 화제가 되어도 좋지요. 보편적인 의미의 리얼리즘이든가 경향적인 작가들이 일 목적만을 위한 경향적 리얼리즘이라든가 이것은 다 용인할 수 있는 겁니다. 다만 최재서 씨에게 묻는 말인데 최형은 심리주의와 리얼리즘을 어떻게 구별하시나요? 이상의 「날개」를 리얼리즘의 심화라고 했는데 그런 심리주의 리얼리즘도 리얼리즘이라고 부를 수 있을까요.

최재서 : 그것은 신문사에서 붙인 제목이나 심리주의 리얼리즘이 붙었으니까 그렇게 부를 수 있겠죠.

정인섭 : 그런 심리주의적인 리얼리즘이 금후로도 발전할 수 있고 실천화할 수 있을 것 같지 않습니다.

최재서 : 그런데 김남천 씨 리얼이라고 하지 않고 고발이라는 신술어를 쓴 동기는 어떻습니까.

김남천 : 리얼을 좀더 심화하는 의미에서 고발이란 말을 썼습니다.

최재서 : 그래도 리얼리즘과는 무슨 관련성이 없을까요?

김남천 : 인간에게 있는 가장 아름다운 감정이 증오할 만한 사실을 고발한다. 그 증오를 고발하는 마음도 역시 사랑하기 때문에 고발하는 것이다. 그러나 소시민은 사회적 현실에서 증오를 발견하기 전에 자기 자신 속에서 증오를 발견합니다. 그래서 그것을 고발!

최재서 : 그러면 리얼리즘을 표방하는 작가나 평가는 지금부터는 사회적 현실을 고발하는 것이 아니라 자아를 고발해야 합니까?

김남천, 임화 : 그런 것만은 아니겠지요.

최재서 : 그러면 「소년행」, 「남매」 등 남천씨 작품에서 고발성을 연 인물은 누굽니까?

김남천 : 사회적 현실의 산물인 빈곤, 비굴 등을 고발했다고 생각합니다. 그리고 너무나 무능, 무기력한 자아, 인텔리에 대한 증오를 고발했다고 봅니다.

최재서 : 그렇다면 '고발의 정신'이란 리얼리즘의 폭로의 정신과 조금도 다를 것이 없잖습니까.

정인섭 : 그런데 「제퇴선」 맨 끝에 "그도 결국은 소부르에 불과했다"는 웅변을 토하게 했는데 이렇게 인물로 하여금 고발을 시키는 것일까요.

김문집 : 고발이란 말은 휴머니즘과 같은 말이지.

정인섭 : 왜 걸작은 걸작입니다. 왜냐면 심리주의적 인도주의와 심리주의적인 리얼리즘에 고발의 정신까지 하면 삼위일체가 되니까 걸작이 아니고 됩니까.- 허나 이것은 완전히 실격입니다. 이유는 휴머니즘의 정신으로 고발이 되지 못하고 정욕에 끌려 에르를 고발하는 데 그쳤으니까 실패지요.

최재서 : 남천 씨의 고발운운은 좋게 말하면 폐인의 정열의 발현이오. 기쁘게 말한다면 무기력하기 짝이 없는 것입니다.

임 화 : 이 작품에서 작자는 주인공이 기생을 구하려고는 하면서도 그것이 불가능한 이 현실을 주제로 작품을 구성했는데 물론 그 의도만은 좋으나 이렇게 사소한 일을 통해서 인간의 추잡한 일면을 나타내자면 기생이 좀더 뚜렷하게 나와야 할 것입니다. 기생이란 인물이 너무 그림자 같아서 효과가 없었죠. 허나 남천의 작품은 전부 그럽디다.

김남천 : 나는 그 작품에서 인도주의적 허망, 환상 같은 것을 고발하려고 한 것인데 역량이 부족해서 작품에까지 그것이 나타나지 못했지.

김문집 : 남천 군. 그것이 자승자박(自繩自縛)이라는 것이오.

최재서 : 그래도 노력을 했다면 노력했다는 흔적만이라도 남아야 하잖을까?

서항석 : 그런데 가만히 보면 요새의 문단은 이즘한테 너무 구속이 된 것 같은데…… 가령 리얼리즘으로부터 떠나는 것은 작가로서 무슨 큰 과류(過謬)나 되는 듯이 해석하는 -

정인섭 : 그러니까 우리문단에서는 먼저 이 이즘을 해방해야 합니다. 이즘으로 구속을 말고 각자가 자유 분방하게 자기의 특장을 발전시키도록. 평론가들도 이 이즘에서 해방이 되어야 됩니다.

서항석 : 도시 휴머니즘이란 것을 간단히 말한다면?

정인섭 : 현재 제창되고 있는 휴머니즘은 인도주의를 배격합니다. 좀더 전진적(全陣的)으로 말한다면 백철 씨의 휴머니즘과 김용제가 말하는 고발의 정신과는 그 ABC에서 XYZ에까지 정반대지요. 즉 프롤레타리아를 위한 휴머니즘의 완성인데 이는 미운 것은 영구히 머문 것이지요. 그리고 임화 씨는 백철 씨나 김용제 씨한테 너무 관대한 것도 부당합니다.

김문집 : 작가란 미워하고 사랑하는 것이 없어야 한다. 작가가 작중 인물을 사랑하지 않고는 작품을 못쓰지, 그것은 예술가의 태도가 아니야. 예술가란 악인을 취급을 할 때라도 그 악인의 아름다운 관성을 그리게 되는 것이니까.

서항석 : 김광섭 씨 왜 잠잠코 과자만 잡수십니까. 어디 휴머니즘에 대해서 한 말씀.

김광섭 : 글쎄 지금 여러분들의 말씀을 들었지마는 내게 말을 시킨다면 휴머니즘이란 현대와 같은 정세에서는 휴머니즘으로서의 기능을 완전히 발휘할 수가 없고 다만 억제된 인간성을 좀더 인간다웁게 발전시키고 계몽한다는 의미로 봅니다. 물론 이 신의(宣義)는 현재의 사회 정세를 참작해서 한 말입니다.

(7시 석반〔夕飯〕)

서항석 : 요새 보면 리얼리즘으로부터 떠나서는 작가의 큰 죄나 되는 듯이 생각하는 경향이 보이는데 여기서 새로운 길이 없을까요?(정지용 씨 참석)

김문집 : 글쎄 먼저 평론가들이 예술가가 돼야 한다니까. 문예 평론가들은 고발이니 리얼이니 공연히 이즘만 찾지말고 먼저 예술 전(前의) 감정을 길러야 해요.

정인섭 : 그보다도 이 시대는 이론을 강요할 시대가 아닙니다. 통일된 이론을 재래처럼 요구할 수가 없으니까 먼저 이즘을 해방하는 것입니다. 그렇다고 이즘을 무시하는 것은 절대 아닙니다. 되려 그 반대지요. 그리고 통일된 이론에 작가들은 구속이 될 필요가 없다고 생각합니다.

김광섭 : 그러나 통일된 이론을 세울 수 없다 하더라도 고민하는 과정을 살릴 필요는 있지요. 쉐스토프의 침통과 같은. 다시 말하자면 침통은 또 침통으로서의 통일된 이론이 성립되잖을까.

정지용 : 정인섭 씨는 괜히 문자만 쓰느라고.

서항석 : 그럼 어디 문자 안 쓰고 말씀 좀 하시지요.

정지용 : 이즘이 없긴 왜 없어요? 씨름을 하는 데도 씨름하는 법이 있는데. 그저 뾰족한 소리는 살살 피해가며 책 안 잡힐 안전 지대에서 뱅뱅 돌 일이지.

김용제 : 말이 부족해서 평론가들은 불리해요.

서항석 : 그러면 내년에도 리얼리즘을 그대로 가지고 가야 할까요. 너무 한군데 구속이 돼서 그것이 그대로 작품 비평의 척도가 되고 기준이 돼 버리는 것 같은데?

정인섭 : 향토적 신비주의로 나간다면?

최재서 : 민족주의적인 것을 의미하는 말인가요?

정인섭 : 그보다도 각자가 자기가 신봉하는 이즘을 발육시켜서 거기서 각자의 이즘이 살고 걸작이 나오게 된다면-

정지용 : 이즘을 수입은 잘 해도 그것이 조선에 와서는 발육이 못되고 빼빼 말라 죽으니 웬일입니까.

유치진 : 작가가 리얼리즘만 추궁하고 보면 너무 어두워져서 비관으로 흐르기가 쉽고 나종에는 자승자박이 돼서 신변 소설화하기가 쉽게 되더군요. 리얼리즘에 입각한 자신 자신의 에스프리를 강조, 거기서 수년 세례를 받은 후에 낭만적으로도 수련을 해서 자기를 계발하는 것이 명일의 문학의-

정인섭 : 당신이 고조(高調)하는 낭만주의란 신낭만주의를 말하는 겔까?

유치진 : 내가 말하는 낭만주의란 임화 씨가 말하는 리얼리즘에 입각한 시뻘건 심장이란 의미의 것입니다.

정지용 : 글쎄 문학이란 공식이 아니래두들 그러거든. 아리스토텔레스가 한 말처럼 예술은 엄숙해야 하지요. 덮어놓고 황당무계한 것이 낭만이 아니고 정확한 것만이 리얼리즘이 아니지요.

김문집 : 정지용 씨 말에 나는 대체로 동감입니다. 그러니까 작가는 제 갈 길을 가고 평론가는 예술가가 되어서 재출발해야죠.

이헌구 : 예술가로 돌아가라느니보다도 좀더 현실적으로 문제를 포착할 줄 알아야 하고 그 현실 속에서 늘 새로운 문제를 제시해야 합니다. 공연히 문자만 쓰거나 문학만 희롱하는 데 그치지 말고 현실을 잘 이해하고 사회를 정확히 관찰해서 자꾸 새로운 문제를 제시하도록.

김문집 : 새로운 문제야 평가가 제시하는 것이 아니라 작가가 제시하는 것이지.

임 화 : 유치진씨가 리얼리즘의 세례를 받으며 낭만화하듯이 지금 작가들은 거의 리얼리즘으로부터 떠나는 것 같습니다.

정인섭 : 임화적 리얼리즘에서는 떠나는 게죠. 그렇다면 작가들은 모두 낭만주의화한다는 말씀인가요.

임 화 : 보편적인 리얼리즘에서 작가들이 떨어져 가는 것만은 사실입니다. 이효석 씨 같은 분은 에로티시즘으로 떨어지고 금년의 당선 작가들

도 생활의 광범한 관심을 버리는 것 같습니다. 이런 때는 평가들은 작가들을 다른 좋은 길로 지시해야 할 것입니다.

최재서 : 어디 유치진 씨 말씀을 좀더 들었으면-. 즉 작가가 리얼리즘에 분리되는 것은 어떻게 보는지?

임 화 : 유치진 씨 말대로 리얼리즘의 길은 어두운데 그러니까 작품도 자연 어두워지지요. 그래서 로맨티즘이 일루의 희망을 줍니다. 그러나 나는 그보다도 우리네 작가가 우리의 현실을 아느냐 모르느냐가 의문입니다. 우울한 현실 분위기에 휩쓸려서 이데올로기를 상실한 것 같습니다. 외국을 본다면 19세기 말의 호걸(豪傑)한 속에서도 신시대가 제시되지 않았던가요. 체홉이나 알티바세프에서 어떻게 고리끼가 나왔는가. 이것이 모두 작가가 현실을 떠나서-

김문집 : 무슨 소리! 작가가 현실을 안 본다?

임 화 : 아니 안 본다는 게 아니라 좀더 광범한 현실을 봐야 한단 말입니다.

김문집 : 무슨 소리.

최재서 : 리얼리즘은 완전히 패배한 것이 아닌가 합니다.

김문집 : 그도 안될 말. 리얼리즘이 언제 패배했단 말입니까. 패배했다면 벌써 백 년 전에 패배한 것이요 패배치 않았다면 백 년 후까지라도 문학이 있는 한 소멸되지 않을 겝니다. (1월 1일)

하

김문집 : 작가가 현실을 안 보는 것은 아니지요. 그리고 19세기의 암담한 우울 속에서 고리끼가 나왔다고 그러는데 어디 우리한테는 그런 탁월한 생각을 가진 사람이 없는 줄 아십니까. 아닙니다. 그것은 경제

적으로 또 사회적으로 사정이 달라 그렇습니다. 먼저 우리는 자기 우울에 충실해야지요.

임 화 : 충실?

김문집 : 말하자면 우울 속에서 우리의 우울상을 그리고 거기서 새로운 시대, 새로운 광명을 갖어야지요.

임 화 : 작가란 자기 자신에게 보다 더 가혹해야 해.

최재서 : 리얼리즘이 당을 떠날 수가 있는가?

임화, 김용제 : 물론!

김광섭 : 사회 정세가 급전적(急轉的)으로 변하는 데서 리얼리즘이 로만티시즘으로 흐르게 되는게죠. 진정한 의미의 리얼리즘이란 지금은 문학에서는 불가능하니까. 그래서 내적의 고민상을―

정지용 : 뭘 사실주의에서 이미 실패한 일이 있는데.

정인섭 : 로만티즘과 리얼리즘을 조화시킬 수 없을까?

정지용 : 또들 그러거든. 왜 한골로 그렇게 몰아넣지를 못해서 애를 쓸까?

모윤숙 : 도시 평가들은 작가를 무시합디다.

유치진 : 모윤숙 씨와 이헌구 씨는 좀더 고민하라는데 현재 그런 작품은 없기는 하지만 그 이상 고민하면 허무주의로 돌아갑니다.

김남천 : 내년까지는 고통 시기지.

정지용 : 고민 고민 하는데 일부러 장질부사를 앓을 필요가 어디 있나요?

서항석 : 그런데 김상용 씨. 왜 한 말씀도 안 하십니까.

정인섭 : 지금 고민을 하고 있습니다.(웃음 소리)

김상용 : 그저 배우고 있습니다.

최재서 : 유치진 씨는 자주 낭만화를 말씀하는데 그러다가는 돈 키호테가 되어 버릴 우려가 있죠.

서항석 : 이야기가 자주 딴 데로 미끄러지는데 이렇게 하지 말고 한 분 한 분 의견을 진술해 주십시오. 내년의 새로 나타날 새로운 경향이라든

가 우리가 특히 노력해야 할 방면이 어딘지…

김광섭 : 예술가들, 작가나 평가나 모랄을 세우는 것은 절대로 필요하겠지만 이론은 좋으나 그 이론대로 실천하기는 어려운 것입니다. 작가나 평가의 비애는 거기 있는 것이지요. 아까들 생선 썩는 것을 인례(引例)로 삼았는데, 나는 무엇보다도 조선이란 특수 지역과 그리고 거기에서 생활하는 인간, 생활의 분위기를 잘 살려서 그 비관 속에서 헤매이는 자기 자신의 정체를 발견하는 것이 무엇보다도 급선무라고 생각합니다. 우리가 살아 온 기록, 고민한 기록, 그것이 필요한 것이지 실천하기 어려운, 예를 들면 오늘 현실에서 적극성을 딴 휴머니즘이라든가 이런 이론은 쓸데가 없지요. 이런 현실에 제창된 김남천 씨의 고발의 문학 정신이란 도저히 발휘할 수가 없습니다. 쓰러넘어지는 자태, 그것을 어떻게 지목하느냐 어떻게 여실하게 독자에게 전할 수 있느냐.

김용제 : 그것은 비관적 주관주의가 아닐까? 나는 조선의 작가들은 너무도 현실을 현실 그대로 정관(正觀)치 못하고 무비판, 무성의하게 현실에 추종하기만 하기 때문에 그런 비관 문학이 나온다고 봅니다. 현실을 떠나서는 문학이 없습니다. 조선 작가는 현실을 리얼하게 그릴 줄을 모른다. 예를 들면 백백교의 미신 폭로, 광산 생활 보고, 비상시 풍경 같은 것에는 소극적이나마 손을 대지 않고 있으니 그 이것이 작가들의 현실 회피가 아니고 무엇일까요.

이헌구 : 좀더 암담하고 우울한 분위기를 맛보자는 것은 김광섭 씨와 동감입니다. 즉 현실이 그대로 반영된 거울로서의 문학, 그런 작품을 남기면 싶습니다. 그 밖에는 조선 문학은 현실적으로 나지 못하고 상징적으로 흐르지 않을까? 심하게 되면 메테를링크와 같은.

정인섭 : 아까도 한 말이지만 당분간은 이즘을 해방할 것이요, 주류로는 역시 희망이라든가 광명을 목표로 로만티즘과 리얼리즘을 조화시켜서 감정과 의지를 만족시킬 그런 작품이 나왔으면 합니다.

김상용 : 배우러 온 사람더러 자꾸 말을 하라니. 그런데 내게 말을 시킨다면, 첫째 예술이란 자기 자신에 정직해야 할 것. 그러니까 자기 소신대로 매진할 것이지요. 그리고 그 방향이란 무슨 주의든 간에 예술의 ABC인 예술이라야 할 것 같습니다. 예술의 재료가 없는 것이 아니라 자기가 무력한 것이지요. 근본 문제로 가서 무엇보다도 예술은 먼저 예술이어야 합니다. 둘재로는 탐구. 고민을 크게 고민하는 영현(靈現) 이것이 필요하다고 생각합니다.

모윤숙 : 오늘날의 객관적 정세가 그것을 허용치 않으니까 거대한 문학은 당분간 어려울 것입니다. 애란 문학은 우리와 가장 가까운데 거대한 반면에 섬세합니다. 그러나 애란 문학에 거대란 대중성이 없다고 문학적 (가)치가 없다고는 하지 않으니까 아프고 쓰리고 한 것을 그대로 섬세하게라도 표현하는 게죠.

정지용 : 자꾸들 현실 현실 하는데 이건 현실에 사로잡힌 것 같습니다그려. 개가 죽은 것도 현실이고 공자가 춤을 추었대도 현실인데 뭘 그렇게 어렵게들만 생각합니까. 현실 비판은 진리인데 문학인이란 현실인이요 향락인입니다. 조선 문학이란 조선말로 쓰여진 것입니다. 거기에 조선적인 음, 색, 희, 애, 락 모든 것이 째어집니다. 그러면 고만이지 일찍이 사진주의에서 실패를 하고도 또 현실, 리얼리즘 어이 참들.

김문집 : 몇 번이나 말했지마는 조선의 평론가는 공상적인 데로부터 떠나야 합니다. 조선의 평가들은 지성에서 감수성을 획득해야 하지요. 고민은 진정한 의미의 고민이 될 수 없다. 가장 즐거워 할 줄 아는 사람이라야 고민할 줄도 아는 것이오. 따라서 예술도 거기서 나와야 한다.

시항식 : 감사합니다.

(9시 산회〔散會〕)

(『동아일보』, 1938년 1월 1~3일)

신협(新協) '춘향전' 좌담회

장소 : 경성부 관훈정(町) 〔문우식당〕

시일 : 10월 30일 오후 1시

출석자

이원조

이무영

김남천

이서경(李曙卿)

서광제(徐光霽)

박향민(朴鄉民)

〔무순〕

본사측

안동수

기자 : 바쁘신데 이처럼 오셔주셔서 감사합니다. 오늘은 여러분을 모시가 이번 '신협' 내연(來演)의 「춘향전」에 대한 여러 가지 비평과 감상을 듣고자 합니다. 아시다시피 「춘향전」은 조선 고전 중에서 가장 우수한 작품의 하나로서 외국어로 번역된 것은 많으나 조선 말 아닌 다른 말로 번안 각색되어 무대에 상연되기는 이번이 처음인 줄 압니다. 더욱이 그것을 처음으로 공연한 신협은 내지 신극계에 있어서 가장 진보적이고 역량을 가진 극단인 만큼 그들이 고전 「춘향전」을 얼마나 그 고유한 전통을 잘 살려갔는가, 무엇을 조선 신극계에 남기고 갔는가, 여러 가지로 비평되고 섭취되고 검토된 점이 많으리라고 생각합니다. 아무쪼록 기탄 없이 많이 말씀해주시기를 바라오며 사회는 서광제 씨가 해주시기로 되었습니다.

서광제 : 그러면 「춘향전」은 조선 고래의 창극조로 된 것인데 국어로 상연될 때에 어떻게 보셨습니까?

이원조 : 원래 「춘향전」을 형식적으로 보면 원곡(元曲)의 영향을 많이 받아서 읽는 글보다 노래 부를 수 있는 작품입니다. 가령 어느 춘향전을 보더라도 전부가 4·4조로 되어 있는 것은 오늘날 우리가 일상생활에 쓰는 말이나 오늘날의 산문이 아닌 동시에 또한 춘향전의 독특한 뉘앙스도 이 저에 있는 것입니다. 그러나 장혁주 각색을 보면 이러한 점에 조금도 유의하지 않은 것 같습니다. 가령 이도령과 춘향이가 백년가약을 하는 장면에 상전이 벽해된들 마음이 변하겠는냐 하는 것을 '野原が川になつても' 한 것은 상전이 벽해된들 하는 어감도 안 나오거니와 본격적인 국어는 어디 그런 국어가 있습니까? 그러니 국어도 아니고 조선말도 아닌 것이 되고 말았습니다. 이것은 한 개의 삭은 예이지마는 이밖에도 풍속, 습관, 제도, 이러한 우리들의 옛날 생활 분위기에 대한 이해가 너무 없더군요. 그러니까 언어, 동작이 모두 부자연했습니다.

서 : 방자는 조선말로 그대로 부르면서 이도령은 '若樣, 若樣' 하니 어디 이도령을 '若さま'라고 해서 이도령을 부르는 어감이 날 수가 있습니까. 국어로 하면 전부를 국어로 하고 그렇잖으면 그대로 조선말을 써야지 어떤 것은 조선말로 하고 어떤 것은 국어로 부르니 더 어색하더군요.

이서경 : 잘된 극이라고들 하던데요. 모두들 보면서 느껴울며 대단히 감격하는 것을 보았습니다. 물론 부분 부분에 대해 지적할 모순이 없는 것도 아니지마는, 전체로 보아서 어지간히 된 극이라고 봅니다. 동경서 공연하는 것도 보았습니다만 그 곳에서는 대환영입디다.

서 : 내지인이 춘향전을 보고 감격한다고 성공한 것으로는 볼 수 없습니다. 내지인은 조선 사람의 생활풍속을 모르니까, 더욱이 고전 춘향전을 이해 못하니까 조선 사람의 생활관습은 저렇거니, 옛날 춘향이들의 생활은 그려려니 하고 무대에 나타난 모든 것을 그대로 믿고 보니까 그렇지 정말로 내지인들이 춘향전을 이해하고 보았다면 역시 많은 결점을 발견했을 것입니다.

이서 : 내 생각에는 여러 가지 광범히 섭취할 점이 많다고 생각합니다. 단지 무라야마(村山)씨가 가부키(歌舞技)의 수법을 썼기 때문에 부분적으로 혼란된 곳이 많았는데 그것은 무라야마씨의 고전에 대한 이해가 부족했던 까닭이라고 봅니다. 그러니까 연극을 보면 내지 가부티와 꼭 같은 인상을 받았는데 이것은 조선 고전과 내지 가부키가 꼭 같은 종류라는 인식을 일반이 가지게 할 우려가 없지 않았습니다. 그러나 조선의 신극 운동을 위하여 이번 신협 공연에서 여러 가지 많은 섭취할 점이 많았다고 생각합니다. 가령 조명, 장치, 연기 등 여러 가지 조선 신극 운동을 위하여 플러스했다고 생각합니다.

박향민 : 글쎄…… 나는 이번 춘향전극을 보면서 조금도 조선 춘향전을 보는 감흥을 얻지 못했습니다. 그리고 촌산지의(村山知義)가 막간에 나와서 춘향전과 가부키가 비슷하다는 말을 했는데 도시 그 말이 애매하

고 막연하더군요.

김남천 : 난 보지는 못했습니다만 춘향전 전체를 가부키적으로 연출을 했던가요?

이서 : 전체를 다 가부키적으로 연출한 것이 아니라 부분 부분이 그렇게 되었더군요. 그러니까 극 전체가 혼란되었지요.

김 : 그렇다면 결국 신극적으로 파악치 못한 곳은 가부키적으로 연출했다는 것인데 그것은 무엇보다도 연출자 무라야마 지의가 춘향전 연출에 있어서 일정한 통일된 방침을 갖지 못했다는 무엇보다도 큰 증거로 볼 수 있겠지요.

서 : 무라야마 지의는 아마 조선 사람은 신극을 잘 모르는 줄 안 모양이지요. 도대체 먼저 조선 사람의 생활관습에 대한 지식을 가지기 전에 춘향전에 손을 덴 것이 실망이지요.

이원 : 나는 첫 날 가보았는데 제1막이 마치고 관객들이 낭하에서 모두 감상담을 아야기하지 않겠습니까. 나도 그런 말을 했습니다마는 제1막에서 이도령의 언어나 동작이 부자연하고 게다가 과장이 심하다는 말을 모두 하게 되니까 연출자인 무라야마씨는 적어도 관객들의 이러한 의견을 종합해서 청취하려고, 말하자면 '手先き' 늘어놓았을 것입니다. 그랬다가 이러한 의견을 들어다 이야기하니까 연출자는 다소 황당해서 막간에 나와 자기의 연출 의도가 가부키적 수법을 썼느니 뭐니 한 것입니다. 만약 안 그렇다면 연출자가 개막하기 전에 당당히 자기의 연출 의도를 관중에게 공표할 일이지 왜 막간에 나와 그런 말을 하겠습니까.

김 : 그러니까 무라야마 자신은 연출에 대한 일정한 방침이라는 것이 없어서 신극적으로 파악지 못한 곳은 선숭선숭 어름어름해 버렸나가 첫 막을 한 뒤에 일반의 평이 좋지 못하니까 갑자기 기선(機先)을 제(制)하는 의미로 막간에 나서서 나는 간간히 가부키적 연출도 했노라고 한 것이

분명한데 아마 다소 당황했던 모양이죠.

이원 : 연출에 대해서 전문적인 영역은 모르겠습니다마는 연극이 가부키적인 연출이나 연기를 쓴 데는 부자연하고 어색하면서도 도리어 신극적인 사실적 수법을 쓴 데가 그래도 좀 무난하게 넘어간 것은 우스운 일 아닙니까.

이서 : 여하튼 어색한 데가 많긴 많았는데 그것은 춘향이라는 존재가 우리 생활 속에 너무도 똑똑하게 살고 있기 때문이 아닐까요. 다시 말하면 춘향이의 그 이미지가 리얼하게 우리 머리속에 살아 있기 때문에 그것과 먼 춘향이를 보면 곧 어색하게 느껴지는 것이겠죠.

(이무영 씨 참석)

이원 : 전체로 보아서 번안 각색한 이가 춘향전에 대한 이해가 부족하고 인물들의 성격을 똑똑히 하지 못한 때문에 배우들이 상당한 무대기술을 가지고도 그 기술을 마음대로 발휘하지 못하고 모두 얽매어 지나게 되었습니다. 만약 그만한 기술을 가지고서 춘향전 전체에 대한 이해나 생활 분위기 성격 같은 것을 충분히만 이해했다면 모르면 몰라도 관중들이 우는 장면이 얼마라도 있었을 것입니다.

박 : 위선 번안 각색한 장혁주가 춘향전의 그 시대에 대한 지식이 부족한 것 같더군요. 그런데도 조선을 이해시키겠다는 노력만은 엿보입디다. 말하자면 조선을 깔보지 않는—.

이원 : 그야 뭐, 깔보고 못 보고가 문제가 아니지요. 춘향전의 상연성과만 가지고 말이지…….

이서 : 그런데 각본을 보면 근본적으로 시대적 제약을 받고 있는 것 같더군요.

김 : 무라야마란 사람이 본시 춘향전을 이해할 만한 능력이 없는 사람이 아닙니까. 제 능력이 벅차면 벅찬대로 진지하게 이해하려고 연구나 했으면 쓰겠는데 춘향전의 본질을 붙들만한 예술가적인 안광은 없고 그대로 일

종의 재주나 장인기질을 가지고 달려든 겐데 통틀어 그 사람의 소설이나 영화에나 대부분이 그러한 경박한 태도가 보이지 않습니까.

이서 : 글쎄요…… '신협' 내부에서도 구보영(久保榮)이가 아마 제일 인기가 있는 모양이고 무라야마는 '인찌기'[1]색이 많다는 정평입니다. 그리고 그 사람의 성격부터도 좀 あらい[2]한 편이고…….

서 : 그건 이만하고 다음은 배우들의 연기에 대해서 말씀해 주시오.

김 : 나는 이번 공연을 구경도 못했고 그리고 좌담에는 나왔는데 내 생각으로는 연기나 기술이 문제가 아니라 신협 극단이 다른 것도 아닌 춘향전을 갖고 경성에 와서 공연하는 데 얼마만한 문화적 의의가 있느냐 하는 것을 검토할 수 있으리라고 생각해서 출석한 것입니다.

이원 : 연기만을 보더라도 춘향전에서 성격을 볼 때는 춘향모가 여간 중대한 존재가 아닌데 전편을 통해서 춘향모의 성격이 산 데가 없습디다. 가령 이도령과 춘향과 춘향모 세 사람의 극적 콘트라스트가 춘향전 전편 중에서도 거의 백미에 속하는 것이라고 볼 수 있는데 그 장면에서 이돌여은 어디까지나 수동적인 것입니다. 그러나 이번에 보니까 도리어 이도령이 능동적이더군요. 또 하나는 춘향모가 발악을 하는 장면에 그것이 극적 효과를 내자면 액션과 세리프[3]가 서로 조자(調子)가 맞아야 할 것인데 가령 발버둥을 치고 방다닥을 두드릴 때 그 액션과 함께 사설이 있어야 할 것인데 사설은 못하고 방바닥만 치니까 그 액션이 여간 어색하지 않았습니다.

이무영 : 나도 그 장면을 퍽 어색하게 보았는데 그만한 연기자들을 가지고 인물의 성격을 못살린 것은 연출자의 역량 부족으로밖에 볼 수 없겠죠. 그리고 농부들이 나오는 장면에서 농부들이 코를 풀어 신발에

1) 협잡, 부정을 뜻하는 일본어(いんちき).
2) あらい(荒い) : 거칠다.
3) 세리프 : せりふ. 대사.

닦는 것이라든가 춘향모가 담뱃대로 등을 긁는 것이라든가 조선 사람의 생활을 표현하고자 조선 사람의 가장 좋지 못한 점만을 너무 과장했더군요. 그런 것이 사실이라고 하더라도 꼭 그런 것으로 조선 사람을 묘사할 것이 뭡니까. 다른 방법으로 얼마든지 표현할 수 있지 않겠습니까.

박 : 그런 것은 각색자와 연출자의 악취미이지요. 그러니까 불쾌합니다. 가령 각색을 그렇게 했더라도 무라야마가 좀더 조선을 이해했다면 그런 것은 빼어버리고 달리 표현했을 것입니다. 그런 생활 성격은 조선에만 있는 것이 아니라 어디든지 있는 사실입니다.

이서 : 그런데 우스운 것은 무라야마 지의가 춘향전을 가부키 수법으로 연출했노라고 언명해 놓고 더러운 것은 더러운 그대로 표현한 것은 큰 모순입니다. 원래 가부키에서는 더러운 것도 아름답게 표현하는 것이 아닙니까.

김 : 가부키라는 건 추한 것도 아름답게 호화롭게 연출하는 데 가부키적인 것이 있는데 가부키적 연출도 고려했다는 무라야마가 어째서 그런 쇄말적이고 비본질적인 것을 잡아서 추한 것을 그대로 보였던가요. 여기에도 결국 무라야마의 두뇌 가운데 어떤 통일된 생각이나 상념이 서지 않은 표적이 나타난 것이 아니겠습니까.

이서 : 가부키에서는 거지라도 아름답게 표현하는 것이 아닙니까. 그런데 사도(使道)[4]의 추악한 면을 너무 지나치게 과장해서 여간 불쾌하지 않습디다.

서 ; 이도령이나 춘향, 춘향모, 사도 등은 이 극 전체를 살리는 데 절대로 중요한 인물들인데 내 보기엔 한 사람도 그대로 산 것 같지 않데. 이도령은 요새 말로 연애꾼 그대로고 춘향은 색정의 화신, 춘향모는 갈보, 사도는 조금도 인간성이 없는 ケタモノ[5] 같데…….(일동 소〔笑〕)

---

4) 사도(使道) : 사또.

이원 : 그러니까 결국 각색한 사람이나 연출한 사람이나 또 고증이든가 하여간 이번 춘향전에 관계한 사람이 춘향전에 관한 이해가 없은 까닭이지요. 어떠한 고전이든지 그 때의 제도나 습속이라는 것이 그 고전 이해의 중대한 요소이라면 춘향전을 이해하는 데는 그것이 신분제 사회의 예술이라는 것을 먼저 알아야 할 것입니다. 가령 이도령과 방자가 아무리 가진 우스개를 다 해도 그래도 늘 일정한 의식은 지키는 것입니다. 가령 광한루에서 이도령과 방자가 술을 먹고 우스개를 해도 방자는 늘 댓돌 밑에서 우스개를 하는 법이지 감히 마루에 올라가서 더구나 한자리에 앉아서 술주정을 하는 법은 절대로 없습니다. (일동 소) 그리고 어떠한 고전이든지 다 그렇지마는 더구나 춘향전의 묘미는 무엇이나 극단으로 표현하지 못하는 거기에 있는 것인데 이러한 묘미가 전부 말살되었습디다.

김 : 무라야마 지의의 경력으로 보아 춘향전을 신분 사회와 분리해서 생각할 수 없는 것쯤은 알 만할 텐데 춘향전에서 시대성이라든가 신분 제도의 반영이라는 점까지도 고려치 못했다고 하면 결국 그 사람이 조금도 춘향전을 진지하게 검토해 볼 생각조차 안 가졌다는 말로 되겠지요.

이원 : 가령 사도가 춘향이한테 아무리 반했더라도 어디 부랑자가 술집 계집애한테 반해 날뛰듯이 그렇게 엎어지고 자빠지고 할 수 있겠습니까. 토호질을 해도 양반의 입으로 돈 말을 하지 않는 것과 같이 속으로는 아무리 수욕(獸慾)이 있더라도 겉으로는 의젓하게 체면을 차리는 것인데 어디 명색이 사도란 자가 육방 관속이 늘어선 동헌에서 그렇게 술취한 놈 같이 날뛰는 법이 있나요. 그러니까 위에서도 말한 바와 같이 춘향전의 시대성이라든지 문학적 구조에 대해서 너무 몽매한 때문에 그렇게 되었다고 생각합니다.

이무 : 그리고 이도령과 춘향이가 만나는 제1막 2장을 보면 꼭 소위 요새

---

5) ケタモノ : けだもの. 짐승이란 뜻.

모던 보이 모던 걸들의 '랑데뷰'하는 것 같더군요. 어디 옛날 처녀가 사내 앞에서 그처럼 능란한 교태를 부릴 수 있었겠습니까. 요즘 처녀들이라도 그렇지 못할 것인데…… 그리고 이도령이 광한루에서 그네 뛰는 춘향이를 불러와서 말수작을 하는데 춘향전 원작이 그렇게 되었던가요.

이원 : 글쎄요. 춘향전이란 하도 많으니깐요. 옥중화에는 춘향이 불려오지 않았다 했고 고본 춘향전에는 불려왔다고 되었지요마는 아까 서광제씨 말씀이 춘향이가 마치 색정의 화신 같이 되었다는 것은 춘향이를 표현하는 데 가장 중요한 요소인 '수삽(羞澁)'[6]한 태도가 나타나지 않은 때문입니다. 사실 전편을 통해서 춘향이에게 수삽한 태도란 눈닦고 볼래야 볼 수가 없으니까요.

김 : 본시 무라야마란 사람은 재주는 있는지 몰라도 예술가적 감수력이나 독창성은 조금도 없는 사람 같은 느낌을 가져왔는데 그건 그가 쓰는 소설이나 과거에 동경서 본 영화에서도 한가지로 동일한 느낌을 받아왔습니다. 손끝의 재주지 예술가적인 데가 부족한 사람. 그러니까 춘향전을 통독하고나서도 그 가운데서 예술적으로 잡아야 할 본질적인 것은 놓쳐버리고 서울 장안을 구경하고도 다른 중요한 것은 붙잡지 못하고 담뱃대로 등을 긁든가 코를 풀어 신바닥에 바르든가 지게꾼이든가 하는 구접지근한 エハガキ[7]조각이나 붙잡는 것이 아닙니까.

이무 : 그리고 도무지 극순이 안 맞는 데가 있습디다. 이도령과 춘향이가 두번째 만날 때 춘향이가 쪽을 지었는데 그 때까지의 순서로 보아서는 아직 춘향이는 처녀여야 할 것인데 어째서 쪽을 지었는지 도시 요령부득입니다. 설마 그 때 시집가기 전의 처녀가 머리를 쪽지지는 안았을 텐데…….

---

6) 羞澀의 오식? 부끄러워 머뭇머뭇함.
7) えはがき(繪葉書) : 그림엽서

이원 : 그리고 춘향이와 이도령이 만나는 것도 어느 원전이나 다 춘향이 집에서 만나는 것인데 무슨 때문에 제1막 제2장 광한루 앞에서 밤에 만나게 했는지는 모르겠습니다. 그런 것은 원전에도 없거니와 없는 것보다 그 때 사람이 방에서는 그보다도 더 음탕한 짓을 했을는지도 모르지만 어디 총각과 처녀가 제법 현대식 '랑데뷰'를 했겠어요. 습속으로 틀렸거니와 극적 효과로 보더라도 금방 제1장에서 광한루가 나오고 제2장에 또 똑 같은 배경이 나와서 여간 무미하지 않더군요.

박 : 그리고 이도령이라 하면 그 시대의 위엄 있는 양반 자식으로 아무리 춘향이한테 반했다 하더라도 그래도 어느 구석에고 양반의 티를 가져야 할 것인데 그런 것은 조금도 없고 그저 소리만 지르고 도무지 경박한 것이 이도령 역이 조금도 살지를 못했더군요.

김 : 용택수(瀧澤修)라는 사람은 동경 있을 때「吃へる支那」라든가「ガスマスク」등에 출연한 걸 보았고 그 뒤에 P・C・L 사진에서도 더러 보았는데 이도령엔 부적당한 배우가 아닙니까.

서 : 다음은 무대 장치나 의상에 대해서 말씀해 주셨으면 합니다. 내 생각 같아서는 적어도 '신협'하면 다른 건 몰라도 무대장치나 의상 같은 것에는 서툰 실수는 안 해야 할 것 같은데 이번 공연을 보면 제1막 1장이던가 2장에서 무대장치에 적색을 쓴 데다가 춘향이도 붉은 치마를 입고 나와서 여간 색채 조화가 어색하지 않았습니다. 이런 건 무라야마가 몰랐다 하더라도 다른 사람들이 일러주어야 할 것인데…….

이원 : 그것뿐 아니라 제2막이던가 춘향의 치마에 금박 박은 것을 입었는데 치마에 금박 박은 것은 공주나 옹주가 입고 사대부 집에서도 입지 못했던 것인데 하물며 기생이 어디 입을 수가 있겠어요. 그리고 제1막 제2장에 춘향이 덮어쓴 책보 같은 것이 아마 길치마라는 것인 모양이나 기생 집에 길치마가 당치도 않고 당하기로서니 그게 무슨 길치맙니까. 마치 남양토인(南洋土人)들 계집애 같아서 매우 불쾌합니다.

이무 : 남양토인들이 책보를 썼으니까 조선도 옛날에는 그런 것을 덮어쓴 줄 안 게지요.(일동 소)

서 : 다음은 막과 장에 대해서 말씀해 주시지요. 내 생각에는 생략해야 할 곳과 생략해서는 안 될 곳을 혼동한 감이 없지 않습니다.

이원 : 막 닫히는 데가 어떤 데는 너무 '시바이지미'[8] 한 데가 있더구요.

서 : 끝 막에 춘향이가 옷 갈아입는 데는 어떻게 보셨습니까?

이서 : 동경 공연에서는 그렇지 않았는데…….

이무 : 옆에 방이 있었으니 방에 가서 갈아입든지 그렇잖으면 입은 옷 그대로가 더 실감이 나서 좋을 텐데 무슨 턱으로 무대 위에서 돌아서서 옷을 갈아입게 했는지 모르겠습니다.

이서 : '통인(通引)'들의 걸음걸이도 우습더군요. 그런 걸음걸이는 옛날 통인의 걸음걸이도 아니고 가부키적 'カタ'[9] 도 아니지요.

서 : 이번 신협 공연이 조선 고전의 전통을 살렸다고 보십니까 또는…….

김 : 그야 여지껏 이야기한 결론으로 보아 명확치 않습니까.

서 : 그러면 이번 신협 공연의 경험으로 보아 내지인으로서 조선 영화 춘향전을 제작해서 성공할 수 있다고 생각하십니까.

김 : 연극에서 그만큼 실패했다니까 영화로 찍으면 찍을 수는 있겠지만 성공은 기대될 수 없겠지요.

이원 : 그야 아주 천재 감독이 나온다면 모르겠지마는 만약 무라야마 지의가 현재 춘향전 이해자의 제일 권위라면 우리가 어느 정도까지라도 만족할 수 있는 영화 춘향전은 줄잡아도 한 30년 후에 기대하는 것이 좋지 않을까요.

이무 : 이름만은 춘향전이라도 전부가 현대 것이 되어버리겠지요.

서 : 끝으로 신협 춘향전의 조선 공연에 대해서 느끼신 바를 말씀해주시면

---

8) しばいじみ : 연극조의·과장된

9) カタ : かた(片). 쪽. 혹은 がた(型)의 오식인 듯. がた는 타입.

좋겠습니다.

이원 : 신협 극단이 여기 와서 춘향전을 공연했다는 것은 좋은 일이나 그만한 기술을 가진 사람들과 협조도 하고 보조도 하는 조선 사람들이 좀더 그 사람들에게 춘향전을 잘 이해하도록 성의 있게 보조해 줄 생각은 하지 않고 마치 신협 사람들과 '쓰기아우'10) 하는 것이 마치 출세나 하는 듯이 괜히 허영에 들떠서 '鳴物入り'11)식 선전에만 열중한 듯이 보이는 것은 대단히 유감입니다.

서 : 그게 다 못난 탓이겠지요. 좀더 나은 춘향전을 하도록 그들에게 춘향전의 본질을 이해시키기 위한 노력은 조금도 하지 않고 무슨 명예스러운 일이나 되듯이 환영회를 한다 무엇을 한다 하고 엄벙대기만 하니 딱하지요. 그리고 도대체 무라야마 지의란 사람이 조선 고전을 연구했다는 소문을 들어본 적이 없는데 아무 조선 고전에 대한 연구도 하지 않고 댓바람 춘향전에 손을 댄 것부터가 잘못이지요.

이원 : 그야 별문제이지요. 결국 지금 우리는 춘향전 상연의 결과만 가지고 이야기하는데 잘못했으니까 잘못했다고 하는 것이지마는 이번에 한 것보다는 좀더 잘 할 수도 있을 것을 거기 관여한 사람들이 춘향전 이해에는 노력하지 않고 다른 쓸데없는 일에만 휩쓸려 돌아다닌 것이 섭섭하다는 말이지요.

이서 : 결국 이번 공연은 일반적으로 봐서는 실패라고 하겠지마는 그러나 조선 공연은 실패했어도 내지 공연은 성공했다고 하겠지요.

이무 : 글쎄……. 조선 공연이 실패했다는 것은 조선 사람이 춘향전을 너무 잘 알고 있기 때문에 'コマカシ'가 'キク' 안 했기12) 때문이지요. 전문적으로 극을 이해 못하는 사람들도 이번 신협 공연은 실패한 것으로

---

10) つきあう(付き合う) : 교제하다.
11) なりものいり : 요란하게 선전함
12) 속임수가 듣지 않다.

알더군요.

이원 : 그렇지요. 실상 서울 관중의 반분 이상은 직접 춘향전을 하는 사람들보다도 춘향전을 더 잘 아니까 서울 공연이 실패된 거지요.

기자 : 좋은 말씀 많이 들려주셔서 감사합니다. 그러면 이 정도로 끝막겠습니다.

(『비판』, 1938년 12월호, 좌담)

신건할 조선 문학의 성격

- 건의가 창일한 회장, 원대한 포부와 치열의 정열로 실제 문제를 재검토 -

1

어찌하여 새삼스러이 '신(新)'자를 붙였는가 하는 것이 독자의 의문일 것이다. 이것을 혹 저널리즘의 작난으로 해석할 분도 있을지 모르나, 그 본의는 다른 데 있다. 우리의 입으로 신문학 운동을 부르짖은 지도 이미 30년이다.

이 30년간은 다른 모든 문화부 내에서도 그랬지마는 문학 운동으로 볼 때도 실로 다사다난한 30년이었다. 허다한 사상이 우리의 생활 속을 흘렀고 수많은 조류가 또한 이 30년 동안에 오고 가고 했고 또 한데 어울려서 이르는 바 혼돈 시대를 이루기도 했던 것이다.

그렇던 것이 이 4, 5년은 거의 무풍지대처럼 거센 바람, 거친 물결 한번 일지 않은 채 정적해 왔던 것이다. 이 기간을 혹은 침체라 말하고 혹은 정돈이라 말한다. 그러나 그것이 침체이든 정돈이든 간에 이 기간이 우리네 작가들로 하여금 수업의 길을 닦게 한 것만은 누구나 시인하는 사실이다. 바꾸어 말한다면 이 짧은 기간에나마 종래 등한시했던 기술적인 문제를 재고케 하였다고 볼 수 있을 것이다. 그리고 만일 이 말이 허용된다면 우리는 새 집을 세우기 위한 기초 공사는 어느 정도까지 닦았느니라고도 말할 수 있지 않을까?

이 기초 공사를 다 닦았느냐 다 못 닦았느냐는 각자의 해석에 따라서 다르겠거니와 어느 정도까지 닦았다면 우리는 이 터 위에다 어떠한 문학을 세울 것인가를 한 번 생각해 볼 수도 있지 않을까 하는 것이 이번 회합을 개최한 편집자의 의도이다.

◆ 시 일 : 12월 23일 오후 5시 10분
◆ 장 소 : 본사 응접실
◆ 출석자 : 문단측 (무순):
정지용, 김상용, 김남천, 안함광, 백철, 김광섭, 신남철, 임화 제씨.
본사측: 정래동, 이무영

〈신조선 문학의 의의〉

기 자 : 날씨가 갑자기 추워졌는데 이와 같이 다수 내임(來臨)하여 주시어 감사합니다. 돌아보건대 조선 문학이 이렇거나 저렇거나 어느 정도의 기초 공사는 다져진가 합니다. 곧 오늘까지 쌓아올린 우리의 문학 운동은 첫 공사는 끝나고 지금부터는 새 문학을 건설할 시기가 왔다고 생각하는데 여러분은 이 점을 어떻게 보십니까.

김남천 : 기초 공사가 완성되었다는 것은 무엇을 의미하는 것일까요.

기 자 : 기초 공사가 끝났다는 것은 저 개인의 의미로는, 조선 문학의 성격이라든가 기타 지금까지는 우리의 문학 운동이란 것은 조선적인 것이라기보다 문학적으로 외국 문학을 수입해 가지고 그 곳에서 섭취한 것이 많았다는 말입니다.

백 철 : 요컨대 그것은 기술적 문제가 아닙니까. 언어라든가 문장의 문제 말입니다. 그러나 질적으로 달라질 것은 없지 않을까요.

안함광 : 내 생각에는 과거의 문학 운동은 정치라든가 경제에 관련되었던 것으로부터 이제는 작가의 개성에 입각하여 밟아간다는 그런 범박한 의미에서 전개시켰으면 어떨까요. '신(新)'자에 그리 매이지 말고.

임 화 : '네오네오기' 같아서…(일동 폭소)

김상용 : 기초 공사라는 말은 아마 조선 문학이 어느 정도에 틀이 잡혔다는 것이겠지요. 그런데 조선 문학이 앞으로 새로워진다는 것은 내 생각 같아서는 조선 문학이 세계적으로 진출해야 될 것이라고 봅니다. 문학은 요컨대 시대적이면서 초시대적이어야 할 것이며 지방적이면서 초지방적인데 위대한 힘을 가지는 것인데, 이런 의미에서 조선 문학이 새로워진다는 것은 곧 세계적 문학으로 향상되는 것을 의미한다고 봅니다.

김광섭 : '신'자는 신구의 대립이라는 말은 아니겠지. 그것은 창조성을 말하는 것일 터인데, 조선 문학의 창조성이란 새로운 방면이 여하히 전개될 수 있을까가 문제겠지요.

김남천 : 나는 이 문제를 결국 세계적 수준의 문제로 생각하는데, 조선 문학의 세계적 수준이란 첫째 무얼로 표준하는가를 생각케 됩니다.

임 화 : 기초는 옛날 다 되지 않았소?(소성〔笑聲〕) 요컨대 조선 문학은 재래에는 여러 가지 구별을 할 수가 있었는데 말하자면 자연주의 문학이라든가 신경향파 문학이라든가 내셔널리즘이라든가 등 분류가 되었

지만 지금은 모든 유파가 교류하고 있는데 이것으로써 세계 문학이 지나온 과정을 지나왔다고 볼 수 있지요. 그래 지금은 혼돈되고 있으므로 이에서 새로운 출발을 예상할 수는 있지요.

기 자 : 조선 문학이란 다른 나라에서 밟아 온 순조로운 길이 못되어 문학이 가질 바 본질을 죄다 가졌다고는 못할 것입니다. 일본 문학이 자연주의 시대에 그 기초 공사가 되었다고 하는데 우리도 그런 시대를 지났다는 의미에서 말한 것입니다.

정지용 : 그렇게 에포크를 구별할 수 있었던가요?

김상용 : 아무렴. 세계 문학에서 에포크를 정하는 것도 그렇지 않습니까.

정지용 : 그러면 조선 문학은 언문이 해방된 이후 언문일치로 이광수 씨가 제창한 신문학 시대란 말일까? 여하간 '신'자는 의미 있고 유쾌한 게야. 조선 문학을 정치적 이즘에 이용하려고 했지만 조선 문학도 나이를 먹으니까 철이 들어서 숙성한가봐. 29세쯤은 되었을 걸. 작가가 육체적으로나 심리적으로나 신자세를 취하면 신문학이 나올 수 있지 않을까.

김광섭 : 신조선 문학의 신문학이란 제목보다도 조선 문학도 한 30년 걸어왔고 또 작가들이 실험적인 시기도 지나 앞으로는 조선의 시대성을 나타낸 건실한 문학을 창조해 나가자는 말이겠지요.

백 철 : 지금까지 말씀한 것을 종합해 보면 세 가지라고 볼 수 있는데, 무영 씨는 기술을 가리켰고, 임화 씨는 사상, 주의를 말했고, 또 정지용 씨의 것은 문학적 노력이겠는데, 이 모든 것이 문학으로 보아서는 이로웠지요.

정지용 : 내가 그 말했을 때는 찬성하지 않고 공연히 늘어놓는군. (소성)

임 화 : 문학이란 어느 때든지 한 시대를 대표할 만한 작가가 나와야 하는데, 아직 당대 작가로는 그런 작가가 없습니다. 문학을 대표하는 것은 소설인데, 지금 조선에는 당대 작가가 안 나왔습니다. 지금

활동하는 작가가 진보한 것은 사실이나 한 시대를 종합하고 대표할 만큼은 못되었죠. 한 시대가 지날 때 한 사람의 대표 작가가 있어야 할 것입니다. 가령 춘원 시대에는 춘원의 작품이 그 시대를 대표하고 있었지만 지금은 없지 않습니까.

김상용 : 조선 문학은 지금까지 성쇠 소장(盛衰消長)이 있는 동안 진보했지만, 나 보기에는 아직도 조선적이면서 세계적인 것은 없습니다. 앞으로는 조선적인 동시에 세계적이어야 할 야심, 의욕이 있어야겠습니다. 손기정 군이 스포츠에 있어서 뽐내었는데 우리는 작품에 있어서도 그래야 할 것입니다.

김광섭 : 스포츠와 문학과는 다르지요.

정지용 : 그런데 조선 문학이 진보했다는 것은 또 무슨 소리인가요.

임 화 : 진보적이라는 말은 기술적으로 발전했단 말이겠지요.

정지용 : 아니 나는 진보된 것은 경향파가 쑥 들어간 게 진보라고 생각하는데. (소성)

김상용 : 그런 농담은 그만 두고 여하간 조선 문학이 사반세기를 지나오는 동안 질적으로나 양적으로 진보한 것은 사실이니까.

백 철 : 임화, 김상용 양씨가 말한 바와 같이, 개인이 나와야 한다는 뜻과는 다르지 않을까요? 나는 개인은 유파가 없이는 대표적 개인이 나올 수는 없다고 봅니다. 마치 위고가 낭만파의 수령으로 낭만파를 대표하듯이.

김상용 : 손기정이가 나오는 데는 물론 숨어 있는 손기정이가 많이 있지요.

임 화 : 스포츠에서보다도 문학은 한층 더 개인이 대표한다고 생각합니다. 유파 중의 대표 작가가 일 인을 보면 그뿐이죠. 그 속에 모든 것이 들어 있지요. 이런 것이 고전(古典)입니다.

백철, 안함광 : (동시에) 그렇지 않죠.

백 철 : 주장이 없이는 안 됩니다.

임 화 : 세계 문학이 되려면 이같이 고전적이어야 합니다.
(1월 1일)

〈조선 문학의 신성격〉

기 자 : 그러면 조선 문학에 있어서의 신성격은 어디서 구했으면 좋겠습니까.

안함광 : 조선 문학이 다소의 진보를 보인 것은 사실이요 양적으로 는 것도 사실이나 그 곳에 있는 바 성격이란 무어 이렇다 할 것이 별로 있는 것 같지 않습니다. 그러나 신성격을 수립하자면 저 현재 조선 문학의 성격부터 구명해야 하겠는데 그것이 여간한 난사가 아닐 것입니다.

백 철 : 신성격이라 하면 구성격이란 무엇이었던가 하는 것이 연상되는데, 현재 조선 문학의 성격이란 너무 다양 다종이어서 어떤 것을 신성격이라 하고 지적하기는 어려울 것입니다. 이것은 일면 주장이나 경향이 없다고도 볼 수 있는 것으로 신성격이란 참으로 새로운 무엇이 있어야 할 것입니다.

김상용 : 조선 문학의 신성격이란 현재에 있는 조선 문학이 가지고 있는 바 모든 성격의 구체적 표현, 즉 종합적이요 집중적 표현의 성격을 요구하게 되는데, 그것은 역사 안에 있으면서도 역사 밖으로 나와야 할 것이라고 봅니다. 역사적이면서 초역사적이어야 합니다. 그것은 조선적이면서 초조선적인 것같이 말입니다.

임 화 : 내가 그 말입니다. 셰익스피어를 보아도 그것이 위대한 것은 그 시대의 작품이면서 지금에도 그 위대성을 가지고 있으니까요. 여기에 고전의 가치가 있는 것입니다.

백 철 : 그런 데는 고전이란 말이 타당치 않지. 신경향이 있어 가지고 그것

이 후대에 와서 고전이 되는 게지 처음부터 고전이 있는 법이 어디 있습니까.

임 화 : 고전이란 고는 '옛 고'자가 아니고 형용사로서 썼습니다.

김상용 : 그렇지만 시대적이면서 초시대적임을 바라야 합니다.

안함광 : 그러나 나는 여기에 대해서 견해를 달리하고 있습니다. 신성격을 발견하기 위해서 고전으로 돌아가라면 알 수 있지마는.

임 화 : 고전으로 돌아가라는 것은 아니겠지요. 고전이란 그 시대에 살아 있으면서 한편 후대에 영향을 주어야 하는 것입니다. 세계 문학은 마치 연봉(連峰)과 같아서…….

김남천 : 조선 문학이 무엇을 가졌을까요?

정지용 : 밤낮 지방적이면서 초지방적이라거나 역사적이면서 초역사적이라고 김상용 씨는 하지만 나는 그것보다도 세계를 수용할 타당한 사상을 가져야 할 줄 압니다.

임 화: 동감이올시다.

김광섭 : 조선 문학의 신성격이란 물론 이것이다 하고 처방전을 써서 내놓을 수는 없는 것이나 현역 작가가 시대 의식을 잘 파악하여 솔직하고 대담하게 표현하는 데서만 이것은 나타나리라고 생각합니다.

김남천 : 그러한 탄생이 있을 전야라고 할 수 있겠지요.

신남철 : 김상용 씨의 고전 해석은 좋다고 생각합니다. 그런데 아까 임화 씨가 당대의 고전될 만한 문학은 적어도 작가 당대의 작품은 아니라고 한 말씀의 뜻은 무엇입니까.

임 화 : 지금 작가는 많습니다. 그리고 한 사람 한 사람씩 보면 사상이나 기술의 세세한 부분은 좋은데 이 모든 것을 최량의 의미에서 종합되었으면 고전이 될 수 있는데 이것이 없다는 말입니다.

신남철 : 그렇지만 현역 작가가 새로운 출발을 하면 고전을 낳을 수 있지 않겠습니까.

임 화 : 물론 되겠지요. 내 말은 지금까지의 작품 중에는 없었다는 것이지요.

김광섭 : 외국 고전을 보아도 그렇게 모든 것이 종합되었다고는 볼 수는 없지 않아요?

김남천 : 또 당대 문학을 대표하는 것이 소설이어야 한다는 말은?

임화 : 그거야 다 하는 이야기고. 그리고 작품이 위대하려면 사상으로나 형식으로나 모두 걸작이어야 합니다. 즉 예를 들면 고전을 공부하여서도 그에 뒤를 따르는 것을 만들어서는 안 된다, 톨스토이를 배우려면 그보다 내용도 뛰어나야 되겠지만 형식에 있어서도 새로워서 이것을 이겨야 된다는 말입니다.

김광섭 : 그러면 현대 문학 이즘 중에서 어떤 이즘을 배워야 한다는 말입니까.

임 화 : 어떻게 내가 약처방 내듯 할 수 있어요.

정지용 : 고전을 통해서 이태백이가 제일 유명하지 않아요. 안잠재기도 알거든.

김광섭 : 그건 이태백의 시를 모르고 이름만 아는 게지. (소성) 임화 씨 말은 현역 작가를 무시하고 하는 말 같은데, 어디 현역을 버리고야 그런 문학이 나오리라고 생각할 수가 있습니까. 일 센티씩이라도 진보하도록 힘써야 하지 않습니까.

신남철 : 임화 씨에게 한마디 더 물을 것이 있는데, 현 조선 작가의 조류는 혼돈되었다는 것은 무슨 뜻입니까.

임 화 : 어째 대질 같아서. (소성) 혼란이란 말은 지배적 조류가 없다는 것이죠. 조류가 있어도 아주 미약해졌다고 생각되어서.

신남철 : 지배적 조류가 있지 않아요?

임 화 : 자신의 입장들은 있겠지마는 일반화된 조류가 없다고 봅니다.

기 자 : 신성격 형식에 필요한 조목을 임화 씨같이 들어 주었으면 좋겠는데.

김남천 : 현재의 조류를 신성격 발생의 전야라고 볼 수 없을까요.

백 철 : 사상이나 주장이 혼돈하였었다고 이를 신성격 발생의 전야라고 전망할 수는 없지요. 그러한 성격을 설정해야 한다고는 보겠지마는.

안함광 : 나는 위대한 작품이 나오려면 톨스토이나 도스토예프스키같이 시대가 말하고 싶어하는 것을 작품 속에서 전개시키는 의논성이 있는 작가가 나와야 한다고 생각합니다.

신남철 : 신성격을 만들어 내는 데는 반드시 고전에 대한 연구가 절대로 필요한 것이 되지는 않겠지요. 역사나 전통이 무엇을 창조하는 데 한 관련이나 참고는 될 수 있을지언정 곧 새로운 성격으로는 나타날 수 있다고는 생각할 수 없습니다. 조선 문학의 신성격이란 역시 신시대 의식을 잘 파악해 가지고 세계적인 무엇을 만들어 내야 할 것이라고 생각합니다. 이러기 위하여서는 늘 안광을 세계적인 데 돌리지 않으면 아니 됩니다.

2

안함광 : 그건 결국 작가의 교양 문제겠지요.

임 화 : 시대란 고전을 돌아보게 되는 때가 있다.

백 철 : 어째서 현대는 고전을 돌아보는 때란 말입니까.

임 화 : 시대는 나가다가 큰 변전기(變轉期)를 만나면 과거를 돌아보게 됩니다. 서양 문화가 때때로 희랍으로 돌아가듯이. 그런데 지금 조선 문학은 스탕달, 발자크, 톨스토이……를 돌아볼 때입니다.

안함광 : 그것은 개인적 문제겠지요.

임 화 : 아니요. 시대의 문제입니다.

김광섭 : 현대 조선 문학은 읽고 나면 늘 불만이 있습니다. 외국 것은 섭취할 무엇이 있지만 조선 문학은 조선 사람이 살아나가는 그 힘을 표현해야 할 것입니다. 장 발장의 예를 들면 장 발장이 어떻게 살아갔느냐를 볼 때 감격합니다. 조선 문학에는 이것이 잘 표현되지 못하였습니다.

임 화 : 현대 조선 문학은 조선의 19세기 것에도 못 같지. 이제 비약을 하려면 먼저 19세기의 수준을 넘어야 합니다.

김광섭 : 그렇지만 이 즈음만은 넘었지요.

김남천 : 그렇게 말하면 비단 19세기뿐인가. 호머부터 넘어야 하지.

〈비평 기준이 확립〉

기 자 : 이번은 비평에 대하여 말씀해 주었으면 합니다. 지금까지의 비평 기준이란 확립되었다고 할 수는 없으니까요. 가장 실제적인 문제로서의 비평 기준의 확립에 대한 생각을 좀더 쉽게 짧게 이야기해 주셨으면 합니다. 그러기 위하여 종래의 각자 비평 기준이 어떠했다고 기탄없이 말씀하셨으면 합니다.

백 철 : 과거의 경향파의 문학 비평은 기준 비평이어서 공격을 받았는데 나는 종시 인상주의에서 왔습니다마는 지금은 나는 새로운 주장을 세워 가지고 작품을 평해야 되리라고 생각하고 있습니다. 즉 다시 기준이 필요하게 되었습니다.

신남철 : 인상 비평이란 어떤 비평입니까.

백 철 : 처음부터 어떤 기준이 있는 것이 아니라 이러는 작품에서 얻는 인상을 재료로 비평을 하는 게지요.

김광섭 : 미학적 비평이란 말이겠지요. 그래 백 년 전의 작품이라도 그저 심미안에 맞으면 전가치를 알아 주는 그런 것이겠지요.

김남천 : 조선의 비평가란 일정한 기준이 있었던 것이 아니지요. 일정한 기준이 있었다면 그래도 경향 문학파이겠는데 대언장어(大言壯語)로 이론은 벌여 놓았지만 작품에서 그 이론을 받아들인 것은 극히 드물겠니다.

신남철 : 백철 씨 말 같으면 비평은 늘 작품에 끌려 다니게 되지 않습니까.

백 철 : 꼭 그렇지도 않지요.

〈금후 문학 비평 기준 확립은 여하히 할까〉

기 자 : 그러면 금후의 문학 비평 기준의 확립을 어떻게 했으면 좋을까요.

김상용 : 비평가에게 재래의 품었던 말을 하겠습니다. 비평이란 재단입니다. 그런데 조선의 비평가는 너무 경경(輕輕)하게 평을 씁디다. 문학 비평가가 되려면 세 가지의 자격을 갖추어야 합니다. 첫째는 감상력, 둘째는 풍부한 교양, 셋째는 너그러운 덕의(德義)가 있어야 합니다.
날카로운 감상력이 있으면 문학 경향에서라도 사회적 예언을 할 자격이 있는데, 만일 이것이 없다면 비평가는 말이 못됩니다. 새 시대, 새 공기의 싹이 나오다가도 덕의가 없는 비평가를 만나면 잘리워지고 맙니다. 여기에 나쁜 비평가의 해독이 있는 것입니다. 그렇다고 섬부(贍富)한 지식과 교양이 있느냐 하면 그렇지도 못합니다. 외국의 비평가, 예를 들면 세인츠베리라든가 에드먼드 거슨 같은 이는 섬부한 지식이 있었습니다만. 작가를 비평하는 대신에 작품을 쓰라면 못쓰는 그런 비평가가 너무 많습니다.

백 철 : 두 가지 혼동해서 말씀하시는데, 첫째는 작가와 비평가를 함께 섞어서 말씀하시고 둘째는 여기는 조선과 영국을 혼동했습니다. 물론 비평

가가 다 옳을 수도 없지만 갑자기 어떻게 바랄 수 있습니까.

김상용 : 지나친 말도 있겠지마는 과거의 경향적 비평가에 특히 많았습니다. 남이 먼저 말한 것을 되풀이해서 말은 했는데 속이 텅 비어서 얼마 못 가서 들창 났지요.

김광섭 : 그실 조선같이 문학 비평가가 많은 곳도 없을 것입니다. 그러나 외국에서도 이름 있는 비평가는 많은 비평가 중에서 2, 3인이 남는 것이 아닙니까. 하긴 작가도 또 욕도 먹고 그러는 중에 진보도 있고…… 생각됩니다.

기 자 : 얼마 전에 이효석 씨의 「해바라기」라는 작품에 대하여서 임화, 백철 양씨가 비평을 하였는데, 씨의 전해가 전연 다르더군요. 이제 양씨가 한곳에 모였으니 어떻게 해서 견해가 다르시다는 점을 이야기해 주었으면 비평 기준의 수립에 호(好)표준이 될까 합니다.

임 화 : 이건 아주 대질 신문이로군. (일동 소〔笑〕)

백 철 : 나는 주인공인 비관적 인텔리가 낙관주의자하고 대립되어 묘사되어 있는데 마지막에 주인공이 금광으로 가는 것으로 무슨 큰 행동을 한 것같이 그려졌으나 그것은 결국 결말로서는 비속하다고 보았습니다.

임 화 : 나는 그 비속으로 들어가는 주인공이 이를 능동적이라고 생각하는 것이 아니라 도리어 행동까지 비관하는 것이 진실적이라고 보았습니다. 이건 딴 이야기지만 최재서 씨의 박태원 저 「천변풍경」과 이상 씨의 「날개」에 대한 비평은 재미있다고 봅니다. 최씨는 본래 해석적인 필치(가) 있는데 최근 모랄 문제에가지 도달했습니다. 최근 『改造』에 실린 논문을 보면, 모랄, 도그마, 그리고 역사관, 가치 비판을 생각하게 된 것인데, 해석적인 사람이 기준을 세우게 된 것은 주목할 만한 사실입니다.

안함광 : 재래의 기준 비평이 틀렸다는 것은 작품에 아무 개성이 없어도 기준에만 맞으면 좋다고 하고 이에 맞지 않는 것은 덮어놓고 나쁘다고

한 데 있었는데 내 생각 같아서는 비평 기준의 다원성을 강조해 보고도 싶습니다.
(1월 3일)

3(완)

〈창작 방법론〉

기 자 : 조선의 작가는 일반적으로 보아 시야가 너무 좁고, 더 나가서는 작품 있어서 성격 창조가 빈약한 것만은 사실이라고 봅니다. 그래서 인간 생활과 유리(遊離)한 감이 많습니다. 이 점을 어떻게 보충하였으면 좋을까요.

김남천 : 창작 방법론이라고 하면 우리는 예의 소시알리스틱 리얼리즘의 슬로건 설정을 연상케 되는 데 작금 양년은 통 이러한 창작 방법론에 대하여 논의가 없었으나 리얼리즘의 추구에 있어서 좀더 구체적으로 나갔다고 봅니다. 디테일이라든가 티피칼한 것을 그리는 데 있어서 이러한 걸 볼 수 있습니다. 역시 창작 방법으로는 리얼리즘이 그 본질적의 것이므로 리얼리즘의 추구는 문제가 됩니다.

백 철 : 이것이 리얼리즘 문학론의 시대적 성격인데 최근의 것을 들면 세태소설이 주작품이지요.

김남천 : 내가 세태를 풍속에까지 높히자는 것은 세태의 분석에서 사상을 찾자, 즉 세대에서 세대 이상을 보려는 것입니다. 이렇게 하면 풍속 속에서도 조선적 성격이라는 것이 나올 수 있다고 믿습니다.

김광섭 : 현재에 있어서 우리가 생각할 수 있는 성격, 큰 고민하는 성격은

조선의 작가들에게서 아직껏 발견하지 못하였을 뿐 아니라 역시 완전히 세태를 그린 작품도 드물다고 나는 봅니다.

안함광 : 세태 소설은 리얼리즘의 범위를 좁게 하는 듯합니다. 인물의 내면세계, 심리 세계를 탐구하는 힘이 부족한데 우리는 심리주의까지도 리얼리즘 안으로 포옹하면 좋다고 생각합니다.

임 화 : 그런 심리주의가 아니고 심리 묘사 묘사이지요. 심리 묘사의 심화가 리얼리즘의 경지에 들어왔다는 것이 최재서 씨의 「날개」평의 요점이었지요. 이 즈음 소설론을 이곳 저곳에서 보았는데 모두 세부의 진실은 그렸으나 소설을 써 가는 결정적 요소가 적습니다. 성격의 '구성'이 적습니다.

안함광 : 이기영 씨의 「설」을 보면 딸이 공부시켜 달라니까 학교에서만 공부하는 것이 아니라 현재의 여급 생활에서도 공부란 할 수 있는 것이라고 아버지가 통명스레 말하였는데 그렇게 말하는 아버지의 고민이 전혀 안 그려졌습니다. 지금은 이같이 감성이 심리적인 것이 무시되어 있습니다.

임 화 : 심리보다는 소설을 구성하는 사상이 아닐까.

〈농민 문학 문제〉

기 자 : 조선의 작가는 농촌에서 취재하는 것이 가장 좋을 듯한데 불구하고 있는데 차제 농촌을 취급한 작품이 거의 없습니다. 이것은 어디 그 원인이 있을까요.

백 철 : 경향파 문학이 성할 때에는 농민 문학이 있었는데 경향파가 후퇴하자 농민 문학도 없어지고 말았습니다. 지금 농민 문학을 재기시키는 것은 필요한데 이에는 그 전과 같이 생산면에만 관련해서 쓸 것이 아니라 농민의 의리라든가 향토에 대한 애착심 등에서 취재하는 것이

좋으리라고 생각합니다.

김남천 : 나는 그러한 취재에 대해서는 그리 찬성하고 싶지 않다. 백철 씨의 말대로 하면 동경 문단의 「沃土」(和田傳 작)나 「土」(長塚節 작)의 정도밖에 아니될 것이라고 보입니다.

임 화 : 「沃土」는 역시 일종의 자연주의가 아닐까요. 지금의 조선에서 농민 문학을 그린다면 이 정도밖에 안 될 것이지요.

백 철 : 인간욕에 대한 농민적 성격이라든가 또는 인심의 깊은 데로 들어가니까 자연주의는 아니지요.

임 화 : 그렇지마는 그 속의 휴머니티 외에는 우리와 관련이 없지 않아요.

정지용 : 도시에 사는 문학자들이 농촌을 어떻게 잘 그릴 수 있나? 작가의 귀농 운동이라도 해 보아야 될 줄 압니다.

김광섭 : 농민 문학의 발달을 위하여서 신문이나 잡지에서 그런 작품을 실어 주어야 할 텐데 농촌의 암담한 것을 못 실으니 자연히 농민 문학이 빈곤해집니다.

임 화 : 일본 문학을 보아도 걸작은 도시 문학에 있지 농촌 문학에는 없습니다. 우리는 잘 안다는 도시도 아직 못 쓸 만큼 생활 체험, 정신적 체험이 없습니다. 문제는 농민 문학에 어떻게 현대성을 가질 수 있느냐? 하는 것인데 인텔리와 농민의 구체적(정신적) 교섭이 있어야 할 것입니다.

정지용 : 그러기에 작가 귀농 운동이 있어야 한다니까.

김광섭 : 파란(波蘭)의 레이먼드는 농민과의 정신적 교섭을 가졌지 농민층의 사람은 아니지요.

정래동 : 임화 씨의 말씀은 농민의 것은 취재할 것이 없다고 들리는데, 그럴까요?

임 화 : 농민 생활을 취급한 데는 현대성이 없다고 했습니다. 물론 작가가 조사해서 쓸 수 있지마는 그것은 인텔리를 그린 것만큼은 절박한

감흥은 없습니다. 농민의 운명을 자기(인텔리)의 운명으로 절박하게 느낄 때에 비로소 좋은 작품이 나올 수 있습니다.

김광섭 : 그렇지만 농민을 묘사할 수는 있겠지요.

임 화 : 그것이 '예술'로서 뭉치려면 주관을 통해야 하니까.

김광섭 : 지금은 모두 농촌에 관심이 적은 것 같습니다. 프로 문학이 성행할 때에 농민 문학이 나오려고 했지만 지금은 조류가 없어졌는데 그 때는 사회 전체가 농촌에 관심은 가졌었습니다.

김남천 : 그 때는 농촌 문제가 주체화되었었는데 지금은 시대가 달라졌으니까 인제는 작가 자신의 문제로 제기하여야 할 것입니다.

신남철 : 나는 농민 문학에 대하여 퍽이나 좋은 부면이 아직도 많이 남았다고 생각되는데 즉 농촌민과 자연과의 대립 관계가 그것입니다. 이 때까지는 인간과 인간과의 대립을 주로 그렸는데 조선에는 삼국 시대 이후만 해도 한해(旱害), 수해가 무려 수백 회나 되풀이하였습니다. 이런 것을 취급하였으면 퍽 의의가 깊을 것입니다.

김남천 : 지금의 농민 문학은 장녀 대 인간의 문제를 취급할 때가 아니고 인간 대 인간의 문제를 취급해야 하겠지요.

신남철 : 이 문제는 사회적 문제도 되는데 인간만이 아니라 자연까지 포옹할 스케일 큰 작가가 나오면 문학의 내용이 크고 풍부해질 겝니다.

임 화 : 신남철 씨 말씀에 동감인데 이런 예로는 펄벅의 「대지」는 그런 점에서 지나의 역사적인 에포크를 그렸다고 생각합니다. 이 점 민촌의 「고향」이나 박화성 씨의 「한발(旱魃)」은 디테일만 나온 것 같다.

안함광 : 「대지」가 분명히 한 시대를 대변하는 작품인 것만은 사실이나 역시 이 곳에도 농촌 생활과 도시 생활의 연관 관계가 맺어지고 있는 것이니까 농민 문학이라 하더라도 순수히 농민만을 묘사함으로는 불가능할 것입니다.

임 화 : 정비석 씨의 「성황당」 같은 것은 조선적이라기보다 민속학적입니

다. 이런 것은 순전히 복고주의니까 재미없는데…… 그리고 이효석 씨의 「들」을 농민 문학의 입장에서 문제삼아 보면 어떨까요. 산야에 대한 취미인데 반성할 재료가 됩니다.

정지용 : 전원 문학은 농민 문학과 다릅니다.

기　자 : 그러면 이만 하겠습니다.

(8시 반 폐회)

(『동아일보』, 1939년 1월 1~4일)

문학 건설 좌담회

출석인원 : 김상용, 정지용, 최재서, 임화, 안회남, 김남천, 김광섭, 김기림, 백철

본사측 : 홍기문, 이원조, 이헌구

30년의 역사를 가진 현대 조선 문학이 해마다 그 연륜이 더해 가는 데 따라 뿌리는 더 깊이 내리고 가지는 더 널리 뻗어 이제 무성한 광경을 이룬 것은 진실로 기쁜 일이다. 그러나 우리가 숙야(夙夜)로 애쓰는 바는 우리 문학으로 하여금 다만 이러한 자연적 성장에만 맡겨둘 것이 아니라 보다 더 조직적으로 보다 더 체계적으로 검토하고 구명해서 이 근심엽무(根深葉茂)한 거목을 새로이 전정(剪定)하지 아니하면 안 될 것이다. 그래서 현대 우리 문학이 부닥쳐 있는 가지가지의 문제를 샅샅이 뒤지고 통틀어 모아 보면 장편 소설은 어떻게 발전해야 할 것인가, 새해의 평단 중심 과제는 무엇이 될 것인가, 시 부흥은 어떻게 해야 할 것인가, 작가의 최대 관심사는 무엇인가, 창작과 평론의 통일은 어떻게 도모할 것인가 하는 것이 지금 우리 문학의 당면한 가장 중요한 일이라고 아니 할 수 없는 것이다. 그래 현재 우리 문단에서 중견으로 ○○한 작가

평론가들을 일당(一堂)에 모아 가장 진지하고 가장 엄숙하게 토의한 것이 이 좌담회의 내용이다. 이로써 멀리는 몰라도 금년 일년간의 우리 문학이 나아갈 길은 지시되었을 것이다. 새해에 독자들에게 드리는 첫 선물이 그다지 초라하지 않은 것을 기뻐한다.(일 기자)

〈장편 소설론의 핵심 - 순수 소설과 통속 소설〉

- 임화 씨 주도

임 화 : 내가 그 동안 몇 개 쓴 소설(론)이란 말하자면 소설 일반론입니다. 그래서 장편 소설과 단편 소설을 형식적으로도 고찰도 해 보고 또 일반 조선 소설의 여러 가지 현상을 되도록은 잘 이해해서 조선 소설의 갈 길이라든지 또는 장래를 되도록은 투시해 보려고 한 것입니다. 그런데 조선서 작품이 비평의 상대로 되는 것은 더 많이 장편 소설이 되어야 하겠는데 장편 소설의 개조에 관해서 많이 관심하신 김남천 씨께서 말씀 좀 해 주시지요.

김남천 : 그런데 장편 소설론이 문제된 것은 대체 작가들이 단편 소설에 불만을 느끼는 동시에 장편 소설에 대한 희망이라든지 의욕이 생기게 되니 갑자기 그렇게 문제가 된 것이라고 생각합니다. 그건 단편이란 현실 파악이 매우 국한되어 있으니까 그것보다도 더 자유스럽게 또 광범히 현실을 파악하고 묘사하려면 부득이 장편 소설밖에 없는 때문에 장편 소설에 대한 작가들의 희구와 의욕이 생긴 것인 줄 압니다. 그리고 현재 조선에 있어 장편 소설이라면 주로 신문 소설이니까 우리 장편 소설의 발달이 신문 소설과는 어떠한 관계를 갖는 것일까 이것을 알고자 한 것입니다. 그런데 임화 씨의 세태 소설을

보면 현재 조선 장편 소설은 모두 세태만 그리고 성격과 환경의 통일이 없으니 여기에서 현대 장편 소설은 19세기 장편 소설로 돌아가야 하겠다는 견해인 모양인데 그것은 반드시 그렇지 않으리라고 생각합니다. 가령 현대 장편을 보더라도 조이스라든지 헉슬리라든지 지드 같은 사람은 모두 19세기의 장편 소설 형식에 반동해서 새로운 소설 형식을 수립하였으며 조선에도 그러한 경향이 있다고 봅니다. 그러니 조선의 장편 소설을 구하는 길은 19세기 소설과 현대 소설과의 어느 길을 택해야 할 것인가를 생각하게 되는데 나는 주로 리얼리즘과 관련해서 많이 생각해 보았습니다. 그래서 최근에 내가 쓴 장편 소설론은 한 사람의 작가로서 개인의 생각한 바를 개조의 각서로 쓴 것에 불과하지마는 하여간 환경과 성격을 통일하자면 작품을 연대기나 가족사로 끌고 들어가지 아니하면 안 도리 줄 압니다.

임 화 : 그런데 장편 소설론은 실상 작가의 대상이 되는 것보다는 비평가의 대상이 되어야 할 줄 압니다. 나는 소설론을 쓸 때 반드시 장편 소설론에 이야기가 미치리라고 예기한 것은 아니고, 첫째 경로로 말하면 그 전과 같이 작품론으로 썼던 것이 들어가 보니 자연히 장편 소설로 들어간 것인데 장편 소설은 가령 박태원 씨의 「천변풍경」을 보더라도 세태 묘사밖에 없는데 이것이 내성적인 소설과 비겨 본다면 상당한 모순이 있는 것 같습니다. 시나 소설이나를 물론하고 좋은 작품은 주관적 묘사와 객관적 환경과가 일치되어야 할 줄 압니다. 가령 김남천 씨 같은 분은 장편 소설론에서 성격을 많이 논했으나 역시 장편 소설의 기저는 성격과 환경의 통일일 줄 압니다. 그래야 비로소 픽션이 되는데 그렇게 되자면 구상력이 문제가 될 줄 압니다.

안회남 : 박태원 씨의 「천변풍경」이 작자의 이데아를 표현한 성격의 창조가 없다고 하더라도 그것이 세태만이라도 잘 묘사했으면 그것은 그대

로 좋은 장편 소설이 되지 않을까요.

임 화 : 조선서의 세태 소설의 성과는 작가들의 세태 묘사의 능력을 성장시킨 것이겠지요. 그러나 문제는 묘사만이 아니고 묘사를 이기지 아니하면 안 될 줄 압니다. 대개 이상주의 소설이 성격 중심인데 가령 춘원의 소설을 보더라도 그것은 확실히 성격 중심의 소설들입니다.

안회남 : 최근 장편 소설론은 흥미를 작가가 가진다고 하는데 지금 우리네가 쓰는 소설과는 어떠한 관계가 있습니까.

임 화 : 사실 이 때까지 소설론이라면 단편 소설이지 장편 소설이야 어디 있었나요. 그리고 춘원의 「무정」에서 염상섭의 「만세전」 같은 것도 문제를 삼지 않았지요.

최재서 : 그 소설들은 어디 발표되었나요.

임 화 : 신문에 발표되었지만 그 때는 신문이 오늘날과 같이 저널리즘화하지 않고 더 많이 계몽적이었던만큼 소설도 오늘날과 같은 신문 소설과 같지는 않았지요.

이원조 : 그런데 아까 김남천 씨가 오늘날 장편 소설이 문제되는 것은 일반 작가들이 단편 소설에 불만을 느끼면서 장편 소설에 대한 희구와 열망이 일어나는 데 따라 문제된 것이라고 하였는데 문제를 그렇게 생각하는 것은 다소 ○○적인 것 같습니다. 그보다 더 현실적으로 생각한다면 이 때까지 신문 소설은 춘원, 동인, 상섭 같은 이러한 기성 문인들이 거의 독보하다시피 했는데 작금 양년에 들어서서 신문 소설의 집필이 거의 전부 중견 작가들에게로 넘어왔습니다. 그러니 이 때가지 우리보다 한 대 먼젓 제네레이션들이 신문 소설을 쓰는 것을 바라만 보고 있던 중견 작가들이 직접 자기네가 신문 소설을 쓰게 되니까 신문 소설을 어떻게 써야 하겠느냐 하는 것이 오늘날 우리들이 문제삼는 장편 소설론의 현실적 근거일 줄 압니다. 그러니 조선에 있어서 장편 소설론은 신문 소설론과 연결해서 문제삼는다

면 춘원, 동인, 상섭 같은 분들의 신문 소설에서 무엇을 섭취해야 하며 본격적인 장편 소설을 이야기하려면 임화 씨가 말씀한 19세기 장편 소설이나 김남천 씨가 말하는 현대 장편 소설에서는 무엇을 어떻게 섭취해야 할 것이 작가들의 당면한 문제가 아닙니까?

김광섭 : 결국 장편 소설론은 요사이 신문 소설에 대한 불만의 표백이라고 볼 수 있는데 장편 소설론(은) 다음과 같은 주장으로 볼 수 있습니다. 즉 세태 소설론, 심리 소설론, 종합 문학론, 신문 소설(론) 등이 그것입니다. 그런데 세태 소설론은 지금 신문 소설이 문장보다도 스토리의 흥미만 노리는 데 불만을 가져 좀더 창조적으로 가자는 것이고, 심리 소설론은 주로 구라파의 수법을 배워 인간의 내면 생활을 탐구하려는 것이고, 종합 문학론은 백철 씨의 주장과 같이 대로만 건설을 주장하는 것이고, 신문 소설론은 이원조 씨가 분석하기를 신문 소설이라고 반드시 나쁜 것이 아니라 그것도 수법에 따라서는 상당한 문학적 효과를 나타낼 수 있다고 하는 것인데 이러한 모든 주장을 종합해 본다면 결국은 현재 신문 소설에 대한 불만에서 나온 것인 줄 압니다.

백 철 : 신문 소설이거나 장편 소설이거나를 물론하고 현대 소설에 있어서 성격을 창조한다는 것은 불가능한 일인 줄 압니다. 현대란 시대가 벌써 성격이 없이 그저 생각하는 시대이니까 장편 소설에서 성격을 창조할 수 없을 줄 압니다. 그저 세태 소설이나 그렇지 않으면 심리 소설밖에 없을 줄 압니다. 김남천 씨의 자기 고발 문학이 실패한 것도 세태 속에서 성격을 창조하려 한 때문이 아닌가 합니다. 그런 의미에 있어서 김남천 씨가 다시 가족사 속으로 들어간 것은 정당한 일인 줄 압니다. 과거에서 제재를 취하면 거기에는 성격이 있으니까요. 그러므로 나는 현대 소설에는 심리 소설과 세태 소설과 역사 소설밖에 없는데, 신문 소설의 발달도 결국은 심리 소설에서 발달해

야 할 수밖에 없을 줄 압니다.

임 화 : 현실 속에서나 가족사 속에서나 결국은 역사적, 전형적 성격을 창조해야 할 것입니다. 그리고 그것도 작가의 개성에 따라 다르겠지요. 가령 박태원 씨의 「천변풍경」을 김남천 씨더러 쓰라고 한다면 김남천 씨는 그래도 그러한 파노라마보다는 몇 개의 성격을 만들어 보았을 것입니다. 백철 씨가 인제 말씀하듯이 현대가 성격을 창조할 수 없다고 해서 현대 소설은 세태 소설이나 심리 소설밖에 없다는 것은 너무 지나친 견해가 아닌가 하는데요.

이원조 : 저 생각 같아서는 현대 소설의 문제는 현실적으로 생각한다면 성격 창조니 심리 묘사니 하는 것보다 먼저 신문 소설과의 관계를 생각지 않고는 해결 안 될 줄 압니다. 사실에 있어서 조선서의 장편 소설이라면 발표 기관이 신문 잡지밖에 없으니 그러한 발표 기관에 발표되는 장편 소설이란 신문 소설적인 수법에 제약되지 않을 수가 없습니다. 그러나 요즈음 중견 작가들의 신문 소설이란 누구나 다 지적한 바와 같이 신문 소설로서의 흥미도 없고 그렇다고 해서 본격적인 장편 소설로서의 거대한 구격도 채우지 못하는 것은 결국 작가들이 이 쪽에도 가담하지 못하고 저 쪽에도 가담하지 못한 때문에 그러한 중간치기가 되지 않는가 합니다. 그러니 현대 작가의 장편 소설의 직접 관심의 대상은 신문 소설이 아닐 수 없겠지요.

김광섭 : 사실 그렇습니다. 장편 소설론이 이론적으로는 높은 데 올라가 있지마는 현실적으로는 신문 소설의 통속성을 어떻게 해결하나 하는 데 있습니다.

이원조 : 그러므로 제 생각에는 멀지 않은 장래에 신문 소설 작가와 통속 소설 작가가 획연(劃然)히 구분되리라고 봅니다.

임 화 : 통속성으로 말한다면 김말봉 씨를 따를 수가 없지요. 그런데 작가들이 반(半)순수 반통속에 얽매여서 이도 저도 아닌 것이 현대 신문

소설이지요.

김기림 : 작년도에 심리 소설적 경향을 가진 작자가 있다고 한 분이 계신데 그런 분은 누구입니까.

최재서 : 뭐 별로 없지요.

백　철 : 최명익 씨가 있지요.

임　화 : 이상이도 있지.

이원조 : 임화 씨는 김남천도 이상의 작품과 같이 치는 모양이나 김남천 씨 작품을 내성적이라고 할 수는 있어도 심리적이라고 할 수는 없을 것 같습니다.

최재서 : 그런데 작가들이 신문 소설을 쓰고 나서도 단편 소설을 쓰니 그건 웬 일입니까. 이것은 조선서만의 경향은 아니지마는요 혹 너무 흥분했다가 그것이 깨이니 그렇다고 할 수 있을까요.

김상용 : 작가들이 피곤해서 그럴까요.

김기림 : 그런데 이것은 좀 딴 이야기 같습니다마는 이번에 오는 차중에서 모파상의 「피에르와장」을 보니까 그 서문 중에 이런 말이 있어요. 작가는 일껏 자기의 세계를 하나 만들어 놓으면 비평가는 그것을 말하지 않고 작가가 의도도 하지 않았던 것이 없다 한다고 비평가에 대한 불만을 말했는데 우리가 장편 소설론을 이야기하는데 가령 박태원 씨 같은 이는 그 소설에 성격이 없이 세태 묘사뿐이니 성격을 그리라고 하지마는 박씨는 성격 이외에 다른 무엇을 그 작품에 넣었을지도 모르니까 우리는 그 작자가 그 작품에 무엇이 들어 있나를 찾아보는 것이 더 필요하지 않을까요. 그러면 작가와 평가의 불목(不睦)도 해결될 수 있을 듯한데요.

김남천 : 작가와 평가의 이야기는 따로이 할 데가 있습니다마는 우리가 지금 이야기하는 것은 어느 작품이든지 어느 정도로 그것을 찾아보고 난 뒤에 이야기지요.

〈오는 일년간의 평론계 중심 과제 〉

- 최재서 씨 주도

최재서 : 글쎄요. 이 좌담회의 출제한 것을 보면 모두 서로 관련이 있는 모양인데 새로 1년간에 우리 평론계에 중심 과제가 무엇이 되겠나 하는 것을 말하자면 먼저 작년 1년간의 우리 평론계를 회고해 볼 필요가 있을 줄 압니다. 그러면 작년 1년간은 대체로 지성론, 장편 소설론, 그리고 모랄론 이렇게 두 가지 내지 세 가지 조류로 볼 수가 있습니다. 그런데 이러한 조류는 다시 올라가 생각하면 재작년도의 우리 평론계의 중심 과제는 두 말할 것도 없이 휴머니즘이었습니다. 그러나 작년도에 지성론이니 모랄론이니 장편 소설론이니 하는 것도 결국 휴머니즘에 통괄될 겝니다. 말하자면 이런 것은 휴머니즘의 한 발전 과정에 있어서 일환적 과제가 아닌가 합니다. 휴머니즘이라면 인간성을 탐구하는 것인데 그러자면 인간이 모랄을 가져야 한다든지 또는 인간성 옹호라는 것도 지성에서 출발해야 할 것이라든지 또는 그러한 휴머니즘을 어떻게 표현하겠느냐 할 때 장편 소설론이 문제된다든지 이렇게 서로 관련을 지어 생각한다면 금년도의 평론계의 중심 과제라는 것은 일방으로 모랄론을 더 발전시키는 동시에 제 생각으로는 지성론의 발전으로 가치론을 문제삼아 봤으면 합니다. 가치론은 지성론의 내용이니까요. 그런데 임화 씨 같은 분은 장편 소설론을 쓰실 때 모랄론과 관련해서 생각해 보신 일이 있습니까?

임 화 : 글쎄요. 작년에 소설론을 몇 개 쓰기는 했으나 뭐 따로 모랄론을 염두에 두고 쓰지는 않았습니다. 여하간 소설이 자꾸 나오는데 경향이 자꾸 달라지니까 그 소설을 한번 따라가 보겠다고 한 것이 소설론이고 그래서 세태 소설은 주로 장편 소설에 관해서 쓴 것인데 세태

소설론에서 나는 작가들이 바깥만을 보는 것을 지적했습니다. 최근에 유진오 씨 같은 분도 그 작품 경향을 보면 확실히 눈이 외부로 쏠리는 것 같은데 이러한 경향이 자꾸 진전이 된다면 작가가 자기 자신에 대해 일종의 허망을 느끼지 않을 것인가. 우리가 리얼리즘을 기점으로 하는 것은 지성이니 논리니 진리니 하는 것의 주체화하는 것을 중요하게 보는 것입니다. 그러므로 모랄은 문학의 결과가 아닙니까. 그러니까 금년도에 문제되어야 할 모랄론은 추상적인 것보다 더 많이 문학의 구성에 치중하지 아니하면 안 될 줄 압니다.

김남천 : 전체적 화제로서는 모랄론보다도 작년도의 추세로 보면 지성론(이) 문학론과 상당히 밀접한 관계를 가지고 온 것 같습니다. 그런데 지성이란 것을 어떤 분은 양식이라고도 보고 교양이라고도 보고 능력이라고도 보는데, 장편 소설론은 우리 당사자로 보면 물론 모랄론과도 관계가 있겠지마는 그래도 장편 소설론은 더 많이 리얼리즘에 관련이 될 줄로 압니다. 그리고 금년도에는 백철 씨의 「시대적 우연의 수리」라는 논문 같은 것도 상당히 문제되지 않을까 합니다.

백 철 : 내가 말하는 것은 직접 우리 문단에 대한 이야기보다도 동경 문단에서 문제된 것을 이야기해 본 것입니다. 가령 화야위평(火野葦平)의 『麥と兵隊』 같은 것을 전지(戰地)에서 병사들이 무고한 지나민들의 얼굴을 대할 때 곧 자기 고향에 있는 농민들의 얼굴을 상상하는 것이라는 것 같은 것은 일종의 국제적이요 인도주의적 경향이라고 봅니다. 요사이 지방적이란 말이 많이 유행하지마는 그릇된 지방주의보다도 국제적이요 인도적이요 보편적인 것을 이데아로 생각하고 그 이데아에 따라 최선의 생활을 하는 것이 이상주의인데 나는 이러한 이상주의를 매우 높이 평가합니다. 그래서 지성도 현실과 관계되어 문제되어야 할 것이지마는 내가 쓴 「시대적 우연의 수리」는 전체로 도덕적인 이데아를 생각하고 쓴 것입니다.

안회남 : 나는 직접 논단에 참여한 사람은 아닙니다마는 작년 1년의 평이 지성론이나 모랄론이나 인간 탐구나 이러한 것이 마치 한 개의 체계를 이루어서 문제된 것같이 말씀하신 분도 있으나 제 생각에는 이러한 것들이 모두 일사불란의 체계가 되고 또 문제되어서 그런 것이 아니라 다 각각 그때그때 문제삼고 싶은 것을 문제삼은 것이 오늘날 우리에게 보이는 것이 아닙니까. 만약 그렇지 않다면 지성론이나 모랄론과 백철 씨의 인도주의의 국제애니 하는 것이 어떻게 자연스럽게 결합되는 것입니까.

백철 : 현대에 있어서는 인간을 역사적으로 전면적으로 보지 못하니까 인간의 가치란 매우 빈약하지요.

임화 : 지성이니 현실이니 하는 것보다는 인텔리의 전체적 운명에 관한 논의가 더 높이 평가되어야 할 줄 압니다.

〈시론의 빈곤에 대하여 - 시의 비대중성과 서사시〉

- 김상용 씨 주도

김상용 : 시론의 빈곤에 대해서 말씀을 물어 달라는 것이나 제가 말하고 싶은 것은 시론만이 아닙니다. 시론을 이야기하는 동시에 시까지 겸해서 말씀해 보겠습니다. 다시 말하면 시론의 빈곤이라는 것은 시의 빈곤을 말하는 것이며, 그와 동시에 시론과 시의 빈곤은 하필 어제 그저께에 생긴 일이 아니라 저널리즘이 문학을 이용하는 날부터 시는 고독해졌습니다. 아까도 소설 이야기를 하실 때 소설의 통속성과 순수성이 문제되었지마는 시라는 것은 운명적으로 대중과는 융화할 수 없습니다. 그러니까 시는 점점 고독해지지요. 그리고 작년만 하

더라도 우리 출판계를 돌아본다면 결코 시가 빈곤했다고 할 수는 없습니다. 물론 출판물 중에는 소설도 있었지마는 그것보다도 중견과 신진을 겹쳐서 시집 출판이 많았습니다. 그러나 시집으로서는 많이 나오면 신문이나 잡지에 발표된 시는 얼마 되지 않습니다.

최재서 : 그건 신문 잡지에서 안 쓰이는 때문이 아닙니까.(일동 소)

김상용 : 글쎄 안 쓰였다는 것도 이유가 되겠지마는 그보다도 시가 원원이 비대중이니까 어느 의미에 있어서는 시론이란 불필요한 것이기도 합니다. 가령 소설 같은 것은 대중을 상대로 하니까 무슨 풍조라든지 환경이라든지 하는 것이 변하는 대로 일반 대중의 관심이 그리로 쏠리게 되니까 평론은 그러한 일반 관심사인 소설론만을 쓰게 되지 대중이 관심하지 않는 시론을 쓸 턱이 있습니까.

김남천 : 나는 이 비슷한 문제를 다른 데 약간 쓰기도 했습니다마는 이것은 임화 씨에게 좀 물어 보고 싶습니다. 임화 씨로 말하면 시인인데 시인이면서 소설에 대해서 많이 읽고 많이 쓰고 여하간 관심을 퍽 많이 가지면 시론에 대해서 좀처럼 붓을 들지 않으니 그것은 웬 까닭입니까? 그러니까 지금 시인들의 시의 운명에 대해서 그것을 초극하려는 준비가 없거나 또는 현시단에 가령 어떠한 좋지 못한 경향이 있더라도 그것을 교정한다든지 할 능력이 없는 때문에 시론이 빈곤하지 않습니까.

임 화 : 그러면 내가 말을 해야 하겠군요. 그런데 적어도 내 경험에 의하면 지금 시인들이 시의 운명에 대해서 그것을 초극할 만한 자신이 없다거나 그래서 시론이 부진하다고는 보지 않습니다. 그것보다는 시와 소설을 비교해 보면 소설은 문제를 제공하는 범위가 시에 비해서 훨씬 더 넓고 큽니다. 더구나 장편 소설이 그러합니다. 그러니까 문제를 전폭적으로 제공하는 소설을 자연 많이 이야기하게 되고 시는 자연 뒤로 밀리게 됩니다. 그래서 평론도 소설에 관한 것을 많이

쓰게 되는 동시에 시론에 대해서는 등한하게 되지요.

김남천 : 그런데 김광섭 씨 글을 읽어 보면 비평가가 문학을 이야기할 때는 시를 더 많이 이야기해야 한다고 했는데 그렇게 되면 다 같은 시인으로서 임화 씨와 김광섭 씨는 의견이 서로 다른데 그 점을 어떻게 생각하십니까?

김광섭 : 아까 김상용 씨도 말씀하였지마는 시가 비대중인 것만은 사실입니다. 그리고 소설은 만드는 것이니까 이론이 필요하지마는 시는 만들지 않는 것이니까 이론이 필요하지 않지요.

김기림 : 제 생각에는 시학과 시비평이 다 다를 줄 압니다. 시학이라면 시의 과학일 게고, 시비평이라면 시의 작품 비평일 게고, 시론이라면 시의 가치론이 아니겠습니까. 그렇다면 시인은 누구나 다 각각 자기의 시론을 가지고 있을 줄 압니다. 그런데도 시론이 나오지 않는 것은 무슨 때문일까 하는 것을 한번 생각해 볼 필요가 있을 줄 압니다. 그런데 시론은 누구나 한번 자기의 시를 분석한다면 그 때부터 시론이 시작된다고 볼 수 있습니다. 다시 말하면 자기 시의 표현 형식과 표현 의욕의 마찰이 생길 때 일종의 창작적 고민이 생기는 것이, 이 창작적 고민을 고백하는 것이 시론인데 현대 조선 시론을 쓰지 않는다는 것(은) 결국 시인이 자기 시에 대한 아무런 고민이 없는 때문이 아닙니까.

정지용 : 시론의 빈곤에 대해서는 여러분이 다 많이 말씀하셨는데 하필 시론뿐 아니라 시학도 있고 시화(詩話)도 있고 시법도 있고 할 것입니다. 그런데 시라는 것은 첫째 불필요한 사설을 기(忌)합니다. 그러므로 시는 짧을수록 좋다는 말도 있고 쓸데없는 사설을 하는 시는 모가지를 잘라 버리라는 말도 있으니 시가 이처럼 간단하고 단순한 것이라면 시론인들 왜 쓸데없는 잔소리를 해서야 쓰겠습니까. 그러므로 시론이 계발적(啓發的)인 강연이 되어서는 안 될 줄 압니다. 다만 시는

제 자신이 요설을 못하니까 그 대신 시론이 있을 수 있는데 그러므로 호라티우스의 시학 같은 것은 천고불멸의 성전이라고 합니다. 그러니 시론을 갖추는 것도 좋지마는 그렇지 않아도 무방할 줄 압니다.

〈작품 경향과 작가의 관심사 〉
- 김광섭 씨 주도

김광섭 : 갑자기 와서 리드해 달라는 청을 받아서 별로 생각한 것이 없습니다마는 백철 씨가 말씀하기를 현대는 작가가 자기를 주장하지 못하는 시대라고 했는데 그런 시대이면 그 시대의 분위기를 그릴 필요가 있을 줄 압니다. 역사가 말하지 않는 역사가 문학이라면 작가는 이 시대의 암흑이라든지 그러한 있는 그대로를 그리지는 못한다고 하더라도 이 시대의 분위기라도 그리는 것이 중요한 일일 줄 아는데 지금 중견 작가들의 작품 경향이라든지 또는 그 경향으로 미루어 보아서 작가들의 관심하는 것이 어디 있다고 보십니까.

안회남 : 아니 작가들이 그 시대의 분위기를 그려야 한다면 그야 어느 시대이고 작가가 걸작을 쓰라는 말과 마찬가지가 아닐까요.

김광섭 : 이 시대가 가지고 있는 모든 것을 그리라는 말이지요.

안회남 : 그러나 이 문제는 현역 작가들의 작품 경향으로 보아서 작가들이 무엇을 관심하는 하는 것이 아닙니까.

이원조 : 출제의 의도는 그렇습니다.

김상용 : 여하간 요즈음 와서 작가들이 기교 방면에 퍽 애쓰는 것 같은데 독자로서 요구한다면 첫째 위대한 성격과 깊은 인생관을 표현해 주었으면 합니다. 이것이 없으면 읽어도 감격할 수가 없고 다 읽은 뒤

에 아무 기억이 남지 않는 때문입니다.

최재서 : 작년 1년간의 작품을 개관할 때 일정 명확한 경향을 지적하기가 곤란치 않은가 생각합니다. 혹은 내성적 경향을 말하고 혹은 세태 묘사의 풍조를 지적하는데 이것도 그리 주세적(主勢的)인 것은 아니었고 또 작품 경향으로 보아서 그리 명확한 성질의 물건은 아닙니다. 차라리 이것들은 작자의 어떠한 예술적 이념을(도호〔塗糊〕하는 것은 아니지만) 용해하고 암시하려는 것으로 볼 수 있습니다. 작자들이 구태여 경향을 명시하지 않으려고 한 데 작년도의 경향이 있지 않았는가 생각합니다. 작가들은 이리저리 몸을 피하여 가면 예술적 양심을 살리기에 만족하려는 데서 나는 그들의 최대 관심사를 발견하였습니다. 내성적 소설, 세태 묘사의 소설이 작년에 유행하였다면 그것은 이런 관심의 표현이라고 나는 봅니다.

임 화 : 작가들의 관심이 어디로 쏠리고 있느냐는 첫째 작가들의 주관적 태도의 문제이기는 하나 더 중요한 것은 그것은 객관적인 표현입니다. 다시 말하면 각 개인이 주관적으로 어떤 것을 생각하고 있든지간에 실제의 작품 성과가 표시하는 경향이니까요. 우리 비평의 대상은 언제나 이것으로, 나의 보는 바에 의하면 작년 1년은 적어도 세태적인 세계에다 작가들이 자기를 의탁하기 시작한 해가 아닌가 합니다. 물론 이 경향은 작가들의 개인적 사고의 한계를 넘어서 현대가 득(得)하는 하나의 결과가 아닌가 합니다. 물론 우리는 내성의 세계로 들어가는 경향을 이와 대비하여 생각할 수 있고 또 사실 있었으나 작년에 와서는 이 경향은 세태적인 경향에 눌리는 것 같았습니다. 아마 우리 조선 현대 작가가 대체로 내용을 착실히 해 나갈 준비가 부족하거나 혹은 내성적 능력 부족하지나 않은가 하고 생각되기도 합니다. 이것은 아마 사색력의 부족, 혹은 문학을 배양한 정신적 전통의 결여에서 오지 않을까도 생각합니다. 그래서 결국 시정

세계의 묘사로, 편력으로 모둘 발을 돌리는 듯합니다. 그러므로 문제는 결국 작가들이 얼마나 이 세계를 파악 내지 극복해 나가느냐 하는 데 명일의 조선 문학의 성과가 달려 있겠지요.

간혹 지금 시대의 문학은 경향이 없다는 말도 듣는데 이것은 현대문학에 대한 평가 불가능, 다시 말하면 비평적 절망의 표백이 아닌가 합니다. 어느 시대이고 그 시대의 적응한 특징이 그 시대 문학의 표현인 것입니다.

아마 올해 1년은 시정 세계와 작가와의 결탁의 1년, 혹은 시련의 시대일 것 같습니다.

김남천 : 장편 소설에서는 될 수 있는 대로 성격을 그려야 하는데 요사이 보면 대개 하나는 내성적이고 하나는 세태 묘사에 주력하는 것같이 보이더군요.

백　철 : 퍽 자조적(自嘲的)인 경향도 보이는데 그런 경향으로는 최명익 씨 같은 이를 들 수 있겠지요.

김남천 : 일반적으로는 내성적인 경향이 많은 것같이 보이기는 하지요. 그저 내 남 없이 문학을 한다는 것이 퍽 안한(安閑)하게 되는 대로 하는 듯한 경향이 있지 않습니까.

〈비평가와 작가의 괴리 〉

- 김남천 씨 주도

김남천 :　비평가와 작가의 괴리는 아까 장편소설론을 이야기할 때 김기림 씨가 모파상의 소설론 중에서 작가와 비평가의 불목(不睦)이란 사실도 인용하셨지마는 나는 이 비평가와 작가의 괴리라는 것을 두 가

지 측면으로 보았으면 합니다. 한 가지는 평론가의 이론과 작가의 작품이 동떨어지는 것이고 다른 하나는 작가 자신이 한 개의 창작 이론을 주장하였을 때, 그 주장이 자기 작품에 원활하게 또는 완전히 나타나지 못한 경우를 비평과 창작의 괴리라고 할 수 있습니다. 그래서 이러한 괴리를 어떻게 해야 통일할 수 있을까를 생각해 보았습니다. 그런데 지금 평론가들이 대체로 말하는 일반론을 작가가 작품화하지 못한 것이 평론과 창작의 괴리라면 평론가들은 그 일반론을 일반론에만 그치지 말고 좀더 작품론으로 쓰는 동시에 작가들도 평론가의 일반론을 그냥 마이동풍격으로만 끄러치울 것이 아니라, 좀더 자기 작품에 그러한 일반론을 되도록은 많이 구체적으로 작품화하는 것이 좋을 것이고 작가가 자기 주장을 작품화하는 것은 물론 표현력의 문제도 있겠지마는 작가들이 더 높이 현대적 사상을 주체화해야 될 줄 압니다.

최재서 : 그러면 비평가와 작가는 운명적으로 괴리된다는 말입니까.

김남천 : 아니지요. 언제 말한 바와 같이 비평가의 일반론과 작가의 작품화가 서로 원용되고 작가 제 자신으로도 제 사상을 더 주체화하는 데 따라서 그러한 괴리가 통일되리라는 말이지요.

최재서 : 그런데 그것은 비평가와 작가와의 관계나 또는 작가 제 자신의 문제로서나 결국은 마찬가지인데 내 생각 같아서는 그것이 서로 괴리되는 것이 도리어 타당할 것 같은데, 가령 현실과 이상 같은 예를 보더라도 우리네 현실과 이상은 늘 괴리되는 것이 아닙니까. 그러니까 비평가와 작가 사이에 무슨 악의가 있어서 괴리된다면 그건 못쓸 일이지마는 그 사이에 선의만 있다면 그 거리는 멀수록 좋은 것이 아닐까요.

김남천 : 그러나 비평가가 지성이니 교양이니 하는 것을 너무 높이 논의해 놓으면 작가들이 그것을 돌아보지 못하는 것이 아닙니까.

최재서 : 그러나 원래 비평이라는 것은 명일의 일이고 작품이라는 것은 오늘의 일이니까 떨어지는 것이 어쩌는 수 없는 일이지요.

백 철 : 나도 역시 그렇게 생각합니다. 비평이란 본래 문명적이니까 이러한 문명 비평을 곧 작가가 소화하기는 불가능한 일이지요. 그러니까 비평은 앞서고 작품은 뒤서지요.

안회남 : 비평의 역사가 길어지면 작가의 불만도 적어지리라고 생각합니다.

김상용 : 그런데 작가들이 대체로 비평가에게 경의를 얼마나 가집니까.

백 철 : 그야 알 수 없지요.

김상용 : 아주 무관심한 것이 아닙니까.

김남천 : 아주 무관심하거나 무시하는 것은 아닙니다.

김상용 : 그러나 그것은 자기 작품에 대한 세평이 어떠냐 하는 정도로 관심하는 것이지 뭐 창작 태도에까지는 변동되지 않을 걸요.

최재서 : 작품의 지시하는 코스에 바로 서서 바로 목표만 가르쳐 준다면 반드시 그렇지는 않을 것입니다.

김상용 : 그런데 한 작품을 가지고 어떤 분은 이렇다고 좋게 말하고 또 어떤 분은 아주 왕청되게 말하는 것은 어찌된 일입니까.

김광섭 : 그야 비평가의 눈이 다 다르니 그렇지요. 그런 예야 세계적으로 다 있는 것이 아닙니까. 셰익스피어 하나만 가지고 별별 논쟁이 다 많으니까요.

임 화 : 그런데 나는 평론과 비평과 문예학을 구별해 보고자 합니다. 평론은 문학을 중심으로 한 일종의 문명 비평이라면 비평은 직접 작품 비평이고 문예학이라는 것은 문학 일반의 과학이라고 볼 수 있습니다. 그런데 이 때까지의 조선서 문예 평론이라면 그 전통이 전부 당위론이었습니다.

그러나 작품은 작가가 생활을 요리하는 것이니까 첫째 시간적으로도 그만한 차이가 있을 줄 압니다. 그러니 이러한 당위론인 평론과 생활적인 작품과의 거리를 연락(連絡)하는 매개물이 필요할 줄 압니다. 그래 이 매개물을 나는 비평이라고 봅니다.

정지용 : 나는 첫째 평론가 여러분에게 요구하고 싶은 것은 평론가들의 문장이 너무 완강하고 생경하니 스마트하게 에세이식으로 써 주었으면 좋겠습니다.

(『조선일보』, 1939년 1월 3일)

신극은 어디로 갔나? 영화 조선의 새출발

- 종합 좌담회 -

출석자 씨명(무순)

영화감독 서광제(徐光濟) 고려영화사 이창용(李創用) 고협(高協) 심영(沈影) 성악연구회 김용승(金容承) 영화감독 방한준(方漢駿) 청춘좌 지경순(池京順) 소설가 김남천 낭만좌 김욱(金旭) 평론가 임화 소설가 이태준 평론가 최재서

본사측 이상호, 김기림, 이헌구, 김영수, 조경희

시 : 소화 14년(1939년) 12월 18일

소(所) : 본사 귀빈0실

〈조선 영화의 기업화는 해외 시장의 개척에서〉

이 학예 부장 : 영화계나 또는 연극계를 통해서 금년같이 복잡다단한 문제가 많은 해는 없었을 줄 압니다. 이 여러 가지 문제에 대해서 아무 기탄 없이 흉금을 펼쳐 놓고 말씀해 주시기 바랍니다. 그러면 지금부터 진행하겠습니다.

김기림 : 맨처음으로 영화에 대한 이야기부터 하지요. 금년에 들어서 영화 사업이 나 보기에는 퍽 기업적으로 된 것 같은데 사실 내용에 있어서는 어떻습니까.

서광제 : 아직 요람기올시다. 그러니까 확실한 기업이 섰다고는 할 수 없습니다. 하여튼 일 년이면 일 년 동안에 몇 작품을 제작한다는 계획을 세워가지고 진행했으면 좋을 것 같아요.

김기림 : 이 점에 대해서 영화인 협회에서는 무슨 계획이 없습니까.

서광제 : 지금 결성되어 있는 영화인 협회라는 것도 아무 사무적 행사는 하고 있지 않으니까 역시 외부의 힘을 빌지 않으면 안 될 겝니다.

김남천 : 영화인 협회는 영화 회사를 직접 지배하는 기관입니까.

서광제 : 천만에요.

임 화 : 조선 영화가 기업적으로 되지 못한 것은 기초가 서지 못한 까닭이 아닐까요. 지금 조영(朝映)이나 고려(高麗) 같은 데도 기업 기초가 없으니까.

방한준 : 사실 조선 영화는 형체도 없습니다. 더구나 제작 과정 같은 것은 말할 수 없습니다. 하물며 지금에 있어서 기업 운운을 할 수 있습니까. 결국은 내사본가가 우리의 이윤을 발견해서 건실한 사본을 두사하는 것을 바랄 수밖에 없을 것입니다.

김기림 : 그러니까 말하자면 투자한 사람이 이윤을 볼 수 있다면 문제는 해결

되리라는 말씀입니다 그려.

방한준 : 그렇죠. 그러나 이것도 결국은 영화인 자체가 짊어져야 할 책임일 것입니다. 사실 지금까지의 자본가들은 돈을 내놓으면서 어떻게 영화가 제작되어서 어떻게 시장으로 나가게 되는지 내용도 몰랐으니까요.

김기림 : 그러면 결국 지금의 영화계는 불안하다는 말이 되는데, 현재에 있어서 각 방면으로 시장을 넓히려는 경향이 있으니까 앞으로 이것이 확대된다면 그 때야 안정되겠지요.

방한준 : 그야 벌서 영화 자체가 시초부터 상업성을 띤 것이니까 작품만 좋다면 아무 문제 없겠죠.

이창용 : 영화의 우수를 A, B, C 세 계급으로 나눈다면 아직 조선 영화는 내지 시장에만 가더라도 A급에 오르기는 힘이 든다. 그러니까 난 이 문제를 해결하는 데 우선 상당한 인물이 나와야 되고 또 이해 있는 자본가가 나와야 될 줄 안다. 작년만 하더라도 외부에서 영화계를 얼핏 보기에는, 기업화된 것 같지마는 나는 그 반대로 인물과 자본이 없다는 것을 더 철저히 느꼈을 따름이다. 나는 여기에 대해서 어떠한 구체안까지도 가지고 있다. 즉 문단측과 재벌과 영화인 협회 같은 데서 타협이 있어야 될 줄 안다.

김기림 : 작년에 제작된 작품은 대개 내지로 간 것 같은데, 이보다도 더 크게 생각해서 해외 시장 개척 문제 같은 것을 생각해 보신 적은 없습니까.

이창용 : 절대로 필요합니다. 해외 수출에는 권리를 아주 팔아 버리는 것과, 또는 세를 받고서 맡기는 것 등 두 가지가 있습니다. 이 어느 것이든지 지금에 조선 영화계는 적극적으로 활동해야 될 줄 압니다.

김남천 : 조선 안의 시장만으로선 어떨까요?

이창용 : 수효에 있어서도 그리 적다고는 할 수 없습니다. 그러나 이것만을

상대로 해서는 이익을 볼 수 없습니다.

학예 부장 : 이창용 씨의 아까 말씀하신 영화의 A, B, C란 대략 어떤 것입니까.

서광제 : 즉 A라는 것은 동보(東寶)나 송죽(松竹) 같은 것을 말하는 것이고, B란 이를테면 신흥(新興) 작품 같은 것을 말함이고, C란 대도(大都)의 작품 같은 것이겠지요.

김기림 : 그럼 조선 영화는 대개 어느 계급에쯤 속하게 됩니까.

서광제 : 글쎄.

이창용 : A아니면 C죠. 다시 말하면, 좋지 않으면 아주 실패하거나, 그렇지 않으면 아주 좋거나 그저 그렇죠.

(일동 웃음)

서광제 : 그런데 말야, 동경 가서 가만이 보니까, 그 곳 사람들이 조선 영화를 본다는 건 일종의 동정심 같더군 그래.

(일동 또 웃음)

방한준 : 호기심도 있지. 대체 조선 영화란 어떤 것인가 하는.

이창용 : 그저 뭐니뭐니 해도 어서 조선 영화계가 이해 있는 자본가를 만나서 확고한 기업적 지반 위에 설 것입니다.

〈좋은 극은 좋은 곳에서 까다로운 건 관객 심리〉

김기림 : 영화 때문에 연극이 퇴각을 당한다고도 하나 연극이 또 연극대로 독특한 매력을 가지고 있지 않을까요. 지방으로 가지고 다니기도 편하고 또 관객에게 주는 감명도 더 직접적이 아닐까요.

심 영 : 지방에 가 보니까 일반 대중은 서양 영화는 알 수 없다고 그래요.

그리고 또 요새 조선 토키는 그 전 무성 영화 시대보다 인기가 떨어지는 모양이에요. 영화는 좋은 기업화가 잘 되어 있지 못한 모양이지요.

김기림 : 금년은 예년에 없이 극단이 아주 복잡다단하지 않았어요?

김남천 : 극단도 그러려니와 연극에 있어 연극의 질을 낮춘다는 것은 생각해 볼 필요가 없을까요.

심 영 : 지방이고 경성이고 간에 희곡이 좋으면 모두들 좋다고 봅니다. 이런 것은 외국 영화도 질이 훌륭하면 모두 보니까요. 그런 까닭에 기생만 나오는 그런 통속극을 하는 것은 연극으로서도 타락이려니와 대중도 좋아하지 않아요. 무엇보다도 좋은 희곡이 필요하지요.

김기림 : 그런데 현재 연극을 주로 상연하는 동양 극장과 또 영화만 보는 상설관의 관객이 구별이 있지 않아요?

김남천 : 아마도 영화 관객이 세련되어 있지 않을까요.

임 화 : 연극 관중은 추월색 독자와 같은 풍이 아닐까요. 그리고 페페 르모코를 좋아하는 관중과는 질적으로 다를 걸요.

심 영 : 그래도 서울 손님은 어수룩해요.

김남천 : 요전 고협(高協) 극단의 「정어리」는 어떻게 봅니까.

임 화 : 그 희곡 구성이라든지 여러 가지가 지방 흥행을 고려한 점이 많은 같아요. 그래서 통속미가 여간 많이 드러나는 게 아니예요.

지경순 : 큰 도회에서는 어딘지 흥행 극단이라고 심하게 색안경으로 보는 편이 많아요. 추월색과 가튼 연극을 한다고만 하면 배우들도 특수한 차별을 받는 것 같아요. 흥행 극단에 있기는 하지만 배우 자신으로서는 좋은 것을 하려고 여간 노력하는 게 아니예요. 그러니까 이런 점을 잘 이해해서 따뜻한 마음으로 키워 주도록 되어야지 그냥 흥행 극단이라고 쳐버려 두는 것은 어떤 점으로 보든지 매우 불리할 것 같아요.

임 화 : 흥행 극단이란 재미를 위해서 하는 게 아닐까요.

이태준 : 마치 신문 소설이 작가 자신과 떠나서 독자의 흥미를 끌 듯이!

임　화 : 그런데 내가 마산에 한 삼 년 있어 봤는데 여간 연극을 좋아하는 게 아니예요. 그래서 극단만 오면 만원이 돼요.

서광제 : 토키가 되면서부터 조선 영화는 볼 것이 없다는 것도 한 원인이 아닐까?

김기림 : 옛날 구극을 보던 관객은 어떤 연극을 보러 갈까요?

임화 : 대개 동양 극장으로 갈 걸요.

이학예 부장 : 그런데 고급 영화팬은 동양 극장에 가지 않는 수가 있지 않아요. 그래서 같은 연극이라도 부민관에서 한다면 구경을 가는데 관객이란 장소를 중요하게 보니까요.

서광제 : 그러니까 일 원을 받더라도 좋은 장소에서 설비 잘 하고 할 필요가 있어요.

지경순 : 요전 부민관에서 「유정」을 해 보니까 아주 관객들도 조용하고 엄숙한 맛이 있어요. 동양 극장에서 하다가는 그냥 어리둥절해져요. 어쨌든 동양 극장은 집됨이 통 틀렸어요.

방한준 : 고협서 하는 「정어리」를 보았는데 인천서 할 때는 연기도 통일이 안 되고 당초에 볼 맛이 없더니 이번 부민관에서 할 때는 내용보다도 연기자의 열성이 대단하더군요. 결국 좋은 연극은 좋은 극장에서 해야 되겠어요.

임　화 : 동양 극장은 집 그 자체가 좋지 못해요.

방한준 : 중심 지대에 좋은 극장이 있어야 하겠어요.

임　화 : 시스템을 잘 갖추어 가지고 하면 관객을 일정하게 가질 수 있지 않을까요.

김　옥 : 그러니끼 디시모노1)가 문제가 아니지요.

---

1) たしもの(出し物) : 상연물(上演物)

〈화류계와 연극〉

최재서 : 고급한 연극팬은 부민관이 아니면 안 가잖아요? 그런데 이번 「정어리」 때 보니까 화류계의 기생들이 많던데 낮이 돼서 그런지 모르지만.

심영 : 그건 일종 관객을 그런 층에서도 얻자는 영리적 입장에서 나온 것인데 밤에는 상당히 명사 되는 이가 많이들 왔어요. 저고리 바람으로 오는 사람은 적었어요. 어쨌든 좋은 연극이면 손님은 얼마든지 끌 수 있어요.

최재서 : 그렇지만 화류계란 것도 무시할 수는 없지요. 마치 신문 독자에 팬이 있듯이 그런 팬이 있어야겠지요. 그런 까닭인가 모르지만 「정어리」에 유흥적 기분을 많이 낸다는 것은 찬성할 수 없어요.

김남천 : 그렇지요. 「정어리」 일 막에서 술집 둘씩 필요 없어요. 유행가도 소용 없고.

〈막간은 어떻게 보낼까? 샌드위치나 씹을까?〉

이태준 : 그런데 막간이 문제던데 십 분, 십오 분에서 삼사십 분까지 기다리게 되는데 그건 좀 견딜 수 없어요.

서광제 : 내지 같으면 막간에 저녁을 먹든지 하잖아요.

이태준 : 암 가부키(歌舞技) 같은 데는 일종 미아이[2]와 외교를 하는 장소로 되어 있으니깐.

---

2) みあい(見合) : 맞선

임 화 : 어쨌든 조선의 막간이란 것은 나같이 몸 약한 사람은 기다려 볼 수가 없어요.

이태준 : 좀 극장이란 것이 휴식처도 있고 또 거기서 오락할 수 있다면 몰라도 부민관 같은 데서는 다리를 빼서 나다니기가 여간 거추장스럽지 않단 말이요. 거기 비하면 영화 구경은 한결 편하거든.

김 욱 : 조선에는 아직 회전 무대니 오시다시니 하는 구조가 되어 있지 않아서 막간이 더 길어져요.

임 화 : 신문 소설을 기다려 읽는 셈을 치지.(일동 웃음)

김 욱 : 사실은 연극이 재미 있어도 쉬어서 보는 게 좋기는 해요.

지경순 : 미리 막간이 삼십 분이면 삼십 분이라고 관객에게 알려 준다면 훨씬 휴식하는 데 자유로울 것 같아요. 그래서 반드시 '몇 분 간 휴식'이라고 적어 내붙이는 게 좋겠어요.

임화 : 가령 막이 네 막쯤 하는데 처음은 십오 분, 이십 분 하다가, 끝으로는 삼사십 분씩 해서 일부러 쉬게 하는 것도 괜찮기는 해.

김기림 : 그런데 막간이 긴 것을 줄이기 위해서 무대 장치 같은 것을 아주 간단하게 상징적으로 하는 것도 새로운 형식으로 재미 있잖을까요. 그래서 등장 인물을 적게 하고…….

임화 : 그건 소극장이래야 하지.

이태준 : 난 이런 생각도 있어요. 마치 여학교 바자회와 같이 막간을 이용해서 배우들이 나와서 샌드위치라든지 팜플렛 같은 것도 팔고 또 낭하 같은 데 무대면이나 그 외에도 연극에 관계된 사진을 진열해서 화려하게 하는 게 좋겠어요.

최재서 : 여배우나 남배우가 시 낭독 같은 것도 하는 게 좋지 않아요?

김욱 : 그런 것도 좋은 시험이겠죠.

이태준 : 그렇지만 무대는 쉬니까 그 사이는 나가서 쉬는 게 좋을 것 같아요.

김기림 : 막간 같은 데 레코드를 거는데 이것은 레코드 본위로 하지 말고

연극과 관계되는 기분나는 것을 하는 게 어때요?

이태준 : 그렇지만 연극을 너무 통속화할 염려가 없을까요.

김욱 : 사실 음악 같은 것을 하는 것이 도리어 피로해요.

임화 : 담배 먹는 게 좋지.

이태준 : 커피나 샌드위치를 팔아서 먹는 게 좋아요.

심영 : 그럴려면 상당한 설비를 해야 할 걸요.

〈대사는 부드럽게〉

심 영 : 영화 배우가 억양에 있어서 부자연한 것은 아무래도 여기에 대한 연구가 없는 탓일 겝니다. 호흡을 조금만 연구하면 될 것 같은데.

서광제 : 우선 리얼해야지.

심 영 : 요즘들 무슨 영화적 연기법이니 혹은 연극적 연기법이니 하고 떠드는데 내 생각 같아서는 연극에 있어서나 영화에 있어서나 결국 리얼은 하나일 것 같아요.

방한준 : 세리후[3]가 나쁜 것은 물론 배우들의 책임도 크겠지마는 또 녹음 기사가 기계 조절을 잘 해야 합니다.

임 화 : 조선 영화의 결점 하나는 말과 동작이 제 각각 떨어진 것 같더군요. 그래서 도리어 무성 영화 적보다 재미가 없어요.

심 영 : 조선 영화 감독은 우선 억양의 연구가 있어야겠어요.

---

3) せりふ : 대사

〈시나리오난의 타개는 문예 작품을 각색하는 데서〉

김기림 : 그리고 얼마 전에 동양 극장에서 춘원의 「무정」을 비롯해서 조선의 우수한 문예 작품을 각색해서 상연하였는데 이런 점은 어떻게 생각하십니까.

서광제 : 그건 어려울 것입니다. 그저 영화란 오리지널 시나리오가 있어야죠.

방한준 : 아니, 그보다도 시나리오 라이터가 나와야죠. 우수한 시나리오 라이터가 나오기 전에는 조선 영화도 질(質)에 있어서 좋은 것을 기다릴 수는 없을 것입니다.

서광제 : 그리고 제일 첫째 문예 작품이란 모두지 촬영하기가 곤란하거든.

임 화 : 오리지널이 나와야 문제는 해결되지만.

김기림 : 그리고 영화 장면에 있어서 공연히 쓸데없는 풍경 같은 것을 집어넣는 것은 좀 생각할 문제 같더군요.

방한준 : 그야 물론이죠.

김기림 : 즉 시퀀스와 시퀀스와의 사이를 채울 만한 리얼한 장면이 있어야겠다는 말씀입니다.

임 화 : 참 그래요. 그게 자칫하면 무슨 그림 엽서 보는 식이 되거든.

기 자 : 그것도 최근에 일어난 문제입니다. 그 전 얼마 전만 해도 그저 감독이나 제작자들이 마음대로 했죠.

김남천 : 그런 잘못이 많았기 때문에 오늘 우리 영화계를 보면 깨달을 점이 많죠.

서광제 : 그저 감독이나 제작자들의 센스 문제야. 그리고 이것은 또 원작에 대한 이야기지만 조선에는 아직 스튜디오다운 스튜디오 하나 없고, 커텐 하나 변변한 게 없으니까, 우선 우리 생각 같아서는 작품을 제

작하려면 내용이 복잡한 스토리를 가진 작품보다도 내용이 아주 간략한 것을 택하는 것이 그 중 안전한 방법 같더군요.

방한준 : 그게 차라리 낫지. 괜히 복잡한 것을 손댔다 실패하느니보다.

이창용 : 하여튼 내 생각 같아서는 이런 모든 문제를 해결하자면 우선 우리의 영화계가 완전히 기업화되어서 각각 부문마다 권위를 가질 것입니다.

〈여배우의 생명은 우선 매력! 발성, 동작, 표정도 미숙〉

방한준 : 조선의 여배우는 매력이 없는 게 탈이예요. 클로즈업을 해도 여간 미운 것이 아닙니다. 이 여배우 문제도 현재의 영화계에 있어서는 자본같이 심각한 문제입니다.

김남천 : 아, 사실 그래요. 이향난이만 해도 만주인이란 매력이 있지 않습니까.

방한준 : 일반적으로 조선 영화를 어떻게 하면 향상시킬 수 있을까 하는 노력이 부족한 것 같더군요.

서광제 : 그뿐이 아니야. 아, 다이얼로그가 좋지 않으니 어쩌나. 여배우가 대사 한 마디 똑똑이 못하니 이걸 어떡하면 좋은가. 그러니까 우선 조선의 배우들은 기술적으로 훨씬 연마를 더 해야지.

이창용 : 얼마 전에 군부(의미 불명 - 편자)측에서 좌담회가 있을 적에도 말이 났었습니다만 조선 영화는 너무 장면이 추하고 음산해요. 좀더 명랑한 장면이라든지 또는 조선 부인들의 우아한 점을 잘 표현한다면 내지 시장의 헤게모니를 잡는 것은 문제 없을 텐데.

방한준 : 그저 모두 설비가 불완전한 탓이겠지.

서광제 : 천만에. 그건 말이 되나. 그러한 기관에 있어서라도 그 어느 뚜렷한 스타일이나 폼은 가져야 되지 않겠나.

심 영 : 나도 얼마 전에 「북지만리」 촬영 때문에 만주에 가서 느낀 일입니다

만 조선 영화는 너무 음산하고 잔인하다는 것은 정평이더군요. 글쎄 어떤 만주 사람 하나가 「나그네」를 보고 와서 통 조선 사람하고는 인사를 안 하더군요. 나중에 알아 보니까 고만 「나그네」를 보고서, 그 도끼로 사람을 쳐죽이는 장면이 어찌나 잔인하던지, 금방 조선 사람이 무서워져서 인사도 하기 싫다더군요.

이태준 : 허.

(일동 웃음)

서광제 : 참 조선 영화는 너무 음산해. 좀 명랑해야 할 텐데.

임 화 : 그야 실생활이 명랑치 않고, 또 사실 생활 내용이 음산하니까 어쩔 수 없겠죠.

김남천 : 그렇지.

심 영 : 암만 사실이 그렇다 해도 상품으로서 시장에 내어 놓자면 이 점은 충분히 고려해야 될 것입니다.

서광제 : 그리고 표정에 있어서 여간 부자연한 것이 아니거든. 예를 들자면 조선 영화에서 아버지와 아들이 한자리에 있는 장면을 촬영하자 해도 제일 애정 표현할 줄을 모르니까 어렵거든.

심 영 : 엘로퀘션에 있어서도 참 너무 부자연해요.

방한준 : 그것도 이유가 있지. 조선 영화란 동시 녹음이 아니니까. 즉 근본적 결함은 기계의 탓이겠지.

심 영 : 나는 요즘에 조선 영화를 보고서는 토키 배우될 생각이 없어지고 말았어요.

김남천 : 또 지금 영화 배우들의 세리후가 그게 어디 조선말입니까.

이창용 : 방송국의 아나운서부터 발음을 고쳐야겠습디다.

임 화 : 그렇지.

김남천 : 그건 참 어느 나라 말인지.

〈오늘의 배우에게는 음악의 교양이 긴절(緊切)〉

최재서 : 아까도 배우의 세리후 얘기가 나왔습니다만 내 생각 같아서는 통 우리 조선 말에는 '조자(調子)'가 없는 것 같더군요. 결국 조선 여배우들의 세리후가 억양이 없다든지 또는 성격적이 아니라든지 하는 것은 본질적으로 이러한 원인에서 오는 것이 아닐까요.

김기림 : 참 그래요. 조선 언어에는 확실히 '조자'가 없어요.

기 자 : 그렇지만 요즘의 연극은 전보다 꽤 나아지지 않았습니까. 그 전 몇 해 전만 해도 홍행극의 '노랑목'이란 참 여간 귀가 거슬리는 것이 아니었죠. 최근에 와서는 이 점이 퍽 낳아졌더군요.

심 영 : 그건 참 그래요. 내가 직접 무대에 관여해 있으니까 그건 잘 압니다.

김기림 : 그리고 요즘 배우되는 분들의 소위 음악에 대한 교양은 어떻습니까.

방한준 : 음악에 대해서 초보적인 상식은 있어야 될 것입니다. 저번에 나도 누구에게 그런 충고 비슷한 말을 들은 일이 있습니다만 정말이지 요즘의 배우같이 음악이나 혹은 성악에 대해서 등한한 사람은 없을 것입니다.

김기림 : 그리고 이것은 확실히 「성황당」에서 본 것이라고 기억합니다만 조선 노래를 부르는데 조선 소리의 장단으로 하지 않고 서양 장단으로 하는 것은 정말이지 얼굴이 간지러워서 못 듣겠더군요. 그저 우리 소리는 우리말이 가진 뉘앙스를 생각해서라도 조선 고유의 장단으로 불러야겠더군요.

방한준 : 네 그것도 제가 절실히 느끼는 문제올시다. 또 그 작품도 제가 제작한 것이니까 더욱 책임을 느끼게 됩니다만 사실 알고 보면 그것도 경비 문제 때문이었습니다. 자본만 넉넉하다면야 동시 녹음을 해서 이런 폐단을 얼마든지 미연에 방지할 수도 있습니다. 문제는 그저

자본이죠.

이창용 : 아니 그보다는 모든 것이 기업화해야지.

〈조선의 고전극은 어떻게 계승할까 -「춘향전」「심청전」의 재검토〉

김기림 : 성악연구회에서 하는 창극「춘향전」과「심청전」같은 것을 내지의 가부키같이 전통적으로 계승시킬 수는 없을까요.

임 화 : 그것도 연극이라고 시인할 수 있을까.

이창용 : 그것도 결국 기업화가 돼야죠.

이태준 : 춘향전의 가사는 문헌에서 가져다 합니까.

김용승 : 네 그렇습니다.

서광제 : 안 되지.

김 욱 : 창극의 관객은 연극 자체의 관객은 아닐 겝니다.

임 화 : 그렇죠.

이태준 : 그러니까 현재의 타입을 벗어나서 오페라의 형식을 취하면 되겠군요.

임 화 : 춘향전 같은 고전에다가 연극적 연출을 붙이는 것은 좀 안됐더군.

이태준 : 아무래도 춘향전 같은 것을 가지고 연극에 접근하려 든다는 것은 오인 같더군.

임 화 :「꼭두각시」같이 순조선식으로 했으면 좋겠더군.

최재서 : 제작자는 그러한 불편이 있을지 모르나 사실 우리들 영화를 감상하는 사람들은 그렇지 않습니다.

임 화 : 그렇지만 아무래도 당분간은 우수한 명작에서 각색하는 편이 안전

할 겝니다.

김남천 : 그렇지.

최재서 : 하여튼 고전을 고전으로 보호하자면 국가에서 보호해 주어야 합니다.

〈시급한 극문학의 수립 - 문단과 극단의 악수가 필요타〉

김기림 : 희곡 문제는 어떻게 생각합니까.

서광제 : 무대를 모르는 쓴 희곡은 호흡이 맞지 않으니까 역시 큰 문제지요.

이태준 : 대화를 문장처럼 쓸 수는 없으니까요.

심 영 : 희곡에는 읽기를 위한 것과 상연하기 위한 것과 두 가지가 있잖아요.

김 욱 : 그런데 읽기만 하게 희곡을 쓴다는 것은 문학하는 이들의 잘못이 아닐까요.

서광제 : 희곡을 전부 상연만 위한달 수도 없지요.

심 영 : 조선서 희곡의 질적 향상을 위해서는 문단에 계신 여러분이 여론을 일으켜 새 작가가 많이 나오게 해야지요.

서광제 : 시나리오 같은 것을 보더라도 좋은 이미지를 그릴 수가 없거든요. 우선 무대의 호흡을 모르면 희곡을 쓸 수 없지요.

이태준 : 그러니까 무대 모르는 사람에게 희곡을 쓰라는 것은 무리한 주문이지요.

김기림 : 무대라는 것도 흥행극과 신극 무대와는 다르다고 보겠지요. 「정어리」를 보면 신과는 흥행극을 한데 집어넣으려고 노력했는데 결국 흥행극의 기교지 신극의 기교는 아니더군요.

김남천 : 이 두 가지가 협력한다는 것도 문제지요. 우선 흥행적으로 주문을

받아 가지고야 어디 좋은 것을 쓸 수 있어요?

임 화 : 대체 흥행극이란 사건이 없이 끝까지 보도록 일도 많고 묘한 말을 주고받게만 하니까.

서광제 : 그런 점으로 보면 드라마툴로기라는 것이 아무것도 아닌 것 같아요.

김기림 : 각본 문제와 관련되어서 금년은 신극과 흥행극이 대립해 왔던 이때까지의 태도와는 달리 두 가지가 한데 조화되려는 경향이 보인다고 할 수 있잖아요.

심 영 : 거기에는 기업적 문제가 크지요.

이 학예 부장 : 그렇지만 그 사이에 모순이 생기지 않을까요. 결국 흥행적인 것을 쓰기를 양심이 허하지 않을 테니깐. 그렇지만 소설도 신문 소설과 같이 미리 극작가에게 보수를 주어서 쓸 수 있도록 기회를 줄 수 있지 않을까요?

서광제 : 가령 그렇게 부탁하였다가 정작 무대에 상연하려는데 재미 없으면 어떻게 해요.

최재서 : 그건 모르고 부탁한 까닭이지요.

서광제 : 무대에 올릴 수 없다면 미묘한 관계가 생기지요.

이태준 : 소설 쓰기보다 각본 쓰기는 어려워요. 전부 객관 묘사이니까. 이번 「어머니」를 보고 생각했는데 여러 가지 생각되는 점이 많아요. 나도 연극 구경이라곤 혹시 그 전 극연(劇硏) 같은 데서 외국 명극 하는 것이나 봤지만, 어쨌든 무대의 현실이란 달라요.

심 영 : 그러니까 양편에서 서로 교섭이 잦아야지요.

이태준 : 사실 나부터 소설보다 희곡이 쓰고 싶은데 무대 위의 현실을 볼 수 있다는 것이 재미 있다. 또 우리 동양인 생활은 평면적인데 이것이 입체화되니까.

김 욱 : 문단인들이 희곡 쓰기를 여기(餘技)같이 알아서는 안 돼요. 좀더 긴밀한 접촉이 필요해요. 그리고 사실 극단인은 또 문학을 잘 모르

니까.

김남천 : 그런데 신극팬이란 어떤 부류일까요.

임 화 : 일종의 문학팬이지요.

심 영 : 좋은 희곡이 있으면 좋은 연기가 있을 수 있어요.

이창용 : 이런 것도 기업적으로 연락되면 될 수 있어요.

임 화 : 재래의 극문학이란 것이 조선서는 전문적이 아니었으니까. 어쨌든 희곡이 없어서는 안 될 텐데 '전속' 작자라기보다도 축지(築地) 소극장과 같이 신극의 분위기를 아는 극작가가 나오고 거기서 극문학의 분위기가 생겨야 되겠어요.

이태준 : 조선서도 어쨌든 연극을 자꾸 할 필요가 있어요.

김기림 : 그렇더라도 소설가가 극을 쓴다는 것은 큰 작가가 나오기 전의 과도적 현상이 아니겠어요.

심 영 : 우수한 극단이 토대가 잡혀야 돼요.

김기림 : 그런데 조선에는 신극, 흥행극, 중간극 이렇게 분야가 나뉘었었는데 지금은 중간극 부대에 관심이 더 많아지지 않을까요.

심 영 : 신극에는 내지의 축지의 토방(土方)과 같은 사람이 있어야지요. 우선 연극도 먹어야 할 테니까. 그래야 대중도 붙잡고 나갈 수 있지요. 극연(劇硏)의 고통도 여기 있지 않을까요.

(『조선일보』, 1940년 1월 4일)

벽초 홍명희 선생을 둘러싼 문학 담의(談議)

출석자 : 이태준, 이원조, 김남천

작가와 기질문제

이원조 : 대체 지금 문학사적 견지로 보면 최근 조선 문학을 3기로 나눌 수 있고 초창기부터 금일까지 활약하신 분, 다시 말하면 우리 문학을 창조하신 분이 세 분 계신데 그 세 분 중에서 금일까지 문학을 지켜 오신 분으로는 벽초 선생 한 분이 남아 계실 뿐입니다. 그러고 벽초 선생에서부터 30대의 저희들에게 이르기까지의 중간 기간은 비어있다고도 볼 수 있습니다. 물론 김동인 씨나 박종화 씨 같은 분이 현재까지 꾸준히 작품활동을 해오시지만 그 몇 분을 빼놓으면 공허한 감이 없지 않습니다. 지금 우리들 3·40대의 사람들이 가령

앞으로 조선문학사를 쓴다면 이광수 같은 이는 어떻게 되겠습니까?

벽 초 : 조선문학사에서 최남선, 이광수 두 사람을 무시할 수는 없을 테지.

김남천 : 역사적인 사실이니까 –

이태준 : 문학 업적으로야 무시할 수 없겠지요. 그러나 그들의 작품과 사람과의 관계를 어떻게 취급하느냐가 문제일 것입니다.

벽 초 : 작가와 작품과의 거리 문제는 앞으로 많이 토의되어야 할 문제일 줄로 아오.

이태준 : 선생님께 술을 따르면서 생각나시는 분이 만해(한용운) 선생이십니다.

벽 초 : 만해가 생존해 계셨더라면 좋았을 텐데 –

이원조 : 만해 선생께서 벽초 선생을 흉보시든 얘기를 선생님께 공개하겠습니다. 만해 선생께서 조선일보에 연재소설을 쓰시던 땐데 하루는 소설 관계로 만해 선생을 찾아가셨더니 그 선생 말씀이 벽초가 「임꺽정」을 쓰다가 중단했다고 하는 것은 정력이 부족한 탓이라고 하시더군요. (일동 소〔笑〕)

벽 초 : 그 점은 만해가 옳게 보았어. 사실로 정력이 부족하다고 지적한 것을 부인할 배짱은 없을걸.

이태준 : 제가 생각하기에는 정력이 부족한 탓이라고는 볼 수 없습니다. 글을 거칠게 쓰지 않으려고 애쓰셨기 때문과 또 소설 내용에 있어서 인물과 인물과의 관계를 정밀하게 검토해 쓰시려니까 자연 붓이 더디게 되는 게지 그걸 정력 부족으로는 볼 수 없을 줄 압니다.

벽 초 : 아니 그렇지 않어. 글 읽는 사람으로서는 퇴고(推敲)가 필요하겠지만 나 같은 사람은 아무렇게 써도 좋은 글자 한 자에도 공연히 신경질이어서 시간만 허비하거든. 일종의 병적이라고 할 수 있겠지. 불란서의 도데 같은 작가는 그 점에 유난스러운 작가인데 그분은 저서가 제본이 다 된 뒤에도, 글자 한 자라도 잘못된 것이 있으면 그 책들

은 모두 내버리고 새로 만들게 했다니까 그러기에 도데 일생을 두고 원고료를 온전히 받아본 일이 없다더군. 고료는 받기는 받지만 책 고치는데 죄다 몰아넣어 버렸대. 그러니 그게 일종 병적이 아니고 무엇이겠나.

이태준 : 비교적 수월하게 쓸 수 있는 것이 신문소설의 원고일 것입니다. 그렇지만 아무리 신문소설이라도 쭉쭉 써나가는 것을 보면 용하게 생각되던데요.

벽 초 : 가만 보면 글은 두고두고 깎는다고 해서 반드시 잘 된다고는 할 수 없더군. 내 경험으로 보더라도 처음에 썼던 것이 불만해서 다시 고쳐보고 다시 고쳐보고 하지만 나중에 보면 공연한 애만 썼지 고친 것이 맨 처음 것만 못하거든. 그런 점으로 보면 나같이 글쓰는 데 애쓰는 사람은 사실로 정력도 부족하려니와 일종 병적이라고 자인 아니할 수 없어.

이태준 : 그렇다고 해서 일필휘지(一筆揮之)격으로 써갈기고 퇴고 안 하는 사람을 정력적이라고는 할 수 없지 않습니까? 제가 「임꺽정」에서 배운 것은 정력적인 것보다도 묘사의 정밀성이었습니다. 하나하나를 정밀하게 묘사해 나간 것은 일필휘지로서야 도저히 이룰 수 없는 일이 아닐까 생각했어요.

이원조 : 일필휘지고 게다가 정밀하기까지 했으면 더욱 좋겠지.

『임꺽정』과 조선정서

이태준 : 그렇게 두 가지가 다 양전(兩全)할 수는 없겠죠. 양전하지 못할 바에는 「임꺽정」처럼 정밀한 묘사의 편을 취할 밖에.

벽 초 : 「임꺽정」에야 묘사다운 묘사가 있나 어디.

이태준 : 겸사(謙辭)시겠지요.

벽 초 : 문학작품으로는 저급이지.

이원조 : 「임꺽정」을 읽고 있으면 삼국지나 수호지 같은 중국소설을 읽는 감이 없지 않습니다. 더구나 구주문학의 영향을 많이 받아온 저희들에게는.

벽 초 : 그 점은 작자로서두 동감이야.

이태준 : 어디 묘사가 있느냐는 점.

벽 초 : 여천(黎泉-이원조: 편자)이 「임꺽정」을 중국소설 같다 했는데 우리는 중국과 그러고 일본을 거쳐 구주 문학에 많은 영향을 받아 온 것은 사실이겠지. 나는 「임꺽정」을 쓸 때, 될 수 있는 대로 조선적인 정조를 잃지 않으려고 노력했오. 그래서 경치 같은 것 한 대목 쓰는 대도 고대의 조선 정취를 나타내려고 로맨틱하게 그리려고 했지. 또 한편으로 말하면 '플로베르' 같이 자연주의식 정밀한 묘사로 역사소설을 지을 역량이 없는 까닭이오.

이원조 : 그러나 실상 작품에 나타난 것은 반대 결과여서 어느 편이냐 하면 로맨틱하기보다 더 많이 리얼리스틱했던데요.

김남천 : 제가 전에 소설론을 전개하면서 그런 얘기를 한 일이 있지만 가령 이광수와 벽초 선생 두 분을 놓고 보면 이광수는 아이디얼리스트지만 벽초 선생은 리얼리스트라고 한 적이 있었습니다. 말하자면 이광수의 소설방법은 주관적이고 이상주의적인 데 반하여 벽초 선생의 방법은 사실주의적 방법이라고…….

이태준 : 그렇지. 벽초 선생께서 아까 경치를 낭만적으로 그리려고 했다 하셨는데 그렇다면 그것은 벽초 선생이 낭만적이기보다 조선 정서가 낭만적이요 애수적이였지 작자인 벽초 선생 자신은 어디까지든지 리얼리스트지.

김남천 : 그 때 이광수 같은 분은 관념주의자인 때문에 목전의 현실이 머리속의 관념과 부합될 때에는 그래도 쓸 만한 작품을 만들 수 있지만 그러지 못한 경우에는 주관을 가지고 현실을 왜곡하고 재단하려드니까 작품은 얼토당토않은 설교에 떨어지고 말게 되지.

벽 초 : 작자와 작품과의 문제는 금후에도 충분히 토의해야 할 중대한 문제겠지. 이러나 저러나 방응모 씨와 홍순필 씨가 자꾸만 「임꺽정」을 끝내라 조르지만 「임꺽정」이가 독립 후인 오늘날도 내뒤를 따라다닌대서야 (일동 소) 슈베르트의 미완성 교향곡처럼 「임꺽정」도 그만하고 미완성인대로 내버려두었으면 좋겠어!

이태준 : 왜 미완성으로 내버려둡니까?

이원조 : 의무적으로 쓰실 필요는 없겠지만!

이태준 : 구상하실 때 목적이 있었을 게 아닙니까!

벽 초 : 플랜이야 있었지. 있기는 있었지만 하두 오래돼서 다 잊어버렸는걸. (일동 소)

이태준 : 그래도 미완성태로 내버려 두는 건 아깝습니다.

벽 초 : 그래서 사방에서 공격을 받지.

김남천 : 선생님의 작품으론 단편은 없으십니까?

벽 초 : 없오. 내가 무슨 문학 활동을 한 일이 있나. 실상은 오늘밤 이런 문학적인 회합에는 참여할 자격이 없지. (일동 소)

이태준 : 임꺽정도 임꺽정이지만 앞으로 단편을 쓰실 의사는 없으십니까?

소실직 역사와 역사소설

벽 초 : 나는 전에 이런 생각을 한 일이 있소. 역사 소설을 단편으로 써

보면 어떨까 즉 역사적 사실에서 테마를 잡아서 단편을 쓰되 시대순으로 써 모으면 역사소설이라느니보다 소설 형식의 역사가 되려니 일면으로는 민중적 역사도 되려니 생각했었오. 근세 5백년 역사에서 예를 들어 말하면 선죽교, 함흥차사, 난이난, 육신 등 재료는 얼마든지 있을 테지만 그런 것을 하나하나 기록해 가면 그것은 궁정기록으로만 그칠 게 아니라, 나아가서는 민중의 역사가 될 테지. 그래서 그런 것을 취재해서 단편으로 써 볼 생각이 있었소.

이태준 : 그 플랜은 버리지 마십시오.

이원조 : 역사소설은 그래야만 할 것입니다. 종래로는 역사문학이라면 무턱대고 영웅주의로 나가기가 일쑤였는데 그건 잘못이라고 생각합니다. 그래서야 어디 역사의 진면목을 나타낼 수 있습니까. 그 점은 역사문학의 금후의 과제가 아닐까 합니다.

벽 초 : 이제부터의 역사문학을 지금까지의 역사문학과는 보는 방도가 달라야겠지.

이원조 : 특히 궁정 비사만을 써가지고 그것으로 역사문학 연하는 것은 배격해야 할 것입니다.

벽 초 : 궁정비사는 민중과는 아무런 인연도 없는 것이니까 그런 것은 배격해도 좋겠지.

이원조 : 그런 역사문학을 민중은 벌써 요구치도 않을 것입니다.

벽 초 : 요구는 않을지 모르나 팔리기야 잘 팔릴 걸. 그런데 문학자로서 언제나 잊어서는 안될 것은 문학자가 민중을 지도한다는 긍지를 가져야 할 것이오. 군중에게 영합한다든가 혹은 어떤 세력에 아부한다든가 해서는 진정한 문학작품이 나올 수 없을 게요.

이원조 : 문학이 정치를 도와나가는 것은 좋으나 그 때문에 문학의 독자성을 잃어서는 안되리라 생각하는데 –

벽 초 : 문학이 독립성을 잃으면 벌써 문학이 아닐 테지.

작품 「황진이」 비판

벽 초 : 여기 황진이의 작자인 상허(이태준 씨)가 앉어 계시지만 황진이는 만해(한용운 씨)와 내가 서로 쓰겠다고 다투다가 결국 상허한테로 넘어갔소. 만해가 썼다면 현학적 견지에서 썼을 테지만.

김남천 : 선생님은 무슨 생각에서 황진이를 쓰시려고 하셨습니까?

벽 초 : 내가 황진이에게 흥미를 느낀 것은 만석중과 황진이와의 관계가 아나톨 프랑스의 「타이스」와 비슷했기 때문이었는데 그 관계를 그린 점으로 상허의 것은 좀 불만이야.

이태준 : 실상은 제가 쓰려고 쓴 게 아니라 벽초 선생을 찾아 가지고 써줍시사고 했는데 그때 아마 「임꺽정」 집필 중으로 못 쓰시겠다고 했고 사(社)에선 조르고 해서 내가 그야말로 작문을 한 겁니다.

이원조 : 벽초 선생께서는 문학상 반역자적인 일면이 있다고 보았습니다. 「임꺽정」의 반역적인 성격이 미화될 것 같은 확실히 문학에 있어서 반역자를 추앙했다고 보는데 그 유래된 점은?

벽 초 : 글쎄 내게 반역적인 기질이 있는 게지. (일동 소)

김남천 : 그게 바로 리얼리스트의 다른 일면입니다. 그런데 만해 선생의 소설을 선생님은 어떻게 보십니까?

벽 초 : 글세, 만해야 소설보다 시가 좋지. (일동 소)

김남천 : 『님의 침묵』」이 그분의 가장 큰 업적이라고 보는데?

벽 초 : 그래 소설은 시만 못해. 그렇지만 만해 자신은 그렇게 알지 않던 걸. (일동 소)

이원조 : 상허의 황진이는 너무나 미화되었나고 보는데!

이태준 : 사실 만석중이 타락한 것은 역사적 자료도 없고 또 근거 없이 타락할 이유도 없다고 생각하는데 서화담은 유교관계로 내세우기 위해

서 만석중을 일부러 친 것이 아닌가 생각되더군.

고전문학과 계승 문재

이태준 : 지금 교육계에서 우선 문제되는 것은 조선의 고전문학입니다. 고전에서 「한중록」이나 「사씨남정기」니 하는 작품들을 아무 비평도 없이 다만 문장만으로 가르치는데 무슨 모험은 없겠습니까?

벽 초 : 우리 과거의 소설은 대부분이 중국소설의 번안이나 번역이고 천편일률의 저급 이상소설인데 그 중의 「사씨남정기」 같은 것은 특색 있는 작품이지. 말하자면 「엉클 톰스 캐빈」과 같은 작품이야.

이태준 : 저두 학교에 있어 본 경험이 있습니다만 학생들은 읽어줘서 곧 이해할 수 있는 것보다는 더 많이 선생의 주해를 요하는 것이라야 가르칠 맛이 나는데 그런 점으로 선생들이 고전에만 지나치게 치중하는 것은 사실 교단 폐단이라고 할까요. 그게 없지 않습니다.

벽 초 : 원래 학자는 쉬운 것을 어렵게 표현하는 버릇이 있다니까. (일동 소) 그렇지만 이제부터의 학자의 자격은 옛날과는 반대로 어려운 것을 쉽게 표현할 수 있는 사람이래야 할 걸. 가르치는 점에 있어서도.

김남천 : 이번에는 어느 학교 입학시험 문제에 「정읍사」를 출제한 일이 있다는데 그건 너무 우심한 예구.

이원조 : 글세, 그랬다구….

벽 초 : 그 시험은 양주동 씨더러 보랄 것 그랬지. (일동 소)

이원조 : 제나라 고전이 있으면 물론 좋은 일이지만 고전이 없다구 해서 그 불행을 감추기 위해서 억지로 고전 아닌 것을 고전으로 만들 필요는 없다고 생각합니다.

이태준 : 만든다고 고전이 되나?

벽 초 : 고전이 없다면 불행이긴 하지만 없으면 없는 대로 지내지 꾸며서야 될라구.

김남천 : 과거에 일본서는 민족성의 우월성을 고취하기 위해서 문학적으로는 떨어지는 작품이라도 『태평기』니 『고사기』니 하는 것을 마구 내세워서 고전이라고 했는데 조선서도 억지로 꾸미면 그렇게 되겠지.

벽 초 : 우리 고전은 대개 다 없어져서 『삼대목』이 남아 전했다면 『만엽집』만 못지않았을 테구, 「유기(留記」가 남아 전했다면 고사기만 못지 않았을 테지. 지금 우리가 좋은 고전을 갖지 못한 까닭에 학술적 저작에도 영향이 적지 않어. 중국의 곽말약(郭沫若)은 중국고대 사회사를 만드는데 시전과 주역 같은 고전의 덕을 많이 보았구, 백남운 씨는 우리 고대사회사를 쓰는데 곽말약보다 애는 더 많이 쓴 모양이나 효과로 보면 곽보다 떨어져. 모갠의 카테고리를 가지고 쓰기는 둘이 다 마찬가지지만 백씨는 고전자료가 없기 때문에 애를 많이 썼어도 그만한 효과를 얻지 못한 것이 아닐까. 그러나 없는 것은 없는 대로 지내는 수밖에 없지 별 수 있나.

이원조 : 고전이 고전적 가치를 발휘하자면 새로운 문학의 원천이 되어야만 할 것은 말할 것도 없을 줄 압니다. 그런데 「담헌연행록(湛軒燕行錄)」같은 것을 주석해 보면 문장은 대단히 유창해서 읽기는 좋으나 현대인에게는 조금도 어필하는 점이 없어요. 그래서 결국은 골동취미에 떨어지게 되고 맙니다. 일본의 조선 글에 대한 정치적 강압이 심할 때에는 그 압력에 대한 반동으로 우리 문학을 지켜나갈 때에는 그런 것도 선전할 가치가 있었겠지만 오늘에 와서는 문학적 감흥을 주지 못하는 작품은 좀 생각할 문제가 아닐까 합니다.

벽 초 : 연행록은 우리 국문으로 그런 기행문이 있었다는 점에 가치가 있지 않을까.

이원조 : 「조천록(朝天錄」)은 종류로도 수백 종이 있다는데요? 연행록은 번역이 아니고 처음부터 우리 글로 쓰여진 기행문이란 것이 특색이지요. 어쨌든 고전은 정당히 비판해서 살릴 것을 살려가야 할겁니다.

벽 초 : 장래 문교부에서 문화에 대한 대책이 있을 테지. 고대문화로서 보존할 것은 보존하구 또 신문화 수입도 해야 하구.

이태준 : 그런 것을 국가기구로 해야 할 것입니다.

이원조 : 이를테면 아카데미.

한자폐지 문제

이태준 : 어휘 많기로는 조선말이 세계에서 으뜸이라는데 선생님 생각은 어떠십니까?

벽 초 : 확실히 어휘야 많지. 그러나 심리묘사 같은 것을 하자면 말의 부족을 절실히 느끼게 되던 걸. 그것은 있는 말을 우리가 충분히 활용하지 못하는 죄도 많으니까. 일후(日後)에는 잠자고 있는 말을 캐내는 것도 문학자의 임무겠지. 그러구 부족한 말은 한문의 힘을 많이 빌어와야 할 걸. 한자 폐지론이 벌써 논의되고 있다지만 한자를 폐지하자면 상당한 준비가 있어야 할 걸. 그렇게 경경히 논의할 문제가 아니야. 나는 지금 당장 한자를 없애자고는 하지 않지만 한자는 구경 폐지해야할 줄로 믿는 사람이야.

이태준 : 폐지보다 한자 수를 제한하면 어떻겠습니까?

벽 초 : 아니 제한이나 할 것 없이 아예 폐지해야 해. 폐지해두 좋을 만큼 준비만 하면 고만이거든.

이태준 : 우리가 일상 사용하는 한자 수라는 것이 불과 7,9백자인데 그것쯤

이 중학생이나 전문학생에게 부치는 부담은 아닐 줄 생각하는데요.

벽 초 : 처음 얼마동안은 한문술어 같은 것은 한글로 쓰고 나서 그 밑에 괄호를 치고 한자를 달다가 차츰 없애지. 가령 직접이니 간접이니 하는 술어는 한자를 달지 않더라도 누구나 다 알아듣듯이 되잖우?

김남천 : 그러자면 시일이 꽤 오래겠죠.

이태준 : 그렇지만 함축 있는 단어 같은 것은 좀 곤란할 것입니다. 예를 들면 관념적이라는 단어 같은 것 그런 함축적인 것은 교양 없는 사람은 못 알아들을 것이 아닙니까?

벽 초 : 함축과 뉘앙스는 한글로 써도 쓰면 쓰는 대로 다시 생기지.

이태준 : 제한은 필요하겠지요.

벽 초 : 제한은 폐지의 전제래야 해.

김남천 : 한자를 폐지하면 퍽 곤란하겠는데요.

벽 초 : 우리야 그렇겠지. 우리는 한자를 취해서 배웠으니깐. 그렇지만 처음부터 한글로 배웠다면 꼭 마찬가질 게요. 아까도 관념적이란 단어를 예로 들었지만 관념이라는 한자 술어로 가르칠 때에 한자로 가르치지 말고 한글로 가르치면서 뜻만 바로 가르쳤으면 되지, 물론 한자 폐지에는 상당한 준비기간이 필요는 하겠지만 폐지는 해야 해. 우리글로 넉넉히 표현할 수 있는데 굳이 한자를 차용할 게 뭐겠소?

언어와 현학적인 언어학자

이태준 : 이제도 어떤 한글 선생님은 비행기를 '날틀', 학교를 '배움집', 품시를 품씨라는 말을 쓰는데 그 점은 어떻겠습니까?

벽 초 : 날틀이니 배움집이니 하는 것으로 우리말과 우리 민족정신을 고취하

려는 것은 그릇된 생각이겠어. 비행기라는 말과 학교라는 말이 있는데 왜 하필 새 것을 지어내서 머리를 혼란케 하겠소. 그건 포기해야 할 사이비 애국자나 할 일이요. 그런 노력은 딴 데로 돌리는 게 좋겠지.

이원조 : 그것도 아까 말한 고전문제와 마찬가지로 8·15 이전까지는 의의가 있었지만 우리글을 맘대로 사용할 수 있는 오늘에 이르러서는 고집할 게 아니겠지요. 그리고 한자를 사용한다 해서 한문과 아무런 관계없는 단어, 예를 들면 '男便'이니 '生覺'이니 하는 아데지 같은 것은 얼른 없애 버려야 할 것입니다. 심한 예로는 생긴다는 것을 '生起인다'라고도 쓰는 그런 것은 더 말할 것도 없구요.

이태준 : 8·15 이전에는 민족운동을 고취시키기 위해서 확실히 필요했겠지만 8·15 이후에는 무의미한 일인 줄 압니다. 더구나 전국민의 기초교육에 있어서 그런 혼동을 일으킨대서야 중대한 문제라고 하겠습니다.

김남천 : 교육자가 개인의 기호로 그런 태도로 나간대서야 안될 말이지.

횡서에 대한 토의

이원조 : 한글횡서에 대해서 선생님은 어떻게 생각하십니까?

벽 초 : 횡서 문제에 대해서는 나는 전부터 지론이 횡서파요. 우리 한글을 몽고 여진 문자와 같이 종서도 하지 않고 아라비아(亞刺比亞)(우에서 좌로) 문자나 서양 알파벳(좌에서 우로)과 같이 횡서도 하지 않고 종횡 철자법을 겸용하여 자체(字體) 구성하게 된 것은 한자의 영향일 것이오. 한글도 구주제국의 문자처럼 간단할 수 있는 것을

번거롭게 한 셈이요.

이원조 : 횡서로 하자면 자체를 갈아야 하지 않습니까?

벽 초 : 그렇지. 고쳐야겠지. 횡성 자체 시험안도 벌써 여러 가지 있지 않소. 내가 본 것만도 상해에서 민필호 군이 만든 것, 노령 한교(露領 韓僑) 누구가 만들었다는 것, 본국 최현배 씨의 것이 여러 가진데 다 일리가 있더군. 우리는 현재까지 내려온 그대로 쓰는 것이 편하기는 하나 먼 장래를 생각하면 고칠 것은 으레히 고쳐야지. 한자 폐지 준비위원회가 생겨서 한자 폐지 준비도 해야 하고 국문 정리위원회가 생겨서 국문정리에 대한 연구도 해야 하고.

김남천 : 지금 쓰고 있는 글자를 그대로 횡서한다면 도리어 쓰기가 어렵지 않을까요?

이원조 : 현재 있는 자체를 그대로는 오히려 혼동되니까 횡서를 하자면 글자를 분해해야겠지.

김남천 : 분해를 한다면 가령 '찬'자를 일부에서 가로 쓸 때 , 'ㅊㅏㄴ'으로 쓰듯 그렇게 한다는 말이지?

이태준 : 모음 자음을 따로따로 독립시켜 쓰게 되겠군요?

벽 초 : 옳지. 그래서 영어 식으로 한 단어마다 떼구. 횡서로 하면 문화발달에 큰 도움이 될 것이요.

이원조 : 일본문자는 횡서로도 쓰기 쉽지만 한글은 받침이 많아서….

이태준 : 풀어서 횡으로 쓰자면 한자는 없애 버려야겠군.

벽 초 : 우리가 살아있는 동안에 실현하도록 해얄 텐데.

이원조 : 건 선생님 욕심이십니다. (일동 소)

이태준 : 한자를 섞어서는 안될까요.

벽 초 : 상허는 한자에 퍽 애착을 느끼시는가 보오. (일동 소)

이원조 : 일본문학이 명치 이후에 급속도로 발전된 것은 『고사기(古事記)』나 『만엽집(萬葉集)』 같은 것이 한자병용으로 된 때문이 아닐까요?

벽 초 : 병용?

이원조 : 가명(假名)만 쓰지 않고 한문 병용한 것이 급속히 발전한 원동력 같이 보이는데요?

이태준 : 가명만 쓰는 것보다 한자를 쓰기 때문에 능률이 높아져서….

이원조 : 더구나 문학에 있어서요.

벽 초 : 일본의 『고사기』나 『만엽집』 같은 것은 한자를 사용했지만 실상 데니오하로 쓰였을 뿐이니 한문 아닌 한문이라고나 할까.

계몽운동과 작가의 임무

김남천 : 선생님은 농민문학에 대해서 생각하십니까?

벽 초 : 금후에 있어서 조선작가들의 중요한 임무는 대중을 계몽하는 계몽적 작품을 많이 써야 할 줄 아우. 대중을 계몽하자면 문학을 통하는 것이 가장 효과적인 첩경이니까. 시골 가서 가만히 농민대중의 생활을 살펴보니 그의 생활내용은 미신과 인습과 두 가지뿐인 것 같습니다. 못하나 박는데도 손을 가리고 문 하나 다는 데도 상문방을 보고 누구 앓으면 약국에 가기보다 먼저 무당집으로 가거나 경정이게로 가고. 어쨌든 농민의 일거일동이 미신과 인습 아닌 것이 없어. 그 미신과 인습을 타파하자면 과학사상을 보급시키는 것이 제일이고 과학사상을 보급시키는 데는 문학작품을 매개로 하는 것이 제일일게요. 정면으로 나서서 미신을 타파해라. 인습을 벗어나라고 군호만 부른대서야 오히려 반감만 살는지 모르지. 작품으로 그들의 생활을 취급해 가면서 생활을 통해서 개선하도록 해얄 게야.

김남천 : 그렇지요. 국민의 문화수준을 높이자면 일반대중의 지적 수준을

높여야니까. 그런 의미에서 과학사상 보급은 대단히 긴급한 문제일 것입니다.

벽 초 : 과학사상 보급에 초점을 둔 계몽운동을 전개해야겠지. 과학계에도 체육계의 손기정 같은 인물이 나면 좋기는 좋지만 우리는 한사람의 위대한 인물이 낳기를 기다리기보다 오히려 일반대중에게 과학사상이 보급되기를 바라고 또 그러도록 노력해야겠지.

이원조 : 과학사상을 보급하자면 정치적으로는 봉건사상과 싸워야 할겁니다.

벽 초 : 조선작가의 당면과제는 봉건적 잔재를 제거하는 새로운 아동문학과 농민문학을 수립하는 것일거요. 지식인을 상대로 한 지식인을 취급한 소설은 당분간 없어도 좋아. 일본의 하목수석(夏目漱石)의 「묘(猫)」 같은 소설을 딴은 읽으면 재미는 있지만 소위 여유파 지식인의 유희작품이지 별 것 있오. 이런 작품은 없어도 좋단 말이야. 「묘」의 결점이 어디 있을까? 여천(이원조씨를 바라보며)은 어떻게 생각하우?

이원조 : 대답할 길을 미리 열어주셔서. (일동 소)

벽 초 : 현학벽이야.

김남천 : 하목의 「초침(草枕)」도 역시 현학적이지.

이태준 : 「초침」은 현학적이면서도 정취는 있지.

이원조 : 문학본질로 보아 유모어라는 것이 다분히 현학적이 아닐까요.

이태준 : 그렇지만 현학에 도취해서야 안되겠지.

이원조 : 어쨌든 하목수석은 박학이야. 그런데 내가 조선작가에게 바라고 싶은 것은 스케일이 커 주었으면 하는 점이죠. 작가의 기질은 바꿀 수 없겠지만 애써 스케일을 크게 하려고 노력하도록 해서….

벽 초 : 그렇게 억지로 스케일을 크게 할 필요가 있을까? 스케일은 적어도 좋으니 좋은 작품만 쓰면 좋겠지.

이원조 : 기질도 바꾸려면 바꿀 수 있을 테니 외국작가들처럼 스케일 큰 작품이 나왔으면 하는데요.

벽 초 : 국민이 원체 커 스케일도 클텐데…. 소설을 억지로 꾸며서는 안될걸.

이원조 : 소설의 아기자기한 흥미만 추구하지 말고 다소 서틀러도 좋고 거칠어도 좋으니 틀을 크게 잡아 가지고.

벽 초 : 사람도 덜된 사람이 커 보이는 법이야. (일동 소)

이태준 : 스케일 문제는 우리가 반성할 주요한 문제의 하나겠지요.

작품과 작자와의 거리문제

김남천 : 작가의 성실이라는 것도 문제되어야 할 줄 아는데.

이원조 : 중요한 문제지. 이제부터 앞으로는 성실한 문학자만이 성공할 것이요. 문학자는 항상 자기를 반성해 가면서 자기의 세계관을 갖는 동시에 문학자로서의 모랄이 있어야 할거야. 모랄 없는 작가에게서는 우리는 아무것도 기대할 수 없을 줄 압니다.

벽 초 : 그것은 문학부분 뿐 아니라 생활전부의 문제지.

이원조 : 특히 학문에 있어서 피차에 경계해야 할 줄 압니다.

벽 초 : 작자와 작품과의 거리가 멀어서야 참된 작품이 나올 수 없지. 그 거리가 가까워지자면 그 작가의 신시어리티에 달린 것이니까. 「8·15」의 작자가 여기 앉아 계시지만 「8·15」를 쓴다는 소식을 듣고 나는 너무 빠르지 않을까 하고 생각했소. 작가는 군중 속의 한사람으로서 그 광경을 볼 게 아니라, 언제나 관조적인 태도로 검토하고 비판해야 할 것인데 상당한 시간이 경과해야만 검토하고 비판하도

록 작자의 머리가 냉정해질 것 아니오. 「8 · 15」는 정녕코 실패하리라고 생각하는데. (일동 소)

김남천 : 요는 현실의 물결 속에 앉아서 작자가 그 물결에 휩쓸리지 않고 얼마나 냉정하고 비판적인 관찰을 할 수 있는가가 문제이겠지요.

이원조 : 작품과 작가와의 거리가 일치되지 않아서…. 사실은 있어도 작가가 그 사실 속에 뛰어 들어서 행동하는 실천이 없기 때문에 공소하기가 쉽지. 과거의 프로문학에 있어서도 이론은 있었지만 프로문학을 창조할 만한 실천이 없었기 때문에 문학으로서는 실패였다는 것은 우리가 오늘날 재비판할 필요가 있을 줄 압니다.

벽 초 : 작가는 행동적인 실천보다도 작품을 통해서 실천할 수도 있겠지.

이원조 : 그야 그렇겠지만 작품 이전의 실천이라고 할까 어쨌든 세계관은 가졌지만 그 세계관에 부합하는 생활이 없었기 때문에 거기서 작가와 작품의 거리가 멀어지는 것이라고 생각합니다.

김남천 : 작가가 작품을 쓰는 데는 실천하지 않았더라도 상상력과 체험을 살려서 쓰는 것인데 문제는 체험의 중량에 있겠지. 같은 사선을 넘으면서도 위대한 체험을 얻는 이도 있는 반면에 아무것도 정신적으로 습득하지 못하는 자도 많으니까.

벽 초 : 체험이전의 중요한 요소로 정신적인 준비도 있어야 하고.

김남천 : 8월 15일 이후에 새로운 사상이나 세계관을 가져야겠다는 의미에서 나는 아무런 새로운 정신적 준비도 필요치 않았습니다.

벽 초 : 현상을 그르친다기보다 8 · 15 이후의 생활다운 생활이 아직 없다고 볼 수 있으니 문제는 거기에 있겠지.

김남천 : 저도 물론 대작이 되리라고 기대하고 있진 않습니다.

벽 초 : 허긴 「8 · 15」가 신문소설이니까 신문소설로서는 새미나게 꾸며나갈 수 있을 테지.

이태준 : 신문소설은 자연히 본격소설과는 다를 것입니다. 신문소설과 본격

적인 장편과를 혼동하지 말도록 해야겠죠.

이원조 : 신문소설이야말로 문학이 상품화한 극도의 전형적인 형태라고 말할 수 있습니다. 이제부터 우리는 상품화하는 타락에서 문학을 구해내어야 할 테니까 신문사나 신문소설 집필자나가 모두 발분해야 할 테지.

김남천 : 서양서도 예전에는 신문에다 연재를 했다지만 톨스토이나 그런 분은 신문소설도 순문학으로 고집할 수 있었는지 모르나 문제는 역시 신문기업의 완전한 상업적 성격에 달렸다고 볼 수 있을 거야.

벽 초 : 장편이면 장편을 끝까지 다 써놓고 연재했으면 어떨까?

이태준 : 신문소설이면 결국 독자를 도외시할 수 없겠지요.

벽 초 : 나는 소설도 못쓰고 시도 못쓰면서 남의 작품을 말하는 것은 우스운 일이지만 독자의 한 사람으로 보면 신문소설의 대개가 전체의 결구부터가 저급독자에게 영합하려고 하는 것이 보이는데 그것은 소설로서 타락이 아닐까?

이태준 : 선생님의 「임꺽정」은….

벽 초 : 「임꺽정」은 그게 무슨 소설다운 소설이요. 아무튼 내가 「임꺽정」과 함께 십오 년을 살아오기는 왔오만…. (일도 소)

시조는 비현대적인 형태

이태준 : 선생님은 시조문제를 어떻게 생각하십니까? 시조는 일본에 있어서는 화가(和歌)와 형태가 같다고 할 수 있고 일본서는 화가가 일반국민에게 여간 보편되지 않았는데.

벽 초 : 글세. 나는 시조를 그리 중하게 보지 않소. 근래에 와서 시조를 부흥

시키기 시작한 사람이 최남선인데 그것이 일본의 화가 숭상하는 것을 본뜬 것이 아닐까. 시조가 과거에는 시상을 표현하는 형식이었지만 그 형식이 현대에는 적합치 않소.

이태준 : 시조하시는 분들은 어떻게 생각하실는지 모르지만 저희가 보기에는 그 형태가 아름다워서 환경을 읊고 사색을 노래하는 노래로서는 좋다고 보는데요. 옛 시조 같은 것도 작자와 작자의 운명을 알고 나서 읽으면 충분히 애송할 가치가 있다고 봅니다. 그런 의미로 문학장르는 아니라 해도 지식인들이 애송하는 노래로서 보존해 나가는 것이 좋지 않을까요?

이원조 : 시조는 귀족적 형식이야.

김남천 : 귀족들의 문학유희로군 그래.

이태준 : 문학 전문가 아닌 사람들의 문학적 유희로도 시조는 계속해 나갈 필요가 있지 않을까요?

김남천 : 이 자리에 시조하시는 분이 한 분도 안 계셔서…. 이원조 씨, 시조 이따금 짓지 않소?

이원조 : 내가 무슨 시조를….

벽 초 : 자기가 시조를 못 지어서 마구 내리 깎는지도 모르지. (일동 소)

이원조 : 그렇지만 농민을 계몽하듯이 대정치가나 대상인들을 문학적으로 계(啓)하는 계몽운동에도 필요할는지 모르지.

김남천 : 대정치가와 대상인에게 문학 계몽운동? (일동 소)

신인양성과 출판기관의 임무

김남천 : 우리도 우리지만 앞으로는 신인에 대한 기대도 적지 않은데?

벽 초 : 신인의 기대는 지금 당장 욕심을 채울 수는 없는 일이니 그건 문화보급과 아울러 생각할 문제겠지. 문화기관이 왕성해지고 문화가 보급되면 신인은 절로 쏟아져 나올게니까.

벽 초 : 신인에의 기대도 계몽운동을 통하는 수밖에 없을 거야.

김남천 : 파묻혀 있는 아까운 창조력과 재질이 계몽운동에 의하여 계발이 되어야 할텐데.

이원조 : 하루바삐 농사짓는 사람들이 문학작품을 쓸 수 있는 날이 와야 할 터인데. 땅을 파는 사람들 중에도 문학적인 소질이 당당한 사람이 많을 터이니 그 사람들을 살려내도록 해야지.

김남천 : 노서아 모양으로.

벽 초 : 지금 농군들과 접촉해 보면 그네들은 문학이 어떤 것인지를 모르면서도 문학적인 표현이 풍부한 데는 놀랐는 걸.

이원조 : 그 현상은 정치에도 나타났다고 봅니다.

벽 초 : 농군들이 문학적인 표현을 하는 실례를 하나 들어본다면 언젠가 시골서 농사꾼들이 가래질하는 구경을 하고 있었는데 그때 흙이 눈에 뛰어들어가니까 그들이 말하기를 '놀란 흙이 눈에 뛰어 들었다'고 하거든. 그 얼마나 고급표현이요? 그리고 빛깔을 말할 때에 분홍빛을 '웃는 듯한 분홍빛'이라고 하는 것 같은 것도 그렇구. '웃는 듯한 분홍빛'이라는 말을 듣고 나서 가만히 생각해 보니깐 딴은 빛깔에서 웃는 빛깔은 분홍빛밖에 없거든. 그런 것은 한두 가지 실례에 지나지 않지만 조선 농사꾼들의 대화 속에는 참말 문학적인 표현이 많더군요.

김남천 : 지금까지 이름이 알려지지 않은 사람으로 그 동안 공부만 하고 있다가 이번 기회에 나올 신인은 없을까?

이태준 : 그런 사람은 없을 겁니다.

김남천 : 발표할 기회가 없어서 숨어 있다가….

이원조 : 그렇진 않을 거야. 아무리 발표기관이 없었다고 해도 실력 있는 사람은 어떡하든지 뚫고 나오니깐.

이태준 : 신인을 양성하려면 출판기관을 통하는 수밖에 없으니까. 출판 사업에 나선 분들은 그 점에도 적극적으로 노력해 주셨으면 합니다.

조선문학의 지향

- 문인좌담회 속기록 -

때　 : 1945년 12월 12일
곳　 : 서울시 아서원(雅敍園)
사람 : 한설야, 이기영, 권환, 한효, 박세영, 임화, 김남천, 이원조, 김영건, 한재덕(평양민보 사장)
본사측—조벽암, 박영준, 지봉문

새로운 고민

이기영 : 날도 추운데 이렇게 많이 와 주시어 건설출판사를 대신하여 감사드립니다. 해방 이후 이처럼 모인 것도 아마 처음인 것 같고 또 앞으로 문학운동의 중대성에 비추어 이 회합이 의의 깊은 것이라 생각키우는 만큼 기탄 없이 말씀해 주시기 바랍니다. 할 이야기도 많을 줄

압니다만 가장 중요하고 또 당면적 문제를 말씀해 주셨으면 고맙겠습니다.

김남천 : 오늘은 우리의 선배 두 분이 북부조선에서 활동하시다가 오신 만큼 우선 두 선배에게 묻고 싶습니다. 큰 일들을 하시기에 소설도 쓰시지 못하는 것 같은데 앞으로 어떤 소설을 쓰시고 싶다는 것과 또 현재 하시고 계신 문교(文敎)에 대한 말씀을 들려주었으면 합니다.

한설야 : 8・15이후 막연하나마 무엇을 써보겠다는 생각을 했었습니다. 그러나 쓸 수가 없었습니다. 쓸 것이 많은 것 같으나 포착할 수가 없었던 것입니다. 이것이 아마 우리의 새로운 고민이 아닌지 모르겠습니다.

이원조 : 구체적으로 말씀해 주십시오.

한설야 : 무엇을 쓸지를 모르겠소.

김남천 : 쓸 것은 있을까요.

한설야 : 나는 장편을 쓸까 하오. 구상을 해 보았는데 사실에 있어서 취재에 대한 것을 포착하지 못했소이다.

김남천 : 그렇습니다. 문학세계는 막 터졌으나 무엇을 쓸지가 문제입니다. 그렇다고 무게 없는 풍자적 작품은 쓸 수 없고요. 또 큰 것은 큰 것대로 역시 쓸 수가 없습니다.

권 환 : 시 역시 그렇습니다.

김남천 : 시는 상당히 생산된 듯한데 소설은 아직 많이 나오질 못하지 않아요.

박세영 : 요즘 발표한 시를 읽어 보았습니다마는 그 시들이 모두 해방되었다는 감격뿐인 것 같더군요.

이기영 : 그런 의미로 보아 소설보다 희곡을 쓰는 편이 낫지 않을까요.

소설 못쓰는 이유

이원조 : 소설을 못쓰는 다시 말하면 가닥을 못 잡는 원인은 무엇일까요.

김남천 : 역량이 부족한 때문이겠지요.

임 화 : 머리 속에 현실을 포착할 힘이 없습니다. 현실은 혼란합니다. 그러나 지금의 현실만을 쓰는 것이 현실의 문학이라고는 말할 수 없다고 생각합니다. 헌데 근자에는 해방 이후 것만을 쓰려고 하는 경향이 보이는 것 같더구만요. 그 이전의 것을 쓰는 것도 좋다고 생각합니다. 결국 작품을 쓰고 못쓰는 것은 소재의 문제라고 생각합니다. 또 작가의 정신적 준비의 문제입니다. 8・15이후에 발표된 시에 나는 낙망을 느낍니다마는 혼란기에는 노래할 수 있는 것이 소설을 쓰는 것과는 조금 다르다고 생각합니다. 해방기의 시에 낙망했다는 것은 시인 가운데 새 현실을 맞이하고 정신적 준비가 없었기 때문입니다. 해방이란 역사상의 제목입니다. 그 제목 뿐 아니라 그 전체를 노래하여야 합니다. 특히 오랫동안 일본제국주의의 암흑한 압박 밑에 압축되었던 마음이 해방된 오늘 마음껏 노래할 준비가 적었다는 것입니다.

이원조 : 시인들은 이 때까지의 압박에서 노동자 농민이 독립되려는 현실적 단계의 역사적 의의를 잘 의식하지 않았기 때문이 아닐까요.

한설야 : 현실을 받아들일 마음의 질서가 섰느냐 하는 것이 문제될 줄 압니다. 각국의 좌익작가는 지금도 쓰고 있습니다. 그들은 현실을 포착할 수 있었기 때문입니다. 순수문학파 작가들은 구라파적 지성을 가지라고 했었기 때문에 그 지성이 아주 분열되고 만 현 과정에서 새마음 질서를 갖기란 더 힘들 것이므로 그들의 고민은 더할 것입니다. 이 고민이란 자기 질서를 가짐으로 해서, 환언하면 확고한 사상성을

가지는 데 해결이 있으리라 생각합니다.

사상과 실천

임 화 : 아까 시인에게 정신적 준비가 적었다는 말을 했습니다마는 우리의 해방을 남의 말처럼 하는 경향을 또 간과할 수 없습니다. 내 이름으로 해방된 이야기를 썼다고 해서 그것이 내 것이라고 하는 것은 슬픈 일입니다. 그 사람만이 표현할 수 있는 감정으로 표현되지 못했었다는 것입니다. 다시 말하면 너무나 개념적이란 것입니다. 시인의 인간적인 진실성을 내포하지 않았다는 것입니다. "볼세비키스트들아 나는 아무 것도 하지 않았다마는 너희들은 투쟁을 했구나" 하는 에세-닌의 말처럼 우리의 피가 섞이지 않은 해방이라고 예술에까지 피를 섞지 않았습니다. 좌익이나 우익이나가 모두 이 점에서 같다고 볼 수밖에 없다고 생각합니다.

권 환 : 시인의 현실 파악력도 부족하지만 대중의 이해성도 부족하지요.

임 화 : 나는 내 자신의 고백을 합니다. 나의 고민은 내 말과 행동을 같이 못하는 데 있습니다. 그러나 우리의 고민의 과정, 마음의 투쟁만도 혁명의 문학이라고 할 수 있을 겁니다. 나 자신이 그런 과정을 쓰고 싶었고 동무들 작품에서 기대했던 바입니다.

권 환 : 자기의 임무를 다하지 못했고 투쟁생활에 참가하지 못했었기 때문에 현단계에서의 작품활동이 이런 것이 아닐까요.

한설야 : 투쟁생활에 참가하지 못하고 합리적 생활을 하고 있었다는 데 인내의 고민이 있을 겁니다.

임 화 : 반성하는 길밖에 없다고 생각합니다.

이원조 : 정치와 문학과는 다릅니다. 정치가는 지하운동을 했으나 우리는 붓을 들지 않았다는 것밖에 투쟁이란 것은 없었습니다. 좌익작가는 고민을 아니해도 좋다는 말이 정당하기는 하나 나는 고민하는 데 있어서 좌익작가와 순수작가를 구별하는 데는 반대입니다. 우리는 이론은 가졌습니다. 그러나 이것이 원동력은 아닙니다. 결국 자기반성의 내적 준비가 있어야 할 것뿐입니다.

세계관에 대하여

한 효 : 어떤 것을 고민하고 무엇을 반성해야 할까요?

임 화 : 아무 것도 하지 않았다는 점을 !

한 효 : 아무 것도 하지 않았다는 것은 현실을 형상화시키는 질곡이 되었다고는 말할 수 없을 겁니다. 너무 급격히 변동하는 현실도 체계 있는 눈으로 볼 수 있는 작가의 세계관으로 능히 형상화할 수 있다고 생각합니다. 세계관을 파악한 작가에 있어서는 현실과 세계관을 변증법적으로 통일시키는 노력과 고민은 있을지 몰라도 그 외의 고민은 있을 수 없을 겁니다.

이원조 : 정당한 세계관을 가졌다면 어째 투쟁을 못했을까요.

임 화 : 1932년 일본 프롤레타리아문학이 비판을 받을 때 우리 가운데는 코뮤니스트가 없었기 때문에 그 때의 이론과 실천을 부합시키지 못했던 것입니다.

한 효 : 실천이 없다고 사상을 체득치 못했다고 하는 것은 기계론입니다.

임 화 : 실천 없는 사상가는 없습니다.

한 효 : 실천이 없다고 사상의 경향을 무시할 수는 없습니다.

임 화 : 실천 없는 사상가나 사상을 이야기만 하면 나는 침을 뱉고 싶습니다.

한 효 : 그는 당신 개인의 양심문제입니다. 실천이 없다고 사상도 없다고는 말할 수 없습니다.

이원조 : 자기비판에 대한 실천문제일 겁니다. 어쨌든 고민 없이 넘어갈 수 없는 고비입니다.

임 화 : 최저한도의 수준에서 반성해야 할겁니다.

한재덕 : 투쟁에서 반성을 해야지요.

(논의의 고조가 올랐다)

리얼리즘 문제

김남천 : 여기 두 선배가 계신데 세상에서는 그들을 다같이 리얼리스트라고 하는 것 같습니다마는 나는 설야 형을 주관적 작가라고 봅니다.

한설야 : 나도 그 말에 반대는 하지 않습니다. 그러나 주관적 작가라고 해서 불명예는 아닐 터이니까요. 소련 작품을 보아도 주관적인 것이 많은 것 같습니다.

임 화 : 남천씨의 리얼리즘론은 독단적인 것 같소. 리얼리즘과 주관주의를 그렇게 구별할 수는 없소. 리얼리즘도 주관적입니다.

이원조 : 그것은 당파적인 이론 같소. 마치 발자크의 리얼리즘에서 생각을 꺼낸 것 같소.

한설야 : 최근의 작품은 어떻소?

임 화 : 민촌이 가장 사실적인 작가인 것은 틀림없으나 그게 장점도 되고 약점도 된다고 생각합니다.

이원조 : 어느 것이나 세계관은 가져야 하지요.

김남천 : 세계관과 작품을 기계적으로 결부하기도 힘듭니다. 작가의 소질문제가 크게 영향합니다.

김영건 : 사실주의와 객관을 혼동한 것 같습니다. 사실주의에도 목적성이 있다고 생각합니다.

김남천 : 사실을 씀으로써 목적이 나타나는 것이 사실주의입니다.

김영건 : 고리키의 작품을 읽으면 그 속에는 현실을 폭로한 사회의 불합리뿐만 아니라 진보적 발전을 지향하는 무엇이 있는 것 같으나 그것은 아이디얼리즘은 아닙니다.

권 환 : 사실주의 같은 데는 부르주아적인 것과 프롤레타리아적인 것이 있습니다. 사진처럼 보지 않고 현실의 진실을 파악하고 재인식하는 것이 프롤레타리아적인 리얼리스트입니다.

이원조 : 자연을 폭로하면 현상적인 것도 폭로가 될 것입니다. 변증법적으로 발전하고 있는 것을 탐구하는 것은 현상적이라고 말할 수가 없습니다.

권 환 : 발자크는 부르주아적 리얼리스트지만 만일 그가 정당한 세계관을 가졌었다면 더 훌륭한 작가가 되었을 겁니다. 정당한 객관이 정당한 주관과 통일될 때 진실한 작품이 나올 겁니다.

한 효 : 정당한 세계관을 가져야 완전한 작품을 쓸 수 있다고는 못할 겁니다. 도스토예프스키는 현실을 추궁하되 새 리얼리스트에 가까워 갔습니다.

이원조 : 자체가 발전하는 데 사상이 생기는 겁니다.

김남천 : 민촌과 설야 두 분의 말은 안 듣고 우리만 말하는 것 같습니다.

한설야 : 어쨌든 좋은 작품만 나오도록만 해 주십시오.

임 화 : 우리는 공식주의를 버려야 합니다. 우수한 이론은 우수한 작품을 낳는다는 이론은 자양해야 합니다. 슬로건만 내걸면 시나 소설이 되는 것이 아니니까요. 결론으로 말하면 해방후의 우리의 길은 리얼리즘이 되어야 합니다.

자기비판

이원조 : 공식주의의 청산은 큰 문제입니다. 그것은 자기비판에서 나와야 합니다. 대전 중에는 일본에도 자연주의 문학이 겨우 생명을 이었을 뿐 전체적인 문학이란 없었습니다. 우리는 더 했지만……. 그렇기 때문에 냉정한 비판에서 새 출발을 해야 할겁니다.

임 화 : 박헌영씨가 민족적 자기비판을 해야 한다고 말했으나 문학에서 그 비판은 더욱 필요합니다.

이원조 : 일본제국주의 시대에서는 필연적이었던 욕설적 비평이 많았습니다. 우리는 살벌적인 비평을 버리고 좀 더 건설적인 비평을 해야 할 것입니다.

한 효 : 사회주의 리얼리즘 논쟁에서 우리의 비평은 진보했다고 봅니다. 앞으로도 심각한 비평이 있어야 할겁니다.

시인의 감각

김남천 : 시에는 아직 공산주의가 있는 것 같습니다.

임 화 : 극단으로 말하면 시인들은 감격을 하지 않았습니다. 감격을 하기야 했겠지만 그 감격은 시민과 꼭 같았습니다. 공산주의의 청산은 여기에 있다고 생각합니다.

한설야 : 좋은 작품을 만듦으로 청산되는 것이 완전한 것입니다.

한 효 : 사상을 가져야 한다는 뜻이 아닐 겁니다. 사상이 없다 해도 현실을 형상화할 수도 있습니다. 사상을 가지라고 강요할 필요는 없습니다.

과거에는 사상을 보이는 작품을 써 왔지만 지금은 그렇지가 않습니다.

임 화 : 그것은 멘세비즘인데……(소성〔笑聲〕)

권 환 : 대중 속으로 즉 현실 속에 들어가지 못하고 이데올로기만으로 썼기 때문에 공식주의가 됐던 것입니다. 그러나 현재는 현실을 떠나서 쓸 수가 없다고 생각합니다.

이원조 : 그게 공식주의요.

임 화 : 말할 것 없이 공부하여야겠소.

한설야 : 작가는 비평가에게 좌우될 필요는 없소.

실천과 작품

박세영 : 작품행동은 실천이 아닌가요?

이원조 : 실천이요.

박세영 : 그렇다면 실천이 없을 때 사상을 버려야 한다는 말은 모르겠습니다.

임 화 : 작품행동이 곧 실천은 아닙니다. 좀더 광범위로 해석해야 합니다.

한설야 : 쓰는 것은 작가의 실천입니다.

이원조 : 작가가 대중 속으로 들어가는 것은 작품행동의 준비운동입니다.

김남천 : 과거생활에서 사상의 브랭크가 된 것은 쓰면서 사상을 가져야 하는 작가의 고민이요 동시에 빈약성입니다. 비판은 있었지만 발전을 못한 데서 고민이 있는 겁니다. 쓰면서 자신을 구체화하며 진보해야 할겁니다.

작품과 독자

한재덕 : 나는 문학의 문외한입니다. 평양에는 노동운동이 진보되고 있는데 노동자들이 문학에 대한 지도를 바라고 있으나 현재 들고 다니는 책은 과거에서와 마찬가지로 대중소설입니다. 어떻게 지도해야 할까요.

이원조 : 어떤 작품만을 가지고 지도할 수는 없습니다. 민촌의 소설도 좋고 「옥루몽」도 좋습니다.

한설야 : 이것은 극히 중요한 문제입니다. 창작과 실천을 구별하는 것도 중요한 것이지만 문학활동이란 것도 극히 중요합니다. 문학활동의 대상은 독자입니다. 문학인 자체만으로 할 수 없는 일입니다. 그 대중독자 속에는 문학적 분위기가 생기도록 해야 합니다. 노동자는 막연하나마 희망을 갖고 있습니다. 문학활동이란 그 작용을 받는 대중 속에서 가치가 드러나와야 합니다. 작가와 독자가 서로 부닥치는 데 작품행동이 시작됩니다. 문학가동맹이란 이름도 여기서 재고할 필요가 있게 되는 것입니다. 물론 대중소설이라고 거부할 필요는 없습니다.

계몽운동

한 효 : 요즘 연극운동이 활발합니다. 관청, 회사, 학교에도 연극 서클이 있는데 그들의 자립적 운동은 어디까지나 서클로서 발전시켜야 할 것입니다. 그러면 어떻게 그들을 지도 계몽할 수 있을까요.

임　화 : 서클을 통해서 작가가 나오도록 해야 할 것입니다. 그는 문학 서클뿐 아니라 노동자 서클에 들어 있는 이는 그리로 지도해야 할 것이고 문학 서클에 든 이는 문학으로 지도해야 할 것은 물론입니다. 이 서클이 대중운동의 저수지입니다. 일본의 프로문학운동이 성했을 때 회원 만여 명 중 소설가는 50명밖에 안되었습니다. 조직으로나 운동으로나 문학운동은 대중과 교류되는 것입니다. 전문가 없는 서클을 만들어야 합니다. 소련 내의 서클은 다르지만, (이 때부터 문학가동맹의 명칭에 대한 논의가 있었으나 약〔略〕한다.)

중앙과 지방의 교류

이기영 : 나는 농민의 자연발생적인 문학운동을 소개하겠소. 내가 있는 강원도 어떤 촌에서 소학교밖에 졸업하지 못한 청년들이 태극기란 연극을 했습니다. 합병 때를 1장, 일본제국주의시대를 1장, 해방 후를 1장으로 한 1막 3장이었습니다. 세리프 같은 것이 유치한 데도 있으나 관중들은 그들의 열(熱)에 눈물을 흘리고 의연금을 자발적으로 냈습니다. 여배우는 하나도 없으나 간 곳마다 환영을 받으면서 철원까지 온다고 합니다. 다음에 여배우를 구하러 서울까지 온답니다. 한재덕 : 그런 것을 중앙에서 후원해 주어야 할겁니다. 지방에는 돈도 있고 의욕도 있으나 사람이 없으니 문화인을 지방으로 보내주시오.

이원조 : 도시의 분산을 해야 할겁니다.

한자폐지

이원조 : 삼팔도 이남에서는 한자폐지운동이 중대한 것으로 전개되고 있는데요.

박세영 : 근본적으로 폐지할 수 없다고 생각합니다.

한설야 : 폐지하는 데는 찬성이나 실제문제가 곤란할 겁니다.

이기영 : 학교선생이 일제국주의 사상에 가장 물들어 있었다고 봅니다. 그들 중에는 한문을 읽을 줄도 모르는 이가 있습니다. 그래서 일본말로 학생출석부를 부르는 이가 있는 정도라니 갑자기는 힘들겠지요.

한설야 : 폐지하자는 것은 원칙문제지요. 제한이 온당할 겁니다.

횡서(橫書)문제

이원조 : 다음엔 횡서문제인데요. 횡서를 해도 깨서(풀어서—편집자 주) 횡서를 해야겠고 또 그것을 실행하려면 전문적인 연구소를 두고 적어도 10년 동안은 연구한 다음 실행하도록 해야 할 것으로 생각합니다.

한 효 : 종서가 있는 한 간단히 폐지할 수는 없을 것입니다.

이원조 : 맞춤법에 대해서 어떻게 생각하십니까.

이기영 : 통일하기로 하지 않았습니까.

이원조 : 횡서를 하게 되면 맞춤법 때문에 종서와 횡서를 합해 써야 합니다. 즉 한글이 기성(期成)된 근본 의의가 종서이기 때문에 횡으로 종으로 쓰게 됩니다. 학교선생들이 제일 힘들어하는 것은 학생들이 맞춤

법을 깨닫지 못하는 것입니다. 나는 우선 의사 표시를 하도록 글을 가르치고 다음에 맞춤법을 가르치는 것이 좋을까 합니다. 맞춤법은 어학회의 문학정리입니다. 일반 문화향상 뒤에 올 것이라 생각합니다.

권 환 : 한글의 보편화가 급선무라고 생각합니다.

한재덕 : 그 쉬운 가갸거겨를 잊었던 것은 섭섭한 일이었으나, 어학의 천재적 민족이라 가르치면 알게 되지 않을까요.

한설야 : 횡서를 하려면 역시 깨 써야 할겁니다.

박세영 : 벌써 로마자와 같은 자모를 만드는가 보던데요.

한설야 : 깨 쓰지 않는 횡서는 문제할 것도 없습니다.

이원조 : 깨 쓰면 맞춤법은 자연 해결될 겁니다. 이런 문제를 금시 해결하자는 것은 당장에 공산주의 사회를 만들자는 것과 같은 말입니다.

임 화 : 문화상의 배외주의(排外主義)가 한자폐지운동이나 이는 문화 자체를 잊은 생각입니다.

이원조 : 우리말을 정리하자면 일어(日語), 중어(中語)에 능한 권위자가 없어서는 안됩니다. 사진은 참그림, 학교는 배움집으로 당장에 고쳐야 한다는 것은 우리 언어사로 보아도 고려할 문제입니다.

한 효 : 우리말을 한자로 쓴다고 우리말 아님은 아닐 겁니다.

이원조 : 맞춤법은 국어에서 문화(文話)로의 정리인데 우선 자기 의사를 표시하도록 해야 합니다.

한 효 : 제일 급한 것은 문맹퇴치입니다.

한설야 : 맞춤법을 절대 지지하고 싶지는 않습니다. 그는 현재 출판이나 신문 발행에서도 곤란합니다. 한자 제한은 좋습니다.

원고료

박세영 : 원고료는 남북조선이 같습니까.

한설야 : 소설은 같습니다. 시 고료가 기성과 신인이 같아서는 안될 것입니다. 시에 비해 산문 고료가 싼 것 같더군요.

임 화 : 원고료는 일반적으로 올려야겠습니다. 그것 가지고는 살 수가 있어야지요.

한설야 : 과거의 출판업자와의 계약은 어찌 될까요.

이원조 : 8·15이전에 출판한 것 가운데 독립에 반대되는 것은 일체 검속합시다.

한 효 : 원고료는 지금의 배로 올려야 합니다.

박세영 : 종이, 인쇄료, 또 원고료 모두 다 오르니 자연 책값이 올라가야 할 터인데 독자가 따라갈 수 있을까요.

김남천 : 딴 가격을 낮추지요.

한설야 : 인세에 대해서는 검인을 꼭 찍도록 하지요.

이원조 : 출판자가 검인 없이 파는 것을 한 권이라도 발견하면 전(全)인세에 대하여 배액(倍額)으로 받읍시다.

한 효 : 그것은 좋습니다.

임 화 : 계급투쟁인데.(일동 고소) 8·15 직후엔 지금의 고료도 좋았는데 지금은 그걸로 생활비가 되야지요.

한재덕 : 우리가 존경하는 민촌선생이 평양 어떤 죄담회에서 "나는 농촌을 경험하고 참다운 문학을 쓰겠다. 8·15해방이 왔다. 나는 가장 우수한 작품을 쓰겠다"고 말하여 일반을 감격케 했습니다. 참으로 해방 뒤에야말로 가장 우수한 작품들이 우리 문학계에 많이 나타나리라 믿습니다.

이기영 : 밤도 늦었습니다. 좋은 말씀 많이 해주어 고맙습니다.

(『예술』 3호, 1946년 1월)

문학자의 자기 비판

출석자

김남천 이원조 이태준 한효 한설야 임화 이기영 김사량(발성순)

곳

봉황각

8·15 이후 문학자의 '자기 비판'이니 '자기 반성'이니 하는 문제가 많이 논의되는 모양인데 논조를 보면 거개가 일반론이라든가 전체의 방향에 대해서만 그저 추상적으로 문제되고 있는 모양인데 오늘은 일반적인 규정이라든가 문제를 떠나 작가로서 또는 평론가로서나 개인 개인의 '자기 비판' 혹은 '자기 반성'에 대해 말씀해 주시면 감사하겠습니다.

그러면 김남천 씨 사회를 좀 해 주십시오.

김남천 : 오늘 이 자리에는 우리 문단의 중진이신 한설야, 이기영, 이태준 세 분이 계시고 또 최근 색다른 체험을 하고 연안 방면에서 돌아오신 김사량 씨도 계시고 한데, 앞으로 어떠한 계획을 가지고 어떠한 소

설을 쓰실 지 먼저 이태준 씨께서 '민족'이라는 제목으로 장편 소설을 쓰시겠다 하셨는데 어떤 내용으로 쓰시겠습니까?

이태준 : 8·15 이전 우리는 소극적인 생활을 해 왔으나 우리는 앞으로 크게 반성하지 않으면 안 되게 되었습니다. 8·15 이전엔 우리가 그들의 검열 탄압으로 쓰고 싶은 것을 못쓰고 다만 그들에게 비협력 태도로는 사소설 정도로 우리 문학의 명맥만을 연장시켜 왔을 뿐이니까 이제부터야말로 본궤도에 올라 작품 활동을 하지 않으면 안 되리라고 생각합니다. 지금 우리는 해방이니 자유이니 하나 아직도 참다운 해방과 자유는 먼 것 같습니다. 내가 해방 즉후 작품은 못쓰고 바쁘기만 했으나 문학의 본궤도를 더듬는 준비 기간으로 매우 중요한 기간이었습니다. 내가 예고한 「민족」은 수년 전에 무리한 줄 알면서도 매신(每新) 지상에 그 일부로서 「사상의 월야」를 쓰다가 수십 회의 삭제를 거듭했고 결국 중단되고 만 것이 있는데 이번에는 자유라 우선 가장 부자유라 느끼던 그 작품부터 삼부작을 완성해 볼까 하는 겁니다.

한설야 : 내가 작가로서 말하고 싶은 점은 8·15 이전을 취하여 가지고 쓰려면 쉽지만 해방 이후의 현실을 파악해서 쓰려면 매우 힘들 것입니다. 문인의 자기 비판이라는 것이 문제되어 있는데 이것은 지금 정치 노선에 있어서 통일 전선을 부르짖고 있는 것과 같이 한 민족의 진통기라고 생각합니다. 나는 앞으로 소설을 쓰는 데 그 중점을 우리 민족이 위대한 고민 가운데서 휘여나오는 한 전형적인 면을 개(個) 속에서 포착해서 형상화하지 않으면 안 되리라고 생각합니다.

김남천 : 그럼 다음에 이기영 씨.

이기영 : 과거에 나는 농민 소설을 써 왔는데 그것은 내가 농촌을 떠나서 약 20년 가까이 되어 전혀 농촌의 현실을 모르고 다만 구상만으로 농민 생활을 써 온 것은 나로서 도저히 진정한 농민 생활을 쓰지 못했

다는 것을 통렬히 느끼고 있습니다. 그래서 될 수만 있으면 농촌에 돌아가서 산 사실을 이 눈으로 직접 보고 쓰고자 작년에 농촌으로 갔습니다. 내가 간 곳은 농촌이라기보다는 산촌인 내금강 부근으로 이 곳에서 나는 내 손으로 직접 농사를 해 왔으므로 그 부근의 농촌에 관해서는 다소 실정을 알게 되었습니다. 그러던 도중 8·15를 맞이했는데 이 때의 감격과 농촌의 현실을 작품화하려는 의욕이 있었으나 아까 한설야 씨께서 말씀하신 바와 같이 8·15 이전과 이후를 어떻게 연결시키느냐. 다만 8·15 이전만을 쓰는 것도 이상하고 이후만을 쓰는 것도 무엇해서 망설거리고 있습니다. 전에 「고향」을 쓴 일이 있는데, 이것은 1부, 2부, 3부로 쓰려고 하였느나 일본 제국주의 검열 기관으로는 도저히 통과하지 못하겠기에 붓을 대지 못하고 있었습니다.

김남천 : 「농막선생」이라는 것은 무엇을 쓰신 것입니까?

이기영 : 그것은 검열 관계로 도저히 발표하지 못하게 되어 박문서관에서 그 일부만을 내놓았었는데 지금 나머지 원고를 보니 도저히 그냥 낼 수도 없어 조금 고쳐 볼까 생각하고 있습니다.

김남천 : 다음에는 김사량 씨께서 새로운 체험을 말씀해 주셨으면…….

김사량 : 작년 상해에 갔을 때 어느 호텔에서 중경 측의 공작원에 연락을 받았으나 그 때는 국내에 있을 수 있는 사람은 반드시 국내에 있어야만 된다는 신념이었습니다. 자기 국토를 떠나서 투쟁도 없으며 혁명도 없다는 견지에서 하나, 사실로 그 당시로 보면 죽지 않고 살아 있다는 것이 최대의 반항처럼 뵈일 만큼 숨돌리기조차 어려운 사정이었으니만치 국내를 탈출하여 연안으로 갔다는 것은 엄밀한 의미로서는 하나의 노피가 아닐 수 없겠시요. 하나의 로맨티시즘이라고 할 수 있겠지요. 어쨌든 국내의 주체적 혁명 역량과의 연락을 못 이루었던 몸으로서는 해외의 혁명 역량에 대한 아름다운 꿈과 그 곳에

뛰어들어서라도 같이 싸우겠다는 정열과 그들이 간고히 싸우고 있는 사실을 기록화하여 국내 동포 앞에 알리겠다는 작가적 야심 이런 것이 나의 연안행의 동기였습니다. 돌이켜 생각하면 특히 7·7 사변 이후 일본 제국주의 강압 밑에서 출발한 문학인으로서는 작가적 성실과 정열을 어떻게 살리느냐는 문제는 용이한 문제가 아니었습니다. 나의 중경 학교 시대는 소위 7·7 사변을 계기로 하여 문화인의 반동적 경향의 한 쪽에서 육성되고 있었습니다. 더욱이 동경 문단의 유일한 조선인 작가 모씨가 '조선 지식계급에 준다'는 글과 함께 대반동을 시작한 때도 나로서는 우리말로 쓰는 것보다도 좀더 자유스러이 쓸 수 있지 않을까 탄압이 덜할까 생각하고 일어로 썼다느니보다 조선의 진상 우리의 생활 감정, 이런 것을 '리얼'하게 던지고 호소한다는 높은 기개와 정열 밑에서 붓을 들었던 것이오마는 지금 와서 반성해 볼 때 그 내용은 여하간에 역시 하나의 오류를 범하지 않았나 생각하고 있는 것을 솔직히 고백하는 바입니다. 그리고 이번 그리로 들어가서 생각하기는 앞으로 우리 나라의 해방전이 벌어져 나가게 되면 좀더 직접적이며 구상적인 연극 방면으로 나서서 활동해 보리라 하였습니다.

김남천 : 「불가사리」는 언제 쓰셨습니까?

김사량 : 그것은 동경 대학 때 지포(芝浦) 조선인 삯짐꾼들의 빈민굴을 중심으로 쓴 희곡인데, 다행히 신협 극단에 채택되었으나 검열이 통과치 못하여 종내 상연이 못되었습니다. 이번 조선을 떠날 적에 친우에게 맡기면서 남기고 가는 나의 유일의 작품이나 만약에 못 돌아온대도 좋은 세상만 오면 세상에 나오게 해달라고 부탁했더니 이번 미처 돌아오기 전에 어느 극단에서 상연 준비중이었습니다. 도로 찾았으나 이제 와서 다시 보면 고칠 데가 또 많으리라고 생각합니다.

이원조 : 아까 민족 전체가 반성하지 않으면 안 된다고 말씀하셨는데 그 점은

동감입니다. 앞으로 신국가가 수립되어도 우리 민족이 언제든지 반성이라는 것을 잊어서는 훌륭한 국가로 발전치 못할 것이며 따라서 거기에는 찬란한 문화도 발달하지 못하리라고 생각합니다. 김사량 씨가 일본어로 붓을 든 것은 큰 오류를 범한 것이라고 고백하시는데 그것은 대단히 양심적인 아름다운 일이라고 생각합니다.

한설야 : 그렇습니다. 일본어로 쓴 소설의 내용에 있어서는 아무런 양심의 가책이 안 될지라도 일본어로 붓을 들었다는 사실에 대해서는 자기 반성을 하지 않으면 안 되리라고 생각합니다.

이원조 : 엄격한 자기 비판이 없이는 민족의 향상은 있을 수 없다고 생각합니다.

김사량 : 위대한 우리의 신문화 재건 도상에 있어서는 물론 어떠한 경계선이 필요하겠지만 사심 사감정 이런 것으로 훌륭한 일꾼들을 물리치거나 내어 던지는가 해서는 안 되리라고 생각합니다. 더욱이 섹트적인 것은 금물입니다. 그리고 또 모두가 자기네의 과거를 정당화하고 합리화하여 자기만이 가장 충실하던 민족 문화인이요 계급 문화인이라는 것을 보이려고 급급치 말고 과거를 청산하는 새 출발에서 벌거숭이가 되어 모두가 뉘우치고 반성한 뒤에 자기에 대한 공개장 같은 것을 쓰는 것도 좋은 일이라고 생각합니다. 문화인으로부터라도 이런 경향이 생겨야 할 줄 압니다.

김남천 : 자기 비판을 성실성 있게 전개하는 데는 동감입니다. 어떤 분은 행동으로선 무엇을 했다 해도 붓을 들어 그것을 노래하지 않으면 좋다고 하는 의견도 있는 모양이나 아무리 붓을 들지 않았더라도 행동으로 그것을 했다는 점에서도 자기 반성을 하지 않으면 안 될 것이라고 생각합니다.

한설야 : 자기 비판을 거치지 않고는 진실한 갱생은 있을 수 없을 것입니다.

김남천 : 그렇습니다. 이 자기 비판에 대하여서 통감한 것은 이번 문학동맹대

회의 자격 심사에 대한 문제인데, 심사라는 책임 있는 지위에 있어서 많은 항의를 듣게 되었는데 부족한 것은 상호간의 자기 비판의 불충분입니다.

한 효 : 사실 과거를 자기 비판한다는 것으로 일반은 8·15 이전의 자기 행동을 합리화하려고 애쓰는 경향이 보입니다. 이것은 결코 참된 자기 비판이 아닙니다.이번 논쟁을 통하여 조선 사람 치고 어느 누구를 물론하고 협력적인 태도를 취하지 않은 사람은 없다고 말해 무방할 것입니다. 그러므로 이러한 과거에 대하여 조금도 감춤이 없이 준열한 자기 비판을 한다는 것은 결코 불명예스러운 일이라고 할 수는 없습니다.

한설야 : 나는 그 점에 있어서 문학사를 쓰고 싶습니다. 우리가 한때는 절망적이고 암담한 구렁텅이에 빠졌던 것만은 사실인데 또한 오늘날이 반드시 올 것을 믿고 있었던 것도 사실입니다.

임 화 : 자기 비판이라는 것은 우리가 생각던 것보다 더 깊고 근본적인 문제일 것 같습니다. 새로운 조선 문학의 정신적 출발점의 하나로서 자기 비판의 문제는 제기되어야 한다고 생각합니다. 그런데 자기 비판의 근거를 어디 두어야 하겠느냐 할 때 나는 이렇게 생각합니다. 물론 그럴 리도 없고 사실 그렇지도 않았지만 이것은 단순히 예를 들어 말하는 것인데 가령 이번 태평양 전쟁에 만일 일본이 지지 않고 승리를 한다, 이렇게 생각해 볼 순간에 우리는 무엇을 생각했고 어떻게 살아 가려고 생각했느냐고. 나는 이것이 자기 비판의 근원이 되어야 한다고 생각합니다. 이 때 만일 '내'가 일개의 초부로 평생을 두메에 묻여 끝막자는 것이 한 줄기 양심이 있었다면 이 순간에 '내' 마음속 어느 한 귀퉁이에 강잉(强仍)히 숨어 있는 생명욕이 승리한 일본과 타협하고 싶지는 않았던가? 이것은 '내' 스스로도 느끼기 두려웠던 것이기 때문에 물론 입 밖에 내어 말로나 글로나 행동으로 표시되었

을 리 만무할 것이고 남이 알 리도 없을 것이나 그러나 '나'만은 이것을 덮어 두고 넘어갈 수 없는 이것이 자기 비판의 양심이 아닌가 하고 생각합니다. 이럼에도 불구하고 이 결정적인 한 점을 덮어 둔 자기 비판이란 하나의 허위상 가식이라고 생각합니다. 그러기에 우리는 모두 겸허하게 이 아무도 모르는 마음속의 '비밀'을 솔직히 터 펴놓는 것으로 자기 비판의 출발점을 삼아야 한다고 생각합니다. 그리고 자기 비판에 겸허가 왜 필요한가 하면 남도 나쁘고 나도 나쁘고 이게 아니라 남은 다 나보다 착하고 훌륭한 것 같은데 나만이 가장 나쁘다고 감히 긍정할 수 있어야만 비로소 자기를 비판할 수 있기 때문입니다. 이것이 양심의 용기라고 생각습니다.(일동 동감입니다)

한 효 : 이날의 작가가 받은 고통과 탄압은 세계 어느 나라의 작가보다도 심했을 것이라고 생각합니다. 그리하여 이 가혹한 관문만은 통과하느라고 얕은 면만 걸어왔기 때문에 어떠한 소재가 있어도 이것을 깊이 생각지 못했던 습관을 빨리 벗어나야 되리라고 생각합니다.

이태준 : 나는 8・15 이전에 가장 위협을 느낀 것은 문학보다 문화요 문화보다 다시 언어였습니다. 작품이니 내용이니 제2, 제3이요, 말이 없어지는 위기가 아니었습니까? 이 중대 간두(竿頭)에서 문학 운운은 어리석고 우선 말의 명맥을 부지해 나가야 할 터인데, 어학 관계에 종사하는 분들은 검거되고 예의 홍원(洪原) 사건 아닙니까? 학교에서 교편을 잡고 있는 분들은 직업을 잃고 조선어의 잡지 등 신문 문화 간행물은 거의 없어지게 되었습니다. 어디서 조선 문화를 논할 여지조차 있었습니까? 그런데 이 점엔 소극적으로나마 관심을 갖지 않고 도리어 조선어 말살 정책에 협력해서 일본말로 작품 행동을 전향한다는 것은 민속적으로 여간 중대한 반동이 아니었나고 봅니다. 그러므로 나는 같은 조선 작가로 최후까지 조선어와 운명을 같이 하려 하지 않고 그렇게 쉽사리 일본말에 붓을 적시는 사람을 은근히

가장 원망했습니다. 물론 사상에까지 일제에 타협한 사람과 그냥 용어만을 일어로 한 사람과 구별은 해야할 줄 압니다만.

이원조 : 조선어로 붓을 들 여지가 전연 없어지고 조선말로는 활약할 수가 없어서 일본어로 붓을 든 사람도 있으니까 일어로 붓을 들었다고 전부 그를 일본에 협력했다고는 말할 수 없을 줄로 생각합니다. 검열을 통과하는 데도 일어를 쓰는 것이 유리하지 않을까 하고 쓴 사람도 있고 일어로 쓰느니보다는 안 쓰는 것이 낫다고 해서 안 들었던 분도 있는데 나로서는 차라리 붓을 안 들었던 것이 옳았다고 봅니다. 그렇다고 해서 김사량 씨를 공격하는 것은 아닙니다.

한 효 : 붓을 꺾고 아무것도 안 쓴 작가는 그들에게 무언의 반항을 한 것이라고 생각합니다. 그들은 우리들에게 결코 쓰지 말라고 탄압한 것이 아니고 얼마든지 쓰되 반드시 그들의 침략 전쟁을 합리화하는 내용의 작품을 쓰라고 강요했으니깐요. 그러므로 아무것도 쓰지 않았다고 하는 것은 그것이 곧 하나의 반항이었다고 볼 수 있겠지요.

김사량 : 절대적인 구렁텅이에 빠졌으면서도 희망은 꼭 있다고 생각한 분들이 붓을 꺾은 후 그나마 문화인적 양심과 작가적 정열을 어디다 쓰셨는가요? 여기서 문제는 전개된다고 생각합니다. 쉽사리 갈라놓자면 문화를 사랑하고 지키는 문학자와 또 그래도 싸우려고 한 문학자 이 두 갈래. 그러나 일언으로 말하자면 문화인이란 최저의 저항선에서 이보 퇴각 일보 전진하면서도 싸우는 것이 임무라고 생각합니다. 무엇을 어떻게 썼느냐가 논의될 문제이지 좀 힘들어지니까 또 옷밥이 나오는 일도 아니니까 쑥 들어가 팔짱을 끼고 앉았던 것이 드높은 문화인의 정신이었다고 생각하는 데는 나는 반대입니다. 모두 앞날의 광명은 믿었던 처지로 만약 붓을 표면에서는 꺾었으나 그래도 골방 속으로 책상을 가지고 들어가 그냥 끊임없이 창작의 붓을 들었던 이가 있다면 우리는 그 앞에 모자를 벗지 않을 수가 없습니다.

이원조 : 김사량 씨와 같이 연안으로 간 분도 있고 상인으로 혹은 광산으로 들어간 분도 있었지요.(일동 소[笑])

이태준 : 나는 붓을 꺾고 침묵을 지킨 분보담은 우리 민족에게 해독을 끼치지 않을 정도로는 조선어를 한마디라도 더 써서 퍼뜨린 편이 나았다고 생각합니다.

이원조 : 아까 말씀하신 민족의 반성에 대하여 말이 있었는데 우리 민족의 군주주의적 국가에 있어서는 군주에 대하여 충실했던 것은 이조 오백년사에서 볼 수가 있습니다. 또한 우리 민족 정신에서 순교 정신만은 크게 살 수 있을 것이라고 믿습니다.

임 화 : 우리 조선의 순교사처럼 처참한 역사는 세계에 그 유례가 없으리라고 생각합니다. 이 때 우리 민족이 표시한 희생 정신을 하나의 높은 예술로서 민족의 자랑일 것입니다. 순교사는 우리 이조 오백년사에서 가장 아름다운 문학의 하나라고 생각합니다.

한설야 : 저도 순교사는 앞으로 문화사화하리라고 생각합니다.

이태준 : 요즘 대의명분이라는 말이 많이 나오는데 사실 광해군 때 명나라에 대하듯 오늘 우리는 대회적으로도 명분론이 일어나고 대내적으로도 딱한 처지가 있는 듯합니다. 그 자신 시대를 호흡하려 하지 않고 전공(前功)만 내세우는 이미 과거의 인물에게 명분만으로 맹종할 수는 없는 것이니까 광해군이 주장한 의(義도) 의지만 내 백성부터 살리고 보아야겠다는 택민론(澤民論)의 정신도 이 때 고취시킬 필요가 있다고 생각합니다.

이원조 : 이 말이 나오기 시작한 것은 명조(明朝)가 망하고 청조(淸朝)가 흥할 때인데 그 뜻은 어디 있는가 하면 자기 반성에 출발하여 결국은 실천에 있으리라고 생각합니다. 우리 조선의 해방에 있어서도 실전에 있지 않으면 안 되리라고 생각합니다.

임 화 : 대의명분이 나오면 정치 문제로 들어가게 되는데 해외에서 고생했다

는 것만으로 그 분들에게 곧 정권을 맡겨야 한다는 이유는 없다고 생각합니다. 민중의 옳은 지도자가 될 수 있을 때만 정권에 참여할 수 있는 것이요 단순히 고생한 공적뿐이라면 이는 달리 표창할 것이 있을 테니까요.

한설야 : 사실 우리 민족을 위하여 해외에서 고생을 한 공적에 대해서는 따로 생각할 것이고 건국에 관해서는 삼천만 민중이 결정해야 될 줄 압니다.

이태준 : 정치가나 혹은 학술 단체가 8·15 이전 옛 공적만을 내세워 더러 독점적인 태도가 보이는 건 완전한 민주주의 국가 건설을 위해서는 다소 지장이 있을 것입니다.

이원조 : 그렇습니다. 우리가 일전에 어학회에 가서 협력을 하려고 했을 때에 너희들은 8·15 이전에는 조선어를 생각이나 했었느냐는 듯이 독탄적(獨炭的)이고 관료화해짐에 대하여 참으로 유감으로 생각합니다.

- 바쁘신데 대단 감사합니다.

(이 좌담회가 열려진 것은 작년 섣달 그믐께다. 그 후 인쇄 사정으로 인하여 이렇게 늦어졌으므로 지금의 정세에 비추어 혹 부합되지 않는 부분이 있을지도 모른다. 이것은 전혀 편집자의 죄다. 그러나 여기서 우리는 옳은 것이 있음을 자부하므로 그대로 싣기로 한 것이다. 독자들은 양해해 주시기 바라며 좌담회에 참석하신 제선생에게 깊이 사죄한다.)

(『인민문학』 창간호, 1946년 2월호)

해방 후의 조선문학

-제 1회 소설가 간담회 -

출석자(무순)

조선문학가동맹소설부측:

이태준 안회남 김남천 박노갑 허준 이근영 현덕

김래성 이현욱(李現郁) 김영석 박영준 홍구 박찬모

이봉구 지봉문(池奉文) 안동수(강형구 곽하신 김만선

김학철 윤세중 이석징(李石澄) 정원섭(鄭元燮)

조선문학가동맹서기국측 이원조

본사측: 박계주 채정근(蔡廷根)

박계주 : 오늘 이 좌담회는 문학가동맹 소설부 위원장이신 안회남 씨가 사회자기 되서서 진행시키는 것이 좋을끼 생각합니다.

안회남 : 지금부터 고려문화사와 공동 주최로 소설부 간담회를 겸하여 문학좌담회를 개최하겠습니다. 간담회라는 이름으로 모든 작가들이 이

렇게 한데 모여 앉아 보기는 아마 이번이 처음인 것 같습니다. 재래(在來) 문학정신이나 경향이 서로 달랐던 작가가 이렇게 한 자리에 모인 것은 참으로 의의 있는 기쁜 일입니다. 이번이 제 1회의 간담회인 만큼 문학적으로도 무슨 성과가 나타나길 빕니다. 상허(尙虛)께서 먼저 무슨 말씀을 하셨으면 …….

8 · 15 이후의 작품

이태준 : 8 · 15 이후 발표된 작품평부터 이야기하는 것이 좋을 것 같습니다. 모두 몇 편이나 발표되었는지요?

김남천 : 신문에 연재되는 2 · 3편의 장편을 제하고 단편만 들면 25편 가량 됩니다. 우리 문학가동맹 기관지에 창작평을 쓰기 위해 거의 다 읽노라 했는데 그 중에서 우리가 체험하지 못하던 세계를 그린 작품이 있었습니다. 즉 안회남 씨가 구주탄갱(九州炭坑)에 징용(徵用)갔던 것을 작품화한 것, 김학철 씨가 조선의용군의 한 사람으로서 일본군과 격전(激戰)했던 경험을 작품화한 것, 허준 씨가 8 · 15 직후 만주의 혼란 속에서 귀국하는 여정을 작품화한 「잔등(殘燈)」 등입니다. 그러나 전체적으로 보아 8 · 15 이후의 창작의 대부분은 새롭고 큰 것이라고는 볼 수 없고 그것을 위한 준비에 지나지 않는다고 보았습니다.

안회남 : 8 · 15이후에 그 전 세계와 어떻게 달라졌느냐 하는 것이 문제일 텐데 직접 작품으로 보면 각 작가들이 거의 달라지지 않았더군요. 작품 속에서 해방이니 왜놈이니 조선독립이니만 했다고 달라진 것은 아니니까요.

이태준 : 방금 전에 김학철씨의 「균열(龜裂)」을 읽고 왔는데 실전(實戰)장면이 퍽 억세고 이채(異彩) 있는 작품이었으나 구성이 없는 작품이라고 보았습니다. 두 주인공이 격전하는 것 부상당하는 것 등이 모두 뉴–스 영화반적(映畵班的)인 인상을 주더군요. 작자가 의식적으로 꾸민 르포르타지인지는 알 수 없지만.

김남천 : 나도 그 작품은 아까 읽었는데 공식적으로 꾸민 안이한 것으로 보았습니다.

이원조 : 우리 작가 중에서 구성적인 작가가 퍽 드물다고 봅니다. 이런 의미에서 우리 문학이 단편은 상당한 수준에 달하면서도 장편이 떨어진 것도 –이런 때문이 아닐까 합니다.

전쟁문학 시비

김영석 : 저는 「균열(龜裂)」은 읽지 못했으나 같은 작가의 소설 「지네」를 읽고 작자에게 투철히 요구하고 싶었던 것은 그것이 반전(反戰)문학이 아니었다는 것입니다. 물론 승전일록(勝戰日錄)도 아닙니다만 적어도 우리가 문학에 있어서 전쟁을 취재(取材)할 때는 그것이 반전의식에 젖어 있어야 한다는 것, 가령 「클라르테」나 「서부전선 이상 없다」와 같은 작품들처럼 투철한 이념이 있어야 하리라 믿습니다. 그런데 「지네」에 있어서는 그런 것은 찾아볼 수 없었습니다. 「지네」 한편만 가지고 김씨의 전체를 말할 수는 없을는지 모르나 하여간 「지네」에는 「보리와 병정」 이상의 유머니티랄까 보랄이랄까 그런 게 깃들여 있지 않다고 봅니다. 혹은 그건 한 개 르포르타지다라고 할는지 모르나 그건 본격소설이건 르포르타지건 일반입니다. 우

리는 르포르타지에 있어서도 같은 것을 요구할 수 있습니다. 서반아 인민전선(西班牙人民戰線)의 고귀한 르포르타지 같은 것을 생각해 보십시오.

윤세중 : 전쟁문학의 기본은 반전사상에만 둔다는 김영석 씨의 의견에 이의(異議)입니다. 지금까지 전쟁문학이 대개 반전사상 위에서 쓰여진 것은 사실이나 그건 결국 침략전쟁을 취급한 이유라고 봅니다. 과거 8년 동안 조선의용군이 중국 남중북(南中北) 각지에서의 영웅적인 투쟁을 문학화하는 데 있어서는 반전사상을 기본으로 하는 문학이어서는 아무런 보람도 수확도 없을 줄 압니다.

김영석 : 그야 전쟁을 없애기 위한 전쟁 즉 정의의 전쟁이 있는 것입니다. 가령 금차(今次)의 소연방(蘇聯邦)같이 그런 때의 인민은 용감히 총칼을 들어야 하나 그렇다고 그게 전쟁 그것의 찬가(讚歌)가 되어서는 안됩니다. 희랍(希臘)시대의 전쟁문학이 전쟁 찬가라 하지만 그 속에 깃든 항상 평화에의 도정을 더 높이 평가해야 할겁니다. 「일리아드」 「오디세이」가 가장 큰 전쟁 찬가 호전적인 듯이 보이기는 하나 그렇게 일방적으로 보는 것은 안됩니다. 예컨대 오디세이와 그를 편드는 많은 사람들이 사실 얼마나 평화를 위해 전쟁을 멸시했는가를 상기할 수 있잖습니까.

이근영 : 문학에 있어서 전쟁을 반대한다 전쟁을 찬미한다는 것은 너무 추상적이라고 생각합니다. 전쟁 중에서도 사회발전을 추진시키는 전쟁이라면 문학인이 찬미할 수 있고 사회 발전에 역행하는 전쟁이란 것을 배격하는 것이 또한 문학인의 태도이겠지요. 이 점에 있어서 진보적인 의미의 혁명은 누구보다도 문학인이 더 노래할 것입니다.

김영석 : 그렇습니다. 허나 먼저도 말씀한 것처럼 그렇다고 전쟁 그것의 찬가가 되어서는 안됩니다. 더욱이 우리의 현실에 있어서는 대부분이 침략전이었다는 것을 생각할 때 그렇습니다. 의용군의 경우에서도 침

략전에 대한 반전의 의식이 강렬해야 할 것입니다. 그렇다고 정의의 총칼을 드는 걸 아름다운 행동으로 보지 않겠다는 말은 결코 아닙니다.

리얼리즘과 로맨티시즘

김학철 : 제가 한마디 이야기하겠습니다. 저는 십 년 전에 중국으로 가서 중일전쟁 중에 조선의용군의 한 사람으로서 제 일선에서 항일전을 계속하다가 적탄을 맞고 다리를 자르게 되었을 뿐만 아니라 적의 포로가 되어 옥중에 있다가 금반(今般: 해방 직후에) 석방되어 작년 11월에 귀국하였는데 비록 다리가 잘렸다 하더라도 다리 대신에 팔이 있고 팔 대신에 머리가 있어서 팔과 머리로 싸움을 계속해야 한다는 투지와 끓는 피를 제어(制禦)할 길이 없어 붓을 잡았던 것입니다. 저는 무론(無論) 문학에 있어서 제로입니다. 소설의 묘사에나 기교에 있어서 그리고 구성에 있어서 모두가 서투르다는 것을 자인합니다. 그러나 단지 한가지 북중국(北中國) 일대에서 조국의 독립을 위해 시산혈해(屍山血海)의 항일전을 계속하던 우리 조선의용군이 싸우던 것을 어떻게 하면 국내동포에게 알려주느냐 알려줄 뿐만 아니라 이것이 건국에 기름이 되고 불이 되게 하느냐, 그리하여 국내 혁명동지에게 또는 청년투사에게 전적(戰蹟)을 소개함으로써 건국에 한 개의 이바지가 될까 하는 의욕과 정열에서 붓을 잡았던 것뿐입니다. 그렇다고 전쟁을 찬미하는 것은 아니요 침략국가에 대한 적극적인 면, 전쟁의 참혹한 면, 혁명적인 정신과 용맹심의 고취 등을 목적하여 썼을 뿐입니다. 즉 효과를 노렸습니다.

김남천 : 지금 말씀하신 것은 대단히 좋은 말씀이신데 자칫하면 과오를 범하기 쉽지요. 즉 옛날 카프파가 부르짖던 문학론의 초보에서 지나지 않는 말씀인데 예술성을 상실하기 쉬운 한 개의 정치론(政治論)이 되기 쉬울 위험성이 있다고 봅니다.

박찬모 : 나는 김학철 씨의 작품을 읽고 한가지 감동된 점이 있습니다. 그것은 작품기교의 능졸(能拙)이 아니라 첫째 그 문장이 꾸밈없고 대담(大膽)하고 솔직한 점이었습니다. '이걸 어떻게 잘 표현할까'하는 꼬질꼬질한 용의(用意)가 없이 자기가 생각한 바를 그냥 써내려 간 그 건실한 점이었습니다. 이것은 우리가 현대적 감각이라든가 퇴폐문학에서 볼 수 있는 까다로운 표현과는 근본적으로 다른 것입니다.

안회남 : 지금 순수니 정치니 하는 말씀이 나왔습니다마는 나도 8·15 전에 있어서는 사건 없이 소설 쓴 사람 중의 하나입니다. 그러나 이제부터는 사건이 있고 주인공이 있는 소설을 쓰려 합니다. 다시 말하면 현실인식뿐 아니라 현실을 창조하는 것을 강조하는 바입니다. 이러기 위해서는 주관이 앞에 서 있는 로맨티시즘이 우리가 가질 길이 아닌가 합니다. 결국 리얼리즘과 로맨티시즘은 서로 상반하는 것이 아니라 잘 합치될 거로 생각합니다. 이것을 진보적 리얼리즘이래도 좋고 혁명적 로맨티시즘이래도 좋습니다. 하여간 앞으로 우리는 우리가 갖는 주관(主觀) 이상(理想) 의식(意識)을 가지고 현실을 인도해나가며 새로운 세계를 창조해야 하는 것이 아닌가 합니다.

이태준 : 참, 작품 「균열(龜裂)」의 여시인(女詩人)은 중도에서 사라지고 말았는데 그 뒤 어떻게 됐습니까.

김학철 : 더 그 이상 나오지 않습니다.

김남천 : 작품에 등장한 인물에 대해서는 작자가 끝까지 책임을 져야지요.

개성과 자기혁명

안회남 : 다음 허준씨의 작품 「잔등(殘燈)」에 대해서 말씀해 주십시오.,

김남천 : 「잔등」도 르포르타지의 하나로 보는데, 심리적인 것이 반영되었더군요.

현 덕 : 「잔등」의 경지는 매우 높다고 보았습니다. 그러나 공감을 가질 수는 없었습니다. 그 작품의 세계는 퍽 냉철한 것이었는데 이러한 세계 즉 예술지상주의의 세계는 과거에 있어서는 매력이 있었지만 약소민족이 해방된 오늘에 와서는 매력이 있을 수 없다고 생각했습니다.

이태준 : 우리 조선서는 시민문학이 충분히 발육되기도 전에 구라파의 그 부란기(腐爛期)의 사조부터가 밀려들었습니다. 일부에서 「율리시즈」의 애독과 함께 이상과 같은 문학이 나타났고 시기상조한 채 매력적 존재가 아닐 수 없었습니다. 그러나 8·15 이후에도 그런 산문문학의 부정적인 병적 감각이 나타나서는 무의미라기보다는 신선건전(新鮮健全)해야 할 신문학, 평민문학, 민족문학의 건설에는 일종독소(一種毒素)가 될 겁니다. 특히 8·15 이전에 감성적이었던 문학가들은 진작 자기비판과 새 출발의 용의가 있겠지만 혹 그런 데 미련을 둔 작가들이 없지 않을가 해서 한마디 말해 두는 겁니다.

현 덕 : 아까 말씀한 냉철한 세계는 비단 허씨에게만 있는 것은 아닙니다.

지하련 : 허준 씨의 세계는 그 높이에 있어서나 깊이에 있어서 도저히 저 같은 사람으론 족하(足下)에도 이르지 못할 줄 잘 압니다. 그러나 어딘지 그 동안 제가 만지고 있은 '사람'과 허준 씨의 '사람'이 어느 모습에 있어서 다소 비슷한 데가 있는 것으로 느껴왔기 때문에 지금 허준 씨의 찬 데(감동하지 않는) 대하여 말씀드린 건 사실은 제 자신 속에 있는 이러한 면에 항거하는 자세일지도 모릅니다. 방금 저부터

도 잘 감동하지 않고 자꾸 차(冷)지려고 해서 난처해요. 그런데 제가 본시 이처럼 찬 사람이냐 하면 그렇지 않아요. 거의 주책없이 감동하고 더워지기 잘하는 사람일지도 몰라요. 그럼 지금껏 소설 가운데 '내 사람'이 그처럼 차지려는 것은 무슨 까닭일까 하고 생각할 때 간단히 말해서 우리가 정치적 서민(庶民)으로서 개성이 일종 불구의 발전을 해온 데 소치(所致)가 있다고 생각했어요. 본시 문학이란 자연과 함께 싱싱하고 완전해야만 정말이고 아름답고 착할 수 있다고 생각해요. 다 까닭이 있어 서민으로 불구와 같은 허약자가 된 것도 생각하면 분할 텐데 이제 '새것'이 있고 정열이 솟아 부끄러움이 없을 때 무슨 사증(邪症)으로 불구의 취미를 가지겠습니까. 너무 어두운 방 속에 있던 사람은 바깥에 나와도 한참 동안 캄캄할 것이라고 스스로 위로하지만 아무튼 나의 찬 면엔 어딘지 죄스럽고 염체 없어 제가 미워져요.

김남천 : 허준씨의 「잔등」이 차다고들 말씀할 때에 나는 잠시 나의 감상안(鑑賞眼)을 의심했습니다. 나는 그것을 읽을 때에 차다고는 생각지 않았기 때문입니다. 그러나 다시 생각해 보면 그 방관자적 태도를 가리켜 차다고들 말씀하는 까닭을 아는 듯도 합니다. 그러면 내가 그것을 읽으며 남과 같이 차다고 느끼지 않은 까닭은 어디 있는가. 그것은 내가 허준 씨의 과거의 작품을 잘 알고 있기 때문입니다. 뒤엉킨 자의식의 지나치게 극명(克明)한 추궁(追窮)이 보여주던 허준 씨의 작가세계가 8월 15일 이후 어떠한 변화를 가져오는가. 이러한 선입견을 가지고 「잔등」을 읽었습니다. 씨의 독특한 수법은 과(過)한 변화는 없었습니다. 그러나 회령서 청진으로 오는 도중 강가에서 고기 낚는 아이를 보고 생각하는 그 장면은 이 작가의 휴머니티에 대해서 따뜻한 가능성을 발견케 하였습니다. 이 작가는 다시 살아날 수 있다. — 이것이 내 솔직한 감상이었습니다. 아까 지하련 씨 말씀

이 8·15 이전의 냉정한 작가의 태도는 일제하 하나의 플러스였으나 8·15후 이후에 다시 그런 차디찬 태도란 이해할 수 없습니다. 왜냐하면 8·15 이후의 조선은 해방의 조선이니까라고 말씀한 것은 지당한 말씀 같으나 약간 기계적입니다. 또 이태준 씨가 그 면에는 뒤엉킨 자의식의 추구나 난삽한 문장이 좋을지 모르나 8·15 이후에는 알기 쉽게 평이하게 계몽적으로 써야 한다는 것도 일리가 있으나 약간 공식적입니다. 물론 다 좋은 말씀이나 작가가 아무리 8·15를 커다란 자기혁명의 계기로 한다 하여도 자기 작품세계의 청산이란 그대로 되는 것이 아닙니다. 그러므로 나는「잔등」에 가능성만을 발견하고 따스한 인간성 위에 일종의 희망을 느낀 것입니다.

안회남 : 작자 자신이「잔등(殘燈)」에 관해서 말씀 좀 해주십시오.

허 준 : 원래 좀 찬 성질이 되어서 그랬을 듯도 한 일이올시다.「잔등)」은 처음 대조사(大潮社)에서 만주 것을 기행이나 수필로 하나 쓰라는 것을 이제 와서 새삼스러이 그럴 것도 없을 것 같애서 그런 것 쓰는 셈하고 소설로 엮어볼까 한 것이었는데 지금 공감을 가질 수 없다는 말씀에는 사실 좀 가슴이 덜컹 내려앉지 않을 수 없었습니다. 소설가란 사람이 읽는 사람의 공감을 의지하지 아니하고 읽는 사람이 소설가에게 공감을 얻을 수 없는 곳에 과연 문학이 성립할 수 있을 것인지 이점 제 자신문제로 충분 반성해야 할 여지가 있을 것 같습니다.

묘시의 통속성

김남천 : 8·15 이후 작품을 많이 발표한 사람으로서는 회남(懷南)인데,

잘라서 싸게 파는 것 같애. 징용 갔다 온 새 체험의 알맹이는 남겨두고…….

이근영 : 낙지 발만 베서 파는 게지, 몸뚱이는 그냥 두고 …….(笑)

안회남 : 우선 낙지 발만 자시오. 대강이는 나중에 먹읍시다.

이태준 : 역작은 언제 내놓으려오?

안회남 : 나는 8·15 이전에 주관만 가지고 썼었는데 즉 사건 없이 신변이야기 등 소위 사소설을 써왔었는데 8·15 이후엔 힘 안들이고 쓸 수 있습니다. ○○○○○○○○ 하도 많아 소설의 특성을 버리고 당분간은 김학철 씨 말씀처럼 즉 조선의용군의 이야기를 전하는 것처럼 내 역 내가 끌려가서 겪은 민족적 울분 모욕 이런 사실을 그저 여러분께 이야기로 전하는 데 그칠 뿐입니다.

김남천 : 내가 읽은 중에는 회남 작품 중에서 예술성으로는 「말」이 좋더군요. 「쌀」은 작자한테 미리 이야기를 들어서 그런지 읽어 내려갈 때 자꾸 앞이 알려져서 감동이 적었고, 「섬」이 그 중 떨어지더군.

박노갑 : 회남은 계속물(繼續物)이 많아서 무게 있는 건 즉, 구성력과 힘있는 것은 계속물에다 치중하고 삽화적인 것은 단편에 쓰는 것 같더군요. 체험의 깊은 것은 장편에 있을 것입니다.

김남천 : 그 다음 이봉구씨의 「도정(途程)」(『신문예』 창간호)을 즐겁게 읽었습니다. 무론(無論) 결함 있는 작품이기는 했지만.

현 덕 : 저 역시 즐겁기는 했으나 부족을 느끼는 데가 있었습니다. 분위기에 치중한 작품이더군요.

김남천 : 즐거운 분위기가 한 개의 시대성을 나타내는 것이 아닐까. 그리고 엄흥섭, 홍구 제씨의 작품도 읽어봤는데, 자기의 독특한 세계가 없더군요.

이석징 : 홍구 씨의 「별을 안고」의 여주인공은 어떤 때는 매음부(賣淫婦)도 됐다가 어떤 때는 귀부인도 되는데 성격의 통일이 없어요.

김남천 : 엄흥섭 씨의 작품도 역시 파지 않는 작품 즉, 현실을 우습게 보는 것이 흠이더군. 그리고 이동규 씨의 작품에서도 그 주인공이 혁명가가 되고 투사가 되려면 싸우는 과정이 있어야한 하는데 그렇지 않은 것이 탈이어요.

이태준 : 『신문학』지에 발표된 윤세중 씨의 「묘지」도 그렇게 안이하게 넘어갔더군요. 비참한 사실을 파서 묘사해야 하는데, 신문 다찌기리[4] 기사에 지나지 않아요.

이근영 : 8·15이후 작품 한 개도 못 읽었다가 어제 밤에야『신문학』창간호에서 처음으로 읽었는데 윤세중 씨의 「묘지」를 읽고 역시 신문기사적인 느낌을 얻었습니다. 처음 아들이 옛날 자기집을 찾는 면까지 상당한 페이지를 잡았는데 나는 그것이 필요치 않게 보았습니다. 차라리 그 어머니를 소설적으로 특히 묘사를 통해서 살리려면 어머니를 더 심각하게 그렸으면 하는 욕심이 나더군요. 더구나 구식 어머니가 남편을 일찍 잃고 또 큰아들을 잃는 어머니가, 하나뿐인 아들을 피신시키고 죽기까지 입을 다물게까지 된 자각의 발전과정을 그렸으면 좋았을 것 같고 경찰서에서 고문당하는 것이 역시 신문다찌기리 식으로 된 것 같았습니다. 그리고 송영 씨의 「의자(椅子)」를 읽고 역시 정치가와 문학가의 차이를 생각해 보았습니다. 인물대신에 의자를 동원시켜 대신 하도록 한 수법은 재미있었습니다. 그러나 그 중에서 친일파라든지 민족 반역자라든지 진정한 지도자 문제를 취급하는 데 있어서 요즘 정치운동가들이 말할 것을 산문으로 썼다는 것이 다를 뿐이지 감각세계는 정치가와 다름이 없다고 생각했습니다. 같은 현실 속에서 정치가가 느끼지 못하고 보지 못한 것을 문학가만이 느끼고 보는 것이 있어야 될 줄로 생각합니다.

---

4) 斷ち切り. 토막이란 뜻임.

계급적 성격과 시대적 조류

이봉구 : 이번 김동리씨를 중심하여 청년문학가대회가 열렸는데, 정치와 조직이 싫어서 순수만을 표방하는 줄 알았으나 그렇지 않던데요. 우익 진영의 정치가들이 왼통 등장하고 무슨 조직이 있고…….

안회남 : 나는 내 자신의 이야기를 하겠습니다. 나 역 먼지가 케케 앉은 소시민성으로 말미암아 조직이라는 것이 당최 마음에 안 맞습니다. 무슨 위원이니 무슨 회니 하는 그 전에 없던 것이 참 싫습니다. 오죽하면 전국문학자대회에도 내빼지 않았습니까? 그런데 그 조직이라는 게 싫으면 그냥 가만히 있지 그 조직 싫어하는 사람들이 왜 딴 데로 가서 그 싫은 조직을 할까요! 자기의 계급적 성격과 시대적 조류와 맞지 않는 것은 동정하나 그것을 넘어서 반동할 때부터는 미웁니다.

박계주 : 저널리즘과 문학활동에 관해서 이원조 씨께서 말씀해 주십시오.

이원조 : 19세기까지 문화 영도(領導)는 아카데미에서 했으나 20세기에 들어서면서 문화의 영도는 저널리즘이 하였습니다. 그러나 앞으로의 저널리즘이 종래와 같이 말초신경적인 것이어서는 안될 것입니다.

박계주 : 혁명적 현단계에 있어서 예술의 순수성이니 지성이니가 재논의가 될 텐데 거기 대해서 …….

안회남 : 깨끗하니 높은 경지니 차니 뜨거우니 즐길 수 있느니 콧백이니 하는 ○○○○○ 시인이나 소설가는 열 사람이 느끼는 것, 백 사람이 느끼는 것, 천 사람이 느끼는 것을 대표해서 느끼는 것입니다. 어린 소학생까지가 느끼는 그 최대최고의 감정을 예술가가 왜 안 느낍니까. 우리가 제가 젠 척 차나 마시고 술이나 먹고 돌아다닐 때 우리의 동포, 인민이 탄식해 가로대 우리의 시인, 소설가의 배때기 속에는 똥밖에 없다고 하면 우리는 뭐라고 대답하겠습니까? 사실 그것은

똥입니다.

이원조 : 시민문화의 말기현상으로서 경련적(痙攣的) 상태로 나타난 것이 지성이니 '의식의 흐름'이니 하는 것인데 이러한 문학적 교양을 받은 세대의 작가로서 지금 혁명적 현실을 작품화하는 데 일종의 부족감을 느끼지 않는가.

김래성 : 아까 여러분이 8.15 전과 달라진 데가 별로 없다고들 말씀하셨는데 저는 8월 15일 해방의 종소리가 땅 울렸다고 해서 우리의 사상이 급변할 수는 없다고 생각해요. 정치가라면 또 모르거니와 적어도 문학하는 사람들에게 있어서는 그 발아된 사상이 자기의 피가 되고 살이 되기 전에 그것이 작품화될 리는 만무할 것입니다. 그러려면 적어도 어느 정도의 시간적으로 자기 고뇌의 세계를 가져야 할 것입니다. 이 자기 고뇌의 세계를 갖지 못한 작가의 작품이란 하나의 잠꼬대밖에 안 되지요. 직접 자기 피부에 느끼도록 1년이고 2년이고 작품 행동을 중지하여야 할 것이요.

박찬모 : 나는 이런 거을 생각했습니다. 예전에는 우리가 작가의 사생활과 문학을 따로 생각할 수 있었습니다. 그러나 오늘에 있어서는 한 작가의 일거일동이 곧 그분의 문학과 함께 논의될 때가 아닌가 생각합니다. 일전에 현덕, 오장환 두 친구와 같이 상허(尙虛)를 반문한 일이 있습니다. 돌아오면서 나는 상허가 참으로 훌륭한 예술가라고 생각했습니다. 라는 것은 지금 상허가 거처하시는 방은 정말이지 나한테는 고리타분하다고 할 정도로 비시대적이었습니다. 그 낡은 서화, 골동품 속에 묻혀서 알뜰한 서재생활을 하기엔 또 어느 면 유혹적인 안정된 분위기이기도 합니다. 그런데 이 선생이 그 만족하고 안주할 수 있는 자기취미의 세계에서 혼란한 사회 속으로 튀어나온다는 것은 이 선생이 현실에 가장 용감하다는 태도입니다. '처세'가 아니라 당당한 '요구'를 위해서 싸운다는 것 이것이 또 예술가다

운 점입니다. 그래서 나는 요즈음 누가 어떤 작품을 썼다는 것보다 그 작가가 드나드는 집 문패가 더 흥미 있습니다.

박계주 : 우리가 시대적 조류와 대중의 감정에 대해서 정열을 갖는다는 것은 그것이 벌써 우리의 피요 호흡이 되었다는 증거입니다. 그것이 아직 우리의 살이 되려면 멀었다 피가 되려면 멀었다 호흡이 되려면 멀었다. 적극적인 것을 안 갖는 것은 역시 일종의 회피가 아닌가 합니다. 그러면 이것으로 이 좌담회를 끝막겠습니다. 여러분 덕택에 이 회합을 잘 이루었다고 생각합니다.

시일 · 4월 3일 밤
장소 · 다방 「초원」

(『민성』 6호, 1946. 4. 23)

창작 합평회

때 : 4월 20일 오후 6시
곳 : 취산장(翠山莊)
참석자 : 송영, 채만식, 김남천, 이원조, 윤세중, 이흡(李洽)(본사), 박영준 (본사)

이흡 : 8·15 이후의 창작에 대해서 될 수 있는 대로 작자를 중심한 작품평을 말해 주셨으면 고맙겠습니다. 특히 작가 여러분을 오시라고 한 것은 작가의 입장에서 본 진지한 작품평을 원했기 때문입니다.

■ 민족과 책임(『생활문화』 2호) 김내성 작

이원조 : 김남천 씨가 먼저 읽었을 걸요.

채만식 : 나도 읽노라고 읽기는 했습니다.

송영 : 나는 일곱 편쯤 논해 보았으면 하고 생각합니다.

이흡 : 그럼 채형부터 읽으신 작품을 말씀해 주시지요.

채만식 : 나는 김내성 씨의 작품을 읽고 느낀 것이 있습니다. 그는 탐정 소설을 쓰던 분이기 때문에 『생활문화』 2호에 발표한 작품도 탐정물인가 했더니 읽어 보니 일본 여자를 데리고 살던 이야기더군요. 누구나 건드리고 싶은 사실이지만 누구보다도 먼저 쓴 데 용기가 있는 것 같습디다.

이원조 : 직후 작가에게서 들은 말인데 과거에는 생활과 또 취미로 탐정 소설을 썼지만 앞으로는 순문학으로의 탐정 소설을 쓰겠다고 그럽디다.

채만식 : 작품으로는 볼 것 없구…….

이원조 : 오늘밤에 작가들 전부 걸리었군! 채형한테…….

〈취재의 태도〉

김남천 : 해방 후 처음으로는 작품인 것 같은데 아직 읽지를 못했습니다. 그러나 제재가 탐정 소설식이더군요. 우리는 해방 후 우리의 고민 그리고 자기 비판 같은 중요하고도 써야할 것을 얼마든지 가졌음에도 불구하고 그런 것을 취재할 필요가 어디 있을까요.

채만식 : 그러나 그 내용은 있을 수 있고 또 얼마든지 있는 비극적 현실입니다.

김남천 : 과거에 불만했던 일, 하고 싶으나 하지 못한 일, 또는 말할 수 없었던 커다란 비애가 얼마든지 있을 겝니다. 그러나 하필 그런 것으로 새 출발을 할 필요는 없다고 생각합니다.

채만식 : 그 소설에 나오는 일본 여자의 입으로 일본은 언제라도 패하고야 만다는 말이 나오는데 그런 것이 박노갑 씨의 작품 가운데도 나옵니다. 카이로 회담 내용을 그 때 들었다면 몰라도 무턱대고 일본이 패

전하리라 확신했다는 것은 그 당시의 정세로 보아 진실된 말이라고는 믿어지지가 않습디다.

김남천 : 사상가나 정치가라면 몰라도 시정인으로서는 그런 확신을 가졌다고 말할 수 없을 겝니다.

채만식 : 그러니 관념적인 것을 가지고 결론짓는다는 것이 비현실적이라고 말할 수 있겠지요?

이원조 : 신문을 읽는 사람은 작년 4, 5월경에 일본이 패할 것쯤 짐작은 했을 것입니다만, 작품의 인물을 통해서 확실하게 믿었다고 말하는 것은 너무 용렬할 것 같습디다.

김남천 : 예술적으로 그릴 때 확신 못했다는 것이 더 현실감을 주겠지요만 현실을 너무 평이하게 본 경향이 많아요.

이원조 : 말로써가 아니라 현실로써 확신을 가지도록 그렸다면 좋을 겝니다.

이흡 : 일본의 패하기를 희망했던 것만은 사실일 겝니다. 그러나 일본 필승을 확신했던 사람도 없지 않았을 것입니다.

이원조 : 문제는 작가가 헛자랑하고 싶은 데 있다고 생각합니다.

김남천 : 작가가 그것을 대비하고 있었던 것처럼 말하고 싶기 때문이겠지요.

채만식 : 8·15 이전의 현실을 그리는 데 항일주의가 많이 나옵디다. 나는 그 때 항일주의자를 그렇게 많이 보지 못했습니다. 그러던 것들이 어디 숨었다 뛰어나오는지 참 신기롭던데요.

김남천 : 그것은 소설 쓰는 작가들이 리얼리스트가 아니기 때문입니다. 박노갑 씨의 「환(歡)」을 리얼리즘이라고 말하는 이가 있지만 나는 그걸 리얼한 작품이라고는 보지 않습니다. 좌우간 작가는 작가의 진실을 작품에서 토(吐)해야 할 줄로 압니다.

■ 의자(『신문학』 1호) 송영 작

채만식 : 송영 씨 작 「의자」를 읽으셨습니까? 나는 처음과 마지막만 읽었는데 그저 이야기더군요.

이원조 : 그 작품은 그 내용으로 열 편은 쓸 수 있는 이야기 같습니다. 소설이라기보다 우화(寓話)입디다. 8·15 이후 카프계 작가들은 옛날에 경험한 공식주의를 그대로 가지고 있기 때문에 작품을 쉽게 씁디다. 이 작품에서도 애쓴 흔적이라거나 작가의 진실은 결여된 것 같습디다. 작품 내용이 정치적으론 빈틈이 전혀 없었으나 현실적 생활이 없습디다.

채만식 : 소설이 아니라 이야기 아니예요.

김남천 : 앞으로는 역시 소설보다 희곡을 쓰는 것이 좋은 줄 압니다. 「의자」가 우화라 해도 잘못한 말은 아니겠지요.

이원조 : 프롤레타리아 작가들에게는 일정한 세계관이 있기 때문에 그것이 소설에 플러스되는 것만은 사실이지만 그것을 가지고 작품을 안이하게 쓰려는 경향이 있지 않은가 생각합니다. 말하자면 현실을 추궁하는 노력이 적습니다.

김남천 : 그 노력을 하는 이가 없습니다. 카프 작가의 작품을 읽어 보았는데 10년 전에나 10년이 지난 오늘에나 꼭 같은 작품을 쓰는 것 같습디다. 그 동안 무엇을 했는지 알 수가 없어요. 과거 우리는 시키는 대로 남산에 따라다녔습니다. 그러나 지금 당에 좇아다니는 것이 남산에 올라가던 그 때와 무엇이 다릅니까. 과거의 행동은 그 일거일동이 고민이 아니었으면 안 될 것입니다. 만약 그 때 심각한 고민을 가졌었다 하면 이제 다시 공식적으로 나올 리가 없다고 생각합니다. 나는 소설을 쓸 때 나 자신부터 취급하고 싶습니다. 예를 들면 노동

자 가운데는 의식이 있는 이 또 의식이 없는 이가 있을 것이요 좌익인 또 좌익인 노동자가 있어 서로 나뉘고 다르고 있을 것이지만 노동자라고 하면 그저 혁명을 담당하는 이상적 계급으로만 보는 데 공식주의가 나오는 것입니다. 이 공식주의는 현실을 너무 우습게 안이하게 보는 때문에 오는 것입니다.

채만식 : 작품뿐이 아니라 당 역시 그렇지 않을까요.

김남천 : 작품을 말하며 당을 들어낼 필요는 없습니다.

〈현실에 대한 성실성〉

이원조 : 과거를 돌아볼 때 제2차 세계 대전중 특수한 사람을 빼고는 거의 전부가 불유쾌한 생활을 했습니다. 그 때의 일을 쓴 작가는 하나도 없습니다. 자기 비판할 정도의 작품을 쓴 이도 없습니다. 우리는 그 때의 생활을 조금도 뽐내어 과장해 말할 수는 없습니다. 비참한 생활이었습니다. 8·15 이후에 자기 비판과 문학의 성실성이 논의되었지만 그 때에 착안했다는 것은 결국 현실에 대한 성실성 그리고 사회적 모랄에서였다고 생각합니다.

채만식 : 나 역 대담하게 쓰고 싶었으나 주저하게 됩니다. 역시 죄인이니까 나의 죄를 써서 역효과를 내보려고도 했지만 주저하게 되는 것은 할 수 없더군요. 그러나 요즘엔 언제까지나 주저하고만 있을 필요가 없다고 생각합니다.

이원조 : 그건 채형의 성격상으로 보아 넉넉히 짐작할 수 있는 일입니다.

김남천 : 말하자면 예수가 아니란 말이지요? 십자가를 지고 김림산에 올라갈 필요가 어디 있느냐는 이 아닙니까!

이원조 : 그러나 그 심리가 높은 것이라고 생각합니다.

이흡 : 공식주의 말이 났으니 하는 말이지만 영등포엘 가 보니 노동자는 거의 가 다 소부르적인 것 같습디다. 생각을 해 보니 노동자로서 성장해 온 것이 아니라 농촌에서 농민으로 있던 이들이 몰려 들었기 때문에 농민과 같은 이중 성격을 가진 것 같습디다. 그런 노동자들을 외국의 노동자와 똑같이 취급해서는 안 되겠지요.

채만식 : 노동자뿐 아니라 농민 역시 그렇습니다. "농민들에게 물어 보면 이 박사 김주석이 하루 바삐 나라를 만들어 주어야 한다"고 제법 떠드는 이가 수다한데요!

■ 과정(『신문학』 1호) 박영준 작

이원조 : 박영준 씨 작 「과정」을 읽었는데 이 작품은 소설로서 실패했습니다. 성격이 약한 주인공을 통해서 현실을 노린 것은 불성실한 것은 피하려는 노력이 보이나 경숙이란 여자와 연애하는 장면을 그린 것은 불쾌하기 짝이 없었습니다. 연애 장면을 넣은 것은 양념인데 그런 기교는 문학에서 버려야 할 줄 압니다. 작가는 어디까지나 현실과 싸우고 싸우다 작기가 넘어지거나 그 대상이 쓰러지거나 끝까지 싸워야 합니다. 나는 이 작품에서 설계도를 꾸민 듯한 것이 싫었습니다.

송 영 : 내가 느낀 것과는 다른 점이 많습니다. 첫째 작품으로 실패했다는 것이 나와는 다릅니다. 왜놈 밑에서 살던 월급쟁이의 비애와 비굴이 여실히 나타났습니다. 그 때의 현실을 과장했다면, 그야말로 공식적인 생각을 가지고 썼다면 주인공이 이사장에게 매를 맞고도 대항 아니 했을 리 없습니다. 대항하지 않고 그대로 참았다는 것이 좋았습니

다. 후반에 가서 이야기의 귀결이 관념적인 듯한 데는 있습니다. 그리고 거기 나오는 여자는 연애가 아닙니다. 이국에 가 있는 남녀가 감정이 통할 때 있을 수 있는 일입니다. 다만 여자가 결혼하게 되었을 때 "시들어가는 민족의 피가 아주 식지 않도록 해 주시오"라고 한 말이 관념적이었다고 볼 수 있겠지요. 작가의 관념으로 현실을 왜곡시켰다고는 말할 수 없는 작품입니다. 소박한 필치 같은 것은 퍽 좋았습니다. 끝이 매물러지지 않은 것이 유감이었습니다.

이원조 : 말하자면 공식주의의 작품이 아니라는 말 같은데 여자와의 관계가 그리 쉽사리 될 수 있을까요.

송 영 : 같은 직장에서 같은 감정을 가질 때 그럴 수가 있으리라고 생각합니다.

이원조 : 어쨌든 그 남녀의 관계는 감정으로 맺어진 것입니다. 사상적으로 맺어진 것이 아닙니다. 나는 연애를 못해 보았기 때문에 그런지 그런 연애는 있을 수 없고 도대체 그런 것을 썼다는 것이 불쾌했습니다.

윤세중 : 끝이 관념적이라고 말한 것 같은데 나는 관념적이 아니라고 봅니다. 작가가 말하고 싶은 것은 그 끝이라고 생각합니다.

송 영 : 내가 말한 것은 작법으로 보아 그것이 중간에 끝난 것 같고 소설의 완전한 종결이 아닌 것 같다는 말입니다. 여자가 나온 것은 나는 유쾌하게 생각합니다.

윤세중 : 나는 전반과 후반이 동떨어진 것 같습니다.

이 흡 : 그 남녀 관계는 압박받는 사원의 공통한 의식을 그린 것이지 연애 관계라고는 보여지지 않던데요. 차라리 창백한 인텔리가 마지막까지 비굴하게 사는 것이 싫승나더군요.

이원조 : 비굴은 인간을 비굴하게 그린 것은 좋습니다.

윤세중 : 동떨어진 감은 있으나 멀어진 작품이라고는 보지 않았습니다. 작자

가 의도한 것은 충분히 살아났다고 봅니다.

송영 : 비굴을 비굴하게 그린 것이 리얼합니다. 작가가 현실을 극복하려 하면서도 흥분하지 않으려는 노력이 있는 데 리얼한 맛이 납니다.

■ 균열(『신문학』 1호) 김학철 작

채만식 : 나는 「과정」을 읽지 못했습니다만 그것은 그만하고 김학철 씨의 「균열」을 이야기합시다. 내가 이 작품을 읽을 때 순수 문학이니 통속 소설이니 하던 일인(日人)의 작품과 꼭 같은 감을 줍디다.

김남천 : 일인의 아무개가 쓴 것이란 생각과 달리 의용군의 한 사람으로 일본과 싸우다 다리 하나까지 잃고 돌아온 작가를 생각한다면 보는 면이 넓어질 것입니다. 의용 군인이 썼다는 것이 중대한 문제라고 생각합니다.

이원조 : 그것은 작품평이 아닙니다. 작품은 어디까지나 작품을 보고 평해야 할 것입니다. 전번 문학가동맹 소설부 간담회 때에도 이 작품이 논의되었는데 그 때 이태준 씨는 이 작품을 작가의 손아귀에 넘어가지 않는 작품이란 말을 했습니다. 즉 르포르타지라고 했습니다. 그 반면 김남천 씨는 너무 째였다고 즉 너무 작위적이란 말을 했습니다. 나는 두 분의 말이 다 정당하다고 생각합니다. 이유는 이태준 씨가 한 말은 상반부를 보고 한 말이요 김남천 씨는 하반부를 보고 한 말이라 생각하기 때문입니다. 그리고 나는 이 작품의 중심이 처음과 마지막에 있는 것이 아니라 가운데 있다고 봅니다. 즉 시광과 학천 두 지대장(支隊長)이 싸우는 장면이 이 작품의 생명이라고 봅니다. 물론 작품의 계기는 '친'이란 남자로부터 시작되는데 그 장면은 문장

도 서툴지만 '친'의 소행을 규명(窺明)시키지 안았는 데 이태준 씨로 하여금 르포르타지란 말을 하게 한 것입니다.

김남천 씨가 작위적이라고 한 것은 그 반대로 마지막 장면을 말함이라고 생각하는데 나는 어디까지나 이 작품의 중간에 중점을 두고 또 그 장면을 좋게 봅니다. 소설이란 언제 끝난지 모르고 읽을 수 있도록 써야합니다. 읽다가 싫증이 나서 맨마지막 장면을 들춰 보고 읽게 하는 소설은 좋은 소설이 아닙니다. 나는 이 작품을 언제 끝났는지 모르고 읽었습니다. 이 작품 가운데서 두드러진 장면이란 이제 말한 것처럼 두 지대장이 싸우는 것 그리고 균열 속에서 물을 나누어 먹는 곳입니다. 그러나 물 나누어 먹는 장면은 조금 과장한 듯 했습니다. 전쟁 의식과 산 개성을 좀더 그리었더(라)면 아래 위가 없어도 좋을 작품이라고 생각합니다.

채만식 : 나는 이 작품이 인간성을 떠난 인간을 그린 것처럼 느껴집니다.

김남천 : 포탄이 터지는 장면은 아름다웠습니다. 마치 내 고향에 포탄이 떨어지는 듯한 느낌을 줍디다.

이원조 : 저번 간담회 때 이 소설평이 있은 뒤 작가가 문학하는 이유를 일장 연설했으나 그를 작가라기보다 의용군의 한 사람이라는 느낌을 가졌습니다. 그러나 작품을 읽어 보니 작가는 확실히 작가로서의 역량을 가지려고 노력한 흔적을 뵈입디다. 목가적인 맛도 있기는 합니다.

송 영 : 작가 자신은 허구가 아니라 생각할는지 모르나 나오는 현실적 목가적인 데가 많습디다.

■ 묘지(『신문학』 1호) 윤세중 작

채만식 : 윤세중 씨의 「묘지」를 이야기하지요. 나는 이 작가의 것을 처음 읽는 듯한데…….

김남천 : 『백무선(白茂線)』 그리고 또 몇 개 있었지요.

이원조 : 작품 기술로 보아 이야기가 주인공이 서울 가는 도중 잠깐 들른 데 일어난 사실을 주은 것이 되어 프롤로그(서론) 같은 감이 납니다. 그러나 작가는 좋은 테마를 잡았습니다. 문조(文調)가 좋았고 특히 어머니의 죽음을 알고 과거를 회상하는 것은 좋았습니다.

가장 느끼기 쉬운 장면 가장 있을 수 있는 일, 그리고 누구나 알 수 있는 모자(母子)의 관계를 작가가 현명하게 캐치했기 때문에 아들의 이름도 어머니의 이름도 없이 썼으되 작가는 겁을 먹지 않고 썼습니다. 개성이 살지 않았고 인물에 옷을 입히지 않았어도 염증 안 나게 읽힌 작품입니다. 그러나 소설이라기보다는 수필입니다. 기둥을 세우고 기와를 올려논 뒤에는 벽을 치고 도배를 해야 하는 것이 작가의 일인 줄 압니다.

채만식 : 어머니가 죽었다는 것이 중요한 사실인데 그 사건을 말하는 아들이 그 이야기를 어떻게 어디서 들어 알았는지 의심납니다.

윤세중 : 살던 집을 찾아가서 들은 것인데 그 장면을 소홀히 취급해서 그렇게 흐려진 것 같습니다.

이흡 : 고리끼의 「어머니」가 연상됩니다. 그러나 제목을 '묘지'라고 한 것이 좀 덜 좋았고 독자를 끌고가는 힘이 부족할 것 같습디다.

이원조 : 아들이 해외 가서 무엇을 했는지 모르겠습디다. 혁명 사업을 했는지 아편 밀수를 했는지 뚜렷이 나타나지 않습디다.

송영 : 아편 장사는 안 했겠지요. 같이 나오던 친구들을 보고 동지라 부른

것은 장사꾼으로 쓸 수 없는 용어가 아닙니까.

이흡 : 동지들과 헤(어)질 때 서울서 다시 만나자는 이야기가 있는데 그 장면으로 보아도 무슨 일을 한 사람이라는 것은 알 수 있습디다.

이원조 : 그러나 동지라고 한 말로써는 좌냐 우냐 하는 것을 읽어 볼 수가 없겠지요.

■ 쌀(『신세대』 1호) 안회남 작

채만식 : 안회남 씨 작품들 읽으셨습니까?

이원조 : 나는 개인적으로 가깝기 때문에 전부를 읽고 나서야 이야기하겠습니다.

채만식 : 누가 그러던가, 그의 소설을 읽으면 평론을 쓰는 것이 나을 것 같고 평론을 읽으면 또 소설을 쓰는 편이 나을 것같이 느껴진다고……. 나도 그의 소설을 읽으니 어쩐지 평을 쓰는 편이 나을 것 같더군요. 「탄갱(炭坑)」이 그 중 좋은 것 같으나 연재중이니 말할 수는 없지만 그의 소설에는 어느 것이나 즐거운 데가 없습디다.

송 영 : 「쌀」을 읽었는데 그것은 규슈(九州) 탄광에서 굶주리던 조선 사람들이 쌀을 보고 어디 쌀이냐고 의논을 하다가 조선에 돌아와 조선쌀이라는 것은 인식한 뒤 쌀과 토지에 애착심을 느끼는 것 같은데 상식 이상으로 쌀을 사랑하는 마음은 좋았습니다. 박영준 씨 작 「과정」의 마지막 장면에 주인공이 매를 맞고 쓰러지는 현실에 대한 이야기가 있었느나 나는 이 「쌀」에서 좀더 목전의 조선적 현실에 입각한 쌀에 해방과 우리가 가질 수 있는 애착심을 써 주었으면 했습니다.

김남천 : 그것이 공식주의입니다. 「쌀」을 가지고 민족 감정, 반일 감정, 그리

고 고향에 대한 향수를 그리려고 한 작품입니다. 프롤레타리아 작가는 결론만을 보려고 하나 결론만을 가지고 작가를 논할 필요는 없는 줄 압니다. 소설 끝에 혁명 만세를 부른다고 그 작품이 혁명적인 것은 안 될 것입니다.

송 영 : 나는 결론을 말하는 것이 아니라 작품 전체를 말하는 것이오. 덮어놓고 프로 작가는 공식주의란 말을 하는 것은 옳은 일이 아닙니다. 이 작품에서 조선쌀을 보고 반가워하는 것은 반일 감정일지 모르나 조선쌀이라는 것을 알 때 느끼는 감정은 농민의 감정입니다. 제목이 '쌀'인만큼 쌀에 대한 착안이 좀더 심각했더면 하는 생각이 어째 공식주의란 말이오.

김남천 : 그것이 좋지 않아요! 그건 다만 반일 감정을 그린 작품인데…….

이 흡 : 다른 작품을 말씀해 주십시오.

■ 잔등(『대조』 1호) 허준 작

이원조 : 허준 씨 「잔등」을 읽으셨는지요. 나는 그의 「야한기(夜寒記)」를 기억합니다마는 그것이 그의 출세작이라 말할 수 있을 겝니다. 그의 출발은 지성과 자기 의식에서입니다. 「야한기」는 이상(李箱)의 작품보다 더 어렵습니다. 작품평이 아닐는지 모르지만 허준 씨와 같은 작품이 나온 경위를 말해 보겠습니다. 문학에 있어서 20세기라는 것은 없습니다. 구주에서는 19세기 말ㅇ르 세기말이라고 말하고 있지만 반세기를 지난 20세기는 문학적으로 아직 어떠한 내용을 그리지 못했다고 볼 수 있을 것입니다. 시민 문화는 이차 대전 직전 구라파에서 종막(終幕)을 고했습니다. 그 문화의 종식(終熄)은 불란서

를 통해 행해진 것입니다. 시민이 개성의 분열을 하고 하던 끝에 이중 삼중의 자의식을 찾으려 했습니다. 이것이 시민 문화의 최후 현상이었습니다. 그 경향이 불란서를 통해 일본으로 들어갔는데 그것은 자유주의를 동반해 왔습니다. 전체주의를 부르짖는 파시즘에 반항하려는 심리가 이것을 조선으로 끌고 왔습니다. 그래서 당시의 순수 작가의 대부분이 그 경향으로 흘렀던 것입니다. 연배(年輩) 작가에게는 적었다고 말할 수 있으나 20대 작가인 젊은 제네레이션의 작가들은 말초 신경을 두드리기 시작했습니다. 허준 씨의 출발이 그 때였다고 생각합니다.

채만식 : 그 두목이 최명익 씨가 아닐까요.

이원조 : 그렇지요.

윤세중 : 채선생 「잔등」 읽으신 감상을 좀 말씀해 주십시오. 수법이라든가 내용이라든가 문제되고 있는 것 같은데 선배들의 생각을 알고 싶습니다.

채만식 : 소설의 정도(正道)는 아닙니다.

〈산문 작가에 대해서〉

이원조 : 채형이나 남천형은 18세기 소설의 정도를 걷고 있습니다. 말하자면 시민 사회의 역할을 맡은 이들입니다. 그러나 다음 제너레이션은 무엇을 생각하고 있는가가 문제입니다. 18세기의 영향을 받은 작가는 플롯을 생각하지만 그들은 플롯을 무시하고 말초 신경만을 만지고 있다. 채형은 8·15 이후 아직 한 편도 쓰지 않았는데 내가 경애하는 작가 가운데 아직 작품 안 쓴 이가 채형과 현덕 씨뿐입니다. 어제 박치우 씨와 한 말인데 참고가 될까 해서 말하겠습니다. 박씨가 "벽초를 리얼리스트라고 하나 그의 글을 읽으면 리얼리스트가 아닌 것

같다. 눈으로 볼 때는 깍뚝까뚝하나 귀로 들을 때는 유창하다. 이태준 씨의 글은 읽을 때 유창하나 들을 때 깍뚝깍뚝하다. 이태준 씨에게도 확실히 산문 정신이 있다……"라고 했습니다. 조선에서 누가 산문을 쓸 수 있는가 생각해 볼 때 나는 채만식, 박태원, 김남천 세 분을 들고 싶습니다. 이태준 씨는 산문가라기보다 시 정신이 풍부한 작가입니다. 박치우 씨의 견해는 벽초는 시각적으로는 깍뚝깍뚝하나 청각이 아름답고 이태준 씨는 그의 반대라는 것입니다. 채형은 산문 정신을 가진 사람인데 잔소리를 할 때는 얄미울 만큼 산문적입니다. 「순공(巡公) 있는 일요일」은 채형의 산문 정신을 가장 잘 나타낸 작품이라고 생각합니다. 이태준 씨의 작품은 역시 「복덕방」이 제일이지요.

김남천 : 이태준 씨는 산문 정신에서 그를 발견해야 할 것입니다.

이원조 : 어쨌든 「복덕방」이 최고봉입니다. 장편 소설들은 모두 실패입니다.

채만식 : 8·15 이후 작품에는 참말로 실망했을 뿐입니다.

〈문학인의 성실〉

송 영 : 마지막으로 한 마디 하고 싶소. 8·15 이후의 작품을 20여 편 읽어 보았지만 작가들이 붓을 들 때 주저했다는 것은 아마 공통적인 것 같더군요! 작품 가운데 가장 많이 나타난 것이 회고적인 것인데 일제 밑에서 하고 싶던 말, 아니하고 견딜 수 없던 말들을 썼습니다.

그 회고담이 현단계와 결부되었다면 좋을 것입니다. 그러나 8·15 전의 현실을 발전하지 못한 감정으로 말한 작가도 있었습니다. 8·15 이후의 감정을 가지고 8·15 이전의 현실을 일부러 끌어내려고 한 작가도 있는 듯합니다. 연설은 소설이 아닙니다. 현실 속에는 소설의 소재가 얼마든지 숨어 있으나 그것을 흥분하지 않는 태도로 쓴 사람이 적다는 것이 유감스럽습니다. 문장으로 보아도 여러 해 동안 발표할 수가 없었고 또 쓴대도 캄푸라쥬하려는 노력만 가졌기 때문이었는지 새맛이 나는 문장이 없습디다.

정치가 먼저냐 문학이 먼저냐 그리고 공식주의적인 문학이어서는 안 된다고 말들 하는 비공식주의연(然) 하는 이들이 있으나 그들이 순수한 것을 찾는 듯한 것은 결국 그들은 정치와 문학의 중간에 서라는 것같이 생각됩니다. 「의자」가 내 작품이기 때문에 말하기가 거북하나 그것은 우화래도 좋소. 그러나 채형은 처음과 끝만을 보았다 하고 김형은 읽지도 않고 공식주의라고 말했으니 그런 태도에 나는 작가로서 불만이오. 내가 그것을 쓴 의도는 아메리카의 존 하키의 작품을 읽어보면 알 것이오. 내 과거만을 보고 공식주의라고 한다면 성실이 적은 것이라고밖에 말할 수 없습니다.

이흡 : 밤이 늦었습니다. 좀더 많은 작품을 들어 말해 주셨으면 하나 이만으로 끝막겠습니다. 수고들 하셨습니다.

기타

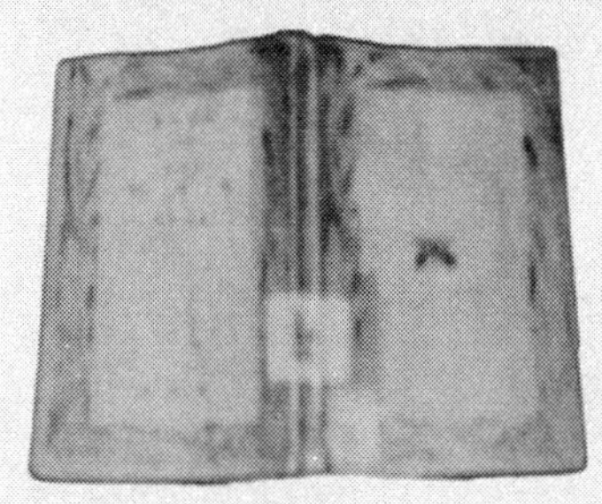

『소년행(少年行)』 서언(序言)[1)]

소화 6년(서력 1931년)에 처음으로 소설에 붓을 들어 그 시절에 발표된 것만 열 편이 가까우나 이 곳에는 물론 하나도 수록하지 않았다. 처음으로 창작집을 꾸며 보면서 그 때에 작품을 쓰던 생각이 간절하나, 그렇다고 책으로 꾸며서 세상에 내놓고 싶은 마음은 터럭만큼도 없다.

오랫동안 중단하였던 창작 생활을 다시 계속하여 두 해가 가까워 오는데, 이 책은 그 동안에 쓴 단편 소설 중에서 열 편을 추려 모은 것이다.

처처(處處)에서 문학상 주장과 창작상 고백을 되풀이하는 나로서 이 속에 수록된 작품에 대하여 새삼스럽게 늘어놓고 싶은 말은 아무 것도 없다. 작품이 탈고(脫稿)된 연월(年月)을 작품 끝에 붙이고, 의도와 경향이 비슷한

---

1) 김남천은 모두 다섯 권의 창작집을 낸 것으로 알려져 있다. 이 가운데 『대하(大河)』(인문사, 1939)와 『사랑의 수족관』(인문사, 1939) 그리고 『맥(麥)』(을유문화사, 1947)에는 서문이나 발문이 실려 있지 않다. 『소년행』의 '서언(序言)'과 『삼일운동』의 '발(跋)'을 찾아 싣는다.

작품을 세 뭉치로 갈라서 배열을 고려하여 읽는 이의 편의를 돕고자 하였을 뿐이다.

소화 13년 11월

경성에서

(『소년행』, 학예사, 1935년 3월)

조선문단의 수확

一. 『신동아』 『중앙』 『조선중앙』 『조광』 등을 통하여 임화 혹은 쌍수대인(雙樹台人)의 이름으로 발표된 임화 씨의 시가 금년도 최대의 수확이라고 생각합니다.

一. 조선문학이라면 현재하는 조선문학의 전부를 말하겠으나 엄밀한 의미의 조선문학은 프롤레타리아 문학이 있을 따름이외다. 이유는 현재 조선에 있어서 진실한 의미의 민족적인 문학은 프로 문학이 있을 뿐이므로.

(『신동아』, 1935. 12, '조선문단의 수확' 앙케이트)

편집자에게 주는 글

편집 방침을 변경하여 종래의 따분하고 천편일률적인 것을 일체 쇄신할 것. 청신하고 시사적인 평론을 싣고 적당한 문예 사상가를 2, 3인씩 모아 문화적 제 현상에 대한 합평, 좌담회 등을 지상으로 공개하고 좀더 문학하는 사람들과 그의 제군들을 사회적 제 현상과 교섭시킬 것. 호적수를 선택하여 논쟁을 시킬 것. 작가의 생활 기록을 게재하여 문학가의 생활과 시대와를 밀접하게 교섭시킬 것 등등. 이렇게 하면 부수도 부쩍 늘어 고료 지불하고 수지가 맞을지도 알 수 없으며 동시 이 잡지가 가지고 있는 문학적 사회적 역할도 훌륭하게 시행될 것이다.

(『조선문학』, 1937년 4·5월호, '편집자에게 주는 글' 특집)

신인송

신인으로 하여금 문단의 침체를 타개시켜 보자는 생각은 우리가 항상 되풀이하던 방책 중의 하나이다. 그러나 신인에게 자극을 주고 신인의 등용을 확보해 줄 아무러한 기회도 갖고 있지 못했고, 또 신인 자신들도 자기네에게 부여된 중한 책임을 자각치는 못한 것 같았다. 이것은 모두 유감된 일이었는데, 이 즈음 각 신문 잡지 기관이 즐겨 신인에게 기회를 주고 자극을 주고 하는 것은 반가운 일이다. 이것은 문단과 사회가 한가지로 신인에게 희망과 동시에 커다란 책임을 지우려는 것임을 알아야 할 것이다. 이제 신인문학 콩쿨은 이러한 모든 점을 가장 투철히 고려하고 책임있는 태도로 신인에게 자리를 주려고 하였다. 이렇게 해서도 그대로 신인의 당목(瞠目)할 활약을 볼 수 없다면 우리는 인제 신인에 대한 기대를 단념할 밖에 별도(別途)가 없다. 이런 의미에서 나는 이 콩쿨을 중요시하며 금년 중 우리 문단의 가장 큰 사건으로 간주하려고 한다.

(『동아일보』, 1938년 11월 3일)

명사만문만답(名士漫問漫答)

1.실연시킨 이성이 그의 애인과 더불어 자기를 조소할 때 취할 태도

"내가 어째 저런 위인을 일시나마 사랑했을까, 일찍이 실연 당하길 다행이다" 하고 픽 웃어버림이 내 몸을 위해 상지상책이겠으나 아직 미련이 남아 있는 경우에는 할 수 없이 친한 친구를 찾아가서 술이나 실컷 마실 밖에 별도가 없겠지요."

2. 지금 유언을 한다면 어떤 유언을 하시겠습니까?

"이즈음 자기를 잃어버리는 사람이 하도 많으니 '자기를 상실치 말라'고라도 해두겠습니다. 그리고 어린 자식들에겐 '청년의 기상을 잃지 말라'고 부탁해 두겠습니다."

3. 처음으로 이성에게 연정을 느낀 것은 몇 살입니까? 지금 그 이는 어디 있습니까?

"15세, 내 선처(先妻)였는데 지금은 죽었습니다."

(『조광』, 1938년 12월, '명사만문만답' 특집 제2부)

『작품』 창간호(1939년 6월, 앙케이트)

설문

1. 선생은 창작하실 때 모델을 쓰십니까
2. 선생은 앞으로 자기 작품에 어떠한 야심을 갖고 계십니까
3. 선생은 최근 어떤 서적을 애독하십니까

1. 가끔 모델을 쓰지만 항상 모델에서 발을 뽑고 모델에 잡히지 않으려고 애씁니다. 있는 그대로의 사실이나 인물 성격을 그냥 옮긴다는 것은 언제나 무의미합니다. 문학이 할 일이 못됩니다.

2. 앞으로 1년간 할 일은 대개 플랜으로 세워 놓았으나 몇 년을 두고 해 보겠다는 야심의 일단을 공개하면 「대하」의 속편들입니다. 이 일은 몇 년을 두고 노력할 만한 좋고 또 내 야심을 만족시켜 줄 수 있는 일이라고 생각합니다.

3. 자연히 가족사 소설이나 발자크가 됩니다.

(기타 김광섭, 정지용, 이무영, 엄흥섭, 김대봉, 안회남, 홍효민, 현진건, 송영 등이 앙케이트 답변에 임했음)

앙케이트

설문

1. 만약 선생님께서 귀여운 따님에 계시다면 여우(女優)로서 대성(大成)시켜 보고 싶지 않습니까

2. 아무튼 물론(勿論)하고 여우로서 추천하고 싶으신 분 두세 사람을…?

1. 아이들이 아직 어려서 그런 생각은 미처 못해 보았으나 사정이 허(許)하는 한, 소질을 보아 어떤 것으로든가 결정하겠습니다. 특히 여배우로 되는 것에 반대하려는 생각은 지금은 없습니다.

2. 추천할 분도 없지만 또 있다기로니 어떻게 이런 엽서로 사람을 추천하겠습니까. 추천하면 꼭 채용해 준다는 약속도 없이 괜히 객쩍은 인명(人名)만을 늘어놓으랴고 그러십니까.

* 이 외에 이태순, 심상용, 이극로, 구본웅, 길신섭, 무명씨 등의 내답이 있음.

(『무대』 제1집, 1939년 10월호, '엽서문답'란)

모던 문예사전

1

전형

이 말이 요즘 흔하게 쓰여질 때 그것은 대개 '성격'이란 말과 '정황'이란 말을 동반하게 된다. 전형적 성격이니 전형적 정황이니 하는 것이 그것이다. 이것은 특히 소설 문학, 개중에도 장편 소설의 경우에 리얼리스트들에 의하여 많이 사용되는데, 그 까닭은 로만이 성격과 정황(환경)의 갈등과 모순과 통일을 중심으로 얼크러져 나가는 소설 형식이기 때문이다. 이와 연결하여 성히 인용되는 명제는 엥겔스라는 사람이 마가레트 허크네스에게 보내는 편지에서 피력한 「발자크론」에서 인용된 것으로 거기에는 대강 이러한 구절이 들어 있다. "리얼리즘이란 디테일의 진실성 외에, 전형적인 정황에 있어서의 전형적인 성격의 정확한 표현에 있다고 말할 수 있습니다." 이러한 명제에 의하면 창조되는 성격이나 개성은 묘사된 정황 환경이 전형적이라야 비로소 전형성을 획득할 수 있을 것으로 된다. 또한 그것은 두 개를 바꿔 놓아도 마찬가지다. 어느 것 하나라도 불충분하다면, 또는 유형성에 떨어졌다면 그것은 훌륭한 리얼리즘이라고 말하기 힘들 것이다. 그러면 전형, 혹은 타입 또는 혹은 티피칼한 것이란 무엇을 말함인가. "현실의 개괄이고 인간의 모든 그룹에 있어서 특질적인 특징을 일 개인적인 형상 속에 통일시킨 것을 이름이다." 여기서 주의하여야 할 것은 명제의 공식적 기계적 이해이다. 이리하여 왕황히 성격 대신에 어떤 유형을 만들어 놓거나, 형상성 대신에 사회학적 개념을 그대로 붙여 버린 추상적 환경을 묘출해 놓거나 하는 것은 금물로 되어 있다. 작가는 여하한 괴벽된 성격, 예컨대 인색한, 비열한, 편집광, 야심가, 공상가, 음흉한 사람, 근로인, 나태자, 냉담한 사람 등등을 그릴 자유가 있다. 발자크는 이렇게 해서 위대한 리얼리스트가 된 사람이다. 요는 그 성격의 사회성과 그것이 어떻게 환경과 모순되고 통일되어 하나의 전형성에까지 자신을 높였는가 하는 데 진정한 리얼리스트와 그의 에피고넨의 구별이 서는 것이다. (1939년 11월)

2

이형식

매일신보에 연재되었다가 대정 7년(1918년)에 초판이 상재된 춘원 이광수의 최초의 장편 소설 「무정」의 남주인공이다. 약 20여 년 전, 서양의 신문명이 방방곡곡으로 퍼져 나가려던 시대의 지식 청년의 하나의 전형이다. 그 시대를 대표하는 인물이라고 보아도 무방하다. 그는 평안남도 안주 출생으로 신문명의 선각자, 박응진 옹(통칭 박진사)이 시작한 학교에서 신학문을 접하고, 박옹의 가장 사랑을 받은 소년이어서, 그의 딸 박영채의 약혼 상대자로 상정되어 있었으나, 박씨 일가의 봉난(逢難)으로 하여 갈가리 흩어진 뒤 해외 유학을 거쳐서 경성학교 영여 교사로 재직중이었다. 서구 문화의 수입자로 자처할 뿐 아니라 아직도 잠을 자고 있는 조선의 가장 높은 선각자로 자처하여 청소년 육영에 몰두한다. 부호 장로의 딸 김선영(김선형의 오기-편집자)과 알게 되었을 때, 은사의 딸이며 그의 약혼 상정자인 박영채를 다시 만났으나, 이미 그는 기생이었고 금전 있는 귀족 청년에게 형식을 위하여 수절하던 정조도 유린되어 버리자 그는 자살의 길을 택한다. 이러한 이야기를 통하여 피력된 이형식의 사상을 보면, 신분 관계의 타파, 계몽 운동의 실천, 신연애관의 수립, 봉건적 기성 도덕 인습의 반대, 인도주의의 도입 등등으로서 소시민의 시대적 역사적 욕구를 대표하고 있었다. 작중의 인물로서 일세를 대표할 수 있는 인물의 하나임에 틀림없다.

김희준

민촌 이기영의 최초의 장편 소설 「고향」의 남주인공으로서, 이형식이가 20년대의 지식 청년의 전형이라면 김희준은 30년대를 대표하는 그것이라고 볼 수 있다. 그는 충남 천안에 몰락하는 중산 계급의 아들로서 태어나서 동경에 유학하고 당시를 풍미하던 사회 사조를 받아들고 그의 고향에 돌아왔다. 그 때엔 벌써 그가 고토(故土)를 떠나던 5, 6년 전과는 달라서 자본가적 경제 수단이 구석구석까지 침윤하여 읍내에는 기차가 들어오고 방적 회사가 생겨 있었고 저희 집은 완전히 몰락하여 농민으로 전락되어 있었다. 건실한 농민으로서 노동자로 직을 바꾸는 자도 늘어 나가고 있었다. 이러한 현실 가운데서 그는 이미 애정이 없어진 조혼한 아내와 고민에 찬 사생활을 경험하면서 일개의 농민의 되어서 농민을 위하여 계몽 운동을 시작할 뿐 아니라 그들의 이해를 대표하려고 애쓴다. 그와 농민들과의 거리, 그와 읍내 청년들과의 거리, 그와 가정과의 거리 등등을 체험적으로 고민하면서 이러한 갭을 메우고 공사를 위하여 봉사하려는 30년대 지식인 소시민의 입장과 태도가 그에 있어서 대표되어 있는 것을 본다.

임꺽정

벽초 홍명희의 긴 장편 소설 「임꺽정」의 주인공으로 이조 초기, 명종대의 화적의 거물이다. 고려 말과 이조 초에 걸쳐서 특히 명종대 전후는 양반 계급의 난숙기라고 볼 수 있다. 어느 계층의 난숙기도 그러하지만, 이 때엔 벌써 새로운 부정의 요소를 자기 신내(身內)에 배태하게 되는 법이다. 이리하여 명종대는 양반 계급이 완전히 확립된 시대인 동시에 그것이 부패하기 비롯하는 시대였다. 이 연대에서 조금만 내려오면 벌써 당론이 치성할 징조가 보이었다. 각처에 화적이 발호(跋扈)하고 치안은 문란해져 있다. 이 화적 중에서 임꺽정은 가장 전형적인 자로서 그는 해서의 청석골에 웅거하여 도당을 이끌고 3년간이나 지배층과 항거하다가 드디어 50말만(末滿)에 체포되었다. 임꺽정은 본시 당시의 계층에서 최하 신분에 속하는 백정의 자식으로 나서, 그의 화적 행위의 근본에는 양반 계급과 당시의 사회 질서에 대한 본능에 가까운 계층 의식이 혈액처럼 관류되어 있었다. 이것을 일언이폐지하면 양반 계급 확립기를 폭로하는 하나의 대표적 인물이라 할 것이다. (1939년 12월)

3

라스티냐크

오노레 드 발자크의 「인간희곡」 중 처처에 나오는 인물로서 「고리오옹」에서는 일개의 법률학생으로 등장하나 다른 작품 「추피」 「환멸」 등에서는 국

무대신이 되려고 노력하고 있고, 드디어 추밀고문관의 영직(榮職)에까지 올랐다. 그의 이름은 유제느 드 라스티냐크로서 라스티냐크 남작 부부의 장남으로 1797년 법률공부를 목적하고 파리에 나와 누브 상르 쥬느비네브가의 보케르 하숙의 4층에서 통학하고 있었다. 동 하숙에 있는 악당의 괴물, 보트랭이라고 변명하고 있는 탈옥수, 쟈크 코랑의 입과 행동으로부터 비로소 파리와 그 당시의 상류사회의 내막을 듣고 성공은 미덕, 그 타의 야심적인 성공책에 귀를 기울인다. 그 뒤 곧 그의 아주머니가 되는 파리 살로의 여왕, 드 보세앙의 야회에 출입함으로 인하여 은행가의 아내, 고리오옹의 딸, 늇칭겡 부인과 연애를 하게 된다. 이러한 생활을 거쳐 가며 그는 드디어 살롱의 내막, 사교계의 추태, 귀족사회와, 금전의 실권을 잡고 있는 상업시민의 실태 등을 몸과 눈으로 체험하게 되는 것이나, 그는 오히려 이것을 토대로 하여 사교계에 진출하고 상류계급 정복을 맹서함에 이른다. 이리하여 그의 야심은 점점 세련되어 굴곡과 곡절을 거쳐 추밀고문관의 영직에까지 오르게 되었다. 「브란데스」는 법률학생 시대의 그를 가리켜 당시 불란서 청년의 전형이라고 말하고 있다. 여하튼 그는 발자크가 그린 야심가 중에 특색 있는 한 사람임에 틀림은 없을 것이다.

경향 문학

요즘 쓰여지는 경향 문학이라는 말은 지극히 애매한 뜻으로 사용되는 것 같다. 용자(用者)에 따라서는 개념 한정을 없이 하고, 일종의 편의적인 지칭으로 쓰는 분조차 없지 않은 것 같다. 즉 2십 3, 4년대 이후의 신경향파 문학을 이렇게 부르는 이도 있고, 그 뒤를 계승한 프로 문학을 신흥 문학이라든가 또는 경향 문학이라 부르는 이도 있고, 더 나아가서는 프로 예술가의 단체이었던 카프에 소속되었거나 또는 주변으로 돌아다니던 작가의 그 뒤(카프 해산 후)의 작품까지도 이렇게 불러 버리는 폐단이 없지 않다. 그러므로 사용된 처소에 따라 상기의 어느 것을 표시하기 위하여 쓰인 것인지 그 뉘앙스를 독자는 하나 하나 살펴 볼 필요가 있게 되었다. 그러나 될 수 있으면 이런 모호하기 짝이 없는 용어는 편의적으로라도 사용치 않음이 좋을 것이다. 장차로는 새로운 국민주의의 문학 또는 생산 문학 같은 것이 경향 문학이라고 불리워질 가능성도 없지 않으므로, 그렇게 되면 일층 더 우심하여지는 혼란을 면키 어려울 것이다.

신경향파문학 : 조선 신문학사상의 일 시기를 점한, 연대로 치면 23년대로부터 2십 5, 6년까지에 이르는 주류적인 문학을 이렇게 부른다. 국초 이인직을 거쳐, 육당 최남선, 춘원 이광수 등에서 비롯한 신문학이, 자연주의(염상섭, 김동인)를 지난 뒤 세기말적인 제 낭만주의 문학의 개화기를 거치고 비로소 경험하는 새로운 양식의 문학이다. 전후 문학의 개화기는 『백조』를 중심으로 한 시인, 소설가 - 이상화, 홍노작, 박월탄, 박회월, 나도향 등에 의하여 대표되는 낭만, 감상, 상징, 악마, 탐미, 다다, 허무 등의 불철저하나마 다채다양한 시대인데, 이의 부정과 정당한 사적 계승에 의하여 신경향파는 대두하였다. 23년경에는 김기진의 「금일의 문학과 명일의 문학」, 「클라르테 운동의 소개」 등이 박영희의 「조선을 지나는 비너스」라는 논문 등과 함께 그의 주장을 대변하면서 『개벽』 등 지면에 나타났다. 이들 주장의 요지는 예술과 생활의 불가분의 관련과 생활적 현실에의 예술의 종속을 조잡하나 강렬한 구조(口調)로 외친 것이었다. 이러한 문학, 예술상의 신경향은 사회 사상사와 상응하는 제 사회 조건 밑에 발생한 것임에 틀림없으나 이들의 가장 중요한 활동은 계몽적인 비평 활동으로 조선에 비평이 수립된 것은 이 시기에 비롯한다. 그러나 타방 다른 영역의 공적도 상당하여, 새로운 양식에 의한 사실주의 문학의 종합적인 발전도 괄목할 만한 것이 있었다. 서해 최학송은 대표적 작가로 그 뒤를 잇는 카프 10년, 내지는 조선 리얼리즘 문학의 하나의 전통을 이루어 놓았다. (1940년 1월)

4

장르

불어로는 Genre, 라틴어로는 Genus, 독어로는 Gattung이라 한다는데, 장르라고 우리가 문예학상의 일 개념으로 말할 때, 그것은 다분히 불어에서 가져왔다고 볼 것이다. 범연(泛然)하게 말해서 그것은 「종류」의 개념이라 말하겠는데, 가령 서사시의 장르로는 사시(史詩), 로망, 노벨, 스케치, 그리고 서정시의 장르로는 모망, 오트, 민요, 엘레지, 드라마의 장르로는 비극, 희극, 멜로드라마, 보드빌 등, 그러나 이렇게 말한다고 하여도 조선 문단의 현실에 비추어보면 그것은 다소 무의미하다. 우선 이곳에서는 문학의 장르라 하면, 시, 소설, 희곡, 평론 등으로 나누는 관습이 있고, 다시 소설의 장르 하면, 장편소설, 단편소설, 중편소설, 장편(掌篇)소설 등이 있을 뿐 아니라, 순수소설, 신문소설, 전작소설, 통속소설 등의 구분도 그대로 통용이 되고 있다. 그러니까 이곳서는 장르의 개념을 명백히 설정하는 것이 문예학의 초미의 임무가 하나가 되어 있다. 분류의 원리가 초역사적이어도 아니 되고 형태의 기능을 무시하여도 그것은 충분하다 할 수 없을 것이다. 문학상의 장르가 형성되기 위하여 필수적인 사회적 전제, 그 구조의 특징과 특성의 유래, 그리고 장르가 발생하여 소멸하기까지 어떠한 형태를 경험하는가? - 이런 것이 천명되지 않아서는 아니 된다. 이러기 위해서는 모든 역사적 시대에 있어서, 모든 문학적 장르가 종속되어 있는 법칙을 발견하고, 장르의 역사적 형태론을 창조하고, 역사적 과정의 일반적 근원의 존재를, 특수적인 문학 재료에 의하여 확정하지 않으면 아니 될 것이다. 이것은 전혀 문예학의 금후의 과제가 될 수 있을 것이다. (1940년 2월)

(『인문평론』, 1939년 11~1940년 2월)

영화 예술학 완성에 따라

'시나리오 문학도 문학의 장르로 볼 수 있는가?' - 앙케이트

영화가 바야흐로 융성의 절정에 이르러 있는 이 때 영화의 대본이 되는 시나리오도 문학의 한 개 장르가 될 수 있을까 하는 것을 문단 몇 분에게 이를 물었다.

시나리오가 문학의 장르로 될 수 있는가 아닌가의 문제는 영화에 대한 하나의 예술학(미학)이 완성되면 곧 해결될 문제올시다. 그것이 기성의 제 예술과 한자리에서 이야기할 수 없을 만큼 소잡(素雜)한 것인 것도 부인할 수 없겠습니다. 이런 시기에 시나리오가 문학의 장르로 되는 것이 그다지 성급한 초미의 문제가 될 듯싶지는 않습니다. 콘튜니티와 구별되는 시나리오와 문학 소설과 구별되는 영화 소설이라는 것이 읽은 수 있는 독물(讀物)로 현행하고 있으나 지금 현상으론 모두 하나의 장르로서 인정받을 수는 없을까

합니다. 영화 자체가 예술로서 형식과 내용의 규격이 정착되려면 아직도 전도(前途)가 요원한 만큼(이것은 영화의 장래성도 동시에 낙관적으로 설명하고 있다) 지금 시나리오 문학의 장르 운운도 별반 급한 문제는 아닐 듯합니다.

(기타 유치진, 유진오, 이기영 등의 답변이 있음)

(『영화연극』 창간호, 1939년 11월)

『인문평론』 1940년 10월호 '신인특집' 유항림 「부호」 추천사

유항림 씨. 새삼스레 소개할 것도 없을는지 모른다. 『단층(斷層)』 동인으로 평양에 산다. 『단층』에서 「마권(馬券)」, 「구구(區區)」 등의 작품을 읽고 이 「부호(符號)」까지를 읽은 분이, 최근에 나온 『단층』 제4집에서 유씨의 니콜라이 고골리에 관한 노트를 읽었다면, 유씨가 현재 경험하고 있는 정신상태에 대해서 어떤 적지 않은 전환 같은 것이 있지나 않을까 하는 것을 예기(豫期)할 줄 생각한다. 그러므로 「부호」는 전기(前記) 고골리 노트가 씌어지기 훨씬 전에 씌어진 작품이란 것을 알 수 있으며, 「마권」이나 「구구」와 동일한 계보에 속하면서, 작자 유씨가 그 뒤 오랫동안 작품에 붓을 들지 못하였다는 비밀까지를 전하여 주는 작품이다. 오래간만에 나온 씨 등의 동인지에 유씨가 소설을 쓰지 못하고 노트를 썼다는 것도 흥미 있는 일이다. 혹은 유씨가 『단층』파의 최초의 이단자가 될는지도 모르고, 또한 그런 기대 밑에 유씨의 문학에 신뢰를 가질 수 있다고 생각했다.

선후감

인문사로 들어온 작품이 통틀어 얼마나 되는지는 모르겠으나 거기서 초벌 고름을 해서 내게로 넘어온 것은 합쳐 꼭 40편이었다. 말이 닿지 않고 이야기가 통히 어찌된 영문인 걸 알아볼 수 없는 작품도 의무적으로 절반 이상은 읽었다. 절반 이상을 읽어도 쓸모가 없고 싹이 보이지 않는 작품은 한편으로 골라놓았다. 이렇게 해서 끝까지 읽어 가지 못한 작품이 열 편이었다. 이 열 편은 먼저 선(選)에서 떨어지는 것이다. 서른 편 중에서 다시 열 편을 가려내었다. 스무 편이 남은 것이다. 이 스무 편에 대해서는 간단 간단히 선자의 느낌을 기록하여 두려고 생각한다.

스무 편 가운데서 네 편을 골라 가지고 인문사 주간인 최재서 씨와 상론키로 하였다. 최씨가 이 네 편을 읽은 뒤 나와 다시 상의해서 한 것이다. 고선(考選)의 경위는 대개 상술한 바와 같다. 될 수록 신중히 하느라고 하였다.

대체로 느낀 바를 종합해서 말하면 첫째로, 스토리가 너무 없다. 둘째로 소재나 제재가 보잘것이 없다. 셋째로 문학의식이 너무 얕다.

단편소설이라고 모두 스토리나 플롯을 기피하고 경원하는 것 같지만 이것이 있어야 소설의 본도에 들어선다 할 것이다. 스토리를 무시하고 플롯을 깨뜨려 보리는 것도 좋겠으나, 이러한 새 시험을 하려면 우선 스토리와 플롯을 졸업한 뒤이어야 한다. 세련되지 않은 수법에 스토리나 플롯까지 없으니 도무지 읽어갈 머리가 없어지고 만다. 인물의 성격이나 심리도 평상된 것을 배운 뒤에야 비범상한 것을 그릴 수도 있고, 성격이나 심리의 해체를 실험할 수도 있는 것이다.

소재나 제재 같은 것은 2, 30년을 보아오고 생각한 것 중에서 골라잡은 것이니 만치 그래도 좀 새롭고 싱싱한 것이 있을 법도 하지만 모두 낡아빠진 색낡은 것들뿐이었다. 국경의 밀수입 같은 것을 진기한 소재라고 생각하는 사람이 많은 모양이지만, 신문지에 나는 상식 정도로는 문학의 소재가 될 자격이 없다. 기계 이름만 나오는 공장 생활도 마찬가지다. 좀더 문학적으로 소재를 파악하여야 한다.

문학의식은 이러한 때 무엇보다도 필요한데, 모두 작품의 핀트나 또는 주제를 세우고 그것을 심화하려는 생각이 얕다. 가끔 문학의식 같은 것이 엿보이면 틀림없는 문청 취미가 이것을 잡쳐놓고 말곤 한다. 이러한 비상한 시기에, 나는 왜 문학을 하는가, 문학을 하여야만 하는가를 다시금 또 다시금 생각해 보라.

이하 개별적으로 본다.

「열두 가구 집」, 「무아간」은 서명은 다르지만 같은 작가의 것이 분명한데 장면이 연결이 통히 분명치가 못하다. 그러므로 전하려는 이야기도 그저 누적일 따름, 하나로 통일된 인상을 주지 않았다. 인물도 약동하는 것이 하나도 없다.

「맹꽁이」, 「뻐꾹새 우는 마을」도 한 작가의 작품인데, 이것은 라디오 소설의 현상만치나 문학의식이 얕다. 장면 취급, 이야기의 진전 방법 등이 안이하나 술술히 읽어갈 수는 있고, 초점의 설정, 심리를 다루는 방식 등이 요즘 이름 모를 여배우들이 낭독하는 라디오 소설감이다. 좀더 문학정신을 높은 데다 두라.

「청신호」도 그렇다. 이것은 남녀관계의 치정 묘사가 저급해서 라디오 소설로도 되기 힘들 것이다. 난륜(亂倫)을 취급하려면 성욕적인 것을 걸러 버려야지 그것을 이렇게 작자 자신이 침을 흘리며 그려 놓으면 추잡스러워서 보아 나갈 수가 없다.

「한파」는 작자의 생각이(동정) 한 번은 점산에서 서고, 한번은 복남 어머니에게 서고, 그뿐 아니라 작자의 안구(眼球)가 안정을 못하고 어리덤벙해서 내두르는 판에 정신을 차릴 수가 없다. 불구자는 좀더 이상심리나 이상성격에서 그려야 하며, 단편인 만치 작자의 눈이 한 군데를 노리고 안정하여야 한다. 도수 맞지 않은 안경을 쓰고 도리질을 하는 때처럼 사뭇 골치가 아프다.

「암류」 - 유약한 청년과 방자한 여자의 이야기가 투명하지 못하게 그려진 이 소설은 성격이나 심리를 사건을 통해서 묘사하지 못하고 해석하려 들기 때문에 인상이 명징치가 못하다. 뿐만 아니라 청년의 무능력과 무기력을 표상하기 위해서 작자가 동원시킨 상상력이 너무 빈약해서, 가령 주인공과 원구의 교섭이나 투전꾼과의 교섭이 모두 어리벙벙하고 또 춘실을 데리고 나가는 영감과의 상호관계 등이 충분한 설득력을 가지고 독자의 심금에 울려오지 않는다.

「광녀」는, 나오는 인물들을 깊이 이해하고 피상적으로 교섭시키지 않았다면 제법 소설이 될 수 있을 작품이었다. 양모, 본댁 아버지, 머슴, 소녀 - 이러한 인물을 만일 고도의 문학의식이 취급한다면, 광인으로 되지 않고 응당히 주인공 소년의 심리적인 갈등으로 집중되었을 것이다. 작자의 흥미의 초점이 미친다는 데 있어서는 망발이다. 소년의 심리에 있어야 한다.

「오양점(五羊店)」과 「생리」, 「대지의 정열」은 국경의 밀수를 취급한 작품들인데, 후의 두 작품은 한 작가의 것이다. 「오양점」이 밀수를 취급하면서도 그것을 문학적 높이에 있어서 살펴보려고 애썼고, 「생리」, 「대지의 정열」은 국경 지대의 배경과 사건을 높이 파악하려는 예술적 기백이 부족하였다. 현경준 씨의 약점을 그대로 가지고 있는 작가면서, 현씨보다는 물론 훨씬 서투르다. 경향문학의 후예가 가지는 좋지 못한 경향을 「생리」, 「대지의 정열」의 작자는 경계하라.

「궤도」가 역시 적지 아니 공식적이다. 작자의 사물을 보는 눈엔 틀림이 업다 할 것이나, 그 눈이 불행히 문학적 형상을 거치지 못하였다. 문학적인 눈이어야 비로소 작품세계에 들어와서 바른 관찰을 할 수 있는 것이다. 기사와 소년공과의 교섭이나 관계가 가장 생경하고 서투르다. 장면으로서 약간 생채(生彩)를 띤 것은 원유회 장면.

「토타공(土打工)」은 익살이 너무 야(野)하다. 작중인물이 자기의 말을 통해서 사물 전체를 바라보기란 그다지 쉬운 일이 아닌데, 이 작자는 그 방면에선 과히 파탄을 보이지 않았으나, 역시 노공자의 말씨가 문학어가 되려면 커다란 세련을 받아야 할 것이다. 작품 전체의 명랑색도 어딘가 허황하다. 끝이 좋다.

「황금우(黃金雨)」는 식량배급원을 주인공으로 하여, 생생한 현실이 읽히는 힘을 가졌으나, 취사선택이 정밀치 못하다. 식량 조사, 전표 없이 쌀 사겠다는 여자와 구장의 관계, 주인공과 그 우인들과의 관계 등 새 사건이 긴밀한 연관성 밑에 있지 못하다.

「도야지」, 「근육의 항수는 요즘의 서구소설의 이미테이션을 목표한 작품이라 볼 수 있는데, 「도야지」는 고(故) 이상의 어떤 불건강한 면에서 철저하게 한 작품이다. 문맥이 쓸데없이 뒤설켰고, 외에 외설(猥褻)에 수(隨)한 군데가 많아서 작자의 악취미가 코를 찌른다. 「근육의 항수」는 자살자의 이상심리나 착각적 환영을 분석코자 한 것인데, 작자 자신 이에 대하여 깊은 문학적 준비가 없었다.

「소년기」는 판타지가 아름답고 어딘가 동화적인 데가 있어서 끝가지 읽었으나, 수기로서는 어색하고, 읽고나서 알맹이가 살아난 것 같아서 판타지도 부자연하게 느껴졌다. 「항수」는 묘사가 간결해 좋으나 꼭 필요한 대문과 그렇지 않은 대목이 한결같이 조략(粗略)해서 경중(輕重)이 없다. 묘사가 많아야 할 곳은 많아야 하고 깊이 들어가야 할 곳은 깊이 파고 들어야 한다. 어딘가 여자다운 센스가 있어 보였다.(이상 무순)

「차륜」은 당선작인데 씨가 가지고 있는 문학의식을 높이 보고 작품을 택했으나, 앞으로의 노력 없이 한 사람 앞의 작가가 되기는 힘들 것이다. (12월 15일)

(『인문평론』, 1941. 1)

『삼일운동(三一運動)』 발(跋)

1938년에 『소년행』을 내고는 창작집으로 다시 책을 꾸며볼 기회가 없었다. 장편 외에 근 30여 편의 소설이 책이 될 가망이 없이 전쟁기간 중 서가(書架) 한 귀퉁에 묻혀 지냈다. 해방 뒤 그것 중에서 골라뽑아 우선 두 권의 창작집을 꾸며보았다. 을유문화사에서 나온 『맥(麥)』과 이 『삼일운동(三一運動)』이 그것이다.

이 책에 넣고 또 『책제(冊題)』로 삼은 「삼일운동」과 작다란 꼬마 소설 「정거장」은 해방 뒤에 쓴 작품으론 장편소설을 제하고는 이것이 전부다. 희곡 「삼일운동」은 1931년 잡지 『조선지광』에 「파업조정안(罷業調停案)」(그 당시 『캅프자가7인집』에 수록)이란 최초의 발표 작품 이후 나로서는 두 번째의 희곡이다. 전자가 저 유명한 1930년 평양고무총파업에서 취재한 것이고 후자가 〈조선예술극장〉을 위하여 해방 후 첫번의 조선연극동맹 삼일 기념 캄파 공연용으로 집필한 것을 생각하여 감개가 무량한 바 있다.

일제 때에 쓴 것을 교정을 보면서 다시 읽어보니 여러 가지로 생각키이는 점이 없지 않으나 여하튼 시대의 반영이오 또 나 자신의 정신상 기록임은 틀림없으므로 지상(誌上)에 발표되었던 연월을 밝히어 여러분의 비판을 받으러 하였다. 널리 해량(解諒)하시기 바란다.

(『삼일운동』, 아문각, 1947)

당의 조직과 당의 문학

이 논문은 1905년에 씌어진 레닌의 유명한 논문이다. 1905년 혁명의 패배 후, 반동의 도도한 탁류 가운데서 소시민, 인텔리겐차의 정치적 사상적 동요와 전선으로부터의 대량적 탈락이 이 시대의 한 특징이었다. 러시아 노동자 계급과 그들과 그들의 당 - 볼세비크 - 이 이렇나 동요한 탈락과의 비타협적인 싸움 가운데서 성장한 것은 오늘날 벌써 하나의 역사적 사건이 되어 있다. 이 논문도 역시 반동의 강화로부터 영향받은 소시민적 인텔리겐차적 동요에 대한 레닌의 불굴한 투쟁 가운데 씌어진 것이요, 레닌주의의 발전의 한 시기를 기념하는 문헌인 동시에 그의 모든 저작과 더불어 맑스주의 사상의 넓이와 깊이를 한 층 확대, 심화한 레닌의 역할을 말하는 귀중한 학문적 재산으로서 큰 의의가 있다. 맑스·레닌주의 당의 문화 정책을 규정한 기본 원리로서, 또 문학의 본질과 그 높은 당파성에 대한 불멸한 진리의 계시로서 이 논문의 가치는 자꾸만 새로워지고 있다.

주지와 같이 소련 공산당은 혁명 직후 제정 러시아로부터 물려받은 잡다한 문학 조류 가운데서 인내 깊게 노동 계급의 문학을 성장시키는 정책을 취하였다. 그러나 1924년 경에 부르주아적 내지는 소시민적 문학과 성장하는 노동 계급의 문학과의 모순이 격렬하였을 때 당은 유명한 토론회를 개최하고 문학에 있어 프롤레타리아 문학 단체의 독재를 억제하면서 동반자 작가를 혁명 생활로 유도하고, 하루 바삐 노동자 계급의 문학이 소비에트 문학의 주류에까지 성장하는 것을 기대하였으며 또 그 발육을 원조하였다. 그리하여 두번째의 오개년 계획을 승리적으로 수행하고 사회주의 건설이 성공적으로 진행하는 과정 가운데서 부르주아적 내지는 소시민적 문학은 거의 자취를 감추고 동반자 작가들도 전폭적으로 사회주의 건설에 동화되어 노동자 계급의 문학 급(及) 그 운동은 사실상 소비에트 문학 운동의 주도자가 되었다.

그럼에도 불구하고 1931년 4월 당은 다시 결정을 내려 소비에트 문학 운동의 지도적 중심인 라프(러시아 프롤레타리아 작가 동맹) 급 일체의 문학 단체의 해체를 명하고 전연방 문학자를 통일한 소비에트 작가 동맹의 결성을 지시하였다. 여기에는 사회주의 건설의 성공으로 인한 라프 작가와 비라프 작가와의 차이의 멸소 내지 소멸과, 거기에 따른 문학 운동 단체의 통일적인 재편성이 근본 방향이라 하겠으나, 직접의 동기는 라프의 공식적 정치주의로 인한 문학의 예술성의 무시, 또 그러한 척도로서 작가를 구별하는 조직 방침으로 인하여 라프의 조직과 그 문학 운동이 소비에트 문학의 발전에 장해물로 화한 데서 당은 급거(急遽)히 영단(英斷)을 내린 것이다.

그리하여 문학에 있어서의 공식적 정치주의의 청산과 예술성의 재인식, 조직에 있어서의 협애한 종파주의의 제거를 위하여 사회주의적 리얼리즘이 제창되고, 이 이론이 새로 결성된 소비에트 작가 동맹의 지도 방침이 되어

온 것이다.

그 뒤에 대전이 발발(勃發)하고 소련은 문학뿐 아니라 전국가가 파시즘과의 가혹한 전쟁에 투입한 것도 주지의 사실이다. 밖으로는 파시즘적 야수들에게 위협되는 세계 민주주의의 수호를 위하여, 안으로는 일, 독 파시스트의 침략으로부터 조국을 방위하기 위한 위대한 전쟁에 있어 소비에트 문학자들의 위공(偉功)은 종군 작가들은 말할 것도 없이 모스크바의 방위전, 레닌그라드 농성전(籠城戰)에서 표시된 그들의 영웅전 전투 행위로써 세계 지식인을 놀라게 한 것이다.

그러나 지난 해 8월 당 중앙위원회는 돌연 전쟁중에 가장 영웅적으로 싸운 레닌그라드 작가 동맹의 잡지 『레닌그라드』와 『별』의 발행을 금지하고 소비에트 작가 동맹 위원장 치호노프에게 견책(譴責)을 명하였다. 『레닌그라드』와 『별』은 문학 운동의 정치성 급 사상성을 과소평가하고 소비에트 사회에 대하여 방관적인 통속 작품과 퇴폐적이고 귀족 취미적인 시를 게재하여 소비에트 문학에다 부르주아 문학의 부패한 잔재를 부흥시키었다는 것이 이유다. 여기에 관하여 자세한 자료가 아직 수입되지 아니하여 구체적인 점에는 언급할 수 없으나 생각건대 1931년 당 결정 급 사회주의 리얼리즘론의 예술성 중시의 방침이 10년을 경과하는 동안, 특히 조국 방위 전쟁의 실천에 있어서 문학의 맑스주의적 원칙을 경시하여 이러한 예술주의적 경향을 가져온 것이 아닌가 한다. 그리하여 당 중앙위원 쥬다노프는 레닌그라드 작가 대회 석상에서 이 경향을 비판하면서 특히 레닌의 이 논문을 장황히 인용하고 그 의의를 강조하고 문학의 예술성과 사상성의 레닌주의적 통일, 높은 사상성을 가진 예술 문학의 필요를 역설하였다.

이 논문은 다시 소비에트 문학의 새로운 지침으로서 역사이 무대에 재등장되고, 문학의 레닌주의적 원리를 밝히는 위대한 교시로서 새로운 의의를 가지고 우리 앞에 나타난 것이다.

1931년 소련 공산당의 결정 급 사회주의 리얼리즘 원리의 세례를 받지 못한 원시적 공식주의의 흔적과 더불어 문학에 대한 전혀 옳지 못한 문학주의, 예술지상주의적 악습이 광범위로 남아 있어, 진정한 민족 문학의 건설과 문학 운동의 옳은 발전에 지장을 주고 있는 조선의 실정에 비추어 레닌의 이 논문을 다시 소개하여 대방(大方)의 일고(一考)에 공(供)함은 결코 무의미한 일이 아닐 줄 안다.

*

문학은 당의 문학이 되지 않으면 안 된다. 부르주아적 습관에 대하여, 부르주아적 영리적 출판에 대하여, 부르주아 문학의 야심과 개인주의와 귀족적 아나키즘과 이익의 추구에 대하여, 사회주의적 프롤레타리아트는 당의 문학을 제창하고, 그 원리를 발전시켜서 될수록 완전한 형태로서 실제적으로 시행되지 않으면 안 된다.

당의 문학의 원리란 무엇이냐? 그것은 사회주의적인 프롤레타리아트에 있어서는, 문학의 사업은 개인 혹은 집단의 이익의 추구 수단이어서는 아니 된다는 것을 말할 뿐 아니라, 문학의 사업은 프롤레타리아트의 일반적 임무로부터 독립된 개인적인 사업이어서는 아니 된다는 것을 말함이다. 당에 속하지 않은 문학자는 갈지어다! 문학자 초인은 갈지어다! 문학의 사업은 전 프롤레타리아트의 임무의 일부분이 되지 않아서는 아니 된다. 노동 계급의 의식적 전승에 의하여 운전되는 단일하고도 위대한 사회 민주주의라고 하는 기계 조직의 '하나의 차륜이요 나사못이 아니어서는 아니 된다.' 문학의 사업은 조직적, 계획적, 통일적인 사회주의 당의 활동의 일 구성 부분으로 되지 않아서는 아니 된다.

'비교란 모두 절름발이다'라고 독일의 속담이 말하고 있다. 내가 말하는 문학과 하나의 차륜과의 비교도 절름발이다. 이른바 언론의 자유, 비평의 자유, 문학 창작의 자유 기타 운운을 타락시키고, 마비시키고 '관료화'하는 이 비교를 보고, 비명을 울리는 히스테릭한 인텔리겐챠도 있을 것이다. 사태의 본질로 보아 이러한 비명은 부르주아 인텔리겐챠적 개인주의의 표현에 불과할 것이다.

말할 것도 없이 문학의 사업은 기계적인 평균, 평등화와 및 다수결과는 가장 인연이 먼 것이다. 노언(呶言)할 것도 없이 이 사업에 있어서는 개인적인 고찰, 개인적인 경향에 대하여 사색 급 환상, 형식 급 내용에 대하여 커다란 여유를 보장하는 것이 절대로 필요하다. 이것이 모두 의논의 여지조차 없는 것이지만 그러나 이러한 모든 것은 오직 다음과 같은 것을, 즉 당의 사업 가운데서 문학의 분야는 다른 분야와 일률적으로 동일시할 수는 없다는 것을 증명하는 데 그칠 따름인 것이다.

이러한 모든 것은 문학의 사업이 사회민주당의 사업의 다른 분야와 밀접하게 연결되어져 있지 않으면 아니 된다고 하는, 부르주아나 부르주아 데모크라시의 규율로 보면 기괴천만인 원칙을 결코 번복하는 것은 아니다. 신문은 각종의 당 조직의 기관이 되지 않아서는 아니 된다. 문학자는 반드시 당 조직에 가입해야 할 것이다. 출판소, 서점, 독서실, 도서관, 기타 서적에 관한 각종의 사업은 모두 당의 것이 되지 않아서는 아니 된다. 조직된 프롤레타리아트는 이러한 사업을 감독하고 이 사업의 전체를 하나의 예외도 없이 프롤레타리아트의 산 사업의 산 흐름으로 인도하여, 이렇게 해서 낡은 러시아의 얼치기 오브로모프적 반(半)영리적 원리인 '작자는 그저 쓰고 독자는 그저 읽는다'식에서 그 모든 토대를 빼어 버리지 않으면 아니 된다.

우리들은 물론 아시아인과 같은 검열과 구라파의 부르주아지에 의해서 더럽힌 문학의 사업을 이처럼 개조하기가 하루아침에 이루어질 수 있다고 말하지 않을 것이다. 우리들은 천박한 계통화를 부르짖든가 또는 약간의 규정을 짓는 것으로 문제를 해결지었다고 지껄이는 사상으로부터는 먼 거리에 있다. 문제는 우리 당의 전체가, 러시아의 자각한 사회민주당원의 모두가 이 새로운 문제를 인식하고 이것을 명료히 제출하고 도처에서 이 해결에 종사하도록 만드는 데 있다. 노예적 검열의 속박에서 겨우 벗어난 우리들은 부르주아적, 영리적 문학 관계의 속박 가운데 휩쓸려 들어가기를 원치 않을 것이며, 또 들어가지도 않을 것이다. 우리들은 경찰로부터 자유로워졌다는 의미에서만 아니라, 자본으로부터, 야심으로부터, 그 이상 부르주아 무정부주의적 개인주의로부터 자유로워졌다는 의미에 있어서 자유로운 출판을 착수하고 싶다고 원하며 또 착수할 것이다.

이 최후의 문구는 독자에 대한 패러독스 내지 조소를 생각게 할 것이다. 어째서이냐?고 열렬한 자유의 옹호자인 인텔리겐챠의 혹자는 아마도 부르짖을 것이다. 어째서이냐? 그대는 문학적 창작과 여(如)한 델리케이트한 개인적인 사업을 집단에 종속시키려고 생각하는 것이냐? 그대는 노동자가 그 수가 다대수라는 이유에 의하여 과학, 철학, 윤리학의 문제를 해결하여 줄 것이라고 원하는 것이냐? 그대는 개인의 지적 창조의 절대적 자유를 부정하느냐? 라고.

제군! 안심할지어다! 우선 첫째로 나는 당의 문학과 그것이 당 검열에의 복종에 대해서 이야기하고 있는 것이다. 각인은 그 원하는 바를, 조그만 제한도 없이 이야기하고 쓰고 할 자유가 있다. 그러나 모든 자유 결사(당도 그 중의 하나다)는 당에 반대하는 견해를 펴기 위하여 당의 이름을 이용하는 도배(徒輩)를 방축(放逐)할 자유가 있다. 언론과 출판의 자유는 완전한 것이 아니어서는 아니 된다. 그러나 결사의 자유도 또한 완전한 것이 아니어서는 아니 되는 것이 아니냐. 나는 그대에게 언론 자유의 이름 위에서, 원하는 바를 지껄이고 쓰는 것의 완전한 권리를 허락할 의무가 있다. 그러나 그대는 나에게 결사 자유의 이름 위에서 마음대로 방언하는 인간을 거절할 권리를 허용해 주지 않아서는 아니 된다.

둘째로 부르주아 개인주의자 제군! 나는 제군에게 제군의 절대 자유에 관한 언사를 '하나의 허식이다'라고 말하지 않을 수 없다. 황금의 권력 위에 세워진 사회에는, 근로 대중이 끼니에 주려 있고, 소수 부호가 기식하고 있는 사회에서는 진정한 현실의 자유란 있을 수 없다. 작자여! 그대의 부르주아 출판자로부터 자유로운가? 그대는 그대로부터, 편액(編額)에 넣은 그림으로 된 외설과 '신성한' 무대 예술의 '보충'의 형식에서 매음을 요구하는 부르주아 사회로부터 자유로운가? 이리하여 절대 자유란 부르주아적인 혹은 아니키즘적인 사구(辭句)(하고(何故)냐 하면 세계관으로서의 아니키즘은 뒤집어 놓은 부르주아 정신에 불과하므로)에 불과한 것이 아닐 것이냐. 사회 가운데 살고 있으면서 사회로부터 자유롭다는 것은 있을 수 없는 일이다. 부르주아 작가, 미술가, 배우의 자유란 전대(錢袋), 매수, 부양에의 마스크를 씌운 종속에 지나지 않는다.

어시호(於是乎) 우리들 소시얼리스트는, 허위의 간판을 벗기고 이 허식을 폭로하자. 그것은 비계급적 문학 예술(그것은 사회주의의 무계급 사회에 있어서만 가능할 것이다)을 얻기 위해서가 아니라, 허식에 있어 자유로운, 실지에 있어서는 부르주아와 맞붙은 문학에 대하여 진정으로 자유로운, 공공연하게 프롤레타리아트와 결합된 문학을 대립시키기 위하여서이다.

그것은 자유로운 문학이 될 것이다. 왜냐하면 이욕(利慾)과 야심과는 달리 사회주의의 이상과 노동자에의 공감은 새로운 것과 새로운 힘을 문학 가운데 가(加)할 것이므로 그것은 자유로운 문학이 될 것이다. 왜냐하면 이 문학은 포식한 여주인공과 권태와 비만에 고민하는 '상층의 수만인'을 위해서가 아니라 일국의 정화(精華)요 그 나라의 힘과 미래와를 형성하는 기백만 기천만의 근로 대중에 봉사하는 것일 것이기 때문에 그것은 자각한 프롤레타리아트의 경험과 현실의 운동에 의하여 인류의 혁명 사상의 최후의 말을 풍부하게 하는, 그리고 과거의 경험(원시적 유토피아적 형식에서 사회주의를 과학적 사회주의에까지 발전시키고 완성시킨 것)과 현재의 경험(동지, 노동자들의 현실의 투쟁)과의 새에 부단한 상호 협력을 만드는 새로운 문학이 될 것이다.

(『문학』 제3호, 1947년 4월)

김남천 작품 목록

비평

수필

칼럼

서평

회고 . 추모사 . 정론(政論)

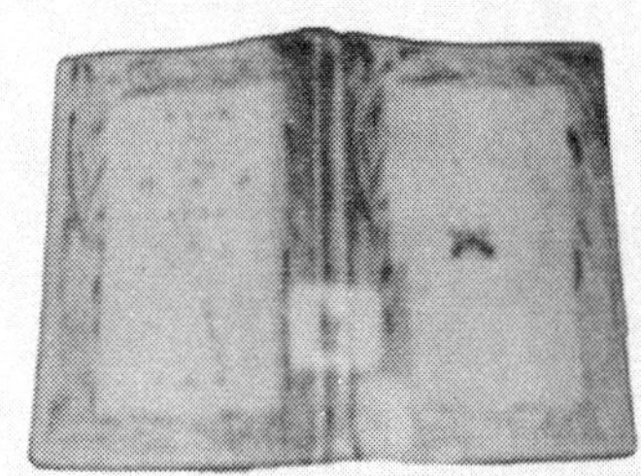

좌담회

기타

■비평

번호	작품명	발표지	발표시기	비고
1	영화운동의 출발점 재음미	중외일보	1930. 6	미발굴
2	반카프 음모 사건의 계급적 의의	시대공론	1931. 9	
3	문학시평- 문화적 공작에 관한 약간의 기감	신 계 단	1933. 5	
4	잡지 문제를 위한 각서	신 계 단	1933. 6	
5	임화(林和)에 관하여	조선일보	1933. 7. 22~25	
6	임화적 창작평과 자기비판	조선일보	1933. 7. 29	
7	문학적 치기를 웃노라 - 박승극의 잡문을 반박함	조선일보	1933. 10.10~12	
8	당면과제의 인식-창작의 태도와 실제	조선일보	1934. 1. 9	
9	창작방법에 있어서의 전환의 문제 - 추백의 제의를 중심으로	형 상	1934. 3	
10	창작과정에 관한 감상	조선일보	1935. 5. 16~20	
11	지식계급의 전형창조와 「고향」 주인공에 대한 감상 - 이기영 「고향」의 일명적 비평	조선중앙일보	1935. 6. 28~7. 4회	
12	최근의 창작	조선중앙일보	1935. 7. 21~8. 6회	*
13	문예가 협회에 대하여 - 왜곡된 보고와 치기에 찬 제창설	조선중앙일보	1935. 8. 31~9. 4회	
14	이광수 전집 간행의 사회적 의의	조선중앙일보	1935. 9. 5~7. 3회	
15	조선은 과연 누가 천대하는가 - 안재홍 씨에 답함	조선중앙일보	1935. 10. 18~27	
16	건전한 사실주의의 길 - 작가여 나파륜의 칼을 들라	조선문단	1936. 1	
17	고리끼에 대한 단상	조선중앙일보	1936. 3.13~17 4회	
18	춘원 이광수 씨를 말함 - 주로 정치와 문학과의 관련에 기하여	조선중앙일보	1936. 5.6 3회	
19	비판하는 것과 합리화하는 것과 - 박영희의 문장을 독함	조선중앙일보	1936. 7. 26~8. 2회	
20	문학의 본질	조선중앙일보	1936. 9. 1~4. 4회	

번호	작품명	발표지	발표시기	비고
21	단상 - 문장, 허구, 기타	조선문학	1937. 4	
22	사월창작평	조선일보	1937. 4. 7~11	
23	사상, 작품, 문장 - 이기영 검토	풍 림	1937. 5	
24	고리끼의 사후 1주년	조 광	1937. 6	
25	고발의 정신과 작가	조선일보	1937. 6. 1~5	
26	창작방법의 신국면 - 신창작 이론의 구체화를 위하여	조선일보	1937. 7. 10~15	
27	고전에의 귀환	조 광	1937. 9	
28	최근 평단에서 느낀 바 몇가지 - 9월창작평	조선일보	1937. 9. 11~16 5회	
29	동인지의 임무와 그 동향	동아일보	1937. 9. 26~10. 1 5회	
30	조선적 장편소설의 일고찰 - 현대 저널리즘과 문예와의 교섭	동아일보	1937. 10. 19~23 5회	
31	11월의 창작평	조선일보	1937. 11. 2~7 5회	
32	유다적인 것과 문학 - 소시민 출신 작가의 최초 모랄	조선일보	1937. 12 14~18	
33	자기분열의 초극 - 문학에 있어서의 주체와 객체	조선일보	1938. 1. 26~2.2	
34	비평초점의 시정 - 엄흥섭 군에게 항변함	조선일보	1938. 2.22~23 2회	
35	도덕의 문학적 파악 - 과학·문학과 모랄 개념	조선일보	1938. 3.8~12	
36	일신상 진리와 모랄 - '자기'의 성찰과 '개념'의 주체화	조선일보	1938. 4. 17~24	
37	세태·풍속 묘사 기타 - 채만식 「탁류」와 안회남의 단편	비 판	1938.5	
38	소재와 주제와 작가정신	조선일보	1938. 5. 4	
39	조선문학의 성격 - 모랄의 확립	동아일보	1938. 6. 1	
40	논단시감	동아일보	1938. 9. 10~18 3회	
41	장편소설에 대한 나의 이상	청 색 지	1938. 8	

번호	작품명	발표지	발표시기	비고
42	자작안내(自作案內)	사해공론	1938. 7	
43	현대 조선소설의 이념 - 로만 개조에 대한 일 작가의 각서	조선일보	1938. 9. 10~18 7회	
44	세태와 풍속 - 장편 소설 개조론에 기함	동아일보	1938. 10. 14~25 5회	
45	11월 창작평	조선일보	1938. 11. 9~13 4회	
46	작금(昨今)의 신문소설 - 통속소설론을 위한 감상	비 판	1938. 12	
47	작가의 생활 - 직업적 조직을 가져야 한다	청 색 지	1938. 12	
48	이 해에 마지막 쓰는 결산 논문	동아일보	1938. 12. 28. 2회	
49	문학정신의 건립-문예발전책	조 광	1939. 1	
50	작가의 정조 - 비평가의 생리를 살펴보자	조선문학	1939. 1	
51	1월 창작평	조선일보	1939. 1. 26~31 5회	
52	창작여묵	조 광	1939. 3	
53	청년 숄로호프 - 내가 영향받은 외국작가	조 광	1939. 3	
54	장편소설계	조선문학	1939. 3	
55	절게 · 막서리 · 기타	조선문학	1939. 3	
56	시대와 문학의 정신	동아일보	1939.4. 29~5.7 4회	
57	작품의 제작 과정 - 나의 창작 노트	조 광	1939. 6	
58	여류 문학의 저조	여 성	1939. 6	
59	양도류의 도량 - 내 작품을 해부함	조 광	1939. 7	
60	동시대인의 거리감 - 9월 창작평	문 장	1939. 10	
61	소설의 당면 과제	조선일보	1939. 4.29~5.7 4회	
62	「고리오옹」과 부성애 기타 - 발자크 연구 노트1	인문평론	1939. 10	
63	산문문학의 일년간	인문평론	1939. 12	

번호	작품명	발표지	발표시기	비고
64	성격과 편집광의 문제 - 발자크 연구 노트2	인문평론	1939. 12	
65	토픽 중심으로 본 기묘년의 산문문학	동아일보	1939.12.19~22 3회	
66	송년호 작품의 인상-12월 창작평	인문평론	1940. 1	
67	신진 소설가의 작품 세계	인문평론	1940. 2	
68	문예시평	조선일보	1940. 3. 20 ~ 23 4회	
69	관찰문학소론 - 발자크 연구 노트3	인문평론	1940. 4	
70	체험적인 것과 관찰적인 것 - 발자크 연구 노트 4	인문평론	1940. 5	
71	명일에 기대하는 인간타입	조선일보	1940. 7. 27~31 4회	
72	아메리칸 리얼리즘의 교훈	조선일보	1940. 7. 27~31 4회	
73	원리와 시무의 말 - 상반기 평론계 소묘	조 광	1940. 8	
74	소설문학의 현상 - 절망론에 대한 약간의 검토	조 광	1940. 9	
75	신문과 문단 - 민간지의 이년간	조 광	1940. 10	
76	직업과 연령	조 광	1940. 11	
77	추수기의 작단 - 10월 창작평	문 장	1940. 11	
78	소설의 운명	인문평론	1940. 11	
79	동태와 업적 - 창작계	조 광	1940. 12	
80	산문문학의 일년간	인문평론	1941. 1	
81	전환기와 작가 - 문단과 신체제	조 광	1941. 1	
82	소설의 장래와 인간성 문제	춘 추	1941. 3	
83	두 의사의 소설 - 「아니린」 「의사 기온」 독후감	매일신보	1942. 10. 16~20	
84	건국과 문화건설 - 해방과 문화 건설	중앙신문	1945. 11. 2~5	
85	문학의 교육적 의무	문화전선	1945. 11. 15	

번호	작품명	발표지	발표시기	비고
86	본격 소설의 완성 - 내외면 분열 초극	조선일보	1945. 11. 25~26	
87	문학자의 성실성 문제	서울신문	1946. 1. 1	
88	현하의 정세와 나의 견해	중앙신문	1946. 1. 15	
89	문학자 대회의 의의	서울신문	1946. 2. 9	
90	새로운 창작 방법에 관하여	중앙신문	1946. 2. 13~16	
91	간판과 문화정책 - 정부 수립과 문인의 소리	현대일보	1946. 4. 2	
92	조선문학의 재건(再建)	민성6호	1946. 4. 23	
93	논쟁유감	현대일보	1946. 6. 3	
94	고리끼의 세계문화적 지위	현대일보	1946. 6. 18	
95	순수문학의 제태	서울신문	1946. 6. 30	
96	창조적 사업의 전진을 위하여	문 학	1946. 7	
97	민족문화 건설의 태도 정비	신 천 지	1946. 8	
98	문화의 대중화 - 자유 제언	자유신문	1946. 9. 16	
99	문학 평론의 제과제 - 문학 1년의 족적	서울신문	1946. 12. 3	
100	대계(大計)의 초일보	경향신문	1946. 9. 16	
101	신단계에 처한 문화운동	자유신문	1947. 1. 4~16	
102	종합예술제를 앞두고	독립신보	1947. 1. 7	
103	문화정책의 동향 - 흥행 문제에 관한 고시를 보고	민 보	1947. 2. 15~22 4회	
104	남조선의 현정세와 문화예술의 위기	문학평론	1947. 4	
105	대중 투쟁과 창조적 실천의 문제	문 학	1947. 4	
106	공위 성공을 위한 투쟁 - 문학 운동의 당면 임무	문 학	1947. 7	
107	문화 정책 답신안 해설	인민평론	1947. 7	
108	제1차 문화공작단 지방 파견 의의	노력인민	1947. 7. 2	

▪ 수필

번호	작품명	발표지	발표시기	비고
1	어린 두 딸에게	우리들	1934	
2	얼마나 자랐을까 내 고향의 라일락	조선일보	1935. 6. 17	
3	버스	조선중앙일보	1935. 7. 10	
4	귀로(歸路) - 내 마음의 가을	조선중앙일보	1935. 9. 23	
5	그 뒤의 어린 두 딸	중　앙	1936. 6	
6	봄과 나	조선문학	1937. 4	
7	부덕이	조선문학독본	1938	
8	교육, 아이	여　성	1938, 2	
9	몽상의 순결성	조　광	1938. 4	
10	봄이면 생각나는 이	조　광	1938. 4	
11	가로(街路)	조선일보	1938. 5. 10	
12	뒷골목 - 평양 잡기첩	조선일보	1938. 5.28~6.4	
13	일반문화	비　판	1938. 6	문화월보
14	여행 가자는 편지	여　성	1938. 7	'영녀(令女) 서간집' 특집
15	산이 깨뜨린 로맨스	조　광	1938. 7	
16	양덕쇄기(陽德瑣記) - 성천서 온천까지	조선일보	1938.7.23~28 5회	
17	당대 조선여성의 기질	사해공론	1938. 8	
18	나는 파리입니다	조　광	1938. 8	
18	독서(讀書)	박　문	1938. 9	
20	어느 해 가을의 회상 - 낙엽일기	사해공론	1938. 10	
21	안(雁)	조　광	1938. 11	
22	내가 정보부(鄭寶富)다 - 자작 여주인공 봉송회담기	동아일보	1939.1.10~11 2회	
23	활빙당 - 신춘송	조선일보	1939. 1. 12	
24	사랑방 없는 고을	청 색 지	1939. 2	미발굴
25	정봉사(家庭奉仕)	비　판	1934. 4	
26	풍속시평(風俗時評)	조선일보	1939. 7. 6~11 4회	

번호	작품명	발표지	발표시기	비고
27	도피행	조 광	1939. 8	
28	조선문학과 연애문제	신 세 기	1939. 8	
29	살인작가	박 문	1939. 8	
30	스승 무용기(無用記)	조 광	1939. 10	
31	십 년 전	박 문	1939. 10	
32	양덕(陽德) 온천의 회상	조 광	1939. 12	
33	현대 여성미	인문평론	1940. 1	
34	무전여행	박 문	1940. 2	
35	황율(黃栗)·연초·잠견(蠶繭) - 망향 수필	농업조선	1940. 2	
36	연애시집 한 권 쯤	인문평론 제6호	1940. 3	
37	풍속수감(風俗隨感)	조선일보	1940. 5. 28~30	
38	영화인에게 보내는 글	문 장	1940. 6	공수평론
39	순직(殉職) - 일지사변 3주년 기념	인문평론	1940. 7	
40	귀성	농업조선	1940. 7	
41	가배(珈琲)	박 문	1940. 7	
42	도회(都會)의 아해(兒孩)	농업조선	1940. 11. 12	
43	영성의 직업문제 ~ 여성시평	여 성	1940. 12	
44	대리석	문 장	1941. 4	
45	한화수제(閑話數題)	매일신보	1941. 4.17~23 6회	앙케이트
46	강원도 동해안의 바다와 산과 들	半島の光	1941. 8	
47	효석과 나	춘 추	1942. 6	
48	회남공! - '산업 전사에게 부치는 말	조 광	1944. 11	
49	여성 해방의 관견	조선일보	1945.11.24~25	
50	여운형	신 천 지	1946. 1	
51	하와이 사투리 - 풍속시감	합 동	1946. 8	

■ 칼럼

번호	작품명	발표지	발표시기	비고
1	미네르바의 소총	조선중앙일보	1935. 7. 2	*
2	공식과 문화사	조선중앙일보	1935. 10. 4	
3	비평의 기준	조선일보	1937. 7. 23	*
4	노아의 홍수	조선일보	1937. 7. 24	*
5	문학적 분위기	조선일보	1937. 7. 25	*
6	湯淺 씨의 「대추」	조선일보	1937. 7. 28	*
7	잡담은 잡담 - 엽서평론	동아일보	1937. 9. 18	
8	인간과 문학	조선일보	1937. 10. 9	*
9	파우스트와 혼란	조선일보	1937. 10. 20	*
10	소설의 세계	조선일보	1938. 2. 15	*
11	생산력과 예술	조선일보	1938. 2. 17	*
12	좌담회 시비	조선일보	1938. 2. 19	*
13	낭만주의론	조선일보	1938. 2. 23	*
14	문학과 모랄	조선일보	1939. 4. 27	
15	사실의 재구성	동아일보	1939. 5. 17	
16	민속의 문학적 개념	동아일보	1939. 5. 19	
17	권위에의 아첨	동아일보	1939. 6. 24	
18	자부심 유감	동아일보	1939. 6. 25	

* 목록의 비고란에 '*'표는 김남천의 필명인 파붕(巴朋) 또는 파붕생(巴朋生)의 이름으로 발표된 글의 경우이다.

■ 회고 · 추모사 · 정론(政論)

번호	작품명	발표지	발표시기	비고
1	경제적 파업에 관한 멘세비키적 견해	시대공론	1931. 9	
2	바르뷔스를 추도함	조선중앙일보	1935. 9. 8~10	
3	고리끼를 곡(哭)함	조선중앙일보	1936. 6. 22~24	
4	『비판(批判)』과 나의 십 년	비 판	1939. 5	

5	적군(赤軍)을 환영함	신 문 예	1945. 12	
6	백남운 씨 『조선민족의 진로』 비판	조선인민보	1946. 5. 10~14	
7	기만(欺瞞)・기변(機變)・원칙(原則)	문화일보	1947. 5. 30	
8	기회주의 삼태(三態)	문화일보	1947. 5. 31	
9	종파(宗派)와 기회주의	문화일보	1947. 6. 1	
10	입법의원의 행정	문화일보	1947. 6. 3	
11	비율 문제의 소재	문화일보	1947. 6. 4	
12	민족 대서사시의 영웅적 주인공 박헌영 선생	문화일보	1947. 6. 30	

■ 서평

번호	작 품 명	발표지	발표시기	비고
1	『취향』 독후감 - 타락된 창작풍조에 반성	조선문학	1937. 4	
2	「인간수업」 독후감	조선일보	1937. 5. 25	
3	비평정신은 건재 - 최재서 평론집 독후감	조선일보	1938. 7. 12	
4	희귀한 홍분 - 『신인단편집』 독후감	조선일보	1938. 11. 17	
5	박태원 저 『천변풍경』	동아일보	1939. 11. 30	
6	유진오 단편집	문 장	1939. 10	
7	이효석 저 『화분』의 성모랄	동아일보	1939. 11. 30	
8	연재 소설의 새 경지 - 채만식 저 「탁류」의 매력	조선일보	1940. 1. 15	
9	변혁하는 철학 - 박치우 저 『사상과 현실』	독립신보	1946. 12. 10	

■ 좌담회

번호	작품명	발표지	발표시기	비고
1	명일의 조선문학	동아일보	1938. 1. 1	
2	신협(新協) '춘향전' 좌담회	비 판	1938. 12	

3	신건할 조선 문학의 성격	동아일보	1939. 1. 1~3	
4	문학 건설 좌담회	조선일보	1939. 1. 1~3	
5	신극은 어디로 갔나? 영화 조선의 새출발	조선일보	1940. 1. 4	
6	벽초 홍명희 선생을 둘러싼 문학 담의(談議)	대 조	1946. 1	
7	조선 문학의 지향	예 술	1946. 1	
8	문학자의 자기비판	인민문학	1946. 2	
9	해방후의 조선문학	민성6호	1947. 4. 23	
10	창작합평회	신문학	1946. 6	
11	강용흘 씨를 맞이한 좌담회	민 성	1946. 9	미발굴

■ **기타**

번호	작품명	발표지	발표시기	비고
1	『소년행(少年行)』 서언(序言)	학 예 사	1935. 3	
2	조선문단의 수확	신 동 아	1935. 12	앙케이트
3	『작품』 창간호 앙케이트	작 품	1936. 6	
4	편집자에게 주는 글	조선문학	1937. 4. 5	앙케이트
5	신인송	동아일보	1938. 11. 3	신인평
6	명산만문만답(名士漫問漫答)	조 광	1938. 12	'명사만문만답' 특집 제2부
7	앙케이트	『무대』 제1집	1939. 10	'엽서문답'란
7	모던 문예사전	인문평론	1939. 10	용어해설
8	영화 예술학 완성에 따라	영화연극	1939. 11	앙케이트
9	신인특집 유항림 「부호」 추천사	인문평론	1940. 10	
10	선후감	인문평론	1941. 1	추천평
11	『삼일운동(三日運動)』 발(跋)	아 문 간	1947	
12	당의 조직과 당의 문학	문 학	1947. 4	해제

김남천 생애연보

1911년(1세) 3월 16일, 평남 성천에서 중농이며 공무원이던 김영전의 장남으로 태어남. 본명은 김효식(金孝植)
본적 평안남도 성천군(成川郡) 성천면(成川面) 하부리(下部里) 271번지.

1926년(16세) 평양고보에 적을 두고 평양에서 지냄. 이 때 한재덕 등과 『월역(月域)』이라는 동인 잡지를 내면서 신흥 문학에 이끌림. 이 시절 「단오」, 「명절」, 「늦은 봄」, 「약자행」, 「어머니의 아해」 등 열 편이 넘는 작품을 쓰기도 함. 동인들과 함께 당시 숭전(崇專) 교수로 있던 양주동을 찾아가기도 했으나 그다지 좋은 인상을 받지는 못했음(「스승무용기」).

1929년(19세) 평양고보를 졸업하고 동경에 건너가 호세이(法政) 대학 예과에 입학하여 유학 생활. 이 해 한재덕의 소개로 와세다 대학 구내에서 안막을 만나 이 자리에서 카프 동경 지부 소속 극단의 조선 공연에 동행할 것을 권유받음. 여름 방학 때 귀국하여 안막, 한재덕과 함께 경성역에서 임화를 만남(「십 년 전」). 카프 동경 지부가 발행한 기관지 『무산자』에 임화, 안막, 이북만 등과 함께 참가. 200자 원고지 400매에 가까운 「산업예비군」이란 소설을 썼으나, 합평회 자리에서 한재덕, 김두용, 임화, 안막 등으로부터 부르주아적인 구투를 벗어나지 못했다는 혹평을 받고 원고를 불살라 버림(「자작 안내」).

1930년(20세) 봄에 임화, 안막과 함께 조선에 들어와 국내의 카프 개혁과 신간회 해소를 주창. 여름방학 때 귀향하여 9월에 성천 청년동맹을 조직하고 집행위원이 됨. 한재덕과 함께 평양 고무공장 노동자 총파업에 관여하여 격문을 작성하는 등 선전 선동 활동을 수행함. 『중외일보』에 김효식이라는 본명으로 첫 평론 「영화 운동의 출발점 재음미」 발표. 12

월 말일날 동경의 하숙에서 소설 「공제생산조합」과 희곡 「조정안」을 창작. 이 두 편은 모두 평양 고무공장 파업에서 취재한 것임.

1931년(21세) 1월 1일 김남천이라는 펜네임을 만듦. 호세이 대학에서 좌익 단체인 '독서회 및 적색 스포츠단'과 좌익 신문, 잡지의 배포망인 '무산자사 신문법정반과 무산청년 법정반 및 전기법정반'에 가입했다가 제적된 후(3월) 카프 제2차 방향전환기에 귀국. 청복극장이라는 좌익 극단에서 연극운동을 펼치는 한편, 「공장신문」, 「공우회」 등 소설 발표. 10월 카프 제1차 검거 때 소위 조선공산주의자협의회 사건에 연루되어 공산당원 고경흠과 함께, 카프 문인 중 유일하게 기소되어 2년의 실형을 받음.

1933년(23세) 병보석으로 출옥 후 낙향. 자신의 옥중 체험기인 단편 소설 「물」로 인해 임화와 논쟁을 벌임. 12월 상처(喪妻).

1934년(24세) 카프 제2차 검거 때에는 검거되어 전주까지 이송되었으나, 31년의 1차 검거 때 투옥된 이유들로 제외되어 기자로서 조사과정을 취재 보도하는 일을 함.

1935년(25세) 임화, 김기진과 협의하여 5월에 카프 해산계를 경기도 경찰국에 제출. 『조선중앙일보』에 기자(백철의 기록에는 여운형의 소개로 취직한 것으로 되어 있으나 후일 김남천이 쓴 「여운형」에 의하면 입사 후 처음 본 것으로 되어 있음)로 입사하여 일하다가 신문의 정간(1936년 9월 5일)으로 그만 둠.

1937년(27세) 고발문학론, 모랄론 등의 평론 활동을 펼치는 한편, 「처를 때리고」, 「춤추는 남편」, 「요지경」 등 이른바 자기고발 소설을 창작.

1939년(29세) 『조선일보』에 장편 「사랑의 수족관」을 연재하는 한편 전작 장편 『대하』를 인문사에서, 창작집 『소년행』을 학예사에서 간행함.

1940년(30세) 일기체 소설인 「노고지리 우지진다」 등의 단편과 연작 중편인 「경영」, 「맥」을 발표하는 동시에, 『사랑의 수족관』을 인문사에서 출간함.

1942년(32세) 단편 「등불」과 중편 「구름이 말하기를」을 연재하는 정도로 창작이 격감됨.

1943년(33세) 『국민문학』에 당시 자신의 신변과 심경을 담은 「어떤 아침」 발표.

1944년(34세) 연초 동경에 출장 다녀옴.

1945년(35세) 해방과 더불어 임화와 함께 조선문학건설본부 설립을 주도.

1946년(36세) 희곡 「3·1운동」을 발표하는 한편, 시사적인 평문을 다수 발표. 조선문학건설본부와 조선프롤레타리아문학동맹이 박헌영의 지시로 발전적으로 통합된 조선문학가동맹의 중앙집행위원회 서기국 서기장이 됨.

1947년(37세) 공산주의자들에 대한 미군정청의 탄압이 심해지자 임화 등의 남로당 계열 문인들과 함께 월북, 해주 제일 인쇄소를 근거지로 삼음.

1948년(38세) 8월 25일 해주에서 열린 남조선인민대표자회의에서 최고인민회의대의원으로 피선.

1950년(40세) 한국 전쟁 때 서울에 내려와 머물고 낙동강 전선에 취재 겸 종군도함.

1951년(41세) 소설 「꿀」 발표.

이후 행적 불명. 그의 숙청 시기에 대해서는 임화, 이원조와 같은 1953년이라는 설과 박헌영 숙청시(1955)라는 설이 있다. 그의 죽음에 대해서도 53년, 55년, 78년 당시 생존(김삼규의 증언)이라는 세 가지 설이 있는데 확인되지 않았다.

· 엮은이 약력

정호웅

서울대학교 국문과 대학원 졸. 문학평론가. 현재 홍익대 국어교육과 교수.

저서에 『우리 소설이 걸어 온 길』, 『한국현대소설사론』, 『반영과 지향』 등이 있음.

손정수

서울대학교 국문과 대학원 졸. 문학평론가. 현재 서울대 강사.

주요 논문으로 「1930년대 한국 문예비평에 나타난 리얼리즘 개념의 변모 양상에 관한 고찰」, 「1930년대 비평에 나타난 생철학의 수용양상에 대한 고찰」 등이 있음.

김남천 전집 II

인쇄일 2000년 2월 29일
발행일 2000년 3월 3일

엮은이 · 정호웅 · 손정수
펴낸이 · 박찬익

펴낸곳 · 도서출판 박이정
출판등록 1991년 3월 12일 제1-1182호
주소 130-070 서울시 동대문구 용두동 129 - 162
전화: (02) 922 - 1192~3, FAX: (02) 928 - 4683
천리안 ID · PAGIONG

값 25,000 원
ISBN 89 - 7878 - 384 - 8